Marion Henneberg

Schwert und Lilie

Historischer Roman

Ullstein

Besuchen Sie uns im Internet:
www.ullstein-taschenbuch.de

MIX
Papier aus verantwortungsvollen Quellen
FSC® C083411

Originalausgabe im Ullstein Taschenbuch
1. Auflage Juli 2014

Umschlaggestaltung: ZERO Werbeagentur, München
Titelabbildung: ©FinePic®, München (Muster);
©Malgorzata Maj/Arcangel Images (Frau); © akg-images (Hintergrund)
Satz: Pinkuin Satz und Datentechnik, Berlin
Gesetzt aus der Sabon
Papier: Holmen Paper Cream
von Holmen Paper Central Europe, Hamburg GmbH
Druck und Bindearbeiten: CPI books GmbH, Leck
Printed in Germany
ISBN 978-3-548-28566-5

Für Verena, Torsten
und meine Eltern

PERSONENREGISTER

Adel

Heinrich von Wartenberg*	gerät als Vasall des Grafen von Ziegenhain in dessen Konflikt mit dem Abt von Fulda
Elisabeth von Wartenberg	seine Ehefrau
Lukardis von Wartenberg	die gemeinsame Tochter der beiden, spätere Ehefrau Hermanns von Ebersberg
Hermann von Ebersberg*	Burgherr der Ebersburg, Gemahl von Lukardis
Heinrich von Ebersberg* Albrecht von Ebersberg*	seine jüngeren Brüder
Raban von Elfershausen	Gelehrter, Bruder von Hilda
Gottfried von Ziegenhain*	Lehnsherr Heinrichs von Wartenberg
Heinrich von Frankenstein* Giso von Steinau*	Verbündete der Ebersberger

Kloster Fulda

Bertho II. von Leibolz*	Fürstabt des Klosters, erbitterter Gegner einiger Adliger der Umgebung Fuldas
Ekkehard	Skriptor des Klosters
Giesbert	Laienbruder, arbeitet als Gerber für das Kloster

Rabans Familie

Hilda	Rabans Halbschwester
Wigbert	ihr Ehemann, ein gutmütiger Kaufmann aus Köln
Arndt	ihr gemeinsamer Sohn

Bewohner der Ebersburg

Gerda	Köchin
Margret	Magd
Merlinde	Magd, Tochter von Adalberta
Otwin	Vasall Hermanns von Ebersberg
Lothar	Knappe Hermanns von Ebersberg
Dietbald	Stallbursche

Bewohner des Dorfes unterhalb der Ebersburg

Adalberta	Frau des Dorfvorstehers
Bardo	Schmied
Freda	Gerdas Mutter, wohnt etwas außerhalb des Ortes

Sonstige Personen

Wido	Vasall Heinrichs von Wartenberg
Dietlinde	alte Amme von Lukardis
Liebtrud	Schwester des Laienbruders Giesbert
Iring von Reinstein-Homburg*	Bischof von Würzburg

Poppo von Trimberg*	Nachfolger Irings im Amt des Bischofs von Würzburg
Anno	Ritter im Dienste des Würzburger Bischofs
Bertine	Schwester von Adalberta, Wirtin des Wirtshauses »Zur Buche«
Alte Frau vom Markt	Helferin in höchster Not
Gerlach	Henker

Historische Persönlichkeiten sind mit einem * gekennzeichnet.

Sei gegrüßt, o Königin,
Mutter der Barmherzigkeit,
unser Leben, unsre Wonne
und unsere Hoffnung, sei gegrüßt!
Zu dir rufen wir verbannte Kinder Evas;
zu dir seufzen wir
trauernd und weinend in diesem Tal der Tränen.
Wohlan denn, unsre Fürsprecherin,
wende deine barmherzigen Augen uns zu,
und nach diesem Elend zeige uns Jesus,
die gebenedeite Frucht deines Leibes.
O gütige, o milde, o süße Jungfrau Maria.

Salve Regina (Marienantiphon)

PROLOG

Burg Wartenberg nahe Fulda
im Jahre des Herrn 1265

Die dumpfen Schläge gegen das Holztor ließen die Menschen in der kleinen Halle im Eingangsbereich der Burg zusammenfahren.

Ängstlich spähte Lukardis zu ihrem Vater hinüber, der mit versteinerter Miene an der schmalen Öffnung im Mauerwerk stand. Die Arme hatte der fast asketisch wirkende Mittvierziger auf dem Rücken verschränkt, die Finger seiner gichtgeplagten Hände waren ineinander verflochten. So stark, dass die Fingerknöchel weiß hervortraten.

Wumm!

Lukardis zuckte erneut zusammen, während das monotone Gemurmel ihrer auf dem kalten Steinboden knienden Mutter schlagartig lauter wurde. An die Stelle der Eindringlichkeit ihrer Gebete trat eine leichte Hysterie, die bei ihrer siebzehnjährigen Tochter eine Gänsehaut hervorrief.

Wumm!

Die Holzbalken krachten, und Lukardis schnappte entsetzt nach Luft, als sie die vereinzelten Bruchstellen in der Mitte des Tores bemerkte. Außerhalb der Mauern war verhaltener Jubel zu hören. Ein scharfer Befehl erklang, und augenblicklich war es still. Die wenigen Wachen, die auf Befehl ihres Vaters vor dem Tor ausgehalten hatten, wichen zurück. Ein paar von ihnen zogen instinktiv die Schwerter, einige andere warfen verunsicherte Blicke in Richtung der Halle, in der sich ihr Herr aufhielt.

Doch Heinrich von Wartenberg zeigte noch immer keinerlei Regung.

Wumm!

Weitere Balken splitterten, und das unterdrückte Jammern der Köchin und der beiden Mägde, die sich auf Geheiß ihres Vaters ebenfalls in der kleinen Halle aufhielten, schwoll an. Selbst Lukardis, die keinerlei Erfahrung damit hatte, wie lange so ein massives Holztor den kräftigen Stößen des Rammbocks standhalten würde, erkannte, dass es höchstens noch zwei bis drei Angriffen zu widerstehen vermochte.

Bald würde es brechen und den Weg für die Männer des Abtes freigeben. Die dreitägige Belagerung würde dann von Erfolg gekrönt sein.

Hilfesuchend sah das Mädchen zu seiner Mutter und wusste im selben Moment, dass es von ihr keinerlei Unterstützung zu erwarten hatte. Die Frau, die ihr die letzten siebzehn Jahre mit Strenge und nötiger Härte beigebracht hatte, was Pflichterfüllung bedeutete, kauerte zusammengesunken vor ihr auf dem Boden. Ihre Gebete waren nur mehr ein leises Flüstern.

»Vater!«

Weder die Ansprache seiner Tochter noch der nächste donnernde Schlag gegen das Tor brachte Leben in die starre Haltung Heinrichs von Wartenberg. Er war kein Mann des Schwertes. Durch harte Arbeit und Loyalität gegenüber seinem Lehnsherrn, dem Grafen von Ziegenhain, hatte er sich als Ministeriale das Amt des Untervogts verdient. Ganz treuer Vasall, unterstützte er ohne einen Moment des Zögerns seinen Lehnsherrn, als dieser in einen Konflikt mit dem machtgierigen Abt des Bistums Fulda geriet.

Für seine Loyalität zahlte er nun einen bitteren Preis.

»Vater!«

Der schrille Schrei seiner Tochter riss den Burgherrn endlich aus seiner Apathie. Der Vogt starrte das Mädchen mit einer Mischung aus Verwunderung und Entsetzen an. Seine hohe Stirn war in Falten gelegt, die braunen Augen waren aufgerissen.

»Eure Männer warten auf Euren Befehl!«, schluchzte Lukardis und stürzte auf ihren Vater zu. Sie umklammerte seinen verkrampften Arm und zerrte daran. »Ihr müsst zu ihnen, bevor das Tor nachgibt!«

Sein Blick glitt flüchtig über das Gesicht seiner Tochter, und Lukardis erschrak, als sie die Leere in seinen Augen bemerkte. Trotzdem straffte er gleich darauf die Schultern. Hastig ließ Lukardis den Arm ihres Vaters los und trat einen Schritt zurück.

Die Schritte Heinrichs von Wartenberg waren unerwartet fest, als er die kurze Entfernung bis zur Tür der Halle zurücklegte. Lukardis vernahm ein erleichtertes Stöhnen hinter sich, als sich die Eingangstür hinter dem Burgherrn schloss.

Wumm!

Das Holz barst, und ein lautes Johlen durchbrach die gespenstische Stille. Mit angsterfüllten Augen suchte Lukardis den Hof nach der Gestalt ihres Vaters ab und atmete erleichtert auf, als er mit hocherhobenem Arm zwischen seinen Männern auftauchte.

»Legt die Schwerter nieder!«

Die raue Stimme Heinrichs von Wartenberg übertönte sogar das Siegesgeheul der Angreifer, als das Tor unter einem letzten heftigen Stoß auseinanderbrach.

Dem Mädchen schnürte es die Kehle zu, als die Männer des Abtes mit gezogenen Schwertern das letzte Hindernis passierten, das ihnen den Weg versperrt hatte. Fast mit Verwunderung registrierte sie auch ein paar Bauern, die ihre Mistgabeln wie eine Lanze bedrohlich von sich streckten. Der Blick der jungen Frau klebte am Rücken ihres Vaters, der breitbeinig und mit erhobenen Armen vor seinen Männern stand. Sein Schwert lag zu seinen Füßen, ebenso wie die Waffen der Männer, die für ihn auf der Burg ihren Dienst versehen hatten. Ein kümmerlicher Haufen von nicht mal einem Duzend Männer erwartete die brüllenden Angreifer.

In dem Moment geschah das Unglaubliche.

Die Soldaten des Abtes blieben beim Anblick der unbewaffneten Burgbesatzung abrupt stehen. Das Gejohle wurde schwächer, bis es schließlich verstummte. Noch immer verharrte Heinrich von Wartenberg aufrecht und mit erhobenen Armen vor seinen Männern, denen er keinerlei Schutz bieten konnte.

Obwohl Lukardis ihn nur von hinten sah, erfasste sie gleichfalls die Stimmung, die die Angreifer innehalten ließ. Die Fassungslosigkeit, die noch vor wenigen Minuten in der Halle beim Anblick ihres apathischen Vaters von ihr Besitz ergriffen hatte, wich einem Stolz, dessen Wärme ihr Innerstes erfüllte. Heinrich von Wartenberg umgab in seiner größten Niederlage eine Aura der Erhabenheit, die fast greifbar schien. Die grünen Augen des Mädchens füllten sich mit Tränen. Dankbar griff sie nach der Hand ihrer Mutter, die sich endlich aus ihrer kauernden Stellung gelöst hatte und sich dicht neben ihrer Tochter hielt.

Der Zauber des Moments verging, als der Abt auf seinem Ross durch das zerborstene Tor ritt. Beim Anblick des Mannes, der für die demütigende Lage ihres Vaters die Verantwortung trug, spürte Lukardis nur noch Hass in sich. Für den Bruchteil eines Augenblicks wünschte sie sich, dass der schwarzgekleidete Körper des Kirchenmannes von einem der Holzbalken des zertrümmerten Tores erschlagen würde, um seinem machtgierigen Leben ein Ende zu setzen.

Stattdessen fiel ihr Vater auf die Knie.

Lukardis schloss die Augen. Die Finger ihrer Mutter krallten sich in ihren Arm, doch die junge Frau verspürte deswegen keinen Schmerz. Einzig der Anblick ihres Vaters auf dem staubigen Boden des Burghofs und das hochmütige Antlitz des Abtes bereiteten ihr unsägliche Qualen.

Qualen, die sich in ihre Seele einbrannten und die sie nie wieder vergessen sollte.

1. KAPITEL

November 1265

Drohend ragten die Mauern von Burg Ebersburg vor ihnen auf, als Lukardis fröstelnd die Enden ihres wollenen Umhangs mit den Fingern zusammenzog, die sich trotz des wärmenden Handschuhs steif und klamm anfühlten.

Ihr Blick folgte dem Pfad, der sich bis zur Burg ihres Verlobten schlängelte. Vor ein paar Tagen war der erste Schnee gefallen, und der harte Frost der letzten Nächte hatte die bunten Blätter des Herbstwaldes von den Zweigen geholt. Erneut erschauerte die junge Frau, doch dieses Mal zog sie das Kleidungsstück aus schwerer Wolle nicht enger über ihren schmalen Körper.

Es würde sowieso nichts nützen.

Die Kälte, die von Lukardis Besitz genommen hatte, seit sie sich auf dem Weg zu Hermann von Ebersberg befanden, hatte wenig mit der winterlichen und abweisenden Landschaft zu tun, durch die sie sich mit ihren Eltern und zwei bewaffneten Männern den Weg bahnte.

Der Blick der jungen Frau blieb an einem der beiden Türme hängen, und sie schnappte nach Luft. Für einen kurzen Augenblick hatte sich zwischen dem dicken Mauerwerk ein Mann gezeigt. Einen Wimpernschlag später war die schmale Öffnung wieder frei, so dass sich Lukardis nicht mehr ganz sicher war, ob ihre Augen ihr vielleicht einen Streich gespielt hatten. Möglicherweise hatte ihr die Furcht vor der nahenden Begegnung mit ihrem Verlobten den Blick getrübt?

Dabei war sie sich sicher gewesen, Hermann von Ebersberg dort oben im Turm erkannt zu haben.

Beim Krächzen eines Raben, den die stumme Reisegruppe auf dem gefrorenen Waldboden aufgescheucht hatte, zuckte Lukardis zusammen. Empört flog das schwarze Tier dicht an ihnen vorbei und landete in einer der hohen Buchen, die den Baumfällarbeiten der Ebersberger Männer entgangen waren.

»Mach nicht so ein trübsinniges Gesicht, Tochter!«, sagte Heinrich von Wartenberg, der sein Pferd neben das seiner in Gedanken versunkenen Tochter gelenkt hatte.

Der Versuch eines Lächelns misslang Lukardis gründlich, wie sie an der missbilligenden Miene ihres Vaters erkennen konnte.

»Verzeiht mir, Vater, aber der bevorstehende Besuch bereitet mir großes Unbehagen«, entgegnete sie entschuldigend. Noch im Reden wurde ihr bewusst, in welcher Situation sich ihr Vater befand, und sie hielt sich erschrocken die Hand vor den Mund. Die steile Stirnfalte in seinem schmalen Gesicht bestätigte ihre Vermutung.

Für Heinrich von Wartenberg stand mehr auf dem Spiel als eine mögliche Annullierung des Heiratsversprechens, das Hermann von Ebersberg vor gut drei Monaten abgegeben hatte. Denn der ehemalige Untervogt des Grafen von Ziegenhain kam als Besiegter. Ihm war alles genommen worden, was er sich in den vergangenen Jahren hart erarbeitet hatte. Dabei war Heinrich von Wartenberg bereits vor der Einnahme seiner Burg durch den Fuldaer

Abt kein Gleichgestellter gewesen. Im Gegensatz zu den Ebersbergern entsprang er dem niederen Adel, hatte es aber durch seine Loyalität und seinen Fleiß weit gebracht. Doch die über viele Jahre hinweg bewiesene Treue zu seinem Lehnsherrn hatte dieser im entscheidenden Augenblick nicht erwidert. Graf von Ziegenhain hatte seinen Vasallen, ohne mit der Wimper zu zucken, fallen gelassen.

»Verzeiht mir, bitte!«, entschuldigte sich Lukardis zum zweiten Mal bei ihrem Vater, der es mit einem knappen Nicken registrierte.

»Dein Verlobter wird zu seinem Versprechen stehen. Du wirst sehen. Deine Sorgen sind unbegründet«, ermahnte Heinrich von Wartenberg seine Tochter. Damit schloss er wieder zu seiner Frau auf, die ein paar Schritte vor ihnen ritt.

Der leicht nach vorn gebeugte Körper ihrer Mutter erinnerte Lukardis bitter an den Tag der Erstürmung der Burg vor zwei Tagen. Sie hatte sich seitdem verändert. Aus der disziplinierten Burgherrin war eine in sich gekehrte Frau geworden, die um Jahre gealtert wirkte. Selbst die grauen Strähnen, die sich bisher vereinzelt in die langen kastanienbraunen Haare gemischt hatten, schienen sich verdoppelt zu haben.

Möglicherweise wird es so sein, dachte Lukardis, eingedenk der Worte ihres Vaters. Trotzdem konnte sie sich des Gefühls nicht erwehren, wie eine Ware feilgeboten zu werden, die plötzlich und unvorhergesehen ihre Makellosigkeit verloren hatte. Ihr kam der kleine, silbern eingefasste Spiegel ihrer Mutter in den Sinn, der seit einigen Jahren blind war. Elisabeth behielt ihn nur, weil es sich um das Hochzeitsgeschenk ihres Gemahls handelte. Ich bin wie dieser Spiegel, dachte Lukardis bitter. Und das war wahrlich kein schönes Gefühl.

Es änderte nichts daran, dass die Beschädigung nur innerlich stattgefunden hatte, denn Lukardis' ebenmäßiges Gesicht zeigte keinerlei Spuren der Tragödie, die ihre Familie in den Abgrund gestürzt hatte. Durch die eisige Kälte waren ihre Wangen leicht gerötet, was dem ansonsten bleichen Gesicht eine Frische verlieh, die Lukardis in sich nicht spürte. Verärgert presste sie die Lippen zusammen und straffte die Schultern. Sie sollte sich lieber eine Scheibe von ihrem entschlossenen Vater abschneiden, anstatt dem neuen Wesenszug ihrer Mutter nachzueifern.

Was hatte sie schon zu verlieren?

Schließlich war es nicht so, dass Hermann von Ebersberg ihr Herz erobert hatte! Im Gegenteil. Der Burgherr hatte in Lukardis eigentlich schon immer ein leichtes Unbehagen ausgelöst. Lag es an den durchdringenden Blicken, mit denen er sie von Anfang an gemustert hatte? Oder war es eher die Härte in seiner Stimme, wenn er mit Menschen sprach, die unter ihm standen?

Lukardis seufzte tief. Wahrscheinlich war es eine Mischung aus all seinen Eigenschaften, die sie mit zunehmendem Widerwillen in den letzten Monaten an ihrem Verlobten entdeckt hatte. Demnach hätte sie eigentlich darauf hoffen müssen, dass Hermann von Ebersberg sein Versprechen zurückziehen würde, nachdem der Vater seiner Braut sämtliche Privilegien verloren hatte.

Trotzdem war dem nicht so.

Lukardis schluckte schwer, als sie die Erkenntnis überkam, dass sie sogar auf die Knie fallen und um die Hochzeit betteln würde. Die Vermählung war das Einzige, was ihrem Vater einen letzten Rest seiner Würde erhalten konnte. Die Verbindung seiner einzigen Tochter mit einem der einflussreichsten Adligen in der Umgebung Fuldas.

In gebührendem Abstand trat Lukardis kurze Zeit später an der Seite ihrer Mutter hinter ihrem Vater in die Halle von Burg Ebersburg, die sich links vom Eingang befand. Dankbar genoss die junge Frau die Wärme, die sie sofort umfing und von dem offenen Feuer an der gegenüberliegenden Seite des Eingangs herrührte. Im nächsten Moment wurde ihr jedoch bewusst, dass der Rauchabzug offenbar nicht richtig funktionierte, denn die Luft war stickig und machte sich gleich darauf mit einem unangenehmen Kitzeln in ihrem Hals bemerkbar. Lukardis versuchte den Hustenreiz zu unterdrücken und verschloss beim Anblick der Männer, die um den langen, derben Tisch herum saßen, ihre Miene.

»Heinrich! Wir haben gerade von Euch gesprochen! Tretet näher und setzt Euch zu uns«, dröhnte die mächtige Stimme Hermanns durch die Halle. »Oh, verzeiht mir mein Ungeschick! Ihr seid in Begleitung Eurer werten Gemahlin und meiner entzückenden Verlobten. Das Dienerpack hat mir die Sicht versperrt!«

Zum Entsetzen von Lukardis sprang Hermann von Ebersberg auf und versetzte dem Knecht, der gerade eine voll beladene Fleischplatte auf die lange Tafel gestellt hatte, einen Tritt. Für den Burschen kam die Attacke völlig überraschend. Ohne die Möglichkeit, sich irgendwo Halt zu suchen, stürzte er zu Boden.

Instinktiv umfasste Lukardis die Hand ihrer Mutter, die ebenso schockiert über das Verhalten des Burgherrn war wie ihre Tochter.

Hermann von Ebersberg schüttelte seinem Besucher überschwänglich die Hand, wobei er mit keinem Wort auf das zu sprechen kam, was der kleinen Familie vor zwei Tagen zugestoßen war. Wie gewohnt reagierte der ehemalige Untervogt sehr zurückhaltend und erwiderte die Begrüßung mit schlichten Worten. Trotzdem hatte Lukardis in der Haltung ihres Vaters eine Veränderung bemerkt, als der Burgherr von seiner entzückenden Verlobten gesprochen hatte. Diese beiden kleinen Worte hatten bewirkt, dass die Anspannung Heinrichs von Wartenberg etwas nachgelassen hatte.

Waren ihre Gebete erhört worden? Hatten sie keine Auflösung des Eheversprechens zu befürchten?

»Verehrtes Fräulein Lukardis«, begrüßte Hermann nun seine Braut und griff nach ihrer freien Hand, bevor Lukardis reagieren konnte. Sie hatte so sehr auf ihren Vater geachtet, dass ihr die knappe Begrüßung ihrer Mutter völlig entgangen war. »Wie schön, dass Ihr wohlauf seid. Das schreckliche Ereignis hat Eurer Schönheit ganz offensichtlich nichts anhaben können.«

Hermann hielt mittlerweile ganz ungeniert die schmale Hand seiner Verlobten zwischen seinen großen Händen, und Lukardis versuchte angestrengt, nicht auf das unangenehme Gefühl zu achten, das diese anmaßende Berührung in ihr auslöste. Die junge Frau räusperte sich, während sie dem anzüglichen Blick Hermanns mit unbewegter Miene begegnete.

»Nun ja, der Abt hat meinem Vater und damit auch uns gegenüber den nötigen Respekt erwiesen, nachdem er Burg Wartenberg eingenommen hatte. Keine Selbstverständlichkeit, will ich meinen, schließlich waren wir allein, ohne jede Hilfe von außen«, erwiderte Lukardis, deren Mutter bei ihren Worten scharf die Luft einsog.

Im selben Moment schoss Lukardis das Blut in die Wangen. Herr im Himmel, was ist bloß mit mir los?, dachte sie und biss sich auf die Unterlippe. Sie erkannte sich selbst kaum wieder. Normalerweise behielt sie ihre aufmüpfigen Gedanken für sich, so wie man es von einer jungen Frau ihres Standes erwarten durfte. Ihr Magen zog sich zusammen, als sie die plötzliche Stille in der Halle und das ungläubige Staunen ihres Verlobten bemerkte. Erst als sich seine Gesichtszüge sichtlich entspannten, atmete Lukardis innerlich auf. Hermanns Lippen verzogen sich zu einem breiten Grinsen, und seine braune Augen, die Lukardis bisher am besten gefallen hatten, wurden zu Schlitzen, als sein dröhnendes Lachen die Stille durchbrach.

Fast nebenbei vernahm Lukardis einen leisen Seufzer ihrer Mutter, während der Druck auf ihre Hand merklich nachließ.

So unvermittelt, wie das Lachen des Burgherrn begonnen hatte, brach es auch wieder ab. Die junge Frau war über den schnellen Wechsel mehr als verwirrt und lächelte unsicher, als sich ihr Verlobter mit nunmehr ernster Miene leicht über ihre Hand beugte.

»Mir scheint, dass Ihr durch das Erlebnis nicht nur reifer, sondern auch bedeutend schlagfertiger geworden seid, mein Fräulein.« Ohne ihre Hand loszulassen, trat Hermann von Ebersberg ein Stück zur Seite und bat seine Verlobte mit einer einladenden Handbewegung an die Tafel. »Erweist mir die Ehre und seid meine Gäste. Solange es Euch beliebt.«

Lukardis zögerte. Ein Blick auf das blasse Gesicht ihres Vaters, dessen zusammengepresste Lippen kaum noch zu erkennen waren, machte ihr bewusst, was ihr zukünftiger Gemahl mit seinem besonderen Verhalten ihr gegenüber bezweckte. Heinrich von Wartenberg hatte seine besondere Stellung als Vogt des Grafen von Ziegenhain in diesem Moment und hier in dieser Halle ganz offiziell eingebüßt. Indem der Burgherr keinen Zweifel an dem Eheversprechen ließ, seinem zukünftigen Schwiegervater jedoch so gut wie keine Beachtung schenkte, wies er ihn in seine Schranken.

Unter den Augen des Lehnsherrn ihres Vaters.

Der verächtliche Blick des Grafen von Ziegenhain, der in lässiger Haltung am Tisch saß und die Szene beobachtete, machte Lukardis wütend. Erst nach dem knappen Nicken ihres Vaters antwortete sie leise und mühsam beherrscht: »Habt Dank für Eure Großzügigkeit«, und ließ sich von ihrem Verlobten zu Tisch geleiten.

Während ihre Eltern ihnen folgten, kämpfte die junge Frau gegen das immer stärker werdende Gefühl der Übelkeit an.

»Meine Herren, heißt mein zukünftiges Eheweib hier in meiner Halle willkommen«, forderte Hermann von Ebersberg die vier Männer auf, die an der reich gedeckten Tafel saßen.

Lukardis fühlte sich äußerst unwohl, als sich alle von ihren Plätzen erhoben und ihre Becher in die Höhe reckten. Neben dem Lehnsherrn ihres Vaters erhoben sich Albrecht, einer der beiden Brüder ihres Verlobten, und Heinrich von Frankenstein. Beim Anblick der schmalen Gestalt ihres fast gleich alten Schwagers verstärkte sich das ungute Gefühl, denn bei den wenigen Gelegenheiten, in denen sie mit Albrecht zusammengetroffen war, hatte er sie ungeniert gemustert, wenn sein Bruder nicht hingesehen hatte. Den vierten Edelmann, ein blondgelockter junger Mann mit interessiertem Blick, kannte sie nicht.

»Ich danke Euch, werte Herren«, brachte Lukardis mühsam hervor und schenkte Heinrich von Frankenstein ein Lächeln, da ihm als Einzigem in der Runde echtes Mitgefühl anzusehen war. Lukardis erahnte den Grund dafür, denn der Fünfundzwanzigjährige hatte ein Jahr zuvor ein ähnliches Schicksal erleiden müssen wie ihr Vater. Auch seine Burg war auf Befehl des Fuldaer Abtes erstürmt und geschleift worden.

Die Schleifung stand Burg Wartenberg noch bevor.

Der ehemalige Herr von Burg Frankenstein war auch der Einzige, der sich an den gebotenen Anstand gegenüber Elisabeth von Wartenberg erinnerte.

»Darf ich Euch den Platz an meiner Seite anbieten, edle Frau?«, fragte Heinrich von Frankenstein und wies neben sich. »So könnt Ihr bei Eurem Gatten sitzen, denn auf der Bank ist genug Platz für uns alle.«

»Ich danke Euch, mein Herr«, erwiderte Lukardis' Mutter, deren erleichtertes Lächeln nur zu erahnen war, da ihr straffgebundenes Kinnband nichts anderes erlaubte.

Das Lächeln der Braut vertiefte sich, als ihre Eltern dank der Freundlichkeit des Frankensteiners zu ihren Plätzen gingen, und erstarb augenblicklich beim unerwartet scharfen Ton ihres Gastgebers.

»Wenn Ihr nun so freundlich wärt und endlich Platz nehmen würdet, dann könnten sich meine Gäste ebenfalls wieder setzen und weiterspeisen.«

Lukardis unterdrückte den aufsteigenden Ärger über die unfreundliche Bemerkung Hermanns und ließ sich bewusst langsam zum ersten Mal in ihrem Leben am Kopfende der Tafel neben ihm nieder.

Eine Weile aßen sie schweigend.

Verstohlen betrachtete die junge Frau die anderen Männer am Tisch, während sie ihr Brot in die kräftige Fleischbrühe tunkte. Ihr Vater war mit seinen vierundvierzig Jahren mit Abstand der Älteste in der Runde. Die anderen Gäste hatten durchweg die dreißig noch nicht erreicht. Mit Ausnahme ihres Verlobten und des unbekannten Gastes trugen sie alle sorgfältig gestutzte Bärte und schulterlange Haare. Die blonden Locken des Unbekannten waren akkurat auf Kinnlänge gekürzt und er war als Einziger glattrasiert. Obwohl Hermann von Ebersberg durchaus stattlich zu nennen war, konnte er es an Eleganz mit seinen Besuchern nicht aufnehmen. Lukardis kannte ihn bisher zwar kaum, aber sie vermutete, dass ihren zukünftigen Ehemann solche Dinge wenig störten. Seine dichten braunen Haare fielen ihm bis knapp über die breiten Schultern, der struppige Bart wirkte ungepflegt.

»Schmeckt Euch der Wein nicht? Ihr trinkt kaum davon.«

Hermanns Frage durchbrach die Gedanken seiner Verlobten, und sie wandte ihm ihre Aufmerksamkeit zu.

»Er schmeckt vorzüglich, Herr von Ebersberg«, erwiderte sie pflichtschuldig und griff unter dem prüfenden Blick ihres zukünftigen Ehemanns zum Becher. Während sie ihn an die Lippen setzte, entspannte sich die steile Falte zwischen den dichten dunkelbrauen Augenbrauen.

Zufrieden nickte Hermann von Ebersberg und nahm selbst einen großen Schluck. Als er seinen Becher absetzte, ergriff der Graf von Ziegenhain, der zweifellos mächtigste Mann in dieser Runde, das Wort.

»Wie mir berichtet wurde, haben Eure Männer tapfer gekämpft.«

Lukardis hielt in der Bewegung inne und starrte wie gebannt zu ihrem Vater, der bisher kaum etwas von dem Wildbret angerührt hatte.

»Gewiss, das haben sie«, erwiderte Heinrich von Wartenberg ruhig. »Aber die Männer des Abtes waren uns um das Zehnfache überlegen, da sich auch einige Bauern seinen Männern angeschlossen hatten. Trotzdem haben wir zwei Tage erfolgreich Widerstand geleistet. Nachdem das Tor durchbrochen war, habe ich jedoch aus Sorge um die Frauen und Kinder, die bei mir auf der Burg weilten, den Befehl gegeben, die Waffen niederzulegen.«

»Ich nehme an, Ihr sprecht von Eurer Gemahlin und Eurer Tochter«, entgegnete sein Lehnsherr, hob seinen Becher und starrte für einen Moment irritiert hinein. Mit einer knappen Handbewegung winkte er einen der Diener heran. »Alle anderen sollten Eure Entscheidungen wohl kaum beeinflussen, mein Lieber.«

Lukardis spürte jenen Hass in sich aufsteigen, den sie noch jedes Mal empfunden hatte, wenn der hochmütige Graf bei ihnen auf der Burg weilte. Als hätte er ihre Empfindung gespürt, richtete er seine Augen auf die junge Frau, die schnell den Blick senkte.

»Wie dem auch sei. Burg Wartenberg ist für uns verloren. Unser ehrwürdiger Abt hat mich davon in Kenntnis gesetzt, dass er die Burg zu schleifen gedenkt«, fuhr Gottfried von Ziegenhain fort.

Die Schärfe in seiner Stimme ließ Lukardis aufblicken.

Die kalten blauen Augen des Grafen ruhten auf ihrem Vater, der sich sichtlich unwohl fühlte. Mit einer fahrigen Bewegung strich sich Heinrich von Wartenberg eine Strähne seines grauen, kinnlangen Haares hinters Ohr und räusperte sich leise.

»Er hat mich zu sich bestellt«, setzte er mit leicht unsicherer Stimme an, räusperte sich erneut und sprach dann ein wenig ruhiger weiter. »Ich soll in zwei Tagen in Fulda erscheinen, um mir die vertraglichen Bedingungen für den Frieden diktieren zu lassen. Ich gehe davon aus, dass unser Fürstabt nicht viel Federlesens machen wird. Er will Lauterbach stärken und dabei war ihm Wartenberg schon immer ein Dorn im Auge.«

Am Ende lag fast eine Spur Gelassenheit in Heinrichs

Stimme, und Lukardis blinzelte ein paarmal, um gegen das verräterische Brennen in ihren Augen anzukämpfen. Trotz der schwierigen Situation hatte ihr Vater zu seinem natürlichen Stolz zurückgefunden. Er war nie einer von jenen Burgherren gewesen, die rücksichtslos ihre Macht verteidigten.

Möglicherweise hätte er dann nicht zu Kreuze kriechen müssen.

»Fürstabt«, knurrte Hermann von Ebersberg und knallte seinen Zinnbecher auf die mit tiefen Kratzern durchzogene Tischplatte. »Meiner Meinung nach ist dieser Titel viel zu mächtig für den Wicht!«

Für Lukardis war es nicht neu, dass die geringe Körpergröße des Abtes, dessen Weihe erst zwei Jahre zurücklag, oft genug den Spott einiger Adliger auf sich zog. Begonnen hatte es wahrscheinlich damit, dass Bertho II. die Burg der Herren von Schlitz zerstört und den Grafen von Ziegenhain damit in die Knie gezwungen hatte. Es sollte nicht die letzte Burg sein, die dem kriegswütigen Abt zum Opfer fiel. Graf Ziegenhain, dessen Vertragsunterzeichnung mit dem Abt sich seinerzeit auf Heuchelei gründete, war erneut von dem siegreichen Abt in die Schranken gewiesen worden. Wenngleich der Konflikt der beiden machtgierigen Männer in diesem Fall über Lukardis' Vater ausgetragen worden war.

»Niemand bestreitet die geringe Körpergröße des Abtes«, sagte der Frankensteiner und schüttelte unwillig den Kopf. »Doch das ist ja wohl kaum unser Hauptproblem. Seit vier Jahren haben wir ihn nun bereits am Hals und lassen uns von ihm eine Burg nach der anderen wegnehmen. In aller Seelenruhe konfisziert er unsere Ländereien, die wir uns mühsam über Jahre hinweg angeeignet haben. Anstatt hier herumzusitzen und zu lamentieren, sollten wir uns lieber einen guten Plan überlegen, wie wir diesem Handeln ein Ende bereiten können.«

»Gut gesprochen!«, spottete Graf Ziegenhain. »Und was schlagt Ihr vor? Bertho ist zwar klein, aber von äußerst zäher Natur. Leider hat er sich nun mal in den Kopf gesetzt, das Eigentum des Klosters gemäß des Codex Eberhardi in seiner Gesamtheit wiederherzustellen. Das Recht ist in diesem Fall auf seiner Seite. Schließlich ist alles in diesem verdammten Kartular festgeschrieben.«

»Das Verzeichnis ist das Pergament nicht wert, auf dem es geschrieben steht, das wisst Ihr so gut wie alle anderen hier am Tisch. Und der Abt weiß es auch! Dieser kleine, hinterhältige Mönch hat das Kartular seinerzeit im Sinne des Klosters zusammengestellt«, ereiferte sich Heinrich von Frankenstein.

Elisabeth von Wartenberg fühlte sich augenscheinlich unwohl neben dem plötzlich so aufgewühlten Mann und rückte unauffällig ein Stück von ihm ab.

»Das hilft uns auch nicht weiter«, sagte Albrecht, der jüngere Bruder Hermanns von Ebersberg. »Das Kartular ist nun mal unanfechtbar. Wir können bloß versuchen, unsere Gebiete weiterhin mit Waffengewalt zu verteidigen. Bertho weiß ganz genau, dass wir nicht davon ablassen werden, seine Ländereien zu plündern. Nur so können wir ihn in seiner Macht treffen.«

»Bisher hat uns diese Strategie nicht weit gebracht«, wandte sein Bruder ein. »Wir müssen unsere Kräfte bündeln. Das ist die einzige Möglichkeit, gegen ihn vorzugehen, ohne sein Heer zu fürchten. Er kann es schließlich nicht mit allen Adligen in der Gegend aufnehmen.«

»Seid Euch da mal nicht so sicher«, brummte der Frankensteiner, nun wieder deutlich ruhiger, und schnitt sich ein weiteres Stück Fleisch ab.

Lukardis fröstelte bei seinen Worten. Sie kannte sich nicht mit Kriegsführung aus. Normalerweise war sie bei solchen Gesprächen gar nicht zugegen, denn Frauen hatten dabei nichts verloren. Trotzdem pflichtete sie im Stillen dem Herrn von Frankenstein bei. Wenn sogar die Bauern den Reichsabt unterstützten, war es sicher nicht einfach, den eben ausgesprochenen Plan in die Tat umzusetzen. Das Heer des Abtes bestand aus Rittern und einfachen Soldaten, die ihm treu ergeben waren. Lukardis hatte die Entschlossenheit in den Augen der Männer gesehen, die ihren Burghof gestürmt hatten.

Den Willen zu töten.

Noch etwas anderes beschäftigte die junge Frau. Es wollte ihr einfach kein überzeugender Grund einfallen, warum Hermann von Ebersberg die Verlobung nicht gelöst hatte. Und das trotz seiner offensichtlichen Verachtung gegenüber ihrem Vater, der seine Burg aufgegeben hatte, statt bis zum letzten Blutstropfen zu kämpfen. Das dröhnende Lachen ihres zukünftigen Ehemanns riss sie aus ihren trüben Gedanken. Die Runde hatte offenkundig mit dem unerfreulichen Gesprächsthema, das der verhasste Abt ihnen bot, abgeschlossen und damit auch ihren Vater von seinem Platz auf der Anklagebank entlassen. Doch der Satz, den ihr Verlobter beim Heben seines frisch gefüllten Bechers aussprach, verstärkte ihre Beklommenheit, anstatt sie von dem Druck zu befreien, der seit der einvernehmlichen Entscheidung ihres Vaters mit Hermann von Ebersberg auf ihr lastete.

»Und nun, Freunde, lasst uns auf das trinken, was mein Herz bereits seit einigen Wochen erfreut! Auf meine entzückende Braut und unsere Vermählung, die wir, davon bin ich in Anbetracht der neuen, äußerst schwierigen Situation überzeugt, ruhig ein wenig vorverlegen können.«

Aufgeschreckt von den Worten des Burgherrn, suchte Lukardis den Blick ihres Vaters, der ihr fast unmerklich zunickte und dabei zum Becher griff.

»Was habt Ihr, meine Schöne? Seid Ihr sprachlos vor Glück, dass Eure Zeit als Burgherrin von Ebersberg so schnell in greifbare Nähe gerückt ist? Trinkt mit uns auf unser gemeinsames Glück!«, forderte Hermann sie so leise auf, dass nur seine Verlobte den drohenden Unterton heraushörte, der in seinen leicht dahingesagten Worten mitschwang.

Lukardis zwang sich zu einem Lächeln, als sie seinem Wunsch Folge leistete. Sie hielt den schlichten, aber glänzend polierten Becher noch kurz in die Höhe, nachdem der goldfarbene, leicht herbe Wein kaum ihre Lippen benetzt hatte. Das verschwommene Antlitz einer bleichen, fast totenähnlichen Frau starrte ihr entgegen. Ihre roten Lippen stachen beinahe unnatürlich aus dieser Blässe hervor, und der Ausdruck, der in ihren grünen Augen lag, gab das wieder, was Lukardis seit dem Betreten der Burg Ebersburg gefangen hielt.

Unsägliche Furcht.

Die schwere Holztür war kaum einen Spaltbreit geöffnet, da drückte sich die kleine Gestalt bereits hindurch ins Freie. Der Lufthauch des Vorbeieilenden umfing den jungen Novizen, der nur mit Mühe ausgewichen war und mit weitaufgerissenen Augen dem Abt hinterhersah. Ein weiterer Mann hastete an dem Zwölfjährigen vorbei, die wehende Kukulle des Klostervorstehers fest im Blick. Sein lautes Keuchen rief ein breites Grinsen auf dem Gesicht des Novizen hervor. Der Mönch, ein dicklicher Mann von Anfang dreißig, konnte dem Klostervorsteher kaum folgen. Notgedrungen musste er zwischendrin immer wieder ein paar Laufschritte einlegen, da er andernfalls den Anschluss verloren hätte. Wieder rannte er ein paar Meter.

Ekkehard war ein eher gemütlicher Mensch, was nicht zuletzt an seiner Tätigkeit lag. Seit nun schon über vier Jahren arbeitete er als Skriptor im Kloster und hatte demzufolge keine größeren körperlichen Anstrengungen zu leisten. Unter seinen Mitbrüdern gab es nicht wenige, die ihn beneideten, wenn sie bei eisigem Wind und Schneetreiben die Pfade freischaufeln mussten. Sie hatten keinen blassen Schimmer von seinen ständigen Schmerzen im Rücken, die von der gebückten Haltung herrührten. Oder von den klammen, manchmal fast steifgefrorenen Fingern, denen die Kälte im Skriptorium zusetzte. Wenigstens glichen seine Augen noch immer denen eines Adlers und wurden erst nach vielen Stunden Arbeit am Pergament müde.

Der Abt hatte das Gebäude erreicht, in dem sich seine Wohnung befand und das den Abschluss des Klosterkomplexes bildete. Ekkehard hasste diese Jahreszeit, in welcher der neue Tag die Dunkelheit der Nacht nicht vor der Terz zurückzudrängen vermochte. Wie jeden Tag, kurz nach der Prim, hatte der Abt verzückt der Marienhymne gelauscht, die den Ostchor erfüllte. Bertho, ein großer Marienverehrer, hatte einst die Marienantiphon nach der Komplet eingeführt. Kaum vier Wochen später erfüllte der Gesang auch morgens das Gotteshaus.

Verschwitzt, aber erleichtert betrat Ekkehard nach ihm das zweigeschossige Haus, während Abt Bertho bereits die Treppe hinaufeilte. Schnaufend erklomm der Mönch die ausgetretenen Stufen und fragte sich dabei wohl zum hundertsten Mal, wie ein so kleiner Mann wie der Klostervorsteher solch ein Tempo vorlegen konnte. Große Männer machten weitausholende Schritte und kamen allein dadurch schneller vorwärts. Der Skriptor wurde das Gefühl nicht los, dass der Abt gerade aufgrund seiner geringen Körpergröße solche Gegebenheiten nicht akzeptierte und energisch bekämpfte.

Mit der gleichen Energie handhabte er das bei den aufständischen Adligen in der Umgebung von Fulda.

Hierin lag auch der Grund für die Eile des Fürstabts.

In drei Stunden, nach der Terz, erwarteten sie Heinrich von Wartenberg im Kloster. Bertho verspürte keinerlei Genugtuung bei dem Gedanken an die Demütigung, die er dem Vogt der Burg Wartenberg mit seinem Sieg zugefügt hatte. Höchstens ein klein wenig Freude darüber, wenn er ganz ehrlich war, dass er dem hochmütigen Grafen von Ziegenhain erneut seine Grenzen aufgezeigt hatte. Wie zu erwarten war, hatte der Graf seinem Lehnsmann jegliche Unterstützung verweigert, so dass Heinrich von Wartenberg auf sich gestellt war und die Bedingungen des Friedensvertrags akzeptieren musste.

Ekkehard kannte seinen Abt gut genug und ahnte daher bereits, dass dieser die ausweglose Lage des Geschlagenen auszunutzen verstand. Aufgrund seiner ausgeklügelten Strategien galt Bertho als Fuchs, auch wenn diese unbestreitbare Fähigkeit den unschönen Beinamen, den ihm die weltlichen Herren in ihrer Gehässigkeit gegeben hatten, nicht ausmerzen konnte.

Bertho hatte anfangs getobt, als ihm zu Ohren kam, dass die Adligen ihn nur »Abt Fingerhut« nannten.

Kurz darauf hatte er mit einem kalten Lächeln das nächste Ziel seines Feldzugs gegen die räuberischen Adligen verkündet. Ekkehard lief es bei dem Gedanken an die dunklen, kleinen Augen, die unter den buschigen, fast schwarzen Brauen lagen, kalt den Rücken hinunter. Er verehrte seinen Abt, der seit seiner Amtsübernahme das Stift förderte und als wirklicher Vater leitete.

Aber zum Feind wollte er ihn niemals haben!

Als Ekkehard Bertho in dessen Gemächer folgte, stand dieser bereits wartend an dem schweren Eichentisch. Die ganze Gestalt drückte Ungeduld aus.

Ungeduld und Unzufriedenheit.

Angefangen von der stark gerunzelten Stirn bis hin zu den vier Fingern seiner rechten Hand, die unablässig in gleichmäßigem Takt auf die Tischplatte trommelten.

»Bruder Ekkehard, mir scheint, dass Euer Körper mit den Jahren im Skriptorium verweichlicht ist. Ihr solltet zur Abwechslung unseren Brüdern bei der Arbeit im Kräuterbeet helfen, wenn der Frühling im nächsten Jahr Einzug hält.«

»Ja, ehrenwerter Abt, wie Ihr meint«, keuchte der Mönch und reichte dem kleinen Mann eine Pergamentrolle.

Pfeilschnell schoss der dürre Arm des Abtes vor. Mit seinen klauenartigen Fingern umschloss er die Rolle, auf deren Studium er schon seit zwei Tagen wartete. Selbst bei den Marienhymnen, denen er sonst immer besonders andächtig lauschte, waren seine Gedanken gelegentlich abgeschweift. Wie so oft, wenn ihn ein wichtiges Anliegen beschäftigte, das seine Gedanken kaum zur Ruhe kommen ließ. In einem seltenen Moment der Vertrautheit hatte der Abt sich dem Mönch geöffnet. Dass der Klostervorsteher diese Unart als Schwäche auslegte, war lediglich eine Vermutung Ekkehards, denn er ahnte, dass den Abt die weltlichen Aufgaben oft mehr fesselten als seine eigentliche Tätigkeit: die Führung des Klosters und seiner Gemeinschaft.

Die Ermahnung des Abtes verletzte den Skriptor, und er setzte zu einer Rechtfertigung an. »Ihr dürft nicht vergessen, dass ich Euch durch meine Arbeit im Skriptorium oft gute Dienste leiste. Außerdem scheint es nur so, als wäre das Schreiben eine leichte Angelegenheit. Gerade jetzt, so kurz vor dem Winter, werden die Finger nach kurzer Zeit starr vor Kälte und ...«

»Ja, ja, schon gut, Bruder«, unterbrach ihn der Klostervorsteher rüde mit angewidertem Gesichtsausdruck, und der Mönch verstummte abrupt.

Ekkehard presste die Lippen aufeinander, so dass sein Mund in dem runden Gesicht nur noch als dunkler Strich auszumachen war. Innerlich ärgerte er sich darüber, dass er es einfach nicht schaffte, den Mund zu halten. Bertho hatte ihm schon mehrfach solche unschönen Dinge an den Kopf geworfen. Bisher jedoch, ohne den Worten Taten folgen zu lassen. Wieso sollte es dieses Mal anders sein?

Und richtig.

Der Abt beugte sich bereits tief über die ausgebreitete Schriftrolle und tauchte in die Sätze ein, die in schön geschwungenen Worten das Pergament füllten. Völlig versunken in den Inhalt der Urkunde, hatte Bertho seine Umgebung und damit auch den noch immer leise schnaufenden Mönch vergessen.

Ein zufriedenes Grinsen breitete sich auf Ekkehards eben noch verkniffenen Lippen aus. Sein Abt war sicher höchst einverstanden mit dem, was er in langen Stunden gestern beim schwachen Licht einer einzelnen Kerze niedergeschrieben hatte. Obwohl der Skriptor nichts weiter getan hatte, als den Willen seines Abtes in wohlformulierte Sätze zu fassen. Sätze, die das zukünftige Leben des ehemaligen Vogtes von Burg Wartenberg in Regeln pressen würden.

In harte Regeln.

Sie bedeutcten für Heinrich von Wartenberg den Verlust seines bisherigen Lebens und hinterließen gewiss mehr als nur einen bitteren Beigeschmack. Ekkehard empfand fast ein wenig Mitleid mit dem Mann, der in Kürze hier auftauchen würde. Andererseits war ihm bewusst, dass sein Abt den eingeschlagenen Weg unbeirrt weitergehen musste, wenn er sein Ziel erreichen wollte. Den Überfällen und Plündereien musste dringend Einhalt geboten werden, damit die Bürger in und um Fulda wieder in Frieden leben und Reisende ohne Furcht den Handelsweg nehmen konnten. Diese Härte zog zwangsläufig Opfer nach sich.

Eines der Opfer würde in wenigen Stunden als gebrochener Mann diesen Raum verlassen, um den Vereinbarungen nachzukommen, die in dieser Urkunde niedergeschrieben waren. Leider kommt der hochmütige Graf von Ziegenhain wieder einmal ungeschoren davon, dachte Ekkehard bekümmert, tröstete sich jedoch mit dem Gedanken, dass sicher bald der Tag nahen würde, an dem diese Ausgeburt von Arroganz zu Kreuze kriechen musste. Sollte der Allmächtige dem Fürstabt noch ein paar Jahre Zeit auf Erden schenken, dann war dieser sicher in der Lage, dafür zu sorgen, dass der Gerechtigkeit Genüge getan wurde!

Als er den zufriedenen, fast freudig erregten Gesichtsausdruck des Abtes bemerkte, fröstelte Ekkehard und dachte wohl zum hundertsten Mal, dass er froh darüber war, auf der richtigen Seite zu stehen.

2. KAPITEL

Januar 1266

Die fröhlichen Töne, die der Musikant der Schalmei entlockte, verfehlten eindeutig ihr Ziel, denn mit jedem neuen Klang sank die Stimmung der jungen Braut.

Lukardis saß neben ihrem Ehemann Hermann von Ebersberg und konzentrierte sich auf die Spielleute, die er zur Hochzeitsfeier auf die Burg geladen hatte. Nebenbei versuchte sie ihr Lächeln beizubehalten, was sich als schwierig erwies, da ihre Gesichtsmuskeln mittlerweile völlig verkrampft waren. Das dröhnende Lachen ihres Gemahls zerrte an ihren ohnehin dünnen Nerven. Die Stimmung unter den Gästen wurde zunehmend ausgelassener, was sicher auch daran lag, dass der Wein in Strömen floss. Die Eltern der Braut waren bereits vor Einsetzen der Dunkelheit aufgebrochen, ebenso wie die Edelmänner, die in Begleitung ihrer Gemahlinnen zum Fest erschienen waren. Schaudernd stellte Lukardis fest, dass sich außer ihr kaum noch andere weibliche Personen in der Halle befanden. Bis auf wenige Ausnahmen hatten sich sogar die Mägde in die Küche zurückgezogen, um dort beim Abwasch und dem Nachschub an Speisen zu helfen. Das Bedienen war in der letzten Stunde offensichtlich zu beschwerlich geworden, da die meisten Männer dem Wein ordentlich zugesprochen hatten und ihre Hände nicht bei sich behalten konnten.

Die Hitze in der Halle, der fast ohrenbetäubende Lärm, der ständig an Lautstärke zuzunehmen schien, und zu guter Letzt die Musik brachten die mühsam aufrechterhaltene Fassade der jungen Frau zum Einsturz. Abrupt sprang sie von ihrem Stuhl auf, murmelte eine Entschuldigung in Richtung ihres Gemahls und bahnte sich einen Weg durch die übrig gebliebene Gästeschar. Angetrunkene Männer, die ganz offensichtlich vorhatten, die ganze Nacht durchzufeiern. Dabei versuchte sie verzweifelt, ihrer aufsteigenden Panik Herr zu werden.

Endlich hatte Lukardis die schwere Eingangstür erreicht. Mit einem knappen Nicken dankte sie dem Burschen, der ihr eilfertig öffnete, und hastete nach draußen. Eiskalte Luft umfing die aufgewühlte Braut. Lukardis atmete tief durch und legte dabei den Kopf in den Nacken. Überdeutlich wurde sie sich der Schwere des Schmuckstücks bewusst, das sie von ihrem Gemahl zur Hochzeit erhalten hatte. Das silberne Medaillon in Form einer Lilie, dem Wappen derer von Ebersberg, hing an einer grobgliedrigen, langen Kette über ihrem Gewand.

Einer kleinen weißen Wolke gleich entwich ihr Atem ihrem leicht geöffneten Mund. Mit unsicherem Blick wartete der Bursche ab, dann schloss er mit einem Achselzucken hinter ihr die Tür, um die Kälte aus der Halle auszusperren. Die Aufmerksamkeit der Menschen, die auf Kosten des Burgherrn im Hof das freudige Ereignis feierten, richtete sich nach und nach auf die junge Frau, die ab sofort den Platz an der Seite ihres Herrn einnehmen würde. Die Blässe ihres Gesichts hob sich fast gespenstisch von dem schweren Stoff ihres Surkots ab.

Das festliche Gewand aus dunkelblauem Brokatstoff

war mit silbernen Fäden durchwirkt. Hermann von Ebersberg hatte das Oberkleid selbst in Auftrag gegeben, nachdem er mit einer verächtlichen Handbewegung den Vorschlag ihres Vaters, ein schlichtes, elegantes Kleid auf seine Kosten anfertigen zu lassen, abgelehnt hatte. Lukardis hatte sich von Anfang an in diesem protzigen Aufzug unwohl gefühlt. Selbst die Cotte, von der man durch den überlangen Surkot sowieso kaum mehr als die Ärmel und den Ausschnitt erkennen konnte, war aus teurem Tuch angefertigt. Alles an ihr erschien ihr fremd, so als trüge sie die Kleidung einer anderen Frau. Einzig der silberne Fürspan, den sie von ihrer Mutter erhalten hatte und der nun ihren Ausschnitt zusammenhielt, hatte ihr beim Einkleiden am Morgen das tröstende Gefühl von Vertrautheit vermittelt.

Die angeregten Gespräche und das Gelächter, die den von mehreren Feuern erhellten Innenhof der Burg Ebersburg erfüllten, verstummten allmählich, ohne dass Lukardis etwas davon mitbekam. Erst als außer dem Knistern des Feuers kaum noch etwas zu hören war, erwachte sie aus ihrem Dämmerzustand. Langsam hob sie den Kopf. Der Kälteschock und die Abwesenheit ihres Gatten hatten Lukardis innerlich zur Ruhe kommen lassen. Doch nun kehrte das Gefühl der Unruhe mit voller Wucht zurück. Bestürzt registrierte die junge Frau die vielen Blicke, die auf sie gerichtet waren. Blicke, in denen Verwunderung und Sorge zu lesen war, die jedoch auch einen Anflug von Belustigung zeigten.

Reiß dich zusammen, ermahnte sich Lukardis und zwang sich zu einem Lächeln, das seltsamerweise herzlicher wirkte als noch vor wenigen Augenblicken in der Halle unter den geladenen Gästen.

»Bitte, lasst euch von mir nicht stören. Feiert und

genießt den Abend, liebe Leute«, forderte Lukardis die einfachen Bewohner der Burg und der Gehöfte am Fuß des Berges auf. »In der Halle ist die Luft so stickig, dass es mich nach der Kühle und Frische des Abends verlangt hat.«

Vereinzelt zeichnete sich auf den Gesichtern der Umstehenden ebenfalls ein Lächeln ab, und hier und da nahmen sie ein unterbrochenes Gespräch wieder auf. Erleichtert, dass sie mit ihren Worten und dem leichten, vergnüglichen Tonfall die Verwunderung der Leute zerstreut hatte, sagte sie erfreut zu, als einer der Männer ihr mit einer Verbeugung einen gefüllten Becher anbot. Das dunkle Getränk schmeckte überraschend gut und der süße Geschmack des Honigs hinterließ in ihr ein wohliges Gefühl.

»Hab Dank dafür«, sagte Lukardis und reichte dem Fremden das tönerne Gefäß.

»Möchtet Ihr uns ein wenig Gesellschaft leisten?«

Die angenehme Stimme des Fremden brachte Lukardis dazu, ihn genauer in Augenschein zu nehmen. Er war vielleicht etwas älter als sie und trug die graue Kleidung des einfachen Volkes. Obwohl er kaum größer als sie war, wirkte er durch seine muskulöse Gestalt beeindruckend.

»Ich bin Bardo«, stellte er sich vor, während ein einnehmendes Lächeln seine vollen Lippen umspielte, und fügte erklärend hinzu, dass er als Schmied für ihren Gemahl arbeitete. »Wir würden uns sehr glücklich schätzen, wenn Ihr unser bescheidenes Fest für einen Moment mit Eurer Gegenwart beehren würdet.«

»Das ist sehr freundlich, aber ich fürchte, meine Abwesenheit in der Halle fällt sicher bald auf«, wehrte Lukardis mit einer entschuldigenden Geste ab.

Das Lächeln des blonden Schmieds erstarb abrupt, und

verwundert darüber drehte Lukardis sich um. Sie spürte instinktiv, dass sein veränderter Gesichtsausdruck nicht auf ihre Absage zurückzuführen war. Das fröhliche Geplauder der letzten Minuten glich auf einmal dem Gemurmel von Menschen, die sich äußerst unwohl in ihrer Haut fühlten und nicht auffallen wollten.

»Hier seid Ihr!«

Die junge Frau zuckte zusammen, als sie die Stimme ihres Gemahls erkannte. Kaum fünf Fuß von ihr entfernt stand er reglos da, und sein Blick verhieß nichts Gutes. Er hatte die Daumen in den Gürtel gesteckt, den er locker um die Taille gebunden hatte. In seiner dunkelroten, von Silberfäden durchwirkten Tunika bot der Burgherr einen ungewohnten Anblick, da Hermann von Ebersberg normalerweise ausschließlich in schwarzes Tuch gekleidet war. Zudem war sein Bart sorgfältig gestutzt, wie Lukardis am Morgen bei ihrem ersten Zusammentreffen aufgefallen war.

»Unsere Gäste vermissen Eure Anwesenheit, werte Gattin«, bemerkte Hermann mit nicht zu überhörender Schärfe.

Mit gestrafften Schultern ging Lukardis ihm entgegen und legte ihre Hand auf den dargebotenen Arm.

Nicht nur die Tatsache, dass die Gesellschaft in der Halle sie vermisste statt ihres Gemahls, sondern auch der harte Ton, in dem er vor den Bediensteten mit ihr sprach, ließen ihre Wangen vor Scham brennen.

»Verzeiht mir bitte meine Nachlässigkeit gegenüber unseren Gästen, aber es verlangte mich dringend nach ein wenig frischer Luft«, antwortete Lukardis mit schmeichelnder Stimme, zu der die Furcht in ihren Augen nicht recht passen wollte.

»Selbstverständlich verzeihe ich Euch, meine Liebe,

schließlich seid Ihr erst seit einigen Stunden mein Eheweib und könnt daher nicht wissen, welches Verhalten meinen Unmut hervorruft. In der Zukunft solltet Ihr solche Eigenmächtigkeiten lieber unterlassen und vorher mein Einverständnis einholen.«

Lukardis nickte stumm. Obwohl es bei dem herrschenden Lärmpegel durchaus sein konnte, dass sie seine Worte falsch verstanden hatte, zweifelte sie keinen Moment daran, dass hier kein Missverständnis vorlag.

»Natürlich. Wenn Ihr es wünscht«, gab Lukardis zurück, eingedenk der Ermahnungen ihrer Mutter.

»Sei deinem Mann eine folgsame und pflichtbewusste Ehefrau, dann wird es dir sicher gut ergehen«, hatte Elisabeth ihrer Tochter am Abend vor der Hochzeit eingeschärft. Deren Frage, was sie im gemeinsamen Gemach denn erwarte, war die Fünfunddreißigjährige mit einem seltsam wehmütigen Gesichtsausdruck ausgewichen.

»Es gibt nichts, worüber du dich sorgen müsstest«, hatte die Mutter ihr anschließend mit strenger Miene erklärt. »Stell keine Fragen, sondern erfülle die Wünsche deines Gemahls. Er ist kein junger Bursche mehr und hat sich die Hörner sicher schon längst abgestoßen.« Elisabeth schloss ihre Ausführungen, indem sie Lukardis noch erklärte, dass die Dinge, die ihr Ehemann von ihr verlange, die Pflicht einer jeden Ehefrau seien.

Lukardis besaß zwar immer noch keine Vorstellung davon, was sich genau hinter dieser Pflicht verbarg, doch sie ahnte bereits, dass sich die Wünsche ihres sanften Vaters deutlich von denen ihres eigenen Ehemanns unterschieden.

Mit banger Miene schritt sie an der Seite Hermanns von Ebersberg durch die Menge, die sich vor ihnen öffnete und ihnen den Weg freigab. Die durchdringenden

Blicke mancher Männer gefielen Lukardis ebenso wenig wie das anzügliche Grinsen, das sie bei einigen bemerkte.

Als sie ihren Platz erreicht hatten, stellte sich der Bräutigam auf die Bank und zog seine Braut zu sich hoch. Alles ging so schnell vonstatten, dass die erschrockene junge Frau überhaupt nicht reagieren konnte. Davon abgesehen ließ der feste Griff ihres Mannes Lukardis keine Wahl.

»Freunde, liebe Gäste!«, rief Hermann von Ebersberg und übertönte damit sogar den Lärm in der Halle.

Die Gespräche verebbten, die letzten Töne der Fidel brachen mit einem unangenehmen Quietschen ab, und nur noch vereinzelt war unterdrücktes Gelächter zu vernehmen. Stocksteif hielt sich Lukardis neben ihrem Gemahl und hätte sich am liebsten auf der Stelle in ein Mauseloch verkrochen. Dass auf den Gesichtern der Gäste zumeist gespannte Erwartung lag und nicht wenige der anwesenden Männer ihren Blick völlig ungeniert über ihre schmale Gestalt gleiten ließen, trug nicht gerade zur Entspannung der jungen Ehefrau bei.

»Noch nicht einmal ein Tag ist vergangen, seit ich dieses wunderbare Geschöpf geehelicht habe. Gewiss brauche ich niemandem von Euch zu erklären, warum wir nun Eure werte Gesellschaft verlassen und uns zurückziehen werden.«

Lautes und ungezügeltes Gejohle unterbrach Hermanns Rede, der mit einem breiten Grinsen beschwichtigend die Hand hob. Lukardis schämte sich so sehr wie noch niemals zuvor in ihrem Leben.

»Selbstverständlich seid Ihr heute Abend unsere Gäste. Bis zum nächsten Morgen könnt Ihr Euch an den Speisen und Getränken laben. Sollte irgendwann den einen oder anderen von Euch dic Müdigkeit ereilen, so steht es ihm frei, in einer Ecke sein Nachtlager aufzuschlagen.«

Als Antwort erntete der Burgherr zustimmende Rufe, vereinzelt hörte man Becher aneinanderschlagen.

»Damit verabschieden wir uns nun, denn ich habe meine Pflicht als Ehemann zu erledigen. Eine Pflicht, die mir, wie ich gestehen muss, mehr als angenehm erscheint und die ich sicher jedes Mal aufs Neue mit Freuden erfüllen werde.«

Lukardis wusste beim besten Willen nicht, wohin sie schauen sollte, so peinlich war ihr die ganze Situation. Sie hatte zwar bisher nur zwei Hochzeiten von befreundeten Familien miterlebt, aber so eine Szene war ihr dort nicht untergekommen. Übelkeit erfasste sie und nur mit Mühe konnte sie sich an der Seite ihres gutgelaunten Mannes aufrecht halten. Als Schwindel sie erfasste, verstärkte sie instinktiv den Druck ihrer Hand, die Hermann fest umfasste.

»Genug der Worte, denn selbst mein Eheweib drängt es hinaus. Liebe Freunde, trinkt auf unser Wohl!«

Lukardis schwankte kurz, als ihr Mann ihre Hand überraschend losließ und vom Tisch sprang. Sein linker Arm schob sich an ihre Beine, kaum dass seine derben Stiefel den Boden berührt hatten. Ihre Knie knickten ein und im nächsten Moment landete sie in den Armen ihres Mannes, der sie, begleitet vom ungehemmten Gegröle aus unzähligen Kehlen, aus der Halle trug. Die Männer gaben den Weg frei, so dass sich die Menschenmasse wie von Geisterhand öffnete und sofort nach dem Paar wieder schloss.

»Bitte lasst mich herunter! Ich kann durchaus alleine laufen«, bat Lukardis ihren Gemahl.

Der schenkte ihren Worten jedoch keine Beachtung, sondern steuerte unbeirrt auf die Treppe zu. Zwei Stufen auf einmal nehmend, stürmte er hinauf, und sie erreichten gleich darauf eine Tür, hinter der Lukardis das Gemach ihres Mannes vermutete.

Unser gemeinsames Gemach, verbesserte sie sich mit bangem Blick ins Innere des Raumes, nachdem Hermann mit einem Stiefeltritt die offenbar nur angelehnte Tür aufgestoßen hatte. Ein einsames Öllicht stand flackernd wie zur Begrüßung auf einer derb wirkenden Truhe. Die Kälte, die Lukardis entgegenschlug, raubte ihr fast den Atem. Die Burg verfügte anscheinend nur über einen geheizten Raum: die Halle. Der Lärm, der von unten zu ihnen heraufdrang, war durch die dicke Decke etwas gedämpft, aber noch immer laut genug. Dank eines weiteren Stiefeltritts fiel die Tür hinter ihnen mit einem dumpfen Knall ins Schloss, und im nächsten Moment landete Lukardis unsanft auf dem riesigen Bett, das in der Mitte des Raumes stand.

Mittlerweile völlig verängstigt, blickte sie wie gebannt zu ihrem Mann auf, der sich vor dem Bett aufgebaut hatte. Die Hände in die Hüften gestemmt, starrte Hermann zurück. Lukardis war sich nicht sicher, ob ihm gefiel, was er sah. Seine buschigen Augenbrauen zogen sich zusammen, als sein Blick auf ihrem Gesicht verharrte.

»Was starrst du mich an wie ein verängstigtes Kaninchen? Ich werde dich schon nicht fressen, an dir ist eh kaum was dran«, brummte Hermann und machte sich an seinem Gürtel zu schaffen. »Worauf wartest du? Zieh dich aus!«

Zitternd vor Kälte und Furcht vor dem, was gleich kommen würde, setzte Lukardis sich auf und folgte seinem Wunsch. Mit ihren klammen Fingern schaffte sie es kaum, die Schnüre ihres Kleides zu öffnen, doch schließlich gelang es ihr. Das Rascheln von Stoff, gefolgt von dem Geräusch eines zu Boden fallenden Kleidungsstücks, schnürten ihr fast die Kehle zu. Plötzlich tauchten in ihrem Kopf längst vergessene Bilder auf. Bilder, die sie eigentlich niemals hätte sehen dürfen und die sie ihrer Neugier zu verdanken hatte. Der Neugier eines damals elfjährigen Mädchens.

Die kleine Lukardis hatte just in dem Moment dem Pferd ihres Vaters eine Rübe gebracht, als der Pferdeknecht mit einer der Mägde in den Stall kam. Die beiden flüsterten miteinander, und die junge Frau kicherte, als der Knecht sie neben sich ins Stroh zog. Lukardis hätte sich den beiden zeigen oder sich sogar aus dem Stall schleichen können. Doch sie tat nichts dergleichen. Stattdessen machte das Mädchen sich ganz klein und schaute dem Treiben der beiden zu. Lukardis erinnerte sich noch sehr gut an die gemischten Gefühle, die das seltsame Schauspiel in ihr hervorgerufen hatte. Trotz der Abscheu, die das mit strenger Frömmigkeit erzogene Mädchen beim Anblick der beiden ineinander verschlungenen Leiber empfand, hatte es sich der Faszination der Szene nicht entziehen können.

Jetzt, in diesem Moment, da sie sich den Surkot über den Kopf zog und den Blick gesenkt hielt, hörte sie noch einmal in ihrem Kopf das Stöhnen der Magd, das kurz darauf in einem unterdrückten Schrei endete. Seltsamerweise hatte Lukardis damals nicht den Eindruck gehabt, als hätte die Magd bei dem Akt Schmerzen erlitten.

»Geht das denn nicht schneller? Ich bin dir gerne behilflich, mein Täubchen!«

Hastig fingerte Lukardis an ihrem zarten, aus drei Schnüren geflochtenen Ledergürtel herum, um den Verschluss zu lösen. Als sich Hermann neben sie auf das Bett fallen ließ, erhob die junge Braut sich hastig. Ihr Herz hörte für einen Augenblick auf zu schlagen, als seine Finger ihren Arm streiften.

»Es ist kalt hier. Komm unter die Decke.«

»Ich bin gleich so weit«, flüsterte Lukardis, der die winzige Flamme der einzigen Lichtquelle im Raum mit einem Mal grauenhaft hell erschien.

Verzweifelt rief sie sich die Ermahnung ihrer Mutter in Erinnerung. »Es ist deine Pflicht als Ehefrau, Kind!« Mit einem Ruck zog sie sich das festliche Gewand über den Kopf. Frierend und unfähig, sich neben ihren Mann zu legen, stand sie nur im dünnen Unterkleid und mit ihrem schweren Hochzeitskleid im Arm vor der Bettstatt.

Hermann von Ebersberg gab ein entnervtes Stöhnen von sich und veränderte seine Lage im Bett. Zu spät bemerkte Lukardis, dass ihr ungeduldiger Ehemann sich zur anderen Seite gestemmt hatte und im nächsten Moment neben ihr stand. Mit weit aufgerissenen Augen sah sie zu ihm hoch und presste dabei das blaue Seidenkleid vor ihren fast nackten Körper. Voller Unbehagen darüber, dass ihr Gemahl noch nicht einmal mehr sein Unterkleid am Leib trug, rückte sie instinktiv etwas von ihm ab.

»Ich würde es zu schätzen wissen, wenn du dein schamhaftes Verhalten beiseitelassen könntest, Lukardis«, stieß Hermann mühsam beherrscht hervor. »Du bist jetzt mein Eheweib. Je eher du dich daran gewöhnst, umso besser ist es für dich ... und mich.« Blitzschnell umfasste er den dünnen Stoff und riss ihr mit einem Ruck das Kleid aus den Händen. Dann ließ er beide Hände in den Ausschnitt ihres dünnen Unterkleids gleiten. Nur mit Mühe unterdrückte Lukardis einen Aufschrei, während sie versuchte, mit den Armen ihre Blöße zu verdecken. Hermann umfasste ihre beiden Handgelenke und zog mühelos die Arme seiner zitternden Frau zur Seite. Lukardis, die ihren Blick vor lauter Scham unverwandt auf sein Gesicht gerichtet hielt, bemerkte den veränderten Ausdruck ihres

Mannes sofort. Der unverhohlene Ärger verschwand und machte Platz für etwas, das die junge Braut nicht gleich deuten konnte. Hermann kreuzte die Arme seiner Frau hinter ihrem Rücken, so dass sie den Oberkörper nach hinten beugen musste, um dem Druck nachzugeben. Sein Kopf näherte sich dem ihren, ohne dass er seinen Blick von ihr nahm.

In dem Moment fiel ihr ein, woran dieser Ausdruck sie erinnerte: Begierde! Genauso hatte der Lehnsherr ihres Vaters ausgesehen, als er eine der Tänzerinnen beobachtet hatte, die bei einem Fest auf Burg Wartenberg aufgetreten waren. Die junge Frau hatte sich Wochen später das Leben genommen. Ihre Leiche hatte man ein Stück weiter den Fluss entlang gefunden, und der leicht gewölbte Bauch hatte allen die Erklärung für ihren Freitod gegeben.

»Wie mir scheint, war mein Entschluss, dich zu ehelichen, gar nicht so falsch«, raunte Hermann ihr mit rauer Stimme zu, bevor er seinen Mund auf ihre Lippen presste.

Lukardis hatte noch nie zuvor einen Mann geküsst, daher war sie auf die Brutalität, mit der Hermann seine Zunge in ihren Mund schob, nicht gefasst. Gleich darauf ließ er von ihr ab und warf sie aufs Bett. Lukardis schnappte nach Luft, als sie den Körper ihres Mannes auf sich spürte, bevor er ihr erneut den Mund verschloss und mit unnachgiebiger Härte die Beine auseinanderdrückte. Die Braut schrie leise auf, als ihr Mann in sie eindrang und endlich ihren Mund freigab. Sie drehte den Kopf zur Seite und versuchte nicht auf den Schmerz zu achten, den seine harten Stöße in ihr verursachten. Als er kurze Zeit später stöhnend auf ihr niedersank, liefen ihre Tränen ungehindert über die Wangen und benetzten das Tuch, das die Strohmatratze bedeckte.

Fröstelnd erwachte Lukardis am nächsten Morgen. Sie brauchte einen Moment, bis ihr klar war, wo sie sich befand. Obwohl die Decke offensichtlich heruntergerutscht war und sie in dem eiskalten Raum erbärmlich fror, rührte sie sich nicht. Still lag sie da und lauschte nach verräterischen Geräuschen, die ihr anzeigten, dass sie nicht allein im Zimmer war. Doch weder das laute Schnarchen noch die tiefen Atemzüge ihres Gemahls waren zu hören.

Sie war allein.

Hastig griff Lukardis nach der Decke und zog sie bis zum Kinn hoch. Obwohl das Licht der Öllampe erloschen war, wurde die Dunkelheit durch vereinzelte graue Lichtstrahlen unterbrochen. Die Bretter, die zum Schutz vor dem eisigen Wind, der hier in den Wäldern unablässig gegen das dicke Mauerwerk ankämpfte, angebracht waren, ließen durch ihre schmalen Zwischenräume etwas Tageslicht herein. Es war trüb und versprach keinen sonnigen Wintertag.

Beim lauten Knallen einer Tür, gefolgt von dem gebrüllten Befehl eines Mannes, schrak Lukardis zusammen. Es war unzweifelhaft die wütende Stimme des Burgherrn, ihres Gemahls. Mit einem Mal war die Wärme des Bettes, in dem noch Hermanns Geruch hing, für sie unerträglich. Sie sprang hinaus und sah sich suchend im Zimmer um. An der Wand gegenüber von der Maueröffnung stand auf einem kleinen Tisch eine Schüssel mit einem Krug. Auf einmal verspürte Lukardis den brennenden Wunsch, sich zu waschen. Am ganzen Leib zitternd, hatte sie gerade den Tisch erreicht, als jemand die Tür aufriss und Lukardis vor Schreck nach dem nächstbesten Kleidungsstück griff, um ihre Blöße zu bedecken.

»Bist du endlich aufgestanden? Sieh zu, dass du in die Halle kommst. Die ersten Gäste wollen sich von dir verabschieden«, brummte Hermann verstimmt. Als sein Blick auf das Bett fiel, schüttelte er unwillig den Kopf. »Sag Margret Bescheid, dass sie ein frisches Laken überziehen soll.«

Mit einem dumpfen Knall fiel die Tür ins Schloss, und Lukardis, die die ganze Zeit über unbewusst die Luft angehalten hatte, atmete erleichtert aus. Dass ihr Gemahl nicht zu den rücksichtsvollsten Menschen zählte, war ihr bereits vor der Ehe bewusst gewesen.

Seufzend goss sie Wasser in die Schüssel und schöpfte mit der gewölbten Hand etwas davon ab. Die junge Frau zuckte zusammen, als das kalte Wasser auf die wunde Stelle zwischen ihren Schenkeln traf. Doch das hielt sie nicht davon ab, immer neues Wasser zu schöpfen, denn sie fühlte sich besudelt. Erst als ihr klarwurde, dass sie das Gefühl des Ekels nicht wegwaschen konnte, hielt Lukardis resigniert in ihren Bewegungen inne. Jetzt verstand sie die harte Miene ihrer Mutter, als diese von der ehelichen Pflicht gesprochen hatte. Wie soll ich bloß den Rest meines Lebens mit diesen Qualen leben?, fragte sie sich in einem Anflug von Resignation. Wäre es anders, wenn ich meinen Mann lieben würde? Sie konnte sich nicht vorstellen, dass ihr ruhiger, sanftmütiger Vater so grob mit ihrer Mutter umging. Oder täuschte sie sich in ihrer Unwissenheit? Waren am Ende gar alle Männer gleich, wenn sie neben einer Frau lagen?

Ihre nackten Arme hingen schlaff neben ihrem Körper, und das Wasser tropfte von ihren Händen. Fröstelnd fasste die junge Frau nach dem Tuch, das ordentlich zusammengefaltet neben der Schüssel lag, und trocknete sich ab. Mein Mann hat die morgendliche Wäsche wohl nicht für nötig erachtet, schoss es Lukardis durch den Kopf, während sie die nassen Innenseiten ihrer Oberschenkel trocken rubbelte. Fast beiläufig fiel ihr Blick auf das Tuch, und sie erschrak heftig, als sie die Verfärbungen auf dem vormals sauberen Stück Stoff erblickte. Hektisch hielt sie nach weiteren Spuren der vergangenen Nacht Ausschau. In der schlichten zinnernen Schüssel schwappte nun anstatt des klaren Wassers eine trübe, rötlich verfärbte Flüssigkeit, und als Lukardis herumfuhr, entdeckte sie auf dem weißen Betttuch einen Fleck.

Ihre Wangen brannten vor Scham.

Jetzt endlich verstand sie den angewiderten Blick ihres Mannes, mit dem er sie angewiesen hatte, nach der Magd zu schicken. Ihre unreinen Tage hatte sie erst in der vergangenen Woche gehabt. Hatte ihr Mann sie in der letzten Nacht im Unterleib verletzt? Was sollte sie jetzt nur tun? Sie kannte hier kaum jemanden, jedenfalls nicht gut genug, um sich Hilfe zu holen.

Ihr Blick fiel auf das verschmutzte Tuch in ihrer Hand. Es war groß genug, um es sich als Schutz zwischen die Beine zu binden. Vorerst musste es reichen.

Am ganzen Leib frierend, suchte Lukardis den Raum nach ihrer Truhe ab, in der sich ihre Kleidungsstücke befanden. Zum ersten Mal an diesem schrecklichen Morgen empfand sie etwas anderes als Scham und Hoffnungslosigkeit. Erleichtert und eine Spur entschlossener öffnete sie den Deckel. Ordentlich gestapelt lagen die Sachen in dem mit herrlichen Schnitzereien verzierten Holzkasten. Lukardis nahm das oben liegende Unterkleid heraus und schlüpfte hinein. Anschließend griff sie nach der erstbesten Cotte, die sie finden konnte. Das dunkelgrüne, wollene Gewand gehörte nicht zu ihren besten Oberkleidern, aber es war warm und erfüllte damit seinen Zweck. Die Hochzeit war vorbei, und der Alltag war bestimmt nicht mit edlen Kleidern zu bewältigen.

Nachdem sie Beinlinge angezogen hatte und in knöchelhohe Schuhe aus derbem Leder geschlüpft war, schnappte sie sich im Hinausgehen noch ein Tuch, um ihre in aller Eile lose geflochtenen Haare zu verdecken. Sie war nun verheiratet und musste ab sofort daran denken, dass sie sich dementsprechend kleidete.

Vor der Tür prallte Lukardis fast mit einer der Mägde zusammen, die bei ihrer Hochzeit die Speisen aufgetragen hatten. Ausgerechnet diese Frau war ihr wegen ihres roten, fast kugelrunden Gesichts aufgefallen. Trotz der körperlichen Anstrengungen beim Schleppen der üppig beladenen Fleischplatten wirkte die Dienstmagd fröhlich. Lukardis hatte sie für einen kurzen Moment schmerzlich beneidet. Dann hatte sie sich dafür gescholten, schließlich kannte sie die Frau nicht und konnte daher nicht wissen, mit welchem Schicksal sie sich vielleicht herumplagen musste.

»Verzeiht mir, Herrin, aber der Herr hat mir aufgetragen, mich um die Wäsche zu kümmern«, sagte die Magd, die sicher bereits die dreißig überschritten hatte.

»Ja, das stimmt«, erwiderte Lukardis und räusperte sich, da ihr unter dem neugierigen Blick der Frau die Stimme beinahe versagte. »Du musst Margret sein.«

Obwohl sie der Bediensteten keinerlei Rechenschaft schuldete, war die Angelegenheit für sie sehr beschämend. Selbst das freundliche Lächeln, mit der Lukardis ihre Bestätigung erhielt, änderte nichts daran. Da der jungen Burgherrin keine passende Erklärung einfallen wollte, bedankte sie sich leise und drückte sich an der Magd vorbei.

Ein Stockwerk tiefer traf Lukardis auf eine Gruppe Männer, deren müde Gesichter vom übermäßigen Genuss des Weines gezeichnet waren. Sie erwiderte die gemurmelten Begrüßungen mit einem knappen Nicken. Da sie niemanden der Anwesenden kannte, hielt sie es nicht für erforderlich, sich auf ein belangloses Gespräch einzulassen. Die Hochzeitsfeierlichkeiten waren vorüber, und die meisten Gäste würden die Burg bis zum Mittag verlassen.

Die abgestandene Luft, die ihr aus der Halle entgegenströmte, raubte ihr den Atem, daher ging Lukardis kurzentschlossen auf direktem Weg nach draußen. Draußen blieb sie abrupt stehen und betrachtete verwundert die weiße Decke, die sich in den letzten Stunden über den Hof und die Gebäudeteile gelegt hatte. Auch jetzt schneite es noch leicht. Der starke Wind trieb die Flocken vor sich her und ließ sie in der Luft tanzen. Nur wenige Menschen befanden sich im Hof. Die Kapuzen tief in die Gesichter gezogen, hasteten sie durch das Schneegestöber, um schnellstmöglich wieder vor dem unfreundlichen Wetter ins Innere der Gebäude zu flüchten.

Fröstelnd trat Lukardis zurück in die Halle, in der sich deutlich mehr Menschen befanden. Mindestens vier Mägde waren damit beschäftigt, die Hinterlassenschaften der letzten Nacht zu beseitigen. Das schabende Geräusch der Reisigbesen vermischte sich mit dem leisen Gemurmel der Männer, die sich im hinteren Teil der Halle aufhielten. Knapp fünfzehn Männer saßen an der langen Tafel und speisten. Mit einem Mal bemerkte Lukardis, wie hungrig sie war. Da sie bei ihrer eigenen Hochzeit kaum einen Bissen hinunterbekommen hatte, brachte sich ihr Magen nun mit lautem Knurren in Erinnerung.

Unschlüssig verharrte die junge Burgherrin am Eingang. Sie war sich nicht sicher, ob ihr Mann es für angemessen erachtete, wenn sie sich als einzige Frau dazugesellte. Andererseits war ihr Gemahl nirgendwo zu sehen, und beim Duft der frischen Brotlaibe, die verteilt auf dem Tisch standen, lief Lukardis das Wasser im Mund zusammen.

Trotz ihrer emsigen Arbeit hatten die Mägde ihre neue Herrin längst bemerkt. Aus den Augenwinkeln beobachtete Lukardis, wie eine von ihnen der Nächststehenden den Ellbogen in die Seite stieß und ihr etwas zuflüsterte. Völlig normal, dass sie so reagieren, versuchte Lukardis die in ihr aufsteigende Unruhe im Zaum zu halten. Sie kennen mich schließlich noch nicht und sind neugierig. Als jedoch einige der Gäste ihre Anwesenheit bemerkten und nacheinander die Gespräche unterbrachen, spürte Lukardis die altbekannte Hitze in die Wangen steigen.

Hat mein Gemahl ihnen womöglich von dem furchtbaren Missgeschick erzählt?, schoss es ihr durch den Kopf.

»Guten Morgen, liebe Schwägerin!« Von der Mitte der Tafel erhob sich Albrecht und deutete eine leichte Verbeugung an. »Ich hoffe, Eure erste Nacht auf Burg Ebersburg war angenehm«, sagte er mit einer Unschuldsmiene, die Lukardis fast die Sprache verschlug.

Einige wenige der anwesenden Männer schlugen peinlich berührt die Augen nieder. Andere versuchten ihr Grinsen vor Lukardis zu verbergen. Manche taten nicht einmal das, sondern taxierten die junge Burgherrin abschätzend.

»Danke der Nachfrage«, entgegnete Lukardis zwar leise, aber mit fester Stimme, worüber sie unglaublich erleichtert war.

Ein Zittern oder gar Stottern hätte ihr den letzten Rest an Würde geraubt. Bis auf das gleichmäßige Rascheln der Besen im Hintergrund herrschte jetzt fast völlige Stille. Lukardis musste sich innerlich ständig ermahnen, bloß nicht in Tränen auszubrechen oder panisch die Flucht zu ergreifen. Sie war ein ruhiger Mensch und hatte bisher bei ihren Eltern ein zurückgezogenes Leben geführt. Die junge Frau war es nicht gewohnt, im Mittelpunkt des Interesses zu stehen, schon gar nicht, wenn es sich um solche Art von Interesse handelte. Flüchtig wanderte ihr Blick über die Reihen der Männer. Zwei, drei aßen nebenher, die anderen richteten ihre Aufmerksamkeit auf die schmale, hochgewachsene Frau, deren außergewöhnliche Blässe ein wenig von ihrer Gefühlslage wiedergab. Gleichwohl signalisierten die gerade, straffe Haltung und das leicht angehobene Kinn den Anwesenden, dass die junge Burgherrin nicht bereit war, sich unter den unverschämten Blicken einiger Männer ihres Gemahls zu ducken. Lukardis selbst war diese Wirkung jedoch völlig unbekannt. Nur mit größter Mühe schaffte sie es, mit der gleichen ruhigen Stimme weiterzusprechen.

»Es lag gewiss nicht in meiner Absicht, die Herren bei ihrem Mahl zu unterbrechen. Ich bitte Euch, lasst Euch von mir nicht stören. Allerdings wäre ich dankbar, wenn mir jemand der Anwesenden sagen könnte, wo sich mein Gemahl aufhält.«

Selbst der unsicheren Lukardis fiel der Stimmungswechsel auf, den ihre gelassenen Worte auslösten. Die meisten Gäste wandten sich wieder ihrem Essen zu. Ein paar von ihnen grinsten erneut und sahen verstohlen zu Albrecht, der mit zusammengepressten Lippen auf seine ungefähr gleichaltrige Schwägerin starrte. Es war offensichtlich, dass er die junge Burgherrin hatte bloßstellen wollen. Nun war dieser Versuch vor allen Augen kläglich gescheitert.

Lukardis zwang sich, ihre Aufmerksamkeit ganz auf ihren Schwager zu richten, obwohl ihr die Wut, die in seinen Augen aufblitzte, Angst machte. Was vor allem daran lag, dass sie in Form und Gefühllosigkeit jenen ihres Gemahls glichen.

Im nächsten Moment hatte Albrecht sich wieder im

Griff und ein liebenswürdiges Lächeln überzog sein Gesicht, das trotz des sorgfältig gestutzten Bartes sehr jungenhaft wirkte. Doch ehe er zu einer Antwort ansetzen konnte, kam ihm der Mann zu seiner Rechten zuvor.

»Euer Gemahl ist auf dem Weg nach Fulda, edle Dame. Er hat mit dem Abt ein Gespräch zu führen, das sich leider nicht aufschieben ließ«, sagte Heinrich von Frankenstein. »Möchtet Ihr Euch vielleicht zu uns setzen? Es wäre sehr schön, wenn Ihr unserer ungeschliffenen Runde mit Eurer Gesellschaft ein wenig Glanz verleihen würdet.«

Froh über die unerwartete Unterstützung, nickte Lukardis ihrem Helfer dankbar zu. Da sich ihr Schwager Heinrich nicht in der Halle befand, nahm sie an, dass er seinen Bruder nach Fulda begleitete.

»Nur zu gerne, Herr von Frankenstein. Ich bin in der Tat sehr hungrig.«

Mit einer einladenden Handbewegung wies der Mann, der zu den wenigen gehörte, den Lukardis bereits kannte, und der ihr anscheinend wohlgesonnen war, auf den Platz rechts neben sich. Erfreut nahm sie zur Kenntnis, dass sie damit nicht neben ihrem grässlichen Schwager sitzen musste. Mit neu erwachtem Mut ging die Burgherrin zu der Bank, die sich ihr gegenüber auf der anderen Seite der Tafel befand. Da sie unmöglich mit ihrer Cotte über die lange Sitzgelegenheit steigen konnte, blieb sie wohl oder übel vor ihrem Schwager stehen, der am Rand saß. Just in dem Moment, als sie ihm in die Augen sah, wusste Lukardis, dass sie sich vor ihm in Acht nehmen musste. Innerlich wappnete sich die junge Frau gegen eine weitere Attacke Albrechts.

Mit einer angedeuteten Verbeugung trat dieser aus der Reihe heraus, gefolgt von Heinrich von Frankenstein, der Lukardis aufmunternd zunickte.

»Mein Bruder wäre am Morgen nach seiner Hochzeit auch lieber hier bei seinen Gästen geblieben, statt sich durch den Schneesturm zu kämpfen«, sagte Albrecht, als er seine Schwägerin vorbeiließ. »Leider hatte er durch das Verhalten Eures Vaters keine andere Wahl, werte Schwägerin.«

»Zügelt Euch, Albrecht!«, zischte Heinrich von Frankenstein ihm zu, während Lukardis abrupt stehen blieb.

»Was wollt Ihr damit sagen?«

»Nun denn, edle Lukardis, nichts weiter, als dass Euer Vater meinem Bruder die Vereinbarung verschwiegen hat, die er nach dem Verlust von Burg Wartenberg beim Abt unterschrieben hat«, antwortete Albrecht und hielt kurz inne, ohne den Blick von dem bleichen Gesicht seiner Schwägerin zu nehmen.

Lukardis konnte ihm ansehen, wie sehr er diesen Moment genoss.

»Es reicht, Albrecht! Euer Bruder schätzt es nicht, wenn Ihr Euch um seine Angelegenheiten kümmert!«, warnte Heinrich von Frankenstein ihn erneut.

Fast schien es Lukardis, als hätte allein die Erwähnung des Namens ihres Gemahls in dem jungen Albrecht etwas bewirkt. Doch der Augenblick verflog, und seine nächsten Sätze würde die junge Frau niemals vergessen.

»Er schätzt es nun mal nicht, hintergangen zu werden, Heinrich. Hätte er vorher gewusst, dass die Mitgift seines Eheweibs auf ein jämmerliches Stück Land zusammengeschmolzen war, dann wäre er die Ehe mit ihr niemals eingegangen«, konterte Albrecht scharf und verließ wutschnaubend die Halle, nachdem er die schockierte Lukardis mit einem letzten abschätzigen Blick bedacht hatte.

3. KAPITEL

Äußerlich gelassen blickte der Fürstabt von Fulda dem unerwarteten Gast entgegen. Bevor der Wachposten die Tür hinter dem Mann schloss, konnte Bertho noch den Bruder im Gang erkennen. Der Abt atmete tief durch. Trotz der Ruhe, die er ausstrahlte, sah es in Bertho ganz anders aus, denn Hermann von Ebersberg bedeutete immer Unfrieden, wenn nicht gar handfesten Ärger. Wenigstens hatte man ihm den Besuch des Ebersbergers schon vor einer halben Stunde gemeldet.

Insgeheim beglückwünschte sich Bertho zu seinem Einfall, vor einigen Monaten bereits einen Posten damit beauftragt zu haben, jede Bewegung in Richtung Fulda zu melden. Diese unaufwendige und doch so wichtige Aufgabe übernahmen im Wechsel die jungen Burschen der Bauerngüter, die unter dem Namen Künzell zusammengefasst waren und sich in der Nähe des Wachturms befanden. Die Gehöfte zählten zum Besitz des Klosters, das den Jungen ein geringes Salär zahlte. Das denkbar einfache System funktionierte hervorragend. Sobald einer der Ebersberger Brüder auch nur in die Nähe des Klosters kam, schwenkten sie zwei Fackeln, um den Abt darüber in Kenntnis zu setzen. Die Methode funktionierte selbst bei gleißendem Sonnenschein, denn dann erzeugten sie mittels einer Flüssigkeit so viel Rauch, dass dieser weithin sichtbar war.

Außer natürlich für den Reiter, der den Turm im Rücken hatte.

»Guten Morgen, hochwürdigster Herr Abt«, begrüßte ihn der Mann, dessen Anblick allein genügte, um dem Klostervorsteher seelische Qualen zu bereiten.

»Den wünsche ich Euch auch, mein Sohn«, erwiderte Bertho und gab dem Ebersberger mit einem betont gleichmütigen Handzeichen zu verstehen, dass er sich setzen dürfe.

Mit einem listigen Lächeln läutete der Abt den Beginn des unweigerlichen Wortgefechts ein, kaum dass sein Besucher ihm gegenüber Platz genommen hatte.

»Außerdem möchte ich es nicht versäumen, Euch meinen allerherzlichsten Glückwunsch zu Eurer Vermählung auszusprechen. Wie ich hörte, habt Ihr erst gestern das Fräulein von Wartenberg geehelicht. Ich muss gestehen, es erstaunt mich ein wenig, Euch nur einen Tag nach diesem gottgefälligen Ereignis hier begrüßen zu dürfen. Wie könnt Ihr nur meine Gesellschaft der Eurer bezaubernden jungen Frau vorziehen?«

Zufrieden betrachtete Bertho die Miene seines Besuchers, die sich wie erwartet augenblicklich verdüsterte. Hermann von Ebersberg zählte nicht zu den Edelmännern, die großen Wert auf ihr Äußeres legten, und zeigte sich heute ungewohnt gepflegt, was sicher dem gestrigen Ereignis zuzuschreiben war. Im Gegensatz zu seinen beiden jüngeren Brüdern zeugten die Flecken auf der Kleidung des Ebersbergers in der Regel von den Gelagen, für die er in der ganzen Gegend bekannt war. Bertho, der berauschenden Getränken aller Art schon vor langer Zeit entsagt hatte, ließ dennoch Vorsicht walten, da er wusste, dass sein Gegenüber einen scharfen Verstand besaß.

»Es liegt bestimmt nicht an meinem Eheweib, dass

ich ausgerechnet Euch einen Tag nach meiner Hochzeit aufsuche, Fürstabt, dessen könnt Ihr gewiss sein«, gab Hermann von Ebersberg leicht verärgert zurück. »Ihr könnt Euch Eure falsche Freundlichkeit ruhig sparen, mir braucht Ihr nichts vorzumachen! Ihr wisst sehr wohl, warum ich heute den Weg zu Euch gesucht habe. Ihn vielmehr suchen musste!«

Reglos musterte Bertho das bärtige Antlitz seines Besuchers, der sich in seinem Lehnstuhl etwas vorgebeugt hatte. Dunkle Ringe zeugten von einer kurzen Nacht und verliehen den schwarzbraunen, leicht blutunterlaufenen Augen Hermanns etwas Bedrohliches. Für einen kurzen Moment empfand der Abt Mitleid für die junge Burgherrin, die durch ihre Heirat das Ansehen und den Stand ihres Vaters in der adligen Gesellschaft gerettet hatte. Doch der Moment ging schnell vorbei, denn Bertho wusste, dass die Heirat ohnehin geplant gewesen war.

»Zu meinem großen Bedauern kann ich Eure Gedanken nicht lesen, lieber Freund. Wenn ich jedoch einmal vom Hauptgrund für Eure Vermählung absehe, nämlich der Liebe zu Eurer Frau, dann fällt mir selbstverständlich ihre Mitgift ein. Die hat sich aufgrund des für Euch bedauerlichen Verlustes der Burg Wartenberg mit den dazugehörenden Ländereien fraglos deutlich verringert. Im Übrigen ist der Graf von Ziegenhain als Lehnsherr Eures werten Schwiegervaters genauso betroffen, wie Ihr es durch Eure Heirat seid.«

»Bedauerlicher Verlust?«, donnerte Hermann von Ebersberg und schlug mit der Faust auf den schweren Eichentisch, der noch aus der Zeit des seligen Abtes Ratgar stammte und von Bertho, wie auch von all seinen Vorgängern, in Ehren gehalten wurde. »Ihr habt Euch eigenmächtig den Besitz meines Schwiegervaters einverleibt, um den Klosterbesitz weiter zu vermehren! So, wie Ihr es bereits im vergangenen Jahr mit den Besitztümern des Frankensteiners oder des Blankenwälders getan habt! Was den Grafen angeht, vertreten wir beide die gleiche Meinung. Auch er hat genug von Eurem eigenmächtigen Handeln, das jeglicher Grundlage entbehrt!«

»Ihr bringt da ein paar Dinge durcheinander, guter Mann. Zum einen haben die von Euch genannten Edelleute eben nicht edel gehandelt, sondern Plünderungen zugelassen, weshalb die Menschen dort voller Angst und Schrecken gelebt haben. Zum anderen haben diese Ländereien schon immer zum Besitz des Klosters gehört. Ich verweise auf das Kartular, das der Mönch Eberhard im Auftrag des Abtes Marquard vor fast hundert Jahren erstellt hat. Eben jene Gebiete haben sich die von Euch Genannten unerlaubt und in unerhörter Art und Weise in den letzten Jahres des Interregnums einverleibt«, erwiderte Bertho scharf. Er atmete tief durch, beugte sich ein Stück vor und fügte leise, aber sehr eindringlich hinzu: »Das alles dürfte Euch und auch dem Grafen hinlänglich bekannt sein, Herr von Ebersberg. Ihr dürft gewiss sein, dass *mir* bekannt ist, dass einige der Ländereien, die Ihr Euer Eigen nennt, ebenfalls in dem Kartular aufgelistet sind.«

»Wollt Ihr mir drohen?«, zischte Hermann von Ebersberg und erhob sich abrupt.

Mit aller Gemütsruhe, die er aufbringen konnte, lehnte Bertho sich wieder zurück und sah mit einem freundlichen Lächeln zu seinem aufgebrachten Besucher auf.

»Keineswegs! Ich bin ein Mann der Kirche und weile nur auf Erden, um Gottes Wort zu verkünden. Mein Amt bringt es aber nun einmal mit sich, dass ich gewährleisten muss, das Eigentum der Kirche zusammenzuhalten.

Außerdem gilt meine Sorge dem Wohlergehen der Schwachen und Hilfebedürftigen, Herr von Ebersberg. All jenen, die gottesfürchtig jeden Tag ihre Arbeit verrichten und schutzlos den Angriffen einiger gieriger Männer adliger Herkunft ausgeliefert sind. Nein, lieber Freund, ich drohe Euch nicht. Ich weise Euch lediglich darauf hin, dass Ihr Euch nicht nur Edelmann nennen, sondern Euch auch als ein solcher verhalten solltet!«

»Weder ich noch meine Brüder lassen uns von Euch vorschreiben, wie wir unser Leben zu führen haben! Euer Kartular ist ein Hohn, hochwürdigster Abt. Das weiß jeder hier, diese Tatsache ist sogar dem Bischof in Würzburg bekannt. Dieser erbärmliche kleine Mönch hat damals alles in das Verzeichnis aufgenommen, was er mit seinen schmierigen Fingern aufschreiben konnte«, fauchte Hermann von Ebersberg und ließ sich wieder schwer auf den Stuhl fallen.

Würzburg!

Allein die Erwähnung des Bistums brachte Berthos Blut in Wallung. Fulda war eigenständig! Nach der Gründung des Klosters hatte der Heilige Vater, Papst Zacharias persönlich, der Bitte des Klostergründers Bonifatius entsprochen und das Kloster direkt der Gerichtsbarkeit des apostolischen Stuhls unterstellt. Dieses Privileg bedeutete Eigenständigkeit und Unabhängigkeit für das Kloster Fulda. Trotzdem kam es in der Vergangenheit immer wieder zu Konflikten, vorwiegend mit den Bistümern in Mainz und Würzburg. Seit der umfangreichen Schenkung Kaiser Karls im Jahr 777 geriet Fulda mit Würzburg wegen der Gebiete um die Hammelburg immer wieder aneinander. Das Fuldaer Kloster war reich an Gütern und weckte Begehrlichkeiten, die dem Abt große Schwierigkeiten bereiteten. Wobei die wachsende Zahl der Überfälle, hinter denen seines Erachtens allein die Adligen der Umgebung steckten, deutlich schwerer auf Berthos Seele lastete.

»Eure Anschuldigung gegenüber einem rechtschaffenen Bruder unseres Klosters ist infam, Herr von Ebersberg! Und ob der ehrenwerte Würzburger Bischof wirklich Eure Ansicht teilt, zweifle ich sehr stark an«, versetzte Bertho hochmütiger, als es in seiner Absicht lag. Gleichzeitig dankte er dem Herrgott dafür, dass mit Iring von Reinstein-Homburg endlich ein Mann auf dem Bischofsstuhl saß, mit dem er eine freundschaftliche Beziehung pflegte. »Davon unabhängig spielt es für Fulda nicht die geringste Rolle, welche Meinung das Würzburger Bistum vertritt.«

»Wenn Ihr Euch damit mal nicht irrt«, brummte sein Besucher mit einem wissenden Lächeln. »Wir lassen uns nicht von Euch wie Schafe zur Schlachtbank führen. Denkt immer daran, Fürstabt!«

»Ich denke an nichts anderes, lieber Herr von Ebersberg«, antwortete Bertho, ohne das Lächeln zu erwidern. »Wenn Ihr keine weiteren Anliegen mit mir zu besprechen habt, muss ich Euch nun bitten, mich zu entschuldigen. Die Terz beginnt in Kürze, und meine Anwesenheit ist erforderlich.«

Als Antwort erhob sich Hermann von Ebersberg von seinem Platz, stützte sich jedoch noch einmal kurz mit beiden Händen auf der Tischkante ab und richtete seinen Blick auf Bertho.

»Ich habe gesagt, was zu sagen war, und werde tun, was ich tun muss«, antwortete der Ritter. Er verharrte noch einen Moment und verließ dann mit entschlossenen Schritten das Arbeitszimmer des Abtes.

Erst als der Mönch, der während des Gesprächs neben dem Eingang ausgeharrt hatte, die Tür hinter dem Besucher zuzog und seinen Blick wartend auf den Klostervorsteher richtete, fiel die Anspannung von Bertho ab. Er fühlte sich nicht unbedingt als Sieger, obwohl er das Wortgefecht fraglos zu seinen Gunsten entschieden hatte. Es lag nicht etwa daran, dass er die Entschlossenheit des Ebersbergers und der anderen Adligen fürchtete. An Entschlusskraft mangelte es ihm ebenfalls nicht.

Vielmehr fürchtete er die Konflikte, die vor ihm lagen und die nicht mit Worten, sondern mit Waffengewalt ausgetragen werden würden.

Würzburg, fürstbischöfliche Residenz

Zielstrebig und mit großen Schritten bahnte sich der hochgewachsene Priester seinen Weg über den großen Innenhof, ohne die vielen ihn umgebenden Menschen auch nur eines Blickes zu würdigen. Seit die Festung auf dem Marienberg vor über zehn Jahren zur Residenz des Würzburger Fürstbischofs erklärt worden war, befand sich hier eine einzige große Baustelle, die, so erschien es zumindest Raban von Elfershausen, kein Ende zu nehmen schien. Normalerweise interessierte sich der Einundzwanzigjährige sehr für das Fortschreiten der einzelnen Bauabschnitte, doch heute hatte er dafür kein Auge. Wenn ihn der Fürstbischof persönlich zu einem Gespräch einlud, dann gab es für solch einen Zeitvertreib keinen Freiraum.

An der Eingangstür zum Palas reichte Raban einer der beiden Wachen jenes Schreiben, das ihn zum Eintritt berechtigte. Ihn, einen einfachen Priester, dem Fortuna aufgrund seiner Herkunft in den letzten Jahren kaum von der Seite gewichen war.

Seine großen Schritte verlangsamten sich, während er die breite Treppe erklomm und anschließend nach rechts in den langen Gang einbog. Der Priester ahnte, warum ihn der Herzog von Franken, wie sich die Bischöfe von Würzburg seit fast einhundert Jahren dank dem damaligen Kaiser Friedrich nennen durften, zu sich bestellt hatte. Es gelang Raban noch immer nicht, sein aufgewühltes Inneres unter Kontrolle zu bekommen.

Sicher, er hatte lange auf diesen Moment gewartet. Regelrecht entgegengefiebert hatte er ihm, wenn er ehrlich war. Aber jetzt, da sein größter Wunsch aller Wahrscheinlichkeit nach in Erfüllung gehen sollte, tauchten Zweifel auf.

Nicht nur wegen Hilda, seiner drei Jahre jüngeren Halbschwester, die erst vor einer Woche den Bund der Ehe eingegangen war und die er fast abgöttisch liebte. Die Zweifel lagen tiefer, waren mächtiger als die Liebe zu seiner einzigen lebenden Verwandten.

War der von ihm gewählte Weg wirklich richtig?

Rabans innere Zerrissenheit quälte ihn nicht erst seit der Nachricht vom Tode seines Vaters, der beim Rückzug der Kreuzfahrer bei Fariskur mit vielen anderen in Gefangenschaft geraten war und einige Jahre später den Tod gefunden hatte. Die Kreuzfahrer unter Ludwig IX. erfuhren dort eine geradezu vernichtende Niederlage, von der sich der französische König nie wieder richtig erholen sollte.

Nein, der Stachel saß schon länger in seinem Fleisch und bohrte sich immer tiefer, ohne dass Raban etwas dagegen tun konnte. Kein Gebet, keine Beichte und auch keine Form der Selbstkasteiung hatte daran etwas geändert.

Mit den herablassend klingenden Worten, der hochwürdigste Fürstbischof erwarte ihn bereits, ließ man Raban zu dem Mann vor, der seit dem Ableben seines Vaters sein wichtigster Mentor war.

Iring von Reinstein-Homburg hatte das mächtigste kirchliche Amt in dieser Stadt seit gut zehn Jahren inne und vermochte einige beachtliche Erfolge vorzuweisen. Persönlich hielt er die erneute Anerkennung des Vertrags von 1261, mit dem die Streitigkeiten zwischen der aufstrebenden Stadt und dem Domkapitel beigelegt werden konnten, für sein wichtigstes Ergebnis. Raban wusste, dass die Kämpfe, die im letzten Jahr aufgrund der Kompetenzstreitigkeiten in den Straßen der Stadt getobt hatten, den Fürstbischof schwer belastet hatten, denn kurz zuvor hatte ihn sein Mentor nach Würzburg gerufen.

»Verzeiht meine Verspätung, Durchlaucht. Eure Nachricht hat mich erst heute Vormittag erreicht, da ich bis gestern die Gastfreundschaft des Gemahls meiner Schwester genossen habe«, begrüßte Raban den Fünfzigjährigen respektvoll, während er das linke Knie beugte und den ihm dargebotenen Ring küsste.

»Ich habe von der Heirat Eurer Schwester gehört, mein Sohn. Wie geht es Hilda?«, erkundigte sich der Fürstbischof und gab seinem Besucher mit einem Handzeichen zu verstehen, dass er sich erheben durfte.

»Soweit ich es beurteilen kann, ist mein Schwager ein rechtschaffener Mensch mit einem guten und mitfühlenden Herz«, erwiderte Raban und setzte sich auf den ihm zugewiesenen Stuhl. »Seine Geschäfte laufen gut, und ich hoffe sehr, dass meine Schwester mit ihm glücklich wird.«

»Bestimmt glücklicher, als Ihr es seid, Bruder«, gab Iring von Reinstein-Homburg gelassen zurück.

»Wie kommt Ihr zu der Annahme, dass ich nicht glücklich bin?«, fragte Raban erstaunt.

Obwohl der Fürstbischof ihn durch die enge Freundschaft, die ihn mit Rabans gefallenem Vater verband, seit seiner Geburt kannte und seinen Weg seitdem aufmerksam verfolgte, war dem jungen Priester nicht bewusst gewesen, dass seine Zweifel für Außenstehende so deutlich zu erkennen waren. Beschämt senkte er die Augen, als er den eindringlichen Blick des von ihm verehrten Mentors nicht mehr ertragen konnte.

»Glaubt Ihr wirklich, dass mir der Konflikt, den Ihr in Eurem Innern mit Euch austragt, entgangen ist? Euer Vater, Gott habe ihn selig, war ein guter Mensch, wenngleich mit Fehlern behaftet. Aber, so frage ich Euch, wer ist das nicht? Er widmete sein Leben Gott, indem er das tat, was er am besten konnte: kämpfen. Ich weiß, Ihr hadert damit, dass Euer Vater das gesamte Vermögen der Familie in diesen Kreuzzug gesteckt hat und Ihr nach seinem Tod völlig mittellos wart. Aber vergesst nicht, er hat in dem Glauben an die richtige Sache gehandelt und ist dafür auch gestorben.«

»Es geht mir nicht um mich, Durchlaucht. Hilda hat es ungleich härter getroffen. Mein Vater, dessen Ehrenhaftigkeit Ihr gerade gepriesen habt, hat sich nicht einen Deut um sie geschert. Das ist kaum gottgefällig zu nennen!«, erwiderte Raban heftiger, als es angemessen gewesen wäre.

»Zügelt Euch, Raban von Elfershausen«, ermahnte ihn der Fürstbischof ungewohnt scharf. »Ich muss Euch wohl nicht daran erinnern, dass Hilda die Tochter Eurer Amme ist. Euer Vater hat getan, was er für notwendig hielt, damit Hilda versorgt ist.«

»Verzeiht mir, hochwürdigster Herr Fürstbischof«, entschuldigte sich Raban, ohne dabei unterwürfig zu wirken. »Ich vergaß, dass die Liebe eines Vaters nur standesgemäßen Kindern gilt und nicht Bastarden.«

»Ach, Raban«, seufzte der Ältere. »Gerade diese Ansichten lassen Euch zweifeln. Akzeptiert die Bedingungen, die das Leben vorgibt, und Eure Marter wird ein Ende haben.«

Raban schwieg. Nicht weil ihm die Worte fehlten, sondern weil er genau wusste, dass seine Antwort nicht im Sinne des Fürstbischofs ausfallen würde. Er schätzte den alteren Mann viel zu sehr, als dass er ihn noch weiter verstimmen wollte.

»Ich sehe schon, Ihr teilt meine Ansichten nicht«, seufzte Iring von Reinstein-Homburg erneut. »Nun denn, da Ihr Euch schon vor längerer Zeit dazu entschlossen habt, dem Weg Eures Vaters zu folgen und Gott zu dienen, jedoch ohne Euch dabei auf die Hilfe Eures Schwertes zu verlassen, habe ich Euch rufen lassen. Obgleich ich Euch gerne weiter hierbehalten möchte, schicke Euch nach Bologna.«

Ein zufriedenes Schmunzeln glitt über das faltige Gesicht des Kirchenfürsten, als er die verblüffte Miene seines Schützlings bemerkte. Raban von Elfershausen war ihm mit seinen einundzwanzig Jahren ein wertvoller Gefolgsmann, der sich nicht nur auf Worte, sondern auch auf das Führen seines Schwertes verstand. Doch jetzt galt es, endlich den langgehegten Wunsch des jungen Mannes zu erfüllen. Nicht zuletzt verfolgte der Kirchenfürst damit auch seine eigenen Ziele. Denn mit dem Wissen, das Raban sich an der angesehenen Universität aneignen würde, konnte er ihm in Zukunft noch wertvollere Dienste leisten.

»Aber ich …«, begann Raban, geriet ins Stocken und versuchte es erneut. »Durchlaucht, ich weiß gar nicht, was ich sagen soll. Ich habe überhaupt nicht mehr damit gerechnet, nachdem Ihr mir die Höhe der Kosten für ein

Studium an der Universität genannt hattet. Mein Erspartes reicht höchstens für Reise und Unterkunft.«

»Sorgt Euch nicht, mein Sohn. Ich habe nämlich eine weitere Überraschung für Euch. Es ist mir gelungen, einen Ritter ausfindig zu machen, der die Burg Eures Vaters als Lehen übernehmen will. Er zahlt Euch jährlich eine Summe, die die Kosten für Euer Studium decken wird«, klärte der Fürstbischof ihn auf.

Rabans Miene verdüsterte sich. Obwohl er eigentlich erleichtert auf diese Nachricht reagieren müsste, konnte er sich nicht recht daran erfreuen. »Die Burg Eures Vaters« hatte sein Mentor gesagt, obwohl es sich strenggenommen um den Besitz von Raban handelte. Es war seine Burg. Das Einzige, das vom Erbe seines Vaters übrig geblieben war. Mit Ausnahme des Schwertes, das ihm ein befreundeter Ritter seines Vaters mehrere Wochen nach dessen Tod mit betrübter Miene und gezeichnet von den Strapazen der Reise und der verlorenen Schlacht überreicht hatte. Die beiden befreundeten Männer hatten nach langen Jahren der Gefangenschaft die Flucht aus Fariskur gewagt. Die Entbehrungen und die harte Arbeit hatten bei Rabans Vater jedoch ihren Tribut gefordert. Drei Tage nach ihrer Flucht starb er entkräftet in einer gottverlassenen Gegend, in der seinem Gefährten nichts anderes übrig geblieben war, als den Leichnam zum Schutz vor wilden Tieren mit Steinen abzudecken.

Raban schüttelte die düsteren Gedanken ab und wandte sich anderen, kaum erfreulicheren zu. Der Ausdruck »Burg« war nämlich alles andere als eine angemessene Bezeichnung. Das steinerne Gemäuer war an vielen Stellen bereits eingefallen, da Raban nach dem Tod seines Vaters nicht über die Mittel verfügt hatte, um den Besitz zu schützen. Die Jahre davor hatte sein Vater all sein Geld in die Kreuzzüge gegen die Ungläubigen gesteckt. So hatten sich die Bauern der umliegenden Höfe regelmäßig an den Steinen bedient und das ehemals stolze Gebäude, das sich seit über einhundert Jahren im Besitz derer von Elfershausen befand, in ein trauriges Abbild verwandelt. Raban war seit Jahren nicht mehr dort gewesen. Der Anblick war einfach zu schmerzhaft. Genauso wie der Gedanke, dass künftig jemand anders dort leben würde.

»Ich danke Euch sehr für Eure Mühe, Durchlaucht«, sagte Raban mühsam beherrscht. »Selbstverständlich weiß ich zu schätzen, was Ihr für mich getan habt, und bitte demütig um Verzeihung, wenn mein Stolz eine offensichtlichere Freude nicht zulässt.«

»Kümmert Euch nicht darum, Raban. Nicht der Stolz trübt Eure Freude, sondern die Trauer um den vermeintlichen Verlust Eures Zuhauses. Vergesst dabei bitte nicht, dass Ihr Gott überall dienen könnt. Ihr benötigt dazu keine dicken, zur Abwehr erbauten Mauern.«

»Nicht nur zur Abwehr, Durchlaucht, sondern auch zum Schutz«, murmelte Raban und schüttelte dann verärgert den Kopf. Er war es leid, einer Vergangenheit nachzuhängen, die für ihn verloren war. Der Zukunft galt seine Kraft. Seiner Zukunft an der Universität in Bologna.

»Es freut mich, dass die Vernunft langsam Oberhand gewinnt, junger Freund«, sagte der Fürstbischof, als Raban die Schultern straffte und sich auf seinem schmalen Gesicht ein zarter Hoffnungsschimmer zeigte.

»Und jetzt geht. Eure Reise beginnt schon morgen. Ihr werdet Euch einem Kaufmann anschließen, der die gleiche Route nimmt. Genießt die Jahre in Italien und lernt fleißig. Die unschönen Dinge dieser Welt werden Euch schon noch früh genug einholen.«

Raban runzelte die Stirn, als er den Brief bemerkte, auf den der Ältere eine Hand gelegt hatte. In dem Augenblick fielen ihm wieder die Worte ein, die der Fürstbischof am Anfang ihres Zusammentreffens gesagt hatte.

»Eigentlich hattet Ihr mir eine andere Aufgabe zugedacht, Durchlaucht, oder? Besteht vielleicht ein Zusammenhang mit dem Brief?«

»Ganz recht, Bruder Raban. Aber nachdem sich diese Wendung in Eurer Angelegenheit ergeben hat, werde ich jemand anders damit betrauen. Die Sache ist nicht wichtig genug, als dass ich dafür unbedingt Euer diplomatisches Geschick benötige. Es geht um eine Streitigkeit bei unseren Nachbarn in Fulda. Hermann von Ebersberg, einer der Adligen dort, hat mich um Vermittlung in einem Konflikt mit dem Fürstabt gebeten«, teilte Iring von Reinstein-Homburg ihm mit.

»Wenn Ihr es wünscht, kann ich mich gerne darum kümmern, Durchlaucht. Auf ein paar Wochen früher oder später kommt es doch nicht an«, bot Raban an, obwohl ihm der Gedanke nicht behagte, seine Reise wegen einer unglückseligen Streitigkeit zwischen wildfremden Menschen zu verschieben.

»Keinesfalls!«, wehrte der Fürstbischof ab. »Die Forderungen, die der Edelmann stellt, gefallen mir ebenso wenig wie die Unterstellungen, die er dem werten Fürstabt vorwirft. Ich werde ihm in einem freundlichen Schreiben zu verstehen geben, dass ich ihm in dieser Angelegenheit nicht helfen kann. Zumal ich die gute Stimmung zwischen dem dortigen Klostervorsteher und mir ganz sicher nicht deswegen aufs Spiel setzen werde.«

»Wie Ihr meint«, entgegnete Raban erleichtert. »Dann bleibt mir nur, Euch für Eure Unterstützung zu danken, wie ich es bereits unzählige Male in der Vergangenheit getan habe. Ich hoffe sehr, Euch nach meinem Studium bei guter Gesundheit wiederzusehen, Durchlaucht.«

»So Gott will, mein lieber Raban, so Gott will«, antwortete Iring von Reinstein-Homburg.

Zur großen Überraschung des jungen Bruders erhob sich der Fürstbischof von seinem Platz und trat auf ihn zu.

»Lasst Euch zum Abschied umarmen, wie es Euer Vater getan hätte.«

Raban erwiderte die Umarmung herzlich. Mit gemischten Gefühlen und einem Hauch von Wehmut verließ er den Mann, der mehr für ihn getan hatte, als sein Vater es vermutlich für gut geheißen hätte.

Burg Ebersburg

Keuchend hielt Lukardis einen Moment inne. Der steile Anstieg zur Burg erschöpfte sie seit einigen Tagen ungewohnt stark, aber dass sie nun schon beim Abstieg nach Luft schnappen musste, war der jungen Burgherrin unerklärlich und ärgerte sie. Sie war den Weg gewohnt, und bisher hatte er ihr kaum etwas ausgemacht. Als würde mir diese ständige Übelkeit nicht schon genug zusetzen, dachte Lukardis verärgert.

Seit ihrer Eheschließung vor über drei Monaten hatte sie sich einigermaßen in ihrem neuen Leben eingerichtet. Der Gang hinunter ins Dorf zählte dabei zu den erfreulicheren Dingen. Ebenso wie die häufige Abwesenheit ihres Mannes.

Lukardis plagte sich mit schweren Selbstvorwürfen herum, war jedoch gegen die überbordende Erleichterung machtlos, wenn Hermann von Ebersberg mit seinen Brüdern unterwegs war und manchmal erst nach einigen Tagen zurückkehrte. Dabei hatte sie sich wirklich bemüht, es ihrem Gemahl recht zu machen. Mittlerweile hatte sie aber verstanden, dass es ihm hauptsächlich darum ging, einen ordentlich geführten Haushalt vorzufinden und sie in seinem Bett zur Verfügung zu haben, wenn ihm der Sinn danach stand. Weilte er auf der Burg, war Letzteres leider fast jeden Abend der Fall. Lukardis hatte zwar keinerlei Vergleichsmöglichkeiten, dennoch fragte sie sich manchmal, ob alle Männer so unersättlich waren wie ihr eigener Gemahl. Das Seltsame daran war, dass er keine Freude zu empfinden schien, wenn er bei ihr lag. Hermann wirkte dabei eher wie jemand, der seine Rechte als Ehemann immer wieder aufs Neue in Anspruch nehmen wollte.

Lukardis selbst fühlte nichts, wenn ihr Mann sich zu ihr legte. Das merkwürdige Ziehen im Unterleib, das sie damals in der Scheune beim Anblick des Paares verspürt hatte, war seitdem leider ausgeblieben. Nachdem die Schmerzen nach den ersten paar Nächten nachgelassen hatten, ließ sie den Akt völlig unbeteiligt über sich ergehen und freute sich darüber, dass Hermann niemals lange benötigte. Erst ein langgezogenes Stöhnen, dann rollte er sich von ihr herunter und schlief fast augenblicklich ein. Das war stets die Zeit für eine ausgiebige Wäsche, denn der Ekel hatte sich bei Lukardis leider verfestigt. Sie hatte sich ziemlich schnell damit abgefunden, dass Hermann sie mit dem gleichen Ausdruck betrachtete wie sein Pferd. Trotzdem hegte sie nach wie vor die stille Hoffnung, sein Samen möge in ihr bald Früchte tragen. Wenn sie erst sein Kind unter dem Herzen tragen würde, ließ er sie mit Sicherheit in Ruhe.

Ansonsten ließ ihr Hermann von Ebersberg freie Hand, was die Führung seines Haushalts anging. Es fiel Lukardis mit ihrer ruhigen und freundlichen Art nicht schwer, die Herzen der Bediensteten zu gewinnen. Die meisten Mägde waren froh über die weibliche Hand, und die Köchin, eine rundliche Frau und gerade mal zwei Jahre älter als Lukardis, dankte es der neuen Herrin, dass sie ihr in der Küche nicht ins Handwerk pfuschte. Lukardis, die dazu keinerlei Notwendigkeit sah, freute sich über die gelegentlichen Schwätzchen, durch die sie immer mehr über die Menschen erfuhr, die hier mit ihr lebten.

Einzig über den Burgherrn verlor Gerda kein Wort.

Langsam normalisierte sich ihr Atem wieder, und gemächlich schlenderte Lukardis weiter.

Nachdem sie den bewaldeten Teil des Berges hinter sich gelassen hatte, genoss sie kurz den angenehmen Blick, der sich ihr darbot. Die letzten drei ungewohnt warmen Tage hatten die hügelige Landschaft in ein sattes Grün verwandelt. Vereinzelte Farbtupfer zeigten sich auf der Wiese, die sie noch von dem kleinen, zum Ebersberger Besitz gehörenden Ort trennte. Vorwiegend Bauern lebten hier, die ihre Felder bestellten und das Vieh auf die Wiesen trieben. Durch ihre Arbeit waren auch die Menschen oben in der Burg gut versorgt. Lukardis hatte die Angewohnheit ihrer Mutter übernommen, sich regelmäßig um die Belange der Leute zu kümmern, die auf den Ländereien ihres Gemahls lebten. Anfangs waren ihre Begegnungen mit den Bewohnern des kleinen Ortes noch von Misstrauen und Zurückhaltung geprägt. Nur zwei Personen zeigten offen ihre Freude über den ersten Besuch der Burgherrin: Bardo, der Schmied, und Adalberta, die resolute Frau des Dorfvorstehers.

Ihnen hatte die junge Burgherrin es zu verdanken, dass

auch die anderen Bewohner ihre Bedenken rasch vergaßen. Immer mal wieder bot man Lukardis etwas zu trinken, einen gebratenen Apfel oder eine Scheibe mit Honig gesüßtes Brot an. Sie lehnte keines der Angebote ab und hörte sich unterdessen die Anliegen der Frauen an. Lukardis war sich sehr wohl bewusst, dass unter den Unfreien in den Wintermonaten kein Überfluss an Lebensmitteln herrschte. Gerade deshalb schätzte sie deren Einladungen hoch. Im Gegenzug spürten die Menschen, dass das Interesse der jungen Gemahlin ihres Herrn nicht geheuchelt war, und brachten nach und nach ihre Sorgen zur Sprache. Lukardis revanchierte sich für das ihr entgegengebrachte Vertrauen, indem sie bei jedem Gang ins Dorf etwas mitnahm. Nach einigen Wochen wusste sie genau, in welchem Haus es gerade an Mehl oder getrocknetem Fleisch fehlte, welches Kind seit Wochen ein starker Husten plagte und welche Familie Nachwuchs erwartete.

Da es der Burgherrin bisher nicht gelungen war, ein Vertrauensverhältnis zu ihrem Mann aufzubauen, mussten ihre kleinen Hilfsleistungen heimlich geschehen. Hermann von Ebersberg kümmerte sich nicht weiter um den Bestand seines Lagers, solange genug zu essen auf den Tisch kam und der Vorrat an Wein und Met für ihn und seine Männer nicht zur Neige ging. Letztlich hatte Lukardis es Gerda zu verdanken, dass sie die Almosen für die Dorfbewohner mitnehmen konnte. Als sie Gerda einmal dabei beobachtete, wie die Köchin einem der fünf Kinder des Oberknechts ein Gebräu einflößte, woraufhin das Fieber des kleinen Jungens am nächsten Tag gesunken war, fand sie in der gutmütigen Frau auch eine Unterstützerin für die Kranken. Gerdas Mutter hatte bereits unter Hermanns Vater als Köchin auf der Burg gearbeitet und verfügte über ein immenses Wissen über wildwachsende

Kräuter. Nach einem schlimmen Unfall, bei dem sie sich großflächig verbrüht hatte, warf der Burgherr sie kurzerhand hinaus und besetzte die Stellung mit ihrer Tochter. Flüsternd hatte Gerda ihrer jungen Herrin erzählt, dass es den Burgherrn beim Gedanken an die verunstaltete Frau in der Küche geekelt hatte.

Es war das erste und einzige Mal, dass Lukardis etwas über ihren Mann und dessen Familie erfuhr. Ansonsten herrschte Schweigen. Ein angstvolles Schweigen, wie es ihr erschien.

»Guten Morgen, Adalberta. Wie geht es dir heute? Haben die Schmerzen in den Gelenken nachgelassen?«, begrüßte Lukardis die Frau des Dorfvorstehers.

Die knickste entgegen ihrer sonstigen Angewohnheit tief und antwortete leise mit »Danke der Nachfrage, Herrin, es geht mir bereits bedeutend besser.«

Adalberta hielt den Blick gesenkt und bat Lukardis auch nicht ins Haus.

»Dann ist es ja gut«, erwiderte die Burgherrin verwirrt, da sie nicht wusste, warum die sonst so redselige und stets freundliche Frau derart verhuscht wirke.

Kam sie möglicherweise ungelegen, weil die Bauern bei diesem Wetter alle freien Hände auf den Feldern brauchten? Unwillkürlich schüttelte Lukardis den Kopf. Das seltsame Gefühl verstärkte sich noch, als ihr Blick sich für einen Wimpernschlag mit dem von Adalberta kreuzte.

Lukardis konnte sich das Flehen in deren blauen Augen nicht erklären.

»Ich will dich nicht weiter stören, du hast sicher zu tun. Wenn es sonst nichts zu besprechen gibt, dann schaue ich jetzt mal in der Schmiede vorbei«, sagte sie betont munter, als ließe sich die angespannte Stimmung damit verscheuchen.

»Wie Ihr meint, Herrin«, antwortete Adalberta mit einer Unterwürfigkeit, die Lukardis erneut stutzig machte. Das darf doch nicht wahr sein, dachte sie mit einem Mal verärgert und öffnete den Mund, um Adalberta geradeheraus nach dem Grund für ihr seltsames Verhalten zu fragen. Als die beiden erneut einen Blick wechselten, klappte Lukardis den Mund jedoch unverrichteter Dinge wieder zu.

Das Flehen war verschwunden.

Die deutliche Warnung, die Lukardis stattdessen in den Augen ihres Gegenübers lesen konnte, gefiel ihr noch weniger, und trotz der Wärme fröstelte sie unvermittelt.

Adalberta versank noch einmal in einem tiefen Knicks, als Lukardis einen leisen Gruß zum Abschied murmelte.

Ohne dass sie dafür eine Erklärung hatte, widerstrebte ihr der Gang zur Schmiede mit einem Mal. Dabei freute die junge Frau sich immer sehr auf das Gespräch mit Bardo. Seit er ihr am Hochzeitsabend einen Becher Met angeboten hatte, bestand zwischen Ihnen eine Verbindung, die Lukardis fast als geschwisterlich bezeichnet hätte. Sie hatte sich stets einen großen Bruder gewünscht und genoss die Gespräche mit dem jungen Schmied. Es faszinierte Lukardis, wenn sich unter den heftigen Schlägen des Hammers das Eisen verformte und die Funken stoben.

In der Werkstatt herrschte zwar eine unerträgliche Hitze, aber in den Wintermonaten war der kurze Aufenthalt eine Wohltat für ihre durchgefrorenen Glieder. Die Bedenken, dass ihre Besuche bei Bardo gewiss nicht unter die üblichen Regeln des Anstands fielen, schob Lukardis schnell beiseite. Schließlich tat sie nichts Unehrenhaftes, und die Tür zur Schmiede stand währenddessen weit offen.

Mitten auf dem Dorfplatz blieb Lukardis stehen. Irgendetwas stimmte hier ganz und gar nicht. Wie aus heiterem Himmel wurde ihr bewusst, was sie störte:

Es war ungewohnt still.

Auch wenn die meisten Erwachsenen mit der Feldarbeit beschäftigt waren, müssten zumindest die Kinder im Dorf herumspringen, dachte Lukardis und schaute sich zögernd um. Bis auf ein paar Hühner, die gackernd und pickend an ihr vorbeistakten, war niemand zu sehen.

Alles wirkte wie ausgestorben.

Obwohl sich alles in ihr dagegen sträubte, den Weg zur Schmiede einzuschlagen, setzte die junge Frau fast wie von selbst ein Fuß vor den anderen. Sie musste sich vergewissern, dass Bardo wohlauf war. Alles andere wäre ihr feige vorgekommen. Zudem wollte sie nicht davonlaufen. Nicht dieses Mal! Zu oft schon in ihrem jungen Leben hatte sie den Rückzug angetreten. Sei es aus Angst vor einer möglichen Strafe ihrer Eltern oder aus Sorge, was die Leute über sie denken könnten.

Lukardis war noch ungefähr dreißig Fuß von ihrem Ziel entfernt, als sich die Tür zur Schmiede öffnete und ihr klarwurde, dass es besser gewesen wäre, wenn sie gerade dieses Mal nicht mutig gewesen wäre.

»Warum zaudert Ihr, liebe Schwägerin?«, empfing Albrecht sie mit einem breiten Grinsen. »Ihr habt den Weg hierher doch auch an den anderen Tagen, ohne zu zögern, gefunden.«

Der jüngere Bruder ihres Mannes stützte sich mit einer Hand lässig am Türrahmen ab und versperrte ihr so die Sicht ins Hausinnere. Aus kalten grauen Augen musterte er sie derart ungeniert, dass sich bei der jungen Burgherrin sämtliche Nackenhaare aufstellten.

»Geh zur Seite, Albrecht, und lass das Geschwafel«, tönte es aus dem Innern der Schmiede.

Panik erfasste Lukardis beim Klang von Hermanns Stimme, und sie musste sich dazu zwingen, nicht auf dem Absatz kehrtzumachen und davonzulaufen. Es konnte nur Unheil bedeuten, wenn ihr Gemahl zusammen mit seinem Bruder hier beim Hufschmied auf sie wartete. Sie war sich darüber bewusst, dass Flucht keine Lösung war. Ein beruhigendes Gemurmel, das auf das Schnauben der Pferde folgte, verriet ihr, dass hinter der Scheune noch weitere Männer aus dem Gefolge ihres Mannes standen. Lukardis biss die Zähne zusammen und ging mit entschlossenen Schritten auf das strohgedeckte Haus zu. Der triumphierende Ausdruck in den Augen ihres Schwagers war verschwunden, doch seine missmutige Miene schmälerte ihr Unbehagen nicht. Zu groß war die Angst vor ihrem übelgelaunten Gemahl.

Wobei übellaunig bei weitem untertrieben war, wie Lukardis schnell erkannte. Unter Hermanns zornigem Blick senkte sie die Augen, bevor er die Bestürzung darin sehen konnte, die sie bei Bardos Anblick überkam.

Der junge Schmied kniete auf dem festgetretenen Boden. Sein Kopf ruhte auf dem Amboss, der sonst als Untergrund für die harten Schläge beim Bearbeiten des glühenden Eisens diente. Sein linkes Auge war stark angeschwollen, und eine lange, schmale Wunde blitzte unter dem zerrissenen grauen Ärmel seines Gewandes hervor. Doch am schlimmsten wirkte die lange Schnittwunde, die sich schräg über seine Wange zog. Das Blut war bereits getrocknet.

»Na, liebste Gemahlin, kommen wir ungelegen? Sicher habt Ihr nicht damit gerechnet, dass wir Eure lustvollen Treffen stören«, sagte Hermann gefährlich ruhig.

Lukardis kannte ihren Mann bereits gut genug, um gerade diese Ruhe zu fürchten. Mehr als einmal hatte sie an seiner Seite verharren müssen, wenn er einen seiner Bediensteten für eine Unachtsamkeit bestraft hatte.

»Ich weiß nicht, wovon Ihr sprecht, mein Gemahl. Ich wollte das schöne Wetter nutzen und Adalberta kundtun, wie viele Hühner wir für den Besuch des Grafen benötigen. Da es seltsam still im Ort war, bin ich ein wenig herumgeschlendert und habe schließlich Euren Bruder gesehen«, antwortete Lukardis gelassener, als ihr zumute war.

Der Schlag mit dem Handrücken traf sie völlig unerwartet.

Die Burgherrin taumelte, fing sich jedoch schnell wieder, da Hermann den Schlag nicht sehr kraftvoll ausgeführt hatte. Tränen schossen ihr in die Augen, als sie sich reflexartig die brennende Wange hielt. Aus den Augenwinkeln konnte sie sehen, wie der schwere Stiefel ihres Mannes auf Bardos Rücken landete und dessen Körper erbarmungslos auf den Amboss drückte. Als dem Schmied ein gequältes Stöhnen entwich, wurde Lukardis schlagartig bewusst, dass sie den Mann, der ihr seine vorbehaltlose Freundschaft entgegengebracht hatte, durch ihr gedankenloses Verhalten in Gefahr gebracht hatte. Fieberhaft versuchte sie einen Ausweg zu finden.

»Lüg mich nicht an, Weib!«, zischte Hermann. »Ich weiß von deinen regelmäßigen Besuchen hier bei dem Hurensohn! Wie oft hast du dich schon von ihm besteigen lassen?«

Lukardis zuckte unter dem scharfen Ton zusammen. Wer hat mich bloß verraten?

»Das ist nicht wahr!«, widersprach sie zitternd.

»Unterstellt Ihr mir, dass ich lüge?«

Hermann nahm seinen Stiefel vom Rücken des Schmieds, ohne sich um dessen hoffnungslose Befreiungsversuche zu kümmern. Zwei seiner Männer hielten den Gepeinigten weiterhin auf den Amboss gedrückt, wobei sie ihm beide Arme dermaßen stark nach hinten drehten, dass Bardo erneut aufstöhnte und sich in seine Lage fügte. Unwillkürlich wich Lukardis ein Stück zurück, als sich Hermann ihr näherte. Blitzschnell packte er sie am Handgelenk und zog sie zu sich heran.

»Nein, mein Herr, das würde ich niemals wagen«, flüsterte Lukardis.

»Dann ist es ja gut«, murmelte der Ebersberger dicht an ihrem Ohr und lockerte ganz langsam seinen Griff. »Ihr gebt also zu, mich mit diesem Stück Dreck hier betrogen zu haben?«

Die Burgherrin zwang sich, dem Blick ihres Gemahls offen zu begegnen, obwohl die Kälte in seinen Augen ihr das Blut nur so durch die Adern jagte.

»Ich leugne nicht, dass ich den Dorfbewohnern in den letzten Wochen regelmäßig Besuche abgestattet habe. Sie gehören zu Eurem Besitz, und als Euer Eheweib habe ich es als meine Pflicht angesehen, mich um die Menschen zu kümmern, die in Eurer Obhut leben. Verzeiht, falls ich Euren Wünschen damit zuwidergehandelt habe«, sagte Lukardis, deren Stimme mit jedem Wort an Festigkeit gewann.

Zum ersten Mal in ihrem Leben suchte sie nicht die Schuld bei sich und bat auch nicht um Vergebung. Die junge Frau war sich keiner Verfehlung bewusst, und trotz ihrer ausweglosen Lage spürte sie mit einem Mal eine Kraft in sich, die ihr völlig fremd war.

Beseelt von dieser neuen, ungewohnten Stärke, fuhr Lukardis fort: »Aber Euren Vorwurf des Ehebruchs weise ich entschieden zurück, mein Gemahl! Es stimmt, dass ich gelegentlich den Schmied aufgesucht habe, um ein paar belanglose Worte mit ihm zu wechseln. Gott ist mein Zeuge, mehr ist nicht passiert.«

»Um was für eine besondere Art von Belanglosigkeiten hat es sich denn gehandelt, dass Ihr diese stickige Hütte so oft aufsuchen musstet?«, erkundigte sich Hermann betont freundlich. Das Lächeln, das kaum sichtbar seine Lippen umspielte, erreichte die Augen des Burgherrn nicht.

Die Kraft, die Lukardis eben noch erfüllt hatte, verschwand so rasch, wie sie gekommen war. Verzweifelt zermarterte sie sich den Kopf, suchte nach einem triftigen Grund, den noch nicht einmal ihr eifersüchtiger Ehemann anzweifeln konnte. In der Schmiede herrschte eine gefährliche Stille, unterbrochen nur von dem leisen Knistern des Feuers.

»Was ist?«, fragte Hermann gedehnt. »Ich warte auf eine Antwort, meine Liebe. Eure Besuche waren viel zu ausgedehnt, um sich auf den Austausch von Freundlichkeiten zwischen einer Herrin und ihrem Untergebenen zu beschränken.«

Jede Freundlichkeit im Gesicht ihres Gemahls war verschwunden, und die Kälte, die in seinen dunklen Augen lag, machte es Lukardis schwer, überhaupt einen klaren Gedanken zu fassen. Doch während ihrer fieberhaften Suche nach etwas, das es gar nicht gab, tauchte immer nur ein Satz in ihrem schmerzenden Kopf auf: Wer hat ihm von den Besuchen erzählt?

Unter dem eindringlichen Blick ihres Ehemanns wurde Lukardis klar, dass sie es sich sparen konnte, nach einer Begründung zu suchen. Abgesehen von der Tatsache, dass Hermann ihr niemals glauben würde, dass die Besuche rein freundschaftlicher Natur gewesen waren, begriff Lukardis plötzlich sein Ziel. Er fühlte sich durch ihr Verhalten gedemütigt. Sie als sein Eheweib hatte ihm vor seinen Männern und den Unfreien des Dorfes Hörner aufgesetzt. Nur wenige Wochen nach der Trauung, noch dazu mit einem Niemand. Lukardis wusste nicht, was von beidem für Hermann von Ebersberg schlimmer war.

Mutlos schüttelte sie den Kopf. »Ihr würdet es ohnehin nicht verstehen«, murmelte sie kaum hörbar.

Lukardis hatte kaum ausgesprochen, da hob der Burgherr erneut die Hand, doch ein Schrei des Schmieds ließ ihn in der Bewegung innehalten. Hermann von Ebersberg fuhr herum und funkelte Bardo wütend an.

»Bindet ihn und schafft ihn rauf zur Burg«, wies er die beiden Männer an, die den sich nun wieder heftig wehrenden Schmied festhielten.

»Nein!«, brüllte Bardo erneut.

Trotz der Schmerzen, die ihm seine auf den Rücken gebogenen Arme mit Sicherheit verursachten, ließ er in seinen verzweifelten Versuchen freizukommen nicht nach.

Lukardis schluchzte leise auf, als ihr Mann dem Schmied einen heftigen Tritt in die ungeschützte Seite verpasste.

»Ich werde dir schon beibringen, dass jemand wie du seine schmutzigen Finger von dem Weib seines Herrn zu lassen hat!«, schrie Hermann aufgebracht.

Sein zorniges Gesicht glich einer Fratze. Entsetzt fuhr Lukardis herum, woraufhin sie mit dem Rücken gegen jemanden stieß, und blickte im nächsten Moment in das hämische Gesicht ihres Schwagers.

»Herr, bitte hört mich an«, brachte Bardo mühsam hervor. Die Worte kamen stoßweise, und das Atmen fiel ihm offenkundig schwer. »Eure Gemahlin ist unschuldig.«

Die junge Frau schloss die Augen und wandte sich wieder um. Was hatte der Schmied nur vor? Wollte er etwas gestehen, das gar nicht zu gestehen war, und alle Schuld auf sich nehmen? Nur um Lukardis zu schützen? Seltsamerweise fuhr ihm Hermann diesmal nicht über den Mund. Schweigend baute er sich vor dem Schmied auf und sah mit abschätziger Miene auf ihn herab. Bardo wartete nicht lange ab, sondern nutzte die Stille, um weiterzusprechen.

»Die Besuche Eurer werten Gemahlin haben einen einfachen Grund: Sie hat nach einem Geschenk für Euch gesucht und sich von mir Hilfe erhofft.«

Mit einem knappen Nicken gab Hermann seinen Männern ein Zeichen, den Gefangenen loszulassen. Lukardis hielt vor Anspannung den Atem an. Was, um Himmels willen, hatte Bardo vor?

»Steh auf!«, befahl Hermann barsch.

Mühsam kam der Schmied auf die Beine, und Lukardis keuchte entsetzt auf. Nicht nur sein linkes Auge war völlig zugeschwollen. Ein Rinnsal getrockneten Blutes an der rechten Schläfe hatte seine blonden Haaren verklebt und das Kinn war stark geschwollen.

»Sprich!«, forderte Hermann sein Gegenüber auf und hob drohend den Zeigefinger. »Aber sei gewarnt. Ich lasse mir keine Lügen auftischen.«

Bardo nickte langsam. Offensichtlich litt er unter großen Schmerzen, und Lukardis fragte sich, wie lange er sich wohl noch auf den Beinen halten konnte.

»Eure Gemahlin hat mich mit der Herstellung eines Dolches beauftragt.«

Lukardis glaubte ihren Ohren nicht zu trauen. Hatten die Schläge auf den Kopf Bardos Denkvermögen beeinträchtigt? Woher sollte sie die finanziellen Mittel nehmen, um eine solche Arbeit in Auftrag zu geben? Während Hermann noch mit ungläubigem Blick über die Worte des

Schmiedes nachdachte, kam der jungen Frau völlig unvermittelt ein Gedanke.

»Er sagt die Wahrheit, mein Gemahl«, flüsterte sie und schickte ein Stoßgebet zum Himmel, dass Bardo seine Behauptung auch beweisen konnte. »Der Bruder meiner Mutter hat mir vor seinem Tod ein paar Silberlinge gegeben, von denen meine Eltern nichts wussten. Ich habe sie für einen besonderen Anlass aufbewahrt und den Schmied gebeten, mir dafür etwas für Euch anzufertigen.«

Ganz langsam wandte sich Hermann zu ihr um. Wäre die Situation nicht so furchtbar, hätte sie über seine verblüffte Miene lauthals lachen können. Es ist fraglich, wer zuletzt lachen wird, dachte Lukardis bitter, schließlich hatte sie nicht die geringste Ahnung, wohin ihre Scharade noch führte.

»Ihr habt für mich eine Waffe anfertigen lassen?«, fragte der Ebersberger ungläubig.

Statt ihr antwortete Bardo.

»Darf ich Euch den Dolch zeigen, werter Herr?«, fragte er. »Die Waffe ist vor ein paar Tagen erst fertig geworden, da ich sie zwischen meiner eigentlichen Arbeit schmieden musste.« Lukardis wusste, dass Bardo hauptsächlich als Hufschmied tätig war und nur gelegentlich für ihren Gemahl oder dessen Vasallen eine Waffe schmiedete, daher staunte sie über die Zuversicht, die er trotz seines geschundenen Körpers ausstrahlte.

Nach einem knappen Nicken Hermanns ging der Schmied zu der Wand gegenüber dem Eingang und zog eine dicke graue Decke zur Seite, unter der eine schlichte Truhe zum Vorschein kam. Bardo öffnete den Deckel, hob einige zusammengelegte Stoffstücke hoch und zog einen schmalen Gegenstand heraus. Gespannt verfolgte Lukardis, wie die rauen Hände des Schmieds das Leinen auseinanderschlugen und einen schmalen Dolch freilegten. Ohne zu zögern, nahm Hermann die schlanke, glänzende Waffe in die Hand und betrachtete sie eingehend. Dann zeigte er sie seiner Frau.

»Ist das der Dolch, den du für mich hast anfertigen lassen?«

Seine Gemahlin schluckte schwer und nickte stumm.

»Hast du die Sprache verloren, Weib?«, fuhr Hermann sie scharf an.

»Ich habe die Waffe seit zwei Wochen nicht mehr gesehen«, antwortete Lukardis hastig. »Beim letzten Mal fehlte die Gravur noch, und sie hat auch nicht so schön geglänzt.«

Sie zeigte auf die gewundene Linie, die sich auf dem Griff der Waffe entlangzog. Ansonsten war sie völlig schmucklos.

»Gefällt sie Euch denn?«, fragte Lukardis leise, um die Aufmerksamkeit ihres Mannes weiter von Bardo abzulenken.

Hermann nickte unwillig. »Eine hübsche Klinge. Elegant und scharf«, gab er zu, als er mit dem Finger darüberfuhr und ein Blutstropfen aus einem Schnitt quoll. »Gut. Ich glaube dir. Dieses Mal hast du mein Vertrauen zurückgewonnen. Aber sei gewarnt, Lukardis! Ich dulde bei meinem Eheweib kein eigenständiges Verhalten!«

Die Gescholtene nickte beflissen und senkte den Kopf, damit Hermann und seine Männer ihre grenzenlose Erleichterung nicht bemerkten.

»Und was dich angeht«, wandte sich Hermann von Ebersberg an den Schmied, der sich nur noch mit Mühe aufrecht halten konnte, »du hast deinen Kopf im letzten Moment aus der Schlinge gezogen. Trotzdem sollst du nicht einfach so davonkommen, denn es wäre deine verdammte Pflicht gewesen, mich von dem Wunsch meiner Gemahlin zu unterrichten.«

Bardo war schnell, aber leider nicht schnell genug. Starr vor Entsetzen, beobachtete Lukardis, wie die beiden Gefolgsmänner ihres Gemahls auf seinen Wink hin den Schmied packten und erneut mit dem Oberkörper auf den Amboss drückten.

»Albrecht, sieh nach, ob es heiß genug ist«, wies Hermann seinen Bruder an, der wie aus dem Nichts dicht neben Lukardis auftauchte.

»Sehr gerne, Bruder«, antwortete dieser mit einer leichten Verbeugung, bei der er die rechte Hand auf sein Herz legte.

Mit wachsendem Grauen verfolgte Lukardis ihren Schwager dabei, wie er mit gemächlichen Schritten auf die Glut zuging und nach einer langen Stange griff, an deren Ende sich ein Holzgriff befand. Als er den Gegenstand vorsichtig hochhob und mit selbstgefälliger Miene betrachtete, verstand die junge Frau, was ihr Mann mit Bardo vorhatte. Entsetzt schrie sie auf und packte Hermann instinktiv am Arm.

»Das dürft Ihr nicht tun! Er kann nichts dafür. Ich war es doch, die ihn gebeten hat, den Dolch anzufertigen. Auf meinen Wunsch hin hat er Euch gegenüber geschwiegen. Bitte zeigt Euch gnädig, mein Herr!«

»Reiß dich zusammen!«, fuhr Hermann sie barsch an und schüttelte ihre Hand ab wie ein lästiges Insekt. »Hoffentlich überlegst du künftig vorher, was für Auswirkungen dein Handeln auf andere hat.«

Doch Lukardis hörte seine Worte kaum. Wie betäubt starrte sie auf das glühende Brandzeichen, das Albrecht mit spöttischer Miene abwartend vor sich hielt. Er schien sich geradezu darauf zu freuen, dass er das feurig rote

Eisen Bardo gleich ins Fleisch drücken sollte. Die heftige Gegenwehr des Schmieds amüsierte ihn ganz offensichtlich, denn gegen die Männer, die ihn festhielten, vermochte der arme Kerl nichts auszurichten.

Als Hermann seinem Bruder ein Zeichen gab, reagierte Lukardis instinktiv und warf sich mit aller Wucht gegen Albrecht, der ins Wanken geriet. Während er nach Halt suchte, entglitt ihm die Stange mit dem Brandzeichen und landete mit einem lauten Krachen auf dem Boden.

»Verdammt!«, brüllte Hermann, packte seine Frau und versetzte ihr eine derart heftige Ohrfeige, dass sie gegen die Wand der Hütte prallte.

Ein Zischen, gefolgt von einem markerschütternden Schrei riss Lukardis aus ihrer Benommenheit. Nur mühsam öffnete sie die Augen, aus Angst vor dem, was sie sehen würde. Der Geruch von verbranntem Fleisch ließ sie gleich darauf würgen. Hoffnungslosigkeit erfüllte sie beim Anblick der Lilie, die in Bardos Oberarm gebrannt war, als die junge Frau aufschluchzend an der Bretterwand zu Boden rutschte.

4. KAPITEL

Unter dem besorgten Blick ihrer ehemaligen Amme zog Lukardis die Kapuze ihres Umhangs noch ein wenig tiefer ins Gesicht. Sie verspürte nicht den geringsten Drang, auf das Entsetzen in der Miene der alten Frau zu reagieren, geschweige denn sich irgendwelche Erklärungen auszudenken.

Erklärungen, die ihr die lebenserfahrene Dietlinde sowieso nicht abnehmen würde.

»Ich werde Euren Vater gleich holen, Fräulein Lukardis«, sagte die Frau, die ihr schon als Kind nähergestanden hatte als ihre eigene Mutter.

Bei der Anrede verzogen sich die Lippen der jungen Ehefrau zu einem amüsierten Lächeln, das sie jedoch sofort schmerzhaft bereute. Leise fluchend betupfte sie ihre Unterlippe, die erneut aufgeplatzt war und leicht blutete. Sofort kreisten ihre Gedanken wieder um das, was vor ihr lag.

Sie schreckte vor den möglichen Konsequenzen zurück, die sich ergeben konnten, wenn sie ihren Eltern in diesem Zustand gegenübertrat. Das war auch der Grund dafür, dass sie so lange gezögert hatte. Seit dem Verlust seiner Besitztümer, vor allem der Burg Wartenberg, hatte sich ihr Vater sehr verändert. Lukardis hatte viel darüber gegrübelt, konnte jedoch nur erahnen, wie Heinrich von Wartenberg auf die Misshandlungen seiner Tochter reagieren würde. Sie hoffte, dass er seinen Schwiegersohn zurechtweisen würde, wusste aber natürlich auch, dass Hermann das Recht auf seiner Seite hatte. Er durfte seine Ehefrau jederzeit züchtigen, wenn er der Meinung war, dass Grund dazu bestand.

Nachdem Hermann sie zur Burg gebracht hatte, ohne den am Boden liegenden Bardo noch eines Blickes zu würdigen, hatte er sie wortlos in ihr gemeinsames Gemach eingesperrt. Anschließend war er in Begleitung einiger seiner Gefolgsmänner erneut aufgebrochen. Lukardis hatte den Trupp stark bewaffneter Reiter durch eine der Fensteröffnungen beobachtet, die wegen des frühlingshaften Wetters tagsüber nicht mehr verhängt waren. Bis zum Abend quälten sie schlimme Vorahnungen, was Hermann mit ihr bei seiner Rückkehr anstellen würde. Es passte zu diesem schrecklichen Tag, dass die Wirklichkeit die Vorstellungskraft der jungen Frau bei weitem übertraf.

Kurz nach Einbruch der Dämmerung kehrte Hermann mit seinen Männern zurück. Lukardis hatte die Hufschläge der Pferde bereits vernommen, noch bevor sie das erste Burgtor erreicht hatten. Ihr Herz pochte so laut, dass sie fast sicher war, Hermann konnte es unten im Hof hören. Die Heimkehrer hatten offensichtlich etwas zu feiern, denn das lautstarke Gejohle klang in den Ohren von Lukardis wie Siegesrufe nach einer gewonnenen Schlacht. So ähnlich hatten auch die Gefolgsleute des Abtes nach dem Sieg über ihren Vater geklungen. Normalerweise hätte sich die junge Burgherrin gefragt, welchen Grund die Männer für ihre Freude haben konnten, doch sie war viel zu nervös, um sich über eine solche Belanglosigkeit Gedanken machen zu können. Vielmehr sorgte sie sich um ihr eigenes Schicksal.

Hatte sich Hermanns Wut über ihr Verhalten gelegt, so dass er es bei den beiden Ohrfeigen beließ?

Ich werde es gleich erfahren, dachte Lukardis mit einem Mal verärgert. Die ganzen langen Stunden während seiner Abwesenheit hatte sie sich nun schon mit dieser Frage herumgeplagt und vor Sorge kaum stillsitzen können. Nun wünschte sie sich, diese elende Ungewissheit möge endlich vorbei sein und Hermann seine Strafe an ihr vollziehen. Denn dass die Angelegenheit für ihren Gemahl erledigt war, nahm Lukardis keine einzige Sekunde ernsthaft an.

Als sie unten in der Halle das laute Gegröle der Männer vernahm, wusste sie, dass das Warten weiter andauern würde. Hermann von Ebersberg hatte mit seinen Gefolgsleuten offensichtlich etwas zu feiern. Da übertönte eine Stimme all die anderen, und Lukardis verzog angewidert das Gesicht. Ihr Schwager Albrecht schien ebenfalls bester Dinge zu sein, denn sein Lachen, das sie an das Gackern eines Huhns erinnerte, wollte kein Ende nehmen. Erst beim dröhnenden Tonfall ihres Gemahls brach der Ausbruch an Heiterkeit ab, und die junge Frau nahm zum ersten Mal ein Gefühl in sich wahr, das sie bisher selten verspürt hatte: Hass!

Als mehrere Stunden später die Tür zu ihrem Schlafgemach aufgestoßen wurde und mit einem lauten Knall gegen die Wand krachte, schreckte Lukardis aus dem Schlaf auf. Dunkelheit umfing sie und erschwerte ihr die Sicht auf ihren Mann, von dem sie nur die Umrisse im Türrahmen erkennen konnte.

»Wo bleibt die verdammte Fackel, Lothar?«, brüllte Hermann.

Lukardis schauderte, als sie die abgehackte Sprechweise ihres Mannes bemerkte. Der Burgherr war ein hartgesottener Trinker, und bisher hatte sie noch nie bemerkt, dass der übermäßige Weingenuss sich bei ihm in der Sprache niederschlug. Während die meisten seiner Ritter ebenso wie Albrecht nach mehreren Bechern zu schwanken anfingen und einen gläsernen Blick bekamen, hielt Hermann sich immer noch aufrecht und war stets Herr seiner Sinne. Für Lukardis, deren Vater selten mehr als einen Becher trank, waren das ganz neue, beunruhigende Erfahrungen.

Eilige Schritte auf der Treppe und ein langsam größer werdender Lichtschein kündigten endlich den Knappen ihres Mannes an. Die dunkle Silhouette ihres Gemahls wirkte vor dem flackernden Schein des Feuers noch bedrohlicher, weshalb Lukardis sich schutzsuchend am Kopfende des Bettes zusammenkauerte.

»Wird auch Zeit«, brummte Hermann und riss Lothar die Fackel aus der Hand. »Verschwinde. Ich brauche dich nicht mehr. Mein Weib wird mir aus der Rüstung helfen.«

Erst jetzt bemerkte Lukardis, dass ihr Mann unter der Tunika ein leichtes Kettenhemd trug.

»Worauf wartest du?«, raunzte Hermann sie an und schlug dem verdutzten Knappen die Tür vor der Nase zu. »Hast du nicht gehört, was ich gerade gesagt habe?«

Sein barscher Ton verdrängte die Furcht, die sie eben noch erfüllt hatte, und weckte stattdessen wieder das Gefühl, das sich kurz vor dem Einschlafen seinen Platz gesucht hatte. Du kannst meinen Körper benutzen und mich schlagen, schwor sich Lukardis, während sie langsam aufstand, aber meinen Geist und mein Herz wirst du niemals bekommen!

Sie hielt ihren Schwur, auch wenn sie sich in einer Sache getäuscht hatte, denn die erwarteten Schläge blieben aus. In den langen, quälenden Stunden bis kurz vor dem Morgengrauen ertrug Lukardis die Forderungen ihres Mannes stumm, ohne dass die Verachtung aus ihrem Blick wich. Der Stolz darüber, dass sie ihm mit ihren Möglichkeiten die Stirn geboten hatte, verschwand erst am späten Vormittag, als sich ein leichtes Ziehen in ihrem Unterleib bemerkbar machte. Als der unangenehme Schmerz in starke Krämpfe überging, ahnte Lukardis, dass irgendetwas nicht stimmte.

»Euer Vater weiß Bescheid, edles Fräulein«, unterbrach Dietlinde die schmerzlichen Gedanken der jungen Burgherrin, die sich verstohlen eine Träne wegwischte. »Er ist noch auf der Baustelle und wird so schnell wie möglich herkommen. Kann ich Euch in der Zwischenzeit etwas bringen? Vielleicht ein Glas Wasser? Oder einen Becher von dem guten Wein, den Euer Vater immer für den Grafen Ziegenhain aufbewahrt hat. Den braucht er ja nicht mehr, seit der Graf ihn aus seinen Diensten entlassen hat.«

Überrascht wandte sich Lukardis ihrer alten Amme zu, bereute es unter deren prüfendem Blick jedoch sofort wieder.

»Was erzählst du da? Der Graf ist nicht mehr der Lehnsherr meines Vaters? Davon weiß ich ja noch gar nichts!«, stieß Lukardis hervor und versuchte das schmerzhafte Ziehen in ihrem Unterleib, das sie seit dem Vormittag quälte, zu ignorieren.

»Das geht dich auch nichts an, mein Kind«, ertönte eine wohlbekannte Stimme von der Tür.

Die junge Frau ballte unbewusst die Hand zur Faust. Sie hatte unter allen Umständen eine Begegnung mit ihrer Mutter vermeiden wollen, da sie deren Einstellung kannte. Ein Blick auf Elisabeth reichte aus, um ihre böse Vorahnung zu bestätigen. Selbst hier im Haus trug ihre Mutter die Gebände so straff geschnürt, dass ihr bleiches Gesicht wie eine Maske wirkte. Ihre ganze Haltung drückte Disziplin und Pflichtbewusstsein aus.

»Du kannst gehen, Dietlinde«, wies Elisabeth von Wartenberg das alte Dienstmädchen an.

»Ich wollte Eurer Tochter noch ein Glas Wasser bringen, Herrin. Außerdem benötigt sie etwas für die Schwellungen in ihrem Gesicht. Ich hole schnell eine Schale mit meinem Sud aus Wundkraut«, erwiderte Dietlinde und eilte hinaus, bevor die Burgherrin antworten konnte.

Doch die Eile der alten Amme war unbegründet, denn als Elisabeth von Wartenberg sich ihrer Tochter näherte, schlug sie bei deren Anblick entsetzt eine Hand vor den Mund.

»Was ist mit dir geschehen, mein Kind?«, stieß sie hervor, legte Daumen und Zeigefinger unter das Kinn ihrer Tochter und drehte deren Kopf ins Licht.

Lukardis stöhnte auf. Es gab praktisch keine Stelle in ihrem geschundenen Gesicht, die nicht schmerzte.

Abrupt umfasste sie das dünne Handgelenk ihrer Mutter. »Ihr tut mir weh.«

Erst da merkte Elisabeth, dass sie gegen eine Stelle drückte, die eine unschöne Färbung angenommen hatte, und nahm die Hand hastig weg. »Entschuldige«, bat sie und fragte anschließend leise: »Welchen Grund hast du deinem Mann dafür gegeben?«

Wortlos und mit ausdrucksloser Miene begegnete Lukardis dem forschenden Blick ihrer Mutter.

»Wieso?«, flüsterte diese und wich dem Blick ihrer Tochter aus.

Verblüfft suchte Lukardis nach Worten. Der Schmerz, den sie für einen flüchtigen Moment im Gesicht ihrer Mutter wahrnahm, traf sie so unvorbereitet, dass sie nicht wusste, was sie darauf erwidern sollte. Hatte sie sich in all den Jahren so sehr in ihr getäuscht? War Elisabeth von Wartenberg möglicherweise gar nicht so hart, wie sie aller Welt vorgab?

»Wieso hat er dich gezüchtigt?«, wiederholte die Mutter ihre Frage erneut und hob den Kopf.

Damit war der Moment der Nähe vorüber. Angesichts der gewohnt gleichgültigen Miene ihrer Mutter fragte sich Lukardis, ob ihre Sinne ihr gerade einen Streich gespielt hatten.

»Mein Gemahl ist einem furchtbaren Irrtum erlegen. Leider hat er meinen Beteuerungen keinen Glauben geschenkt«, antwortete Lukardis schließlich leise.

»Hatte er denn Grund zu der Annahme, dass deine Erklärungen falsch sein können?«, hakte Elisabeth nach.

»Nein.«

Die schlichte Antwort ihrer Tochter schien sie nicht zu überzeugen. Für Elisabeth von Wartenberg trug grundsätzlich die Frau Schuld an der Unzufriedenheit des Ehemanns. Lukardis hatte sich schon oft gefragt, wie ihr Vater es geschafft hatte, seiner Gemahlin jeden Tag aufs Neue freundlich und ruhig zu begegnen.

»Die Familie deines Mannes gehört bestimmt seit vier Generationen dem Adelsstand an. Allein durch seine Stellung verdient er es, eine demütige und treue Ehefrau an seiner Seite zu finden«, ermahnte Elisabeth ihre Tochter streng. Sie holte tief Luft und fuhr dann leiser und in drängendem Tonfall fort: »Dein Vater hat in seiner Position als Ministerialer und Lehnsmann des Grafen Gottfried alles verloren und muss nun sogar jenem Mann zu Diensten sein, der für seinen Untergang die Verantwortung trägt. Sein Herrschaftsanspruch über Lauterbach, Maar und Angersbach wurde für ungültig erklärt. Jetzt verlangt dieser gierige Abt Fingerhut allen Ernstes, dass dein Vater Mittel in nicht unbeträchtlicher Höhe für den Ausbau der Burg Lauterbach zur Verfügung stellt. Daran solltest du denken, wenn du gleich mit deinem Vater sprichst, Lukardis. Dein Gemahl besitzt die Macht, das letzte bisschen Stolz deines Vaters zu zerstören, sollte er Hermann von Ebersberg in irgendeiner Weise in die Quere kommen.«

Mit jedem Satz hatte sich die Lautstärke ihrer Mutter gesteigert. Ihre Worte waren von einer Leidenschaft getragen, die Lukardis erneut in Erstaunen versetzte.

»Was meint Ihr damit, Mutter?«, fragte die junge Frau verstört. »Und wieso soll in Lauterbach eine Burg gebaut werden?«

Lukardis war so entsetzt über die Neuigkeiten, die ihre Mutter ihr gerade in ihrer schnörkellosen Art an den Kopf geworfen hatte, dass sie darüber sogar ihren eigenen Kummer vergaß.

»Wieso? Weil der Fuldaer Kirchenfürst sich für allmächtig hält«, höhnte ihre Mutter mit derart viel Hass in der Stimme, dass Lukardis instinktiv einen Schritt zurück trat.

»Rede nicht so über den Abt, Frau!«, wies Heinrich von Wartenberg seine Gemahlin scharf zurecht.

Lukardis und ihre Mutter fuhren herum. Keine von ihnen hatte gehört, dass er die Tür geöffnet hatte.

»Abt Bertho übt nur sein gutes Recht aus, das vor über hundert Jahren niedergeschrieben worden ist. Dabei spielt es keine Rolle, ob Teile davon zum Guten für das Kloster abgeändert worden sind. Es steht uns nicht zu, darüber Mutmaßungen anzustellen«, bestimmte ihr Vater ein wenig milder und wandte sich seinem einzigen Kind zu.

Heinrich von Wartenberg konnte seine Gefühle noch

nie sehr gut verbergen, und es schnürte Lukardis die Kehle zu, als sie seine Bestürzung über ihr entstelltes Gesicht bemerkte.

Mit wenigen Schritten war der Vater bei ihr, legte seine Hände auf ihre Arme und fragte leise: »Hat er dir das angetan?«

Lukardis wich ihm aus. Am liebsten hätte sie sich auch aus seinem Griff befreit, denn die Wärme seiner Hände, die ihr unter normalen Umständen Geborgenheit gegeben hätte, engte sie mit einem Mal ein.

»Sieh mich an, Tochter, und antworte mir!«, befahl Heinrich streng.

Widerstrebend drehte ihm Lukardis den Kopf zu. Dabei streifte ihr Blick das Gesicht ihrer Mutter, in deren braunen Augen eine kalte Warnung lag.

»Nein«, antwortete die junge Frau flüsternd, aber bestimmt. Obwohl kein Laut zu hören war, hätte sie schwören können, dass ihrer Mutter ein Stoßseufzer über die schmalen Lippen kam. »Nein, Vater, ich bin auf der Treppe gestürzt und die letzten Stufen hinabgefallen.«

»Wieso hast du dich nicht abgefangen? Dein hübsches Gesicht sieht aus, als wäre eine Horde Pferde darübergaloppiert«, hakte Heinrich stirnrunzelnd nach.

Fieberhaft suchte Lukardis nach einer plausiblen Antwort, die ihn überzeugte und weitere Zweifel zerstreute. Ein heftiger Krampf im Unterleib unterbrach jedoch ihre Gedankengänge, und instinktiv legte die junge Frau eine Hand auf den Bauch.

»Ist alles in Ordnung mit dir?«, erkundigte sich Heinrich, dem der veränderte Gesichtsausdruck seiner Tochter nicht entgangen war. »Hast du Schmerzen?«

»Nein, nein, es ist alles gut«, beeilte sich Lukardis, seine Besorgnis zu zerstreuen. Gleichzeitig fiel ihr ein, wie sie seine Zweifel wegen ihres Sturzes aus der Welt schaffen konnte. »Ich weiß auch nicht genau, warum ich nicht nach der Haltestange gefasst habe. Vielleicht lag es daran, dass ich meine neue Cotte in der Hand hatte und das edle Tuch schützen wollte. Mein Gemahl hat sie vor ein paar Tagen extra für mich anfertigen lassen, müsst Ihr wissen. Ich habe wohl falsch reagiert.«

»Eine neues Kleid? Ach, Lukardis, wie schön! Es freut mich für dich, dass sich dein Gemahl so aufmerksam zeigt«, mischte sich Elisabeth von Wartenberg ein.

Die aufgesetzte Fröhlichkeit ihrer Mutter erschien Lukardis in Anbetracht der Situation völlig unangebracht, und sie sorgte sich, dass auch ihrem Vater der falsche Unterton auffallen könnte. Daher überkam sie große Erleichterung, als sie erkannte, dass sich die Stirnfalten ihres Vaters langsam wieder glätteten. Jäh beschlich Lukardis der Gedanke, dass er womöglich gar nicht so unglücklich über den Ausweg war, den seine Tochter ihm mit ihrer Antwort geboten hatte. Heinrich von Wartenberg besaß keine kämpferische Natur, und eine Fehde mit seinem mächtigen Schwiegersohn wäre sicher das Letzte, was er in seiner momentanen Situation gebrauchen konnte. Ihr Blick streifte Dietlinde, die mit dem Becher neben der Tür stand. Die düstere Miene der Amme ließ keinen Zweifel daran, dass sie die Wahrheit kannte.

»Wenn das so ist, mein Kind, dann bin ich beruhigt. Es wäre für mich unerträglich, wenn du dich vor deinem Ehemann fürchten müsstest. Hermann von Ebersberg ist nicht gerade für seine ruhige und ausgeglichene Art bekannt. Sein Jähzorn ist legendär, und ich muss gestehen, dass ich bereits vor eurer Hochzeit deshalb Bedenken hatte. Andererseits hatte ich gehofft, dass dein Liebreiz und dein Pflichtbewusstsein seine guten Eigenschaften zum Vorschein bringen, und es freut mich, dass meine Hoffnung berechtigt war«, sagte Heinrich von Wartenberg und strich vorsichtig mit dem Handrücken über die Wange der Verletzten.

»Ihr müsst Euch um mich nicht sorgen, Vater«, erwiderte Lukardis und versuchte ein aufmunterndes Lächeln, das ihr jedoch kläglich misslang.

Mit einem Mal wurde ihr bewusst, wie einsam sie eigentlich war. Von ihren Eltern konnte sie keine Hilfe erwarten. Sie haderten noch immer mit ihrem Schicksal und hatten Mühe, sich der veränderten Situation anzupassen. Vor allem ihrer Mutter schien jegliche Lebensfreude abhandengekommen zu sein. Für Elisabeth von Wartenberg, die auch schon vor dem schrecklichen Verlust ihrer Besitztümer eher schwermütiger Gesinnung gewesen war, konnte ihre Lage nicht tragischer sein. Lukardis zweifelte keinen Augenblick daran, dass ihr Vater zu seiner ursprünglichen Zufriedenheit zurückfinden würde, hätte er nicht eine Frau, deren dauerhafte Niedergeschlagenheit ihn daran hinderte.

»Geht es dir nicht gut? Du bist auf einmal so blass. Magst du einen Schluck trinken?«, fragte Heinrich besorgt und nahm der Amme den Becher aus der Hand.

Lukardis nickte stumm und schloss die Augen. Bei dem Gedanken an ihr weiteres Leben erfasste sie eine wohlvertraute Traurigkeit. Die Furcht davor, die sie seit gestern begleitete, war kaum zu ertragen. Wie soll ich bloß die nächsten Jahre überstehen, ohne vor Angst zu sterben?, dachte Lukardis unglücklich, als erneut ein stechender Schmerz sie durchfuhr. Sie presste die Zähne aufeinander und krümmte sich. Die Geräusche um sie herum drangen mit einem Mal wie aus weiter Ferne zu ihr. Schwindel erfasste sie, und sie streckte die Hand aus, umklammerte den Arm ihres Vaters. Nur entfernt nahm sie den erschrockenen Ausruf ihrer ehemaligen Amme wahr, da umfassten starke Hände sie und hoben sie hoch.

Lukardis stöhnte auf, als eine weitere Welle des Schmerzes über sie hereinbrach. Gleichzeitig spürte sie eine unangenehme Feuchtigkeit an den Beinen.

Eine fieberhafte Hektik hatte den Raum erfasst, durch den aufgeregt klingende Stimmen wirbelten. Lukardis hörte zwar die Besorgnis bei ihren Eltern heraus, konnte aber den Sinn ihrer erregten Worte nicht erfassen. Das Letzte, was die junge Frau aus dem panischen Gemurmel heraushörte, bevor sie das Bewusstsein verlor, war ein Wort: Blut!

5. KAPITEL

Burg Ebersburg im Jahre des Herrn 1270

Reglos saß die dunkelhaarige Frau in der Fensteröffnung. Sie hatte den Kopf gegen das dicke Mauerwerk gelehnt. Ihr linker Arm hing schlaff herab, während die Finger ihrer rechten Hand mit dem Medaillon spielten, das Hermann ihr zur Vermählung geschenkt hatte. Trotz der langen Zeit, in der sie das Schmuckstück schon um ihren Hals trug, empfand sie die silberne Lilie, das Wappen derer von Ebersberg, noch immer als Fremdkörper. Ihre Haltung drückte Gelassenheit aus, doch in ihren grünen Augen lagen eine Leere und Trostlosigkeit, die früher bei ihr nicht zu finden gewesen waren. Ihr Blick war in die Ferne gerichtet, doch nahm sie die schöne herbstliche Landschaft ebenso wenig wahr wie die Pferde, deren Hufschlag bis zu ihrem Platz hochdrang.

Lukardis wusste auch ohne den Blick in die Tiefe, dass ihr Gemahl mit fünf seiner Männer den Burghof verließ. Sie hatte es der Unterhaltung beim Frühstück entnommen, an dem sie nach zwei Wochen strikter Bettruhe in der Halle wieder teilgenommen hatte.

Die Reiter waren längst nicht mehr zu hören, als Lukardis endlich den Kopf drehte. Unendlich langsam, als bereite ihr jede Bewegung Mühsal, erhob sie sich von ihrem Sitz und ging zur Tür. Dabei griff sie zu dem Umhang aus blauem Tuch und hängte ihn sich um die schmalen Schultern. In den fast fünf Jahren ihrer Ehe war Lukardis dem Schwur treu geblieben, den sie sich in der Nacht vor ihrer ersten Fehlgeburt gegeben hatte. Aber die Jahre an der Seite von Hermann waren nicht spurlos an ihr vorbeigegangen. Aus der schlanken, hochgewachsenen Siebzehnjährigen war eine dünne, fast knochige Frau geworden. Ihr ebenmäßiges Gesicht wirkte hohlwangig, die vollen Lippen waren rissig. Nur die langen, dunklen Wimpern erinnerten noch an die Lukardis von einst, die voller Unsicherheit und Angst die Ehe mit Hermann von Ebersberg eingegangen war. Doch in ihren Augen lag keine Tiefe mehr, sondern Gleichgültigkeit.

Lukardis hielt sich krampfhaft am Geländer fest, während sie auf wackligen Beinen die Treppe hinunter ins Erdgeschoss ging. Sie merkte genau, dass sie sich von der letzten Fehlgeburt noch nicht völlig erholt hatte. Das Fieber in den Tagen danach hatte sie zu sehr geschwächt. Obwohl sie sich am liebsten wieder ins Bett gelegt hätte, wusste sie genau, dass sie gegen ihre Schwäche ankämpfen musste. Als Alternative blieb die völlige Aufgabe. Und an dem Punkt war sie noch lange nicht!

»Um Himmels willen! Ihr sollt Euer Bett heute nicht mehr verlassen, hat der Herr gesagt«, rief Merlinde entsetzt.

Die junge Magd stand noch nicht allzu lange in den Diensten des Burgherrn, zählte aber zu den Menschen, über deren Anwesenheit sich Lukardis sehr freute, auch wenn ihr der plötzliche Tod Margrets schwer zugesetzt hatte.

»Lass gut sein, Merlinde«, gab Lukardis mit schwacher Stimme zurück. Sie blinzelte, denn durch die weit offen stehende Eingangstür drang das warme Sonnenlicht dieses schönen Herbsttages herein. »Das Fieber ist seit zwei Tagen vorüber, und ich brauche ein wenig Bewegung. Kannst du Gerda Bescheid geben, dass sie mir etwas von dem Eintopf bringen soll?«

Merlinde nickte eifrig. »Natürlich, Herrin. Ich fege nur noch schnell den Dreck zusammen und laufe dann gleich in die Küche.«

An das grobe Geländer gelehnt, sah Lukardis zu, wie ihre Magd mit dem Reisigbesen die Strohreste schwungvoll nach draußen in den Hof fegte. Mit Verblüffung stellte sie fest, dass das fünfzehnjährige Mädchen seiner Mutter immer ähnlicher wurde. Merlinde war die älteste Tochter von Adalberta, der Frau des Dorfvorstehers, die Lukardis zu Beginn ihrer Zeit hier auf der Ebersburg regelmäßig für ein kleines Schwätzchen besucht hatte.

Bis zu dem Tag, an dem ihr Gemahl diesen Besuchen ein jähes Ende bereitet hatte.

Überwältigt von den Bildern, die in ihrem Kopf entstanden, schloss Lukardis die Augen und rieb sich die Stirn. Doch die Erinnerung ließ sich nicht wegwischen wie das schmutzige Stroh auf dem Boden der Halle.

»Geht es Euch nicht gut, Herrin? Soll ich Euch zurück in Euer Gemach begleiten?«

Die besorgte Stimme der jungen Magd riss Lukardis aus ihrer unschönen Erinnerung und machte ihr bewusst, wie loyal die Bediensteten zu ihr standen. Die Frage, wer sie damals verraten hatte, quälte sie längst nicht mehr. Albrecht hatte ihr kurz danach mit überheblicher Miene mitgeteilt, dass er jederzeit wisse, wo sie sich aufhalte.

»Nein, nein, es ist nichts. Nur ein kurzer Schwindel, der von der langen Bettruhe herrührt. Sei so gut und stell mir nachher einen Stuhl vor das Fenster in der Halle, damit ich die frische Luft genießen kann, während ich esse«, sagte sie mit einem beruhigenden Lächeln.

Kurz darauf ließ sich Lukardis den heißen Hühnereintopf schmecken. Mit jedem Löffel des aromatischen Gerichts spürte sie, wie ihre Kräfte zurückkehrten. Gerda war eine meisterhafte Köchin, und die Burgherrin wusste es zu schätzen, dass die gutmütige Wirtschafterin ihr gleich mehrere Stücke des zarten Fleisches in die Schüssel geschöpft hatte. Während sie zufrieden kaute, schaute sie auf den Hof hinaus. Als Otwin sein Pferd aus dem Stall führte und zu ihr herübersah, erwiderte Lukardis überrascht den freundlichen Gruß. Sie war davon ausgegangen, dass der Ritter mit dem Reitertrupp ihres Mannes den Burghof verlassen hatte. Otwin zählte seit Jahren zu den Vertrauten Hermanns von Ebersberg, der auf die Anwesenheit seines treuen Gefolgsmanns nur äußerst selten verzichtete. Ihre Verwirrung darüber klärte sich jedoch schnell auf, als sie bemerkte, dass der Schimmel des Ritters lahmte.

»Es freut mich, dass es Euch wieder besser geht, edle Frau«, sagte Otwin und brachte sein Pferd zum Stehen.

»Ich bin darüber auch sehr froh, Herr Otwin. Was fehlt Eurem Tier?«, erkundigte sie sich und legte den Löffel zur Seite.

»Es hat hinten links eine Entzündung im Huf«, antwortete der Ritter und klopfte sachte den Hals des Pferdes. »Sobald der Bruder Eures Gemahls eintrifft, werde ich hinunter ins Dorf reiten und den Schmied aufsuchen. Bestimmt muss das Eisen entfernt werden, damit die Stelle abheilen kann.«

»Ich war der Ansicht, dass Albrecht mit meinem Mann losgeritten ist. Erwartet Ihr ihn denn so schnell zurück?«, fragte Lukardis, die nicht gerade erbaut über die Aussicht war, ihren Schwager wiederzusehen.

»Ich spreche nicht von Albrecht, edle Frau, sondern von Heinrich. Wir erwarten ihn heute aus Würzburg zurück.«

»Heinrich war in Würzburg? Gibt es dafür einen wichtigen Grund, Herr Otwin?«, hakte Lukardis sofort nach.

»Mir wäre es lieber, wenn Ihr Euren Gemahl danach befragt, Frau Lukardis«, wich der Ritter aus und rieb sich das bartlose Kinn. »Ich kann Euch dazu wirklich nichts sagen.«

Die Burgherrin wollte gerade einen weiteren Versuch starten, als ein herannahender Reiter sie innehalten ließ. Während die Wache das Tor öffnete, sprach aus Otwins Miene grenzenlose Erleichterung darüber, der unangenehmen Befragung durch die Gemahlin seines Lehnsherrn entkommen zu sein. Lukardis hingegen, die sich stets freute, wenn sie ihren Schwager Heinrich zu Gesicht bekam, war enttäuscht über die unwillkommene Unterbrechung ihres Gesprächs. Otwin besaß als einer der wenigen Gefolgsleute ihres Mannes eine natürliche Freundlichkeit und zeigte sich nie herablassend, wie es bei ihrem jüngeren Schwager Albrecht an der Tagesordnung war. Der jungen Frau war es in der Vergangenheit des Öfteren gelungen, dem oft bedächtig wirkenden Otwin die eine oder andere Neuigkeit zu entlocken.

»Lukardis! Es tut gut, Euch wieder auf den Beinen zu sehen«, rief Heinrich mit ehrlicher Freude, als er sie an der Fensteröffnung entdeckte. »Hermanns Berichte von Eurem Gesundheitszustand waren nicht sehr erquicklich. Er hat schon befürchtet, Ihr würdet Euch gar nicht mehr erholen, und war in höchstem Maße besorgt.«

Heinrich, der mittlere der drei Brüder, übergab die

Zügel seines Pferdes einem herbeigeeilten Stallburschen, klopfte sich den Staub von der Kleidung und ging seiner Schwägerin entgegen. Trotz des stundenlangen Ritts war der Ritter bester Laune. Obwohl kleiner als seine beiden Brüder, besaß er eine Ausstrahlung, die das Herz manch einer schönen Frau zum Pochen brachte. Seit dem Tod seiner jungen Gemahlin wusste Lukardis jedoch von keiner, die sein Herz erobert hatte. Weder Hermann noch der jüngere Albrecht, dem etwas Wieselartiges anhaftete, verfügte über diese Leichtigkeit.

»Hat mein Bruder dich nicht mitgenommen, Otwin?«, neckte Heinrich den mittlerweile breit grinsenden Ritter, der ihm daraufhin kurz den Grund für seinen Verbleib auf der Burg erläuterte.

»Hermann will, dass wir beide nachkommen, sobald ich mein Pferd versorgt habe. Das Treffen findet nun doch beim Grafen Ziegenhain statt, und es war ihm wichtig, dass du daran teilnimmst.«

Heinrich winkte ab. »Gemach, mein Freund. Ich bin seit dem frühen Morgen unterwegs und habe einen anstrengenden Ritt hinter mir. Selbst der Teufel höchstpersönlich könnte mich nicht daran hindern, eine kleine Stärkung zu mir zu nehmen. Stammt dieser köstliche Duft, der mir aus dem Fenster entgegenweht, nur von Eurer Schüssel, liebste Schwägerin, oder steht womöglich ein großer Topf auf dem Tisch?«, wandte sich Heinrich mit einem entwaffnenden Lächeln an Lukardis, die ihren Unmut über das unterbrochene Gespräch längst vergessen hatte. Heinrich war ein stets gutgelaunter Mensch, dessen Charakter sie, im Gegensatz zu dem seiner Brüder, für ehrlich und anständig erachtete.

»Leider steht tatsächlich nur eine Schüssel vor mir, die ich auch schon zur Hälfte geleert habe. Aber ich werde

Gerda Bescheid geben lassen, dass ein weiterer hungriger Magen zu füllen ist«, erwiderte Lukardis amüsiert.

Jeder hier auf der Burg wusste um die Schwäche der Köchin für den angenehmsten der Ebersberger Brüder. Gerda würde über das ganze rundliche Gesicht strahlen, wenn sie hörte, wem sie ihren Eintopf auftragen durfte. Die Aussicht auf ein Gespräch mit ihrem Schwager steigerte die Laune der Burgherrin, denn Heinrich war ihr vom Zeitpunkt ihres Kennenlernens an zugetan und hatte sie nicht nur einmal vor dem Jähzorn ihres Gemahls in Schutz genommen. Lukardis rief nach Merlinde und bat sie um eine weitere gutgefüllte Schüssel.

»Ich liege Euch für diesen Vorschlag zu Füßen, allerliebste Lukardis«, sagte Heinrich.

Er bedankte sich mit einer übertrieben tiefen Verbeugung und blies sich eine Strähne seines aschblonden Haares aus dem Gesicht. Anschließend wandte er sich an Otwin, der den Bruder seines Lehnsherrn schon zu lange kannte, um sich über dessen übertriebenes Verhalten zu wundern. Selbst Hermann von Ebersberg ließ seinen Bruder gewähren, da er genau wusste, dass Heinrichs schmeichelnde Worte nichts Anzügliches hatten. Er begehrte Lukardis nicht, sondern mochte sie als Person. Vor allem aber zählte er zu den wenigen Menschen, die sich nicht vor Hermann fürchteten.

»Ich würde vorschlagen, dass du schon vorreitest und wir uns vor der Hütte des Schmieds treffen, nachdem ich mir den Bauch vollgeschlagen habe«, sagte der Gast zu dem Ritter und wandte sich seiner Schwägerin zu. »Ich muss Otwin noch kurz ein paar Dinge mitteilen und bin gleich bei Euch!«

Gedankenverloren sah Lukardis den beiden Männern nach, die nebeneinander über den Hof gingen. Ihren Mienen nach zu urteilen, war der Inhalt ihres Gesprächs eine ernste Angelegenheit, denn selbst Heinrichs Gesichtsausdruck hatte jegliche Fröhlichkeit verloren. Sie nahm sich fest vor, den Grund dafür herauszufinden, und wartete ungeduldig darauf, dass Otwin aufbrechen würde.

Obwohl der Reiter das dünne Pergament kaum spüren konnte, wuchs der Druck auf seinen Brustkorb mit jedem Meter, den er zurücklegte. Zum wohl hundertsten Mal legte Raban von Elfershausen die Hand an die Stelle, unter der gut verpackt das Schreiben des Würzburger Bischofs ruhte. Die steil aufragenden Buchstaben verrieten den engstirnigen Charakter des Schreibers, der nach dem Tod von Rabans Mentor Iring von Reinstein-Homburg die Führung des Würzburger Bistums übernommen hatte. Raban kannte den jetzigen Bischof Poppo von Trimberg persönlich und wusste daher, dass der Reichsfürst die wenigen Zeilen selbst verfasst hatte. Der Bischof war ein entfernter Verwandter seines verstorbenen Vaters, dessen Schrift er schon einmal auf einer Urkunde gesehen hatte.

Die Schriftrolle war mit ein Grund, weshalb der listige Poppo von Trimberg nicht zu den Menschen zählte, mit denen Raban gute Erinnerungen verband. Anstatt ihm ins Gewissen zu reden, hatte er seinerzeit Rabans Vater tatkräftig beim Verkauf der Besitztümer zur Finanzierung seiner Teilnahme am Kreuzzug unterstützt. Anscheinend quälte Poppo sein schlechtes Gewissen, sonst hätte er wohl kaum all die Jahre gewissenhaft die Zahlungen an Raban weitergeleitet, damit dieser sein Studium der Rechtswissenschaften weiter vorantreiben konnte.

Raban hatte erst vor einigen Wochen von dem Tod seines Mentors erfahren, der ihm stets ein Vorbild gewesen war. In wenigen Zeilen hatte Poppo von Trimberg ihn davon in Kenntnis gesetzt, dass der ehrwürdige Reichsbischof bereits vor zwei Jahren verschieden war. Da die Einkünfte, die Raban jährlich aus seinem Lehen erzielte, aufgrund schlechter Ernten rückläufig seien, müsse er seine Studien leider abbrechen. Der neue Reichsfürst erwarte schnellstmöglich die Rückkehr seines lieben Verwandten und erhoffe sich in einer kniffligen Angelegenheit dessen Unterstützung. Die jahrelangen Studien sollten nun wohl Früchte zeigen.

Unwirsch ließ Raban die Hand wieder fallen und klopfte seinem unruhigen Pferd den Hals. Sie hatten Bozen bereits kurz nach dem Morgengrauen den Rücken gekehrt, kaum dass die Tore der Stadt geöffnet waren. Am gestrigen Abend hatte Raban noch die dortige Kirche aufgesucht. Ein schönes Gebäude, das der Mutter Gottes gewidmet war, an deren Statue der müde Reisende lange und inbrünstig gebetet hatte. Obwohl sich Raban eingestehen musste, dass seine stummen Worte eher einem Zwiegespräch als einem Gebet geglichen hatten.

Gut zwei Jahre lag sein Abschied vom Amt des Priesters inzwischen zurück. Er war aus tiefstem Herzen davon überzeugt, dass die Gerechtigkeit, von der die Kirche im Zusammenhang mit den Kreuzzügen sprach, falsch war. Das Engagement seines Vaters entsprach eben genau dieser vermeintlichen Gerechtigkeit und dem dafür versprochenen Lohn der Kirche. Allerdings war sein Vater wie viele andere Teilnehmer der Kreuzzüge der Ansicht, dass dieser Ablass nicht nur weltliche Sünden betraf, sondern auch eine Befreiung von den Sünden im Jenseits. Diese Auslegung war schlicht und ergreifend nicht richtig, dennoch ließ die Kirche die Kreuzfahrer in diesem Irrglauben. Raban war überzeugt von der Gerechtigkeit und dem Gnaden Gottes, der allein im Glauben zu finden war, und der festen Ansicht, dass man den wahren Glauben nicht mit dem Schwert bringen sollte. Trotzdem durfte ein Mann wie er, der nicht zuletzt an der Richtigkeit des Ablasshandels zweifelte, nicht als Priester tätig sein.

Nachdem er der Kirche den Rücken zugewandt hatte, rasierte sich Raban die restlichen Haare ab und stürzte sich mit Feuereifer in die Studien. Doch je härter er arbeitete und je verbissener er nach Antworten auf seine vielen Fragen suchte, desto mehr gewann er den Eindruck, als würde er immer weniger von der Welt verstehen. Nach all den Jahren hatte er noch immer nicht herausgefunden, was er mit seinem Leben anfangen wollte. Seltsamerweise erreichte ihn die Nachricht vom Würzburger Reichsfürst zu einem Zeitpunkt, als Raban ohnehin schon den Entschluss gefasst hatte, nach Hause zurückzukehren. Er hatte sein Studium der Rechtswissenschaften Monate zuvor erfolgreich beendet und stand seit einiger Zeit in den Diensten eines äußerst wohlhabenden Kaufmanns, der Rabans Beratung bei seinen Geschäften sehr zu schätzen wusste. Obwohl dem jungen Rechtsgelehrten die bestens bezahlte Stellung außerordentlich gut gefiel, dachte er immer häufiger an seine Schwester, die in ihren seltenen Briefen ausführlich und recht anschaulich von ihrem Familienleben berichtete. Hilda, die durch ihre Heirat mit einem Kaufmann vor über fünf Jahren nicht nur Rechnen, sondern zu Rabans Freude auch Lesen und Schreiben gelernt hatte, konnte sehr blumig und anschaulich erzählen, weshalb Raban das Gefühl hatte, an den Erlebnissen teilzuhaben. Vor allem die Geschichten über seinen kleinen Neffen brachten ihn oft zum Schmunzeln.

Verärgert fuhr sich Raban durch die dunkelbraunen, fülligen Haare, bei deren Anblick niemand darauf gekommen wäre, dass sie jahrelang mit einer Tonsur gemäßigt worden waren. Er konnte seinen Unmut darüber, dass nicht seine Schwester und ihre kleine Familie das Ziel seiner Reise war, nur mit Mühe im Zaum halten. Dass ausgerechnet der Würzburger Reichsbischof die erste Person sein sollte, die er nach all den Jahren in der Fremde als Erstes traf, schmeckte ihm überhaupt nicht. Leider besaß der junge Reisende nicht die Mittel, um sich dem Wunsch oder vielmehr dem Befehl des Kirchenfürsten zu widersetzen. Wohl oder übel musste er sich der Situation stellen und des Problems annehmen, das Poppo von Trimberg erwähnt hatte. Raban war sich darüber im Klaren, dass sich das Leben nicht danach richtete, was ihm gerade wichtig war oder welche Dinge er für richtig und sinnvoll erachtete.

Der junge Gelehrte kam erneut ins Grübeln. Sein Weg führte durch eine wunderschöne herbstliche Landschaft, von der er jedoch kaum etwas mitbekam. Seine Gedanken hatten sich im Netz der Jahre verfangen, die ihn zu dem Mann gemacht hatten, der er war.

Er dachte an seine Jahre als Knappe zurück. Bis zum Tod seines Vaters hatte Raban die Ausbildung zum Ritter durchlaufen, wie es im Geschlecht derer von Elfershausen seit Generationen üblich war. Es verhielt sich keinesfalls so, dass er sich dabei ungeschickt anstellte. Im Gegenteil. Der Umgang mit dem Schwert fiel ihm ausgesprochen leicht. Der Ritter, bei dem Raban die ersten sieben Jahre als Knappe verbrachte, war voll des Lobes über die Geschicklichkeit, die er in der Waffenführung an den Tag legte. Auch seine Ausdauer und Geduld fanden großen Anklang bei dem erfahrenen, bereits über fünfzig Jahre alten Ritter, was dieser in der Gegenwart von Rabans Vater gebührend zur Sprache brachte. Es gab nur eine einzige Sache, die nicht das Wohlgefallen des alten Weggefährten seines Vaters weckte: Rabans Überzeugung, dass gewisse Dinge ohne den Gebrauch von Waffen zu klären seien.

Seine nagenden Zweifel über die Mittel der Wahl, die viele befreundete Adlige seines Herrn bei der Durchsetzung ihrer Entscheidungen trafen, behielt er anfängliche noch für sich. Doch mit den Jahren verfestigte sich seine Skepsis. Hinzu kamen dic finanziellen Schwierigkeiten des Vaters, von denen Raban erst spät erfuhr. Die Verfügung über die Hochzeit seiner geliebten Schwester Hilda brachte ihn zu der Einschätzung, dass der Weg, den sein Vater gewählt hatte, falsch war. Was konnte richtig daran sein, sämtliche Mittel für einen Krieg zu verwenden, in welchem man den Ungläubigen den einzig wahren Gott zur Not auch mit der Gewalt des Schwertes nahebrachte? Für den man die einzige Tochter unter Stand zu verheiraten bereit war, nur weil der Bewerber als Kaufmann ein kleines Vermögen angehäuft hatte?

Bei dem Gedanken an Hilda umspielte ein warmes Lächeln Rabans Lippen. Dass sie lediglich seine Halbschwester war, die einer kurzen Liebschaft seines Vaters mit Rabans Amme entsprungen war, hatte der junge Mann schon immer für nebensächlich erachtet. Seine Mutter war im Kindbett gestorben, und seine Amme, eine liebenswerte, aber sehr stille Frau, hatte ihn mit ausreichender Fürsorge bedacht. Aber erst das glockenhelle Lachen der kleinen, blondgelockten Hilda zeigte dem Jungen, was er am meisten vermisst hatte: Lebensfreude!

An diesem Punkt war Raban schon oft in seinen Gedankenspielen über richtige und falsche Entscheidungen angelangt. Jedes Mal musste er sich eingestehen, dass auch er falschgelegen hatte, was das betraf. In seiner Verbohrtheit war ihm völlig entgangen, dass es gar nicht darauf ankam, ob der Zukünftige seiner Schwester standesgemäß war. Hilda hatte ihn jedoch zurechtgestutzt, indem sie ihm kurz vor ihrer Eheschließung eröffnete, dass sie glücklich und zufrieden mit ihrem Ehemann sei. Neben ihrer natürlichen Fröhlichkeit besaß seine Schwester einen ausgeprägten Pragmatismus. Daher war sie sich früh bewusst, dass für sie aufgrund ihrer Herkunft eine Heirat in Adelskreisen undenkbar war.

Kurz nach Rabans Ausbildungsbeginn brach sein Vater zu einem weiteren Kreuzzug auf. Diese Trennung schmerzte beide Geschwister gleichermaßen, aber es entsprach Hildas Natur, dass sie schnell einen neuen Spielgefährten fand.

Raban stieß einen tiefen Seufzer aus, als er daran dachte, dass gerade dieser neue stille Gefährte aus Hildas Kindheit später ihr Gemahl geworden war. Es war Rabans Mentor, dem verstorbenen Würzburger Bischof Iring von Reinstein-Homburg, zu verdanken, dass die Entscheidung des fern der Heimat weilenden Vaters auf den jungen Kaufmann fiel.

Aufgrund der Nachricht von dessen Tod sieben Jahre nach der vernichtenden Schlacht von Fariskur machte der gemeinsame Vormund der Geschwister die Entscheidung über die Verbindung mit dem äußerst wohlhabenden jungen Kaufmann jedoch wieder rückgängig. Niemand anders als Poppo von Trimberg trug dafür die Verantwortung, und es kostete Hilda Jahre des Bittens und Schmeichelns, bis sie es mit Hilfe ihres mächtigen Unterstützers geschafft hatte, die zähneknirschende Zusage ihres Vormunds zur Eheschließung zu erhalten.

Doch davon hatte Raban all die Jahre nichts gewusst.

Hilda hatte die Ansicht vertreten, dass ihr Bruder viel zu geradeheraus war, um ihre Art der Überzeugungsarbeit bei ihrem Vormund zu verstehen und gutzuheißen. So ähnlich hatte sie es jedenfalls einmal in einer Unterhaltung mit Iring von Reinstein-Homburg ausgedrückt. Es verblüffte Raban im Nachhinein, dass Hilda in ihrer Zielstrebigkeit mehr erreicht hatte, als er für sich in Anspruch nehmen konnte.

Bei dem Gedanken an seine Schwester fiel Raban wieder ein, dass es noch eine Weile dauern würde, bis er ihre schmerzlich vermisste Fröhlichkeit wieder genießen konnte. Schlechtgelaunt drückte er seinem Pferd die Hacken in die Seiten. Wenn es schon eine lästige Aufgabe vor dem ersehnten Wiedersehen zu erledigen gab, dann konnte er sie auch so schnell wie möglich angehen.

»Warum kannst du unsere Reise nicht einfach genießen?«, empörte sich die hübsche blondgelockte Frau kopfschüttelnd. »Du kannst von Glück sprechen, dass ich mich in all den Jahren nicht von deinem Pessimismus habe anstecken lassen, sonst würden wir jetzt beide mit hängenden Mundwinkeln nebeneinandersitzen und unserem Sohn ein feines Vorbild abgeben!«

Wigbert brummte etwas Unverständliches in seinen dichten, dunklen Vollbart, den er entgegen der herrschenden Mode seiner Frau zuliebe nicht abrasieren ließ. Das Zucken um seine Mundwinkel entging der temperamentvollen Hilda natürlich trotzdem nicht.

»Du kannst ruhig zugeben, dass du froh bist, mich dabeizuhaben«, neckte sie ihn und stieß ihm einen Ellbogen leicht in die Seite.

»Ach, hör auf mit deinem ständigen Gerede, Weib, und hol lieber unseren Sohn«, knurrte Wigbert weit weniger schlechtgelaunt, als er es eigentlich vorhatte.

Es ist wie immer, dachte der große, stämmige Kaufmann, während er seiner Frau nachschaute, die schwungvoll und mit wiegenden Hüften in das Gasthaus zurückkehrte, in dem sie die letzte Nacht verbracht hatten. Dabei lauschte er ihrem hellen Lachen, bis die schwere Eingangstür das angenehme und ihm fast schmerzlich vertraute Geräusch zum Verstummen brachte. Schon als er Hilda zum ersten Mal begegnet war, hatte sie sein Herz im Sturm erobert. Dabei war seine Frau damals noch ein Mädchen von gerade mal acht Jahren gewesen.

Mit einem tiefen Seufzen wandte sich Wigbert wieder seiner Arbeit zu. Es galt die restliche Ware im Wagen zu überprüfen und sicher zu verstauen. Die Männer, die auf der langen Reise für den Schutz seiner Kostbarkeiten verantwortlich waren, hatten wie gewohnt die Nacht abwechselnd Wache gestanden. Die Verführungen, die der Inhalt des Fuhrwerks bot, lockten nicht nur mögliche Käufer, sondern auch andere Individuen an. Hierin lag der Hauptgrund für die anfangs ablehnende Haltung des Kaufmanns, als seine Frau zum ersten Mal den Wunsch geäußert hatte, mitfahren zu wollen.

Es war beileibe nicht so, dass Hilda ihn noch nie begleitet hatte. Im Gegenteil. Wigbert bezahlte lieber genügend Männer als Begleitschutz, als wochenlang auf die Nähe seiner geliebten Frau zu verzichten. Seine vehemente Weigerung war zum einen darin begründet, dass Hilda nach dem Tod ihrer Schwiegermutter unbedingt den gemeinsamen Sohn mitnehmen wollte. Zum anderen, und hier lag der eigentliche Streitpunkt des sonst sehr harmonisch miteinander verbundenen Ehepaars, war Hilda endlich wieder guter Hoffnung. Nach zwei Fehlgeburten wollte Wigbert diese langersehnte Schwangerschaft ganz gewiss nicht unnötig gefährden.

Leider war er bei seiner Frau mit seinen Argumenten auf taube Ohren gestoßen.

»Kann ich mithelfen, Vater?«

Bevor sich Wigbert seinem Sohn zuwandte, stellte er den tönernen Krug mit dem wertvollen Pulver vorsichtig auf den Boden des Wagens.

»Aber sicher, Arndt.«

Der Vierjährige stieß ein Juchzen aus, als sein Vater ihn hochhob und einmal durch die Luft wirbelte, bevor er den Jungen behutsam auf der Ladefläche des Wagens absetzte.

»Sieh genau zu. Du holst dir diese kleinen Säckchen und stellst sie vorsichtig in den Weidekorb. Achte darauf, dass sie alle fest verschnürt sind, damit von dem kostbaren Inhalt nichts herausfallen kann«, wies Wigbert seinen Sohn an.

»Was sind denn das für komische kleine Kugeln, Vater? Und wieso sind sie so kostbar? Ist das Gold?«, fragte der Junge und blies eine seiner blonden Locken aus der Stirn.

»Nein, mein Schatz, das ist kein Gold«, antwortete der Kaufmann mit einem Schmunzeln und strich seinem Sohn die widerspenstige Strähne hinters Ohr. »Diese kleinen, dunklen Kugeln nennt man Pfeffer. Das ist ein sehr begehrtes Gewürz, das einen langen Weg hinter sich gebracht hat, bis es mit dem Schiff bei uns zu Hause in Köln angekommen ist.«

»Wieso will das jeder haben? Wächst es denn bei uns nicht?«

»Nein, Arndt, hier ist es der Pflanze zu kalt. Das Land, in dem sie wächst, ist unglaublich weit weg. Dort ist es sehr warm, aber auch feucht, da es viel regnet. Ich habe mir sagen lassen, dass die Pfefferpflanze an Bäumen hochklettert und viele Jahre alt werden kann«, erklärte Wigbert und nahm eines der kleinen, bereits genau abgewogenen Säckchen, um es in den Korb zu stellen.

»Warst du schon einmal dort?«, fragte der wissbegierige Junge, der bereits wieder vergessen hatte, dass er eigentlich seinem Vater hatte helfen wollen.

Arndt konnte nicht genug von den Geschichten bekommen, die ihm die Schiffsbesatzungen mit Freuden erzählten. Am liebsten lauschte er aber seinem Vater, wenn er von den fremden Ländern berichtete, aus denen die Waren stammten, die sie dann an ihre reiche Kundschaft weiterverkauften. Einzig die Tatsache, dass sein Vater nie von eigenen Erlebnissen, sondern immer nur von Geschichten berichtete, die ihm die Seeleute beim Verladen der Ware weitergaben, störte den Vierjährigen manchmal etwas.

Wigbert, dem das Interesse seines Sohnes gut gefiel, hasste das Reisen in fremde Länder. Er suchte nicht das Abenteuer und war am glücklichsten, wenn er sich zu Hause bei seiner kleinen Familie aufhalten konnte. Da er aber wusste, wie sehr Arndt sich über neue Geschichten freute, bat er bei den Kaufverhandlungen die Kapitäne der Schiffe stets um ein paar nette Anekdoten.

»Leider nein. Ich habe dir doch schon einmal erzählt, dass ich bisher nur ein einziges Mal in Venedig war. Du erinnerst dich sicher noch an die Häuser, die im Wasser stehen«, lenkte Wigbert geschickt die Aufmerksamkeit seines Sohnes auf etwas, das den Jungen immer wieder faszinierte. »Wolltest du mir nicht eigentlich helfen?«

Schuldbewusst nickte der Junge und sofort griff er mit seinen kleinen Händen nach einem der Säckchen. Stumm arbeiteten die beiden nebeneinanderher. Wigbert betrachtete dabei immer wieder das kleine Gesicht seines Sohnes, das ihm so sehr ähnelte, als blickte er in einen Spiegel. Nur eben fast dreißig Jahre jünger. Einzig die blonde, immerzu etwas wirre Lockenpracht hatte Arndt von seiner Mutter geerbt. Als Wigbert den verträumten Blick seines Sohnes bemerkte, wusste er genau, woran der kleine Junge gerade dachte: Häuser, die mitten im Wasser standen und nur durch Brücken miteinander verbunden waren.

»Hast du noch immer keine Nachricht aus Würzburg erhalten?«, fragte Hilda, während sie ihrem Mann zwei zusammengerollte Decken reichte.

Augenblicklich verdüsterte sich Wigberts Miene. Mit ihrer Frage rührte seine Frau an einem wunden Punkt und weiteren Grund, warum er sie auf dieser Fahrt am liebsten nicht mitgenommen hätte. Um die bestellte Ware bei ihrem letzten Kunden abzuliefern, mussten sie das Gebiet um Fulda herum passieren.

Bisher waren sie von Köln der öffentlichen Handelsstraße gefolgt, die bis ins weit entfernte Leipzig führte. Dabei hatten sie unter anderem die aufstrebende Stadt Siegen passiert, wo Arndt mit großen Augen die mächtige Burg oberhalb des Ortes bestaunt hatte. Über Marburg waren sie schließlich bis nach Gießen gelangt. Die Eindrücke der Reise waren für den Jungen so mächtig, dass er der dortigen Wasserburg nur noch einen gelangweilten Blick zuwarf.

»Nein. Noch nicht einmal ein Reiter ist aufgetaucht, geschweige denn die versprochenen fünf bewaffneten Männer, die uns Bischof Poppo fest zugesagt hatte«, erwiderte Wigbert verärgert. »Andere Reisende, denen wir uns anschließen können, haben wir bisher auch nicht getroffen.«

Hätte es sich nicht um den ehemaligen Vormund seiner Frau gehandelt, hätte sich Wigbert mit seinen Flüchen nicht so zurückgehalten. So schimpfte er nur leise vor sich hin, wenn Hilda gerade nicht in seiner Nähe war. Bis hierhin war der Schutz, den die vier bewaffneten Männer der Kaufmannsfamilie und ihren wertvollen Gütern boten, ausreichend gewesen. Da fast drei Viertel der mitgeführten Waren bereits an die Kunden ausgeliefert waren, ging die Fahrt entsprechend schnell voran. Teilweise hatten sie sich mit anderen Reisenden zusammengeschlossen, obwohl es zu keinen nennenswerten Vorfällen gekommen war. Leider hatten sie vor zwei Tagen den Handelsweg verlassen müssen und waren von nun an allein unterwegs.

»Ich bin zwar nicht davon ausgegangen, dass Bischof Poppo unser Wohlergehen am Herzen liegt, hatte aber angenommen, dass ihm seine verdammten Waren wichtig genug sind, um uns Schutz für den Transport zu gewährleisten«, schimpfte Wigbert, mit dessen Rücksichtnahme es nun vorbei war.

Die vor ihnen liegende Strecke war berüchtigt für zahllose Überfälle durch ehrenlose Ritter, denen bislang selbst der Fuldaer Abt nicht Einhalt gebieten konnte.

»Noch nicht einmal ein paar Pilger haben wir getroffen. Von einem Überfall auf Pilger habe ich bisher nämlich noch nichts gehört«, begründete Wigbert seinen Wunsch, als er die gerunzelte Stirn seiner Frau bemerkte.

»Vielleicht ist ihm etwas dazwischengekommen und die Männer sind momentan nicht abkömmlich«, wandte Hilda ein und warf ihrem Mann einen warnenden Blick zu, verbunden mit einem knappen Nicken in Richtung ihres Sohnes.

»Na klar. Vor allem weil dein frommer Verwandter sicher nur über fünf Männer verfügt«, erwiderte Wigbert und nahm Arndt eine tönerne Karaffe aus der Hand, in der sich ein erlesenes Rosenwasser befand.

Hilda ignorierte den Sarkasmus ihres Mannes. Sie konnte seinen Ärger gut verstehen. Schließlich war sie dabei gewesen, als die Frau eines befreundeten Kaufmanns weinend vom Tod ihres Gemahls berichtet hatte. Allein der Gedanke an den immer wieder von Schluchzern unterbrochenen Bericht ließ Hilda schaudern. Der Überfall hatte sich unweit der Tore Fuldas ereignet. Nur einer der Kaufmannsgehilfen war dem Gemetzel entkommen, das die schwerbewaffneten, maskierten Reiter unter der harmlosen Reisegruppe veranstaltet hatten. Die beiden Begleiter, die zum Schutz der Gruppe mitritten, hatten sie gleich zu Anfang mit wuchtigen Schwertschlägen getötet.

»Er ist nicht mit mir verwandt. Wie oft soll ich dir das denn noch erklären?«, gab Hilda zurück. »Es wird schon gutgehen. Im Gegensatz zu dem armen Hartbert werden wir von vier bewaffneten Männern begleitet. Sollte es irgendeinem der gewaltbereiten Wegelagerer dennoch einfallen, das Schwert gegen uns zu erheben, wird der Anblick deiner bitterbösen Miene ihn schon in die Flucht jagen.«

Der Blick, den Wigbert seiner Frau daraufhin zuwarf, war zweifellos bitterböse. Ansonsten wirkte der stämmige, hochgewachsene Kaufmann viel zu gutmütig, um Angst und Schrecken zu verbreiten.

»Spar dir deine Scherze, Weib. Ich bin ernsthaft am Überlegen, ob es besser wäre umzukehren. Soll der feine Bischof doch selbst zusehen, wie er an seine edlen Gewürze und die zart duftenden Wässerchen kommt. Weihrauch werden sie vermutlich noch genügend haben. Bei unserer letzten Lieferung im Frühling hatten wir einen großen Sack dabei.«

»Umkehren? Das ist jetzt nicht dein Ernst, oder?«, gab seine Frau ungläubig zurück. »Seit du im letzten Jahr die dreißig überschritten hast, ist deine Vorsicht kaum noch zu ertragen. Was sollen wir denn mit den Bestellungen anfangen? Sie bis zum nächsten Frühjahr einlagern? Nein, Wigbert, *das* werden wir ganz sicher nicht tun. Wir lassen uns doch nicht von ein paar dahergelaufenen Rittern in die Flucht schlagen, nur weil diese grobschlächtigen Kerle vergessen haben, was Ehre und Anstand bedeuten!«

Mit einem tiefen Seufzer erwiderte Wigbert den wütenden Blick seiner Ehefrau, die vor lauter Empörung die Hände in die Seiten gestemmt hatte und damit seine Aufmerksamkeit auf ihren leicht gewölbten Bauch richtete. Am liebsten hätte er sich Hilda in diesem Moment widersetzt. Aber das goldene Funkeln in ihren braunen Augen, in das er sich beim ersten Blick verliebt hatte, machte jegliche Gegenwehr unmöglich.

»Natürlich geben wir nicht wegen solcher Schurken klein bei, Liebes. Reg dich nicht so auf, das bekommt unserem Kind nicht.«

»Unfug! Unserem Kind geht es gut, wenn es mir gutgeht. Und mir geht es gut, wenn wir unseren Auftrag erledigen und die letzte bestellte Ware in Würzburg abliefern. Ich muss unbedingt den Bischof nach den jüngsten Neuigkeiten meines Bruders fragen. Ach, Wigbert, wie sehr ich Raban vermisse«, seufzte Hilda zur Abwechslung und schüttelte betrübt den Kopf.

»Du hast erst vor zwei Monaten ein Schreiben von ihm erhalten«, erinnerte Wigbert seine Frau, deren Traurigkeit er noch nie ertragen konnte. »Bestimmt ist er wohlauf. Er hat doch diese Anstellung bei dem italienischen Adligen. Sicher hat er mittlerweile irgendein hübsches Mädchen getroffen, dem er den Hof macht. Was hatte er geschrieben? Wie nennt man dort noch mal die Damen?«

»Signora«, gab Hilda unwillig zurück.

Mit finsterer Miene starrte sie einen Augenblick auf das kleine Holzfass, das zu ihren Füßen stand. Wigbert kannte seine Frau gut genug und wartete in aller Seelenruhe ab, bis sie ihrem offensichtlichen Unmut Luft machte. Wenigstens war es ihm gelungen, ihre Trauer zu verscheuchen. Wenn sie nun stattdessen wütend war, störte ihn das nicht. Damit konnte der Kaufmann umgehen. Er brauchte nicht lange zu warten, denn gleich darauf bückte sich Hilda, packte das Fässchen Öl und wuchtete es auf den Wagen, wo es unsanft mit einem lauten Rums landete. Wigbert wollte gerade eine sanfte Mahnung ob der wertvollen Ware aussprechen, als es aus seiner Frau hervorbrach.

»Raban? Der soll einem Mädchen den Hof machen? Bestimmt nicht!«, stieß Hilda wutschnaubend hervor. »Wenn ihr zwei auch von eurem Äußeren her unterschiedlicher nicht sein könntet, so habt ihr trotzdem vieles gemeinsam. Es will mir immer noch nicht in den Kopf, dass solch gutaussehende Männer wie ihr in der Gegenwart von Frauen derart gehemmt seid. Kannst du mir das mal erklären? Wenn ich nicht gewesen wäre, würdest du mich heute noch anschmachten, ohne den ersten Schritt zu tun.«

»Pah! Ich habe dich niemals angeschmachtet«, widersprach Wigbert ohne großen Nachdruck und fuhr seinem kichernden Sohn über die widerspenstige Lockenpracht. »Bei Raban kann es auch daher kommen, dass er die letzten Jahre als Priester gelebt hat. Ich meine, vielleicht macht er sich ja nichts aus Frauen. Wäre doch möglich, oder?«

»Was willst du denn damit sagen?«, empörte sich Hilda.

Der Kaufmann verdrehte die Augen und winkte ab. Wie immer zeigte sich seine Frau unberechenbar, wenn es um ihren geliebten Bruder ging. Einerseits sehnte sie sich nach ihm, andererseits lehnte sie seine Lebensweise ab. Es wollte ihr einfach nicht in den Kopf, warum Raban lieber im fernen Bologna studierte, anstatt in der Heimat seine Geburtsrechte zu erstreiten. Warum er im stattlichen Alter von sechsundzwanzig Jahren noch immer nicht verheiratet war, begriff sie sowieso nicht.

»Nicht das, was du wieder meinst, Hilda. Ich wollte damit nur sagen, dass ihn die Jahre in seinem kirchlichen Amt sicher geprägt haben. Außerdem weißt du gar nicht, was er in letzter Zeit so alles getrieben hat. Ihr habt euch schließlich seit fünf Jahren nicht mehr gesehen«, hielt ihr Gemahl dagegen.

»Da hast du vielleicht sogar recht«, murmelte Hilda.

Verblüfft über die ungewohnte Einsicht seiner Frau, reichte Wigbert ihr den gemeinsamen Sohn.

»Wenn du unsere restlichen Sachen holst, können wir uns auf den Weg machen. Vielleicht hat der Bischof wirklich Neuigkeiten von deinem Bruder für uns«, tröstete er seine Frau.

Hilda schenkte ihm ein schwaches Lächeln. »Es ist nicht mehr viel. Ich nehme Arndt mit, dann kannst du hier den Rest fertig machen«, sagte sie dankbar und ging zurück zum Gasthaus.

»Ihr macht Euch zu viele Sorgen wegen der kurzen Strecke, die noch vor uns liegt«, beruhigte ihn Bertold, der Anführer des bewaffneten Trupps. »Ab Fulda können wir den Handelsweg bis Würzburg nutzen, dann geht es schneller voran. Die tiefen Furchen auf den Wegen, die wir seit Gießen befahren mussten, haben uns mehr Zeit gekostet als geplant.«

Wigbert nickte bekümmert. In den letzten beiden Tagen waren sie nur sehr langsam vorangekommen. Sie hatten in der zurückliegenden Nacht daher nur mit Mühe eine

Unterkunft auf einem einsamen Gehöft gefunden. Allerdings würde der Kaufmann gerne weitere Verzögerungen durch schlechte Wege in Kauf nehmen, wenn sie dadurch Fulda umgehen könnten. Doch Bertold hatte natürlich recht. Sie mussten den Handelsweg benutzen, wenn sie in absehbarer Zeit in Würzburg ankommen wollten.

»Wir sind gut bewaffnet, Herr Wigbert. Sollten wirklich irgendwo Wegelagerer auf uns warten, werden die sich einen Angriff dreimal überlegen«, sagte Bertold selbstsicher. Mit einem kurzen Nicken verschwand der Mann in Richtung seiner Gefährten, von denen zwei an jeder Ecke des Wagens postiert waren.

»Wenn du damit mal nur richtigliegst«, murmelte Wigbert leise, der die Überzeugung seines Begleitschutzes leider nicht teilte. Zu tief saß das Unbehagen, das mit jeder Stunde zunahm, in der sie sich Fulda näherten. Zum Frühstück hatte er kaum seine Schüssel mit Dinkelbrei leerbekommen, obwohl die Wirtsleute sogar ein paar Brocken Fleisch hineingeschnitten hatten. Vielleicht war er wirklich zu pessimistisch? Möglicherweise tauchte in Kürze sogar der versprochene Begleitschutz des Würzburger Bischofs auf?

Der Kaufmann verstaute die letzten Säckchen in dem Korb und verschnürte die kleinen Tonkrüge, damit sie bei dem starken Ruckeln nicht umfielen. Poppo von Trimberg mochte zwar ein listiger und selbstsüchtiger Mensch sein, doch was die Geschäfte anging, hatte Wigbert bisher keinen Grund zu klagen. Der Bischof zahlte gut und feilschte nie. Im Gegenteil.

Zufrieden betrachtete der Kaufmann den kläglichen Rest seiner Warenladung. In den kleinen Töpfen, Krügen und Säcken steckte ein Vermögen, das es der Familie ermöglichte, ein Leben in Wohlstand zu führen. Wigbert hatte es seinem Vater schon lange verziehen, dass dieser seinerzeit nach Köln gezogen war, um seine Handelstätigkeit weiter auszubauen. Damals war Wigbert todunglücklich gewesen, da er Hilda dadurch nur noch höchstens einmal im Jahr sehen konnte. Jetzt dagegen hatte sein Leben einen Sinn. Er war ein glücklicher, zufriedener Mann und konnte sich wirklich nicht beklagen. Das Leben hatte es gut mit ihm gemeint. Wahrscheinlich würde er in vier bis fünf Tagen mit dem Bischof bei einem Becher Wein zusammensitzen und auf ihre Gesundheit anstoßen.

Wenn doch bloß das Unbehagen endlich verschwinden würde.

6. KAPITEL

Zwei Tage nach ihrem Gespräch mit Heinrich, dem Bruder ihres Mannes, hatte Lukardis bereits deutlich an Kräften gewonnen. In den Jahren ihrer Ehe hatte sie gelernt, sich auf die Launen ihres Mannes einzustellen. Hermann akzeptierte weder Widerreden noch lästige Fragen, doch damit hatte die junge, schon immer sehr zurückhaltende Lukardis kaum Probleme. Nach dem furchtbaren Erlebnis, das sie nur wenige Monate nach ihrer Eheschließung aufgrund ihrer unbedachten Besuche im Dorf durchgestanden hatte, war es der eingeschüchterten Frau gelungen, die weiteren Jahre einigermaßen unbeschadet an der Seite ihres Mannes zu leben. Womöglich hatte die Fehlgeburt im Haus der Eltern mit dazu beigetragen, denn nur mit Mühe und vielen Gebeten sowie der tatkräftigen Hilfe Fredas, der verunstalteten Mutter ihrer Köchin, war Lukardis mit dem Leben davongekommen.

Während dieser Zeit harrte ihr Ehemann in der kleinen Halle im Haus seiner Schwiegereltern aus. Erst als das Fieber nach drei Tagen endlich sank, ritt er zurück nach Hause. Zwei Wochen nach dem schrecklichen Verlust holte Hermann sie mit einem Wagen ab. Er verlor kein Wort darüber und entschuldigte sich auch nicht bei Lukardis für sein gewalttätiges und vor allem unbegründetes Verhalten. Der Burgherr zeigte auf seine Art, dass ihm sein Handeln leidtat. Von da an pochte er zur grenzenlosen Erleichterung von Lukardis nicht mehr jeden Abend auf die Erfüllung ihrer ehelichen Pflichten. Auch wenn der eheliche Beischlaf nicht unbedingt von Zärtlichkeit geprägt war, so spürte Lukardis doch, dass ihr Gemahl sich in seiner Grobheit zurückhielt.

Allein deshalb waren die folgenden Jahre für Lukardis erträglich. Leider hatte sie es noch immer nicht geschafft, ihrem Mann den ersehnten Stammhalter zu schenken. Fast schien es ihr, als weigerte sich ihr Körper, die Frucht, die bereits dreimal in ihr herangewachsen war, bis zum Schluss bei sich zu behalten. Nur ein einziges Mal hatte Lukardis Hoffnung geschöpft und wurde nach schier unendlichen und qualvollen Stunden dennoch nicht mit dem Schrei ihres ersehnten Kindes belohnt. Die Nabelschnur hatte sich um den Hals ihres Sohnes gewickelt, weshalb er bereits tot war, als Adalberta ihn endlich herauszog.

Obwohl Lukardis ihren Mann weder liebte noch achtete, schämte sie sich für ihre Unfähigkeit, ein Kind zu gebären. Sie hoffte, dass ein Sohn ihn milder stimmen und sie selbst glücklicher machen würde.

Davon abgesehen schätzte Hermann die Art, mit der sie den kleinen Haushalt der Burg Ebersburg führte. Seine zahlreichen, vorwiegend männlichen Gäste achteten Lukardis, da sie trotz ihrer sanften Fügsamkeit eine angenehme, überraschend gebildete Gesprächspartnerin war. Vor allem ihr Schwager Heinrich plauderte gerne mit ihr.

So gesehen hatte sich Lukardis in ihrem Leben einigermaßen eingerichtet. Trotzdem war es ihr anzusehen, dass sie nicht glücklich war. Aber die Burgherrin klagte nie und litt stumm, da sie niemanden hatte, mit dem sie darüber sprechen konnte. Ihre Eltern hatten sich völlig zurückgezogen und lebten von den bescheidenen Einkünften, die sie aus ihren verbliebenen Pfründen erhielten. Die Burg Lauterbach, deren Bau ihr Vater als Buße mit seinen spärlichen Mitteln unterstützt hatte, war bereits fertiggestellt. Ihre Besuche bei Adalberta hatte Lukardis nach dem furchtbaren Ereignis eingestellt. Zu groß war ihre Angst, dass es der liebenswerten Frau ebenso ergehen könnte wie Bardo, dem Schmied. Lukardis hatte ihn seitdem erst wenige Male in Begleitung ihres Gemahls wiedergesehen. Noch immer schmerzte es sie, wenn sie die lange Narbe in seinem Gesicht erblickte, die Albrecht ihm zugefügt hatte. Bei dem Gedanken an das Brandmal, das sich verdeckt unter dem Ärmel befand, grauste es ihr jedes Mal. Doch so sehr sie bei den wenigen Zusammentreffen auch danach suchte, sie entdeckte in Bardos Augen kein Zeichen des Hasses.

Nur Mitleid und Trauer.

Lukardis verscheuchte die unangenehmen Bilder, indem sie ihrem Pferd die Fersen in die Seiten drückte. Dietbald, der junge Stallbursche, war ihrem Wunsch nur sehr zögerlich nachgekommen. Dass der Burgherr fortgeritten war, machte ihm die Entscheidung sicher einfacher, denn Lukardis hatte in der Vergangenheit schon oft derartige Ausflüge unternommen. Durch ihren Schwager war sie genau über die Dauer der Abwesenheit ihres Mannes und seiner Ritter informiert und sehnte sich nach den langen Wochen der verordneten Ruhe nach ein wenig Freiheit.

In Momenten wie diesem schienen die grünen Augen der jungen Frau wieder zu funkeln und ihr schmales Gesicht glühte vor Freude. Ein letzter Hauch von Angst vor einer verfrühten Rückkehr ihres Mannes blieb zwar stets haften, hielt sie aber nicht von ihren kleinen Fluchten ab.

Die Stimmung ihres Mannes hatte sich in den letzten Monaten deutlich verschlechtert, da der Fuldaer Abt erneut eine Burg eines befreundeten Ritters eingenommen und geschleift hatte. Auch Hermann von Ebersberg hatte zähneknirschend den Verlust einiger Ländereien hinnehmen müssen, da sich der listige Abt auf das Kartular des Klosters berufen hatte. Sein ohnehin schon grenzenloser Hass gegenüber dem Klosteroberhaupt war einer ohnmächtigen Wut gewichen, die nur auf eine Möglichkeit wartete, sich zu entladen. Lukardis wollte da ganz sicher nicht als Zielscheibe herhalten.

Kaum war die junge Frau in den Schutz des noch immer dicht belaubten Waldes eingetaucht, zügelte sie ihr Pferd und schlug die Richtung ein, in der Fredas kleine Hütte lag. Sie hatte nicht allzu viel Zeit und benötigte dringend ein Mittel gegen die heftigen Kopfschmerzen, die sie seit einiger Zeit plagten. Außerdem ging ihr Vorrat an Herrgottsblut zur Neige. Allein der Gedanke, dass die wertvolle Stütze gegen ihre Unruhe und Schwermut nicht mehr greifbar sein könnte, sorgte für einen leichten Anflug von Panik. Seit die alte Heilerin ihr dieses Wundermittel der Natur gegeben hatte, ergriffen die trüben Gedanken, die sich wie dunkle Gewitterwolken in ihrem Kopf zusammenbrauten und immer höher auftürmten, nicht mehr völlig Besitz von ihr. Selbst die Träume, die ihr sicher der Teufel geschickt hatte, waren zur großen Erleichterung der Burgherrin seither fast völlig verschwunden. Die Sehnsucht nach dem Ende ihres trostlosen Lebens ängstigte die junge Frau einerseits und zog sie andererseits zunehmend in ihren Bann. Wäre da nicht die Angst vor dem ewigen Fegefeuer, hätte Lukardis ihrem jämmerlichen Dasein längst ein Ende gesetzt.

Die junge Frau atmete tief ein und genoss die herbstliche Luft, die ihr im Wald noch intensiver vorkam. Als sie ganz in der Nähe das Plätschern des kleinen Baches vernahm, führte sie ihr Pferd spontan in Richtung des klaren Wassers, das sie schon oft auf ihren Ausritten gekostet hatte. Da sie dafür den schmalen Pfad verlassen musste, stieg sie ab und führte das Tier an den Zügeln weiter. An ihrem Ziel angekommen, schlang sie die Lederriemen lose um den Zweig eines Baumes, bückte sich und schöpfte eine Handvoll des kalten Wassers.

Ein entferntes Geräusch ließ sie mitten im Trinken innehalten. Reglos lauschte Lukardis in den Wald hinein, bis das Trommeln der Pferdehufe nicht mehr zu hören war. Das müssen mindestens fünf Reiter gewesen sein, dachte sie, während ihr die letzten Wassertropfen durch die Finger rannen und auf den weichen Waldboden fielen, wo sie schließlich in der Erde versickerten. Ein leichtes Frösteln durchlief die junge Burgherrin bei dem Gedanken, wer möglicherweise in nicht allzu weiter Entfernung gerade vorbeigeritten war. Ihre noch eben empfundene freudige Stimmung war mit einem Mal verflogen.

Abrupt erhob sich Lukardis und löste die Zügel. Doch dann zögerte sie. Sie überlegte kurz, welche Richtung der Reitertrupp eingeschlagen hatte, und kam zu dem Ergebnis, dass es besser wäre, wenn sie ihren Plan, Gerdas Mutter aufzusuchen, fallen lassen würde. Die Gefahr, den Reitern zu begegnen, unter denen möglicherweise auch ihr Mann war, erschien ihr mit einem Mal immens groß. Andererseits musste sie in Erwägung ziehen, dass es in den nächsten Tagen keine Gelegenheit mehr zu einem heimlichen Ausritt geben würde. Spätestens ab morgen hatte sie nichts mehr im Haus, das sie der quälenden Unruhe und der lauernden Schwermut entgegensetzen konnte.

Lukardis schüttelte den Kopf.

»Nein«, sagte sie leise in die nun wieder vertraute Stille des Waldes hinein, »ich weiche nicht davon ab.«

Ein Rascheln ganz in ihrer Nähe ließ Lukardis herumfahren. Das laute Pochen ihres Herzens wurde leiser, als sie das Eichhörnchen auf einem der Äste bemerkte. Neugierig betrachtete das Tier die junge Frau mit seinen kleinen, blanken Augen, fast so, als forderte es sie auf, ihren Entschluss auch umzusetzen. Der Anblick war so putzig, dass Lukardis laut auflachen musste. Der unerwartete Gefühlsausbruch war wie eine Befreiung für sie. Zum ersten Mal seit langer Zeit fühlte sie sich glücklich. Das possierliche Tier huschte bei dem unerwarteten Geräusch den Stamm hinauf und versteckte sich im Blätterwerk. Selbst als die Burgherrin kurze Zeit später ihren Ritt fortsetzte, blieb die Empfindung, das ihr Entschluss richtig und wichtig war, bestehen und gab ihr Kraft.

Eine Kraft, die sie bald dringend benötigen würde.

Hilda war eingenickt. Das stetige Ruckeln des schweren Wagens hatte sie müde gemacht, zumal sie in der letzten Nacht nicht gut geschlafen hatte. Mangels einer Unterkunft hatten sie die Nacht im Wagen verbracht, und wegen Wigberts Schnarchen, gemischt mit den unheimlichen Geräuschen des Waldes, hatte die werdende Mutter kaum ein Auge zugemacht. Eigentlich war Hilda keine ängstliche Person. Sie verstand ihre wachsende Unruhe selbst kaum und ärgerte sich über ihren Mann, der zweifellos seinen Teil dazu beigetragen hatte. Seine Sorge über einen möglichen Überfall hatte sich auf Hilda übertragen, Wigbert jedoch nicht davon abgehalten, die wenigen Stunden Schlaf laut schnarchend auszunutzen.

Müde öffnete Hilda die Augen und starrte auf den breiten Weg, der vor ihnen lag. Langsam richtete sie ihren malträtierten Oberkörper auf und verfluchte dabei stumm das anhaltende Ruckeln. Bevor sie einen Blick ins

Wageninnere warf, wo ihr Sohn lag, betrachtete sie die verschlossene Miene ihres Mannes. Obwohl sie Fulda bereits hinter sich gelassen hatten und es seit ihrer letzten Übernachtung in der Herberge zu keinem einzigen Zwischenfall gekommen war, hatte sich an seiner schlechten Laune nichts geändert. Die steile Sorgenfalte zwischen den Augen schien sich in Wigberts sonst so gutmütigem Gesicht dauerhaft eingegraben zu haben.

»Konntet Ihr Euch ein wenig ausruhen, Frau Hilda?«

»Ja, danke der Nachfrage, Bertold«, antwortete die Kaufmannsfrau und nickte ihrem rothaarigen Begleiter freundlich zu. »Glücklicherweise schläft Arndt noch immer in seinem Deckenlager hinten im Wagen. Das Schaukeln scheint ihm richtig gut zu gefallen, oder was meinst du, Wigbert? Wahrscheinlich schläft er zu Hause in seinem Bett überhaupt nicht mehr ein. Es wird ihm viel zu still sein.«

Erst nach einem sanften Knuff mit dem Ellbogen erhielt Hilda von ihrem Mann eine Reaktion. Bis auf ein Brummen war ihm jedoch nichts zu entlocken. Die Kaufmannsfrau ließ sich davon jedoch nicht entmutigen. Bisher war schließlich alles gutgegangen! Sie waren zwar nicht auf Mitreisende gestoßen, wie Wigbert es gehofft hatte, waren aber auch keinen Wegelagerern in die Hände gefallen. Hilda legte den Kopf in den Nacken und blinzelte in die Sonne, die zwischen den Baumwipfeln durchschien. Es war bereits nach Mittag, und die junge Frau beschloss in dem Moment, sich die Laune von ihrem Mann nicht weiter vermiesen zu lassen. Wie zur Bestätigung pfiff Karl, der auf der anderen Seite des Wagens ritt, ein fröhliches Lied.

»Was meint Ihr, Herr Bertold, wann erreichen wir Würzburg?«

»Bei den Wetterverhältnissen sicher in zwei Tagen. Der Weg war schon schlechter und wir kommen gut voran. Ich würde vorschlagen, dass wir in Kürze Rast einlegen. Das Flüsschen neben uns sieht sehr verlockend aus. Wir könnten unsere Wasservorräte auffüllen und die Pferde können ebenfalls ihren Durst stillen. Was haltet Ihr von der Stelle hier, Herr Wigbert?«, fragte Bertold und wies mit dem ausgestreckten Arm auf eine Lichtung rechter Hand.

Ein umgestürzter Baumstamm führte über den Wasserlauf, dem sie bereits eine Weile folgten.

»Ich weiß nicht so recht«, erwiderte Wigbert und kratzte sich am Kinn. »Der Wasserstand ist ziemlich hoch. Vermutlich haben die letzten Regenfälle den Fluss ansteigen lassen. Er wirkt ganz schön gefährlich. Viel lieber würde ich diesen verdammten Wald hinter mir lassen, bevor wir eine Pause machen. Der Junge schläft auch noch, und wir können ein weiteres Stück Weg hinter uns bringen, bevor Arndt zu quengeln anfängt.«

Hildas Magen knurrte laut. Sie hielt sich jedoch zurück, denn das Unbehagen, das sie erst vor wenigen Minuten entschlossen beiseitegeschoben hatte, kehrte mit voller Wucht zurück. Die fröhliche Melodie, die Karl weiterhin unbeirrt vor sich hin pfiff, nervte Hilda mit einem Mal, und sie musste sich zusammenreißen, um den armen Kerl nicht grundlos anzublaffen.

»Wie Ihr meint, Herr Wigbert. Ihr kennt die Gegend besser als ich. Schließlich habt Ihr diese Reise schon zweimal unternommen«, gab Bertold achselzuckend zurück. »Finden wir bis zum Abend eine Unterkunft, oder müssen wir eine weitere Nacht draußen verbringen?«

»Wenn nichts dazwischenkommt, können wir bei einem Bauern übernachten. Er hat mir beim letzten Mal gegen ein geringes Entgelt Unterkunft in seiner Scheune gewährt. Seine Frau kocht zudem hervorragend.«

»Mama?«

Hilda drehte sich zu ihrem Sohn um, der sich aufgesetzt hatte und laut gähnend die Augen rieb. In dem Moment brach die fröhliche Melodie abrupt ab. Bertold fluchte laut, und Hilda fuhr herum, als sie hörte, wie er fast gleichzeitig sein Schwert aus der Scheide zog. Die junge Frau stieß einen schrillen Schrei aus, als der junge Karl neben ihr von einem Pfeil getroffen lautlos vom Pferd fiel.

»Nach hinten in den Wagen! Los, mach schon!«, fuhr Wigbert sie an.

Da brachen fünf maskierte Reiter in weniger als vierzig Fuß Entfernung aus dem Gebüsch. Alle bis auf einen hatten ihre Schwerter nach vorne gestreckt. Der fünfte blieb ein wenig hinter den anderen zurück und spannte gerade den Bogen, als ihr Mann Hilda packte und nach hinten in den Wagen stieß. Sie stolperte über einen kleinen Sack mit Weihrauch und ahnte mehr, als dass sie es in dem Durcheinander hören konnte, dass auch ihr Mann sein Messer gezogen hatte. Das Donnern der Pferdehufe kam immer näher und vermischte sich mit dem markerschütternden Gebrüll der Angreifer. Während Hilda sich zu ihrem Sohn setzte, verdrängte sie den Gedanken, dass ihr Mann zwar ein hervorragender Kaufmann, aber ein erbärmlicher Kämpfer war.

Arndt, der anfangs völlig erstarrt in seiner Position verharrt hatte, fing an zu weinen und streckte die Arme nach seiner Mutter aus. Das Zischen des nächsten Pfeiles wurde von den Befehlen übertönt, die Bertold seinen verbliebenen zwei Männern zubrüllte. Die Kaufmannsfrau zuckte zusammen, als der Pfeil in einem der Wagenbretter steckenblieb.

»Ist ja gut, mein Schatz«, versuchte Hilda ihren Sohn zu beruhigen, während sie ihn dicht an ihren Körper presste. Dabei hielt sie verzweifelt nach einem Versteck Ausschau, das dem kleinen Jungen Schutz vor den Räubern zu bieten vermochte. Ihr Blick blieb an dem Fass hängen, in dem sich ein Rest Rosenwasser befand, doch sie verwarf den Gedanken gleich wieder. Die Männer würden sicher alle Behälter durchwühlen, um in den Besitz der kostbaren Waren zu kommen. Vielleicht würden sie sogar den ganzen Wagen mitnehmen, überlegte Hilda angsterfüllt, während draußen der Kampf tobte. Verbissen versuchte sie die aufsteigende Panik zu bekämpfen, um überhaupt noch einen klaren Gedanken fassen zu können. Dabei fiel ihr Blick auf einen Stapel aufeinandergeworfene Decken, die sie zum Schutz gegen die Kälte der vergangenen Nacht über sich gelegt hatte. Ein grauenhafter Schrei dicht neben ihr drang durch das grobe Leinentuch. Arndt fing an zu zittern und klammerte sich noch stärker an seine Mutter.

Plötzlich wusste Hilda, was zu tun war.

Ungeachtet der Hölle, die um sie herum tobte und von der sie nur das grobe Tuch trennte, redete sie unbeirrt auf ihren verstörten Sohn ein. Dabei schob sie sich auf ihren Knien immer dichter an den Stapel Decken heran. Das Klirren der Schwerter verstummte für einen Moment, als ein lauter Schrei ertönte und gleich darauf etwas Schweres zu Boden fiel. Hilda verdrängte den Gedanken, dass es sich höchstwahrscheinlich um einen Menschen gehandelt hatte, und erlaubte sich auch nicht die Sorge um ihren Mann, der womöglich in diesem Augenblick schon tot auf dem kalten Waldboden lag.

»Hör mir zu, Arndt. Du musst jetzt ganz tapfer sein. Die bösen Männer wollen unsere Waren und wir sind ihnen im Weg. Du musst dich verstecken, damit sie dich nicht finden und dir nichts tun können«, flüsterte Hilda leise dicht an dem kleinen Ohr.

»Nein!«, schrie Arndt panisch, als seine Mutter versuchte, seine kleinen Hände von ihrem Umhang zu lösen.

»Psst«, warnte sie ihn eindringlich. »Sei ein tapferer Junge und tu, was ich dir sage!«

Die Schärfe in ihrer leisen Stimme schüchterte Arndt ein. Widerwillig ließ er los und kroch unter die groben Wolldecken. Hilda warf einen hastigen Blick hinter sich, bevor sie ihrem Sohn einen schnellen Kuss auf die tränennasse Wange drückte.

Dicht neben ihr wurde ein Körper gegen die Bespannung des Wagens gedrückt, und Hilda stieß einen unterdrückten Schrei aus, als sich die Spitze eines Schwerts durch den Körper bohrte und aus dem Tuch wieder hervortrat. Mit zitternden Fingern zog sie die Decken über Arndt und rutschte anschließend ein Stück von ihm weg. Einen Wimpernschlag später brüllte jemand draußen einen Befehl, und wie aus heiterem Himmel hörte das Geschrei auf. Die Kampfgeräusche um den Wagen herum verebbten, und eine gespenstische Stille senkte sich über den Ort, an dem eben noch erbittert gekämpft worden war.

Die Kaufmannsfrau rückte noch ein Stück weiter von den Decken weg, als plötzlich jemand dicht neben ihr das Tuch mit einem großen Messer durchschnitt. Die Spitze der Klinge verpasste ihren Kopf nur um Haaresbreite. Im nächsten Moment erschienen zwei behandschuhte Hände, die den Riss mit einem kräftigen Ruck deutlich vergrößerten. Hilda, die schnell zur gegenüberliegenden Seite des Wagens gekrochen war, sah sich vier maskierten Reitern schutzlos ausgeliefert. Die junge Frau keuchte entsetzt auf, als sie erkannte, dass es sich keineswegs um einfache Wegelagerer handelte. Auf den schweißglänzenden Schlachtrössern saßen Männer in Kettenhemden mit glänzenden Helmen auf den Köpfen. Ritter!, schoss es ihr durch den Kopf, und mit diesem ungeheuerlichen Gedanken erlosch ihre letzte Hoffnung, dass Wigbert und ihre Begleiter überlebt hatten. Aus den Berichten anderer Kaufleute wusste sie, dass die räuberischen Ritter, denen ihre Ehre nicht mehr bedeutete als der Dreck unter ihren Fingernägeln, niemanden am Leben ließen. Zu groß war die Furcht der Adligen, dass die Überfallenen beim Abt von Fulda Klage gegen sie erhoben.

»Na, wen haben wir denn da?«, fragte der Mann, dessen Erscheinung am bedrohlichsten war.

Sein Helm wirkte dunkler als die der anderen und hatte im Nacken spitz auslaufende Zacken, unter denen ein Kettenschutz zu erkennen war. Seine dunklen Augen saugten sich an Hilda fest, die eingeschüchtert noch weiter in die Ecke kroch. Sie atmete tief ein und versuchte, ihre allumfassende Panik in den Griff zu bekommen. Hilda machte sich nicht die Mühe zu antworten, denn ihre Identität war diesen Männern egal. Die vier würden sie sowieso töten.

»Dieser Kaufmann führt seltsame Waren mit. Oder was denkt Ihr, Freunde?«, fragte der Ritter in die Runde.

Grölendes Lachen erfüllte die Stille. Hildas Nackenhaare stellten sich auf, und sie schickte ein stummes, sehr inbrünstiges Gebet zum Himmel. Der Herrgott möge bitte auf ihren Sohn aufpassen. Wenn sie dafür ihr Leben geben musste, würde sie es mit Freuden tun. Sie verbot sich den Gedanken an das Leben, das in ihr heranwuchs und auf das sie sich mit Wigbert so sehr gefreut hatte. Beim Gedanken an ihren Mann schossen der Kaufmannsfrau die Tränen in die Augen. Sie schluckte ein paarmal, bis sie ihre Gefühle wieder unter Kontrolle hatte.

»Auf jeden Fall scheint sie die Sprache verloren zu haben«, mischte sich einer der anderen ein und lachte höhnisch.

Die Stimmen klangen durch den schmalen Mundschlitz leicht dumpf. Dieser Reiter hielt sich außergewöhnlich aufrecht, so als wollte er den Mann überragen, den Hilda für den Anführer der Mörderbande hielt. Die junge Frau erkannte sofort die natürliche Autorität, die der bedrohliche Hüne ausstrahlte. Seine lässige Haltung im Sattel milderte die Wirkung nicht.

»Was soll ich einer Bande von Mördern schon sagen?«, gab Hilda mit zitternder Stimme zurück.

Aus Sorge um ihren Sohn in seinem Versteck hatte sie beschlossen, dass sie unbedingt aus diesem Wagen herausmusste. Vielleicht gelang es ihr, die Aufmerksamkeit der Männer so weit auf sich zu lenken, dass sie den Inhalt des Wagens nur nachlässig durchsuchten. Eine andere Möglichkeit sah Hilda nicht.

»Sie nennt uns eine Bande von Mördern? Na warte, dir werd ich's zeigen«, bellte der schmalste Ritter dumpf unter seinem Helm hervor und veränderte mit einem Schnalzen die Position seines Pferdes.

Sein Vorhaben scheiterte, noch bevor sich das Tier seitlich an den Wagen gestellt hatte.

»Du wirst nichts dergleichen tun«, knurrte der Anführer. »Wir sind nicht hier, um uns mit einem Weibsbild herumzuärgern. Die Waren sind wichtig. Sonst nichts.«

Der kurze Moment der Erleichterung verging, als Hilda die knappe Handbewegung des bedrohlichen Ritters bemerkte. Sie hatte sich schon gefragt, wo denn der fünfte Mann abgeblieben war. Im nächsten Augenblick begrub sie ihre Hoffnung, dass wenigstens einer von der Mörderbande ebenfalls sein Leben hatte lassen müssen. Dicht neben ihr wurde das grobe Leinentuch aufgeschlitzt, und bevor sie es geschafft hatte, sich von der Öffnung zu entfernen, packte eine behandschuhte Hand grob nach ihrem Arm und zog sie heraus. Vergeblich versuchte Hilda sich an einer der Kisten festzuhalten. Unbarmherzig zog einer der Angreifer sie durch das Loch aus ihrem Versteck. Draußen ließ er sie so abrupt fallen, dass Hilda keine Möglichkeit hatte, irgendwo Halt zu suchen. Instinktiv streckte sie die Hände aus, um den Sturz abzufangen. Als sie einen Wimpernschlag später auf dem Waldboden landete, schrie sie vor Schmerz auf.

»Du hättest sie ruhig ein wenig sanfter anfassen können, Mann«, sagte der Anführer ohne Vorwurf in der Stimme.

Die anderen Maskierten waren mittlerweile ebenfalls um den Wagen herumgeritten und bildeten nun um die am Boden liegende Hilda einen Kreis. Obwohl die Schmerzen in ihrem linken Handgelenk kaum auszuhalten waren und sie mit jedem Atemzug ein fürchterliches Stechen verspürte, rappelte sie sich halbwegs auf. Unbewusst versuchte sie ein Stück nach hinten zu rutschen. Sie hoffte, eines der Räder als Stütze für ihren Rücken verwenden zu können. Außerdem ängstigte sie sich vor den Hufen der dicht vor ihr nervös tänzelnden Pferde. Hastig warf die abgekämpfte junge Frau einen Blick über die Schulter und stieß einen gellenden Schrei aus. Ungeachtet ihrer Schmerzen und des Pferdes zu ihrer Rechten kroch Hilda weg von dem schrecklich zugerichteten Bertold.

Das hämische Lachen der Männer war für Hilda fast noch schwerer zu ertragen als die leeren Augen ihres Begleiters, der sein Leben für sie gegeben hatte.

»Ihr Teufel!«, schrie sie wie von Sinnen.

»So Männer, es reicht jetzt«, sagte der Bedrohliche mit

eisiger Stimme. »Wir haben hier schon genug Zeit vertrödelt. Räumt das Zeug aus dem Wagen. Aber nur die wertvollen Dinge, den Rest lasst ihr liegen.«

Hildas Herz fing wie verrück an zu schlagen, als sie beobachtete, wie die vier Männer von ihren Pferden abstiegen. Trotz der unbeschreiblichen Ängste, die sie ausstand, war ihr der stumme Blickkontakt zwischen dem Anführer und dem Mann, der sich über sie lustig gemacht hatte, nicht entgangen. Ihre Gedanken rasten, während sie nach einem Ausweg aus ihrer misslichen Lage suchte. Hilda handelte spontan. Sie hatte nicht wirklich eine Alternative. Leider hinderte sie ihre Verletzung an der nötigen Geschwindigkeit, um unter dem Wagen auf die andere Seite zu kriechen. Sie hörte den Fluch des Ritters, der sie fast gleichzeitig am Knöchel packte und grob wieder hervorzog.

»Das könnte dir so passen, du Miststück!«, zischte er ihr aus dem schmalen Mundschlitz entgegen und versetzte ihr einen heftigen Schlag ins Gesicht.

Hildas Kopf flog zur Seite, mitten gegen das Wagenrad, und ihr wurde für einen Moment schwarz vor Augen. Jemand zog ihren gepeinigten Körper mit einem Ruck nach vorne, so dass sie hilflos auf dem Rücken lag. Die Verletzte gab ein gequältes Stöhnen von sich, als man ihr den Rock brutal bis zur Taille hochschob. Sie spürte alles, konnte sich jedoch nicht wehren. Der Aufprall gegen das Rad hatte jede Gegenwehr unmöglich gemacht.

Wie durch einen Nebel vernahm Hilda die Stimme des Anführers. »Was soll das? Kannst du dich nicht einmal jetzt beherrschen?«

»Dem Weibsstück werde ich's zeigen! Bevor ich sie zum Teufel schicke, will ich wenigstens noch meinen Spaß haben«, kam die Antwort keuchend dicht über ihr.

»Die ist doch sowieso schon fast hinüber. Hast du ihren Bauch nicht gesehen? Lass sie in Ruhe und hilf lieber den anderen.«

Die Antwort blieb aus. Hilda hörte nur, dass ein Pferd davongaloppierte. Langsam lichtete sich der Nebel in ihrem Kopf. Trotzdem war sie noch immer nicht zu einer Reaktion fähig, als sie ein seltsames Klirren hörte. Das Kettenhemd, schoss es ihr durch den Sinn, ohne dass sie mit der Erkenntnis etwas anzufangen wusste. Als ihr Peiniger rücksichtslos in sie eindrang, schrie Hilda vor Schmerzen auf. Seltsamerweise bewirkten die Qualen, dass sich der Nebel in ihrem Kopf lichtete. Instinktiv hielt Hilda die Augen geschlossen, während ihre Hand suchend über den gefurchten Waldboden glitt. Als ihre Finger einen Gegenstand ertasteten, griff die gequälte Frau zu und holte aus.

Ein dumpfer Schlag, dann hörten die Stöße auf. Das Gewicht des Mannes raubte Hilda fast den Atem. Ihr Peiniger war zwar schlank, aber das schwere Kettenhemd machte es ihr nicht gerade leicht, sich unter ihm hervorzuwinden. Die junge Frau rechnete jeden Augenblick mit dem todbringenden Schlag eines Schwertes, doch nichts geschah.

Gehetzt sah Hilda sich um, nachdem sie sich endlich von dem halbnackten Körper befreit hatte. Das Unglaubliche geschah. Keiner der anderen Männer hatte etwas mitbekommen. Jetzt musste sie schnell handeln, denn der Vergewaltiger rührte sich bereits wieder unter leisem Stöhnen. Sie hatte unglaubliches Glück gehabt, dass sie mit dem knorrigen Ast den ungeschützten Nacken des Mannes getroffen hatte, durfte es aber nicht noch einmal herausfordern. Das Rauschen des Flusses in ihrem Rücken traf die Entscheidung für Hilda. Sie krabbelte unter dem

Wagen hindurch und versuchte dabei nicht an ihren Sohn zu denken, der sich nach wie vor unter den alten Decken versteckt hielt. Das Einzige, was sie für ihn tun konnte, war zu überleben und später zu ihm zurückzukehren. In der Hoffnung, dass die Männer ihn nicht entdeckten.

Obwohl Hilda wusste, dass ihr kaum Zeit blieb, konnte sie nicht anders, als sich von ihrem Versteck aus nach ihrem Mann umzusehen. Sie brauchte nicht lange zu suchen. Wigberts große, stämmige Gestalt lag bäuchlings unter einer Buche. Sie konnte sein Gesicht nicht erkennen, da sein Kopf seitlich zum Fluss lag, aber die Blutlache, die unter dem reglosen Körper hervorquoll, reichte als Antwort. Hildas Herz begann zu rasen, und sie hatte das Gefühl, keine Luft mehr zu bekommen. Über ihr räumten die Mörder ihres geliebten Mannes gerade die Waren aus dem Wagen, als Hilda, blind vor Tränen, zum Fluss stolperte. Die überraschten Rufe und das wütende Brüllen kamen zu spät.

Ohne zu zögern, stürzte sich die junge Frau in den Fluss und wurde sofort von dem grauen, eisigen Wasser mitgerissen. Als die Fluten gleich darauf über ihrem Kopf zusammenschlugen, begann sie instinktiv wie ein Hund mit allen vieren zu paddeln und schnappte verzweifelt nach Luft, als ihr Kopf die Oberfläche durchbrach. Aber die reißende Strömung war stärker als sie und zog sie immer wieder unter die Wasseroberfläche. Hilda schluckte Unmengen des eisigen Flusswassers, und der Kampf ums Überleben forderte bald seinen Tribut. Im letzten Moment gelang es der völlig entkräfteten Frau sich an einem Stück Treibholz festzuhalten. Kurz darauf erwischte sie ein paar überhängende Zweige, und ihre klammen Finger schlossen sich um das dünne Holz. Mit einer letzten Kraftanstrengung zog sie sich ans schlammige Ufer. Dann wurde ihr schwarz vor Augen und eine gnädige Ohnmacht umfing sie.

Die dringend benötigten Kräuter für den Aufguss sorgsam in ihrer Tasche verpackt, trat Lukardis den Rückweg an. Bis zur Burg war es nicht weit, allerdings musste sie ihr Pferd ein Stück den kleinen, zugewachsenen Pfad entlangführen, bevor sie aufsitzen konnte.

Die Burgherrin hatte erst ein kurzes Wegstück hinter sich gebracht, als sie den herannahenden Reitertrupp hörte. Fluchtartig wandte sie sich um und dirigierte ihr Pferd in den Schutz der dicht stehenden Büsche. Kaum hatte Lukardis eine geeignete Stelle gefunden, da preschten die Reiter auch schon nicht weit von ihrem Versteck vorbei. Mit angehaltenem Atem blickte Lukardis dem sich schnell entfernenden Reitertrupp nach, bis nur noch der aufgewirbelte Staub von dem Ereignis erzählte. Vermutlich hätte sie sich gar nicht so gut verstecken müssen, denn die Männer starrten stur geradeaus. Es waren allesamt Ritter in Kampfkleidung. Erkannt hatte sie freilich niemanden, denn es waren keine Wappen auf den Waffenröcken. Und selbst wenn, war Lukardis sich nicht sicher, ob sie bei der Geschwindigkeit der Reiter überhaupt etwas hätte sehen können.

Die Bewaffneten ängstigten Lukardis und entfachten in ihr erneut die Sorge, dass ihr Mann vor ihr zurückkehren und ihre Abwesenheit bemerken könnte. Die Burgherrin fröstelte, als sie an die Konsequenzen dachte.

Das Rauschen des Flusses riss Lukardis aus ihren Gedanken und erinnerte sie daran, dass sie sich schleunigst auf den Rückweg machen musste. Sie warf einen Blick zum Himmel und stellte überrascht fest, dass das Wetter umgeschlagen hatte. Die Sonne war hinter einer dicken grauen Wolkendecke verschwunden, außerdem war Wind aufgekommen, die hohen Wipfel der Bäume schaukelten leicht hin und her. Lukardis hatte den Weg fast wieder erreicht, als ein Rascheln sie innehalten ließ. Suchend fuhr die junge Frau um, doch außer dem grauen Wasser des Flusses, das zwischen den Baumstämmen durchblitzte, konnte sie nichts entdecken. Achselzuckend drehte sie sich wieder um und schalt sich innerlich einen Angsthasen, den jedes Geräusch zusammenfahren ließ. Fast im selben Moment hörte sie hinter sich ein lautes Knacken und warf zögernd einen Blick über die Schulter. Zwar konnte sie auch dieses Mal nichts Ungewöhnliches entdecken, aber ein lautes Stöhnen wie von einem verwundeten Tier verstärkte ihre Beklommenheit.

Es kam vom Fluss.

Unschlüssig verharrte Lukardis auf der Stelle. Die Knöchel der Hand, mit der sie die Zügel hielt, traten vor Anspannung weiß hervor. Beim nächsten Stöhnen überwand sie ihre Furcht. Nachdem die Burgherrin die Zügel an einem der Zweige festgebunden hatte, ging sie langsam zum Fluss, dessen gewaltig angestiegene Wassermassen bedrohlich auf sie wirkten. Jetzt stell dich nicht so an und sieh nach, woher diese Geräusche kommen!, wies sie sich im Stillen selbst zurecht. Doch die grauenhafte Erscheinung, die sich just in dem Moment direkt vor ihr von dem durchweichten Boden schälte, brachte jedes noch so kleine Fünkchen Mut zum Erlöschen. Lukardis stieß einen schrillen Schrei aus.

Hilda wusste nicht, ob sie noch lebte oder bereits in der Hölle schmorte. Dagegen sprach, dass es eindeutig zu kalt für das Fegefeuer war. Außerdem gab es kaum eine Stelle an ihrem Körper, die nicht schmerzte. Fühlt man sich so, nachdem man gestorben ist?, überlegte Hilda, die Schwierigkeiten hatte, ihre Gedanken zu sortieren. Das Letzte, woran sie sich erinnerte, war Wasser. Große Mengen an grauem, eiskaltem Wasser, das über ihr zusammenstürzte und sie mit sich riss. Hilda hatte nie schwimmen gelernt, doch der Tag, an dem sie sterben sollte, war offenbar noch nicht gekommen.

Unter Schmerzen versuchte sich die verletzte Frau langsam wieder aufzurichten. Sie benötigte mehrere Anläufe, bevor es ihr gelang, sich in eine sitzende Position zu bringen. Der Wunsch, einfach liegen zu bleiben und ihrem Körper die Ruhe zu gönnen, nach der sich jede einzelne geschundene Faser sehnte, war übermächtig. Allein der Gedanke an ihren Sohn motivierte Kräfte, die eigentlich nicht hätten vorhanden sein dürfen. Nicht nach dem, was Hilda gerade erst durchlebt hatte.

Nach einer halben Ewigkeit, wie es ihr schien, gelang es ihr, sich hochzustemmen. Schwer atmend und in gebeugter Haltung stützte sie sich an einem der Bäume ab, die dicht am Flussufer standen. Wieder war es Arndt, der sie vorwärtstrieb. Fast kam es der jungen Mutter so vor, als hörte sie die Stimme ihres Sohnes. Während sie sich Schritt für Schritt ihren Weg durch das Gebüsch bahnte, murmelte sie ein Gebet, in dem sie ständig die gleichen Sätze wiederholte.

»Gütiger Gott, halte deine schützende Hand über meinen Sohn. Mach, dass sie ihn nicht gefunden haben, und weise mir den richtigen Weg zu ihm.«

Wie von selbst setzte Hilda ihre schmutzigen, eiskalten Füße abwechselnd voreinander. Das Rascheln, das ihr schlurfender Gang verursachte, bemerkte sie nicht. Die schönen Lederschuhe, die Wigbert ihr vor einigen Wochen geschenkt hatte, hatte der Fluss mitgerissen. Hildas nasse Haare, in denen sich einige vertrocknete Blätter verfangen hatten, hingen ihr wirr ins Gesicht. Das dünne Rinnsal Blut, das langsam, aber stetig aus ihrem Unterleib über die Innenseiten der Oberschenkel nach unten floss, hinterließ auf dem Waldboden in unregelmäßigen Abständen dunkle Tropfen. Aber auch davon bekam Hilda nichts mit. Immer wieder stolperte sie, geriet ins Taumeln und rappelte sich mühsam auf. Erst ein schriller Schrei durchbrach ihr unaufhörliches, monotones Gemurmel.

In dem Gesicht der Frau, die dicht vor ihr stand, lag das gleiche Entsetzen, das Hilda tief in sich spürte. Allerdings kam es ihr nicht in den Sinn, dass ihr Anblick der Grund für den verängstigten Gesichtsausdruck der Frau sein könnte.

»Um Himmels willen«, stammelte die Unbekannte, ohne sich vom Fleck zu rühren.

Mit einem Mal fühlte Hilda sich völlig leer. Die Erschöpfung, die sie bisher erfolgreich verdrängt hatte, übermannte sie, und sie geriet erneut ins Taumeln. Haltsuchend streckte sie einen Arm aus, doch der knorrige, alte Baumstamm, der ihr am nächsten war, schien unter ihrem Gewicht nachzugeben. Hilda nahm die Bäume wahr, die dicht um sie herum wie Soldaten standen. Von einem Moment auf den anderen schienen sie sich zu bewegen und rückten bedrohlich näher. Die Äste und dünnen Zweige reckten sich Hilda entgegen, in deren Kopf ein heilloses Durcheinander herrschte. Die Kaufmannsfrau stieß ein gequältes Stöhnen aus.

Dann brach sie ohnmächtig zusammen.

7. KAPITEL

Dankbar nahm Lukardis das Angebot der alten Frau an und schöpfte mit der gewölbten Hand etwas Wasser aus dem Holzfass. Sie war nicht nur körperlich erschöpft. Die verletzte fremde Frau hatte wenig zur Unterstützung beitragen können, da sie den größten Teil des Wegs nicht bei Bewusstsein gewesen war. Obwohl sie klein und von zarter Statur war, musste Lukardis ihre ganzen Kräfte mobilisieren, um ihr Ziel zu erreichen. Die Hütte, in der Gerdas Mutter seit ihrem Unglück lebte, war ihr als einziger Zufluchtsort eingefallen.

»Wird sie überleben?«

»Hm. Kann ich nicht sagen. Ich muss sehen, dass ich die Blutung im Unterleib zum Stillstand bringe, sonst ist es ohnehin aus«, brummte Freda, ohne den Blick von der ohnmächtigen Frau zu nehmen. »Wo habt Ihr sie gefunden?«

Lukardis erschauerte bei dem Gedanken an den Schreck, der ihr beim Anblick der Frau in die Glieder gefahren war. Gleichzeitig drängte sich ein weiteres Bild auf. Fünf Reiter, die im wilden Galopp durch den Wald davonjagten. In schwerer Rüstung und ohne Wappen.

»Unten am Fluss.«

»Der hat sie bestimmt nicht geschändet«, knurrte Freda angewidert und reichte der Burgherrin eine Schüssel. »Seid so gut und kippt das hinter die Hütte. Geht aber ein

Stück weg, sonst schleicht sich wieder sämtliches Getier an meine Behausung. Blut riechen die Viecher immer, bei fast jeder Witterung.«

Zögernd ergriff Lukardis die Schüssel, in der eine rötliche Brühe schwappte.

»Reicht Ihr mir bitte vorher noch eine Schüssel mit heißem Wasser?«, fragte die Alte.

Lukardis tauchte die einzige Schale, die sie finden konnte, in das kochend heiße Wasser, das in dem zerbeulten Kessel über der Feuerstelle vor sich hin dampfte, und reichte sie Freda. Froh darüber, der rauchigen, stickigen Luft für einen Moment entkommen zu können, eilte sie nach draußen. Kaum hatte sie den verschmutzten Inhalt gut dreißig Fuß entfernt mit Schwung auf den Waldboden geschüttet, ertönte aus dem Innern der Hütte ein schriller Schrei.

Als Lukardis die Tür aufstieß, hatte die gerade noch so hilflos aussehende Frau die alte Freda am Kragen ihrer fadenscheinigen Cotte gepackt. Die Burgherrin wollte der Heilerin zu Hilfe eilen, doch deren ausgestreckter Arm ließ sie innehalten. Schwer atmend heftete sich ihr Blick auf die bleichen, fast blutleeren Lippen der Verletzten. Zuerst hatte es den Anschein, als bewegten sie sich lautlos, doch dann hörte Lukardis ein Flüstern, das kaum lauter war als der Flügelschlag eines kleinen Vogels. Sie brauchte einen Moment, bis sie die Worte verstand.

»Was meint sie damit?«, fragte Lukardis leise. »Dort war niemand mehr. Meinst du, dass ihr Sohn im Fluss ertrunken ist?«

Genauso unvermittelt, wie die Lebensgeister der Verletzten zurückgekehrt waren, verließen sie den geschwächten Körper wieder, und die Frau fiel wie ein Stein zurück auf ihr Lager. Ihre Hände, die sich eben noch in

Fredas graubraune Cotte gekrallte hatten, lagen kraftlos neben ihrem Körper.

»Ich bin mir nicht sicher«, antwortete die Alte und tupfte vorsichtig das schweißnasse Gesicht der Verletzten ab. »Bevor Ihr gekommen seid, hat sie irgendetwas von einem Versteck gemurmelt und dass die Männer ihn nicht finden dürfen.«

Ächzend, unter großer Kraftanstrengung erhob sich Freda und wandte sich der blass gewordenen Besucherin zu. Obwohl Lukardis der grausige Anblick vertraut war, gelang es ihr nicht wirklich, sich daran zu gewöhnen. Die Narben, die der kochend heiße Inhalt des Topfes als bittere Erinnerung hinterlassen hatte, waren furchtbar. Die Haut der Heilerin glich dem Boden eines Ackers, der durch die lange Trockenheit eines heißen Sommers rissig geworden war. Wie durch ein Wunder war ihr Gesicht unversehrt geblieben. Durch Gerda wusste Lukardis von den starken Schmerzen, die Freda auch heute noch ertragen musste. Die Köchin hatte ihr erzählt, dass sich die Narben bis zum Bauch erstreckten. Aber am meisten plagte sie ihr linker Arm. Freda konnte ihn seit dem Unfall in der Burgküche nur noch gebeugt halten. Ihre Finger erinnerten an die gekrümmten Klauen des Dämons, der in Stein gemeißelt am Eingangsportal einer Kirche hockte, die Lukardis einst mit ihren Eltern besucht hatte.

»Welcher Gedanke schwirrt Euch durch den Kopf, Herrin?«, fragte Freda und heftete ihren durchdringenden Blick auf sie.

Lukardis konnte den Blick nicht von der alten Frau abwenden, die schon immer ihre tief verborgen geglaubten Gefühle erkannt hatte. Wieder blitzte für die Dauer eines Wimpernschlags die Erinnerung an die vorbeihetzenden Reiter auf.

»Du hast recht«, sagte Lukardis und erzählte Freda von ihrer Beobachtung.

»Ich bin mir ziemlich sicher, dass diese beiden Ereignisse miteinander zu tun haben. Deine Tochter hat mir gestern erst davon erzählt, dass sich die Überfälle in den letzten Monaten gehäuft haben. Ich habe kaum etwas davon mitbekommen, weil ich so gut wie keine Gelegenheit finde, die Burg selbst für einen kurzen Ausritt zu verlassen.«

Verlegen wandte sich Lukardis ab. Freda erwartete keine Begründung. Sie wusste um die schwierige Situation, in der sich die junge Burgherrin befand.

»Ich werde den Weg zurücklaufen. Es dauert noch ungefähr zwei bis drei Stunden, bis die Dunkelheit hereinbricht«, sagte Freda bestimmt und griff nach einem graubraunen Tuch, das ordentlich gefaltet auf einem der beiden Stühle lag.

»Nein! Ich werde gehen«, entschied Lukardis spontan, ohne auf den besorgten Ausdruck zu achten, der sich sofort in Fredas Gesicht spiegelte.

»Bedenkt Eure Lage, Herrin«, warnte die Alte leise. »Euer Gemahl ist möglicherweise bereits zurück und wird Euch suchen lassen. Je später Ihr nach Hause zurückkehrt, desto größer wird seine Wut auf Euch sein.«

Lukardis zögerte. Doch der Moment verging, so schnell er gekommen war. Ein lange vergessenes Gefühl durchflutete ihren Körper, ohne dass sie den Grund dafür ausmachen konnte.

Mut!

»Lass es gut sein, Freda. Sein Ärger ist stets gleich groß. Ich habe die Verletzte gefunden, also werde ich auch nach dem Jungen suchen. Schließlich habe ich die vermummten Reiter selbst gesehen. Mit meinem Pferd bin ich außerdem viel schneller als du zu Fuß. Kümmere du dich um die Frau. Alles andere wird sich finden«, sagte Lukardis zuversichtlicher, als ihr zumute war.

Kurze Zeit später hatte Lukardis die Stelle erreicht, an der der Reitertrupp ihr Versteck passiert hatte. Von da an brauchte sie nur noch dem Weg in entgegengesetzter Richtung zu folgen, um auf die Unglücksstätte zu stoßen. Es dauerte nicht lange, bis ihre Vorahnungen sich auf grauenvolle Weise bestätigten. Der Reisewagen versperrte den ohnehin schmalen Waldweg. Ohne die Leichen, die um das Gefährt verstreut lagen, hätte ein flüchtiger Beobachter durchaus von einem kurzen Halt der Reisenden ausgehen können. Zwei herrenlose Pferde grasten in direkter Nähe zu dem Unglücksort, ein weiteres lag verendet im blutrot gefärbten Gebüsch.

Es kostete die junge Frau einiges an Überwindung, nicht sofort kehrtzumachen. Am liebsten wäre sie vor diesem grauenhaften Anblick sofort geflohen und auf ihrem Pferd davongeprescht. Doch sie widerstand dem fast übermächtigen Gefühl. Nachdem Lukardis ihr Pferd angebunden hatte, näherte sie sich vorsichtig dem geplünderten Wagen. Nach und nach erkannte sie das Ausmaß der Verwüstung, die die Räuber angerichtet hatten. Ein kleines Holzfass lag zerbrochen neben einem der Wagenräder. Die ölige Flüssigkeit war bereits halb im Boden versickert. Ein Tuchballen von einer Farbe, die Lukardis an den Himmel erinnerte, der sich gelegentlich an besonders heißen Tagen zeigte, hing unter der offensichtlich zerschnittenen Plane über den Wagenrand, mehrere kleine Säckchen lagen verstreut halb unter dem Gefährt. Einige davon waren aufgerissen und ihr Inhalt, seltsame gelbe, kleine Körner, lag wie achtlos hingeschüttet daneben.

Ansonsten wies nichts darauf hin, dass sich hier irgendwo ein kleiner Junge verbarg.

Die Burgherrin ging zur Rückseite des Wagens, wobei sie versuchte, nicht in die Gesichter der Toten zu sehen und den dunklen Stellen auszuweichen, wo der Boden das Blut gierig aufgesogen hatte. Erst im letzten Moment entdeckte sie den fünften Toten, der halb im Gebüsch lag. Lukardis vermutete, dass es sich um den Kaufmann handelte, denn im Gegensatz zu den anderen Männern war er in edles Tuch gekleidet. Er lag auf dem Bauch, den Kopf zu Seite gedreht. Lukardis schluckte schwer, als sie den leeren Blick seines linken Auges erfasste, und wandte sich hastig ab.

Es gestaltete sich mühselig, ins Wageninnere zu klettern, doch schließlich schaffte sie es, indem sie den Saum ihrer Cotte kurzerhand in den geflochtenen Gürtel steckte.

»Hallo?«, flüsterte sie leise, obwohl sich niemand in der Nähe befand.

Ihre Augen suchten den Innenraum des Wagens ab, in dem ein einziges großes Durcheinander herrschte. Durch die zerrissene Plane drang genügend Licht herein, doch nirgendwo konnte sie ein geeignetes Versteck, geschweige denn ein verängstigtes Kind entdecken.

»Gütiger Gott, gib, dass dem Jungen nichts geschehen ist«, murmelte Lukardis und fragte erneut, diesmal etwas lauter: »Hallo? Ist da jemand?«

Außer dem Gezwitscher der Waldvögel, das die Luft über ihr erfüllte, erhielt sie keine Antwort. Normalerweise empfand die junge Frau die Laute der Tiere als sehr entspannend, doch dieses Mal hätte sie sie am liebsten zum Verstummen gebracht.

Ein Knacken hinter ihr ließ Lukardis herumfahren, aber die einzigen Gesichter, die ihre Aufmerksamkeit auf sich zogen, waren die maskenähnlichen Antlitze der Toten mit den starren Blicken.

Verdammt, dachte sie verärgert, hier ist niemand! Jetzt höre ich schon auf das Gewäsch einer Fiebernden. Wenn sich hier jemand versteckt hätte, dann wäre er der Mörderbande sicher aufgefallen. Oder auch nicht, flüsterte eine leise Stimme in ihrem Kopf, und erneut konzentrierte sich Lukardis auf die Unordnung, die sich vor ihr ausbreitete. Plötzlich stutzte sie. Im hinteren Teil des Wagens, dem einzigen, an dem die Plane unversehrt geblieben war, lag ein Stapel Decken. Die obere war achtlos hingeworfen, so, als hätte jemand sein Nachtlager verlassen und das wollene, schwere Tuch einfach zur Seite geworfen.

Oder als wollte jemand, dass dieser Eindruck entsteht, schoss es Lukardis durch den Kopf. Während sie sich auf allen vieren einen Weg durch die zerschlagenen Krüge und umgeworfenen Körbe bahnte, betete sie stumm dafür, dass sich der Junge wirklich wohlbehalten darunter befand! Vorsichtig zog sie die oberste Decke weg und schnappte entsetzt nach Luft, als sie das darunter liegende dickes Schaffell erblickte. Ein Kind bekommt darunter unmöglich genug Luft zum Atmen, schoss es der jungen Frau durch den Kopf. Ihr Magen zog sich zusammen, noch bevor sie das letzte der fünf Tuche aus schwerem Wollstoff zur Seite gezerrt hatte. Unverkennbar zeichnete sich der Umriss eines kleinen, zusammengerollten Körpers ab. Lukardis musste an sich halten, um nicht das letzte Stück Stoff mit einem Ruck herunterzureißen. Der Junge stand sicher unter Schock, und sie hatte nicht die geringste Ahnung, wie er reagieren würde.

Falls er überhaupt noch am Leben war!

Bei dem Gedanken, dass der Kleine möglicherweise in seinem Versteck erstickt war, ging ihr Atem schneller.

Das Erste, was sie sah, war ein blonder Lockenkopf, der unter zwei dünnen Ärmchen vergraben war. Der kleine Kerl hatte seinen Körper eingerollt. Die Knie waren an die Brust gezogen, und Lukardis schluckte schwer, als sie sah, dass der Junge seinen Daumen in den Mund gesteckt hatte. Sie kämpfte die aufsteigende Panik nieder, denn der schmächtige Körper lag völlig ruhig vor ihr.

»Lebe«, dachte sie und rutschte noch ein wenig näher an das Kind heran. »Bitte, bitte atme noch!«

Langsam, ganz sachte, legte die Burgherrin eine zitternde Hand auf den Rücken des Kindes und zuckte im nächsten Moment entsetzt zurück. Der schrille Schrei des Jungen ging ihr durch Mark und Bein, und die weit aufgerissenen Augen des kleinen Kerls, der sich mit einem Ruck aufgesetzt hatte, bohrten sich in ihre, in denen die gleiche Panik stand. Lukardis fing sich schnell wieder und streckte dem Jungen, der mittlerweile wieder verstummt und ganz an den Rand des Wagens gerutscht war, eine Hand entgegen. Währenddessen redete sie beruhigend auf ihn ein.

»Ich tu dir nichts. Hab keine Angst. Ich bringe dich zu deiner Mama. Komm, gib mir deine Hand. Die bösen Männer sind weg. Deine Mama wartet auf dich.«

Es kam Lukardis unendlich lange vor, bis der Junge endlich eine Hand hob und sie in ihre legte. Tränen der Erleichterung schossen ihr in die Augen und sie schickte ein Dankgebet zum Himmel. Mitten in die tief empfundene Erleichterung schlich sich ein anderer schrecklicher Gedanke: Würde die Mutter des Kleinen sterben? Resolut schob Lukardis diese furchtbare Vorstellung beiseite. Sie musste sich jetzt auf den Jungen konzentrieren und ihn aus dem Wagen bringen, ohne dass er die Toten bemerkte. Lukardis war sich ziemlich sicher, dass es sich bei dem

Mann, den sie zuletzt entdeckt hatte, um seinen Vater handelte. Der schmächtige Kerl wog fast nichts, und zu ihrer großen Überraschung drängte sich der Junge an ihren Körper, während sie sich langsam rückwärts bewegte.

»Lehne dich ruhig an und schließ die Augen. Öffne sie erst wieder, wenn wir bei deiner Mutter sind«, flüsterte Lukardis dem Kleinen zu.

Vielleicht war es Selbstschutz, dass das verängstigte Kind ihrer Anweisung, ohne zu zögern, Folge leistete, möglicherweise war der Schock einfach auch zu groß. Der Körper des Kindes bereitete ihr beim Absteigen von dem Wagen zwar einige Schwierigkeiten, da sie ihn nicht absetzen wollte, doch von einer neuen Kraft erfüllt, schaffte sie es. Ohne einen Blick zurückzuwerfen, hastete sie zu ihrem Pferd. Sie flüsterte dem Jungen ins Ohr, dass sie ihn auf den Rücken des Tieres schieben würde, was ihr nach einigen Versuchen tatsächlich gelang. Dann schwang sie sich in den Sattel und sie preschten davon.

Die Unruhe, die Raban kurz vor der bischöflichen Residenz befallen hatte, verstärkte sich, während er auf den ehrwürdigen Bischof wartete. Der junge Mann konnte sich den Grund für seinen gestörten Seelenfrieden nicht erklären, denn seine Reise war ohne Zwischenfälle verlaufen. Er war sogar einen Tag früher als geplant in Würzburg eingetroffen, was insofern erfreulich war, dass er früher als geplant abreisen konnte. Das Treffen mit seiner Schwester und ihrer Familie konnte damit schneller stattfinden.

Die Erinnerung an die stets gutgelaunte Hilda brachte normalerweise immer Ruhe in Rabans rastlose Gedankenwelt, doch dieses Mal bewirkte sie genau das Gegenteil. Ruckartig erhob er sich von dem harten Stuhl, den ihm der junge Novize zugewiesen hatte, und durchmaß mit langen Schritten den Gang. An einem der großen Bogenfenster hielt er inne. Mit beiden Händen stützte er sich am Mauerwerk ab und sah hinaus in den Hof. Für einen Moment vermochte ihn die fast fertiggestellte Vergrößerung des Fürstenhauses zu fesseln. Das Bauvorhaben war zwar noch nicht ganz abgeschlossen, stand jedoch offensichtlich kurz vor seiner Vollendung.

»Raban! Was macht Ihr dort hinten?«

Er fuhr herum, und sofort packte ihn die unangenehme Unruhe wieder, die ihn fast wahnsinnig machte. Wie alles, wofür er keine rationale Erklärung finden konnte.

»Hochwürdigster Fürstbischof«, begrüßte Raban den obersten Kirchenfürsten des großen Bistums. Poppo von Trimberg wirkte in seiner schwarzen Soutane sehr stattlich, wenngleich das violette, prächtig bestickte Zingulum eine nicht mehr vorhandene Taille betonte. Die Mozetta in der gleichen Farbe schmeichelte zwar seinen breiten Schultern, betonte aber äußerst unvorteilhaft sein gerötetes Gesicht.

Als Zeichen seiner Ehrerbietung beugte sich Raban über die dargebotene Hand und küsste den protzig wirkenden Ring. »Ich habe mir nur die Wartezeit vertrieben und Eure Residenz bewundert.«

»Der Bau ist prächtig geworden, nicht wahr?«, strahlte Poppo über das rundliche Gesicht, woraufhin sein Besucher wie erwartet pflichtschuldig nickte.

Raban war sich der Eitelkeit seines entfernten Verwandten bewusst, und obwohl ihm anbiederndes Verhalten grundsätzlich gegen den Strich ging, war es in seiner momentanen Situation vielleicht nicht ganz falsch. Wie richtig er mit der Annahme lag, erfuhr er, kaum dass er ausgesprochen hatte.

»Warum trägst du nicht dein Priestergewand?«, fragte der Bischof irritiert. »Und wieso hast du dir deine Tonsur nicht geschnitten?«

Die eben noch strahlende Miene war verschwunden. Missbilligend betrachtete Poppo die vollen, fast schulterlangen Haare des Jüngeren. Sein tadelnder Blick blieb an der staubigen, abgewetzten Reisekleidung Rabans hängen, unterstützt von einem fassungslosen Kopfschütteln.

»Das hat einen einfachen Grund, hochwürdiger Vater«, antwortete Raban leise. »Wenn es Euch nichts ausmacht, würde ich das gerne mit Euch in Euren Räumen besprechen.«

Mit einem Nicken willigte der Bischof in die Bitte seines Besuchers ein und ging ihm nach kurzem Zögern und nochmaligem Kopfschütteln voran. Rabans Befürchtung, was die Reaktion des Kirchenfürsten anging, bestätigte sich nach seiner kurzen Erklärung vollauf.

»Was fällt dir überhaupt ein, du undankbarer Kerl? Du kannst nicht so einfach dein Priesteramt niederlegen, nur weil du mit deinem Glauben haderst!«, ereiferte sich Poppo von Trimberg, kaum, dass Raban seine Begründung dargelegt hatte. »Diese Prüfungen schickt uns unser Herrgott. Das solltest du eigentlich wissen, schließlich haben mich deine Studien all die Jahre viel Geld gekostet.«

»Natürlich weiß ich, dass diese Prüfungen von Gott gesandt sind«, entgegnete Raban ruhig. »Ich habe mir die Entscheidung auch bestimmt nicht leichtgemacht. Doch am Ende bin ich zu dem Entschluss gekommen, dass ich Gott und der Kirche nicht dienen kann, wenn ich selbst der größte Zweifler bin. Außerdem war das Geld, von dem Ihr gerade gesprochen habt, mein eigenes … sofern ich das anmerken darf.«

»Du, duuuu …«, begann der aufgebrachte Bischof

mit hochrotem Gesicht, während er nach Worten suchte. »Wie kannst du es wagen, mich zu belehren? Du bist genauso stur wie dein Vater.«

Wutschnaubend ließ der Bischof seinen Besucher stehen. Die Hände auf dem Rücken verschränkt, durchschritt der Kirchenfürst den großzügig geschnittenen Raum, in dem sich seit Rabans letztem Besuch bei seinem verstorbenen Mentor und Vorgänger Poppos kaum etwas verändert hatte. Äußerlich gelassen sah Raban dem Älteren dabei zu, doch innerlich brodelte es in ihm. Der Vergleich mit seinem Vater, mit dessen Lebensweise er immer schon gehadert hatte, traf ihn mehr, als ihm lieb war.

Schließlich beendete der Bischof seine rastlose Wanderung und baute sich vor seinem Besucher auf. Nur wenige Männer begegneten dem hochgewachsenen Raban auf Augenhöhe und Poppo zählte nicht dazu. Der junge Mann vermutete, dass seinem Gegenüber der Größenunterschied in diesem Moment ebenfalls als störender Aspekt auffiel, denn dieser hob nun drohend den Zeigefinger und fuchtelte damit dicht vor Rabans Gesicht herum. Wäre die ganze Situation nicht so unangenehm gewesen, hätte Raban darüber lachen können.

»So einfach kommst du mir nicht davon! Ich habe ganz sicher nicht über Jahre hinweg dein Leben finanziert, damit du dich mir und vor allem dem Allmächtigen gegenüber feige aus der Verantwortung stiehlst. Ich verlange von dir, dass du deine Schuld zurückzahlst.«

Erstaunt zog Raban die Augenbrauen hoch. Zwar wunderte es ihn nicht, dass Poppo weiterhin so tat, als wäre es sein privates Vermögen gewesen, das er ihm jährlich nach Bologna geschickt hatte. Die Heftigkeit seiner Reaktion überraschte ihn dennoch.

»Ich wiederhole es gerne noch einmal, hochwürdiger

Vater. Das Geld, von dem Ihr immerzu sprecht, stammt von dem Lehen für die Inanspruchnahme meiner Burg. Ich verstehe zwar bis zu einem gewissen Grad, dass Euch mein Entschluss enttäuscht, doch schuldig bin ich Euch nichts«, widersprach Raban beherrscht.

Er hatte nicht vor, sich durch die Tiraden des Bischofs aus der Ruhe bringen zu lassen.

Als Antwort drohte Poppo ihm erneut mit erhobenem Zeigefinger. Eine Antwort blieb dieser ihm jedoch schuldig. Stattdessen nahm der Kirchenfürst seine Wanderung wieder auf. Rabans Anspannung hielt an. Er kannte den Bischof zu gut, um an dessen Einlenken zu glauben.

»Na schön, wie du meinst«, sagte Poppo schließlich mit einem gezwungenen Lächeln. »Zwar halte ich dein Verhalten für feige und kann es auch nicht gutheißen, dennoch respektiere ich deine Entscheidung.«

Weil du keine andere Wahl hast, dachte Raban grimmig, ohne eine Miene zu verziehen.

»Allerdings habe ich noch eine abschließende Bitte an dich. Sozusagen eine Gefälligkeit, aufgrund unserer verwandtschaftlichen Bindungen, wenn du so willst. Es geht um die Abtei in Fulda. Genau genommen um den dortigen Abt. Dem Kloster hat Seine Heiligkeit zu meinem Leidwesen vor vielen Jahrhunderten Eigenständigkeit zugesprochen, weshalb mir die Hände gebunden sind. Wir haben daher keinerlei Handhabe, um gegen etwaige Missstände vorzugehen. Andererseits haben in der Vergangenheit immer wieder ehrbare, dort ansässige Adligen um unsere Hilfe ersucht, der ich mich nicht länger verschließen kann und möchte. In dieser Angelegenheit benötige ich deine Hilfe, Raban.«

»Nein. Es tut mir wirklich leid, aber ich kann Eurer Bitte nicht entsprechen«, antwortete der Jüngere, ohne zu zögern. »Ich habe meine Schwester eine halbe Ewigkeit nicht mehr gesehen und werde meine Reise gleich fortsetzen. Bis nach Köln ist es noch ein gutes Stück Weg, weshalb ich keine Zeit verlieren möchte.«

Selbst das gekünstelt wirkende Lächeln erstarb auf dem Gesicht des Bischofs. Ausdruckslos erwiderte er Rabans Blick. Fast schien es dem jungen Mann, als wäge Poppo die ihm verbleibenden Möglichkeiten ab. Wobei er sich des unangenehmen Eindrucks nicht erwehren konnte, dass sein Verwandter über eine weitere Information verfügte, die er bisher noch für sich behalten hatte. Fast so, als handelte es sich um eine Hintertür, die er lieber nicht öffnen wollte.

»Das verstehe ich natürlich sehr gut«, erwiderte der Bischof und durchbrach damit die beklemmende Stille. »Blutsbande sind stark und es ist wichtig, dass wir uns um unsere Familie kümmern. Gerade deshalb solltest du meiner Bitte entsprechen.«

»Wie meint Ihr das?«, fragte Raban überrascht. Sein Argwohn war begründet gewesen, und insgeheim wappnete er sich gegen etwas, das womöglich ein schlechtes Licht auf den Ehemann seiner Schwester werfen konnte. Hatte sich Wigbert verschuldet? Oder schuldete er den Adligen, von denen Poppo gesprochen hatte, etwa Waren? Womöglich sogar dem Abt persönlich?

Raban musste an sich halten, als der Bischof mit ernster Miene den Kopf schüttelte und seine offenkundige Besorgnis mit einem lauten Seufzer unterstrich. Am liebsten hätte er den Älteren geschüttelt, damit er endlich weitersprach.

»Jetzt sagt schon! Gibt es Probleme mit Wigbert?«, drängte Raban.

»Ach, mein lieber Junge. Was gäbe ich dafür, wenn

du diese furchtbare Nachricht nicht von mir erfahren müsstest. Aber es hilft ja nichts. Und vielleicht macht es die Sache für dich ja auch etwas leichter. In den letzten Jahren hat es in dem Gebiet um Fulda herum vermehrt Überfälle auf Reisende gegeben. Die Kaufleute haben sich daher angewöhnt, ihre Waren unterwegs von mehreren bewaffneten Männern schützen zu lassen. Hildas Gemahl war ebenfalls sehr vorsichtig, was das anging. Ich hatte bei ihm mehrere Waren bestellt, die er wie vereinbart in diesem Monat liefern sollte. Ich habe mir in den letzten Tagen unzählige Male gewünscht, diese Bestellung nicht getätigt zu haben. Aber leider kann ich das Geschehene nicht wieder rückgängig machen«, sagte der Bischof bekümmert.

»Was ist geschehen? Sprecht weiter!«

Raban hatte das Gefühl, als würde sich eine Faust um sein Herz legen und langsam zudrücken. Aus Hildas Briefen wusste er, dass sie ihren Mann gelegentlich auf seinen Reisen begleitete. Der junge Mann vergaß, wen er vor sich hatte, und packte den Kirchenfürsten an den Schultern. Unter dem Druck von Rabans Händen verzog sich die sorgenvolle Miene des Bischofs schmerzhaft.

»Ich verstehe deine Besorgnis, mein Freund, aber würdest du bitte die Hände wieder wegnehmen?«

»Danke«, sagte Poppo, als Raban seiner Bitte nachkam. »Ich fasse mich kurz, um deine verständliche Ungeduld nicht unnötig zu strapazieren, auch wenn ich in der Angelegenheit am liebsten schweigen möchte. Es gab einen Überfall, Raban, einen schlimmen. Die Vorsorge, die dein Schwager getroffen hatte, indem er vier bewaffnete, erfahrene Männer als Begleiter anheuerte, brachte ihm letztendlich nichts. Sie sind alle tot, mein Junge. Ich habe die furchtbare Nachricht erst gestern erhalten.«

Fassungslos starrte Raban ihn an. Er konnte nicht glauben, was er da gerade gehört hatte. Sollte das Schicksal wirklich so grausam sein?

»Hilda? Was ist mit ihr?«, stammelte er und umfasste erneut die Schultern des Bischofs.

»Keine Sorge. Ich habe bereits einen Boten nach Köln geschickt, damit sie den schrecklichen Verlust durch die Feder eines besorgten und mitfühlenden Verwandten erfährt. Die Mutter ihres armen Mannes ist eine liebe, fürsorgliche Person. Die beiden Frauen werden sich gegenseitig in ihrer Trauer stützen«, erläuterte Poppo sanft.

»Sie ist tot«, erwiderte Raban und schüttelte wie betäubt den Kopf. Wusste der Bischof denn nicht, dass Wigberts Mutter bereits im letzten Frühjahr verstorben war?

Vor lauter Verwirrung vergaß Poppo von Trimberg völlig, gegen den harten Griff des Jüngeren zu protestieren.

»Tot? Wer? Hilda ist nicht tot. Nur ihr Ehemann, Gott hab ihn selig, ist bei dem Überfall ums Leben gekommen.«

»Wigberts Mutter ist tot. Sie ist im letzten Frühjahr dahingeschieden«, klärte Raban ihn gereizt auf. »War meine Schwester diesmal denn nicht dabei? Sie hat ihn auf fast allen seinen Reisen begleitet. Und ihr kleiner Sohn? Seid Ihr sicher, dass sich die beiden nicht unter den Toten befanden?«, bedrängte er sein Gegenüber, ohne seinen Griff zu lockern.

Endlich verstand der Kirchenfürst, warum sein Besucher so heftig reagierte, und er beeilte sich, dieses Missverständnis aufzuklären. »Nein. Nein! Selbstverständlich waren die beiden nicht dabei. Heilige Mutter Gottes, das wäre ja furchtbar!«

Obwohl die Bestürzung des Bischofs echt wirkte, entging Raban das kurze Aufglimmen in den grauen Augen nicht. Aber die Erleichterung darüber, dass seine geliebte Schwester nicht zu den Opfern zählte, war so groß, dass er sich darüber vorerst keine Gedanken machte. Er atmete schwer, als hätte er gerade eine anstrengende Arbeit hinter sich. Kraftlos glitten seine Hände von den Schultern des Bischofs. Das Entsetzen saß Raban noch immer in den Knochen, trotzdem versuchte er sich auf die wesentlichen Fragen zu konzentrieren. Es gab noch zu viele Dinge, die der Klärung bedurften.

»Wie habt Ihr davon erfahren? Könnt Ihr überhaupt davon ausgehen, dass die Neuigkeit richtig ist?«

»Aber selbstverständlich, meine lieber Raban. Ich hatte in den Tagen vor dem angekündigten Eintreffen Wigberts schon so ein ungutes Gefühl. Daher habe ich dem Ärmsten einen kleinen Trupp bewaffneter Reiter entgegengeschickt. Leider kamen sie zu spät.« Kurz senkte der Bischof seinen fast haarlosen Kopf und wiegte ihn bedächtig hin und her. »Ich mache mir wirklich große Vorwürfe, dass ich nicht früher auf meine warnende Stimme gehört habe. Womöglich hätte sich das Unglück verhindern lassen.«

»Wollt Ihr damit sagen, Eure Männer waren die Ersten, die nach dem Überfall zu der Reisegruppe gestoßen sind?«, fragte Raban mit rauer Stimme.

»Nicht ganz. Gott hatte diese Aufgabe ein paar Pilgern auferlegt. Als meine Männer eintrafen, hatten die Reisenden die Toten bereits nebeneinander am Wegesrand aufgebahrt. Glücklicherweise hatten die Mörder kein Feuer gelegt, so dass alles unversehrt war, sogar der Wagen. Natürlich fehlten die wertvollen Waren, aber wer will angesichts der Schwere des Verbrechens schon über den Verlust klagen?«

»Kann es sein, dass sie Hilda verschleppt haben?«, bohrte Raban nach. »Hat man im Wageninneren Kleidungsstücke einer Frau gefunden? Oder etwas, das einem Kind gehört haben könnte?«

»Das weiß ich nicht«, gestand der Bischof mit einem Mal verunsichert. »Ich habe nicht nachgefragt. Man hat den Wagen auf Anweisung des Abtes zum Klostergelände gebracht. Ich kann mir das wirklich nicht vorstellen. Diesem Gesindel geht es doch bloß um reiche Beute. Noch nie habe ich von einem Fall gehört, bei dem Reisende verschleppt worden sind.«

»Woher wussten Eure Männer, dass es sich bei den Toten um Wigbert und seinen Begleitschutz handelte? War er einem Eurer Leute persönlich bekannt?«

Erleichterung zeichnete sich auf der Miene des Kirchenfürsten ab und er nickte heftig. »Ja, glücklicherweise konnte ich einen meiner besten Männer losschicken. Anno hatte Wigbert bereits im letzten Jahr kennengelernt, als er zusammen mit Hilda die Lieferung brachte. Er hat ihn zweifelsfrei erkannt.«

Raban wandte sich ab. Das Gefühl, keine Luft mehr zu bekommen, ließ zwar allmählich nach, doch seine Skepsis blieb. Ähnlich wie die Spitze eines Speeres, die sich ins Fleisch gebohrt hat und deren Widerhaken ein einfaches Herausziehen verhindern. Aber er hatte keinen Grund an der Erklärung des Bischofs zu zweifeln. Er kannte Anno, der schon zu Zeiten des verstorbenen Iring von Reinstein-Homburg eine führende Position im bischöflichen Heer eingenommen hatte, und schätzte ihn als erfahrenen Menschen, für den Ehrlichkeit kein Fremdwort war.

»Wigberts Wagen befindet sich auf dem Klostergelände?«, fragte Raban über die Schulter.

»Ja.«

Trotz der knappen Antwort, konnte der junge Mann die Spannung, die mit einem Mal in der Luft lag, förmlich greifen. Ihm war klar, damit wusste der Kirchenfürst, dass er gewonnen hatte. Sein Ziel war es von Anfang an gewesen, Raban nach Fulda zu schicken. Ihm wurde speiübel bei dem Gedanken, dass Poppo diesen Schachzug von langer Hand geplant hatte. Langsam drehte Raban sich um.

»Könnt Ihr mir ein offizielles Schreiben mitgeben, damit ich zum Abt des Klosters vorgelassen werde?«

»Natürlich. Die Frage ist nur: Wirst du meiner Bitte nachkommen?«, fragte der Bischof mit lauernder Miene.

»Ich gehe davon aus, dass ich andernfalls von Euch keine Unterstützung erhalte«, gab Raban mit kalter Stimme zurück.

»Wie kommt es nur, dass du mich für so hartherzig hältst?«, empörte sich Poppo mit gespieltem Entsetzen. »Es wäre eine Art Tauschhandel. Die Aufgabe beansprucht nicht viel von deiner Zeit. Du kannst beides miteinander verbinden. Dein Gespräch mit dem Abt führen und ihn um Erlaubnis bitten, den Wagen deines Schwagers untersuchen zu dürfen. Währenddessen wird es dir ein Leichtes sein, den Klostervorsteher in meiner Angelegenheit zu befragen, ohne dass es ihm sonderlich auffallen wird … bei deiner Ausbildung und der Erfahrung, die du in den letzten Jahren gesammelt hast.«

Angesichts der widerwärtigen Speichelleckerei hätte Raban am liebsten wortlos den Raum verlassen. Aber wenn er wissen wollte, ob sich von seiner Schwester irgendwelche Sachen in dem Wagen befanden, musste er sich auf das Spiel einlassen. Die Strecke nach Köln würde er nicht in unter drei Tagen schaffen, aber in Fulda könnte er schon heute Abend die ersehnte Gewissheit erlangen. Angesichts seiner Sorge um Hilda, versetzte die mangelnde Trauer um seinen Schwager Raban einen Schrecken.

Andererseits hatte er Wigbert kaum gekannt, und die Zeit, in der er seiner Schwester mit Trost zur Seite stehen musste, würde ohnehin kommen.

»Setzt das Schreiben auf und erzählt mir mehr über die Aufgabe, die für Euch von so immenser Wichtigkeit zu sein scheint.«

Kurze Zeit später war Raban auf dem Weg zum Stall. Das Schreiben mit dem bischöflichen Siegel war sicher in seiner Tasche verwahrt.

»Hast du mein Pferd anständig versorgt?«, fragte Raban den Stallburschen, der sich im Nachbarverschlag mit dem Besen zu schaffen machte.

»Ja, Herr. Ich habe es getränkt und gefüttert. Das Tier schien mir richtig ausgehungert zu sein.«

»Wir haben eine lange Reise hinter uns«, gab Raban zurück und fügte in Gedanken hinzu, dass sie ihm tausendmal lieber gewesen war als der vergleichbar kurze Weg, der vor ihm lag. »Sag mir, Bursche, wo kann ich etwas zu essen und trinken bekommen? Mir geht es wie meinem Pferd.«

Der Junge, Raban schätzte ihn auf höchstens zwölf, grinste breit und entblößte eine Zahnlücke neben dem linken Schneidezahn. Raban vermutete, dass sie von einer Schlägerei stammte, denn der Bursche zeigte sie stolz und ohne Scham.

»Dort hinten ist die Küche, Herr. Die dicke Marie gibt Euch sicher etwas von ihrem Eintopf ab. Er schmeckt richtig gut, ich habe vorhin selbst davon probiert. Beinahe hätte sie mir mit dem Holzlöffel eins übergezogen, aber ich war schneller.«

»Da muss ich mich wohl in Acht nehmen, was? Danke für den Hinweis«, sagte Raban trocken. »Sieh zu, dass mein Pferd in einer halben Stunde gesattelt ist. Ich möchte keine Zeit mit unnötiger Warterei verlieren.«

»Ist gut, Herr«, gab der Junge zurück, ohne eine übertriebene Unterwürfigkeit an den Tag zu legen.

Raban gefiel die Art des Burschen, und er nahm sich vor, ihn nachher angemessen zu entlohnen.

»Raban? Raban von Elfershausen?«

Überrascht drehte sich der Angesprochene um, und beim Anblick des Mannes, über den kurz zuvor noch der Bischof gesprochen hatte, überkam ihn zum ersten Mal an diesem grauenhaften Morgen ein gutes Gefühl.

»Dich habe ich ja ewig nicht gesehen. Hast du endlich genug vom ewigen Studieren, Mann?«, witzelte Anno und ließ seine Hand krachend auf Rabans Schulter fallen.

»So kann man es ausdrücken, mein Freund. Ich wollte gerade die Küche aufsuchen und eine Stärkung zu mir nehmen. Leistest du mir Gesellschaft?«, fragte Raban und dankte im Stillen der Fügung, dass sie ihm ausgerechnet Anno über den Weg geschickt hatte.

»Was für eine törichte Frage«, erwiderte der kräftige Mann, der die dreißig bereits überschritten hatte. Dann glitt sein Blick über Rabans staubige Reisekleidung. »Es gibt viel zu erzählen, will ich meinen. Wo hast du dein Priestergewand gelassen?«

»Gehen wir«, wich Raban aus. »Ich habe mir sagen lassen, dass der Eintopf der dicken Marie eine Rast durchaus rechtfertigt. Dabei werde ich dir alles berichten, obwohl ich auch ein paar brennende Fragen an dich habe.«

Schlagartig verdüsterte sich Annos eben noch fröhliche Miene, und er presste die Lippen zusammen.

»Kann ich mir denken«, sagte er leise. »Dann lass uns gehen, damit ich meine Antworten schnell hinter mich bringen kann.«

8. KAPITEL

Zutiefst aufgewühlt von der Szene, der Lukardis kurz zuvor hatte beiwohnen dürfen, war es ihr gelungen, die aufsteigende Angst vor ihrem Ehemann zu verdrängen. Als sie jedoch im schwindenden Licht des Tages das Tor zum Innenhof von Burg Ebersburg passierte und ihr Blick auf einen der Männer fiel, der ihren Gemahl am frühen Vormittag begleitet hatte, überkam die Furcht sie erneut mit voller Wucht.

»Frau Lukardis!«, rief Otwin erleichtert. »Gott sei Dank ist Euch nichts geschehen. Euer Gemahl ist vor einer Stunde voller Sorge um Euch aufgebrochen. Ich werde mich gleich auf die Suche nach ihm begeben.«

Dann weiteten sich seine Augen, als er ihre verschmutzte und an einigen Stellen zerrissene Cotte bemerkte. Sein Blick wanderte weiter und blieb am Gesicht der Burgherrin hängen. Die kleine Schramme unter ihrem linken Auge und die Schmutzflecken auf Wangen und Kinn veränderten schlagartig den Ausdruck auf seinem Gesicht. Er griff nach den Zügeln und reichte seiner Herrin die Hand.

»Um Himmels willen! Was ist Euch widerfahren?«, fragte er leise.

»Was mir widerfahren ist?«, wiederholte Lukardis. »Nichts weiter als meine eigene Ungeschicklichkeit. Ich wollte neue Kräuter holen, da mein Vorrat aufgebraucht war, und habe nicht auf den Weg geachtet. Mein Pferd hat gescheut, als ein Wildschwein rechts von uns aus dem Gebüsch hervorbrach. Ich habe zu spät reagiert und bin gestürzt. Danach muss ich eine Weile ohnmächtig gewesen sein, denn als ich wieder zu mir kam, schwand das Tageslicht im Wald bereits.«

»Seid Ihr schwer verletzt?«, erkundigte sich Otwin voller Mitgefühl. »Ihr seht schlimm aus, wenn ich mir diese Bemerkung erlauben darf.«

»Ich kann Euch beruhigen, Herr Otwin. Sicher ist der Anblick, den ich Euch momentan biete, viel dramatischer, als es sich tatsächlich verhält. Ich bin nur ein wenig müde, und mir ist seit dem Sturz leicht übel. Es besteht wirklich kein Grund zur Sorge«, beschwichtigte ihn Lukardis und beglückwünschte sich stumm zu ihrem Einfall, sich die Schramme mit einem Dornenbuschzweig zuzufügen. Es hatte sie weit mehr Überwindung gekostet, mit einem kleinen Stein auf unterschiedliche Stellen ihres Körpers zu schlagen, um die blauen Flecken hervorzurufen, um den Sturz vom Pferd glaubhaft erscheinen zu lassen. Zwei Risse in ihrer Cotte und die auf ihrer Haut verriebene Erde vervollständigten ihr lädiertes Aussehen.

»Wärt Ihr vielleicht so nett und nehmt meinem Mann die Sorge um mein Wohlergehen? Ich wäre Euch äußerst dankbar.«

»Natürlich, edle Frau. Ich mache mich sogleich auf den Weg«, versprach Otwin mit einer leichten Verbeugung.

Der Ritter hatte kaum den Stall erreicht, als das Geräusch von Pferdehufen zu hören war. Otwin blieb auf halber Strecke stehen und sah sich zu Lukardis um, die unmittelbar vor dem Eingang zur Halle stand. Sie versuchte ein Lächeln, das ihr jedoch gründlich misslang. Die Angst, vor dem Zorn ihres Mannes spiegelte sich ganz offensichtlich in ihrer Miene, denn Otwin nickte ihr aufmunternd zu. Auch er hatte schon mehrfach miterlebt, zu welchen wutentbrannten Handlungen Hermann von Ebersberg fähig war. Dabei schreckte der Burgherr auch nicht davor zurück, sein Eheweib vor den Augen seiner Brüder oder Ritter zu züchtigen. Einmal aufgebracht, vergaß Hermann alles um sich herum.

Lukardis straffte die schmalen Schultern, als ihr Gemahl mit seinen beiden Brüdern durch das Tor ritt, und hoffte, dass er ihr diesmal Gelegenheit zu einer Erklärung gab, bevor er zuschlug.

Hermann zog brutal an den Zügeln und sprang von seinem Pferd, dessen Fell vor Schweiß glänzte.

»Wo warst du, verdammt!«, brüllte er Lukardis an, noch bevor er sie erreicht hatte.

Seine Hände waren zu Fäusten geballt, und seine wutverzerrte Miene versprach nichts Gutes. Instinktiv wich die Burgherrin einen Schritt zurück und spürte die Eingangstür in ihrem Rücken. Sie wollte etwas sagen, ihre sorgfältig zurechtgelegte Erklärung vorbringen, doch die in Gedanken mehrfach geübten Sätze blieben ihr im Hals stecken. Wie zum Trotz gegen ihre eigene Ohnmacht reckte sie das Kinn vor. Kaum hatte der aufgebrachte Hermann seine Gemahlin erreicht, packte er einem Schraubstock gleich ihre Oberarme mit seinen behandschuhten Händen.

»Wo warst du?«, wiederholte Hermann von Ebersberg, dieses Mal leiser, aber mit unverhohlener Wut. Dabei schüttelte er Lukardis so heftig, dass ihr Kopf vor und zurück flog.

»Ich war Kräuter holen«, brach es aus ihr heraus.

»Kräuter?«, höhnte ihr Ehemann. »Wer hat dir erlaubt, dich von der Burg zu entfernen? Hast du in den letzten Jahren denn gar nichts gelernt? Und wie siehst du überhaupt aus?«

Bei jedem seiner Worte wurde der Tonfall lauter, bis er Lukardis schließlich unbeherrscht anbrüllte. Der Mut, den sie bei der Rettung der Frau und ihres Sohnes empfunden hatte, war noch immer da und gab ihr nun Kraft. Zwar fühlte sich Lukardis ihrem Mann genauso hilflos ausgeliefert wie in den Anfängen ihrer Ehe, aber inzwischen wusste sie, dass er ihren Stolz nicht zu brechen vermochte. Als Hermann sie losließ und die rechte Hand hob, hielt sie sich reflexartig einen Arm vors Gesicht.

»Hör auf damit!«

Der scharfen Aufforderung Heinrichs folgte eine Stille, die Lukardis fast den Atem raubte. Als der erwartete Schlag ausblieb, öffnete sie die Augen. Die Verwirrung, die sich auf dem Gesicht ihres Mannes spiegelte, war so offensichtlich, dass Lukardis nicht wusste, ob sie lachen oder weinen sollte. Langsam ließ er die Hand sinken und drehte sich halb zu den anderen Männern im Hof herum, die die Szene beobachtet hatten. Die Beine der Burgherrin schienen aus Butter zu sein, und hätte ihr Gemahl sie nicht mit einer Hand festgehalten, wäre sie auf der Stelle zusammengeklappt.

»Was hast du da gerade gesagt, Bruder?«

Die Kälte in seiner Stimme legte sich auf die Wärme des herbstlichen Spätnachmittags. Trotz ihrer eigenen Notlage sorgte sich Lukardis mehr um Heinrich als um ihr eigenes Wohlergehen. Als Einziger der drei Brüder hatte er es geschafft, ihre Sympathie zu gewinnen, obwohl er sich noch niemals offen in die ehelichen Angelegenheiten seines Bruders eingemischt hatte. Dennoch war Lukardis sich sehr wohl bewusst, dass der unbekümmerte Heinrich seinen jähzornigen Bruder mehr als einmal davon abgehalten hatte, seine Wut an ihr auszulassen. Das hier war jedoch eine völlig andere Situation. Heinrich hatte sich in Dinge eingemischt, die ihn nichts angingen, und damit die Autorität seines Bruders untergraben. Lukardis wusste zwar, dass ihr Mann seinen jüngeren Bruder sehr schätzte, befürchtete jedoch, dass ihr Schwager dieses Mal zu weit gegangen war.

»Ich habe gesagt, dass du aufhören sollst, wie ein Wahnsinniger auf dein Eheweib loszugehen«, antwortete Heinrich mit einer Gelassenheit, die Lukardis ihm nicht ganz abnahm. »Sieh sie dir doch nur an. Bevor du zuschlägst, wäre es angebracht, ihr die Gelegenheit für eine Erklärung zu geben.«

»Erstens weiß ich nicht, was dich das angeht«, gab Hermann mühsam beherrscht zurück, »und zweitens hat sie mir bereits eine völlig abwegige Geschichte aufgetischt. Lukardis ist mein Weib, und ich habe jedes Recht dazu, sie zu züchtigen, wenn mir danach ist. Misch dich also nie wieder ein, wenn du meinen Zorn nicht auf dich ziehen willst.«

»Natürlich ist das Recht des Ehemanns auf deiner Seite, Bruder, aber meinst du nicht auch, dass es deine Pflicht ist, zuerst ihren Ausführungen Gehör zu schenken, bevor du dein Urteil fällst?«, erwiderte Heinrich völlig unbeeindruckt. »Selbst deinen Unfreien gewährst du mehr Rechte. Außerdem glaube ich nicht, dass es dem Status deiner Frau entspricht, wenn du sie hier vor allen bloßstellst. Sie ist schließlich die Herrin von Burg Ebersburg und war dir bisher ein gutes Eheweib, wie du selbst oft genug betont hast.«

Atemlos lauschte Lukardis den ruhigen Worten ihres Schwagers. Dabei ließ sie sich von seiner zur Schau getragenen Gelassenheit nicht täuschen. Sie kannte ihn mittlerweile gut genug, um an dem verräterischen Zucken seiner Lider die Anspannung zu erkennen. Inzwischen hatte Heinrich die Stufen erreicht, auf denen die Eheleute sich gegenüberstanden. Ohne zu zögern, legte der Jüngere seinem Bruder eine Hand auf die Schulter.

»Das hast du doch gar nicht nötig, Hermann. Lukardis hat dir in den letzten Jahren nie einen Grund für den Zorn gegeben, den du jetzt zeigst. Kläre es in aller Ruhe mit ihr, so wie es einem Mann deines Formats ansteht«, sagte Heinrich nun mit leiser, drängender Stimme.

Lukardis konnte es kaum glauben, als sich in der Miene ihres Mannes Unsicherheit spiegelte. Sollte Heinrich mit seinem ungebührlichen Verhalten wirklich Erfolg haben? Für einen Wimpernschlag erhaschte sie einen Blick auf Albrecht, den jüngsten der Brüder, der die Szene vom Sattel aus beobachtete. Die Ungläubigkeit, die sich auf seinem Gesicht abzeichnete, verblüffte sie keineswegs. Als das Wunder geschah und Hermann ihr mit einem Nicken zu verstehen gab, dass sie vor ihm in die Halle gehen sollte, war Lukardis viel zu erleichtert, um den Ausdruck des Hasses wahrzunehmen, der für einen kurzen Augenblick das Antlitz von Albrecht überzog.

Von dem gerade durchgestandenen Gefühlschaos gezeichnet, zog die Burgherrin die Tür auf und stolperte in die halbdunkle Halle. Hinter sich hörte sie die Schritte ihres Mannes und die seines Bruders. Lukardis schwor sich, Heinrich bei nächster Gelegenheit für seinen selbstlosen Einsatz zu danken. Unschlüssig, wohin sie sich wenden sollte, blieb die junge Frau stehen und wandte sich um. Die geballte Faust ihres Mannes traf Heinrichs Kinn genau in dem Moment, als Lukardis entsetzt aufschrie. Der Jüngere war von dem unerwarteten Schlag seines Bruders völlig überrumpelt. Ohne jede Möglichkeit, die Wucht des Angriffs abzuwehren, riss es ihn von den Füßen, und er donnerte mit einem lauten Krachen gegen die Wand.

»Du kannst von Glück sagen, dass du mein Bruder bist. Solltest du jemals wieder einen Versuch unternehmen, meine Autorität zu untergraben, bringe ich dich eigenhändig um«, versetzte Hermann mit schneidender Stimme.

Ungläubig starrte Heinrich seinen älteren Bruder an. Dann nickte er kaum merklich und wischte sich mit einer Hand das Blut vom Kinn.

Als Hermann gleich darauf Lukardis am Handgelenk packte und sie rücksichtslos hinter sich her die Treppe hinaufzog, rührte sich Heinrich nicht von der Stelle.

Vorsichtig betastete Hilda mit der linken Hand die Prellung an ihrer Schulter, die sie sich bei dem harten Aufprall gegen das Wagenrad zugezogen hatte. Ihre andere, verletzte Hand ruhte auf dem schmalen Körper ihres Sohnes, der sich dicht an seine Mutter gekuschelt hatte. Obwohl die beiden gebrochenen Finger bei jeder Bewegung schmerzten, streichelte Hilda unablässig weiter über Arndts dünnen Arm. Ihr Sohn war am gestrigen Tag weinend in ihren Armen eingeschlafen, nachdem die fremde Frau ihn ihr unversehrt gebracht hatte. Auf ihre Fragen hatte sie jedoch keine Antworten erhalten. Zum ersten Mal in seinem jungen Leben war Arndt stumm geblieben. Sie hatte der Fremden, von der sie nicht einmal den Namen wusste, unglaublich viel zu verdanken.

Hilda war aus ihrer Bewusstlosigkeit erwacht, kaum dass ihre Retterin sich auf die Suche nach Arndt begeben hatte. Die andere Frau, der sie es verdankte, überhaupt noch am Leben zu sein, hatte große Mühe gehabt, die wild um sich schlagende besorgte Mutter am Boden zu halten. Obwohl es kaum eine Stelle an ihrem geschundenen Körper gab, die nicht schmerzte, versuchte Hilda immer wieder, von ihrem Krankenlager aufzustehen. Die Alte, Freda hieß sie, flößte ihr schließlich einen bitter schmeckenden Trank ein, der sie schläfrig machte und ihre Gegenwehr zum Erliegen brachte.

Als die fremde Frau, Hilda schätzte sie ungefähr gleich alt, endlich zurückkam und ihr ihren kleinen Jungen in die Arme legte, flossen die Tränen ungezügelt über ihr Gesicht. Sie weinte aus Dankbarkeit darüber, dass ihr Sohn noch lebte, aus Trauer um den Tod ihres geliebten Mannes und nicht zuletzt um ihr ungeborenes Kind. Die alte Frau hatte ihr zwar nichts gesagt, aber Hilda hatte derlei Krämpfe schon einmal durchlitten und wusste, was sie bedeuteten.

Jetzt hatte sie nur noch Arndt, der sie an Wigbert erinnerte. Zärtlich betrachtete Hilda das schmale, blasse Gesicht, auf dem sich noch immer die Erschöpfung abzeichnete. Die Umklammerung des Jungen hatte erst nachgelassen, als der erlösende Schlaf sich seiner bemächtigte. Seitdem war er nur einmal kurz aufgewacht, um einen Schluck Wasser zu trinken. Hilda wagte nicht an den Moment zu denken, wenn sie ihm die Nachricht vom Tod seines über alles geliebten Vaters beibringen musste. Wigberts Ermordung lag erst einen Tag zurück, und gäbe es Arndt nicht, hätte Hilda in dem entsetzlich kalten Flusswasser nicht ums Überleben gekämpft.

Ein gleichmäßiges Klacken erregte die Aufmerksamkeit der besorgten Mutter, und sie drehte den Kopf in Richtung des Geräuschs. Mit regelmäßigen Bewegungen drückte Freda den Stößel in eine kleine Holzschale. Dabei summte sie leise vor sich hin. Ein würziger, leicht bitterer Geruch verbreitete sich in dem kleinen Raum.

Zuerst war Hilda über das abstoßende Äußere der älteren Frau erschrocken gewesen. Doch bald verwandelte sich der anfängliche Schock in tiefes Mitleid. Hilda hatte schnell erkannt, dass die verunstaltete Haut von Verbrennungen herrührte, die furchtbar schmerzhaft gewesen sein mussten. Hilda hoffte, dass ihr Sohn sich nicht zu sehr vor der alten Frau fürchtete, denn Freda, das hatte die Verletzte in den wenigen Stunden ihres Aufenthalts in der kleinen, schäbigen Hütte bereits herausgefunden, war ein durch und durch liebenswerter Mensch.

»Wie lautet der Name der Frau, die mich zu dir gebracht hat?«, fragte Hilda leise, um ihren Sohn nicht zu wecken.

»Lukardis«, antwortete Freda, ohne ihre Arbeit zu unterbrechen, »Lukardis von Ebersberg. Sie lebt nicht weit von hier auf einer Burg. Mit ihrem Gemahl, Hermann von Ebersberg.«

Hilda überdachte das eben Gehörte. Einer Adligen hatten Arndt und sie ihre Rettung zu verdanken! Irgendwie passte es nicht zu dem Bild, das sie bisher von Frauen adliger Herkunft hatte. Diese Lukardis wirkte selbst in dem kurzen Moment, in dem sie sie wahrgenommen hatte, leicht gehemmt und unsicher.

»Wird sie noch einmal vorbeikommen? Ich konnte mich noch gar nicht bei ihr bedanken. Nicht nur für meine eigene Rettung, sondern vor allem für die von meinem Arndt.«

Freda sah langsam auf und verharrte in ihrer Arbeit. Ein seltsamer Ausdruck legte sich über ihr faltiges Gesicht. Mit Bestürzung bemerkte Hilda eine Trauer, die ihrer eigenen glich.

»Ich weiß es nicht«, sagte die Alte nach einer Ewigkeit, wie es Hilda schien. »Sie hat kein leichtes Leben, die edle Frau, und ich bin nicht sicher, ob sie in der nächsten Zeit Gelegenheit finden wird, die Burg zu verlassen.«

»Das verstehe ich nicht«, entgegnete Hilda verwirrt, denn sie konnte die Veränderung in Fredas Stimme nicht richtig deuten. »Sie ist doch gestern auch ausgeritten. Eine Frau in ihrer Stellung kann sicher nach Belieben über ihre Zeit verfügen.«

Freda lachte auf und zeigte dabei ein paar vereinzelte Zahnstummel. Es war ein bitteres Lachen, das die Verletzte frösteln ließ.

»Diese Regeln gelten aber nicht, wenn man mit Hermann von Ebersberg verheiratet ist. Und jetzt genug davon. Versuch es deinem Sohn gleichzutun und ein wenig zu schlafen. Du brauchst viel Ruhe und musst zu Kräften kommen.« Freda fuhr mit ihrer Arbeit fort, hielt jedoch gleich darauf erneut inne. »Du musst dich nicht darum sorgen, ob irgendwer davon erfährt, dass es Überlebende des Überfalls gibt. Die edle Frau wird bestimmt niemandem etwas sagen. Trotzdem müsst ihr zwei, so schnell es geht, wieder von hier verschwinden. Der Wald hat Ohren, und das Pack fackelt nicht lange, wenn es von dir und deinem Sohn erfährt.«

Gleich darauf erfüllten die reibenden Geräusche wieder die Hütte und lenkten Hilda von den grauenhaften Bildern ab, die Fredas Worte heraufbeschworen hatten. Umfangen von der Wärme, die das Feuer der Kochstelle verbreitete, schlief die verletzte Frau endlich ein.

Der Wachposten vor dem mächtigen Tor, das den einzigen Zugang in die stark befestigte Stadt bot, ließ Raban mit einer gelangweilten Handbewegung passieren. Durch das Gespräch mit Anno hatte sich sein geplanter Aufbruch nach Fulda leider doch verzögert. Nachdem der Soldat des Bischofs ihm mehrfach glaubhaft versichert hatte, dass es weder von Hilda noch dem kleinen Arndt Anzeichen am

Unglücksort gegeben hatte, hatte Raban der Bitte Annos entsprochen und einen Becher guten Gerstensaft mit ihm gelehrt. Nach den langen Tagen im Sattel, die hinter dem jungen Mann lagen, war es kaum verwunderlich, dass es nicht bei dem einen Becher blieb, und so verbrachte er einen Tag länger als geplant in Würzburg. Die wohlige Wärme, die Maries Eintopf in ihm hinterlassen hatte, trug dazu sicher auch ihren Teil bei. Raban hatte schon lange nicht mehr so hervorragend gegessen.

Die Ruhe und das Gespräch mit Anno hatten ihm gutgetan. Vor allem die Gewissheit, dass seiner Schwester und dem kleinen Arndt nichts geschehen war, brachte ihm seine ureigene Gelassenheit zurück. Allerdings schwand sie mit jeder Meile, die er sich Fulda näherte. Es war nicht sein erster Aufenthalt in der Stadt, wohl aber sein Antrittsbesuch beim Abt des Klosters. Aufgrund seiner längeren Abwesenheit besaß er keinerlei Informationen über die Lage in Fulda. Eine Stadt, die für ihn bisher kaum von Interesse gewesen war. Durch Anno und die versteckten Äußerungen des Bischofs hatte sich Raban inzwischen zwar ein Bild von dem Abt gemacht, nichtsdestotrotz bildete er sich seine Meinung gerne selbst. In seinem Innern spürte er, dass es sich bei dieser Mission um keine leichte Aufgabe handelte. Im Prinzip freute sich Raban über derlei Herausforderungen, doch dieser Fall lag anders, denn er wollte so schnell wie möglich nach Köln weiterreisen, zu Hilda.

Der Ort kam ihm an diesem Vormittag ziemlich überfüllt vor, und Raban fragte sich irritiert, woran das liegen mochte. Als ihm hintereinander mehrere Frauen mit größeren Blumengebinden begegneten, war ihm alles klar. Morgen wurde das Erntedankfest begangen, und die Vorbereitungen dazu zogen zahlreiche Besucher aus dem

Umland an. Verärgert dachte Raban daran, dass ihm die bevorstehenden Feiern sicherlich Schwierigkeiten bringen würden. Die Suche nach einer Unterkunft gestaltete sich nun bestimmt genauso schwierig wie seine Bitte um ein Gespräch mit dem Abt. Wie in jedem Kloster hatten die Würdenträger einige Verpflichtungen zu erfüllen.

»Welchen Weg muss ich zum Kloster nehmen?«, fragte Raban einen vorbeieilenden Mann, der über seiner graubraunen Kleidung eine fleckige Schürze trug.

»Ihr könnt mir folgen. Ich habe den gleichen Weg«, antwortete der Fremde unwirsch und fügte hinzu: »Vielleicht wäre es aber besser, wenn Ihr absitzen würdet, das Gedränge wird bald noch schlimmer.« Dabei huschte sein flinker Blick über die schlichte, aber edle Kleidung des Reisenden.

»Ist vor solchen Tagen immer so viel los hier?«, erkundigte sich Raban, nachdem er dem Rat des Jüngeren gefolgt war. Ihm fiel auf, dass die Hände seines Führers tiefrot und rissig waren.

»Seit Abt Bertho im Amt ist, kommen die Menschen wieder zahlreicher«, antwortete der Mann und warf seinem Gegenüber einen verwunderten Blick zu.

»Ich bin nicht aus der Gegend«, erklärte Raban, der die Gelegenheit nutzen wollte, eine weitere Meinung über den Abt einzuholen, und reichte dem Mann die Hand. »Mein Name ist Raban.«

»Giesbert«, antwortete der Jüngere nach kurzem Zögern und schlug ein.

Zufrieden, dass er mit dieser ungewohnten Handlung die verständliche Zurückhaltung des Fremden durchbrechen konnte, nickte Raban ihm freundlich zu. Nicht selten hatte er sich gefragt, ob er ein anderer Mensch geworden wäre, wenn sein Leben einen anderen Verlauf genommen hätte. Die fehlende Nähe zu seinem Vater und dessen nahezu fanatische Besessenheit, sein Leben und vor allem sein Schwert Gott zu widmen, waren ohne Frage der Nährboden für Rabans ungewöhnliche Sichtweise auf viele Dinge, die die Mehrheit als gegeben betrachtete.

»Ich arbeite dort als Laienbruder«, fügte Giesbert hinzu und wies mit der Hand nach schräg rechts. »Dann könnt Ihr natürlich nicht wissen, wie es in den letzten Jahren bei uns hier zugegangen ist. Vor Abt Bertho gab es niemanden, der auf die festgeschriebenen Rechte des Klosters bestanden hat. Die Adligen rund um Fulda haben sich immer mehr herausgenommen. Viele Besitztümer, die sich einst im Besitz des Klosters befanden, haben die hohen Herren einfach an sich gerissen. Sie haben Angst und Schrecken unter den Bauern verbreitet, indem sie all jene, die sich weigerten, die gewünschte Abgabe zu leisten, einfach umbrachten.«

Raban musste sich bei der zunehmenden Menschenmenge sehr auf die Worte Giesberts konzentrieren, denn der Laienbruder sprach leise und schnell. Höchstwahrscheinlich tat er dies nicht nur aus Gewohnheit, sondern auch aus Angst vor unerwünschten Mithörern.

»Mmmh, riecht Ihr das? Dieser himmlische Geruch kommt von dem Stand dahinten«, sagte Giesbert mit einem Mal, als sie in dem Gedränge feststeckten. Sie befanden sich ganz offensichtlich auf dem Fuldaer Marktplatz.

Raban suchte die Stände der Händler ab, die dicht gedrängt auf dem Platz standen. Bisher hatte er dem Treiben um sie herum kaum Aufmerksamkeit geschenkt, daher bemerkte er erst jetzt die Fülle an Waren, die an den vielen Ständen feilgeboten wurden. Zu dem Angebot an Tonwaren und Tuchballen kam das der Korbflechter und Bauern, die neben Eiern auch Kleinvieh anboten. Die

Ernte war in diesem Jahr wohl reichhaltig gewesen, denn es herrschte eine Fülle an Lebensmitteln, die Raban nicht unbedingt als selbstverständlich ansah. Der Duft, von dem Giesbert magisch angezogen wirkte, kam von einem Stand mit Bratäpfeln. Raban, der am Morgen nur eine kleine Schale Haferbrei zu sich genommen hatte, knurrte bei den verschiedenen Gerüchen der Magen. Ihm stand jedoch nicht der Sinn nach etwas Süßem, und so steuerte er kurzerhand einen Stand an, dessen Mittelpunkt ein großer Spieß über der Feuerstelle war. Das Schwein, das ein etwa zehnjähriger Jungen stoisch drehte, war knusprig braun und wies bereits einige Stellen auf, an denen der stämmige, rotwangige Mann mit dem Messer Fleischstücke herausgeschnitten hatte. Gelegentlich tropfte etwas Öl in die Flammen, die daraufhin von einem lauten Zischen begleitet aufloderten.

Raban konnte die Enttäuschung in den Augen seines Begleiters sehen, als er sich einen herzhaften Bissen von dem Fleischbrot einverleibte. Wortlos führte er sein Pferd zu dem Bratapfelstand und gab dem Besitzer einen Groschen. Die Freude, mit der Giesbert die süße Speise in Empfang nahm, erfüllte Raban mit Zufriedenheit. Er hatte in seinem Leben selten wirklich Hunger leiden müssen, und die schmale Gestalt des Laienbruders sprach nicht gerade für einen üppigen Lebensstil. Während er die Pfennige in seinen Lederbeutel steckte, die er als Wechselgeld erhalten hatte, redete Giesbert mit vollem Mund weiter.

»Bertho ist seit vielen Jahrzehnten der erste Abt, der sich gegen das eigenmächtige Verhalten der Adligen zur Wehr setzt. Als Erstes hat er ein kleines, aber schlagkräftiges Heer zusammengestellt. Er nutzte dafür seine Position als oberster Lehnsherr und erinnerte einige der Ritter aus der Gegend an ihren Treueeid.«

»Wieso musste er sie an den geleisteten Eid erinnern?«, unterbrach Raban ihn verwundert?

»Nun ja, in den Jahren vor Bertho haben die meisten der Knappen ihren Schwur auf seinen Stellvertreter geleistet«, antwortete Giesbert und trat näher an seinen Begleiter heran. Dabei wischte er sich die fettigen Finger nachlässig an seiner ohnehin schon fleckigen Kleidung ab. Es ging nur sehr langsam vorwärts, und der junge Mann nutzte die kleine Pause für eine weitere Erklärung. »Der Graf von Ziegenhain ist der mächtigste Adlige hier, und den Vorgängern unseres Abtes fehlte wohl der Mut oder das nötige Gottvertrauen, um sich ihm und seinen Verbündeten zu widersetzen«, raunte Giesbert Raban zu.

»Die Männer haben also ihren Eid auf den Abt erneuert und kämpfen jetzt gegen den Grafen, der sie einst zu Rittern ausgebildet hat?«, fragte Raban zweifelnd.

»Hauptsächlich diejenigen, die keine Besitztümer in der Nähe von Fulda haben. Es gibt genügend Männer, denen es egal ist, wer ihren Lebensstil finanziert«, murmelte Giesbert mit Verachtung in der Stimme.

»Wie ist die Lage zurzeit? Hat sich der Graf mit seinen Verbündeten gefügt?«

Für die Frage erntete Raban einen ungläubigen Blick.

»Wo denkt Ihr hin? Ihr wart wohl ziemlich lange nicht mehr im Lande, oder? Verzichten denn die Menschen anderswo auf zusätzliche Macht?«

»Nein«, gab Raban zu. »Sie agieren also im Verborgenen weiter und setzen die Bauern trotzdem unter Druck?«

»Nicht ganz. Sie sind auf eine neue Strategie ausgewichen, indem sie plündern und morden. Dicht an Fulda geht ein alter Handelsweg vorbei, der nach Würzburg führt. Die Kaufleute haben keine andere Möglichkeit, ihre Waren zu transportieren. Mittlerweile geben sie wahrscheinlich mehr Geld für bewaffneten Begleitschutz aus als für ihre Ladung. Wobei mir natürlich kein Urteil darüber zusteht, denn ich bin nur ein ungebildeter Laienbruder«, bekannte Giesbert schlicht, obwohl das Funkeln in seinen großen, leicht vorstehenden Augen etwas anderes besagte. Er legte den Kopf schief, kräuselte die hohe Stirn und wartete unschuldig und herausfordernd zugleich auf eine Erwiderung Rabans.

Dieser konnte sich ein Grinsen nicht verkneifen, denn Giesbert hatte etwas an sich, was ihn an ein Wiesel erinnerte. Diesen Raubtieren haftete ebenfalls etwas Unschuldiges an, das der Wirklichkeit nicht entsprach. Zudem glich die Farbe von Giesberts spärlichem Haarwuchs genau dem Fell des Tieres, das Rabans Proviant während einer seiner letzten Übernachtungen in der Scheune eines Bauern gestohlen hatte. Der junge Mann hatte nur noch den langen Schwanz erblickt und auf sein Frühstück am nächsten Tag unfreiwillig verzichten müssen.

Mittlerweile hatten sie eine steinerne Brücke erreicht, die über einen schmalen Bach führte und ganz offensichtlich das Klostergelände mit dem Ort verband.

»Diesen Bereich dürfen nur Angehörige des Klosters betreten. Ihr benötigt dazu eine Genehmigung. Habt Ihr ein entsprechendes Schreiben? Falls nicht, wird es sehr schwierig werden.«

Raban nickte und klopfte auf die Innentasche seines Obergewands. »Ich habe eine Legitimation. Es dürfte kein Problem werden.«

Er sollte sich irren. Keine zwei Stunden später in der kleinen, engen Behausung Giesberts wusste Raban, wie falsch er mit seiner Äußerung gelegen hatte. Die Torwache am Eingang zum Klosterbezirk hatte ihm zwar den Zugang gewährt, aber ein herbeigerufener Mönch hatte ihm sofort klargemacht, dass er in den nächsten zwei Tagen ganz sicher keine Audienz beim Abt bekommen werde. Der bevorstehende Feiertag nehme die gesamte Aufmerksamkeit und vor allem auch Zeit des hochwürdigen Abtes in Anspruch, weshalb Raban frühestens am Montag damit rechnen dürfe, vorgelassen zu werden.

Raban benötigte nicht lange, um zu erkennen, dass er die Gastfreundschaft Giesberts nicht ausnutzen durfte. Der Laienbruder lebte in einem Zimmer mit drei weiteren Männern, die allesamt in der Gerberei des Klosters arbeiteten. Es war eng und auch nicht sonderlich sauber in der Behausung, die sich im hinteren Bereich des Klosters und damit etwas abseits von den Wohnstätten der Mönche befand. Aufgrund seiner eigenen Erfahrungen benötigte Raban keine Erklärungen über die Stellung der Laienbrüder. Sie standen in der Rangordnung auf der untersten Stufe und waren für die Arbeiten außerhalb des Klosterbereichs zuständig. Der Gestank, der beim Gerben von Tierhäuten entstand und in dem die Handwerker lebten, war eine Sache. Raban wusste, dass die Arbeit schmutzig und nicht ungefährlich war, denn verunreinigte Tierhäute riefen nicht selten lebensbedrohliche Krankheiten hervor.

Glücklicherweise konnte ihm Giesbert auch bei der Quartierssuche weiterhelfen, denn seine einzige Schwester war mit einem Bauern verheiratet, der unweit von Fulda ein kleines Gehöft besaß.

»Gebt das hier meiner Schwester, dann weiß sie, dass ich Euch schicke«, sagte Giesbert und reichte Raban eine verschrumpelte Kastanie. »Als Kinder war das unser Zeichen, wenn wir den anderen sehen wollten. Wir sind als Waisen im selben Ort bei verschiedenen Bauern aufgewachsen. Liebtrud hatte es ganz gut erwischt und ist nun mit dem Sohn verheiratet. Aber lasst Euch von ihrem

Namen nicht täuschen, denn Liebreiz sucht ihr bei meiner Schwester vergeblich.«

Das verlegene Grinsen des Laienbruders begleitete Raban auf seinem Weg zu dem Gehöft. Giesbert hatte ihm eine gute Beschreibung mitgegeben, weshalb er sein Ziel bereits am Nachmittag erreichte. Auf dem Hof empfing ihn eine Frau, die so gar nicht dem kleinen Mann in dem Kloster glich. Doch das anfängliche Misstrauen verschwand, sobald Raban ihr die Kastanie reichte, und wich einer Herzlichkeit, die er selten bei fremden Menschen erlebt hatte.

Lukardis band die Zügel ihres Pferds an der verkrüppelten Buche fest, die dicht neben der kleinen Hütte stand, und überprüfte nochmals den Sitz des Tuches, das sie sich tief ins Gesicht gezogen hatte. Bis auf einen harten Schlag ins Gesicht, den Hermann ihr gleich nach dem Betreten ihrer Kemenate verabreicht hatte, war sie glücklicherweise von weiteren Hieben verschont geblieben. Allerdings hatte Hermann sie an den Armen gepackt und so fest geschüttelt, dass sie kurz davor stand, die Besinnung zu verlieren. Die blauen Flecken, die seine Finger hinterlassen hatten, prangten noch immer wie ein Mahnmal auf ihrer blassen Haut und schmerzten bei jeder Berührung. Trotzdem würde sie niemals die Miene ihres Mannes vergessen, als er sie abrupt losgelassen hatte. Denn der Hass, den er in ihren Augen gesehen hatte, war neu für ihn.

»Ich sperre dich ein, solltest du es wagen, nochmals ohne meine Erlaubnis die Burg zu verlassen«, hatte er ihr schließlich gedroht. »Und vorher schlage ich dich grün und blau. Wenn du etwas brauchst, sagst du es gefälligst mir.«

Danach warf er ihr ein Leinentuch zu und wies sie mit

barschen Worten an, sich das Blut von der Lippe zu wischen. Anschließend knallte er die Tür hinter sich zu. Am nächsten Morgen wartete sie ab, bis er mit seinen Männern den Burghof verließ. Erst danach ging sie nach unten und aß ihre Schüssel mit Brei bei Gerda in der Küche.

Diese war völlig entgeistert, als Lukardis ihr mitteilte, dass sie Freda besuchen wollte.

»Habt Ihr schon vergessen, wie es Euch nach Eurem letzten Ausflug ergangen ist, Herrin«, fragte Gerda und stellte mit einem lauten Krachen die Holzschüssel auf den Tisch, in der sie gerade die Zutaten für einen Teig verrührte.

»Nein, das habe ich nicht«, beruhigte Lukardis sie, »aber manchmal gibt es Momente im Leben, in denen man die eigene Furcht überwinden muss.«

Bisher hatte sie ihr Geheimnis für sich behalten, doch nun war es an der Zeit, die Köchin einzuweihen. Gerda würde sowieso in den nächsten Tagen ihre Mutter aufsuchen, und spätestens dann konnten sie die Verletzte mit ihrem Sohn nicht länger verstecken.

Die Burgherrin sah sich nach allen Seiten um, doch außer ihnen hielt sich niemand in der Küche auf.

»Es gibt da etwas, das du wissen solltest«, sagte Lukardis und senkte die Stimme, bevor sie Gerda mit wenigen Sätzen alles erklärte.

»Heilige Mutter Gottes«, murmelte die Köchin und bekreuzigte sich hastig. »Was, wenn es sich herumspricht? Meine Mutter wäre in großer Gefahr, sollten die Männer davon erfahren. Ihr wisst doch, was gemunkelt wird, oder? Es soll sich um Leute aus der Umgebung handeln. Angeblich befinden sich sogar Ritter darunter, erzählt man sich hinter vorgehaltener Hand.«

Lukardis hatte sich leicht vorgebeugt, um die geflüsterten Worte der Köchin zu verstehen. Für einen Moment blitzte eine Erinnerung auf, und sie sah den Reitertrupp vor sich, der unter der Führung ihres Gemahls vor zwei Tagen den Burghof verlassen hatte. An jenem Mittag war der Überfall geschehen.

Ein weiteres Bild blitzte vor ihrem geistigen Auge auf: die maskierten Mörder, die ihr Versteck am gleichen Tag passiert hatten. Lukardis schüttelte den schrecklichen Gedanken ab und ermahnte sich innerlich zur Vernunft. Ihr Mann war an dem Tag zu sechst ausgeritten, die Vermummten waren jedoch zu fünft unterwegs gewesen. Es konnte sich also nicht um Hermann und seine Begleiter handeln. Die junge Burgherrin hielt ihren Gemahl zwar für einen brutalen Menschen, der sich rücksichtslos über alles hinwegsetzte, was ihm nicht passte. Aber er tat dies offen und versteckte sich nicht hinter Maskierungen, denn die Meinung anderer war ihm egal.

»Gerade deshalb musst du die Sache für dich behalten. Freda bekommt draußen in ihrer Hütte selten Besuch. Die meisten Menschen fürchten sich vor ihrem verunstalteten Aussehen und meiden die Hütte. Ich werde mich darum kümmern, dass die Frau mit ihrem Sohn so schnell wie möglich woanders unterkommt«, versicherte Lukardis der Köchin.

»Wie wollt Ihr das machen? Wohin wollt Ihr die beiden bringen, ohne dass jemand von ihnen erfährt?«

»Ich weiß es nicht. Noch nicht.«

Gerdas Zweifel waren berechtigt. Es entsprach leider der Wahrheit, dass Lukardis bisher noch keine Lösung für das Problem eingefallen war. Trotzdem ließ sie sich ihre Zuversicht nicht nehmen. Seit sie die Frau am Fluss gefunden hatte, durchströmte Lukardis ein Optimismus, den sie längst verloren geglaubt hatte. Daran hatte auch

Hermanns Drohung nichts geändert. Deshalb hatte sie sich über das Verbot ihres Mannes hinweggesetzt und seine Warnung ignoriert. Auch wenn die Erinnerung an seine Worte jedes Mal einen kalten Schauer bei ihr auslöste.

Wortlos hatte Gerda wieder nach ihrer Schüssel gegriffen und Lukardis gehen lassen.

Nun, kurz vor dem Ziel, atmete Lukardis tief durch und legte den Kopf für einen Augenblick an den Hals ihres Pferdes. Die Kräfte, die die Schwerverletzte aus Sorge um ihren Sohn entwickelt hatten, gingen ihr nicht aus dem Sinn. Obwohl sie die ungefähr gleichaltrige Frau nicht kannte und nichts von ihr wusste, spürte Lukardis, dass sie kein Mensch war, der kampflos aufgab. Scham überfiel die Burgherrin bei dem Gedanken an die letzten Jahre, in denen sie sich selbst verloren hatte. Und warum? Nur um ihrem Gemahl keinen Anlass zur Verärgerung zu geben. Tief in ihrem Innern wusste sie, dass Hermann sie liebte, wenn auch auf seine Weise. Am Anfang ihrer Ehe hatte sie nicht selten seine bewundernden Blicke auf ihrem Körper und ihren langen schwarzen Haaren gespürt. Doch mit jeder Fehlgeburt verloren sich ihre Rundungen. Und mit ihrem Lächeln erstarben auch seine wohlgefälligen Blicke. Blicke, die jedoch nie in ihr ein angenehmes Gefühl ausgelöst hatten.

Das alles musste ein Ende haben!

Lukardis straffte die Schultern, saß ab und ging zu der Hütte hinüber.

»Meine Güte, Herrin! Habt Ihr mich erschreckt.«

Freda hielt sich die flache Hand auf die Brust und starrte die Besucherin mit weit aufgerissenen Augen an. Dann runzelte sie die Stirn und musterte ihr Gegenüber eingehend. Hastig zog Lukardis die Kapuze ihres Umhangs tiefer ins Gesicht.

»Entschuldige, Freda, ich hätte klopfen sollen«, sagte sie und drehte sich nach links. Erfreut stellte Lukardis fest, dass die fremde Frau bei Bewusstsein war. Ihr Blick war klar, mit einer Spur Interesse.

»Wie schön, Ihr seid wach!«, sagte Lukardis leise, um den schlafenden Jungen nicht zu wecken, und trat langsam an das Strohlager heran. »Wie geht es Euch? Habt Ihr noch große Schmerzen?«

Zur Überraschung der Burgherrin streckte ihr die Frau eine blasse, schmale Hand entgegen. Vorsichtig umschloss sie diese und erschrak, als sie die Kälte darin spürte.

»Setzt Euch bitte zu mir«, murmelte die Frau, und Lukardis folgte dem Wunsch nur zu gerne.

»Ihr habt mich hierhergebracht, nicht wahr? Euch verdanke ich wohl auch die Rettung meines Sohnes?«

»Ich war lediglich zur richtigen Zeit am richtigen Ort. Jeder andere hätte ebenso gehandelt wie ich«, wiegelte Lukardis verlegen ab. Schon immer war es ihr schwergefallen, lobende Worte oder gar ein Kompliment einfach mit einem Lächeln anzunehmen und sich darüber zu freuen.

»Das ist nicht wahr!«, widersprach die Fremde ihr unerwartet energisch. »Wenn Ihr meinen Sohn nicht gerettet hättet, wäre mein Leben für mich nichts mehr wert. Ich habe meinen geliebten Mann verloren, aber er lebt in meinem Jungen weiter. Das werde ich Euch niemals vergessen und auf ewig in Eurer Schuld stehen.«

Verlegen wandte Lukardis den Blick ab. Auf einmal hatte sie das Gefühl, die Berührung der Frau nicht mehr ertragen zu können. Wer war sie denn, dass diese Fremde, die so viel Schlimmes hatte ertragen müssen und sich trotzdem nicht aufgegeben hatte, ihr eine derart große Ehrerbietung zollte? Völlig unvermittelt legte die Frau eine Hand auf den Oberarm der Burgherrin.

Lukardis zuckte zusammen, als die Fremde dabei versehentlich die Stelle berührte, an der sich die Finger ihres Mannes ins Fleisch gegraben hatten. Augenblicklich ließ die Frau die Hand fallen.

»Verzeiht mir bitte, wenn Euch meine Berührung unangenehm ist. Ich wollte Euch nicht zu nahe treten. Ich war schon immer sehr impulsiv und Ihr seid schließlich von edlem Stand«, entschuldigte sich die Frau.

Flammende Röte schoss Lukardis ins Gesicht, wie immer, wenn sie das Gefühl hatte, auf andere Menschen hochmütig zu wirken. Spontan legte sie ihre Hand erneut auf die der Verletzten und lächelte zaghaft.

»Aber nein! So etwas dürft Ihr nicht einmal denken. Ich habe mich bloß an dem Abend nach dem schrecklichen Ereignis, das Euch zugestoßen ist, am Arm gestoßen. Dank meines Ungeschicks ziert nun ein großer, hässlicher blauer Fleck meinen Oberarm«, erwiderte Lukardis, beschämt ob der kleinen Lüge.

In ihrem Rücken stieß Freda ein verächtliches Grunzen aus, das die Burgherrin jedoch geflissentlich ignorierte.

»Mein Name ist übrigens Lukardis. Verratet Ihr mir den Euren?«

»Hilda. Und der kleine, müde Mann hier in meinem Arm hört auf den Namen Arndt.« Hilda stockte und biss sich auf die Lippe. Es dauerte einen Moment, bis sie leise weitersprach: »Nach seinem Großvater. Es war der Wunsch meines Mannes.«

Ihre Stimme brach, und ihre Augen füllten sich mit Tränen. Der Anblick schnürte Lukardis die Kehle zu. Zu gerne hätte sie der Gepeinigten geholfen. Ihr ein paar tröstende Worte gesagt oder das Versprechen gegeben, dass die Mörder ihres Mannes und ihrer Begleiter ohne Zweifel für ihre Taten zur Rechenschaft gezogen würden.

Doch nichts dergleichen kam ihr über die Lippen. Es wären ohnehin Lügen gewesen. Es gab keinen Trost für Mutter und Sohn, und soweit Lukardis wusste, waren nahezu alle Raubüberfälle der letzten Zeit bisher ungesühnt geblieben.

Außer den willkürlichen Belagerungen des Abtes von Fulda, auf die demütigende Enteignungen und das Schleifen von Burgen folgten, gab es kein einziges Urteil, das sich auf die Beteiligung bei einem der Überfälle bezog. Die Hilfe des Fuldaer Abtes, der ihre eigene Familie ins Unglück gestürzt hatte, würde Lukardis niemals erbitten. Eher würde sie einen Pakt mit dem Teufel eingehen! Daher drückte sie nur schweigend Hildas Hand.

»Würde es Euch etwas ausmachen, die Kapuze abzunehmen?«, fragte Hilda schließlich wieder gefasst. »Ich kann mich nicht an Euer Gesicht erinnern, und der Schein des Feuers reicht kaum aus, um die Hütte zu erhellen.«

Lukardis zögerte einen Moment, kam dann aber der Bitte nach. Hilda sog scharf die Luft ein und riss die Augen auf, hatte sich jedoch schnell wieder unter Kontrolle.

»Was ist mit Euch geschehen? Euer Gesicht kann kaum schlimmer aussehen als mein eigenes, obwohl ich die Verletzungen bisher nur ertastet habe.«

»Wie schon gesagt, ich bin ein wenig ungeschickt«, antwortete Lukardis knapp.

»Zeigt mir Euer Gesicht«, forderte Freda sie auf, die plötzlich neben ihr hockte und ihr zwei Finger unters Kinn legte, als Lukardis den Kopf abwenden wollte. »Ich streiche Euch eine Salbe auf die Schwellungen. Der Riss an der Lippe ist schon fast verheilt. Soll ich mir den Arm auch mal ansehen?«

Stumm schüttelte Lukardis den Kopf. Ihr war mit einem Mal hundeelend zumute.

»Wie Ihr wollt«, sagte Freda schroff und erhob sich ruckartig, um in dem Regal an der hinteren Wand nach einem der kleinen Tiegel zu greifen. Gleich darauf schlurfte sie zu den beiden Frauen zurück. Betretenes Schweigen herrschte, während die Heilerin ihre Arbeit tat.

»Ihr solltet schnellstens zurückreiten«, forderte die Alte Lukardis auf. »Andernfalls kann ich Euer hübsches Gesicht bald nicht mehr in Ordnung bringen.«

»Hermann ist mit seinen Männern nach Fulda geritten, um an den Erntedankfeierlichkeiten teilzunehmen. Es wird sicher spät«, erklärte Lukardis leise. »Ich würde gerne noch ein wenig bleiben, wenn ich darf.«

»Ich sorge mich bloß um Euch. Das ist alles«, gab Freda zurück und verteilte auf Hildas Schläfe und Kinn ebenfalls etwas von der Paste.

»Ich würde mich sehr freuen, wenn Ihr mir Gesellschaft leisten könntet«, sagte Hilda, kaum dass Freda sich brummend entfernt hatte. »Aber bitte bleibt nur, wenn Ihr wirklich nicht in Gefahr seid.«

Lukardis brachte ein zuversichtliches Lächeln zustande und räusperte sich. Das ermutigende Gefühl, das sie erfasst hatte, seit sie Hilda zum ersten Mal gesehen hatte, verstärkte sich wieder und stimmte sie zuversichtlich.

»Ich verspreche Euch, dass ich rechtzeitig gehen werde.«

Als die Burgherrin zwei Stunden später Fredas Hütte verließ, kam es ihr so vor, als würde sie Hilda schon ewig kennen. Sie trauerte um Wigbert, der ihr durch die lebendige Erzählung seiner Witwe sehr nahegekommen war, und dachte über Raban nach, Hildas Bruder. Obwohl der junge Mann ihr fremd war, hatte sie sein melancholisches

Gesicht vor Augen. Seltsamerweise drängte es sie danach, mehr über diesen Menschen zu erfahren. Aber die Angst vor ihrem Ehemann war größer, und so musste Lukardis ihre Neugierde auf einen späteren Besuch verschieben.

9. KAPITEL

Drei Tage nach seinem Eintreffen in Fulda tauchte Raban erneut in eine Welt ein, die ihm zutiefst vertraut und gleichzeitig seltsam fremd geworden war. Wieder nahm er den Weg über die steinerne Brücke, die eine Überquerung der Waides ermöglichte. Raban hatte einiges von Liebtrud erfahren und wusste daher, dass er durch das Frauentörle gehen musste, um in den Klosterbereich zu gelangen. In einem Schreiben war ihm mitgeteilt worden, dass er sich am Dienstag nach der Terz einzufinden hatte. Abt Bertho opfere ihm einige Minuten von seiner kostbaren Zeit, da er mit einem Anliegen des hochwürdigen Bischofs von Würzburg komme.

Beim Lesen der knapp gefassten Mitteilung hatte Raban geschmunzelt. Der Klostervorsteher war zweifelsfrei davon unterrichtet worden, dass es sich bei dem Boten aus Würzburg nicht um einen Mitbruder handelte. Demnach war die Zeitangabe bereits die erste kleine Aufgabe, die der Abt ihm gestellt hatte.

Der mächtigen Ratgerbasilika schenkte Raban auf seinem Weg nur einen flüchtigen Blick. Trotz seiner äußeren Gelassenheit hatte er schon immer damit zu kämpfen gehabt, wenn er unfreiwillig zum Warten verdammt war. Er erledigte am liebsten alles sofort, um den Kopf freizubekommen. Leider stellten sich die erhoffte Ruhe und Zufriedenheit nur für einen kurzen Moment ein, weshalb

Raban sich regelmäßig in neue Aufgaben stürzte. Der Leere, die ihn erfüllte, war er bisher auf Dauer nicht entkommen.

»Ihr wartet genau hier«, wies der Mönch ihn an, der ihn in Empfang genommen hatte, und ließ ihn bei einer Kirche zurück, die auf einer kleinen Anhöhe stand.

Kopfschüttelnd betrachtete Raban den sich langsam entfernenden Mönch, bevor er sich umsah. Trotz seiner zunehmenden Unruhe nahm ihn der Anblick, der sich ihm auf die große Basilika bot, für einen Moment gefangen. Der gewaltige, dreischiffige Kirchenbau endete im Osten mit einer Apsis und wirkte mit einer Gesamtlänge, die Raban auf über dreihundertsechzig Fuß schätzte, wahrlich beeindruckend. Doch der junge Mann fand nicht nur die imposante Länge beachtlich. Besonders ungewöhnlich erschien ihm die stattliche Breite des Westquerhauses, die allein in ihm das Bedürfnis weckte, einmal das Gotteshaus von innen sehen zu dürfen. Natürlich wusste er, dass es bei diesem Wunsch bleiben würde, denn der gesamte Klosterbezirk bildete eine geschlossene Einheit, zu der Fremde keinen Zutritt hatten. Mit Ausnahme jenes Bereichs, in dem sich die Abtsburg befand und wo der Klostervorsteher die weltlichen Besucher empfing. Ein wenig bedauerte Raban die Tatsache, dass dem gewöhnlichen Volk der Zutritt zu diesem bewundernswerten Bauwerk verwehrt blieb.

»Darf ich Eure Aufmerksamkeit auf das weniger imposante Gebäude hinter Euch richten?«, durchbrach eine kräftige Stimme hinter ihm seine Gedanken.

Raban drehte sich um und ging auf die Knie, während er gleichzeitig den ihm dargebotenen Ring küsste.

»Verzeiht meine Unaufmerksamkeit, hochwürdigster Vater, aber ich habe Euch nicht kommen hören, da mich der Anblick der Ratgerbasilika vollkommen gefesselt hat«, entschuldigte sich der Besucher und erhob sich nach einer auffordernden Handbewegung des Abtes.

Raban stand dem Kirchenfürsten kaum gegenüber, da fühlte er sich bereits unwohl, denn der mächtige Abt war von ungewohnt kleiner, schmaler Statur. Trotzdem erweckte dieser nicht den Eindruck, als leide er unter dem körperlichen Makel. Allein der Blick aus scinen grauen Augen zeugte vom Selbstbewusstsein eines Mannes, von dem die Menschen in Fulda nur mit Hochachtung sprachen. Auch Liebtrud und ihr Mann, bei denen Raban die letzten drei Nächte geschlafen hatte, waren voll des Lobes für den Abt.

»Es ist auch für mich jedes Mal ein erhebendes Gefühl, wenn ich den Blick über den Bezirk unseres Klosters schweifen lasse. Allerdings gebe ich offen zu, dass diese Kirche hier mein Innerstes zum Leuchten bringt«, sagte Bertho und wandte sich um.

Der junge Mann folgte seinem Blick und verstand sofort, was der Klostervorsteher meinte. Zunächst fiel ihm an der kreuzförmigen Bauweise nichts Ungewöhnliches auf, doch beim näheren Hinsehen bemerkte Raban den Rundbau, den er in dieser Art bisher nicht gesehen hatte.

»Aus welchem Jahrhundert stammt das Gotteshaus?«, fragte Raban. »Es ist in der Tat sehr außergewöhnlich.«

»Nicht wahr?«, erwiderte Bertho und verzog die schmalen Lippen zu einem freundlichen Lächeln. »Sicher ist Euren scharfen Augen die Rundbauweise nicht entgangen. Sie stammt aus dem neunten Jahrhundert und ihr Erbauer war Abt Eigil, einer meiner Vorgänger. Die Kirche dient unserem Kloster als Totenkapelle.«

»Mir dünkt, ich hätte schon einmal ein Gotteshaus in dieser runden Bauweise gesehen, aber mir will einfach nicht einfallen, wo das gewesen sein könnte«, sagte Raban mit zusammengekniffenen Augen, da die Herbstsonne wieder einmal ihre ganze Kraft aufbot.

»Eigentlich galt dem Erbauer die Kirche vom Heiligen Grab als Vorbild. Ich kann mir jedoch nicht vorstellen, dass Eure Wege bis ins Heilige Land geführt haben«, erwiderte Bertho zweifelnd.

Rabans Miene hellte sich auf und er nickte zustimmend. »Ihr habt völlig recht, hochwürdigster Vater. Ich habe in Italien eine hervorragende Kohlezeichnung davon gesehen. Einer der Scholaren hatte sie mir während meiner Zeit in Bologna gezeigt«, erklärte Raban und bemerkte ein Aufblitzen in den ansonsten sehr kühl wirkenden Augen des Abtes.

»Bologna? Ihr habt an der ehrwürdigen Universität Eure Studien betrieben? Bemerkenswert. Bruder Ekkehard, der mir Euer Anliegen vorgetragen hat, hat mir Euren Namen genannt, wobei ich gestehen muss, dass mir das Geschlecht derer von Elfershausen nicht bekannt ist. Aber das will nichts heißen, denn ich bin in meinem Leben nicht sehr weit gereist. Mein Platz ist hier, wo ich auch Gutes bewirken möchte«, sagte Bertho voller Überzeugung. »Habt Ihr Interesse daran, unser Gotteshaus einmal von innen zu bestaunen? Die Kirche ist dem Erzengel Michael geweiht, und meine Brüder finden in ihrem Schutz ihre letzten Ruhestätte.«

Raban folgte dem Kirchenfürsten zum Eingang des Gotteshauses, vorbei an den Grabstätten der Mönche. Dämmriges Licht umfing die beiden Männer, kaum dass sie die Vorhalle betreten hatten, und nach den wärmenden Sonnenstrahlen ließ die kühle Luft Raban frösteln. Schweigend und mit gesenktem Haupt ging er hinter dem Abt den Gang entlang.

»Lasst die präzise Bauweise der Rotunde auf Euch wirken, Raban, und staunt. Die acht Säulen, welche den Kreis bilden, der kein Ende hat, beziehen sich auf die acht Seligkeiten. Hier, an diesem Ort, spürt man die Hoffnung auf ewiges Leben stärker als an jedem anderen. In seinem Zentrum seht Ihr nun eine Nachbildung des Heiligen Grabes«, erklärte der Klostervorsteher mit gedämpfter Stimme und wies auf die steinernen Säulen, die den Altar umgaben. »Es steht Euch ins Gesicht geschrieben, wie beeindruckt Ihr seid. Folgt mir nun nach unten, in die Krypta. Dort werde ich zum Anliegen des Bischofs Stellung nehmen und Euch meine Antwort geben.«

Wortlos schloss Raban sich dem Kirchenfürsten an.

»Hier unten sind wir momentan völlig ungestört. Es kommt jedoch manchmal vor, dass sich einer meiner Brüder hierher zurückzieht«, klärte Bertho seinen schweigsamen Besucher auf. »Wir haben vier Klausen, die als Stätten des Rückzugs jedem Fuldaer Mönch freistehen. Manche sind unzufrieden mit dem Leben hier, andere wollen durch die selbstgewählte Einsamkeit noch stärker zu Gott finden. Sie lassen sich einmauern und bekommen ihre Nahrung durch diese kleine Maueröffnung. Beachtet bitte die Säule in der Mitte der Krypta. Sie ist das tragende Element, das Fundament dieser Kirche. Ach ja, ich vergaß noch zu erwähnen, dass der kreuzförmige Bau erst im letzten Jahrhundert vollendet worden ist.«

»Wie komme ich zu der großen Ehre, dass Ihr mir Zutritt zu diesem wunderbaren Ort gewährt?«, fragte Raban, während er sich neben dem Abt auf einer Bank niederließ.

»Ah! Es gefällt mir, Raban von Elfershausen, dass Ihr Euch trotz der Ergriffenheit, die Euch erfasst hat, nicht von dem eigentlichen Zweck Eures Besuches abbringen lasst«, stellte Bertho fest.

Erneut beschlich den jungen Mann unter dem lauernden Blick des Mönches ein ungutes Gefühl. In dem flackernden Licht der Öllampe, die auf dem Boden stand, zeichnete sich das scharfe Profil des Abtes an der Wand ab. Seine lange, leicht gebogene Nase erinnerte Raban an den Schnabel eines Habichts. Unbewusst hob er die Brust und überragte den Kirchenfürsten sofort um fast zwei Kopflängen. Das Gefühl, einer Beute gleich, wehrlos zu sein, löste sich in dem zuckenden Licht der Flamme auf.

»Ich habe Euch in den letzten beiden Tagen beobachten lassen und nach den Mitteilungen, die mich erreicht haben, den Entschluss gefasst, Euch zu empfangen«, teilte der Abt ihm gelassen mit.

»Ihr habt mich überprüfen lassen?«, fragte Raban nicht sonderlich überrascht.

»Überprüfen ist zu viel gesagt. Wie ich Euch bereits erklärt habe, sagte mir Euer Name nichts. Zumindest am Anfang. Doch dann, ich gestehe freimütig, vorhin nicht die ganze Wahrheit gesagt zu haben, brachte mein Gedächtnis eine Erinnerung zutage, die viele Jahre vergraben war. Sie bezog sich auf ein Gespräch, das ich mit einem von mir sehr geschätzten Mann geführt habe und der auch Euch sehr vertraut ist: Iring von Reinstein-Homburg.«

»Ihr habt den Bischof von Würzburg gekannt?«, fragte Raban völlig verblüfft.

»Aber ja!«, erwiderte Bertho mit einem verschmitzten Lächeln. »Wenngleich nicht so gut, wie ich es mir seinerzeit gewünscht habe. Gottes Wege sind bekanntlich unergründlich, wie man an unserer Begegnung wieder mal sehen kann. Ich habe Iring insgesamt nur dreimal getroffen, und bei unserem letzten Gespräch erzählte er mir von dem Sohn eines verstorbenen Freundes, der unbedingt

Priester werden wolle. Damals habe ich die Sorge gehört, die in seiner Stimme mitgeschwungen ist, und daher genauer nachgefragt. Er erklärte mir daraufhin, dass er sich nicht über den Wankelmut des jungen Mannes sorge, sondern vielmehr um dessen innere Unruhe. Iring war davon überzeugt, dass Eure Suche im Glauben nach dem ersehnten Seelenfrieden in eine falsche Richtung geht. Lag er denn richtig mit seiner Vermutung?«

Raban antwortete nicht gleich. Er spürte weder die Kälte der Krypta, die langsam in seine Glieder kroch, noch den erwartungsvollen Blick des Abtes. Die unerwartete Erinnerung an seinen Mentor hatte ihn durcheinandergebracht, und er benötigte einen Moment, um seine Gedanken zu ordnen.

»Ja. Er lag richtig«, erwiderte Raban schließlich. »Ich fühlte mich berufen und musste am Ende doch erkennen, dass ich damit falschlag. Meine Studien haben mir dabei geholfen, allerdings ohne mir den richtigen Weg zu zeigen.«

»Nun denn«, sagte der Abt und atmete einmal tief durch, »auch wenn der jetzige Würzburger Bischof und ich in den wenigsten Dingen einer Meinung sind, so weiß ich eines ganz gewiss: Er verfügt über eine gute Menschenkenntnis, und wenn er Euch für diesen Gang zu mir ausgewählt hat, dann nur aus dem einen Grund, dass er Euch für besonders geeignet hält. Verfügt Ihr über diplomatisches Geschick, Raban von Elfershausen?«

»Ich musste es bisher selten unter Beweis stellen«, bekannte der Gefragte.

»Dann könnt Ihr Eure Fähigkeiten bei mir weiter ausbauen. Mehrere Adlige haben an Bischof Poppo eine Beschwerde herangetragen. Ihre Besitzungen befinden sich allesamt in der näheren Umgebung unseres Klosters, und manche von Ihnen haben sogar einen Eid auf mich geschworen. Neuerdings beklagen sie mein hartes Durchgreifen. Sie behaupten, dass ich ohne rechtliche Grundlage Teile ihrer Besitztümer einziehe, nur um die Macht des Klosters auszuweiten und seinen Reichtum zu mehren. Was sagt Ihr dazu?«

Raban räusperte sich. Seine Nerven waren angespannt, und er hatte das Gefühl, dass von seiner Antwort abhinge, wie weit der Abt ihm bei seinem eigenen Anliegen entgegenkommen würde.

»Mir steht eine Beurteilung der Angelegenheit kaum zu, hochwürdigster Vater, da ich bis vor kurzem noch in Italien weilte. Allerdings habe ich während meines Aufenthalts hier in Fulda nur Gutes über Euch gehört. Die Menschen loben Eure Taten über alle Maßen und fühlen sich sicher, seit Ihr das Amt innehabt.«

Bertho nickte zufrieden.

»Allein deshalb weiß ich, dass meine Mission richtig ist. In den letzten Jahren herrschte hier in der Gegend eine furchtbare Angst unter der einfachen Bevölkerung. Die Eigenmächtigkeiten des Adels haben durch die lange Zeit des Interregnums in unerhörtem Maße zugenommen. Diese Leute haben Abgaben eingetrieben, die eigentlich dem Kloster zustehen. Vor vielen Jahren hatte einer meiner Vorgänger ebenfalls mit solchen Übergriffen zu tun. Allein seinem harten Durchgreifen ist es zu verdanken, dass unser Kloster damals nicht völlig verarmte und nach und nach seine Besitztümer zurückerhielt. An der rechtlichen Grundlage hat sich seither nichts geändert. Auch ich berufe mich auf den Codex Eberhardi. In diesem Kartular ist alles festgeschrieben, und niemand hat das Recht, etwas daran zu ändern.«

»Wenn Ihr tatsächlich das Verzeichnis als Beweis heranziehen könnt, verstehe ich nicht, wieso der Adel derart eigenmächtig handelt«, wandte Raban ein.

»Diese gierigen Menschen zweifeln den Wahrheitsgehalt mancher Eintragungen an und behaupten, dass es sich teilweise um Fälschungen jenes Mannes handele, nach dem wir das Kartular benannt haben«, schnaubte Bertho verächtlich. »Bruder Eberhard war ein hervorragender Schreiber und hat das Verzeichnis im Auftrag des damaligen Abtes anhand der vorliegenden Urkunden erstellt. Markward musste sich ebenfalls mit derlei Anfeindungen auseinandersetzen, und ich werde meinen eingeschlagenen Weg ganz sicher nicht wegen ein paar verstimmter Adliger verlassen. Solange uns nicht alle Einnahmen aus den klostereigenen, teilweise sehr verstreut liegenden Ländereien wieder zufließen, schleife ich weiter die Burgen der Männer, die sich zu Unrecht daran bereichern. Solange manche Adligen sich benehmen wie die Räuber, solange sie plündern und morden oder Angst und Schrecken unter den Einheimischen und Reisenden verbreiten, so lange werde ich sie jagen und für ihre Taten zur Verantwortung ziehen.«

Raban zweifelte keinen Augenblick an dem Wahrheitsgehalt der Aussage. Die ehrlichen Lobreden der Menschen aus Fulda kamen ihm in den Sinn, und mit einem Mal spürte er, dass der Mann neben ihm ein hehres Ziel verfolgte. Dabei kam es Raban nicht so sehr darauf an, ob die einzelnen Adligen wirklich schuldig waren und jede Burg zu Recht geschliffen wurde. Es gab niemals nur richtig und falsch, das hatte Raban in den letzten Jahren mehrfach am eigenen Leib erfahren. Dem Abt ging es offensichtlich nicht nur um das verlorengegangene Eigentum des Klosters, sondern auch um die Menschen, die unter der Willkür einiger Männer zu leiden hatten.

Und so fasste Raban einen spontanen Entschluss.

»Ich werde dem Bischof Eure Antwort überbringen, hochwürdigster Abt. Außerdem werde ich ihm meine Eindrücke schildern, die Eure Ausführungen zweifelsfrei unterstützen. Bevor ich gehe, bitte ich um die Erlaubnis, Euch eine Frage zu stellen.«

»Dann sprecht, mein Sohn«, forderte Bertho ihn auf.

»In der letzten Woche gab es einen Überfall auf einen Kaufmann, der nach Würzburg unterwegs war. Der Kaufmann und seine vier bewaffneten Begleiter wurden brutal ermordet. Einer der Würzburger Soldaten des Bischofs hat mir vor meinem Aufbruch davon erzählt.«

»Wieso interessiert Ihr Euch für dieses schändliche Verbrechen?«, fragte der Abt überrascht.

»Der getötete Kaufmann war der Mann meiner Schwester«, antwortete Raban leise.

»Euer Schwager? Das tut mir sehr leid, mein Bruder«, sagte Bertho voller Mitgefühl. In dem Moment schien der Abt tatsächlich vergessen zu haben, dass Raban kein Kirchenamt mehr innehatte. »Ich nehme an, Ihr möchtet gerne am Grab Eures Schwagers beten.«

»Sicher. Fast ebenso wichtig wäre es mir aber, wenn ich den Wagen meines Schwagers sehen könnte«, gab Raban unumwunden zu.

Sollte seine Bitte den Abt verwundert haben, so ließ er es sich nicht anmerken.

»Die wenigen Habseligkeiten, die die feigen Mörder nicht mitgenommen haben, liegen in einer kleinen Kammer. Der Wagen steht am Rande des Klosterbezirks, in der Nähe des Gerberviertels. Viel haben sie jedoch nicht zurückgelassen. Wie Ihr Euch denken könnt, sind alle wertvollen Gegenstände in die Hände dieses diebischen Gesindels gefallen.«

Raban schluckte trocken, denn die schwerste Frage stand ihm noch bevor.

»Wisst Ihr zufällig, ob unter den Dingen auch etwas ist, das einem Kind gehören könnte? Oder einer Frau? Ich meine damit keineswegs neue Ware, sondern gebrauchte Kleidungsstücke oder vielleicht Spielzeug.«

Der Abt bedachte ihn mit einem merkwürdigen Blick, bevor er sich langsam von seinem Platz erhob und Raban aufforderte, ihm zu folgen.

Wie betäubt überquerte der junge Mann kurz darauf die kleine Brücke, die den Klosterbezirk vom restlichen Teil Fuldas trennte. Mechanisch setzte er die Füße voreinander und legte so den Weg zurück, den er als ein anderer Mensch vor kaum mehr als zwei Stunden in die entgegengesetzte Richtung gegangen war. Mit der rechten Hand umklammerte er die Zügel, in der linken hielt er eine kleine Holzschnitzerei. Die Spitzen der beiden Türmchen stachen ihm in die Handinnenfläche, doch Raban spürte es nicht. Als er eine Stelle erreichte, an der nicht so viele Menschen waren, blieb er stehen und öffnete langsam die Hand.

Seine Augen brannten, als er auf die Holzskulptur starrte, die er vor über drei Jahren seinem kleinen Neffen geschickt hatte. Die drei Türme waren detailgetreu geschnitzt und stellten die Universität von Bologna dar. Raban hatte sich nicht nur einmal vorgestellt, wie Arndt damit spielte. Sein Wunsch, den Sohn seiner Schwester kennenzulernen, war mit den Jahren immer stärker geworden.

Nun war es dafür zu spät.

Die Erkenntnis traf ihn mit solcher Wucht, dass er sich gegen sein Pferd lehnen musste und für einen Augenblick die Augen schloss.

Unter den Dingen, die der Abt ihm gezeigt hatte, befand sich auch ein Kleid, das ohne Zweifel seiner Schwester gehört hatte. Obwohl Raban es noch nie zuvor gesehen hatte, stammte der Geruch, der noch immer in dem Wollstoff steckte, eindeutig von Hilda.

Immer wenn er den Maiglöckchenduft roch, dachte er an seine Schwester, die ihn schon als kleines Mädchen über alles geliebt hatte.

Raban hegte nicht den geringsten Zweifel, dass die Mörder seines Schwagers Hilda und den kleinen Arndt entführt hatten. Möglicherweise wollten sie eine Weile ihren Spaß mit ihr haben. Hilda war eine schöne Frau, die nicht wenigen Männern den Kopf verdreht hatte. Bittere Galle stieg in der Kehle des jungen Mannes auf, als er daran dachte, was seine Schwester und ihr Sohn womöglich alles hatten ertragen müssen, bevor der Tod sie erlöst hatte.

Denn dass sie tot waren, bezweifelte Raban nicht einen Atemzug lang.

Der Abt hatte ihm versprochen, dass er die Sachen zusammen mit dem Wagen am nächsten Tag abholen könne.

Und dann hatte der Klostervorsteher ihm noch etwas verraten.

Etwas, das ein Gefühl in Raban hervorgerufen hatte, welches er längst für tot und begraben gehalten hatte.

Rache!

Lukardis erschrak, als sie den Besucher erkannte, der am frühen Nachmittag durch das Burgtor in den Hof schritt. Die seltenen Gelegenheiten, bei denen sie Bardo seit dem schrecklichen Zwischenfall vor fast fünf Jahren gesehen hatte, konnte sie an einer Hand abzählen. Mehr als einen höflichen Gruß hatten sie dabei nicht ausgetauscht.

Der Kontakt mit Adalberta, der Frau des Dorfvorstehers, war seitdem ebenfalls zum Erliegen gekommen. Lukardis hatte Burg Ebersberg seither nur noch in Begleitung ihres Gemahls oder einer seiner Ritter verlassen. Bis zu dem schicksalhaften Tag vor einer Woche, an dem ihr Hilda begegnet war.

Bardo blieb abrupt stehen, als er ihrer gewahr wurde, und sah sich suchend um. Lukardis wusste, dass er nach ihrem Gemahl oder einem seiner Gefolgsleute Ausschau hielt. Als sie das längliche Paket bemerkte, das Bardo in der Hand trug, ahnte sie, dass Hermann den Schmied hinauf zur Burg bestellt hatte. Vor einigen Tagen hatte er beim Abendessen von einem neuen Schwert gesprochen, das er in Auftrag gegeben hatte und demnächst in Empfang zu nehmen gedachte. Lukardis hatte sich darüber gewundert, denn ihr Ehemann hatte sie kurz zuvor davon unterrichtet, dass er die Mauer verstärken und den Bergfried um einige Fuß erhöhen wollte.

Ihr war nicht ganz klar, woher Hermann mit einem Mal die Mittel für die umfangreichen Bauarbeiten hatte, denn seit dem Beginn ihrer Ehe war er mit seinen Ausgaben immer sehr zurückhaltend gewesen. Lukardis hatte zwar keinen Grund, sich zu beklagen, aber aus den Gesprächen, die ihr Mann mit seinen Rittern und anderen Besuchern in regelmäßigen Abständen führte, war eines deutlich herauszuhören: Seit Bertho als Abt über das Fuldaer Kloster herrschte, verloren die Adligen mehr und mehr an Eigentum. Dabei pochte Bertho jedes Mal auf das Kartular des Klosters, das vor über hundert Jahren erstellt worden war.

»Verzeiht mir, Herrin, aber ich suche Euren Gemahl. Könnt Ihr mir sagen, wo ich ihn finde?«

Lukardis zuckte zusammen, als Bardos Stimme ihre Gedanken durchbrach. Sein Anblick erinnerte sie schmerzlich daran, dass er durch ihr unbesonnenes Verhalten furchtbare Qualen hatte erleiden müssen.

»Er ist gleich nach dem Frühstück mit seinen Männern nach Angersbach geritten, um sich dort mit meinem Vater zu treffen. Hat er dich einbestellt?«, fragte Lukardis, vermied dabei aber den direkten Augenkontakt.

»Ja. Ich sollte ihm heute sein Schwert bringen. Eigentlich wollte er es schon gestern in Empfang nehmen, aber dann hat mir Ritter Otwin mitgeteilt, dass ich erst heute vorbeikommen soll. Euer Gemahl war wohl in einer wichtigen Angelegenheit unterwegs«, erwiderte Bardo und trat einen Schritt zurück.

Mehr als eine Armeslänge lag nun zwischen ihnen, damit niemand, der ihr Gespräch zufällig beobachtete, Anstoß nehmen konnte.

»Dann wird er bestimmt bald eintreffen. Du kannst gerne zu Gerda in die Küche gehen und dort auf ihn warten. Es fängt sicher gleich an zu regnen, außerdem ist der Wind heute unangenehm kalt. Ich werde dem Burgherrn Bescheid geben, sobald er eintrifft«, bot Lukardis ihm an.

»Vielen Dank für Euer freundliches Angebot, edle Herrin, aber ich warte lieber hier draußen auf ihn. Ich mag den Herbst sehr. Der frische Wind fegt den alten Staub des Sommers weg und bringt neuen Schwung in meine Gedanken.«

»Eine ungewöhnliche Ansicht. Ich habe diese Jahreszeit stets mehr als Vorbote für die langen Wintermonate gesehen, doch deine Erklärung gefällt mir gut«, sagte Lukardis und verabschiedete sich mit einem Lächeln.

»Herrin?«

Die junge Frau hielt mitten in der Bewegung inne und

wandte sich fragend dem Schmied zu, der nun wieder einen Schritt auf sie zumachte.

»Vielleicht wäre es gut, wenn Ihr die Burg für ein paar Tage verlassen könntet? Eure Eltern würden sich gewiss über Euren Besuch sehr freuen, oder? Ich habe gehört, dass es Eurer Mutter nicht gutgeht. Die Leute im Dorf haben darüber gesprochen«, sagte Bardo leise.

Es war nicht nur die ungewöhnliche Bitte, die seiner Stellung in keiner Weise zukam. Vielmehr lag es an der Eindringlichkeit seiner Stimme und der offensichtlichen Warnung, die in seinen blauen Augen aufglomm, dass Lukardis mit einem Mal fröstelte.

»Es geht ihr schon wieder besser. Vielen Dank, Bardo. Selbst wenn ich wollte, könnte ich nicht von hier weg.«

Damit wandte die Burgherrin sich ab und entfernte sich mit schnellen Schritten. Die Enttäuschung, die sich in der Miene des Schmieds spiegelte, war ihr dennoch nicht entgangen. Und noch etwas anderes hatte sie in Bardos Gesicht gesehen: Furcht!

Auf dem Weg ins Obergeschoss traf sie Merlinde, die ihr Grüße von ihrer Mutter ausrichtete. Lukardis merkte der jungen Magd sofort an, dass sie noch etwas auf dem Herzen hatte. Merlinde hatte in ihrer Zeit auf Burg Ebersburg schnell Vertrauen zu Lukardis gefasst, was sicher dem guten Einfluss ihrer Mutter Adalberta zu verdanken war.

»Habt Ihr schon gehört, Herrin? Gestern gab es schon wieder einen Überfall auf Reisende. Dieses Mal waren es Pilger. Es ist kaum zu glauben! Selbst vor solch gottesfürchtigen Menschen machen diese Halunken keinen halt.«

»Gestern? Gab es Tote?«, fragte Lukardis und verdrängte einen Gedanken, der ihr wie aus heiterem Himmel gekommen war.

»Die Leute erzählen sich, dass alle drei Männer auf brutalste Weise ermordet worden sind«, flüsterte Merlinde und sah sich dabei ängstlich nach allen Seiten um.

Lukardis hatte fast den Eindruck, als erwartete die Magd, dass hinter jeder Ecke einer der Mörder auf sie lauerte.

»Um Himmels willen, die armen Menschen«, murmelte die Burgherrin bestürzt. »Weiß man dieses Mal, wer es war?«

Merlinde schüttelte heftig den Kopf. »Es heißt, dass der Teufel mit dem Gesindel im Bunde ist. Sie tauchen blitzschnell auf und verschwinden wieder, bevor irgendjemand sie erkennt«, flüsterte Merlinde.

»Vielleicht verfügen sie einfach nur über schnelle Pferde«, sagte Lukardis mehr zu sich selbst.

Erneut tauchte ein Bild aus der Erinnerung vor ihrem geistigen Auge auf, und diese Mal verdrängte sie es nicht. Plötzlich hatte sie es sehr eilig.

»Weißt du, ob mein Gemahl den Kellerschlüssel bei sich trägt?«, fragte sie die junge Magd, die bloß mit den Schultern zuckte und die Lippen zusammenpresste.

Lukardis ließ sie wortlos stehen und eilte zurück in den Hof. Merlinde würde selbst dann nichts sagen, wenn der Schlüssel direkt vor ihrer Nase läge. Ihre Angst vor dem Burgherrn war viel zu groß, als dass sie sich in Dinge eingemischt hätte, die sie nichts angingen. Und der Keller ging niemanden etwas an.

Auch Lukardis nicht.

Ihr war jedoch etwas eingefallen und sie fragte sich, warum sie nicht schon viel früher darauf gekommen war. Hing es mit der einzigen Sache zusammen, die sie mit ihrem Mann gemeinsam hatte? Ihrem Hass auf den Abt, der das Leben ihrer Eltern zerstört hatte? Schon bei dem letzten Überfall, jenem auf Hildas Familie, hätte Lukardis genauer nachsehen müssen. Wie viele Pferde hatte der Stallbursche an besagtem Abend trockenreiben müssen? Ärgerlich zog sie an dem dicken Ring an der Tür, die direkt in den Keller führte. Wie befürchtet, war der Zugang versperrt. Solche Dinge vergaß Hermann nie. Trotz allem hatte er es mit dem Verschließen dieser Tür in den ersten Jahren ihrer Ehe nie sonderlich genau genommen.

Der Schlüssel hing an einem langen Nagel in der Küche, damit die Mägde und Knechte für den Burgherrn jederzeit einen Krug Wein holen konnten. Erst seit einem halben Jahr hatte ihr Mann den Schlüssel ohne eine Erklärung an sich genommen. Gerda hatte ihr kurz danach einmal mit einem Grinsen anvertraut, dass der Burgherr befürchtete, seine Ritter könnten sich an seinen Weinvorräten schadlos halten. Damals hatte Lukardis sich keine Gedanken darüber gemacht, doch mittlerweile glaubte sie nicht mehr an diese Ausrede.

Da hörte sie das sich schnell nähernde Geräusch von Pferdehufen, und sofort fielen ihr wieder die vermummten Reiter im Wald ein. An dem Tag hatte Hermann mit fünf Männern im Gefolge die Burg verlassen. Das hatte sie eindeutig von ihrem Platz am Fenster aus gesehen. Die Maskierten, die damals an ihrem Versteck vorbeigejagt waren, waren zu sechst gewesen. War Lukardis deshalb nicht darauf gekommen? Dabei war es so naheliegend!

Bevor Hermann von Ebersberg in den Hof trabte, hatte Lukardis die Eingangstür zur Halle hinter sich zugezogen. Sie wollte hier drinnen auf ihn warten. Hastig sah sie sich nach einem möglichst unverfänglichen Platz um und entdeckte den Stickrahmen, der seit Wochen achtlos auf der schweren Truhe an der Längsseite der Halle lag. Dabei kam sie an dem großen silbernen Teller vorbei, auf dem noch ein einsamer Kanten Brot vom Frühstück lag. Erstaunt betrachtete die junge Frau ihr Spiegelbild. Die glänzenden Augen und die leichte Röte auf den Wangen kamen ihr vage bekannt vor. Ihr Gesicht wirkte nicht mehr so eingefallen, und die vollen Lippen hatten ihre Weichheit zurückerlangt. Ich bin endlich genesen, dachte Lukardis mit einem Mal voller Glück und in der Überzeugung bestärkt, auf dem richtigen Weg zu sein.

»Hier seid Ihr!«

Der Burgherr schien bester Laune zu sein, als er Lukardis an ihrer Stickarbeit entdeckte. Unterm Arm trug er das längliche Paket, das Bardo vorhin in der Hand gehalten hatte.

»Es ist sehr kühl draußen, da ist mir die Decke eingefallen, an der ich schon so lange arbeite«, erwiderte Lukardis mit einem freundlichen Lächeln, das Hermann sofort registrierte, wie sie seinem verwunderten Gesichtsausdruck entnahm.

»Warum habt Ihr die Halle nicht einheizen lassen?«, fragte Hermann und rief nach einem der Knechte. »Hier drinnen ist es kaum wärmer als draußen und Ihr müsst auf Eure Gesundheit achten.«

Wie Lukardis erwartet hatte, schwand das Misstrauen ihres Mannes bei dem Anblick, den sie bot. Die Decke, an der sie stickte, war eigentlich für ihr gemeinsames Kind gedacht, das vor zwei Jahren als Totgeburt auf die Welt gekommen war. Seitdem hatte Lukardis die Stickarbeit nicht mehr angerührt. Zusammen mit dem toten Jungen hatte sie ihre letzte Hoffnung auf ein glückliches Familienleben begraben. Jene Eigenschaften, die Hermann an ihr immer besonders gemocht hatte, wie das Strahlen ihrer Augen und ihre natürliche Anmut, waren seither verschwunden. Lukardis hatte seit je gewusst, dass Hermann sie als Frau begehrte, und es war ihre Strafe für ihn und seine Art, sie als sein Besitz zu behandeln. Die einzige Möglichkeit zu strafen, die ihr offenstand.

Lukardis erstarrte innerlich, als ihr Gemahl sich ihr mit großen Schritten näherte. Trotzdem hielt sie ihm zur Begrüßung die Wange hin. Sie brauchte sein Vertrauen, um jegliche Gefahr von Hilda abzuwenden und sein Misstrauen einzuschläfern. Trotz der Abneigung, die sie seit Jahren ihm gegenüber empfand, war ihr der flüchtige Kuss nicht unangenehm. Um an den Schlüssel zu gelangen, würde sie noch ganz andere Dinge aushalten müssen.

»Habt Ihr ein neues Schwert?«

»Ja. Der Schmied hat es mir gerade gebracht. Ihr habt ihn im Hof getroffen?«, fragte Hermann beiläufig.

Lukardis ließ sich davon nicht täuschen. Sie wusste, dass er auf jede ihrer Bemerkungen, jedes verräterische Zucken achtete.

»Das ist richtig. Ich hätte Euch selbstverständlich davon unterrichtet, hielt es aber nicht mehr für nötig, da Ihr die Waffe bereits bei Euch tragt«, sagte Lukardis lächelnd und stach die Nadel in das Leinentuch.

»Wollt Ihr sie sehen?«, fragte Hermann und begann nach einem zustimmenden Nicken seiner Gemahlin das braune Tuch abzuwickeln.

»Welche Frau interessiert sich schon für ein Schwert?«, mischte sich Albrecht ein, nachdem er das Gespräch eine Weile vom Eingangsbereich aus verfolgt hatte.

Heinrich und zwei weitere Männer hatten sich bereits an den Tisch gesetzt und ließen sich die Becher von Merlinde füllen. Lukardis konnte jedoch spüren, dass auch deren Aufmerksamkeit auf ihr ruhte. Zu lange war es her, dass sie mit ihrem Mann ein unbefangenes Gespräch geführt hatte. Die junge Burgherrin fühlte sich seltsam gestärkt und wusste genau, sie durfte nicht zulassen, dass ihr hinterhältiger Schwager das zarte Pflänzchen zunichtemachte.

»Da täuscht Ihr Euch, Albrecht. Es macht mich überaus glücklich, dass mein Gemahl mich an seiner Freude über die neue Waffe teilhaben lässt«, sagte sie und nickte Heinrich freundlich zu, der seinen Becher in ihre Richtung hob.

»Wolltest du dich nicht um den Proviant für morgen kümmern?«, fuhr Hermann seinen Bruder an. »Gerda muss schließlich rechtzeitig alles vorbereitet haben.«

»Ihr reitet fort?«, erkundigte sich Lukardis, während Albrecht mit beleidigter Miene in Richtung Küche davonzog. Sie musste gegen das Grinsen ankämpfen, das bei seinem Anblick um ihre Lippen zuckte.

»Graf von Ziegenhain hat für morgen ein Treffen anberaumt. Die Drangsalierungen des verdammten Fingerhuts werden immer unverschämter. Nachdem er Eisenbach vor zwei Wochen zerstören ließ, müssen wir uns endlich gegen seine Eigenmächtigkeiten wehren. Aber genug von diesem unerfreulichen Gesprächsthema. Sieh her! Ist die Waffe nicht wunderschön?«, fragte Hermann seine Frau, die ihren Blick auf das Schwert heftete.

Lukardis musste ihre Bewunderung gar nicht heucheln, denn die Waffe, die Tod und Verderben brachte, glänzte im Licht des Feuers, das einer der Knechte mittlerweile entzündet hatte. Am Griff befand sich die Lilie, das Wappen der Ebersberger, und sofort fiel Lukardis der Anblick des knienden Bardo wieder ein. Für einen Moment hatte sie erneut den Geruch des verbrannten Fleisches in der Nase, und sie musste all ihre Kraft aufbringen, um die Erwartung ihres Mannes nicht zu enttäuschen.

»Das Schwert ist wunderschön.«

»Nicht wahr? Doch jetzt legt Eure Arbeit zur Seite und leistet uns beim Essen Gesellschaft. Wir werden morgen in aller Frühe aufbrechen und sicher nicht vor Einbruch der Dunkelheit zurück sein. Ich lasse Euch Otwin da, er ist sowieso noch nicht wieder ganz auf dem Posten, seit er das Fieber hatte.«

Hermann reichte ihr seinen Arm und geleitete Lukardis an die Tafel. Ihre anfängliche Freude über einen ganzen Tag ohne Bewachung wurde durch seine letzte Bemerkung getrübt. Dann fiel der jungen Frau jedoch ein, dass Otwin von Freda die nötigen Kräuter gegen den schlimmen Husten bekommen hatte, der ihn zusammen mit dem Fieber geplagt hatte. Otwin war ein netter Kerl und würde vielleicht sogar ein Auge zudrücken, damit sie Freda und ihren beiden kranken Gästen einen Besuch abstatten konnte. Lukardis hatte Hilda zum letzten Mal am Sonntag gesehen. Die vier Tage kamen ihr vor, als wären es vier Wochen, so sehr hatte sie sich bereits an die andere Frau gewöhnt.

Gäbe es Hilda nicht, würde Lukardis niemals auch nur in Erwägung ziehen, einen Blick in den Keller der Burg zu werfen.

Stunden später setzte sie ihr Vorhaben in die Tat um. Wie erwartet, hatte Hermann sie in ihrem Gemach aufgesucht, um sich zu ihr zu legen. Obwohl Lukardis sich große Mühe gegeben hatte, nicht den Anschein zu erwecken, als würde sie alles bloß über sich ergehen lassen, konnte sie kaum etwas gegen das Gefühl der Übelkeit ausrichten, das sie immer dann befiel, wenn Hermann sein eheliches Recht einforderte. Da er sich nie die Mühe gemacht hatte, ihr zu zeigen, was er im Bett von ihr erwartete, hatte sich ihre Unsicherheit nie richtig gelegt. Und da sich das Verhalten ihres Gemahls währenddessen und danach kaum unterschied, hatte sich Lukardis angewöhnt, den gesamten Akt über sich ergehen zu lassen. Immerhin war dies die Voraussetzung für die Nachkommen, nach denen sich Hermann sehnte. Hierin unterschied er sich nicht von seiner Frau.

Wie gewöhnlich schlief Hermann gleich darauf ein, und es dauerte nicht lange, bis seine tiefen Atemzüge einem unregelmäßigen lauten Schnaufen wichen. Trotzdem wartete Lukardis noch ab. Reglos verharrte sie an der Seite ihres Ehemanns und versuchte die in ihr aufkeimende Panik in den Griff zu bekommen. Sie konzentrierte sich auf das Mondlicht, das durch einen Spalt der abgehängten Fensteröffnung hereindrang und durch die vorbeiziehenden Wolken in seiner Intensität wechselte. Mittlerweile erfüllte Hermanns lautes Schnarchen, das Lukardis sonst oft am Schlafen hinderte, den Raum. Jetzt trug es jedoch dazu bei, dass sich ihr laut pochendes Herz beruhigte.

Geräuschlos erhob sie sich und ließ ihren fest schlafenden Gemahl im Zimmer zurück, ohne dass er das leise Klirren der Kette vernommen hatte. In der linken Hand hielt sie den Schlüssel, den Hermann achtlos neben das Bett geworfen hatte. Barfuß, damit ihre Schuhe in der nächtlichen Stille der Burg nicht verräterisch klappern konnten, schlich sie die Treppe hinunter und drückte langsam die Tür auf, die ins Freie führte. Ein anklagendes Quietschen erfüllte die Stille, woraufhin Lukardis erschrocken zusammenzuckte. Da sie wusste, wo sich die Wachen um diese Zeit aufhielten, lauschte sie nur einen kurzen Moment, bevor sie weiterging. Während der vielen Nächte ihrer Ehe, in denen sie vergeblich auf den ersehnten Trost im Schlaf gewartet hatte, hatte sie vom Fenster aus beobachtet, wo die Männer in den langen Stunden bis zum Tagesanbruch auf Wache waren. Auf den beiden Türmen hielt sich zu dieser Stunde keiner auf. Beide Wachposten verbrachten diesen Abschnitt der Nacht, der sich oft zäh in die Länge zog und nicht enden wollte, in dem kleinen Raum neben dem Burgtor. Lukardis vermutete, dass wenigstens einer von ihnen selig schlummerte.

Die Kälte des Bodens kroch in ihre nackten Füße, während sie versuchte, den Schlüssel im Schloss zu drehen. Dankbar über das Licht des vollen Mondes, den lediglich teilweise ein paar Wolkenfetzen verdeckten, konnte sie die Umgebung gut erkennen. Endlich gelang es ihr! Problemlos öffnete sie die halbhohe Tür, hinter der die steilen Stufen hinabführten. Erst jetzt wurde Lukardis bewusst, dass ihr Vorhaben nicht richtig durchdacht war, denn in dem stockdunklen Kellerraum konnte sie nicht die Hand vor Augen sehen, wenn sie erst die Tür hinter sich zugezogen hatte. Die junge Frau zögerte einen Augenblick, bevor sie notgedrungen den Eingang offen ließ. Die Helligkeit, die ihr der Mond an der obersten Treppenstufe noch gespendet hatte, ließ schnell nach, je tiefer sie stieg. Mit einer Hand umklammerte sie das dicke Seil auf der rechten Seite, das als Geländer diente. Dabei setzte sie vorsichtig einen Fuß auf die nächste Treppenstufe und tastete sich so bis nach unten vor.

Als sie den großen Raum erreicht hatte, lagen höchstens zehn Stufen hinter ihr. Trotzdem umfing sie eine Dunkelheit, in der sie kaum etwas um sie herum erkennen konnte. Lukardis wartete ein wenig, damit sich ihre Augen an die fehlende Helligkeit gewöhnen konnten, doch die erhoffte Verbesserung blieb aus. Seufzend machte sie sich daran, mit den Händen die Gegenstände abzutasten, die sich direkt vor ihr auftürmten. Es dauerte eine Weile, bis ihr klarwurde, dass es sich um mehrere Kisten handelte, die zu ihrem Leidwesen jedoch verschlossen waren. Sie schob die eisigen Füße stückchenweise vorwärts, und als sich plötzlich ein spitzer Stein in ihre Fußsohle drückte, entwich Lukardis ein leiser Fluch.

Sie sorgte sich nicht darum, dass irgendjemand sie gehört hatte. Vielmehr beunruhigte sie die offenstehende Tür, und Lukardis beeilte sich mit ihrer Suche. Dabei vermochte sie noch nicht einmal genau zu sagen, wonach sie eigentlich suchte. Ihre Hände ertasteten kleine Fässer, deren Inhalt sie nicht kannte, und Karaffen, bei denen sie aufpassen musste, dass ihre Hände sie nicht umstießen. Insgesamt handelte es sich um Dinge, die sie an einem solchen Lagerort auch erwartet hatte. Woher sollte sie wissen, ob es sich wirklich um Diebesgut aus den Überfällen handelte? Langsam verließ Lukardis der Mut. Außerdem kam es ihr so vor, als wäre sie schon seit Stunden hier unten in diesem dunklen Raum. Gerade als sie ihr Vorhaben aufgeben wollte, glitten ihre Finger über etwas, das sich weich und zugleich fest anfühlte. Lukardis hatte keine Ahnung, was für einen Gegenstand ihre klammen Finger da abtasteten. Sie fror erbärmlich und beschloss kurzerhand, ihr Fundstück mitzunehmen. Es war so klein, dass sie sich kaum darum sorgte, ob sein Fehlen ihrem Mann auffiele.

Ihre Augen hatten sich mittlerweile tatsächlich besser an das kaum vorhandene Licht gewöhnt, und so fand sie problemlos die Stufen, die nach oben führten. Am Eingang verharrte Lukardis einen Moment und hielt unbewusst den Atem an, als sie das Klappern einer Tür hörte. In der nächtlichen Stille ähnelte es dem Knall einer Peitsche, und sie wusste sofort, dass jemand den Raum neben dem Burgtor verlassen oder betreten hatte. Atemlos lauschte sie, doch weder ertönte ein scharfer Befehl noch waren Schritte von schweren Stiefeln zu hören.

Langsam atmete die Burgherrin aus, trat in den Hof und schloss sorgfältig die Tür hinter sich ab.

Erleichterung überkam sie, als sie gleich darauf bereits am unteren Ende der Treppe zu den oberen Räumen das Schnarchen ihres Mannes hörte. So lautlos, wie sie davongeschlichen war, kehrte Lukardis zuruck. Sorgfältig legte sie den Schlüssel an seinen ursprünglichen Platz, wischte die verräterische Schmutzschicht von ihren Füßen und schlüpfte neben ihren Gemahl unter die Decke.

Der Morgen graute bereits, als Lukardis endlich in einen leichten Schlaf fiel.

10. KAPITEL

Am späten Vormittag saßen die beiden Frauen am Tisch und genossen es, unter sich zu sein, was selten genug vorkam. Freda war Holz sammeln und hatte den kleinen Arndt nur zu gerne mitgenommen. Der Junge sprach noch immer kein Wort und klammerte sich die meiste Zeit an den Arm seiner Mutter. Seltsamerweise war es gerade Freda gelungen, sich einen Platz im Herzen des verstörten Jungen zu erobern. Ihr abschreckendes Äußeres löste bei ihm weder Ängste noch Spott aus, wie es bei den Kindern im Dorf üblich war, wenn Freda ein bis zweimal im Jahr dort auftauchte. In der Gegenwart von Lukardis war Arndt zurückhaltend, jedoch ohne dabei eingeschüchtert zu wirken.

»Woher hast du das?«, flüsterte Hilda tonlos und riss die Augen auf, als sie den Gegenstand erkannte, den die Burgherrin ihr auf der flachen Hand entgegenhielt.

Fast zögernd griff sie nach der zierlichen gläsernen Ampulle, die zum Schutz in einem kleinen Säckchen aus dunkelblau gefärbter Wolle steckte.

Lukardis wich Hildas Blick aus. Sie konnte den Schmerz im Antlitz ihrer Freundin nicht ertragen.

»Gefunden«, murmelte sie und wandte sich ab. »In der Nähe des Ortes, an dem man euch überfallen hat.«

Die Notlüge kam ihr nur stockend über die Lippen. Eigentlich hatte sie die Wahrheit frei heraus zugeben wollen, doch nun fürchtete sie sich davor, die Worte auszusprechen. Wer garantierte ihr, dass Hilda ihr Glauben schenkte? Konnte sie wirklich sichergehen, dass die Frau, die ihr in den wenigen Tagen zu einer guten Freundin geworden war, Lukardis nicht verdächtigen würde, von den Morden und Plünderungen ihres Mannes gewusst zu haben?

»Lukardis? Sieh mich an. Bitte!«

Die Burgherrin starrte auf die erkaltete Feuerstelle, in der sich noch die Reste weißer Asche befanden. Einzig ein angekohltes Stück Buchenholz hatte den Flammen getrotzt und lag nun einsam am Rand des Lehmofens. Sie atmete tief durch und drehte sich langsam zu Hilda um.

»Sag mir bitte die Wahrheit! Du hast es nicht am Ort des Geschehens gefunden, oder?«, drängte Hilda.

»Wie kommst du darauf?«, gab Lukardis zurück, obwohl die Antwort völlig klar war. Sie konnte nicht lügen. Die Röte auf ihren Wangen verriet sie jedes Mal, wenn sie es versuchte.

»Wo hast du es her?«, fragte Hilda erneut, erhob sich ebenfalls und legte ihre Hand ganz sachte auf den Arm ihrer Freundin.

Deren Blick wanderte von Hildas Gesicht nach unten, bis er auf der schmalen Hand ruhte, deren Berührung sie nur leicht spürte. Hildas äußere Verletzungen waren dank Freda kaum noch zu erkennen. Nur die Prellungen schimmerten noch leicht gelblich, die Schwellungen waren völlig verschwunden. Was die inneren Wunden anging, so wagte Lukardis nicht danach zu fragen. Aber sie ahnte, dass diese niemals völlig verheilen und Narben auf der Seele zurückbleiben würden.

»Im Keller«, flüsterte Lukardis kaum hörbar und räusperte sich. »Im Keller von Burg Ebersburg«, wiederholte sie deutlich lauter, aber mit einem kaum zu überhörenden Zittern in der Stimme.

»Dein Mann?«, fragte Hilda fassungslos und schüttelte den Kopf, so als würde der Gedanke damit verschwinden.

»Ja. Ich gebe zu, dass ich in den letzten Monaten immer mal wieder einen leisen Verdacht hatte. Aber ich war so mit meiner eigenen Situation beschäftigt, dass ich nicht weiter darüber nachgedacht habe«, bekannte Lukardis. Obwohl es ihr schwerfiel, darüber zu sprechen, klang ihre Stimme mit jedem Wort fester. Ihr Bekenntnis hier in dieser kleinen Hütte mitten im Wald glich einer Beichte.

»Wieso jetzt?«, fragte Hilda mit ungewohnter Schärfe.

»Weil ich dich kennengelernt habe«, gab Lukardis zu. »Ich glaubte meinen Mut für alle Zeit verloren, aber jetzt weiß ich, dass er tief in mir nur auf eine Gelegenheit gewartet hat, um wieder zum Vorschein zu kommen. Du hast mich gezwungen hinzusehen, und dafür danke ich dir.«

Es versetzte Lukardis einen Stich, als Hilda sich von ihr abwandte. Die Verachtung im Blick der Freundin war ihr ebenfalls nicht entgangen. Seltsamerweise verspürte Lukardis nicht das Verlangen, sich zurückzuziehen, wie sie es normalerweise bei einer derart offenen Abweisung getan hätte. Hildas Abweisung dagegen war Ansporn und Strafe zugleich.

»Hilda, bitte. Du musst mir glauben, dass ich davon nichts gewusst habe. Jedenfalls war mir nicht klar, welche Rolle mein Mann bei diesen Überfällen spielt. Aber ich werde alles in meiner Macht Stehende tun, um das Unrecht, das man dir und deiner Familie angetan hat, wiedergutzumachen«, versprach Lukardis und fragte sich im selben Moment, von welcher Macht sie hier eigentlich sprach.

Ohne Hast drehte sich Hilda zu ihr um. Ihre schönen

braunen Augen, in denen sonst goldene Punkte funkelten, wurden feucht. Auch Lukardis kämpfte mit den Tränen, als sie erkannte, dass die Verachtung, die sie vorhin darin gesehen hatte, verschwunden war.

»Es ehrt dich, liebe Freundin, dass du diese Gedanken hegst. Aber wie lange wird dein Mut anhalten? Wird er sich in Luft auflösen, wenn dein Mann dir wieder Gewalt antut? Selbst wenn er nicht wie ein Kartenhaus zusammenbricht: Was kannst du schon groß ausrichten? Eine Frau hat keine Macht, Lukardis. Und mit einem Mann wie dem deinen ist so ein Versprechen von vorneherein zum Scheitern verurteilt«, sagte Hilda traurig.

Obwohl in den Worten kein Vorwurf mitschwang, hatte Lukardis das Gefühl, als müsste sie es ihrer Freundin beweisen. In diesem Moment war ihr alles egal. Sie hätte sogar einen Pakt mit dem Teufel geschlossen, nur damit Hilda spürte, dass es ihr ernst damit war.

Vielleicht auch, um es mir selbst zu beweisen, überlegte Lukardis und sprach in dem Augenblick aus, was sie noch vor wenigen Stunden für undenkbar gehalten hatte.

»Ich werde mich an den Fuldaer Abt wenden.«

Hilda wischte sich eine Träne von der Wange und starrte ihr Gegenüber ungläubig an.

»An den Abt? Was hat der damit zu tun?«

»Abt Bertho«, antwortete Lukardis und wunderte sich darüber, dass ihr der verhasste Name so leicht über die Lippen ging, »ist der festen Überzeugung, dass die Adligen hier in der Gegend für die Raubüberfälle auf Reisende verantwortlich sind. Er hat schon einige Burgen eingenommen und schleifen lassen.«

»Du würdest deinen Mann bei diesem Abt bezichtigen, für den Überfall auf uns verantwortlich zu sein?«, hakte Hilda nach.

»Hermann hat unschuldige Menschen ermordet oder trägt zumindest die Verantwortung für diese schrecklichen Taten«, entgegnete Lukardis trotzig. »Ich weiß noch nicht genau, wie ich es anstellen werde, aber irgendwie wird er davon erfahren. Was danach kommt, liegt allein in Gottes Hand.«

»Wenn dieser Abt wirklich gegen deinen Mann und seine Verbündeten vorgehen sollte, dann stürzt auch du ins Unglück«, gab Hilda zu bedenken. »Willst du das wirklich riskieren? Wofür? Für eine Frau mit ihrem Kind, die du kaum kennst?«

Die Burgherrin zuckte mit den Schultern. Hilda hatte durchaus recht mit dem, was sie sagte. Sollte ihr Gemahl in Ungnade fallen, käme sie nicht unbeschadet davon. Falls Hermann jemals dahinterkommen sollte, wer die Schuld daran trug, würde sie dafür mit ihrem Leben bezahlen. Lukardis machte sich keinerlei Illusionen. Und dennoch. Etwas in ihrem Innern, das bis zum Beginn ihrer Ehe vorhanden gewesen und durch die Begegnung mit Hilda wieder zum Leben erweckt worden war, wollte sich nicht wieder zurückziehen. Ihre frühere Beharrlichkeit und Entschlusskraft hatten sich in ihrem Kopf festgesetzt und pochten vehement auf ihr Recht. Auf *ihr* Recht! Das Recht auf ein Leben ohne Angst. Die Hoffnung auf Liebe, winzig klein, blieb dagegen im Hintergrund verborgen.

»Ich kann es dir nicht erklären. Ich weiß nur, dass ich so nicht länger leben kann, und wenn ich dir nicht helfe, wird mein Mann mit seinen Verbündeten weiter unschuldige Menschen überfallen, ausrauben und töten. So viel ist mein Leben nicht wert, dass es mein Schweigen rechtfertigt.«

»Dein Leben ist genauso kostbar wie das der anderen, Lukardis. Komm mit mir, wenn der Abt gegen deinen Gemahl vorgehen sollte. Das Geschäft meines verstorbenen Mannes floriert, und ich habe all die Jahre unserer Ehe mitgearbeitet. Zudem haben wir sehr gute Leute, auf die ich mich verlassen kann. Die Gilde in unserer Stadt hat in der Vergangenheit schon mehrfach Witwen in ihrer Mitte zugelassen. Außerdem gibt es da noch meinen Bruder. Ich habe dir von Raban erzählt. Er ist Gelehrter und wird mir helfen, wenn ich ihn darum bitte«, sagte Hilda und umschloss die Hände der jungen Burgherrin.

Lukardis schluckte hart, doch der Kloß in ihrem Hals wollte nicht weichen. Die Worte ihrer Freundin waren von einer Herzlichkeit, die sie in ihrem bisherigen Leben nicht kennengelernt hatte.

Mit Hildas Angebot eröffnete sich für Lukardis ein neuer Weg, ihr Leben anders zu gestalten. Frei von Ängsten und vielleicht sogar erfüllt von Zufriedenheit. Irgendwann.

»Ich danke dir sehr«, stammelte Lukardis und entzog Hilda ihre Hände.

Die junge Frau wandte sich ab und ging zur Tür. Sie brauchte ein wenig Zeit für sich. Vor allem aber wollte sie ihr Vorhaben so schnell wie möglich in die Tat umsetzen. Bis Fulda war es nicht weit, und Lukardis hatte die Stadt zusammen mit ihrem Vater früher gelegentlich aufgesucht. In den letzten Jahren waren diese Ausflüge jedoch selten gewesen, denn seit ihrer Eheschließung durfte sie nur noch zusammen mit ihrem Gemahl dorthin. Leider hatte Hermann sie äußerst selten darum gebeten.

»Ich versuche in den nächsten drei Tagen noch einmal vorbeizukommen. Solltest du nichts mehr von mir hören, darfst du um Gottes willen nicht hier auf mich warten. Du musst dich nach Fulda begeben und selbst den Abt aufsuchen. Zeige ihm die Ampulle und erzähle ihm von meinem Verdacht«, bat Lukardis ihre Freundin eindringlich, bevor sie die Tür hinter sich zuzog.

Angespannt lauschte Raban in den Wald hinein. Die Ungeduld, die ihn während des Wartens auf den Mann, der ihm nach Auskunft des Abtes die nötigen Informationen geben sollte, befallen hatte, war wie weggeblasen. Wenn der Fremde kein Schwindler war, dann verfügte er über die Namen derjenigen, die für den Tod seiner Schwester und ihrer Familie verantwortlich waren.

Mittlerweile war es fast Mittag. Vor ihm gluckerte das Wasser des schmalen Flusses, den die Menschen hier Lütter nannten, doch Raban achtete nicht darauf. Als erneut das Knacken eines Zweiges an seine Ohren drang, legte er eine Hand auf den Schwertgriff. Sein Körper war gespannt wie eine Feder, und er spürte deutlich, dass die Jahre seiner Ausbildung als Knappe noch immer ihre Wirkung taten. Das Gefühl, das er bei drohender Gefahr intuitiv verspürte, würde wahrscheinlich niemals ganz verschwinden.

Endlich tauchte der Mann, dessen Ankunft er geradezu herbeigesehnt hatte, zwischen den hochgewachsenen Buchen auf. Als der Fremde seiner gewahr wurde und stehen blieb, machte Raban ein kurzes, aufforderndes Handzeichen. Die Anspannung des ehemaligen Knappen lockerte sich, während der andere zögernd näher kam. Währenddessen musterte Raban den Mann, den er nur unwesentlich jünger einschätzte als sich selbst. Er war nicht sehr groß und von kräftiger Statur, wie sie Menschen zu eigen war, die über viele Jahre hinweg körperlich harte Arbeit verrichteten. Die weichen Gesichtszüge standen dazu in einem ungewöhnlich deutlichen Gegensatz, und Raban konnte sich denken, dass sich viele Frauen von den vollen Lippen und den blondgewellten Haaren angezogen fühlten.

»Ich hatte schon nicht mehr mit dir gerechnet«, begrüßte er den Mann, dessen Misstrauen kaum zu übersehen war.

»Verzeiht meine Verspätung. Normalerweise dauert es vom Dorf bis hierher kaum länger als eine Stunde, aber ich wurde leider aufgehalten. Ganz in der Nähe gibt es eine Burg, die am Wasser gebaut ist, die dortigen Herren sind mit meinem Lehnsherrn eng verbunden. Ich konnte gerade noch Zuflucht in einem tiefen Graben suchen, als drei Reiter meinen Weg kreuzten. Leider lahmte das Pferd des einen, weshalb sie direkt vor meinem Versteck anhielten und der eine Ritter absaß, um nach dem Grund dafür zu sehen. Glücklicherweise ritten sie recht schnell weiter, ohne mich zu bemerken.«

»Hast du etwas von ihrem Gespräch mitbekommen?«, fragte Raban, der sofort eine Möglichkeit sah, an weitere Hinweise zu gelangen.

»Nicht viel. Der eine, vermutlich einer der Ebersberger, murrte herum, dass sie nun zu spät zu der Versammlung kämen. Er fürchtete wohl, den Grafen zu verärgern«, gab der blonde Mann achselzuckend zurück.

»Den Grafen? Von welchem Grafen hat er gesprochen?«, hakte Raban nach.

Der andere riss verwundert die Augen auf und sagte: »Na, der Graf von Ziegenhain, wer sonst?«

»Ich bin nicht aus der Gegend und kenne mich unter den ansässigen Adligen nicht aus«, erklärte Raban und erkundigte sich nach dem Namen des anderen, da er gern wusste, mit wem er es zu tun hatte.

»Bardo«, antwortete der Mann zögernd. »Ich arbeite als Schmied für den Herrn der Ebersburg.«

»Gut, Bardo. Warum willst du gegen deinen Lehnsherrn aussagen? Was ist dein Motiv?«

Unruhig sah der Schmied sich um. Raban hoffte, dass die Nervosität des Mannes bald nachlassen würde, sonst bestand die Gefahr, dass er es sich anders überlegte.

»Er behandelt uns Unfreie nicht schlechter, als ich es von anderen Orten kenne. Aber ich habe gesehen, mit welcher Brutalität die armen Reisenden erschlagen wurden. Ich kann mit diesem Wissen nicht leben. Nachts wache ich schweißgebadet auf, weil ich die Schreie der Sterbenden höre. Mein erster Gedanke war, diese Last zu beichten. Doch dann habe ich daran gedacht, dass manche Geistliche ihr Wissen auch gegen bare Münzen eintauschen. Deshalb habe ich mich schließlich an den Abt gewandt. Es ist allgemein bekannt, dass er seit Jahren mit aller Härte gegen die Räuber vorgeht und keine Standesunterschiede macht.«

Raban hatte der unerwartet langen Antwort ruhig zugehört. Während der vergangenen zwei, drei Jahre hatte er seine Fähigkeit, in den Gesichtern der Menschen zu lesen, weiter verfeinert. Bei Bardo war er sich sicher, dass er zum großen Teil die Wahrheit sprach. Andererseits gab es da etwas, das nicht ganz stimmen konnte. Raban war das unablässige Räuspern des Schmiedes nicht entgangen, als dieser behauptet hatte, dass es über Hermann von Ebersbergs Verhalten als Lehnsherr nichts zu klagen gebe. Raban, der noch nicht allzu viele Menschen gesehen hatte, deren Leben gewaltsam beendet wurde, konnte zwar die Alpträume nachvollziehen, von denen Bardo sprach. Jedoch machte der kräftige Mann nicht den Eindruck, als würde er damit nicht fertigwerden. Die meisten Menschen erlebten in ihrem Leben so viel Ungerechtigkeit und Leid, dass nur wenige davon nicht abstumpften.

»Was genau hast du beobachtet? Hattest du wirklich freien Blick auf ihre Gesichter, oder haben die Angreifer einen Schutz getragen, um nicht erkannt zu werden?«, fragte Raban.

»Na ja, sie hatten ihre Helme auf«, gab Bardo zögernd zu. »Aber ich habe ihre Pferde erkannt. Schließlich beschlage ich die Tiere regelmäßig und kenne die Rösser der Ebersberger Brüder.«

»Soso. Du hast also ihre Pferde erkannt, aber die Gesichter der Reiter nicht gesehen. Es hätten also auch andere Männer auf den Tieren sitzen können. Damit hast du eigentlich keinen Beweis für deine Anklage«, provozierte Raban sein Gegenüber mit voller Absicht.

»Natürlich kenne ich auch den Helm meines Herrn«, widersprach Bardo erregt. »Seine Rüstung entstammt meiner Schmiedekunst. Ich lüge nicht!«

»Das will ich dir gerne glauben, Bardo«, beruhigte Raban ihn mit einem Lächeln. Sein erster Eindruck von dem Mann bestätigte sich, was sein Handeln erschwerte. Er empfand Sympathie für den Schmied, musste aber genau wissen, was diesen antrieb. Ein Unfreier verriet nicht einfach so seinen Herrn.

»Trotzdem sagst du nicht die volle Wahrheit, denn vorhin hast du von den Schreien der Sterbenden gesprochen und dass sie dich nicht mehr loslassen. Ich denke vielmehr, dass du vor Angst erstarrt warst, als du zufällig den Überfall mit ansehen musstest, und nun aus Habgier oder einem anderen niederen Grund versuchst, dein angebliches Wissen in klingende Münzen umzuwandeln.«

»Das ist nicht wahr!«, brüllte Bardo unvermittelt. Sein Ärger war so groß, dass er sich nicht einmal mehr bemühte, leise zu sprechen. »Sie waren es! Diese beiden Hurensöhne! Der Stallknecht hat mir später sogar bestätigt, dass die Pferde der Brüder an jenem Tag schweißgebadet waren. Und Münzen will ich keine. Nur die Zusage des Abtes, dass die edle Frau …« Bardo brach abrupt ab und stieß einen leisen Fluch aus.

Mit einem Ruck war die Anspannung bei Raban zurück. Er hatte angenommen, der Ebersberger habe den Schmied hart bestraft und dieser wolle sich nun rächen, daher war er von der neuen Richtung völlig überrascht.

»Sag mir, warum du die Brüder Ebersberg dieser Tat bezichtigst«, bat Raban eindringlich und legte dem Schmied eine Hand auf die Schulter. Er spürte instinktiv, dass er auf die Frau, die Bardo versehentlich erwähnt hatte, nicht mehr zu sprechen kommen durfte, da der Schmied dann kein Wort mehr von sich geben würde. »Ich glaube dir ja, aber nenne mir erst den wirklichen Grund für deinen Hass.«

In dem Mienenspiel des Mannes war der Kampf deutlich erkennbar, der in ihm tobte. Ohne jede Regung erwiderte Bardo den Blick seines Gegenübers. Als er plötzlich die Hand hob, reagierte Raban instinktiv und zog sein Messer. Langsam nahm der Schmied beide Hände hoch und streckte Raban die Handflächen entgegen.

»Ich darf keine Waffe tragen, Herr. Ich bin ein Unfreier und würde damit riskieren, dass man mir ein Ohr einschlitzt oder abschneidet. Ganz ehrlich, darauf kann ich gerne verzichten«, sagte Bardo mit einem leicht spöttischen Unterton.

Raban empfand seine extreme Vorsicht mit einem Mal als überzogen. Andererseits musste er sich zugutehalten, dass seine Reaktion rein instinktiv erfolgt war, ohne nachzudenken.

»Entschuldige«, sagte er daher schlicht.

Bardo legte die Hand auf seinen anderen Arm. Die

Bewegung war dieses Mal um einiges langsamer, nicht so abrupt. Ruhig beobachtete Raban, wie sich der Ärmel langsam nach oben schob und einen muskulösen Oberarm freigab.

Die Lilie war nicht zu übersehen. Der ehemalige Knappe konnte an den Rändern der Blüte Vernarbungen erkennen. Er vermutete, dass sich die Brandwunde an den Stellen entzündet hatte. Der Gesichtsausdruck des Schmieds blieb unbeteiligt, als Raban ihn schweigend musterte. Er konnte sich jedoch lebhaft vorstellen, wie schmerzhaft die Zeichnung seines Körpers gewesen war. Trotzdem reichte Raban das Brandmal nicht als Erklärung, denn es gab noch immer eine Sache, die nicht dazu passte.

»Dieses Brandmal ist alt. Wieso jetzt?«

Seine Beharrlichkeit löste zum ersten Mal eine Unsicherheit in dem anderen aus, die nur jemand zu bemerken vermochte, dem das leichte Zucken um die Mundwinkel herum nicht entging.

»Es gab vorher keine Möglichkeit«, antwortete der Schmied und wich Rabans Blick aus.

»Wieso hat er dich gezeichnet? Wie eines seiner Pferde?«, fragte Raban bewusst grob.

»Weil er der Ansicht war, dass ich mich an seinem Eigentum vergriffen habe. Das stimmte aber nicht. Leider zählt mein Herr nicht zu den Menschen, die milde gestimmt sind, wenn sie ihren eigenen Irrtum erkennen«, erwiderte Bardo brüsk und zerrte an seinem Ärmel, um den Arm wieder zu bedecken. »Das ist die Wahrheit, und wenn Euch das nicht ausreicht, dann kann ich es nicht ändern.«

Raban fiel auf, wie entmutigt der Schmied mit einem Mal wirkte. Er war zwar weiter davon überzeugt, dass Bardo etwas vor ihm verbarg, wusste aber instinktiv, dass er die entscheidende Information nicht aus ihm herausbekommen würde.

Jedenfalls nicht heute.

»Also gut«, lenkte er daher ein. »Wir lassen es darauf beruhen. Dann will ich dich jetzt begleiten und deinen Herrn aufsuchen. Die Botschaft, die ich ihm vom hochwürdigsten Abt überbringe, wird ihm sicher nicht gefallen.«

»Ihr wollt mich begleiten? Ich halte das für keinen guten Vorschlag«, sagte Bardo zweifelnd.

»Meinst du, falls uns einer der Gefolgsleute deines Herrn sieht? Mach dir keine Gedanken. Mein Pferd steht ein Stück von hier entfernt, so dass ich auf jeden Fall vor dir auf der Burg eintreffen werde. Niemand wird von unserem Treffen erfahren, auch wird dein Name bei der Anklage nicht erwähnt werden«, beruhigte ihn Raban und reichte ihm die Hand.

Nur kurz zeigte Bardo seine Verwunderung über die ungewohnte Geste des Mannes, der allein durch seinen Namen unerreichbar weit über ihm stand. Dann schlug er ein.

»Ich hätte noch eine Bitte, nein, eigentlich handelt es sich eher um eine Frage.«

»Ja?«, ermutigte Raban ihn mit einem Nicken.

»Was geschieht mit der Burg und den Menschen, die dort leben?«

»Diese Entscheidung trifft allein der Abt«, erwiderte Raban. »Es hängt viel davon ab, ob dein Herr sich freiwillig der Anklage stellt. Falls nicht, wird es zu einer Belagerung kommen.«

»Und …«, begann Bardo, geriet ins Stocken und versuchte es erneut. »Und was geschieht mit der Familie meines Herrn?«

Wie aus heiterem Himmel wusste Raban mit einem Mal, warum der Schmied den ungeheuren Mut aufbrachte, seinen Herrn beim Klostervorsteher anzuzeigen.

»Seine Brüder waren an den Überfällen beteiligt, hast du gesagt. Zumindest der jüngere. Sie werden sich ebenfalls verantworten müssen«, erklärte Raban. »Was die Gemahlin des Burgherrn angeht, die wird der Abt sicher unbehelligt lassen. Vielleicht hat sie vom Treiben ihres Mannes gewusst, möglicherweise aber auch nicht. Es ist meiner Meinung nach unerheblich.«

»Er würde sie totschlagen.«

Bardo hatte so leise gesprochen, dass Raban die Worte kaum verstehen konnte. Fragend zog er die Augenbrauen hoch, doch der Schmied schüttelte nur stumm den Kopf. Es war klar, dass er nichts mehr dazu sagen würde.

Als Raban kurze Zeit später das Dorf durchquerte, in dem auch Bardos Schmiede stand, konnte er bereits den Weg erkennen, der sich den Berg zur Burg hinaufwand. Ein leichter Nieselregen hatte eingesetzt, und Raban wischte sich über die Augen, um besser sehen zu können. Der Reiter, der vor ihm den Weg zur Burg eingeschlagen hatte, verschwand just in dem Moment im Wald, als Raban hinter sich einige Pferde herangaloppieren hörte. Er hielt kurz an und drehte sich im Sattel ein wenig nach hinten. Eine Staubwolke war kaum auszumachen, da der Boden ziemlich feucht war. Raban kniff die Augen zusammen, vermochte die Anzahl der Reiter jedoch nicht zu bestimmen. Da Raban davon ausging, dass es sich um den Ebersberger und seine Gefolgsleute handelte, drückte er seinem Pferd die Hacken in die Seite und folgte dem einsamen Reiter den Berg hinauf, um vor dem Trupp einzutreffen.

Ohne Schwierigkeiten gelangte Raban in den Innenhof

von Burg Ebersburg, nachdem er sich als Bote des Abtes ausgegeben hatte. Ihm war die verschlossene Miene der Wache nicht verborgen geblieben, als er seinen Auftraggeber genannt hatte. Verwundert war er darüber nicht, denn die Männer des Ebersbergers waren sicher nicht gut auf den Kirchenfürsten zu sprechen.

Raban musste einen Augenblick warten, bis einer der Knechte aus dem Stall auf ihn zukam. Der Junge beeilte sich damit, dem Besucher die Zügel aus der Hand zu nehmen. Raban hatte fast den Eindruck, als flüchte der Bursche regelrecht aus dem Stall, und fand sich gleich drauf bestätigt, als eine Stimme zu hören war, in der deutlicher Ärger mitschwang. Der Sprecher richtete sich an den Reiter, der unmittelbar vor ihm angekommen war.

»Ich hatte Euch gebeten, nicht so lange fortzubleiben. Jetzt habt Ihr es gerade eben geschafft, die Wache hat bereits das Eintreffen Eures Gemahls angekündigt. Ihr solltet besser schnell hineingehen, ich möchte keinen Ärger haben, edle Frau.«

Rabans Neugier verwandelte sich in Verblüffung, als er die weibliche Person bemerkte, die neben dem offensichtlich verärgerten Mann aus dem Holzbau trat. Sie trug einen dunklen Wollumhang, ein paar vereinzelte schwarze Strähnen hatten sich aus ihren zurückgebundenen Haaren gelöst. Als eine Windböe eine Seite ihres Umhangs erfasste, sah er, dass sie übermäßig schlank war.

»Ist ja gut, Otwin. Er wird schon nichts bemerken.«

Der ruhige Klang ihrer Stimme erstaunte Raban, denn nach dem Verhalten des Mannes zu urteilen, hatte er mit einer leicht hysterischen oder zumindest aufgeregten Antwort gerechnet. Leider bemerkten die beiden seine Anwesenheit in diesem Moment, denn sie blieben abrupt stehen. Während der Mann mit großen Schritten auf ihn zukam, wandte die Frau rasch den Blick ab und eilte auf den Eingang der Burg zu.

»Wer seid Ihr, und was wollt Ihr hier?«

Raban zwang sich, seine Aufmerksamkeit auf den Fragesteller zu richten, in dessen Ton nun nicht mehr nur Verärgerung mitschwang. Er führte die unberechtigte Aggressivität auf die vorangegangene Auseinandersetzung mit der unbekannten Frau zurück, der er zu seiner eigenen Verdrossenheit hinterhergestarrt hatte. In ihrem Gesichtsausdruck lag etwas, das ihn seltsam berührte. Benennen konnte er es jedoch nicht.

»Mein Name ist Raban von Elfershausen, und ich komme im Auftrag des Fuldaer Abts, um dem Herrn dieser Burg eine Nachricht zu übermitteln«, sagte der Bevollmächtigte bewusst laut und deutlich.

Eine Bewegung vor dem Eingang lenkte ihn für einen Wimpernschlag ab. Die Frau hatte die Tür halb aufgedrückt und musterte ihn mit weit aufgerissenen Augen. Hatte er den Ausdruck in ihren Augen vorhin auch nicht deuten können, so bestand jetzt kein Zweifel. Die Mischung aus Ungläubigkeit und Freude stand ihr offen ins Gesicht geschrieben.

Dann war der Augenblick auch schon vorbei und sie verschwand ins Haus.

»Vom Abt kommt Ihr? Soso. Leider habt Ihr den Weg zu uns hinauf umsonst auf Euch genommen. Der Burgherr ist nicht da. Ich will ihm aber gerne die Nachricht ausrichten«, antwortete der Mann und zog geräuschvoll die Nase hoch.

Trotz der abweisenden Antwort empfand Raban den anderen nicht als unsympathisch. Obwohl seine Gesundheit angegriffen schien, bemühte er sich um einen neutralen Ton. Dabei ging es ihm ganz offensichtlich nicht gut. Seine Augen glänzten fiebrig, die Nase war gerötet. Unter dem Bartschatten zeigten sich rötliche Flecken im sonst auffallend blassen Gesicht.

»Wann erwartet Ihr ihn denn zurück? Ich habe ein Stück hinter mir eine Reitergruppe von vielleicht fünf Mann ausgemacht«, erkundigte sich Raban freundlich.

»Möglich«, antwortete der Gefolgsmann des Ebersbergers ausweichend. »Wenn Ihr wollt, dann wartet eben auf ihn. Allerdings kann ich Euch nicht versprechen, dass er für Euch Zeit findet.«

»Das wird er schon. Da bin ich mir ziemlich sicher«, gab Raban mit einem zuversichtlichen Lächeln zurück.

Das Herannahen mehrerer Reiter war zu hören, kaum, dass er ausgesprochen hatte. Es handelte sich tatsächlich um fünf Berittene. Raban benötigte keinen Atemzug, um den Anführer der Gruppe auszumachen. Die ganze Erscheinung des Burgherrn strahlte eine Selbstsicherheit aus, die so mancher als Arroganz bezeichnen mochte. Der kräftig wirkende Reiter erfasste Raban mit seinem Blick, während er sein Pferd langsam auf ihn zuführte.

»Besuch?«

Die Stimme Hermann von Ebersbergs war erwartungsgemäß laut und dröhnend. Raban widerstand dem Reflex, einen Schritt zurückzutreten und dem mächtigen Schlachtross auszuweichen. Er neigte den Kopf leicht zur Seite, während er sich mit den gleichen Worten vorstellte wie vorhin. Als sich die Miene des Burgherrn verdüsterte, dachte Raban mit einer seltsamen Mischung aus Befriedigung und Erleichterung daran, dass die Frau durch seine Anwesenheit wenigstens nichts mehr zu befürchten hatte.

Lukardis hatte sich bald nach dem Abendmahl zurückgezogen. Nach der Antwort, die sie sich zuvor eigens als

Begründung für ihren Mann zurechtgelegt hatte, verlangte er gar nicht erst. Die Stimmung beim Essen war denkbar schlecht, was glücklicherweise aber nicht an dem unerlaubten Verschwinden der Burgherrin lag. Otwin hatte kein Wort mehr darüber verloren, und Hermann waren das erhitzte Gesicht und die staubige Kleidung seiner Frau gar nicht aufgefallen. Der Grund für die Missstimmung bei Tisch lag vielmehr an dem Besuch des Mannes, von dem Lukardis anfangs nur den Namen gekannt hatte. Wäre sie ein paar Schritte schneller bei der Tür gewesen, hätte sie seine Worte nicht mehr gehört. Sie war sich nicht sicher, ob es vielleicht besser gewesen wäre. So aber wusste sie, dass Hildas Bruder wie aus heiterem Himmel aufgetaucht war.

Raban von Elfershausen!

Die Beschreibung ihrer neugewonnenen Freundin passte haargenau, auch wenn der Besucher auf den ersten Blick nicht ganz so freundlich auf Lukardis gewirkt hatte. Die dunkelbraunen Haare reichten ihm entgegen der herrschenden Mode fast bis auf die Schultern und das schmale Gesicht war bartlos. Möglicherweise trug auch seine hochgewachsene, fast hager wirkende Gestalt zu Lukardis' Eindruck bei, denn bei dickeren Menschen erlag sie oft dem Irrglauben, dass diese mit einem gemütlichen und freundlichen Charakter gesegnet seien. Was aber weiß Gott nicht immer stimmte.

»Wer soll das überhaupt sein?«, dröhnte die Stimme ihres Gemahls durch die geschlossene Tür zur Halle. »Niemand hat bisher von ihm gehört. Ein Lakai des verdammten Abts Fingerhut. Das ist er. Nichts weiter!«

Lukardis verdrehte die Augen, denn Hermann hatte diese Sätze bestimmt schon viermal von sich gegeben. Der einzige Unterschied war, dass seine Stimme inzwischen nicht mehr fest klang, was vermutlich dem zunehmenden Weinkonsum zuzuschreiben war. Lukardis hatte ihren Lauschposten an der Tür bezogen, kurz nachdem sie die Tafel verlassen hatte. Unter der Treppe befand sich ein sicheres Versteck, das ihr als Zuflucht diente, sobald einer der Männer die Halle verließ, um sich zu erleichtern.

»Es ist völlig egal, wer er ist, Bruder. Wichtig ist doch nur eines: in wessen Auftrag er gekommen ist. Wir kennen den Abt mittlerweile gut genug, um seine Warnung nicht in den Wind zu schreiben. Er wird die Burg belagern und wahrscheinlich auch einnehmen, immerhin besteht sein Heer aus kampferprobten Soldaten, wir dagegen verfügen nicht annähernd über genügend Männer.«

Flüchtig dachte Lukardis, wie unterschiedlich die beiden Brüder waren. Für einen Moment fragte sie sich, wie ihre Ehe an der Seite Heinrichs von Ebersberg verlaufen wäre, doch die scharfe Erwiderung des jüngeren der drei Brüder zog ihre Aufmerksamkeit wieder auf die andere Seite der Tür.

»Du bist und bleibst ein Schwarzmaler, Heinrich! Das warst du schon immer. Burg Ebersburg ist gut befestigt. Ich muss dir doch nicht erst in Erinnerung rufen, was Hermann alles in den letzten Monaten getan hat, um den Schutz zu verstärken.«

»Ich stimme Heinrich zu, denn ich habe erlebt, wozu die Soldaten des Abtes fähig sind«, mischte sich ein anderer ein, den Lukardis sofort an der Stimme erkannte.

Heinrich von Frankenstein zählte noch immer zu jenen Gefolgsleuten und Vertrauten ihres Mannes, die sie am meisten schätzte. Sein Verhalten ihr gegenüber war stets höflich, außerdem trug er zusammen mit seinem Namensvetter nicht selten dazu bei, dass die Streitgespräche der betrunkenen Anwesenden nicht in Schlägereien endeten.

»Ach, was! Ihr hört euch an wie zahnlose alte Männer. Uns bleibt genügend Zeit, um die notwendige Unterstützung vom Grafen einzufordern. Bis dieser verfluchte Kirchenfürst seine Drohung wahrmacht und es wagt, meine Burg zu stürmen, gehen mindestens noch ein bis zwei Wochen ins Land. So hat er es bisher immer gehalten, und diese Zeit reicht aus, um uns sorgfältig auf einen Angriff vorzubereiten und diese Mistkerle in die Flucht zu schlagen.«

Bei den bedrohlichen Worten ihres Mannes lief Lukardis ein eisiger Schauer über den Rücken. Es lag weniger an seiner Selbstherrlichkeit, an die sie sich im Laufe ihrer Ehe gewöhnt hatte. Vielmehr fragte die junge Frau sich zum ersten Mal, was dann wohl mit ihr geschehen werde. Ganz leise meldete sich eine Stimme in ihr zu Wort, die sie daran erinnerte, dass sie eigentlich mit dem Abt hatte sprechen wollen, um genau diese Ereignisse auszulösen.

Muss ich das nun überhaupt noch tun?, fragte sich Lukardis, oder nehmen die Dinge auch ohne mein Zutun ihren Lauf?

»Was willst du machen, wenn der Abt sich diesmal nicht an die üblichen Abläufe hält? Es gibt nicht die geringste Garantie dafür«, warnte Heinrich von Ebersberg. »Ich für meinen Fall kann nur noch einmal betonen, dass es völlig bedeutungslos ist, wer dieser Gesandte des Abtes war. Denn eines steht für mich völlig außer Frage: Der Mann hasst uns. Vor allem dich, Hermann.«

»Wieso sollte ein Mann, der unseren Bruder nicht einmal kennt, solche Gefühle für ihn hegen? Woher beziehst du dein Wissen, Heinrich?«, folgte prompt Albrechts höhnische Antwort.

»Weil ich, im Gegensatz zu dir, in die Gesichter der Menschen sehe. Ich mache mir die Mühe, in ihren Augen zu lesen, denn ihre Augen sind die Spiegel ihrer Seele. Es ist mir völlig egal, ob du mir glaubst oder nicht, Albrecht, aber dieser Mann war nicht so gelassen, wie er nach außen hin gewirkt hat. Der Abt ist ein schlauer Fuchs. Er sucht seine Boten nicht gedankenlos aus«, gab Heinrich zurück.

Zustimmendes Gemurmel erklang. Lukardis wusste genau, wer sich noch alles in der Halle befand. Außer den drei Brüdern und dem Frankensteiner zählten drei weitere Ritter ihres Gemahls zur Runde. Der nach wie vor geschwächte Otwin hatte sich kurz nach Lukardis zurückgezogen, und Giso von Steinau, der blondgelockte Ritter, der auch bei ihrem erstem Besuch in Begleitung ihrer Eltern hier auf der Burg zugegen gewesen war, hatte sich bereits vor dem Abendmahl verabschiedet.

Gottfried von Ziegenhain, der mächtigste Adlige hier in der Gegend, hatte Burg Ebersburg schon länger nicht mit seinem Besuch beehrt. Lukardis wusste von einigen achtlos fallen gelassenen Bemerkungen ihres jüngsten Schwagers, dass es zwischen ihrem Mann und dem Grafen beim letzten Aufeinandertreffen zu einem unschönen Streitgespräch gekommen war. Konnte Hermann tatsächlich noch auf die Unterstützung des Grafen zählen, wie er eben gerade noch großspurig geprahlt hatte?

»Was stört es mich, wer dieser Raban von Elfershausen ist?«

Lukardis machte sich zunehmend Sorgen, als sie den schleppenden Tonfall ihres Mannes bemerkte. Hermann vertrug einiges, und sie hatte ihn während ihrer Ehe nur zweimal so betrunken erlebt, dass er sich am nächsten Morgen nicht mehr an alle Begebenheiten des vorangegangenen Abends erinnern konnte. Bei ihr hatten sich diese Stunden dagegen eingeprägt und einen bitteren Nachgeschmack hinterlassen.

»Was sollte einen Adligen wie ihn antreiben? Ich kann euch sagen, warum dieser Raban im Auftrag des Abtes bei uns war: Die prall gefüllte Kasse des Klosters hat ihn gelockt! Sicher ist er der Sohn eines armen Landadligen und muss sich auf diese Weise seinen Lebensunterhalt verdienen. Ganz bestimmt scheren ihn nicht die paar Überfälle, die auf namenlose Kaufleute verübt wurden.«

Für einen Moment herrschte Stille, die erst endete, als die Männer ihre Becher hart auf den Tisch aufsetzten.

»Und jetzt, meine Freunde, lasst uns die Becher ein letztes Mal füllen. Der Tag war lang und mir brummt der Schädel«, erklärte Hermann.

Lukardis wandte sich um und sprang leichtfüßig die Treppe hinauf. Trotz der Sorge, Hermann könnte sie möglicherweise gleich wecken, behielt ein anderes, gutes Gefühl die Oberhand. Die zarte Flamme des Ansporns, die sich seit Hildas Rettung in ihr entzündet hatte, brannte weiter und gewann zunehmend an Kraft. Glücklich über ihren wiedergefundenen Lebensmut, schlüpfte Lukardis ins Bett und zog die Decke bis unters Kinn.

11. KAPITEL

Raban konnte immer noch nicht glauben, dass der Abt seine Ankündigung so schnell in die Tat umgesetzt hatte. Ihm war klar, dass die Männer des Kirchenfürsten sich längst bereitgehalten hatten, bevor er mit der Antwort des Ebersbergers zurückgekehrt war. Mit anderen Worten: Bertho hatte fest damit gerechnet, dass Hermann von Ebersberg es rundherum ablehnte, sich der Anklage wegen des Überfalls auf Hilda und ihre Familie zu stellen. Ob er die Schärfe der ablehnenden Worte ebenfalls vorausgeahnt hat?, fragte sich Raban, während er in vorderster Reihe rechts vom Abt ritt.

Die schwerbewaffneten Soldaten folgten ihnen auf dem Weg zur Burg Ebersburg, die nicht mehr allzu weit entfernt lag. In der Nacht war ein kalter Wind aufgekommen, der das letzte Aufbäumen des Spätsommers beendet hatte. Fröstelnd zog Raban die Enden seines Umhangs zusammen, während eine Böe ihm die Haare ins Gesicht wehte. Er zweifelte nicht daran, dass der Burgherr und seine Gefolgsleute nichts von der drohenden Gefahr ahnten. Immerhin war er selbst ebenfalls völlig überrascht gewesen, da er mit einer längeren Vorbereitungszeit und einer erneuten Aufforderung gerechnet hatte.

Bertho hatte sie alle überrumpelt.

Als der Abt ihn gestern nach der Übermittlung der ablehnenden Nachricht gefragt hatte, ob er an einer möglichen Erstürmung der Burg teilnehmen wolle, hatte Raban abgelehnt. Er war dafür, dass man Hermann von Ebersberg für seine Tat zur Rechenschaft zog, ebenso wie die anderen Männer, die den Tod unschuldiger Menschen zu verantworten hatten. Kämpfen wollte er jedoch nicht. Er war ein Mann der Worte, nicht des Schwertes. Auch wenn er mit der Waffe bestimmt besser umgehen konnte als manch einer, der sich damit den Lebensunterhalt verdiente. Er war nicht wie sein Vater. Wollte es nie sein.

»Nun, Raban, habt Ihr Eure Entscheidung noch einmal überdacht?«, fragte der Abt und deutete mit dem Kopf vor sich.

Nur langsam erkannte der junge Mann die Umrisse der Burg, die auf der Anhöhe links von ihnen stand. Das steinerne Gemäuer wirkte in dem zögernd dämmernden Morgen trutzig und abweisend. Zu der frühen Stunde zeigte sich, wie klug die sorgfältige Planung des Abtes war. Seine Soldaten hatten sich gestern bereits in einiger Entfernung von Fulda im Hof eines größeren Gutes versammelt und auf weitere Befehle gewartet. In Begleitung von Raban und drei Rittern, die der ehemalige Knappe nicht mal vom Namen her kannte, war Bertho am frühen Abend zu dem kleinen, schlagkräftigen Heer gestoßen. So hatten sie am frühen Morgen nur noch eine kleine Wegstrecke vor sich. Die Fackeln, die sie am Anfang ihres Marsches benötigt hatten, waren zwar längst gelöscht, aber da der Herbsttag keinen Sonnenschein versprach, hatte Raban noch immer den Eindruck, als wäre das gräuliche Licht kaum heller als die nächtliche Dunkelheit.

»Nein, hochwürdigster Vater. Ich brauche meinen Entschluss nicht zu überdenken, da ich nicht daran zweifele. Außerdem glaube ich nicht, dass Hermann von Ebersberg Euch bereitwillig sein Tor öffnen wird.«

Der Abt stieß ein trockenes Lachen aus. »Das will ich nicht bestreiten. Andererseits zählt er nicht zu diesen Schwachköpfen, mit denen ich in der Vergangenheit gelegentlich zu tun hatte. Die drei Brüder sind höchst unterschiedlich, was den Charakter angeht. Ich bin mir nicht sicher, ob Euch das während Eurer kurzen Unterhaltung aufgefallen ist.«

Raban warf einen schnellen Seitenblick auf den Abt, der in leicht gekrümmter Haltung auf seinem Pferd saß. »Die anderen Männer hat man mir nicht vorgestellt«, erwiderte er, während die Silhouette der Burg immer deutlicher zu erkennen war. »Einer der Ritter brachte jedoch seine Wut über Eure Anklage ziemlich deutlich zum Ausdruck, woraufhin der Burgherr ihn mit scharfen Worten zurechtwies. Er nannte den Mann Albrecht.«

»Das ist der jüngste Ebersberger«, sagte der Abt. »Ein größerer Hitzkopf ist mir selten begegnet. Allerdings habe ich auch noch nicht oft einen Mann erlebt, der seinen Bruder so bedingungslos bewundert. Mir ist der mittlere am liebsten, Heinrich. Ein ruhiger, besonnener Charakter. Nicht so stur und jähzornig wie der ältere und nicht so unüberlegt und aufbrausend wie Albrecht. Hätte Heinrich das Sagen auf der Burg, dann würden wir jetzt nicht mit fast achtzig Mann dorthin marschieren.«

»Ich weiß, dass Ihr in den letzten Jahren mehrere Burgen eingenommen habt«, sagte Raban und zögerte einen Moment, um nach den richtigen Worten zu suchen. »Doch ich habe keine schweren Gerätschaften gesehen, um die Anlage erobern zu können. Außer einem Sturmbock führen Eure Männer nichts mit sich. Glaubt Ihr, dass allein die Übermacht Eures Heeres Hermann von Ebersberg in die Knie zwingen wird?«

»Der Sturmbock hat mir in der Vergangenheit gute

Dienste geleistet«, gab der Abt zurück. »Und ja, die Übermacht meines Heeres wird ausreichen, zusammen mit dem Schreiben des verehrten Grafen von Ziegenhain, der darin erklärt, dass er sich aus den Streitigkeiten zwischen mir und Hermann von Ebersberg heraushalten wird. Wie schon gesagt, er ist zwar hochmütig und stur, aber nicht dumm. Außerdem werde ich ihm freies Geleit zusichern, nachdem er zu den Vorwürfen Stellung genommen hat.«

Zweifelnd wandte Raban den Blick wieder nach vorne. Er hatte so seine Bedenken, was die Versprechungen des Abtes betraf. Sollte er wirklich das Risiko eingehen? Nach dieser Unternehmung war der Hass der Ebersberger Brüder auf den Abt sicher grenzenlos. Falls überhaupt eine Steigerung möglich war.

Das Signal eines Horns, das von der Burg zu ihnen ins Tal schallte, setzte ihrem bisher unbemerkten Anmarsch ein Ende.

»Das wurde aber auch Zeit«, murmelte Raban leise.

Er hatte sich schon seit einer Weile darüber gewundert, dass niemand ihr Heranrücken zu bemerken schien.

»Damit hat der Schlaf der Menschen dort oben ein abruptes Ende«, bemerkte Bertho und grüßte die Dorfbewohner, die aus einiger Entfernung das vorbeimarschierende Heer beobachteten. Grußlos ritt Raban an Bardo vorbei, um ihm keine Schwierigkeiten zu machen.

»Ich bin gespannt, ob Ihr den Befehl zur Erstürmung der Burg geben müsst«, sagte Raban, der noch immer auf eine friedliche Lösung hoffte.

»Ach, wisst Ihr, diese Entscheidung ist meines Erachtens längst gefallen. Alles andere liegt nun in Gottes Hand«, erwiderte Bertho und lenkte als Erster sein Pferd auf den schmalen Weg, der zur Burg hinaufführte.

Das dumpfe Tuten des Horns riss Lukardis aus ihren Träumen, in denen sie durch finstere Gänge geirrt war, ohne den Ausgang zu finden. Im ersten Moment wusste sie nicht, wo sie war, doch dann fiel ihr schlagartig alles wieder ein. Die derbe Umarmung ihres Mannes, als er benebelt vom Wein zu später Stunde zu ihr ins Bett gekrochen war. Sie hatte die Augen geschlossen und gehofft, dass es schnell vorübergehen möge. Doch dann geschah etwas, was Lukardis bisher noch nie erlebt hatte. Hermann schaffte es nicht, seine ehelichen Rechte einzufordern! Seine Wut über das eigene Unvermögen ließ er an seiner Gemahlin aus. Nach einigen erfolglosen Versuchen erhob er sich schwankend und zog sie grob hinter sich her. Entgegen ihrer sonstigen Art, alles über sich ergehen zu lassen, wehrte sie sich gegen die grobe Behandlung, die allein Hermanns Unvermögen entsprang. Sie schlug ihm mit der freien Hand auf den Rücken, was ihn nach der ersten Überraschung allerdings bloß zu amüsieren schien. Er drückte sie bäuchlings mit dem Oberkörper auf den Tisch, während er ihr die Beine auseinanderzog. Mit lautstarken Flüchen unterstrich Hermann sein erneutes Scheitern.

»Du bist unfähig, mir Söhne zu gebären!«, brüllte er sie an. »Unfähig, mir überhaupt Kinder zu schenken! Unfähig, mir im Bett Freuden zu bereiten! Was bist du nur für ein Weib?«

Obwohl er sie übel beschimpfte und ihr ganzer Körper schmerzte, frohlockte Lukardis innerlich über das Scheitern ihres Mannes.

»Hast du es mit deiner Untätigkeit endlich geschafft, mich meiner Manneskraft zu berauben? Ich werde dir zeigen, was ich davon halte!«

Erneut wurde das Horn geblasen, und die Unruhe, die nach dem ersten Signal die Burg erfasst hatte, verstärkte sich fast im selben Moment. Schwere Stiefelschritte hallten über den Hof, und unten in der Halle waren laute Rufe zu hören. Lukardis setzte sich auf der schmalen Bettstatt auf und rutschte ganz nach hinten, bis sie mit dem Rücken an der kalten Wand lehnte. Sie zog die Beine dicht an den Körper und starrte zur Tür, die nicht sonderlich stabil wirkte. Doch die eiligen Schritte, die aus Richtung ihres gemeinsamen Gemachs in den kleinen Raum drangen, in dem die Burgherrin die letzte Nacht verbracht hatte, verklangen wieder.

»Albrecht, Heinrich! Was ist da draußen los?«

Die Stimme ihres Mannes dröhnte von der Treppe herüber, aber Lukardis blieb davon seltsam unbeeindruckt.

»Soldaten, Herr! Ein ganzes Heer rückt an!«

Lukardis erkannte den Sprecher nicht, der die unglaubliche Nachricht über den Hof schrie, doch sie vermutete, dass es sich um einen der Wachhabenden handelte.

»Verflucht! Dieser verdammte Hurensohn!«

Hermanns wutverzerrte Stimme klang schon ein wenig schwächer als vorhin, und ein lauter Knall kündete davon, dass jemand die Eingangstür zur Burg zugeschlagen hatte.

Nur zögernd erhob die junge Frau sich von ihrem Lager.

Als sie die schmale Maueröffnung erreicht hatte, schlang sie die Arme um ihren Körper, denn ihr dünnes Unterkleid bot keinen Schutz vor der Kälte. Just in dem Augenblick hatte ihr Mann den Bergfried erreicht und verschwand in dessen Innern. Lukardis hatte die Wendeltreppe des runden Turms erst ein einziges Mal erklommen und stellte sich vor, wie Hermann die hölzernen Stufen hinaufhastete. Ein seltsames Gefühl der Befriedigung breitete sich in ihr aus, als sie sich vorstellte, welcher Anblick vor seinen gefühllosen Augen auf ihn wartete. Sie hatte nicht die geringste Ahnung, wie der Abt in dieser kurzen Zeit ein Heer aufgestellt hatte, aber dass es sich bei dem Angreifer um Bertho handelte, stand für Lukardis außer Frage.

Um ihre aufgewühlten Gedanken zu beruhigen, lehnte sie sich mit der Hüfte gegen die kalte Mauer und zuckte im nächsten Moment zusammen. Vorsichtig zog sie ihren Rock hoch und begutachtete die schmerzhafte Prellung, die sie sich bei der Flucht vor ihrem Mann zugezogen hatte. Mit einem Mal empfand sie nicht mehr nur Furcht vor dem, was Hermann mit ihr anstellen würde, sobald er sie in die Finger bekam. Im Gegenteil. Der Gedanke an ihr mutiges, wahrscheinlich sogar ziemlich unüberlegtes Verhalten erzeugte ein befriedigendes Gefühl des Stolzes in ihr.

Lukardis straffte sich und ließ den Rock wieder fallen. Es war ihr egal, was in den nächsten Stunden oder vielleicht auch Tagen geschehen würde. Vielleicht war es sogar ein Wink des Schicksals, dass der Abt die Erstürmung der Burg ausgerechnet auf heute gelegt hatte.

Lukardis konnte nichts gegen das leichte Schaudern tun, das ihr über den Rücken lief, als die schrecklichen Minuten der letzten Nacht erneut vor ihrem inneren Auge abliefen. Bei der zweiten Ohrfeige hatte sie sich instinktiv geduckt. Der Schmerz, der durch ihre Schulter zuckte, weil Hermann noch immer ihr Handgelenk fest umklammert hielt, war heftig. Aber nicht so heftig, dass ihr Verstand nicht mehr arbeitete.

Für den Bruchteil eines Augenblicks reagierte sie schneller als ihr Mann, der sein Gleichgewicht suchte, nachdem der Schlag ins Leere gegangen war. Lukardis schoss hoch und rammte ihm ihr Knie mit voller Wucht ins Gemächt. Hermann stöhnte auf und ließ seine Frau frei, die sofort reagierte. Bei ihrer Flucht stieß sie sich die Hüfte am Tisch und geriet ins Wanken. Leider war Hermann nicht so lange außer Gefecht, wie sie es gehofft hatte. Lukardis schrie auf, als er sie packte, drehte sich ruckartig nach links und stieß gegen den Hocker, der mit einem Krachen umkippte. Der Stoff ihres Ärmels riss und sie war wieder frei.

Höchstwahrscheinlich hätte Hermann sie erneut eingeholt, wären seine Wahrnehmung und Reaktionsfähigkeit durch den ausufernden Genuss des Weines nicht getrübt gewesen. Lukardis warf nur einen kurzen Blick über die Schulter, als sie hinter sich ein lautes Krachen, gefolgt von einem leisen Fluch hörte. Sie hielt abrupt inne. Ihr Mann lag reglos auf dem Boden. Beim Sturz hatte er sich den Kopf an der Truhe angeschlagen, die in der Nähe der Tür stand. Unsicher betrachtete sie ihren Mann. Hin und her gerissen, ob sie durch ihr Verhalten seinen Tod herbeigeführt hatte oder ob er bei dem Aufprall einfach nur das Bewusstsein verloren hatte. Ein leises Stöhnen gab ihr schließlich die Entscheidung vor, und Lukardis suchte ihr Heil in der Flucht.

Erst bei Morgengrauen war sie in einen leichten Schlaf gefallen. Bis dahin hatte sie sich mit der Sorge herumgeplagt, ob sie nicht vielleicht doch Hilfe holen sollte. Falls Hermanns Verletzung am Kopf schlimmer war als angenommen, wäre sie für seinen Tod verantwortlich.

Hermanns Brüllen riss Lukardis aus ihren Gedanken.

Der Burgherr stand oben auf dem Turm und beugte sich über die Brüstung. Der Wind zerrte an seinen Haaren, seine ganze Haltung drückte pure Aggressivität aus.

Lukardis wandte sich ab. Die kühle Luft in dem kleinen Raum ließ sie frösteln und erinnerte sie daran, dass sich ihre Kleidung in ihrem Schlafgemach befand. Momentan brauchte sie die zu erwartenden Züchtigungen seitens ihres Mannes nicht zu fürchten. Hermann hatte ganz andere Sorgen. Trotzdem war sich Lukardis darüber im Klaren, dass sie die Situation irgendwie für sich nutzen musste.

Nur wie vermochte sie noch nicht zu sagen.

Die Burgherrin lauschte einen Moment an der Tür und huschte dann über den Gang. Keine Menschenseele war zu sehen. Die Räume der Burg wirkten wie ausgestorben. Dafür drangen von draußen aufgeregte Stimmen zu ihr herauf.

Hastig griff Lukardis nach einer Cotte, die sie über ihr Unterkleid streifte. Mit einem Mal wusste sie, was sie zu tun hatte. Die unerwartete Wendung der Ereignisse, die sie ausgerechnet jenem Mann zu verdanken hatte, der die Existenz ihres Vaters zerstört hatte, gab ihr die Möglichkeit, aus diesem Leben zu verschwinden. Hilda hatte ihr einen Ausweg aufgezeigt. Sollte es zum Sturm auf die Burg kommen, könnte sie untertauchen. Als hätte es sie niemals gegeben. Mit Hildas Hilfe würde sie in Köln ein neues Leben beginnen.

Die Schwierigkeiten, die mit diesem Entschluss einhergingen, waren riesig und mischten sich auf unverschämte Weise mitten in die Euphorie, die Lukardis bei dem Gedanken an ihre Zukunft empfand. Resolut verdrängte sie die Fragen. Lösungen würden sich gewiss finden, wenn sie sich erst einmal mit Hilda und dem kleinen Arndt auf dem Weg nach Köln befand. Da schob sich ein Gesicht in ihre Zukunftsträume, und ein merkwürdiges Kribbeln erfüllte ihren Bauch. Gleichzeitig erinnerte es die junge

Frau daran, dass Hilda ja noch gar nichts davon ahnte, wie nah ihr der geliebte Bruder war.

Raban von Elfershausen.

Würde er sie nach Köln begleiten?

Lautes Geschrei riss Lukardis aus ihren Gedanken, und sie rief sich selbst mit leisen Worten zur Ordnung. Sie kannte Hildas Bruder überhaupt nicht. Hatte ihn nur einmal flüchtig gesehen. Wieso dachte sie ausgerechnet jetzt an ihn? Auf diese Frage fand sie ebenso keine Antwort wie auf das andere Problem, das sich ihr stellte. Wie, in Gottes Namen, sollte sie es nur anstellen, unbemerkt aus der Burg zu gelangen?

Die Spannung, die in der Luft lag, war fast greifbar. Alle Männer lauschten dem Wortwechsel zwischen Hermann von Ebersberg und dem Fuldaer Abt. Drinnen ebenso wie draußen vor der Burg, vermutete Raban. Das Bild, das der ergrimmte Burgherr bot, hätte ihm fast ein Grinsen entlockt, wäre die Situation nicht so dramatisch gewesen. Der Ebersberger war ohne Frage eine imposante Erscheinung, aber in dem weißen Unterkleid, dessen Bänder lose am weit auseinanderstehenden Ausschnitt im Wind flatterten, wirkte er nicht wirklich furchteinflößend. Die Mauer des Turms verbarg jeden weiteren Blick, weshalb Raban nur darüber spekulieren konnte, ob sich Hermann von Ebersberg in der Eile eine Hose übergezogen hatte. Kurz überlegte er, dass der Burgherr vermutlich am gestrigen Abend etwas gefeiert hatte, ansonsten wäre es ihnen bestimmt nicht gelungen, ihn derart spät zu überraschen. Für einen Moment dachte er an die junge Frau, die er gestern im Hof gesehen hatte. Welchen Anblick sie wohl gerade bietet?, fragte sich Raban, und der Gedanke, dass dieser kraftstrotzende Mann dort oben über ihnen einen

Anspruch auf diese Frau hatte, versetzte ihm seltsamerweise einen Stich.

»Wollt Ihr nicht wie ein wahrer Edelmann zu mir herunterkommen, damit wir in angemessenem Ton miteinander sprechen können? Sollen wir uns etwa weiter anbrüllen?«

Obwohl auch der Abt aufgrund der Höhe des Turms, auf dem sich sein Gesprächspartner befand, die Stimme erhoben hatte, klang er weiterhin ruhig und beherrscht. Hermann von Ebersberg blieb ihm die Antwort schuldig und verschwand nach kurzem Zögern vom Turm. Abt Bertho drehte sich auf dem Pferderücken um und gab Raban ein Zeichen, näher zu kommen.

»Vielleicht benötige ich gleich Euer diplomatisches Geschick. Möglicherweise kommt die Sprache auf Würzburg, dann wäre es ausgesprochen hilfreich, wenn Ihr Euren Beitrag zu der Unterhaltung leisten könntet«, sagte der Klostervorsteher, sobald der ehemalige Knappe aufgeschlossen hatte.

Er warf einen kurzen Blick auf die beiden Ritter neben dem Abt, deren grimmige Mienen jedoch keinerlei Gefühlsregung verrieten.

»Ich stehe Euch selbstverständlich zur Verfügung. Obwohl Hermann von Ebersberg bestimmt keinen gesteigerten Wert auf meine Meinung legt.«

Von der anderen Seite der Mauer war hektische Betriebsamkeit zu vernehmen. Harsch klingende Befehle, gefolgt von Türenschlagen und dem Wiehern der Pferde deuteten darauf hin, dass das Burgtor bald geöffnet würde.

Sie kamen zu dritt.

Mittlerweile wusste Raban, dass er zwei der Ebersberger Brüder vor sich hatte. Offenbar war der jüngste nicht auserwählt worden. Der dritte Reiter, ein sympathisch wirkender, etwa dreißigjähriger Mann mit sorgfältig gestutztem Bart, war ihm unbekannt. Raban hatte ihn nur bei seinem gestrigen Besuch auf der Burg kurz gesehen. Flüchtig streifte sein Blick die Erscheinung des Burgherrn, der sich noch die Zeit genommen hatte, eine dunkelblaue Cotte zusätzlich zu seiner schwarzen, speckig wirkenden Hose überzustreifen. Mit den fast schulterlangen braunen Haaren und dem dichten Vollbart wirkte er neben den beiden anderen Rittern bedrohlich. Beinahe wie eine Naturgewalt.

»Ihr hättet Euch die Mühe sparen können. Ich werde mich dieser absurden Anklage niemals stellen«, setzte Hermann von Ebersberg das Wortgefecht fort.

Er hatte offensichtlich nicht vor, auf das übliche Geplänkel zu setzen, mit dem die Beteiligten das Gespräch in solchen Situationen oft und gerne begannen. Man feilschte, bot Möglichkeiten an, um eine drohende kriegerische Auseinandersetzung zu vermeiden, und wog die eigenen Forderungen mit jenen der Gegenseite ab. Der Ebersberger schien dafür nichts übrigzuhaben. Kurz kreuzte sich sein Blick mit dem Rabans, dann wandte der Burgherr die Aufmerksamkeit wieder seinem eigentlichen Gegner zu.

»Wir waren nicht unbedingt immer einer Meinung, Herr von Ebersberg, dennoch schätze ich Euch als klugen Mann, der sich nicht von schädlichen Gefühlen in eine ausweglose Lage manövrieren lässt«, konterte der Abt ungerührt.

»Ausweglos? Mag sein. Nichtsdestotrotz müssten beide Seiten für den Sieg einen hohen Preis bezahlen. Außerdem hättet Ihr hinterher sämtliche Adligen aus der Gegend, einschließlich des Grafen von Ziegenhain, gegen Euch. Wir lassen uns nicht länger von Euch unter dem Vorwand des Codex knebeln. Jeder weiß, dass der kleine, unbedeutende Mönch die Aufstellung der klösterlichen Güter gefälscht hat«, knurrte Hermann von Ebersberg und warf den beiden Rittern an der Seite des Abtes einen verächtlichen Blick zu, bevor er vor ihnen auf den Boden spie.

Wortlos fasste der Abt unter seinen schwarzen Umhang aus schwerer Wolle und zog einen versiegelten Brief hervor. Obwohl er das Siegel nicht kannte, wusste Raban auch so, von wem das Schriftstück war. Der zornig wirkende Kopf einer Ziege saß auf dem Körper eines Adlers, der seine Schwingen weit ausgebreitet hatte.

»Graf von Ziegenhain wird sich aus dieser Auseinandersetzung heraushalten.«

Das breitflächige Gesicht des Burgherrn lief dunkelrot an, als er mit einer heftigen Handbewegung nach dem Brief griff und ihn dem Abt aus der Hand riss.

»Ich sage es noch einmal: Verschwindet von hier oder es wird Blut fließen!«

Der ohnehin nur hauchdünne Geduldsfaden des Burgherrn war anscheinend gerissen. Er brüllte ihnen die Drohung mit einem derartigen Nachdruck entgegen, dass niemand mehr an der Entschlossenheit des Mannes zweifeln konnte.

»Macht Euch nicht lächerlich«, erwiderte der Abt gelassen. »Ihr seht doch mit eigenen Augen, welche Macht ich mit mir führe. Selbst wenn sich alle Eure Ritterfreunde hinter diesen Mauern befinden, habt Ihr nicht die geringste Chance. Gegen Euch liegt eine Anklage vor, und ich werde den Dingen auf den Grund gehen. Ich stehe hier als Euer Lehnsherr und erwarte von Euch die Erfüllung Eurer Pflicht mir gegenüber.«

»Ich schulde Euch überhaupt nichts!«, donnerte es ihnen entgegen. »Ihr habt mir in Eurer Dreistigkeit bereits mehr von meinen Besitztümern genommen, als ich verkraften kann. Euer schamloses Vorgehen findet hier und jetzt ein Ende, denn wir werden diese Eigenmächtigkeiten nicht länger hinnehmen. Es liegt an Euch, ob der Tod seine Krallen ausfährt.«

»Es liegt keinesfalls an mir, Herr von Ebersberg. Ich bin nichts weiter als ein demütiger Diener Gottes. Ergebt Euch und macht Euch nicht am Tod weiterer Menschen schuldig. Wenn Ihr unschuldig seid, dann wird Euch Gerechtigkeit widerfahren.«

Zum ersten Mal hatte Bertho ebenfalls die Stimme erhoben, und Raban bemerkte überrascht ein leichtes Zittern darin.

»Ihr kommt damit nicht mehr lange durch«, wiederholte der Ebersberger erneut. »Ich habe den Würzburger Bischof höchstpersönlich in regelmäßigen Abständen über Euer Vorgehen unterrichtet. Er hat Kunde von jeder Burg, die Ihr in den vergangenen Jahren gestürmt habt. Wisst Ihr eigentlich, dass mittlerweile über zehn stolze Gebäude Eurem Wahn zum Opfer gefallen sind? An den Burgen, die Ihr geschliffen habt, hängen die Schicksale von rechtschaffenden Männern adligen Geblüts, die Ihr gedemütigt habt. Niemals werde ich mich kampflos ergeben!«

»Dieser Mann hier«, antwortete der Abt und wies auf Raban zu seiner Rechten, »kommt direkt aus Würzburg zu mir. Bischof Poppo mag von Euch unterrichtet sein, aber das Fuldaer Kloster untersteht nicht dem Würzburger Bistum. Muss ich Euch wirklich erst daran erinnern? Wir unterstehen allein dem Heiligen Stuhl, und von dort bekomme ich jegliche Unterstützung, die ich benötige. Das Kartular, von dem Ihr immer behauptet, dass es sich um eine Fälschung handele, wird ohne jeden Zweifel anerkannt. Eure Vorwürfe sind haltlos.«

»Es ist mir völlig egal, was Ihr behauptet und ob Euer Lakai hier direkt aus Würzburg kommt. Mein Entschluss steht fest. Ihr müsst kämpfen, wenn Ihr mich und meine Besitztümer haben wollt«, gab Hermann von Ebersberg eisig zurück.

Nach einem knappen Zeichen des Burgherrn wendeten die drei Reiter ihre Pferde und ritten zurück zum Tor, das sich krachend hinter ihnen schloss.

»Wenn sich an Eurem Entschluss nichts geändert hat und Ihr den Kampfhandlungen fernbleiben wollt, solltet Ihr Euch jetzt in die hinteren Reihen zurückziehen«, sagte der Abt zu Raban, bevor er sein Ross ebenfalls wendete und ein Stück den Berg hinunterritt.

Lukardis kam es fast so vor, als tauchte sie in die Vergangenheit ein. Das laute Krachen, hervorgerufen durch die harten Schläge von außen gegen das breite Holztor, hörte sich genauso an wie damals, als die Männer des Abtes die Burg ihres Vaters gestürmt hatten. Der einzige Unterschied war, dass es Heinrich von Wartenberg nie im Traum eingefallen wäre, die Festung bis zum Äußersten zu verteidigen.

Sein Kniefall hatte damals das Schlimmste verhindert, auch wenn es für ihn die größte Demütigung bedeutete.

Ihr Ehemann dagegen würde niemals aufgeben! Selbst wenn die Aussichtslosigkeit seines Unterfangens unübersehbar wäre. Hermann von Ebersberg würde lieber in den Tod gehen als vor dem Abt auf die Knie. Der Gedanke, dass dem Kirchenfürsten die Einnahme der Burg misslingen könnte, kam Lukardis überhaupt nicht.

»Herrin! Herrin, wo seid Ihr?«

Merlindes panische Rufe rissen Lukardis aus ihrer Starre. Im Vorbeilaufen griff die Burgherrin schnell noch nach einem wollenen Tuch und legte es sich über die Schultern. Die junge Magd fuhr erschrocken zurück, als die Tür unvermittelt von innen aufgerissen wurde.

»Hier seid Ihr! Habt Ihr denn noch nichts mitbekommen? Ihr könnt unmöglich einen so festen Schlaf haben. Herrin, was sollen wir nur tun? Der Abt steht mit einem ganzen Heer vor den Toren der Burg. Diether hat es mir gesagt. Oh, lieber Herrgott, steh uns bei!«, sprudelte es ohne Unterlass aus dem Mädchen heraus.

»Beruhige dich, Merlinde. Der Abt wird euch nichts tun. Und seine Soldaten handeln nur auf seinen Befehl. Er will meinen Gemahl, sonst nichts«, versuchte Lukardis die völlig aufgelöste Magd zu beruhigen.

Sie hatte keine Ahnung, wer Diether war, vermutete aber, dass es sich um einen der Wachposten handelte.

»Man weiß doch, wie das ist, Herrin!«, stammelte Merlinde und fing an zu weinen. »Der alte Siegbert bei uns im Dorf hat oft genug davon erzählt. Wenn die erst mal mit ihren Schwertern um sich schlagen, dann gibt es kein Halten mehr. Sie hauen alles kurz und klein, was sich ihnen in den Weg stellt.«

Im Stillen verfluchte Lukardis den Greis, der im Sommer vor zwei Jahren gestorben war. Als junger Mann hatte er Kriegsdienst bei seinem Lehnsherrn leisten müssen und dabei einen Arm verloren. Seltsame Zufälle hatten ihn schließlich hier auf Burg Ebersburg stranden lassen. Da er sich trotz seines Armstumpfes gut auf die Feldarbeit verstand, hatte Hermanns verstorbener Vater dem Verbleib des Versehrten zugestimmt. Die durchlittenen Grausamkeiten, die Siegbert nach wenigen Bechern Met von sich gab, waren nicht selten der Höhepunkt eines jeden geselligen Abends der Dorfgemeinschaft.

Wie aus heiterem Himmel kam Lukardis ein Gedanke, als sie auf dem Boden einen kleinen Gegenstand bemerkte. Merlinde selbst hatte sie darauf gebracht, als sie unabsichtlich mit dem Fuß dagegen gestoßen war, und mit dem Hinweis, dass die Soldaten alles und jeden erschlugen. Es erschien Lukardis wie der einzig mögliche Ausweg, denn auch sie fürchtete den Moment, wenn sich die schwerbewaffneten Männer Zutritt zum Burghof verschafft hatten.

»Dann werdet ihr euch ihnen eben nicht in den Weg stellen.«

Resolut packte sie die schluchzende Magd am Arm, bückte sich nebenbei, um nach der langen Kette zu greifen, und fragte Merlinde nach dem Verbleib der Köchin.

»Sie wollte die Küche nicht verlassen«, jammerte Merlinde. »Deshalb habe ich Euch doch gesucht, weil die Gerda nicht wegwill. Sie sitzt wie angewachsen auf einem Schemel und gibt keinen Ton von sich. Um ihre Mutter sorgt sie sich. Dabei wäre ich jetzt liebend gerne bei der alten Freda.«

Freda! Und Hilda!, schoss es Lukardis durch den Kopf. Was wird nur aus den beiden, wenn mir etwas geschieht? Hoffentlich ist Hilda so schlau und versucht nach Köln zu gelangen, anstatt auf meine Rückkehr zu warten.

Erneut krachte es gegen das Holztor. Flüchtig dachte Lukardis an die dicken Balken, die Hermann vor einigen Wochen als Verstärkung hatte anbringen lassen. Wahrscheinlich ahnte er schon länger, dass der Abt früher oder später auch gegen ihn vorgehen würde. Hatte er nicht sogar große Fässer mit Pech gelagert? Lukardis war sich nicht sicher, wusste aber, dass es in dieser Situation völlig belanglos war, denn die Zeit reichte unmöglich aus, um die zähe Flüssigkeit zu erhitzen.

Die gebrüllten Befehle ihres Gemahls drangen bis zu

ihr ins Innere der Burg. Die beiden Frauen rannten nebeneinander die Treppe hinunter und eilten zur Küche, wobei Lukardis die junge Magd hinter sich her zerrte. Einer der Knechte lief an ihnen vorbei in Richtung Halle, sonst begegnete ihnen niemand. Mit einem Mal war Lukardis froh darüber, dass es hier auf der Burg keine Bediensteten mit Familien gab. Die beiden anderen Mägde kamen immer erst am frühen Morgen vom Dorf hoch. Bisher hatte Lukardis es bedauert, dass keiner der Ritter ihres Mannes verheiratet war und sie sich als Frau hier ziemlich einsam vorkam. Jetzt war sie unsagbar froh darüber.

Die Tür zur Küche war geschlossen, und während Lukardis die Hand auf den eisernen Knauf legte, warf sie einen hastigen Blick durch einen schmalen Mauerschlitz auf den Hof hinaus. Hermann hatte seine Gefolgsleute um sich versammelt. Seinen Bruder Heinrich und den Frankensteiner konnte sie auf die Schnelle nicht erkennen. Sie vermutete aber, dass die beiden sich oben auf der Brüstung befanden, da sie die besten Bogenschützen waren. Die Soldaten, die auf der Burg unter dem Befehl ihres Gemahls standen und von denen die meisten bereits mehrere Jahre hier lebten, hatten sich an den unterschiedlichsten Punkten im Hof und auf der Brüstung postiert. Entschlossen wandte Lukardis den Blick wieder ab und drückte die Tür zur Küche auf.

Merlinde hatte die Wahrheit gesagt. Die junge Köchin hockte reglos an dem Tisch, auf dem sie sonst das Essen zubereitete. Sie hatte die Hände in den Schoß gelegt und starrte die beiden Frauen mit weit aufgerissenen Augen an. Lukardis hatte das vage Gefühl, dass Gerda geradewegs durch sie hindurchsah, denn in ihrem rundlichen Gesicht zeigte sich keine Regung.

»Gerda! Komm schon! Wir müssen hier weg!«

Die Köchin schien sie noch immer nicht wahrzunehmen. Wie jung sie auf einmal aussieht, schoss es Lukardis jäh durch den Kopf. Sie hatte Gerda stets als tatkräftige und gutgelaunte Frau erlebt, die selbst die Sorge um ihre Mutter nicht aus dem Gleichgewicht brachte. Dabei konnte die Köchin nicht viel älter als zwanzig sein.

»Gerda, steh auf! Wir verstecken uns im Keller!«

Mit einem Ruck packte Lukardis die völlig apathische Köchin am Arm und riss sie unsanft hoch. Dabei gruben sich ihre Finger in das weiche Fleisch des Oberarms.

»Verdammt, Gerda! Denk an deine Mutter! Wer soll sich denn um sie kümmern, wenn du nicht mehr bist?«

Ob es der Tatsache zu verdanken war, dass ihre Herrin zum ersten Mal in ihrem Leben geflucht hatte, oder der Erinnerung an Freda, war ohne Belang. Plötzlich regte sich Gerda wieder. Sie blinzelte zweimal, und ihr rundliches Gesicht bekam eine rötliche Färbung.

»Der Keller? Aber der ist verriegelt und Euer Gemahl hat den Schlüssel«, brachte sie stockend hervor.

»Nicht mehr!«, rief Lukardis und hielt triumphierend die Kette in die Höhe, an welcher der große Schlüssel hing. »Und jetzt los! Wir haben nicht mehr viel Zeit.«

Die Frauen eilten zurück zur Halle. Die Eingangstür war verschlossen. Lukardis, die sie als Erste erreichte, zuckte zusammen, als sie die Hand auf den Griff legen wollte und Merlinde hinter ihr aufschrie.

»Nein! Nein, ich gehe nicht raus!«

Der Blick der Burgherrin flog zwischen der Magd und Gerda hin und her, während der Lärm draußen im Hof auf einmal abzunehmen schien. Selbst die Schreie der von Pfeilen getroffenen Männer verebbten. Lukardis wusste, was das zu bedeuten hatte. Es war die gespannte Stille vor dem endgültigen Durchbruch.

»Du nimmst sie links und ich rechts«, wies sie die Köchin an, die sofort verstand, was ihre Herrin meinte.

»Du hältst jetzt den Mund, Merlinde! Denk an deine Mutter, die sich schämen würde, wenn sie dich sehen könnte«, fuhr Lukardis das hysterisch um sich schlagende Mädchen scharf an, das abrupt mit dem Geschrei aufhörte.

Lukardis zog die Tür auf. Die Männer im Hof standen mit dem Rücken zu ihnen. Niemand beachtete die drei Frauen, die mit dem Rücken zur Wand seitlich vorwärtsschlichen. Das Holz des Tores splitterte in dem Moment, als sie ihr Ziel erreichten. Die Burgherrin versuchte den Schlüssel umzudrehen, doch ihre Finger zitterten zu stark. Bei jedem Krachen des Tores zuckte sie zusammen, und das leise Wimmern Merlindes trug nicht gerade dazu bei, dass sie sich beruhigte. Beim vierten Versuch schaffte sie es endlich. Knarrend öffnete sich die niedrige Tür, und Lukardis schob die beiden Frauen an sich vorbei.

»Dort unten ist es stockdunkel«, stieß Merlinde entsetzt hervor und wehrte sich gegen die entschlossenen Griffe der beiden anderen Frauen.

»Ich kenne mich in dem Raum aus«, flüsterte Gerda ihr leise zu und erinnerte Lukardis daran, dass ihr Gemahl die Bediensteten früher oft in den Keller geschickt hatte. »Bleib dicht bei mir, ich führe dich.«

Ein ohrenbetäubendes Krachen, vermutlich war das Holztor gerade endgültig zerbrochen, ließ die drei Frauen aufschreien. In der Überzeugung, dass sich die laut johlenden Angreifer gerade Zutritt zur Burg verschafft hatten, warf Lukardis einen hastigen Blick über die Schulter. Doch zu ihrem großen Erstaunen hielt das Tor noch immer stand. Lediglich zwei oder drei Balken hatten bisher den kräftigen Stößen nachgegeben. Die Spitzen des zersplitterten Holzes ragten wie riesige Späne in die aufgerissenen Löcher des ehemals sicheren Schutzes.

»Schnell jetzt«, drängte Lukardis und gab Merlinde einen leichten Schubs.

Die beiden Frauen schlüpften durch den niedrigen Eingang und begannen mit dem Abstieg auf der steilen Treppe. Da Lukardis die Tür weiterhin offen hielt, fiel genügend Tageslicht herein, damit sie nicht stolperten.

Die Burgherrin raffte ihren Rock, um Gerda und Merlinde zu folgen, doch instinktiv warf sie vorher noch einen letzten Blick zurück. Hermann von Ebersberg hatte die Männer von der Brüstung abgezogen und als Verstärkung zu sich in den Hof geholt. Sie entdeckte ihren Schwager Heinrich in der Menge, der mit leicht gespreizten Beinen ein Stück rechts von ihrem Gemahl stand. Mit beiden Händen hielt er sein Schwert umklammert. Als hätte er ihre Anwesenheit gespürt, sah er in dem Moment über die Schulter und runzelte die Stirn. Trotz der Entfernung konnte Lukardis erkennen, dass er kaum merklich mit dem Kopf in Richtung des Stalles wies, aus dem das unruhige Wiehern der Pferde zu hören war. Sein eindringlicher Blick ruhte für den Bruchteil eines Augenblicks erneut auf ihr, so als wollte er seinen Hinweis verstärken. Dann wandte er sich von ihr ab und konzentrierte sich auf den bevorstehenden Kampf.

Lukardis wusste sofort, was Heinrich ihr mitteilen wollte.

»Versteckt euch unten. Ich mache die Tür wieder zu, sonst entdecken sie euch sofort. Ich lasse euch später wieder raus.«

Just als Lukardis die Tür zum Keller zuschlug, drückte ein heftiger Stoß das bereits gesplitterte Holz weiter auf, aber noch hielt das Tor stand. Hinter den Rücken der

Ritter, die Burg Ebersburg verteidigten, rannte Lukardis zum Stall, zog schwer atmend die Tür auf und schlüpfte hinein.

Keuchend verharrte sie für ein paar Atemzüge, dann eilte sie zur letzten Box, in der das Pferd ihres Schwagers unruhig gegen die Bretterwand schlug. Zögernd betrachtete Lukardis das aufgeregt tänzelnde, beängstigend große Tier, das niemand außer Heinrich reiten durfte. Selbst ihr Mann, der vor nichts zurückschreckte, hielt stets respektvoll Abstand zu diesem Pferd, von dem er einmal behauptet hatte, dass es vom Teufel besessen sei. Lukardis atmete einmal tief durch. Sie hatte keine Wahl. Wenn sie das bröckelnde Stück Mauer an der Rückwand der Box erreichen wollte, musste sie irgendwie an dem Pferd vorbei. Heinrich hatte ihr von der Stelle erzählt, als es um die Ausbesserungsarbeiten an der Außenmauer gegangen war, die ihr Mann seit Wochen durchführen ließ. Hermann hatte die Mahnung seines Bruders, alle Stellen im Mauerwerk dringend wieder befestigen zu lassen, nicht ernst genommen, da die Steine an einem Stück Mauer lose waren, das für Angreifer kaum zugänglich war. Darunter ging es mindestens fünfzehn Fuß steil in die Tiefe.

Aber Lukardis kannte ihren Schwager gut genug, um zu wissen, dass es eine Lösung dafür in diesem Verschlag gab. Er hätte sie sonst niemals an den gefährlichen Fluchtweg erinnert. Sie war überzeugt davon, dass Heinrich ihre Auseinandersetzung mit ihrem Mann in der letzten Nacht miterlebt hatte. Er wusste, was ihr drohte, wenn sein Bruder sie erwischte. Lukardis musste nur ihre Angst vor dem ausschlagenden Pferd überwinden. Dann läge der Weg in die Freiheit direkt vor ihr.

Erschrocken japste die Burgherrin nach Luft, als draußen ein ohrenbetäubender Jubel ausbrach. Lukardis brauchte nicht zu überlegen, warum die Freudenschreie ertönten. Der letzte Widerstand war überwunden. Das Holz des ehemals schweren und sicheren Tores war zerborsten. Es wurde knapp. Sie musste handeln, jetzt.

Entschlossen holte sie ein letztes Mal tief Luft, bevor sie den Verschlag öffnete und sich zögernd hineinwagte.

12. KAPITEL

Aus einiger Entfernung verfolgte Raban gespannt die Erstürmung der Burg, die hoch über ihnen auf dem Ebersberg thronte. Die Mauer aus graubraunem Stein zwischen den beiden hohen Türmen wirkte auf den ersten Blick uneinnehmbar. Neben ihm, nicht minder erregt, beobachtete der Fürstabt die Anstrengungen seiner Soldaten. Zum ersten Mal bemerkte Raban hektische rote Flecken auf dem sonst eher bleichen Gesicht des Geistlichen. Es beruhigte ihn, dass die kühle und abgeklärte Art des Abtes ihre Grenzen hatte. Glücklicherweise hatte Bertho seine Begründung, dass es ihm aufgrund fehlender Übung an den Fähigkeiten eines guten Schwertkämpfers mangele, ohne mit der Wimper zu zucken, akzeptiert. Warum sollte ein ehemaliger Priester auch einen passablen Kämpfer abgeben?

»Erkennt Ihr nun, warum ich nicht länger warten wollte? So habe ich dem Ebersberger keine Möglichkeit gegeben, eine stärkere Verteidigung aufzubauen. Er hat weder die Zeit, kochendes Wasser noch heißes Pech auf meine Männer herunterzuschütten. Eines könnt Ihr mir glauben: Hermann von Ebersberg hat für diesen Fall vorgesorgt. Er ist ein Mensch, der alle Eventualitäten berücksichtigt«, sagte Bertho, ohne den Blick von der Burg zu nehmen.

»Ganz kann ich Euch nicht zustimmen. Denn wenn er ein Mensch mit Weitblick wäre, hätte er sich von Euren

Truppen nicht derart spät überraschen lassen. Da haben ganz offensichtlich nicht nur die Wachen im Dienst geschlafen, sondern auch der Burgherr mit seinen Gefährten am gestrigen Abend ein viel zu heftiges Gelage gefeiert. Anders kann ich mir nicht erklären, warum sie sich von Euch derart haben überrumpeln lassen«, erwiderte Raban und runzelte die Stirn, als weitere Kämpfer von Pfeilen getroffen zu Boden gingen.

»Da! Das Tor! Sie haben es geschafft!«, unterbrach der Abt aufgeregt seine düsteren Gedanken.

Fasziniert beobachtete Raban, wie das Holz unter dem nächsten kräftigen Schlag des Sturmbocks mit einem hässlichen Geräusch brach. Der Sieg lag nun in greifbarer Nähe. Fast gleichzeitig erscholl der Jubel der Soldaten, in dem der gebrüllte Befehl zum Rückzug von der Brüstung beinahe unterging. Die fast greifbare Erleichterung der Männer des Abtes erfasste auch Raban wie eine Welle und er fiel in die Jubelrufe ein. Nachdem die Pfeile von einem Moment auf den anderen nicht mehr auf sie herabregneten, nahm der Ansporn der Angreifer deutlich zu. Raban traute seinen Augen kaum, als sofort mehrere Männer versuchten, sich durch den Spalt zu zwängen. Ihm war klar, dass das Wagnis nicht eingegangen werden durfte, denn im Hof, hinter dem zersplitterten Tor, warteten die Ebersberger Bogenschützen nur darauf, die Eindringlinge niederzumähen.

»Pfeift Eure Männer zurück! Das Loch muss größer werden, damit sie mit mehreren in den Hof gelangen können«, drängte Raban den Fürstabt, der die Augen zusammenkniff und schließlich zustimmend nickte. Er gab einigen Soldaten in ihrer Nähe einen knappen Befehl, woraufhin einer der Männer mit seinem unruhig tänzelnden Pferd sofort losprechte.

Im nächsten Augenblick hatten sie den kompletten Durchbruch erreicht. Das Brüllen der Männer, die sich ins Kampfgeschehen drängten, steckte auch die anderen an, die weiter hinten warteten.

Selbst Raban spürte eine zunehmende Nervosität. Immerhin hing viel für ihn davon ab, ob Hermann von Ebersberg den Sturm überlebte und als Gefangener eine Aussage zum Überfall machen konnte. Würde er im Kampf fallen, hätte Raban sein Leben lang mit der Ungewissheit zu kämpfen, ob sie den richtigen Mann zur Verantwortung gezogen hatten. Und was mit seiner Schwester und dem kleinen Arndt geschehen war.

Er murmelte eine Entschuldigung und dirigierte sein Pferd ein Stück nach rechts. Voller Befriedigung sah er zu, wie das Tor endgültig seinen Widerstand aufgab und die Angreifer in größeren Gruppen durchkamen. War seine Weigerung zu kämpfen falsch gewesen? Hätte er sich persönlich um das Überleben des Burgherrn kümmern müssen? Er war sich nicht sicher.

Ein Poltern, das nicht zu den Geräuschen des Kampfes passen wollte, zog seine Aufmerksamkeit auf sich. Schräg links hinter sich hörte er das Kampfgeschrei der nachrückenden Soldaten. Kaum jemand befand sich noch in seiner Nähe. Während alle fasziniert zum zerborstenen Eingang der Burg starrten, ließ Raban seinen Blick über die Außenmauer schweifen, die sich an den rechten Turm anschloss.

Daher entging ihm als Einzigem der kleine Steinschlag nicht, der den Abhang aus Geröll unter dem steinernen Gemäuer nach unten polterte. Irritiert versuchte Raban, die Ursache dafür zu erkennen. Die Außenmauer wirkte zwar an manchen Stellen brüchig und schien nicht überall ausgebessert zu sein, trotzdem erschien sie ihm nicht so reparaturbedürftig, dass sich einfach so Steine daraus lösten. Dort drüben war kein Angriff zu erwarten, denn der Hang ging direkt unter der Mauer mindestens vierzehn Fuß in die Tiefe, und darunter tat sich dichtes Gebüsch auf. Raban konnte nachvollziehen, dass die Mauer dort nicht verstärkt worden war. Langsam lenkte er sein Pferd ein Stück näher, um einen besseren Blick zu erhalten. Er staunte nicht schlecht, als wie aus heiterem Himmel ein dickes Seil aus der Öffnung schnellte und gleich darauf zwei Füße zu sehen waren. Es überraschte ihn nicht, als einen Atemzug später wohlgeformte Beine und ein hochgerutschter Rock folgten, denn an den Schuhen hatte er sofort erkannt, dass da gerade eine Frau die Flucht wagte. Hastig sah er über die Schulter. Die meisten Soldaten hatten inzwischen das Tor erreicht. Auch der Fürstabt war nirgendwo zu sehen, woraus Raban schloss, das die Übernahme der Burg unmittelbar bevorstand. Er war zugegen gewesen, als der Klostervorsteher die Festsetzung Hermanns von Ebersberg befohlen hatte. Bertho wollte unter allen Umständen vermeiden, dass der Burgherr bei dem Kampf getötet wurde und sich so der Anklage entzog.

»Verdammt!«

Einige der Männer aus dem Heer hielten sich offensichtlich zurück und beobachteten die nähere Umgebung. Einer von ihnen hob kurz die Hand, als er Raban bemerkte, und wandte sich dann wieder den anderen zu. Die Gefahr, dass sie die Frau ebenfalls bemerkten, war zwar gering, doch völlig auszuschließen war sie nicht.

»Sie wird noch abstürzen, wenn sie weiter so herumzappelt«, murmelte Raban, sprang vom Pferd und rannte los.

Im Laufen überlegte er sich, wie er es bewerkstelligen sollte, nah genug an die Flüchtende heranzukommen, ohne selbst den Hang hinabzurutschen. Mittlerweile hatte die Frau das Loch verlassen und hing an dem Seil, wobei selbst aus der Entfernung klar war, dass ihre Kräfte nicht lange reichen würden. Immer wieder versuchte sie sich mit den Füßen an dem dicken Seil Halt zu verschaffen, doch Raban erkannte an ihren hektischen Bewegungen, dass die ständigen Fehlschläge Panik in ihr auslösten. Die Frau hing mit dem Rücken zu ihm und war fast vollständig von einem Umhang bedeckt. Der Wind traf mit voller Wucht auf diese Seite der Burg und zerrte an der Kapuze. Noch bevor er sein Werk vollendet hatte und die schwarzen, langen Haare zum Spielball der Naturgewalt wurden, war Raban schlagartig klar, wer dort noch fast zehn Fuß über dem Abgrund an dem Seil hing. Er verfluchte seine Unaufmerksamkeit, denn anhand der feinen Lederstiefel hätte er es sofort erkennen müssen.

Mittlerweile hatte Raban den Abhang erreicht. Er rammte die Absätze seiner Stiefel in den lockeren Boden und fand an einer Wurzel Halt. Dann legte er den Kopf in den Nacken und zischte: »Verdammt, Ihr dürft nicht so zappeln!«

Der Kopf der Frau fuhr herum, doch die Haare verdeckten fast das gesamte Gesicht. Einzig die weit aufgerissenen Augen starrten ihn aus den schwarzen Strähnen heraus an. Sie sind grün, schoss es ihm durch den Kopf, bevor er sich selbst ermahnte und im Stillen hoffte, dass sie nicht vor lauter Schreck das Seil losließ.

»Wenn Ihr Euch so hektisch bewegt, dann verliert Ihr nur unnötig Kraft. Lasst Euch ganz langsam, Stück für Stück an dem Seil herab und presst dabei immer wieder die Füße zusammen, um mehr Halt zu bekommen«, befahl er der Frau des Mannes, der möglicherweise bereits erschlagen im Innenhof seiner Burg lag.

»Ich kann mich nicht mehr lange halten«, stöhnte die Flüchtende und schloss für einen Moment die Augen.

»Nur noch ein kurzes Stück«, ermutigte Raban sie, während er langsam den Hang hinabrutschte. »Ihr schafft das.«

Leise fluchend suchte er nach irgendetwas, das ihm Halt bot, aber außer dem knorrigen, vor langer Zeit abgestorbenen Rest eines Busches, entdeckte er nichts. Wenigstens werden ihre Bewegungen ruhiger, dachte er, als er kurz nach oben spähte. In dem Moment begegnete sie seinem Blick. Raban wusste sofort, dass ihre Kräfte nicht mehr ausreichten. Er ließ den Ast los und rutschte noch ein Stück weiter den Abhang hinunter. Den Gedanken daran, wie sie wieder hochkommen sollten, verschob er auf später.

Ein unterdrückter Schrei zog seine Aufmerksamkeit auf sich. Die Frau suchte mit den Stiefeln Halt und rutschte dabei weiter nach unten. Raban war froh darüber, dass sie nicht komplett losließ, wagte jedoch nicht an ihre Hände zu denken, die sie sich an dem rauen Seil sicher aufgeschürft hatte. Er rammte den rechten Absatz in den Boden, um wenigstens eine kleine Stütze zu erhalten, und hob seine Arme.

»Lasst los, ich fange Euch auf!«

Zu seiner Überraschung folgte sie seiner Aufforderung nicht sofort, sondern rutschte noch ein kleines Stück tiefer. Raban bekam knapp ihre Stiefel zu fassen, bevor ihre Kräfte sie im Stich ließen. Sie fiel ihm entgegen, und im selben Moment schlang er beide Arme fest um ihren Körper.

Die Wucht ihres Aufpralls riss ihn mit und beide gingen zu Boden. Raban hörte dicht neben sich ein schmerzhaftes Stöhnen, während er instinktiv die rechte Hand von ihr löste und nach Halt suchte. Aus dem Augenwinkel bemerkte er, dass auch die schmalen Hände der Frau erfolglos über den harten Boden fuhren. Sie glitten unaufhörlich weiter, ohne dass er irgendetwas zu fassen bekam. Erst eine Buschreihe, die sich unterhalb der Mauer nach fast fünfzehn Fuß an den Hang klammerte, stoppte sie.

»Alles in Ordnung bei Euch?«, fragte Raban besorgt.

Die Frau rührte sich in seinem Arm, bis ihm klarwurde, dass sie versuchte, sich aus seinem Griff zu befreien. Sofort lockerte er seine Umklammerung.

»Ja, ich glaube schon«, murmelte sie, bevor sie sich langsam zu ihm umdrehte.

Wieder fielen ihm ihre Augen auf. Noch nie zuvor hatte er ein tieferes Grün gesehen. Spontan fühlte er sich an den dichten Moosteppich in der Nähe des kleinen Sees erinnert, auf dem er sich in seiner Kindheit gerne ausgestreckt hatte, um seinen Träumen nachzuhängen.

»Danke«, sagte sie schlicht und versuchte aufzustehen, wobei ihr langes Kleid und der Umhang ziemlich hinderlich waren.

Raban war als Erster auf den Beinen, und als die Frau ins Schwanken geriet, weil sie mit einem Fuß auf ihren Saum getreten war, umfasste er ihr Handgelenk.

»Wollt Ihr mir nicht sagen, wer Ihr seid?«

»Wozu braucht Ihr eine Bestätigung«, fragte sie unwirsch und versuchte sich aus seinem Griff zu befreien. »Ihr habt mich doch gestern bereits im Burghof gesehen und konntet aus der Unterhaltung mit Otwin heraushören, wer ich bin.«

»Ihr habt völlig recht«, stimmte Raban ihr zu, ohne ihrem Ziehen nachzugeben. Ihr hochmütiges Verhalten in dieser Situation missfiel ihm zwar, doch er hielt es für eine Art Selbstschutz. Weit mehr ärgerten ihn die Gefühle, die ihr Anblick und die Nähe zu ihr in ihm auslösten. »Dann seid Ihr sicher auch nicht überrascht, wenn ich Euch nicht gehen lassen kann. Der Fürstabt möchte ganz bestimmt auch ein paar Worte mit der Gemahlin Hermanns von Ebersberg wechseln. Von der ich selbst den Namen nicht weiß.«

»Lukardis«, flüsterte sie und hielt mit einem Mal in ihren Versuchen, sich zu befreien, inne. »Lukardis von Ebersberg. Bitte, Ihr müsst mich gehen lassen! Ich weiß nichts von diesen Überfällen, aber ich kann Euch sagen, wo die Beute lagert. Leider habe ich selbst erst vor zwei Tagen Verdacht geschöpft und das Versteck entdeckt.«

»Das könnt Ihr alles dem Klostervorsteher erzählen«, gab Raban ungerührt zurück.

Er wandte sich um und überlegte, ob es klüger wäre, noch ein Stück bergab zu gehen, um eine Stelle zu wählen, die einen leichteren Aufstieg versprach. Da hörte er von oben plötzlich Stimmen, die näher zu kommen schienen. Reflexartig zog er die Frau des Ebersbergers hinter sich her, bis sie nach ein paar Schritten im Schutz der Büsche Deckung fanden. Warum er so handelte, hätte er in dem Augenblick niemandem erklären können.

»Das mache ich auch. Wirklich! Aber mein Gemahl darf davon nichts wissen. Er darf auch niemals erfahren, dass ich versucht habe zu fliehen. Bitte, lasst mich gehen! Ich verspreche Euch, dass ich morgen nach Fulda kommen und dem Fürstabt Rede und Antwort stehen werde«, beschwor ihn die Frau eindringlich.

Mit einem Mal fiel Raban wieder ein, was der Ritter am gestrigen Tag zu ihr im Hof gesagt hatte, bevor die beiden ihn bemerkt hatten. Sie hatte Angst. Panische Angst. Trotzdem zögerte er.

»Es gibt da noch etwas«, begann sie erneut, brach dann aber ab und schien nach Worten zu suchen.

Raban musterte ihr blasses, schmales Gesicht. Um ihre Mundwinkel herum zuckte es, und sie senkte den Kopf, als könnte sie seinen intensiven Blick nicht ertragen.

Oder als hätte sie es sich anders überlegt und suchte nun nach einer plausiblen Erklärung, dachte Raban kurz, dessen Aufmerksamkeit sich ganz auf die fein geschwungene Linie ihres schlanken Halses richtete.

»Wenn Ihr mir immer noch nicht glauben solltet, dann fragt die beiden Frauen, die in dem Kellerraum Zuflucht gesucht haben. Sie werden meine Worte, ohne zu zögern, bestätigen«, fuhr sie mit einem leichten Zittern in der Stimme fort.

»Also gut«, hörte Raban sich selbst sagen und verfluchte innerlich seine mangelnde Konsequenz. »Aber Ihr werdet nicht einfach verschwinden, sondern mir sagen, wo Ihr Euch bis morgen aufhaltet.«

Ein Anflug von Panik spiegelte sich in ihren Augen. Sollte er sich in seiner Einschätzung ihrer Person getäuscht haben? Hatte sie womöglich gar nicht vor, den Abt morgen aufzusuchen?

»Im Haus des Dorfvorstehers«, antwortete sie schließlich nach kurzem Zögern.

Raban nickte kurz und ließ ihr Handgelenk los.

»Am besten wir gehen quer rüber, dann müssten wir eigentlich wieder auf den Pfad gelangen, der zur Burg hinaufführt.«

Seine Vermutung hatte ihn nicht getäuscht. Der Weg zwischen den Büschen hindurch war zwar mühsam, aber kurz darauf hatten sie das Dickicht hinter sich gelassen. Jetzt erst fiel Raban auf, dass der Kampflärm verebbt war. Er wollte sich gerade zu seiner Begleiterin umdrehen, als sich ihnen zwei Reiter näherten, die direkt auf sie zuhielten. Da es für eine Flucht zu spät war, schob Raban

Lukardis hinter sich und wartete nach außen gelassen auf die Soldaten des Abtes.

»Wer versteckt sich hinter Eurem Rücken?«, fragte der ältere der beiden in barschem Ton.

Raban ließ sich seine Verwunderung über den respektlosen Ton nicht anmerken, obwohl der einfache Soldat unbestreitbar unter ihm stand. Die Männer waren Raban unbekannt und schienen auch nicht zu wissen, wen sie vor sich hatten. Bertho hatte den ehemaligen Knappen nur wenigen seiner Ritter als persönlichen Berater vorgestellt. Wobei Raban selbst seine Stellung beim Abt nicht klar zu definieren vermochte.

»Eine der Bediensteten des Ebersbergers. Ich habe sie vorhin in ihrem Versteck aufgespürt und wollte sie rauf zu den anderen bringen, sobald die Kampfhandlungen vorbei sind.«

»Sie sind vorbei. Der Sieg ist unser!«, sagte der jüngere Reiter, den Raban auf höchstens achtzehn schätzte.

»Wir haben Befehl, alle verdächtigen Personen in den Burghof zu bringen«, sagte der andere, ohne auf Rabans Erklärung einzugehen, und wies Lukardis mit knappen Worten an vorzutreten.

»Ich habe sie gefunden, daher werde ich sie auch selbst abliefern«, sagte Raban ruhig, ohne seinen Griff um das Handgelenk von Lukardis zu lockern.

Mit der rechten Hand schob er den Umhang zur Seite und legte die Finger locker auf den Griff seiner Waffe.

»Ich weiß zwar nicht, wer Ihr seid, aber ganz sicher habt Ihr nicht die Befugnis, Euch dem Befehl des Fürstabts zu widersetzen«, sagte der ältere Soldat und legte ebenfalls eine Hand auf sein Schwertheft.

»Mein Name ist Raban von Elfershausen, und ich bin auf ausdrücklichen Wunsch des Fürstabtes hier«, sagte der Gefragte gelassen und wartete einen Moment ab. Dabei spürte er, wie Lukardis hinter seinem Rücken zusammenzuckte. »Ihr könnt Euch sicher sein, dass Euer oberster Heerführer keine Einwände gegen mein Handeln erheben wird.«

Der Soldat beugte sich im Sattel ein wenig nach vorn, was Raban ärgerte, weil ihm seine unterlegene Position dadurch noch bewusster wurde, und setzte zu sprechen an. Da legte der Jüngere ihm eine Hand auf die Schulter. Unwirsch über die Unterbrechung, machte er den Mund wieder zu und drehte sich zur Seite. Von zunehmender Ungeduld erfüllt, beobachtete Raban das wechselnde Mienenspiel des Mannes. Die anfängliche Verärgerung wandelte sich in Ungläubigkeit, bis zuletzt nur noch Unsicherheit übrig blieb.

Just in dem Moment, als der Ältere erneut ansetzte, wusste Raban, wieso ihm der zweite Reiter so bekannt vorkam. Dieser hatte sich vor zwei Tagen bei einer kleineren Gruppe von Soldaten befunden, als Raban ein wenig abseits seine Schwertübungen durchgeführt hatte. Das klostereigene Gelände, das außerhalb des Klosterbezirks lag, war ihm als Übungsort genannt worden.

»Also gut. Von mir aus könnt Ihr sie selbst abliefern. Nichtsdestotrotz werde ich dem Fürstabt Meldung darüber machen«, brummte der ältere Soldat und gab dem anderen ein Zeichen.

Damit preschten die beiden davon.

»Was wollt Ihr jetzt tun?«, fragte die Frau des Ebersbergers, nachdem sich die beiden Reiter ein gutes Stück entfernt hatten.

»Macht Euch darüber keine Gedanken«, wiegelte Raban ab. »Ihr schafft es allein ins Dorf?«, fragte er, plötzlich von Zweifeln befallen.

Ihr blasses Gesicht und die schmale Gestalt ließen sie zerbrechlicher wirken, als es der Realität entsprach, sonst hätte sie niemals diesen Fluchtweg gewählt. Ihm fiel auf, dass sie für eine Frau ungewöhnlich groß war, was möglicherweise auch an ihrer aufrechten Haltung lag.

»Selbstverständlich«, antwortete sie und fügte nach kurzem Zögern hinzu: »Ich werde dem Abt morgen zur Verfügung stehen.«

»Haltet Euch etwas abseits des Weges. An der nächsten Biegung sind zwei Posten abgestellt, danach habt Ihr nichts mehr zu befürchten.«

»Vielen Dank für Eure Hilfe, Herr Raban. Und bitte vergesst nicht, nach den beiden Frauen in dem Keller zu sehen«, bat Lukardis von Ebersberg ihn und hielt ihm einen großen Schlüssel hin.

Sie machte sich auf den Weg, kaum dass Raban ihn an sich genommen hatte. Die flüchtige Berührung ihrer Hand spürte er selbst dann noch in seinen Fingerspitzen, als die Burgherrin nicht mehr zu sehen war.

Die Gewissensbisse, die Lukardis seit dem Abschied von Raban beschlichen, hatten sich nicht nur in ihrem Herzen festgesetzt, sondern breiteten sich stetig in ihr aus. Fredas Hütte war nicht mehr weit entfernt, als die Burgherrin den Entschluss fasste, ihr gegebenes Wort wenigstens teilweise einzulösen, und die entgegengesetzte Richtung einschlug. Glücklicherweise war sie gut zu Fuß und trug festes Schuhwerk, so dass sie das Dorf nach einem halbstündigen, kräftigen Marsch erreicht hatte.

Aufmerksam schlich sie durch das Dorf. Vor den meisten Fensteröffnungen hingen noch von der letzten Nacht die Decken oder Tierhäute und die Türen waren verschlossen. Keine Menschenseele war zu sehen. Noch nicht einmal die Kinder, die sonst zwischen den Häusern herumliefen oder die Tiere auf die Wiesen trieben, ließen sich blicken. Um diese Zeit herrschte normalerweise rege Betriebsamkeit, die jetzt im Herbst auch notwendig war, um alle Vorbereitungen für den nahenden Winter zu treffen. Lukardis warf einen finsteren Blick zur Burg hinauf, doch von hier unten gab es keinerlei Anzeichen für die verbissenen Kämpfe, die noch vor kurzem auf der Anhöhe vor und in den trutzigen Gemäuern gewütet hatten. Sie konnte es den Bewohnern nicht verdenken, dass sie sich in den trügerischen Schutz ihrer Häuser zurückgezogen hatten, obwohl sie aus eigener Erfahrung wusste, dass der Abt seinen Männern untersagte, die Ortschaften zu plündern.

Die Ruhe, die Lukardis umgab, war schon fast gespenstisch. Vielleicht lag es auch an dem unangenehm eisigen Wind, der seit Tagen mit gleichbleibender Kraft tobte, dass es die junge Frau mit einem Mal fröstelte. Sie zog die Enden ihres Umhangs vor der Brust zusammen und wünschte sich ihre warmen Fäustlinge aus Lammfell herbei, die sie am Tag ihrer Vermählung von Hermann erhalten hatte.

Als sie das Haus des Dorfvorstehers erreicht hatte, warf Lukardis einen flüchtigen Blick zur Schmiede und stutzte, denn für einen Moment kam es ihr so vor, als hätte sich die Abdeckung vor der Fensteröffnung bewegt.

»Lukardis! Unserem Herrgott sei Dank!«

Sie fuhr herum und stand jenen beiden Menschen gegenüber, die sie im wenigsten hier erwartet hätte. Erst jetzt bemerkte sie aus dem Augenwinkel drei Pferde, die geduldig an der linken Hauswand warteten und genüsslich kauten.

»Vater! Mutter! Was macht Ihr denn hier?«

»Auch wenn wir zurückgezogen leben, bedeutet das nicht, dass dein Vater sich nicht regelmäßig über alles berichten lässt«, sagte Elisabeth von Wartenberg und befahl ihre Tochter ins Haus.

Lukardis erahnte hinter der starren Maske ihrer Mutter das blanke Entsetzen. Jäh wurde ihr bewusst, was für einen Anblick sie ihren Eltern bot. Ihr Kleid samt Umhang war von der feuchten Erde des Hanges völlig verschmutzt und wies zudem einige Risse auf. An den Zustand ihrer Haare versuchte sie gar nicht erst zu denken, und das Brennen an ihrem rechten Bein ignorierte sie ebenfalls.

»Wir haben uns solche Sorgen gemacht, als der Bote des Grafen uns von dem bevorstehenden Angriff des Abtes unterrichtet hat. Es war zu spät, um deinen Gemahl zu warnen, aber die Angst um dich hat mir keine Ruhe gelassen«, sagte ihr Vater und legte ihr beide Hände auf die Schultern.

Unter seinem prüfenden Blick traten Lukardis Tränen in die Augen. Wortlos zog Heinrich von Wartenberg seine Tochter an sich. Die junge Frau konnte sich nicht erinnern, wann er sie das letzte Mal umarmt hatte, und genoss für einen Moment das innige Gefühl.

»Meine Güte! Wie siehst du bloß aus?«, hörte sie ihre Mutter hinter sich murmeln, die den Augenblick der Nähe damit zerstörte.

Lukardis löste sich aus den Armen ihres Vaters und drehte sich langsam um. Erst in diesem Moment bemerkte sie Adalberta und ihren Mann, die mit besorgten Mienen am Tisch saßen. Ihr jüngster Sohn stand hinter seiner Mutter und hatte die Hände auf ihre Schultern gelegt.

»Es gab nicht sehr viele Möglichkeiten für mich, von der Burg zu fliehen«, antwortete Lukardis ihrer Mutter.

»Leider konnte ich dabei keine frischen Kleider mitnehmen.«

Elisabeth von Wartenberg runzelte bei der ungewohnt flapsigen Antwort ihrer Tochter die Stirn, verkniff sich jedoch eine Erwiderung.

Die junge Burgherrin wandte sich an die Familie des Dorfvorstehers, um wenigstens einen Teil von deren Sorgen zu mindern.

»Merlinde befindet sich an einem sicheren Ort. Sie versteckt sich zusammen mit Gerda im Keller, und ich bin mir sicher, dass den beiden nichts geschehen wird«, sagte Lukardis und hoffte dabei im Stillen, dass sie ihre Worte nicht später bereuen würde. Die Erleichterung auf den Gesichtern der drei tat ihr dennoch gut, und sie schenkte ihnen ein aufmunterndes Lächeln.

»Was ist dort oben geschehen? Kannst du uns irgendetwas über den Angriff erzählen?«, fragte Heinrich von Wartenberg seine Tochter.

Mit knappen Worten berichtete Lukardis von der Unterredung ihres Mannes mit dem Abt und der darauf folgenden Erstürmung der Burg.

»Da ich bereits im Stall war, als die Angreifer das Burgtor durchbrachen, kann ich leider nicht sagen, wie viele Tote die Kampfhandlungen gefordert haben. Ich musste mich auf das völlig verstörte Pferd konzentrieren und seinen Hufen ausweichen, während ich die losen Steine der hinteren Mauer durchgestoßen habe. Hätte das Seil nicht an der Bretterwand gehangen, wäre meine Flucht an der Stelle zu Ende gewesen«, bekannte Lukardis und verschwieg die Erinnerung an die beiden schmerzhaften Tritte des Tieres.

Alles in allem hatte sie großes Glück gehabt, dass beide Male ihre Oberschenkel als Ziel hergehalten hatten. Die blauen Flecke verschwanden sicher bald wieder, und gegen die Schmerzen wusste Freda Abhilfe zu schaffen.

»Du hast an einem Seil über dem Abgrund gehangen?«, fragte ihre Mutter und schauderte. »Was für ein Glück, dass dich niemand dabei gesehen hat. Wenn ich mir nur vorstelle, wo sich dein Rock dabei befunden haben muss! Ach, Lukardis. Unsere Familie ist wirklich nicht gut von Fortuna bedacht.«

»Was redest du nur für einen Unsinn, Frau!«

Lukardis und ihre Mutter fuhren bei der scharfen Zurechtweisung zusammen. Es kam nicht oft vor, dass Heinrich von Wartenberg die Stimme erhob.

»Auch wenn das Schicksal es nicht immer gut mit uns gemeint hat, so haben wir doch mehr als die meisten anderen Menschen. Und Lukardis steht das Glück zur Seite, sonst wäre ihr wohl kaum die Flucht geglückt.«

Die verkniffene Miene seiner Frau war Antwort genug.

»Du wirst mit deiner Mutter auf ihrem Pferd reiten und die weitere Entwicklung der Ereignisse bei uns abwarten. Ich werde den Grafen davon unterrichten«, bestimmte Heinrich von Wartenberg.

In dem Moment klopfte es zweimal hart an der Tür, und einer der Männer, die sich am längsten in den Diensten ihres Vaters befanden, steckte den Kopf herein.

»Wir sollten so schnell wie möglich aufbrechen, Herr. Die Zeit drängt«, mahnte er und verschwand nach einem zustimmenden Nicken Heinrichs wieder.

»Ich komme nicht mit Euch, Vater«, sagte Lukardis leise, aber mit einer Bestimmtheit, die ihre Eltern aufhorchen ließen.

»Was soll das heißen, Kind?«, fragte ihre Mutter spitz. »Natürlich bleibst du bei uns, bis sich die Lage wieder beruhigt hat. Das Verhältnis zwischen dem Abt und deinem Vater ist geprägt von Besonnenheit und Vernunft. Er wird dich unbehelligt lassen.«

»Es geht nicht, weil ich jemandem mein Wort gegeben habe. Ich werde dem Abt Rede und Antwort stehen, wenn er mich sehen will«, widersprach die junge Frau und berichtete nach kurzem Zögern von ihrer Begegnung mit Raban.

»Um Himmels willen! Dich hat also doch jemand beobachtet, während du an diesem Seil hingst? Wie stellst du dir das eigentlich vor? Du kannst nicht einfach so auf die Fragen des Abtes antworten und damit womöglich das Todesurteil gegen deinen Mann sprechen!«, ereiferte sich ihre Mutter. »Hast du vergessen, was dieser selbstherrliche Kirchenfürst uns angetan hat? Was glaubst du denn, was mit deinem Vater geschieht, wenn du gegen deinen Gemahl aussagst? Die Adligen hier in der Gegend werden ihm das Leben zur Hölle machen. Allen voran der ehrenwerte Graf von Ziegenhain. Ist dir das denn nicht klar?«

Wie Hagelkörner prasselten die Anschuldigungen auf Lukardis herab. Bis vor kurzem hätte die junge Frau sich innerlich unter den spitzen Bemerkungen geduckt, bis sie ganz klein gewesen wäre. Doch diesmal bewirkten die anklagenden Worte genau das Gegenteil. Lukardis atmete tief durch und hielt dem wütenden Blick ihrer Mutter stand.

»Ich muss tun, was ich für richtig halte, Mutter! Sollte Hermann wirklich für diese Schandtaten die Verantwortung tragen, dann muss er zur Rechenschaft gezogen werden. Decke ich ihn und seine mörderischen Taten, mache ich mich mit am Leid der Menschen schuldig. Ich könnte niemals mehr ruhig schlafen«, erwiderte Lukardis mit fester Stimme.

Sprachlos starrte Elisabeth von Wartenberg ihre Tochter an. Noch nie zuvor hatte die junge Frau so zu ihr gesprochen. Bevor sie sich von ihrem Schrecken erholt hatte, mischte sich ihr Mann ein.

»Unsere Tochter hat recht. Oder hast du vergessen, das selbst arme, unschuldige Pilger überfallen wurden?«, sagte er mahnend.

»Vertraut mir bitte«, sagte Lukardis. »Ich werde einen Weg finden, der Euch nicht schadet.«

»Natürlich vertraue ich dir, mein Kind. Du bist nur unserem allmächtigen Herrn Rechenschaft schuldig. Vergiss das nicht«, erinnerte Heinrich seine Tochter und strich ihr zärtlich über die Wange. »Gott beschütze dich.«

Obwohl die Geste nur sehr flüchtig war, musste Lukardis vor Rührung schwer schlucken.

»Werde ich nicht. Bestimmt nicht!«

Heinrich wandte sich zum Gehen, während seine Frau noch zögerte. Dann nickte sie ihrer Tochter knapp zu und folgte ihrem Mann nach draußen.

Als die Tür hinter ihren Eltern zufiel, erfasste eine Woge der Erleichterung die junge Burgherrin. Sie hatte sich gegen ihre Mutter behauptet und war standhaft geblieben. Ein leichtes Zittern in den Händen zeugte von der Anspannung, die nun wie ein Stein von ihr abfiel. Im nächsten Moment war Adalberta bei ihr. Fürsorglich legte sie einen Arm um Lukardis und gab ihr wortlos Halt.

Eine halbe Stunde später verließ auch die Burgherrin das Haus des Dorfvorstehers. Gegen den vehementen Protest der Familie und mit dem Versprechen, sich am nächsten Morgen wieder bei ihnen zu melden. Sie hatte etwas zu erledigen, das keinen Aufschub duldete.

»Lukardis! Nach deinem letzten Besuch hatte ich schreckliche Angst, dass du nicht mehr kommst«, rief Hilda, kaum dass die junge Frau die Hütte betreten hatte.

»Fast wäre es auch so gekommen«, antwortete Lukardis und erwiderte die stürmische Umarmung.

»Was ist geschehen?«, mischte sich Freda ein, die mit Arndt ein paar Kräuter sortierte. »Ihr seht aus, als wärt Ihr vom Pferd gefallen.«

Erst jetzt fiel Hilda das lädierte Äußere der liebgewordenen Freundin auf, der sie ihr Leben zu verdanken hatte.

»Freda hat recht«, stieß sie entsetzt aus und hielt sich erschrocken die Hand vor den Mund, als ihr Sohn anfing zu weinen. Eine erhobene Stimme reichte aus, um die labile Gemütslage des Jungen aus dem Lot zu bringen. Der sonst so robuste kleine Kerl war äußerst dünnhäutig geworden, wie Hilda vor einigen Tagen besorgt festgestellt hatte.

»Entschuldige, mein Schatz«, bat die junge Mutter und strich ihrem Sohn übers Haar. Arndt reagierte nicht darauf, sondern verharrte schutzsuchend mit dem Kopf in Fredas Schoß.

»Du siehst fast noch schlimmer aus als ich, und das will was heißen«, flüsterte Hilda nach einem leisen Seufzer. »Was ist dir widerfahren?«

»Sie haben die Burg angegriffen«, erwiderte Lukardis. »Mir ist im letzten Moment die Flucht gelungen, allerdings hat mich ein Gefolgsmann des Abtes aufgegriffen.«

»Um Himmels willen!«, flüsterte Hilda und legte eine Hand auf den Brustkorb. »Wie bist du entkommen?«

Warum, zum Henker, sage ich ihr nicht einfach, dass ihr Bruder sich ganz in der Nähe befindet und dass er es war, der mich hat laufen lassen?, schoss es Lukardis durch den Kopf, während sie im selben Moment eine andere Antwort formulierte.

»Er hat mir geglaubt, als ich ihm sagte, dass ich morgen im Haus des Dorfvorstehers warten werde, sollte Abt Bertho Fragen an mich haben.«

Lukardis zuckte zusammen, als Hilda sie unvermittelt am Arm packte und dabei genau eine der vielen schmerzenden Schrammen erwischte. Ihr Gesicht schien mit einem Mal zu glühen, und in ihren Augen lag ein Funkeln, das Lukardis noch nie zuvor bei ihr gesehen hatte.

Es war richtig, dass ich ihr noch nichts von Raban erzählt habe, überlegte die Burgherrin. Sollte sie meine Entscheidung nicht verstehen, dann muss ich wenigsten nicht befürchten, dass Raban sich einmischt.

»Du willst also dem Abt von deinem Mann berichten? Davon, was er uns angetan hat? Was er meinem Mann angetan hat?«

»Du tust mir weh«, beschwerte sich Lukardis und entwand sich Hildas Griff. »Ich werde ihm das sagen, was ich weiß.«

Das Funkeln verschwand so schnell, wie es gekommen war, und eine steile Falte zeigte sich zwischen Hildas schön geschwungenen dunklen Augenbrauen, die in faszinierendem Kontrast zu ihren blonden Haaren standen.

»Was genau meinst du damit?«, fragte sie misstrauisch.

Lukardis wusste instinktiv, dass der Zeitpunkt gekommen war. Möglicherweise riskierte sie mit ihrer Antwort einen Bruch der noch frischen und daher äußerst zerbrechlichen Freundschaft. Trotzdem konnte sie nicht anders handeln. Sie würde es sich niemals verzeihen, sollte ihr Vater aufgrund ihres Verhaltens seinen mühsam wiederaufgebauten Lebensstandard erneut verlieren. Noch einmal würde er es nicht verkraften, darüber war sich Lukardis im Klaren. Sie musste den Spagat zwischen einer Verurteilung Hermanns und ihrer eigenen, inoffiziellen Rolle bei der Sache irgendwie bewerkstelligen.

»Damit meine ich, dass ich von meinem Fund in dem Vorratsraum der Burg erzählen werde, und, sofern du das willst, wie du mir bestätigt hast, dass die Ampulle aus euren Beständen stammt. Sicher kannst du weitere Waren identifizieren, womit bestätigt wäre, dass mein Gemahl an den Überfällen in irgendeiner Form beteiligt war«, erwiderte Lukardis mit einer Ruhe, die sie in keiner Weise empfand.

»Was ist mit den maskierten Reitern? Du hast selbst gesagt, dass du deinen Mann und einen seiner Brüder erkannt hast«, fragte Hilda und trat einen Schritt zurück.

»Ich bin zwar davon ausgegangen, weil es mit den Zeiten und den Gegenständen im Keller zusammenpasste. Aber bewusst erkannt habe ich keinen der Ritter. Das habe ich dir auch genau so gesagt. Ich kann nichts behaupten, was ich nicht wirklich ehrlich weiß«, widersprach Lukardis und kämpfte gegen die Verachtung an, die sie in dem Augenblick für sich selbst empfand.

Hildas sprachloses Entsetzen schnürte ihr die Kehle zu. In der Hoffnung, ihre Freundin möge sie verstehen, wenn sie erst von ihrer misslichen Lage erfuhr, erzählte Lukardis von der Begegnung mit ihren Eltern und ihrer Angst, dass sie den beiden mit ihrer Aussage den Boden unter den Füßen wegreißen würde.

»Was ist mit mir?«, flüsterte Hilda. »Und mit Arndt? Was ist mit meinem Mann, der niemandem etwas getan hat. Was mit unseren Begleitern, die uns bloß beschützen wollten? Deine Eltern werden es wieder schaffen. Du hast selbst einmal gesagt, dass dein Vater jetzt zufriedener wirkt als früher, als er noch dem Druck und den Erwartungen der anderen, vor allem des Grafen, ausgesetzt war.«

»Das stimmt schon«, gab Lukardis betrübt zu. »Damals war die Lage allerdings anders, weil der Abt ihn unterstützt hat. Jetzt braucht er meinen Vater nicht mehr und wird sich daher ganz sicher nicht gegen den Grafen von Ziegenhain stellen, wenn dieser meinen Eltern das Lehen entzieht und sämtliche Adlige der Umgebung sich von uns abwenden. Die meisten haben es ihm sowieso nicht verziehen, dass er im Auftrag und auf Druck des Abtes die Aufsicht über die Bauarbeiten von Burg Lauterbach übernommen hatte. Es hat einige Zeit gedauert, bis der Graf ihm danach wieder eine magere Pacht zugeteilt hat. Nimmt er sie ihm erneut weg, ist mein Vater praktisch mittellos, denn der Grund und Boden, auf dem sein Haus steht, wirft nicht genug zum Leben ab.«

Hildas Miene verschloss sich zunehmend, weshalb Lukardis erneut verzweifelt versuchte, ihre Freundin zu überzeugen. Die Kaufmannsfrau musste doch den furchtbaren Konflikt verstehen, in dem sie sich befand!

»Du kannst mich gerne morgen ins Dorf begleiten. Dank deiner Aussage wird der Abt gewiss nicht daran zweifeln.«

»Aber selbstverständlich!«, stieß Hilda bitter hervor und schüttelte heftig den Kopf. »Er wird den Teufel tun und einer Wildfremden Glauben schenken. Sie würden mir nicht mal dann glauben, wenn ich ihnen all die Dinge erzählen würde, die ich von dir erfahren habe. Was denkst denn du, wem er sich in dem Fall beugen wird? Der Aussage einer Frau, noch dazu einer ohne Stand, oder dem Druck des Grafen und der anderen Hochwohlgeborenen?«, höhnte Hilda und schüttelte abermals den Kopf.

Als Freda den kleinen Arndt an die Hand nahm und leise mit ihm die Hütte verließ, bekam keine der beiden Frauen in ihrer aufgewühlten Stimmung etwas davon mit.

Lukardis wusste, dass sie die Freundschaft zu Hilda unweigerlich verlor, wenn sie auf ihrem Standpunkt beharrte. Genauso wie sie insgeheim wusste, dass Hilda mit ihren harten Worten recht hatte. Doch die Mahnung ihrer Mutter schwirrte ohne Unterlass durch ihren Kopf. Was sollte sie nur tun?

Da blitzte ein anderes Gesicht vor ihrem inneren Auge auf, und sie wusste mit einem Mal, wie sie Hilda vielleicht doch noch von der Sache überzeugen und zugleich ihre Eltern verschonen konnte. Ohne zu überlegen, streckte sie einen Arm nach Hilda aus, die abwehrend beide Hände hob.

»Nein! Fass mich nicht an! Ich habe deinen Mut bewundert und dir geglaubt, als du behauptet hast, dass du mir helfen wirst. Dein Mann misshandelt dich und deinen Eltern bist du egal. Trotzdem fällst du mir und meinem Sohn in den Rücken und lässt die Mörder meines Mannes ungestraft davonkommen«, sagte Hilda und deutete anklagend mit dem ausgestreckten Zeigefinger auf die zunehmend resignierte Lukardis.

»Bitte, Hilda«, unternahm die Burgherrin einen letzten Versuch, obwohl die Bemerkung über ihre Eltern sie verletzt hatte. »Versuch mich zu verstehen. Es ist bestimmt nicht aussichtslos, denn es gibt da etwas, das du noch nicht weißt! Du bist nicht allein und …«

»Halt den Mund!«, schrie Hilda und hielt sich die Ohren zu. »Ich will nichts mehr hören von irgendwelchen Hilfen, die völlig wertlos sind. Die Einzige, die mir helfen könnte, bist du, und was tust du stattdessen? Du hältst zu deinem prügelnden Ehemann.«

»Das stimmt doch gar nicht«, stammelte Lukardis. »Was glaubst du denn, was er mit mir macht, sobald er freikommt? Und bei einem Urteil gegen ihn wird mir gewiss sein Bruder das Leben zur Hölle machen. Wir wollten doch zusammen nach Köln, Hilda.«

Die Kaufmannsfrau hatte die Hände wieder heruntergenommen und starrte Lukardis mit einem derart kalten Blick an, dass diese instinktiv einen Schritt zurückwich.

»Das wollten wir. Aber da wusste ich noch nicht, was du wirklich für ein Mensch bist. Ich möchte, dass du jetzt gehst«, sagte Hilda.

Lukardis brauchte einen kurzen Moment, um die Bedeutung der Worte zu erfassen. Dann drehte sie sich um und ging wortlos zur Tür.

Draußen sah Freda sie fragend an. Als Lukardis stumm den Kopf schüttelte, wandte sie sich traurig dem kleinen Jungen zu, dessen Zuneigung sie fast vom ersten Moment an errungen hatte. Selbstvergessen spielte Arndt mit einem kleinen Stock, den er immer wieder wie in einem Kampf auf einen unsichtbaren Gegner richtete. Gelegentlich hieb er dabei ziemlich unbeholfen auf einen mächtigen Baum in seiner Nähe ein. Spuren hinterließen seine Attacken an dem dicken Stamm jedoch keine.

Tränen rannen ihr übers Gesicht, als Lukardis davonstürmte. Sie registrierte weder den einsetzenden Regen noch den rotbraunen Fuchs, der nur wenige Schritte vor ihr ihren Weg kreuzte. Das Einzige, was Lukardis nicht mehr aus dem Kopf bekam, waren die kalten braunen Augen ihrer für immer verlorenen Freundin.

13. KAPITEL

Raban hatte große Mühe, seine Wut im Zaum zu halten. Der kalte Wind, der sich in diesen letzten Oktobertagen beständig hielt und um die Mauern der Burg fegte, hatte ihm dabei geholfen, einen klaren Kopf zu bekommen. Doch hier, in der warmen und stickigen Luft der Halle, kehrte das Gefühl der Ohnmacht mit voller Wucht zurück. Der junge Mann verfluchte sich und seine verdammte Gutgläubigkeit wohl gerade zum hundertsten Mal, als eine Magd seine Schüssel mit einem dampfenden Eintopf füllte. Mit einem entschuldigenden Lächeln sah er die junge Frau an, die er gestern aus dem Keller befreit hatte. Mit weit aufgerissenen Augen brachte sie sich schleunigst außer Reichweite. Er konnte es ihr nicht verdenken, denn seine Laune war wirklich nicht die beste. Unrasiert und mit leichten Kopfschmerzen nach einer Nacht, in der er kaum ein Auge zugetan hatte, wirkte er zweifellos nicht gerade freundlich auf seine Mitmenschen.

»Guten Morgen.«

Raban hob den Kopf und nickte dem Ritter wortlos zu. Auf Befehl des Fürstabtes sollte der Mann so lange hier auf Burg Ebersburg bleiben, bis er einen neuen Befehl aus Fulda erhielt. Auf den ehemaligen Knappen wartete dagegen ein anderer Auftrag. Er musste die Gemahlin des verhafteten Edelmannes bis zum Mittag zum Abt bringen, der sie in dem Hinterzimmer eines Wirtshauses treffen wollte. Raban hatte zweimal nachgefragt, ob er den Treffpunkt auch wirklich richtig verstanden hatte. Immerhin zählte Abt Bertho zu den Menschen, die er sich am wenigsten an einem solchen Ort vorstellen konnte.

»Bin gespannt, was unser hochwürdigster Abt mit der Burg vorhat«, unterbracht der ältere Ritter Rabans Gedanken.

»Was schon? Er wird mit ihr genauso verfahren wie mit den anderen Burgen. Er wird sie schleifen«, erwiderte der Angesprochene achselzuckend.

»Vielleicht. Aber bei den anderen hat er die Toten an Ort und Stelle beerdigen lassen. Die Gefallenen dieser Schlacht sollen nun in Fulda beerdigt werden«, gab der andere zurück und blies auf den dampfenden Inhalt der Schüssel.

Raban gab es auf, in seinem Gedächtnis nach dem Namen des Mannes zu kramen. Zum einen verspürte er sowieso keine Lust auf eine längere Unterhaltung, zum anderen würde er in spätestens zwei oder drei Tagen weiter nach Köln reiten, um die Angelegenheiten seiner verstorbenen Schwester zu regeln.

Nachdem ihm dieser verfluchte Ebersberger verraten hatte, was sie mit Hilda und Arndt gemacht hatten.

»Hermann von Ebersberg besitzt nun mal eine andere Stellung unter den Adligen. Vor allem muss ihm der Vorwurf, dass er an den Überfällen beteiligt war, erst mal nachgewiesen werden. Die Beisetzung der Gefallenen hat meiner Meinung nach vor allem symbolische Kraft. Und jetzt entschuldigt mich.«

Ohne auf die missbilligende Miene seines Gegenübers zu achten, verließ Raban die Halle. Es war ihm völlig egal, ob die anderen Männer des Abtes ihn als hochmütig betrachteten. Fulda und seine Bewohner bedeuteten ihm nichts. Die Erinnerung an die Stürmung der Burg würde mit den Jahren verblassen, nicht aber das Bewusstsein, dass hier das junge Leben seiner Schwester und das ihrer Familie ein brutales Ende gefunden hatte.

Kaum hatte er die Tür geöffnet, riss der Wind an seinem Umhang. Mit der Kälte kehrten die Gedanken an das ursprüngliche Ärgernis zurück. Rabans Hauptproblem bestand darin, dass er bereits gestern das Haus des Dorfvorstehers aufgesucht hatte. Er hatte keinen sinnvollen Grund dafür nennen können und sich schließlich eingestanden, dass er lediglich die schwarzhaarige Frau mit den grünen Augen wiedersehen wollte.

Leider hatte sie sich nicht an ihre Vereinbarung gehalten, denn als er am Nachmittag am ausgemachten Ort eingetroffen war, fand er das Haus verschlossen vor. Von Lukardis keine Spur. Verärgert über sich selbst, war Raban daraufhin unverrichteter Dinge wieder zur Burg geritten. Der Abt erfuhr davon nichts, da er sich zu dem Zeitpunkt bereits auf dem Rückweg nach Fulda befand. Bertho hatte äußerst großzügig auf die Meldung seiner beiden Soldaten reagiert und vertraute auf Rabans Wort, Lukardis von Ebersberg morgen zu ihm zu bringen. Schlecht gelaunt hatte Raban sich bereits früh am Abend zurückgezogen. Am meisten ärgerte er sich darüber, dass er die Gedanken an die Gemahlin des Ebersbergers nicht unterbinden konnte. Selbst in seinen Träumen suchten ihn die grünen Augen heim, und als er noch vor dem Morgengrauen aufschreckte, war er der festen Überzeugung, ihre Stimme gehört zu haben. Obwohl Raban nicht im mindesten davon ausging, Lukardis heute früh im Dorf vorzufinden, wollte er zuerst nochmals zu dem Haus reiten. Als letzte Möglichkeit nahm er sich vor, die beiden Frauen zu verhören, die sich im Keller versteckt gehalten hatten.

Hatte er dieses wortbrüchige Weib erst gefunden, würde er sich in Fulda eine Rasur und ein heißes Bad gönnen, überlegte Raban mit grimmiger Miene und rieb sich das Kinn. Vielleicht konnten ihm die verängstigte Magd und die resolute Köchin tatsächlich bei der Suche weiterhelfen, spann er seine Gedanken weiter, während er dem Stall entgegenstrebte. Doch selbst wenn sie ihm keine Informationen über den möglichen Aufenthaltsort der Gesuchten liefern wollten, würde er Lukardis von Ebersberg letztendlich sowieso finden. Das hatte ihn die Erfahrung gelehrt.

Erschrocken sprang Lukardis von ihrem Stuhl auf, als jemand die Tür ohne vorheriges Klopfen aufstieß. Auch Adalberta und ihr Mann fuhren zusammen, und der Schemel, auf dem der stämmige Dorfvorsteher saß, wackelte bedenklich.

»Hier hast du dich also verkrochen«, stellte Albrecht fest und gab Adalberta und ihrem Mann mit einer Kopfbewegung zu verstehen, dass sie sofort verschwinden sollten. Heinrich, der ihm folgte, sah wortlos dabei zu.

Angesichts der triumphierenden Miene ihres jüngsten Schwagers und seiner bodenlosen Frechheit, die beiden Bewohner des Hauses nach draußen zu verweisen, vergaß Lukardis sogar für einen Moment die Niedergeschlagenheit, die sie seit dem furchtbaren Streit mit Hilda erfasst hatte. Plötzlich verspürte sie eine unbändige Lust, ihrem Gegenüber in sein breit grinsendes Gesicht zu schlagen.

»Von verkriechen kann kaum die Rede sein«, versetzte sie scharf. »Ich folge lediglich der Anweisung des Abtes, der mich jeden Moment zum Verhör abholen lässt.«

Nach einem nachlässigen Tritt Albrechts flog die Tür scheppernd ins Schloss. Ohne auf die Antwort seiner

Schwägerin einzugehen, schüttelte er heftig den Kopf, wobei er sich nach vorne beugte. Der Anblick seiner fliegenden kinnlangen Haare erinnerte Lukardis an einen Hund, der sich die Regentropfen aus dem braunen, glatten Fell schüttelt.

»Und wie hast du diese Anweisung erhalten? Wir haben dich nämlich nirgendwo auf der Burg gesehen«, erkundigte er sich mit einer derart aufgesetzten Freundlichkeit, dass Lukardis aufhorchte.

Flüchtig streifte ihr Blick ihren anderen Schwager, der bisher nur eine kurze Begrüßung gemurmelt hatte. Erst jetzt bemerkte sie den Verband, den Heinrich um den linken Arm trug. Kaum merklich bewegte er den Kopf, und seine graublauen Augen funkelten für den Bruchteil eines Augenblicks, während er den tropfnassen Umhang über seinen verletzten Arm zog.

»Ihr hattet sicher andere Dinge im Kopf, als nach Eurer Schwägerin zu suchen«, erwiderte Lukardis trocken. Sie empfand fast so etwas wie Enttäuschung, als sie bei Albrecht keinerlei Anzeichen entdeckte, die auf eine Verletzung hindeuteten. Bis auf eine kleine Schramme an der linken Wange schien er unverletzt zu sein. »Die Pferde waren so unruhig, da bin ich in den Stall und habe versucht, sie ein wenig zu besänftigen. Die Soldaten des Abtes haben mich daher erst später entdeckt, ich hatte mich in meiner Angst unter einer der Decken versteckt.«

»Unter einer Decke im Stall? Und das soll ich dir glauben?«, hakte Albrecht misstrauisch nach.

»Es ist mir völlig gleich, ob Ihr mir glaubt, verehrter Schwager. Außerdem wäre ich Euch sehr verbunden, wenn Ihr weiterhin die Grenzen des Anstands zwischen uns wahren könntet. Nur weil sich mein Gemahl in Haft befindet, heißt das noch lange nicht, dass Ihr Euch mir gegenüber solche Vertraulichkeiten herausnehmen könnt«, erwiderte Lukardis mit unüberhörbarer Schärfe.

Der Hass, der in dem Moment in Albrechts Augen aufblitzte erschreckte sie zwar, dennoch hielt sie seinem Blick stand.

»Das deckt sich mit dem, was die beiden Soldaten des Abtes gesagt haben«, mischte sich Heinrich ein. »Und dass dieser Raban von Elfershausen sie hat gehen lassen, stimmt ebenfalls.«

»Ich weiß nicht, wie der Mann hieß. Er hat sich mir nicht vorgestellt, aber ich war ihm sehr dankbar, dass ich nicht dort oben zwischen all den Toten und Verletzten bleiben musste«, sagte Lukardis.

»Dankbar? Diesem Hurensohn?«, spie Albrecht voller Verachtung aus. »Und wo Ihr gerade Euren Gemahl, unseren Bruder, erwähnt: Interessiert es Euch denn überhaupt nicht, ob er noch am Leben ist?«

»Ich weiß, dass Hermann lebt«, gab Lukardis betont hochmütig zurück. »Die Nachricht hat sich schnell unter den Dorfbewohnern herumgesprochen. Außerdem haben die Leute den langen Reitertrupp beobachtet, der von der Burg herunterkam und den Weg nach Fulda einschlug. Ich hätte Euch sofort nach der Schwere seiner Verletzungen gefragt, wenn Ihr mich mit Euren Worten nicht derartig gekränkt hättet.«

»Einer der Gegner hat ihn im Kampf an der Schulter verwundet, doch es ist glücklicherweise nicht allzu schlimm«, beantwortete Heinrich die implizierte Frage. »Er soll heute bereits vernommen werden. Mir ist allerdings immer noch schleierhaft, warum sie nur ihn mitgenommen haben. Wenn der Abt einem konkreten Verdacht nachgeht, dann müssten wir ebenfalls davon betroffen sein.«

Lukardis wich seinem Blick aus, denn sie wusste nur zu genau, warum sich nur einer der drei Brüder der Anklage stellen musste. Bardo hatte sie gestern vor dem Haus des Dorfvorstehers abgefangen und ihr seine Beweggründe für die Anzeige erklärt.

»Wer weiß schon, was im Kopf des Fürstabts vor sich geht«, sagte sie ausweichend, nahm ihren Becher vom Tisch und trank ein paar Schluck Wasser, um ihre aufgewühlte Gemütslage wieder unter Kontrolle zu bekommen.

Die Begegnung mit dem Schmied ging ihr nach wie vor nahe. Es fiel ihr schwer zu begreifen, dass es dem Mann gar nicht um die eigene erlittene Demütigung ging. Er wollte einzig und allein erreichen, dass man Hermann von Ebersberg für sein Verhalten gegenüber seiner Ehefrau bestrafte. Albrecht war ein Mistkerl, aber er folgte ausschließlich den Anweisungen seines Bruders. Das wusste sogar der Schmied. Bardo hatte ihr keine Gelegenheit gegeben, sich dazu zu äußern, sondern war nach seiner Erklärung sofort wieder in der Schmiede verschwunden. Lukardis hatte nicht die Kraft gehabt, sich mit diesem unerwarteten Geständnis auseinanderzusetzen, und war ihm daher nicht gefolgt. Schließlich hatte sich Adalberta erbarmt und ihr Bardos Gefühlslage erklärt. Dank ihr wusste Lukardis, dass das Verhalten des Schmieds nichts mit Verliebtheit zu tun hatte. Durch die Wertschätzung, die sie den einfachen Menschen seit ihrer Eheschließung entgegengebracht hatte, hatte sie seine Bewunderung und Hochachtung gewonnen.

»Abt Fingerhut wird seine bodenlose Unverschämtheit noch büßen!«

Resigniert stellte Lukardis den Becher wieder ab und wandte sich ihrem Schwager zu. Albrechts Gesicht war wutverzerrt. Trotz ihrer starken Abneigung gegen ihn verspürte sie seltsamerweise auch ein wenig Mitleid. Der jüngste der drei Brüder vergötterte Hermann schier, obwohl dieser Heinrich den größeren Respekt entgegenbrachte. Die Welt ist nun mal ungerecht und das Schicksal launisch, dachte Lukardis und stieß einen leisen Seufzer aus.

»Er muss nichts fürchten und wird auch nicht dafür büßen müssen, Albrecht. Das Recht ist auf der Seite des Abtes, das lehrt uns die Erfahrung.«

»Weibergeschwätz«, stieß Albrecht verächtlich aus. »Was verstehst du schon davon?«

Die Burgherrin schüttelte resigniert den Kopf. Mittlerweile war es ihr egal, dass ihr Schwager wieder auf die vertrauliche Anrede verfallen war.

»Das ist keineswegs das Geschwätz einer Unwissenden, Albrecht«, antwortete Heinrich statt ihrer. »Sie hat völlig recht, und das weißt du genau. Du willst es in deiner Verbohrtheit bloß nicht wahrhaben. Hast du schon vergessen, was Graf von Ziegenhain gesagt hat? Er wird sich in unsere Angelegenheiten nicht einmischen und das Urteil des Abtes uneingeschränkt akzeptieren. Jeder sieht nach seinen eigenen Pfründen und wir sind auf uns alleine gestellt.«

»Umso wichtiger ist es, dass sie die Aussage verweigert«, sagte Albrecht unwirsch und wies mit dem Zeigefinger auf Lukardis.

»Er hat recht«, stimmte Heinrich zögernd zu. »Wenn Ihr auch nur die kleinste Anmerkung fallen lasst, die auf eine Beteiligung Hermanns an den Überfällen schließen lässt, dann zieht sich die Schlinge um seinen Hals zu.«

»Ich denke, es gibt bereits einen Zeugen«, entgegnete Lukardis, die sich unangenehm an das Drängen ihrer

Mutter erinnert fühlte. »Was sollte meine Aussage daran noch ändern?«

»Soweit wir gehört haben, ist dieser Zeuge kein Edelmann, sondern glücklicherweise nur ein Unfreier. Der Abt wird sich den Vorwurf gefallen lassen müssen, dass er auf die Rachegedanken eines Leibeigenen gehört hat. Bei Euch sieht es dagegen völlig anders aus. Die Aussage einer Dame von edler Herkunft, bei der es sich noch dazu um die Gemahlin des Angeklagten handelt, hat ein ganz anderes Gewicht.«

»Genau! Vergesst Eure Eltern nicht, liebste Schwägerin! Denkt immer schön an sie, wenn Ihr heute beim Abt erscheint«, warnte Albrecht leise. Mit einem letzten drohenden Blick drehte er sich abrupt um und verließ das Haus.

»Ich kann doch nicht einfach vor dem Fürstabt die Aussage verweigern«, wandte sich Lukardis hilfesuchend an ihren anderen Schwager.

Heinrich strich sich die nassen Haare zurück. Lukardis fiel auf, wie müde er wirkte. Er schien um Jahre gealtert, was sicher nicht nur der ungewohnten Tatsache geschuldet war, dass er unrasiert und schmutzig war.

»Natürlich darfst du das, Lukardis. Du bist sein Eheweib. Und kümmere dich nicht um Albrecht. Er meint es nicht so.«

Überrascht sah Lukardis den jüngeren Bruder ihres Gemahls an. Es war das erste Mal, dass er die vertrauliche Anrede gewählt hatte.

»Sicher meint er es so. Er hasst mich. Das Komische daran ist, dass ich noch nicht einmal weiß, warum.«

»Das wisst Ihr nicht?«, fragte Heinrich nun völlig verblüfft und wechselte wieder zur Anstandsform. »Albrecht ist in Euch verliebt, Lukardis. Vom ersten Moment an. War Euch das denn nicht klar? Da er Euch nicht haben konnte, musste er einen anderen Weg suchen, um mit seinen Gefühlen klarzukommen. Hermanns Spott wäre für ihn unerträglich gewesen, daher tut er alles, damit unser Bruder niemals herausfindet, wie es wirklich um Albrecht steht.«

»Das kann nicht sein«, stotterte Lukardis. »Ihr müsst Euch irren.«

Wortlos schüttelte Heinrich den Kopf.

Fassungslos starrte die Burgherrin ihren Schwager an. Mit einem Mal wusste sie, dass er die Wahrheit sprach. Das ist absurd, schoss es ihr durch den Kopf, und sie beschloss, die ganze Sache einfach zu vergessen. Ihr Blick blieb an Heinrichs verbundenem Arm hängen, und sie fragte ihn, ob er starke Schmerzen verspüre.

»Nein. Ich hatte Glück, dass im letzten Moment dieser fremde Edelmann dazwischenging, sonst wäre mein Arm sicher nicht zu retten gewesen.«

»Wen meint Ihr?«, fragte Lukardis stirnrunzelnd.

»Raban von Elfershausen. Jenen Mann, dem Ihr zu verdanken habt, dass Ihr hier Zuflucht suchen konntet.«

»Was hat er damit zu tun? Ich dachte, er hätte sich gar nicht an den Kämpfen beteiligt? Seine Kleidung war kein bisschen blutverschmiert«, wandte Lukardis verwirrt ein.

»Er ist auch erst später dazugekommen. Wir hatten uns bereits ergeben, und ich wollte mich nach meinem Schwert bücken. Wir mussten zum Zeichen unserer Niederlage die Waffen auf den Boden legen, wie Euch vielleicht noch in Erinnerung ist.«

Die Miene der jungen Frau verschloss sich, als sie an die Eroberung der Burg ihres Vaters zurückdenken musste, und sie nickte bedrückt.

»Einer der Ritter des Abtes hat meine Bewegung wohl falsch verstanden, denn er holte ohne Vorwarnung aus.

Wäre der Fremde nicht dazwischengegangen, hätte es für mich sicher böse geendet. Ich konnte gar nicht so schnell reagieren, wie dieser Kerl sein Schwert gezogen hat.«

Unerklärlicherweise fühlte Lukardis ein Gefühl der Freude in sich aufsteigen, das sie im selben Moment ärgerte. Sie wollte gerade zu einer Antwort ansetzen, als die Tür erneut aufgestoßen wurde und ein eisiger Windstoß ins Haus blies.

In der Annahme, dass Albrecht es sich anders überlegt hatte und nicht länger in der Kälte auf seinen Bruder warten wollte, wandten sich die beiden um.

»Ihr?«

Das freudige Gefühl gefror in der Kälte, die sich durch die geöffnete Tür rasch im Haus ausbreitete, und unwillkürlich zog Lukardis den Wollschal enger um sich, den Adalberta ihr anstelle ihres nassen Umhangs gegeben hatte.

»Welch große Freude, Euch doch noch hier anzutreffen, Frau Lukardis«, sagte Raban ironisch und deutete eine Verbeugung an.

Die Spitze seines Schwerts zeigte auf Albrecht, der mit wütender Miene einen Meter vor ihm auf der Schwelle des Hauses stand.

»Ich musste gestern noch etwas erledigen, das keinen Aufschub geduldet hat«, stotterte Lukardis, während eine flammende Röte ihr Gesicht überzog.

Adalberta hatte ihr von der offensichtlichen Verärgerung des Mannes erzählt, der gestern hier aufgetaucht war. Sie war zu dem Zeitpunkt im Haus des Schmieds gewesen und hatte von dort alles beobachtet. Die Bemerkung hatte in Lukardis ein mulmiges Gefühl ausgelöst, das sich nunmehr bestätigte.

»Soso«, sagte Raban und schob sein Schwert zurück

in die Scheide. »Hättet Ihr die Güte, ganz einzutreten, Albrecht von Ebersberg? Der Wind ist ziemlich unangenehm. Außerdem möchten die Bewohner sicher gerne wieder die Wärme ihres Hauses genießen.«

Lukardis war erleichtert, als Adalberta mit ihrem Mann hinter Raban hereinkam, und lächelte ihnen zu.

»Hier findet wohl eine Art Familientreffen statt?«, fragte Raban interessiert in die Runde. »Leider muss ich das nette Beisammensein hiermit auflösen, denn Abt Bertho verlangt es nach einer Unterhaltung mit der ehrenwerten Frau von Ebersberg.«

Die Betonung der letzten vier Worte troffen nur so von Ironie, und Lukardis begann sich zu fragen, ob sein offensichtlicher Ärger allein von der Tatsache herrührte, dass er sie gestern nicht angetroffen hatte.

»Wir waren in Sorge um das Wohlergehen unserer Schwägerin und haben durch Zufall erfahren, dass sie sich hier aufhält«, ergriff Heinrich das Wort und zog so Rabans Aufmerksamkeit auf sich.

»Eure Fürsorglichkeit ehrt Euch, und ich kann Euch versichern, dass der Burgherrin kein Haar gekrümmt wird. Ich fürchte allerdings, dass sie die nächsten Tage in Fulda verbringen muss«, erwiderte Raban an Heinrich gewandt und deutlich freundlicher.

Albrecht setzte zu einer Erwiderung an, überlegte es sich im letzten Moment jedoch anders, nachdem er den warnenden Blick seines Bruders aufgefangen hatte.

»Seid Ihr so weit?«

Lukardis nickte stumm und rang sich ein Lächeln ab. Es gelang ihr sogar ein Stück weit Gelassenheit zu zeigen, als sie Adalberta ihren Umhang abnahm, den sie bei ihrer Ankunft über die große Truhe geworfen hatte.

»Vielleicht sollte ich mir noch ein paar Kleidungsstücke

einpacken«, sagte sie leichthin, ohne davon auszugehen, dass Raban ihrem Vorschlag zustimmte.

Umso überraschter war sie, als er, ohne zu zögern, meinte, sie könnten gerne noch kurz zur Burg hinaufreiten.

Lukardis nickte ihren Schwägern zu, umarmte Adalberta und bedankte sich bei deren Mann für die gewährte Unterkunft.

»Aber Herrin, es war uns eine Ehre«, wehrte der Dorfvorsteher entrüstet ab. »Gott möge Euch behüten!«

»Albrecht und ich müssen ebenfalls beim Abt vorstellig werden. Ich hoffe sehr, dass wir uns morgen in Fulda sehen«, sagte Heinrich und legte für einen kurzen Moment eine Hand auf den Arm seiner Schwägerin, als sie an ihm vorbeigehen wollte.

Lukardis schloss kurz die Augen und schenkte Heinrich ein verunglücktes Lächeln. Ihre Kehle war plötzlich wie zugeschnürt, und es gelang ihr nicht, eine passende Antwort zu finden. Obwohl Raban hinter ihr stand, spürte sie seinen durchdringenden Blick deutlich. Mit einem Schlag kehrte die Furcht vor dem zurück, was vor ihr lag, und Lukardis musste sich fast dazu zwingen, nicht völlig kopflos aus dem Haus zu stürzen.

»Ihr bleibt also bei Eurer Behauptung, dass Ihr diese Gegenstände hier im Wald gefunden habt und Euer einziges Vergehen darin besteht, sie mitgenommen zu haben?«, fragte Bertho zum wiederholten Mal und baute sich vor dem Gefangenen auf.

Hermann von Ebersberg streckte sein linkes Bein neben dem Abt aus, stützte sich mit beiden Händen auf den Armlehnen des Stuhls ab und rutschte ein Stück hoch. Dabei verzog er schmerzhaft das Gesicht, da er mal wieder nicht an die Verletzung in seiner Schulter gedacht hatte.

»Genau das behaupte ich.«

»Das ist Unfug!«, schnaubte der Abt und schlug mit der flachen Hand auf den Tisch, woraufhin sein Skriptor vor Schreck fast das Tintenfass umgestoßen hätte.

Nicht dass Ekkehard den Klostervorsteher noch niemals zuvor verärgert erlebt hatte. Im Gegenteil. Aber die Stimmung des Fürstabts verschlechterte sich von Aussage zu Aussage, und je ruhiger der Ebersberger sich gab, desto zorniger reagierte Bertho. Wobei der Mönch die Vermutung hegte, dass das breite, selbstgefällige Grinsen des Edelmannes hauptursächlich für die Verstimmung des Kirchenfürsten war.

»Ihr besitzt die Stirn, mir unverfroren ins Gesicht zu lügen?«, brüllte der Abt nach einer kurzen Pause jäh los. »Das ist impertinent, und allein dafür solltet Ihr hängen!«

»Zu dumm, dass Ihr mir freies Geleit zugesichert habt, hochwürdigster Abt«, erinnerte Hermann von Ebersberg sein Gegenüber scharf.

Ekkehard verspürte tatsächlich ein wenig Schadenfreude, als er beobachtete, wie das anmaßende Grinsen auf dem bärtigen Gesicht des Ebersbergers erstarb. In der daraufhin einsetzenden, bedrohlich wirkenden Stille bat er in einem Stoßgebet den Allmächtigen um die nötige Ruhe und Weisheit für seinen Fürstabt.

»Ihr seid für mindestens einen der Überfälle auf unschuldige Reisende verantwortlich! Wahrscheinlich waren es sogar mehr, aber wie Ihr leider nur zu gut wisst, kann ich Eure Behauptung, dass die Waren in Eurem Burgkeller nur von dem einen Raubmord stammen, nicht wiederlegen«, fuhr Bertho nach einer Weile deutlich ruhiger fort, woraufhin der Bibliothekar seinem Gebet noch schnell ein stummes Danke hinterherschickte.

»Ich werde Euch überführen, Hermann von Ebersberg.

Es liegt an Euch, ob Ihr allein für diese Schandtaten die Verantwortung übernehmt oder noch weitere Männer in die Sache hineinzieht.«

Ekkehard erhob sich schnell, als der Abt sich zum Gehen anschickte. Die beiden Wachen reagierten sofort und stellten sich an jeder Seite des Gefangenen auf.

»Wer ist Euer Zeuge? Ich kann mich diesen völlig haltlosen Vorwürfen nur stellen, wenn ich weiß, aus welcher Ecke sie kommen«, sagte Hermann von Ebersberg.

Der Abt hielt abrupt inne, wandte sich aber nicht um, als er mit eisiger Stimme antwortete: »Ihr unterschätzt mich, Herr von Ebersberg. Möglicherweise ist dies meiner geringen Körpergröße zuzuschreiben, denn Ihr seid nicht der Einzige, der diesen Fehler begeht.«

Ekkehard hatte Mühe, mit dem Abt Schritt zu halten, als dieser den vergitterten Raum verließ, und hastete hinterher. Glücklicherweise mussten sie nicht durch die Gassen der Stadt zurück zum Klosterbezirk gehen, denn der Abt hatte sie mit der Anweisung, den Gefangenen innerhalb ihrer Gemäuer einzusperren, völlig überrumpelt. Die Tatsache, dass sich ein Fremder hier im Kloster befand, hatte nicht nur Zustimmung hervorgerufen. Wie gewohnt hatte sich der Abt über alle Kritik hinweggesetzt und so die Gefahr minimiert, dass es zu Befreiungsversuchen seitens der Brüder des Verdächtigen kam.

Ekkehard verstand sowieso nicht, warum sie die beiden nicht gleich mit eingesperrt hatten.

»So, nun werden wir eine weitere, äußerst wichtige Aussage hören, Ekkehard. Kennt Ihr das Wirtshaus ›Zur Buche‹? Es liegt ganz in der Nähe, der kurze Spaziergang wird uns guttun«, sagte der Abt munter und war auf einmal wesentlich besser gelaunt.

Die Stimmung des beleibten Skriptors rutschte dagegen

in den Keller. Hinaus! Den geschützten Bereich verlassen! Er hasste diese Ausflüge, schließlich hatte er nicht umsonst all die Jahre auf die Stellung in der Bibliothek hingearbeitet. In dem Augenblick hasste Ekkehard sogar die Vertrauensstellung, die er beim Abt genoss. Daran änderten auch die drei schwerbewaffneten Soldaten nichts, die am Tor des Bezirks auf sie warteten, um dem Klostervorsteher den nötigen Begleitschutz zu gewähren. Mit mürrischer Miene und gesenktem Kopf trottete der Mönch hinter ihnen her, während der eisige Wind des letzten Oktobertages an seinem Umhang zerrte.

Angespannt saß Lukardis an dem kleinen Tisch, der zusammen mit den vier Stühlen und dem Bett das gesamte Mobiliar des Raumes ausmachte. Die Gerüche des Mittagessens, das ein Stockwerk unter ihnen gekocht wurde, verschafften sich durch die Ritzen der Tür Einlass ins Zimmer. Aber die junge Frau verspürte keinen Hunger. Unablässig fingerte sie an der silbernen Lilie herum, die wie gewohnt an der langen, grobgliedrigen Kette über ihrer dunkelblauen Cotte hing.

Raban hatte Wort gehalten und sie hinauf zur Burg begleitet. Lukardis hatte den Anblick gefürchtet, aber zu ihrer Erleichterung erinnerten kaum noch Spuren an den Kampf. Hastig hatte sie in ihrem Gemach ein paar Sachen zusammengepackt, während ihr Bewacher vor der Tür gewartet hatte. Lukardis hatte ihr schmutziges und an vielen Stellen eingerissenes Kleid in die Ecke geworfen und sich bewusst für die Cotte aus edlem Samt entschieden. Das Kleidungsstück gab ihr jene Unnahbarkeit, die sie dringend benötigte. Das bevorstehende Verhör beunruhigte sie mehr, als sie nach außen zeigte. Jedenfalls hoffte sie, dass Raban ihr die Furcht nicht anmerkte. Seine Nähe trug jedenfalls nicht gerade dazu bei, dass sie die Dinge ruhig und entspannt abwartete.

»Ein Geschenk Eures Gemahls?«

Lukardis wandte sich zum Fenster um und begegnete Rabans Blick. Zum wiederholten Mal ging ihr durch den Kopf, dass er kaum Ähnlichkeit mit seiner Schwester hatte.

»Ja«, sagte sie und wandte den Blick wieder ab, als sie sein amüsiertes Lächeln bemerkte.

»Zur Hochzeit«, fügte sie nach einer Weile hinzu, da ihr die Stille fast noch unerträglicher war.

»Das Schmuckstück passt nicht zu Euch«, stellte Raban nüchtern fest. »Es ist viel zu kalt. Ihr müsstet eine feinere Kette tragen, mit einem schlicht eingefassten Smaragd. Der Stein würde hervorragend mit der Farbe Eurer Augen harmonieren.«

Verblüfft drehte sich Lukardis erneut zu ihm um, doch der erwartete ironische Zug um seine Lippen fehlte. Hitze stieg in ihr auf, daher war die Erleichterung groß, als draußen Schritte zu hören waren.

Raban erhob sich von seinem Platz auf dem Fenstersims und öffnete die Tür.

Obwohl sich Lukardis innerlich für das Treffen gewappnet hatte, versetzte ihr der Anblick des Abtes einen heftigen Stich. Sie hatte ihn seit der Schmach ihres Vaters nur ein paarmal aus der Ferne gesehen, und blitzartig stand ihr wieder das Geschehen im Hof von Burg Wartenberg vor Augen. Der einzige Unterschied zu damals war, dass der Abt auf einem Pferd gesessen und auf die Besiegten hinabgeschaut hatte. Reflexartig erhob sich Lukardis, denn ihr wurde bewusst, dass sie den mächtigen Klostervorsteher an Körpergröße überragte. Auch wenn ihr Verhalten kindisch war, genoss sie für einen Moment das Gefühl. Sie konnte sich vorstellen, dass es dem hochmütigen Abt überhaupt nicht gefiel, zu ihr, einer Frau, aufsehen zu müssen. Doch der Moment der Genugtuung war so schnell vorbei, wie er gekommen war.

»Es freut mich, meine Tochter, dass Ihr meiner Bitte entsprochen habt«, begrüßte sie Abt Bertho und hielt ihr seine Hand hin.

Lukardis fiel in einen tiefen Knicks und berührte den Ring kaum merklich mit den Lippen.

»Es war mir nicht bewusst, dass ich eine Wahl hatte«, erwiderte sie und rang sich ein unschuldiges Lächeln ab.

»Aber, aber, Frau Lukardis. Die Anklage richtet sich doch nicht gegen Euch, sondern, und das möchte ich noch einmal gezielt betonen, ausschließlich gegen Euren Ehemann«, antwortete der Abt und wies seine drei bewaffneten Begleiter an, draußen zu warten.

Der dickliche Mönch schien sich äußerst unwohl zu fühlen, denn er hielt den Kopf ständig gesenkt, nachdem Lukardis seinen Blick kurz erwidert hatte. Sie konnte es ihm nicht verdenken, schließlich wusste sie, wie es sich anfühlte, wenn jedermann einem an der Gesichtsfarbe ablesen konnte, wie aufgewühlt man gerade war. Zögernd ließ sich der Geistliche auf dem Stuhl nieder, der am weitesten von Lukardis weg stand. Umständlich entrollte er ein Pergament und entnahm einem Lederbeutel seine Schreibutensilien. Das kleine Seufzen, das ihm entfuhr, als der Abt das Gespräch wieder aufnahm, entging Lukardis nicht. Es musste für den Mönch sehr unangenehm sein, dass alle Augenpaare auf ihn gerichtet waren.

»Ich bin mir ziemlich sicher, dass Raban sich Euch gegenüber jederzeit ehrenwert und zuvorkommend verhalten hat. Oder könnt Ihr mir da nicht zustimmen?«

Lukardis beließ es bei einem stummen Nicken als Antwort.

»Ich möchte Euch auch gar nicht lange mit dieser unschönen Angelegenheit belästigen. Wenn Ihr Euch kooperativ zeigt und ehrlich auf meine Fragen antwortet, könnt Ihr Fulda anschließend gleich wieder verlassen. Leider steht Euch die Burg Eures Gemahls nicht mehr als Wohnstätte zur Verfügung. Ihr könnt doch aber sicher vorübergehend bei Euren Eltern unterkommen?«

Erneut nickte Lukardis als Antwort nur. Sie empfand die Worte des Abtes als anmaßend und hatte mit einem Mal sogar ein wenig Verständnis für ihre Mutter.

»Nun, dann wollen wir uns nicht weiter mit Belanglosigkeiten aufhalten. Ist Euch in den letzten Wochen und Monaten irgendetwas an den von Eurem Gemahl verübten Überfällen aufgefallen?«, begann der Abt mit seiner Befragung.

»Überfälle?«, wiederholte Lukardis, der es zutiefst missfiel, dass der Klostervorsteher in seiner ersten Frage bereits die Schuld ihres Mannes als gegeben darstellte. »Ich habe nicht die geringste Ahnung, was Ihr meint, hochwürdigster Abt.«

Das entnervte Stöhnen hinter ihrem Rücken brachte Lukardis für einen Moment durcheinander. Aber als sie sah, wie die Maske von dem Abt abfiel und statt der freundlichen Miene jener Gesichtsausdruck zum Vorschein kam, den sie nur zu gut kannte und hasste, fand sie ihr Gleichgewicht wieder.

»Ihr könnt Euch Eure Lügen sparen, Frau Lukardis!«, blaffte der Abt sie an. »Sie werden Eurem Mann nicht helfen. Im Gegenteil. Es wäre gut für Euch, wenn Ihr Euch vor Gott an die Wahrheit halten würdet. Daher frage ich Euch noch einmal: Wann habt Ihr zum ersten Mal den Verdacht geschöpft, dass Euer Gemahl hinter den Überfällen auf Reisende steckt?«

Lukardis hielt dem Blick ihres Gegenübers stand und ließ sich mit der Antwort Zeit. Hätte jemand sie in dem Moment gefragt, ob sie den Fürstabt mehr hasste als ihren Gemahl, so hätte sie, ohne zu zögern, mit Ja geantwortet. Ihr war nicht im Geringsten bewusst gewesen, wie tief diese Abneigung seit der Erstürmung der elterlichen Burg saß. Doch jetzt, während sie dem Mann gegenübersaß, der dafür die Verantwortung trug, sah sie völlig klar.

»Es tut mir leid, wenn ich Euch enttäuschen muss, hochwürdigster Abt, aber ich hatte wirklich keine Ahnung. Ich musste mich seit dem Frühling schonen und durfte oft das Bett kaum verlassen. Daher ist mir vieles entgangen, was in unserer Gegend vorgefallen ist.«

»Was ist mit dem Keller? Eure beiden Bediensteten haben unabhängig voneinander ausgesagt, dass Ihr den Schlüssel höchstpersönlich an Euch genommen habt. Ihr wusstet also von den Waren, die dort unten gelagert waren, und wollt dennoch allen Ernstes behaupten, nichts mitbekommen zu haben?«

Der Magen der Burgherrin krampfte sich bei Rabans Frage zusammen, und sie verfluchte ihn innerlich für seine Einmischung. Ihr Blick wanderte zum Abt, der sich jedoch nicht weiter daran zu stören schien und sie aufforderte zu antworten.

»Von den Gegenständen im Keller habe ich erst vor kurzem erfahren. Natürlich habe ich mich gefragt, warum mein Mann so viele unterschiedliche Waren aufbewahrt, und ich hatte mir auch vorgenommen, ihn darauf anzusprechen. Aber dann habe ich leider nicht mehr daran gedacht.«

Lukardis drehte sich nicht um, als Raban hinter ihr einen Fluch ausstieß. Die erwartete Ermahnung des Abtes blieb aus. Ein Blick auf das wie erstarrt wirkende Gesicht des Klostervorstehers reichte Lukardis, um zu erkennen, dass er ihr nicht glaubte.

»Natürlich habt Ihr auch niemals gesehen, dass Euer Gemahl und seine Brüder zusammen den Burghof verlassen haben. Bewaffnet und zu Pferde, als wollten sie in einen Kampf ziehen?«, übernahm der Kirchenfürst nun wieder die Befragung.

»Nein«, antwortete Lukardis erleichtert, da sie diesmal nicht lügen musste. »Ich meine, selbstverständlich sind mein Mann und seine Brüder mehrmals zusammen fortgeritten. Gelegentlich waren auch noch andere Männer dabei, wie die Herren Giso von Steinau und Heinrich von Frankenstein, um nur einige zu nennen. Sie ritten zur Jagd, und meine beiden Schwäger begleiteten meinen Gemahl manchmal auch zu seinen Pächtern.«

Lukardis zuckte zusammen, als hinter ihr ein lauter Knall ertönte.

»Aber, aber, mein lieber Raban! Ihr erschreckt mir ja die arme Frau«, tadelte der Abt den Mann, der offensichtlich für den harten Tritt gegen den Stuhl verantwortlich zeichnete.

Ohne eine Antwort stellte Raban den Stuhl wieder hin und verließ den Raum. Der Ärger über meine unerwünschten Aussagen ist beim Abt wohl verflogen, dachte Lukardis mit einem leicht mulmigen Gefühl. Oder er zählt zu den Menschen, die ihre Gefühle nur gut verbergen können.

»Ihr müsst das ungebührliche Verhalten des jungen Mannes entschuldigen, edle Frau. Er hat ein persönliches Interesse daran, dass die Verantwortlichen für diese feigen Überfälle ihrer gerechten Strafe nicht entkommen.«

Die Burgherrin fröstelte, als Hildas abweisende Miene wieder vor ihrem geistigen Auge erschien. O ja, ohne jeden Zweifel hatte Raban ein großes persönliches Interesse daran, den Mörder seines Schwagers zu finden, dachte sie beschämt und senkte den Kopf.

»Bei einem der letzten Überfälle ist seine Schwester mit ihrer gesamten Familie umgekommen.«

Lukardis hob ruckartig den Kopf und starrte den Abt ungläubig an. »Aber sein Schwager, ich meine, war er denn mit seiner gesamten Familie unterwegs?«, stotterte sie, unfähig, ihrer Stimme einen festen Klang zu geben.

»Wieso überrascht Euch das so sehr?«, erkundigte sich der Klostervorsteher interessiert.

»Ich weiß es nicht«, wich die junge Frau aus, als sie seine unverhohlene Neugier bemerkte. »Vielleicht bin ich einfach davon ausgegangen, dass Kaufleute sich nicht von ihrer Familie begleiten lassen.«

Unter dem gespannten Blick des Abtes wurde ihr abwechselnd heiß und kalt. Ihr war klar, dass sie einen Fehler begangen hatte. Bisher hatte sie angenommen, dass Raban nur vom Tod seines Schwagers ausging. Die Neuigkeit hatte sie völlig aus dem Gleichgewicht gebracht.

»Verstehe«, sagte der Abt und erhob sich mit einem nachsichtigen Lächeln, das auf Lukardis seltsam falsch wirkte. »Ihr seid für die nächsten zwei Tage mein Gast, Frau von Ebersberg. Ich fürchte, es werden noch weitere Punkte auftauchen, bei denen ich Eure Hilfe benötigen werde. Euer werter Herr Vater erhält selbstverständlich eine Nachricht, damit er sich nicht um Euch sorgt.«

Lukardis fühlte sich wie vor den Kopf geschlagen. Instinktiv spürte sie aber, dass jeder Widerspruch zwecklos war, daher nickte sie nur stumm und erhob sich zum Abschied, um dem Fürstabt die nötige Ehrerbietung zu erweisen. Eilig packte der Mönch seine Utensilien zusammen und folgte seinem Herrn nach draußen.

Als die Tür hinter den beiden ins Schloss fiel, erfasste Lukardis eine tiefe Leere.

Als der Abt die schmale Treppe in den Gastraum herunterkam, verstummten die Gespräche der Anwesenden. Um die Mittagszeit saßen nur wenige Männer an den langen, grob gezimmerten Holztischen. Das Gemurmel setzte erst wieder ein, nachdem der Klostervorsteher den Schankraum verlassen hatte. Raban verzog den Mund zu einem Grinsen, als er sah, wie einige Gäste kopfschüttelnd in ihre Becher sahen. Bestimmt fragten sie sich in dem Moment, ob ihre Augen ihnen einen Streich gespielt hatten. Es war allgemein bekannt, dass der Fürstabt solche Stätten mied wie der Teufel das Weihwasser. Raban warf der kräftig gebauten Wirtin eine Münze auf die Theke und folgte dem Abt nach draußen.

»Sie weiß etwas«, begrüßte dieser ihn, kaum dass er sich zu dem Kirchenfürsten gestellt hatte.

Die drei Männer hatten sich in die Gasse neben dem Wirtshaus zurückgezogen und überließen es den bewaffneten Soldaten des Abtes, neugierige Blicke von ihnen fernzuhalten.

»Natürlich weiß sie etwas«, gab Raban unwirsch zurück. »Deshalb ist sie ja hier.«

»Das ist schon richtig. Aber nachdem Ihr den Raum verlassen hattet, ist etwas Seltsames geschehen. Als ich erwähnte, dass Eure Schwester mit ihrer Familie zu den Opfern zählt, hat die Frau mich für den Bruchteil eines Augenblicks angestarrt, als ob ich schwachsinnig wäre.«

Raban runzelte die Stirn. Er verstand nicht ganz, was der Abt damit auszudrücken versuchte.

»Wollt Ihr damit andeuten, sie weiß etwas über den Verbleib meiner Schwester und ihres Sohnes?«

»Ich kann es selbst nicht genau sagen. Irgendwas lag in ihrem Blick. Verwunderung? Ich bin mir nicht sicher. Aber mein Gefühl sagt mir, dass Ihr der Sache nachgehen solltet. Außerdem habe ich den Eindruck, dass es hilfreich wäre, wenn Ihr die Befragung übernehmen würdet. Ihr scheint Lukardis von Ebersberg aus irgendeinem Grund nervös zu machen. Jedenfalls mehr als ich, was mich, gelinde gesagt, doch etwas verwundert«, sagte der Abt.

Raban horchte mit einem Mal auf. Sollte der Klostervorsteher wirklich recht mit seiner Beobachtung haben, dann wäre Lukardis der Schlüssel zu seiner quälenden Frage. Ein Höriger des Ebersbergers hatte den Überfall beobachtet. Vielleicht hatte der Mann sich ja seiner Herrin anvertraut?

Dafür sprach vor allem, dass Lukardis von Ebersberg bei den einfachen Menschen im Dorf ebenso wie bei den Bediensteten auf der Burg gut angesehen war. Raban hatte aus den Aussagen der Leute über sie sowohl Respekt als auch Bewunderung herausgehört.

»Ich werde mich nochmals auf den Weg zur Burg Ebersburg machen. Mal sehen, was ich dort in Erfahrung bringen kann. Anschließend setze ich die Befragung fort«, sagte Raban mit grimmiger Miene und verabschiedete sich vom Abt, der zufrieden nickte.

Der wehende Umhang des Mönches war noch nicht im Getümmel der Menschen verschwunden, da befand sich Raban bereits auf dem Weg zum Stall.

14. KAPITEL

Mit einem Knall fiel die Tür des Fuldaer Wirtshauses hinter Raban zu, doch er hörte den Laut nicht einmal. Während er den Weg zur Pfarrkirche St. Blasius einschlug, den die Wirtin ihm beschrieben hatte, versuchte er seine Gedanken zu ordnen. Dabei gelang es ihm nur im geringen Maße, seine Verärgerung über die unerschrockene Wirtin im Zaum zu halten. Entgegen seiner strikten Anweisung hatte sie Lukardis aus ihrem Zimmer gelassen, weshalb er sich jetzt auf die Suche nach ihr machen musste. Dabei stimmte es ihn kaum milder, dass die Frau des Ebersbergers in einem Gotteshaus weilte, um Beistand im Gebet zu erflehen. Raban stieß einen Fluch aus und verbot sich bis zur Kirche weiterhin an die Burgherrin zu denken. Wäre ich doch bloß meinem Gefühl gefolgt und hätte sie gestern Abend nach meiner Rückkehr gleich aufgesucht, dachte er grimmig, während er gegen den kalten Wind ankämpfte.

Um sich abzulenken, versuchte er sich an dem kleinen Erfolg zu freuen, den er seinem gestrigen Ritt zur Burg Ebersburg zu verdanken hatte. Vor allem der Knappe des Ebersbergers hatte ihm wertvolle Informationen geliefert. Natürlich hatte der schmächtige junge Mann ihm nicht freiwillig von seinen Beobachtungen erzählt, und so manches musste Raban sich zudem zusammenreimen. Von den vollbeladenen Taschen hatte ihm Lothar letztendlich doch berichtet, wenn auch zähneknirschend. Hermann von Ebersberg hatte den pickligen Vierzehnjährigen bei seinen Raubzügen nie mitgenommen, aber glücklicherweise war der neugierige Knappe seinem Herrn eines Tages in gebührendem Abstand gefolgt.

Leider stellte sich heraus, dass der Abstand aufgrund seiner berechtigten Furcht zu groß war, woraufhin Lothar den Reitertrupp aus den Augen verloren hatte. Der junge Mann beschloss, in der Nähe des Weges auf die Rückkehr der Ritter zu warten. Als er nach längerer Zeit endlich Hufschlag vernahm, duckte er sich gerade noch rechtzeitig, um nicht entdeckt zu werden. Lothar glaubte seinen Augen nicht zu trauen, als er die Männer nun in ihren Rüstungen vor sich sah. Allerdings schlugen sie an der Weggabelung nicht den direkten Weg zur Burg Ebersburg ein. Dem Knappen saß der Schreck derart in den Gliedern, dass er erst auf die Idee kam, ihnen weiter zu folgen, als sie bereits außer Sicht waren.

Zögernd hatte der hochaufgeschossene Junge Raban von seiner Vermutung erzählt, dass der Weg zum Gut eines der Ritter führte, die ebenfalls dem Reitertrupp angehörten. Trotz weiterer Nachfragen schwieg Lothar von da an beharrlich. Raban hätte schwören können, dass der Knappe weit mehr in Erfahrung gebracht hatte, doch er verzichtete darauf, den Jungen einzuschüchtern. Fürs Erste reichte aus, was dieser erzählt hatte.

Dafür brachte sein Besuch beim Schmied überhaupt keine Neuigkeiten. Bardo gab sich ungewohnt verstockt und drohte sogar, die Aussage zurückzuziehen, sollte die Frau des Ebersbergers nicht unbehelligt bleiben. Die beiden Bediensteten, die Raban nach der Erstürmung der Burg aus dem Keller befreit hatte, zeigten sich äußerst bestürzt darüber, dass man Lukardis von Ebersberg in Fulda festhielt. Merlinde, die jüngere der beiden, brach mindestens dreimal in Tränen aus, während Raban sie befragte. Beide versicherten aber glaubhaft, dass ihre Herrin nichts von den Überfällen gewusst hatte. Natürlich nur, wenn der Herr wirklich dafür verantwortlich war, fügte die Köchin flugs hinzu, um ihren Herrn nicht direkt zu belasten.

Mittlerweile hatte Raban die Kirche an der nördlichen Seite des großen Hauptmarkts erreicht. Seine Stimmung hatte sich mit jedem Schritt verschlechtert. Er drückte die große Flügeltür auf und trat in das schattige Gotteshaus. Während seine Hand wie von selbst das Kreuzzeichen schlug, suchten seine Augen den großzügigen Innenraum ab, in dem sich an diesem Morgen glücklicherweise nur wenige Menschen aufhielten. Vorne, in der Nähe des Altars, waren zu beiden Seiten Sitzreihen errichtet, das einfache Volk dagegen musste dem Verlauf der Messe stehend folgen. Unwillkürlich verglich Raban das Gebäude mit der Michaeliskirche, die ihm der Abt bei seiner Ankunft gezeigt hatte und die den Bewohnern Fuldas leider versperrt blieb. Das Langschiff der Stadtpfarrkirche endete in einer ungewöhnlichen Halbrundapsis, die mit einem Chorquadrat verbunden war. Nach einer flüchtigen Musterung konzentrierte er sich auf den eigentlichen Grund seines Besuches.

Obwohl Lukardis ihren Kopf mit einem Schleier bedeckt hatte und seitlich hinter einer Säule auf einer Bank kniete, erkannte er sie sofort. Sie schien ins Gebet versunken zu sein und hatte ihn bisher nicht bemerkt. Raban näherte sich ihr leise und stellte sich seinem Instinkt folgend hinter die steinerne Stütze. Aus einem der im Querschiff befindlichen Beichtstühle trat eine Frau in gebeugter Haltung heraus. Sie wischte sich über die Augen, blickte sich verstohlen um und humpelte anschließend zum Ausgang.

Raban, der ihr nachgesehen hatte, spürte auf einmal, dass er selbst beobachtet wurde, und senkte schuldbewusst den Kopf, als er das unverhohlene Misstrauen bemerkte, mit dem der Priester ihn fixierte. Kniend, die Hände zusammengelegt und den Blick auf den steinernen Boden geheftet, gelang es ihm offensichtlich, den Argwohn des Mannes zu zerstreuen. Jedenfalls strebte der Priester nun dem Ende des Seitenschiffs entgegen und verschwand hinter einer versteckt liegenden Tür.

Tief in sich gekehrt, nahm die vor ihm kniende Frau ihre Umwelt noch immer nicht wahr. Raban blendete alles um ihn herum aus und konzentrierte sich völlig auf sie. Trotzdem gelang es ihm nicht, aus ihrem leisen, fast monotonen Gemurmel einzelne Wörter herauszuhören. Dann stutzte er, denn in ihre starre Haltung mischte sich gelegentlich ein Zucken. Mit einem Mal fühlte Raban sich äußerst unwohl. Was war nur mit ihm los? Wieso ging ihm diese Frau so nah? Ganz offensichtlich war Lukardis von Ebersberg über die Gefangensetzung ihres Gemahls derart erschüttert, dass sie Gott um Hilfe anrief. Er hatte sich getäuscht, als er bei ihrem ersten Zusammentreffen im Hof der Burg, das ihm ewig lange her schien, angenommen hatte, dass sie sich vor ihrem Ehemann fürchtete. Raban biss die Zähne aufeinander und schloss für einen Moment die Augen. Er musste sein Innerstes bewahren und sich auf das konzentrieren, was wichtig war: Hilda!

Dem jungen Mann stockte das Herz, als er, einem Echo gleich, plötzlich den Namen seiner Schwester hörte. Doch dieses Mal nicht stumm, in seinen Gedanken, sondern als gesprochenes Wort. Zwar so leise geflüstert, dass es ihm fast entgangen wäre, wenn sich mehr Menschen hier befunden hätten, und trotzdem absolut klar und unmissverständlich.

»Bitte, vergib mir«, wisperte Lukardis, immer wieder von leisen Schluchzern unterbrochen.

Wie betäubt lauschte Raban ihren Worten, die fast einem Wimmern glichen, aber den Namen seiner Schwester vernahm er nicht noch einmal. Das Schluchzen steigerte sich zu einem monotonen Jammern, als sich die Frau vor ihm völlig unerwartet nach vorn beugte und ihr ganzer Körper anfing zu beben. Vorsichtig legte Raban ihr eine Hand auf die Schulter und erhob sich. Er war sich nicht sicher, ob sie die Berührung überhaupt bemerkt hatte, denn sie verharrte auf dem Boden.

»Was fehlt ihr?«

Raban fuhr herum und sah sich dem Priester von vorhin gegenüber. Der misstrauische, fast abweisende Zug um die Lippen des Geistlichen hatte sich weiter verstärkt. Raban ahnte, dass der Mann die weinende Frau auf dem Boden *seines* Gotteshauses als unerhörtes Ärgernis betrachtete.

»Der Verlust eines Familienangehörigen«, murmelte Raban und beugte sich zu Lukardis hinab. »Steht auf und reißt Euch endlich zusammen!«, befahl er dann leise.

»Sie soll morgen auf den Friedhof kommen. Dort wird der Abt höchstpersönlich die Gräbersegnung durchführen«, verkündete der Priester großmütig.

Herr im Himmel, dachte Raban, heute ist tatsächlich schon Allerheiligen. Er dankte dem Geistlichen mit einem knappen Nicken, fasste Lukardis am Oberarm und zog sie unsanft hoch.

»Benötigst du die Beichte, meine Tochter?«, fragte der Priester ohne gesteigertes Interesse und starrte mit offener Abscheu in das verweinte, rotgeschwollene Gesicht der Frau.

»Ich kümmere mich um sie«, antwortete Raban statt

ihr und führte Lukardis an dem Priester vorbei zum Ausgang.

Dabei ignorierte er den Ruck, der durch ihren Körper ging, denn mittlerweile machte er sich große Sorgen um sie, die von all dem anscheinend nichts mitbekam. Nachdem sie einmal kurz versucht hatte, sich aus seinem Griff zu befreien, ließ sie sich nun wieder willig von ihm führen, wobei er sie stützen musste, damit sie nicht schwankte. Die grünen Augen starrten ausdruckslos ins Leere, und Raban befürchtete allmählich, dass sie den Verstand verloren hatte. Vor der Tür zog er ihr die Kapuze ihres Umhangs tief in ihr Gesicht, um sie vor neugierigen Blicken zu schützen. Dann machten sie sich auf den Weg.

Als Raban endlich die Tür zum Wirtshaus aufstieß und sie in die Wärme zog, war Lukardis so erschöpft, als wäre sie den ganzen Tag marschiert. Selbst das entschuldigende Lächeln, das sie der Wirtin schenkte, misslang ihr, wie sie deren entsetztem Gesichtsausdruck entnehmen konnte. Raban flüsterte der Frau etwas zu, ohne dass Lukardis ein Wort davon verstand, aber Bertine nickte eifrig und verschwand sogleich. Die Treppe kam Lukardis viel steiler vor als beim letzten Mal, und als sie endlich den Raum erreicht hatten, in dem sie der Abt befragt hatte, sank sie auf dem Stuhl zusammen.

»Hier sind die gewünschten Sachen, Herr«, sagte Bertine, die nach einem Klopfen ins Zimmer getreten war.

Als die Wirtin eine Schüssel mit dampfendem Inhalt sowie einen gefüllten Becher vor Lukardis abstellte, murmelte diese ein Dankeschön. Adalbertas Schwester warf ihr ein aufmunterndes Lächeln zu, bevor sie sich an Raban vorbeidrückte und leise die Tür wieder hinter sich zuzog.

»Esst das«, befahl er ihr, ohne dass es einer Aufforderung bedurft hätte.

Bei dem köstlichen Duft, der ihr aus der Schüssel entgegenwehte, verspürte Lukardis plötzlich einen Hunger wie zuletzt nach ihrer langen Krankheit. Gierig löffelte sie die heiße Brühe, in der neben einigen Brocken weißem Fleisch auch Stücke von Rüben und Zwiebeln schwammen. Die deftige Mahlzeit erfüllte sie nicht nur mit Wärme. Mit ihr kehrten auch jene Kräfte zurück, die ihren Körper in der Kirche verlassen hatten. Anfangs hatte es Lukardis nicht gestört, dass Raban ihr schweigend beim Essen zusah. Doch mit jedem Löffel fühlte sie sich unter seinem bohrenden Blick unwohler, bis sie schließlich die halb leere Schüssel von sich schob.

»Nehmt noch einen Schluck«, forderte Raban sie auf und wies auf den Becher, »das wird Eure Lebensgeister wecken.«

Lukardis schüttelte den Kopf. Wein hatte keine gute Wirkung auf ihren Geist, wie sie aus Erfahrung wusste. Sie vertrug nicht viel und hatte ihn in den letzten Jahren daher höchst selten genossen. Nur gelegentlich, wenn die Traurigkeit sie überkam, suchte sie mit Hilfe der Wirkung des Weines ihr Heil im Vergessen.

»Ich schulde Euch Dank, dass Ihr mich zurückgebracht habt. Ich kann mir beim besten Willen nicht erklären, was mit mir geschehen ist. So etwas habe ich noch nie zuvor erlebt«, sagte Lukardis leicht verlegen.

Von dem Moment an, als sie auf dem Boden der Kirche niedergesunken war, wies ihre Erinnerung Lücken auf. Sie hoffte inständig, dass nichts geschehen war, weswegen sie sich schämen musste. Alles lag wie unter einem dichten Nebelteppich. Sie wusste nur noch, dass Bertine bei ihr aufgetaucht war und vom Besuch Albrechts erzählt hatte. Dass es sich bei der Wirtin um Adalbertas Schwester handelte, zählte zu den Dingen, die Lukardis ebenfalls nicht vergessen hatte. Genauso wenig wie Albrechts Warnung in Bezug auf ihre Eltern und das wohlige Gefühl der Sicherheit, das sie am Arm Rabans auf dem Rückweg empfunden hatte.

»Ihr schuldet mir keinen Dank«, widersprach Raban und zog sich einen der beiden anderen Stühle heran. Die Arme verschränkt und die langen Beine von sich gestreckt, taxierte er sie, wobei seine Augen ihren eigenen glichen. Waren sie bei ihrer letzten Begegnung in der Hütte des Dorfvorstehers noch von einem kühlen dunklen Blau gewesen, so wirkten sie jetzt fast grün. Fasziniert von dem Farbwechsel, vergaß Lukardis für einen Augenblick sogar, warum sie sich hier in diesem Zimmer befand. Die nächste Frage des jungen Mannes holte sie jedoch zurück in die Wirklichkeit.

»Woher kennt Ihr meine Schwester?«

Bei der eisigen Kälte, die in seinen Worten mitschwang, verlor die Farbe seiner Augen schnell an Bedeutung.

»Eure Schwester?«, wiederholte sie mit einer Verwunderung, die nicht gespielt war, und suchte ihre Erinnerung nach dem Moment ab, in der sie von Hilda erzählt hatte. »Ich weiß nicht, wovon Ihr sprecht.«

Raban beugte sich vor. Seine eben noch offenkundig lässige Haltung wirkte auf einmal völlig anders. Jede Faser seines Körpers war angespannt und seine Miene strahlte unterdrückten Zorn aus.

»Ihr habt gebetet. Vorhin in der Kirche. Ihr habt die meiste Zeit unverständliches Zeug gemurmelt, aber ein paar Worte konnte ich verstehen.«

Unwillkürlich rückte Lukardis ein wenig von ihm ab, zwang sich aber, seinem Blick standzuhalten, auch wenn sich darin eine Wut spiegelte, die ihr Angst einjagte.

»Ihr belauscht die Gebete anderer Leute?«, fragte sie

und versuchte dabei, möglichst viel Verachtung in ihre Stimme zu legen.

»Normalerweise nicht. Aber ›normal‹ passt auch nicht unbedingt zu der Situation, in der ich Euch angetroffen habe«, entgegnete Raban. »Ihr wart in einem Zustand, wie ich ihn bisher nur von Menschen kenne, die einen großen Verlust erlitten und darüber den Verstand verloren haben. Was habt *Ihr* erlitten? Was hat *Hilda* durchmachen müssen?«

Die Burgherrin wandte sich ab. Sie hatte das Gefühl, als wollten Rabans Augen in ihren Kopf dringen, um ihm seine Geheimnisse zu entlocken. Fast hätte sie ihm alles anvertraut, sich die Last von der Seele geredet. Aber die Angst um ihre Eltern war größer als die Hoffnung, dass der junge Mann ihr Verschwiegenheit zuzusichern vermochte.

»Was ist mit meiner Schwester geschehen? Habt Ihr etwas mit ansehen müssen, das Euch keine Ruhe lässt?«, fragte Raban weiter.

Warum ist er nicht endlich still?, dachte Lukardis und schüttelte stumm den Kopf. Wieso muss er mich so quälen?

»Hat Euer Mann Euch Leid angedroht, falls Ihr redet?«

Die Eindringlichkeit seiner Stimme raubte Lukardis fast die Luft zum Atmen. Sag es ihm! Sag es ihm endlich!, wisperte eine Stimme in ihrem Inneren, während eine andere sie vor den Folgen warnte.

»Ich schwöre Euch, dass ich für Euren Schutz sorgen werde«, fuhr Raban fort. »Erzählt mir bitte, was Ihr über den Tod meiner Schwester wisst. Die Ungewissheit ist kaum zu ertragen. Bitte erlöst mich davon und sagt mir, wer für ihren Tod und den ihres Sohnes die Verantwortung trägt.«

Lukardis wusste nicht, ob es an dem Flehen lag, das in Rabans Stimme mitschwang, oder an der Zeit, in der sie sich nun schon mit ihrem schlechten Gewissen herumquälte. Jedenfalls formten die Silben sich auf einmal wie von selbst und fanden den Weg über ihre Lippen.

»Hilda ist nicht tot«, flüsterte Lukardis.

Die Stille, die nach den kaum hörbaren Worten einsetzte, war fast greifbar. O Gott, dachte Lukardis, deren Magen sich jäh zusammenkrampfte, was habe ich nur getan?

»Was habt Ihr da gesagt?«, fragte Raban tonlos.

Die Gedanken der Burgherrin überschlugen sich. Was sollte sie jetzt tun? Auch wenn sie geflüstert hatte, Raban hatte sie durchaus richtig verstanden. Lukardis stieß einen tiefen Seufzer aus. Der Weg war eingeschlagen. Ob es die richtige Wahl war, würde sich erst noch herausstellen. Trotzdem durchströmte sie eine Welle der Erleichterung, wie sie es lange nicht mehr erlebt hatte. Sie hob den Kopf und erwiderte Rabans ungläubigen Blick.

»Ich habe gesagt, dass Hilda nicht tot ist. Sie lebt und Arndt ebenfalls«, bekräftigte Lukardis ihre unbedachte Äußerung. Mit jedem Wort fühlte sie sich wohler. Eine tiefe Befriedigung erfüllte sie und gab ihr Kraft. »Es tut mir leid, dass ich Euch nicht früher davon erzählt habe. Ich wollte es tun, wirklich. Aber dann wurde mein Mann gefangen gesetzt und sein Bruder …« Lukardis brach ab und schnappte nach Luft. »Ich hatte keine andere Wahl. Das müsst Ihr mir glauben«, setzte sie zögernd hinzu.

Bevor die junge Frau reagieren konnte, hatte Raban sie an den Handgelenken gepackt und zu sich herangezogen. Das gefährliche Funkeln in seinen Augen verhieß nichts Gutes.

»Wo sind die beiden jetzt?«

»In Sicherheit«, antwortete Lukardis, während sie versuchte, ihre Hände aus seinem Griff zu befreien. »Bei der Mutter von Gerda, unserer Köchin. Sie lebt nicht weit von Burg Ebersburg in einer kleinen Hütte. Ich kann Euch hinführen, wenn Ihr wollt.«

Raban ließ sie ruckartig los. »Eure Hilfe, edle Frau, war bereits mehr als ausreichend«, sagte er in ätzendem Tonfall und deutete eine Verbeugung an. »Mit einer kurzen Wegbeschreibung wäre ich vollkommen zufrieden.«

Als kurz darauf die Tür hinter Raban ins Schloss fiel, blieb Lukardis noch eine Weile wie betäubt sitzen. Die Verachtung, die er ihr entgegengebracht hatte, setzte ihr mehr zu, als sie es für möglich gehalten hätte.

Viel mehr, als gut für sie war.

»Frau Lukardis?«

Die Burgherrin hörte zwar ihren Namen, wusste aber für einen Moment nicht genau, ob sie träumte oder ob tatsächlich jemand nach ihr verlangte. Die Stimme kam ihr jedenfalls nicht bekannt vor.

»Frau Lukardis, seid Ihr wach?«

Mühsam versuchte sie die Augen zu öffnen, doch ihre Lider waren bleischwer und verweigerten sich anfangs ihrem Befehl. Als es ihr endlich gelang, sich dem düsteren Traum, der sie noch immer umfangen hielt, zu entziehen, blickte sie in das besorgte Gesicht Adalbertas.

»Geht es Euch nicht gut, Herrin?«

Verwirrt blickte Lukardis sich um, und langsam dämmerte ihr, was geschehen war. Nachdem Raban nach draußen geeilt war, war die Erschöpfung zurückgekehrt, und sie hatte sich auf die prall gefüllte Strohmatratze gelegt. Nur ein wenig Ruhe, hatte sie gedacht, bevor der Schlaf sie übermannt hatte.

»Adalberta! Was machst du denn hier?«

Lukardis setzte sich auf. Ein stechender Schmerz war die Antwort auf die hastige Bewegung, weshalb sie stöhnend mit den Fingern auf die rechte Schläfe drückte.

»Es geht um die Brüder Eures Gemahls, Herrin. Aber wenn es Euch nicht gutgeht, dann werde ich Euch damit nicht quälen«, antwortete Adalberta ausweichend.

»Nein, nein. Du bist den ganzen weiten Weg gekommen, um mich zu sehen. Dann wird es sicher wichtig genug sein. Sprich schon, was ist geschehen?«, forderte Lukardis die Besucherin auf, während sie weiter mit kreisenden Bewegungen ihre Schläfe massierte.

»Gerda war bei mir, Frau Lukardis. Sie war völlig aufgelöst, weil der Herr Albrecht sie dabei beobachtet hat, wie sie Lebensmittel für Freda und die Frau mit ihrem Kind gestohlen hat«, begann Adalberta stockend.

Der Herzschlag der Burgherrin setzte für einen Moment aus. Panik erfasste sie. Hilda!, dachte sie und sprang auf, von einer grauenhaften Vorahnung erfasst.

»Sprich weiter, um Himmels willen!«, drängte sie ihr Gegenüber und packte sie an den Schultern.

»Gerda schämt sich so entsetzlich, Herrin. Vor lauter Angst, dass der Herr Albrecht ihrer Mutter etwas antut, hat sie ihm von der Frau erzählt, die Ihr dort versteckt habt.«

Entsetzt schlug Lukardis die Hand vor den Mund. Was hatte sie nur getan? Wäre sie nicht so feige gewesen, dann befände sich Hilda mit ihrem Sohn längst in Sicherheit. Und Raban hätte sich nicht die ganze Zeit mit dem Gedanken an seine tote Schwester herumquälen müssen. Lukardis wagte nicht daran zu denken, was Albrecht mit Hilda anstellen würde. Freda wäre genauso in Gefahr, ebenso wie der kleine Arndt. Sie stöhnte auf.

»Er hat sie nicht gefunden, Herrin«, sagte Adalberta und legte ihr beruhigend eine Hand auf ihren Arm.

»Was sagst du da? Waren sie denn nicht in der Hütte?«, fragte Lukardis ungläubig.

»Nein. Er hat bloß die alte Freda angetroffen. Sie hat bis zuletzt behauptet, nichts von dem neuen Aufenthaltsort der Frau zu wissen.«

Lukardis schwante Böses. Das, was Adalberta nicht gesagt hatte, hing wie kalter Nebel im Raum und legte sich schwer auf ihre Brust.

»Was ist mit Freda? Geht es ihr gut?«

Adalberta wich ihrem Blick aus und murmelte: »Gerda bangt um das Leben ihrer Mutter. Der Schmied hat ihr geholfen, die schwerverletzte Frau ins Dorf zu holen. Bei all dem Unglück gleicht es einer guten Fügung, dass sich der Herr nicht in der Burg aufhält, so kann Gerda ihre Mutter in unserem Haus pflegen.«

Lukardis schüttelte die Hand der Älteren ab und ging ans Fenster. Sie schob den dicken Wollstoff ganz zu Seite und atmete tief die kalte Luft ein. Aus der Küche des Wirtshauses, die sich rechter Hand unter ihrem Zimmer befand, zog ein unangenehmer Duft zu ihr herauf. Angewidert trat sie einen Schritt zurück, denn beim Gedanken an frisch geschlachtete Hühner schmeckte sie bittere Galle.

»Weiß sie es wirklich nicht?«, fragte sie, ohne sich umzudrehen.

»Gerda behauptet, dass die Frau, ich kenne ihren Namen nicht, nach Fulda wollte. Den Sinn von dem, was ihre Mutter da die ganze Zeit gestammelt hatte, hat sie nicht ganz verstanden, aber es hing irgendwie mit dem Abt zusammen«, meinte Adalberta achselzuckend.

»Und ihr Sohn? Was ist mit dem Jungen?«, hakte Lukardis nach, während sie auf ihre Besucherin zuging.

Zum ersten Mal seit ihrem Eintreffen erhellte sich die Miene der Älteren.

»Die Frau hatte ihn bei Freda gelassen. Der ist es wohl in letzter Minute gelungen, den Jungen vor dem Herrn Albrecht zu verstecken«, sagte sie mit einem zufriedenen Lächeln. »Er ist ebenfalls bei uns und weicht nicht einen Augenblick vom Lager der armen Freda. Gesprochen hat er leider noch kein Wort. Nicht einmal nach seiner Mutter hat der arme Wurm gefragt.«

»Er hat auch vorher nicht gesprochen«, antworte Lukardis erleichtert. Wenn Hilda ihren Sohn bei Freda gelassen hatte, dann bestand vielleicht doch die Hoffnung, dass Albrecht sie nicht aufspürte.

»Wir müssen sie unbedingt finden«, sagte Lukardis und griff nach ihrem Umhang. »Mein Schwager darf sie unter keinen Umständen in die Finger bekommen!«

»Es hat doch keinen Zweck, Herrin, wenn wir durch Fulda rennen. Vielleicht ist sie noch unterwegs oder sie hat sich verlaufen? Selbst wenn sie hier ist, kann sie überall stecken«, wandte Adalberta ein. »Meine Schwester hat sich schon auf den Weg gemacht. Sie kennt viele Leute und weiß, wo sie fragen muss. Lasst uns auf Bertine warten.«

Als hätte die Genannte nur auf die Erwähnung ihres Namens gewartet, wurde in dem Moment die Tür aufgerissen und die Wirtin stürmte herein. Das runde Gesicht vom kalten Wind gerötet und völlig außer Puste, brauchte sie einen Moment, um wieder zu Atem zu kommen.

»Frau Lukardis! Geht es Euch besser?«, keuchte sie und legte eine Hand auf ihre üppige Brust, die sich auf und ab senkte.

»Ja, ja, mir geht es gut«, antwortete Lukardis ungeduldig. »Sag mir lieber, ob du Hilda gefunden hast?«

»Ja. Nein. Also, nicht direkt«, sagte Bertine, immer noch nach Luft japsend. »Ich habe die Frau nicht gefunden, weiß aber, was sie vorhat. Jedenfalls ungefähr.«

»Jetzt beruhige dich erst mal«, ermahnte Adalberta ihre Schwester.

Bertine befolgte den Rat und erzählte nach kurzer Zeit von einem Bauern, der ihr zweimal in der Woche frische Eier lieferte. Er hatte eine Frau auf seinem Karren nach Fulda mitgenommen, sich aber nach dem Stadttor von ihr getrennt.

»Wie soll uns das auf der Suche nach ihr weiterhelfen?«, fragte Lukardis enttäuscht.

»Auf dem Weg hierher hat der Bauer mit ihr über das bevorstehende Fest gesprochen. Der Abt liest seit einigen Jahren an Allerseelen die Messe für uns einfache Menschen und segnet anschließend sogar die Gräber unserer Verstorbenen. Der Bauer hat sich nämlich gewundert, wie aufgeregt die Frau, die ihm während der ganzen Fahrt eher ruhig und zurückhaltend vorgekommen war, auf einmal war. Regelrecht darüber ausgefragt hat sie ihn. Wann genau der hochwürdigste Fürstabt den Weg zum Friedhof antritt, wollte sie wissen, und ob man ihn ansprechen kann. Darüber hat er sich dann nicht mehr gewundert, weil sie so arm und kränklich wirkte. Er dachte, sie hat vielleicht einen schweren Verlust erlitten und erhofft nun seinen Segen«, gab Bertine das weiter, was sie von dem Bauern erfahren hatte.

»Allerseelen«, flüsterte Lukardis und wunderte sich, dass sie in der Kirche gewesen war, ohne daran zu denken. Erst jetzt fiel ihr der schöne Blumenschmuck ein, mit dem der Altarraum geschmückt war. »Wir müssen sie vorher finden! Albrecht ist nicht dumm. Er wird morgen ebenfalls die Augen offen halten, und bestimmt ist er nicht allein. Hat der Bauer denn nichts davon gesagt, wo sie die Nacht verbringen will? Sie kennt doch niemanden hier.«

Bertine zuckte mit den Schultern und sah hilfesuchend ihre Schwester an.

»Hat sie Euch gegenüber nichts erwähnt? Vielleicht war sie schon mal in Fulda? Sonst wird es wohl sehr schwer werden, Herrin, wenn sie nicht gefunden werden will«, sagte Adalberta bekümmert.

Wo könnte Hilda bloß untergekommen sein?, überlegte Lukardis zunehmend verzweifelt. Kannte sie vielleicht eine der Händlerfamilien in Fulda? Davon hatte sie gegenüber Lukardis nie etwas erwähnt. Sie hatte kein Geld und musste irgendwo für die Nacht unterkommen. Die Burgherrin dachte kurz an die Gasse, in der sich ein Badehaus befand, von dem sie die Vertrauten ihres Mannes des Öfteren in weinseligem Zustand hatte sprechen hören. Eine vornehme, anständige Frau, wie Ihr es seid, sollte keinen Gedanken an diesen Sündenpfuhl verschwenden, hatte Gerda ihr damals auf ihre Frage hin ziemlich knapp geantwortet. Nein, dachte Lukardis mit Bestimmtheit. Dorthin würde Hilda nicht gehen, um sich bis morgen zu verkriechen.

»Sie weiß doch gar nicht, dass sie gesucht wird«, wandte Bertine ein. »Vielleicht kommt sie sogar gleich zu uns ins Wirtshaus marschiert und fragt nach einem Zimmer für die Nacht.«

»Das kann sie sich nicht leisten«, gab Lukardis zu bedenken. »Außerdem ist sie sehr vorsichtig. Sie will bestimmt nicht auffallen.«

»Dann würde ich an ihrer Stelle zum Marktplatz unterm Heilig Kreuz gehen. An den Rändern treibt sich allerhand Gesindel herum. Sicher findet sie dort eine Möglichkeit, für die Nacht bei jemandem unterzukommen. Ist sie denn hübsch?«

Lukardis runzelte die Stirn und schüttelte unwillig den Kopf. Hilda würde sich niemals an den Nächstbesten verschenken, nur um Schutz für eine Nacht zu finden.

»Vielleicht hat meine Schwester gar nicht so unrecht, Frau Lukardis«, meinte Adalberta nachdenklich. »Ich weiß von einer Frau, die sich dort regelmäßig einfindet. Sie sagt den Menschen die Zukunft voraus, zumindest denen, die sich an sie herantrauen. Natürlich nur, wenn kein Geistlicher oder einer der Büttel sich dort herumtreibt, also mit genügend Entfernung zur Stadtpfarrkirche. Ich könnte bei ihr nachfragen, ob sie etwas gehört hat.«

»Danke, aber ich werde selbst gehen. Du hast schon genug für mich getan. Bleibst du über Nacht hier? Bis zum Einbruch der Dunkelheit schaffst du es sowieso nicht mehr nach Hause, es sei denn, du kannst bei jemandem mitfahren«, entschied Lukardis und umarmte die Ältere. »Woran erkenne ich die Frau? Und wieso traut sich kaum jemand, an sie heranzutreten?«

»Sie ist verunstaltet. Fast ihr ganzes Gesicht ist von einem feuerroten Mal bedeckt und an der linken Hand fehlen ihr zwei Finger.«

»Ich fürchte mich nicht vor ihr«, sagte Lukardis und dachte an die arme Freda, die nicht wenige Menschen ebenfalls mieden.

»Was soll ich dem Mann sagen, wenn er wiederkommt? Er hat vorhin schon ziemlich unfreundlich reagiert, als Ihr in der Kirche wart«, sagte Bertine.

Lukardis hielt an der Tür nochmals inne. Ihr war der vorsichtige Ton der Wirtin nicht entgangen, und sie konnte ihn gut nachvollziehen. Lukardis mochte sich gar nicht vorstellen, wie Raban reagierte, wenn er Fredas Hütte leer vorfand. Aber darum musste sie sich später kümmern. Jetzt galt es vor allem Hilda zu finden, bevor Albrecht ihr zuvorkam.

»Erzähl ihm einfach, ich wäre aus dem Fenster geklettert«, sagte sie und verschwand.

Vorsichtig streckte Hilda ihr linkes Bein aus und biss die Zähne zusammen, als sich tausend Nadeln in ihre Wade bohrten. Der Platz hinter den großen Weidenkörben war beengt, da sie ihn mit einem Käfig, in dem sich ein letztes Huhn befand, und einem Korb voller Rüben teilen musste. Der Tagelöhner verkaufte die Waren eines Bauern, der die Feiertagssperre missachtete und seine Waren hier auf dem Platz feilbot, ein gutes Stück von der Kirche entfernt. Hier wurde kaum kontrolliert, und sollte der Büttel doch vorbeikommen, würde der Tagelöhner die Nacht einsitzen und nicht er. So hatte es der krank aussehende Mann während eines Hustenanfalls Hilda jedenfalls erzählt. Er hatte Mitleid mit der Frau gehabt, die so verloren gewirkt hatte, und ihr die Hälfte von seinem Brotkanten gegeben, bevor sie sich hinter den leeren Weidenkörben ein Plätzchen zum Ausruhen hatte suchen dürfen.

Ein schneller Blick in den stark bewölkten Himmel sagte ihr, dass das ohnehin nur sehr spärliche Tageslicht bald ganz von der Dunkelheit verschluckt werden würde. Dann hatte sie ihr nächstes Problem am Hals, und zwar ein richtig großes. Wo sollte sie bloß einen Platz zum Schlafen finden? Die Augen des Tagelöhners, die frech über ihren Körper glitten, waren Einladung genug, aber eher würde sich Hilda einen Finger abhacken, als neben einem anderen Mann zu liegen. Plötzlich blitzte ein Bild vor ihren Augen auf, und bitter schmeckende Galle stieg in ihr auf. Der Verrat von Lukardis hatte ihr schwer zugesetzt.

»Bitte, Hilda! Versuch mich zu verstehen!« Die flehenden Worte von Lukardis klangen Hilda noch in den Ohren. In der kurzen Zeit, die sie mit der Edelfrau verbracht hatte, war sie der Hoffnung erlegen, dass deren wiedergewonnene fröhliche Natürlichkeit von Dauer sein würde. Doch am Ende war wieder die unsichere, von Zweifeln geplagte Frau zum Vorschein gekommen, die jeglichen Mut verloren und sich für den sicheren Weg entschieden hatte.

Hastig blinzelte sie die Tränen weg und richtete den Blick wieder auf die Frau, die an dem Stand nebenan einer Magd aus der Hand las. Hilda schätzte die Kundin auf höchstens achtzehn Jahre. Deren kugelrunder Bauch erinnerte sie schmerzhaft an das ungeborene Leben, das sie selbst noch bis vor kurzem unter ihrem Herzen getragen hatte. Die werdende Mutter wirkte unruhig, und die Blicke, die sie in regelmäßigen Abständen über die Schulter warf, verstärkten diesen Eindruck nur noch. Dabei waren die beiden nach vorne gebeugten Frauen auf den ersten Blick vom Platz aus gar nicht zu sehen, da sie hinter einer Decke hockten, die die Alte achtlos über ein wackliges Holzgestell geworfen hatte.

»Ich packe bald zusammen. Bei dem Wetter kommt hier kaum jemand vorbei. Zudem ist heute Allerheiligen, da haben die Leute anderes zu tun«, sagte der Tagelöhner und spuckte eine blutige Flüssigkeit auf den Boden.

Schnell nahm Hilda die Füße wieder an den Körper und verzog angewidert das Gesicht. Allerheiligen, dachte sie verbittert, dann wird morgen der Toten gedacht. Würde ein Priester das Grab ihres Mannes segnen? Verdammt, sie wusste noch nicht einmal, wo er begraben war. Wieder kämpfte sie mit den Tränen.

»Ich sage es ungern, aber der Kerl taugt nichts, Mädchen. Sieh zu, dass du dir einen anderen angelst, sobald du das Balg von ihm geboren hast«, krächzte es von rechts.

Froh über die Ablenkung, spähte Hilda zu den beiden Frauen hinüber. Der jüngeren liefen Tränen übers Gesicht und in ihren Augen stand blankes Entsetzen. Hilda war kurz davor, zu der Weinenden zu gehen, um sie in ihrer Hilflosigkeit in den Arm zu nehmen, als sie mitten in ihrer Bewegung innehielt.

»Das darf doch wohl nicht wahr sein«, murmelte sie und starrte zu der Frau in dem dunkelgrünen Umhang hinüber, die drei Stände weiter mit einem Mann an einer schmutzigen Garküche sprach.

»Nimm's nicht so schwer, Kleine. Es gibt noch andere Männer, die nicht jedem Rock hinterhergaffen«, drang die Stimme der Alten bis zu Hilda durch.

Aus dem Augenwinkel bemerkte sie, dass die junge Kundin aufschluchzend davoneilte, während die Wahrsagerin eine Münze in einem speckigen kleinen Beutel verschwinden ließ. Als sie Hilda einen misstrauischen Blick zuwarf, wandte diese sich schnell ab und spähte erneut zur Garküche hinüber.

»Wo ist sie bloß hin?«, murmelte Hilda leise und suchte unruhig die Umgebung ab.

»Entschuldige bitte, aber hast du eine Frau in meinem Alter gesehen, die nach einem Schlafplatz für die Nacht gefragt hat?«

Hildas Augen schnellten zu der Alten zurück, der jetzt Lukardis gegenüberstand! Als sie der schmerzlich vertrauten Gestalt gewahr wurde, rutschte sie noch ein Stück weiter nach hinten.

»Hier laufen viele Frauen vorbei, die so alt sind wie Ihr. Aber bisher habe ich noch keine gesehen, die so edel gekleidet war«, gab die Alte achselzuckend zurück.

»Das ist sie auch nicht«, beeilte sich Lukardis zu sagen. »Sie trägt einen braunen, mehrfach geflickten Umhang und derbe Holzschuhe. Aber sie hat wunderschöne blonde Haare, blaue Augen und ist von zarter Gestalt.«

Hilda stockte das Herz, als sie das Zögern der Alten bemerkte. Die Holzschuhe hatte Lukardis ihr selbst besorgt, aber woher wusste sie, dass sie sich Fredas Umhang ausgeliehen hatte? War sie bereits bei der Kräuterfrau gewesen? Hoffentlich geht es Arndt gut, dachte Hilda mit wehem Herzen, das ein wenig leichter wurde, nachdem Lukardis sich nach einer bedauernden Antwort der Alten von ihr verabschiedet hatte. Als Nächstes erkundigte sich die Burgherrin bei dem Tagelöhner, der aber ziemlich mürrisch und verstockt reagierte, woraufhin ihre ehemalige Freundin schnell weiterzog.

Hilda schloss für einen Moment erleichtert die Augen und erschrak fürchterlich, als dicht neben ihr die krächzende Stimme der Alten ertönte.

»Suchst du wirklich einen Platz für die Nacht, oder wirst du mit ihm das Lager teilen?«, fragte sie und wies mit dem Kopf auf den Tagelöhner.

»Natürlich nicht!«, entrüstete sich Hilda und machte Anstalten aufzustehen.

Die Alte grinste schief und entblößte dabei drei schwarze Stümpfe. »Bleib hocken, sie ist noch immer in der Nähe, die feine Dame. Kannst mit mir kommen, wenn du willst. Ich hab aber nur einen alten Bretterverschlag.«

»Ich stelle keine Ansprüche und nehme dein Angebot gerne an«, sagte Hilda dankbar.

»Musst mir auch nichts erzählen. Die Edelfrau sieht zwar nett aus, aber denen gegenüber bin ich grundsätzlich misstrauisch. Trotzdem tut sie mir leid«, sagte die Alte und wischte sich mit dem Handrücken den Speichel aus dem Mundwinkel. Da sie Hilda dabei nicht anschaute, konnte es für einen Außenstehenden so wirken, als würde die alte Frau leise vor sich hin brabbeln.

»Wieso tut sie dir leid?«, fragte Hilda widerstrebend, da sie sich eigentlich vorgenommen hatte, keinen Gedanken mehr an Lukardis zu verschwenden. »Und wieso hilfst du mir?«

»Es gehört keine große Gabe dazu, zu sehen, dass sie viel Leid erfahren hat, ebenso wie du. Aber du hast es wohl fast überstanden, was?«, fragte die Alte. »Deswegen helfe ich dir. Du tust mir auch leid. Bist nicht besser dran als ich. Im Gegensatz zu dir weiß ich allerdings, was auf mich wartet.«

Überstanden?, dachte Hilda verbittert, während sie die leise Stimme ihrer ehemaligen Freundin ein Stück weiter hörte. Ich habe es niemals überstanden. Lukardis hätte ihr elendes Leben ändern können. Doch sie hat mich im Stich gelassen und versucht sogar jetzt noch, mich aufzuhalten.

»Lasst mich in Ruhe! Ich weiß nicht, wovon Ihr sprecht.«

Entgegen ihrem Vorsatz spitzte Hilda die Ohren. Die Stimme der Burgherrin war lauter als bisher, obwohl sie sich dem Stand nicht wieder genähert hatte und sich damit noch immer ungefähr fünfzehn Fuß zwischen ihnen befanden. Doch es klang noch etwas anderes heraus. Etwas, das Hilda nicht gleich bestimmen konnte. Ihre Nackenhaare stellten sich auf, als sie den Bariton eines Mannes vernahm, den sie schon einmal gehört hatte und der ihr Leben auf schreckliche Weise verändert hatte. Plötzlich wusste sie, was in den Worten der Burgherrin mitschwang: Furcht!

»Ich habe dich beobachtet. Du hast nach ihr gefragt.

Von wem weißt du, dass wir nach ihr suchen?«, sagte der Mann, der Hilda geschändet hatte, zu Lukardis.

»Ich weiß nicht, wen Ihr meint. Lasst meinen Arm los. Ihr tut mir weh!«, antwortete ihre ehemalige Freundin deutlich schärfer als vorhin.

Der Wortwechsel fand ganz in der Nähe statt, und Hilda brach der kalte Schweiß aus, als sie durch die schmalen Ritzen der Körbe Lukardis erkannte. Das Gesicht des Mannes konnte sie nicht erkennen, denn er stand mit dem Rücken zu ihr. Aber das brauchte sie auch nicht, denn seine Stimme würde sie niemals vergessen. Er hielt die Burgherrin am Handgelenk umklammert und zog sie zum Rand des Platzes. Heilige Mutter Gottes, schoss es Hilda durch den Kopf, dabei werden sie genau hier vorbeikommen!

»Halt mich nicht zum Narren«, hörte Hilda die Warnung des Mannes.

Sie spähte durch die Weidenzweige und sah, dass die beiden stehen geblieben waren. Er hielt Lukardis noch immer fest, während sie versuchte, ein Stück von ihm abzurücken, und flüsterte ihr etwas ins Ohr.

»Verschwinde, schnell! Los, hau ab, Mädchen! Ich warte am Abend an der Ecke zur kleinen Gasse beim Badehaus auf dich.«

Ein Schwall schlechter Atem wehte an Hildas Nase vorbei, als die Alte sie zur Flucht aufforderte. Sie zögerte kurz, warf einen letzten schnellen Blick auf ihre Verfolger und eilte dann in geduckter Haltung zum anderen Ende des Platzes. Dabei musste sie immerzu an das Entsetzen denken, das sich eben in der Miene von Lukardis gespiegelt hatte.

15. KAPITEL

Für einen Moment spürte Lukardis nicht einmal mehr den harten Griff ihres Schwagers um ihr Handgelenk. In dem Satz, den er in ihr Ohr geflüstert hatte, lag so viel Hass, dass sie wie gelähmt war.

»Hermann wird in zwei Tagen auf Befehl des Abtes auf dem Marktplatz hingerichtet.«

Die Worte hallten noch immer in ihrem Kopf nach, und selbst jetzt wurde ihr deren Bedeutung kaum richtig klar.

»He, du! Bleib stehen!«

Albrechts Schreie rissen Lukardis aus ihren Gedanken. Er ließ sie abrupt los und versetzte dem Mann, der sich ihm in den Weg gestellt hatte, einen Faustschlag. Alles geschah so unglaublich schnell, dass Lukardis einen Moment benötigte, um in der flüchtenden Frau Hilda zu erkennen, die von dem Stand neben der Alten wegrannte, ohne einen Blick über die Schulter zu werfen. Lukardis reagierte intuitiv, obwohl sie damit ihren Entschluss, Hilda zu finden, über den Haufen warf. Denn jetzt musste sie alles tun, um ihrer ehemaligen Freundin zu helfen, damit Albrecht sie nicht erwischte. Ihr Schwager setzte zu einem großen Sprung über einen Käfig an, aus dem das aufgeregte Gegacker eines Huhnes klang. Hilda hatte zwar einen kleinen Vorsprung, doch Lukardis ahnte, dass sie keine Chance gegen ihren Verfolger hatte. Sie griff nach dem nächstbesten Gegenstand, der in ihrer Nähe stand, und warf ihn mit ganzer Kraft in Richtung ihres Schwagers. Der Weidenkorb traf ihn seitlich und brachte ihn aus dem Gleichgewicht. Er stolperte über einen Hocker und versuchte sich noch an einem Bauern festzuhalten, der ihm vorher ausgewichen war. Lukardis hörte auf zu atmen, als Albrecht den Arm des Mannes um höchstens eine Handbreit verfehlte und der Länge nach hinschlug. Bevor sie sich selbst in Sicherheit brachte, vergewisserte sie sich, dass von Hilda mittlerweile jede Spur fehlte.

Dann erst drehte sich Lukardis um und rannte in die nächstbeste Gasse.

Bereits eine Ecke weiter holte Albrecht sie ein.

»Du verdammtes Miststück!«, zischte er, drückte Lukardis gegen die Wand eines halb verfallenen Hauses und hob die Hand. »Das wirst du mir büßen!«

In Erwartung des Schmerzes schloss die Burgherrin die Augen. Doch statt der befürchteten Ohrfeige ertönte ein dumpfer Schlag, gefolgt von einem lauten Poltern. Der Druck von Albrechts linker Hand auf ihrer Schulter war verschwunden. Erstaunt öffnete sie die Augen.

Der verhaltene Ärger in Rabans Blick war fast noch schlimmer als die geballte Wut ihres Schwagers.

Lukardis war fast froh darüber, dass Albrecht die volle Aufmerksamkeit Rabans in Anspruch nahm. Noch im Aufstehen griff der Ebersburger nach seinem Schwert, woraufhin Raban ihn erneut niederschlug. Ein hässliches Krachen war zu hören, als die Faust des jungen Mannes auf das Kinn seines Gegners traf. Albrecht prallte mit dem Oberkörper gegen die gegenüberliegende Mauer. Sein Kopf schlug mit einem dumpfen Ton gegen die Steine, bevor er wie leblos liegenblieb.

»Ist er tot?«, flüsterte Lukardis und fasste automatisch nach Rabans Arm, während sie fieberhaft die Gasse nach

Zeugen des Zwischenfalls absuchte. Das Schicksal war ihnen gnädig gestimmt, denn niemand war in dem abfallenden Licht des Tages zu sehen.

Wortlos bückte sich Raban und entzog ihr dabei ruckartig seinen Arm. Lukardis brannten die Wangen, als ihr klarwurde, wie lästig ihm ihre Berührung war. Am liebsten wäre sie fortgerannt. Von ihm, von diesem Ort und von ihrem hasserfüllten Schwager, der noch immer kein Lebenszeichen von sich gab.

»Er lebt. Wahrscheinlich wird er nachher einen ziemlichen Brummschädel haben, und für ein paar Tage quält ihn sicher die Übelkeit. Lasst uns von hier verschwinden, bevor uns noch jemand bemerkt. Er ist schließlich kein Unbekannter hier«, bestimmte Raban und nahm die Finger vom Hals des Bewusstlosen. »Bei unserem kleinen Spaziergang könnt Ihr mir dann erzählen, warum Ihr mich zu einer leeren Hütte geschickt habt, Edelste.«

Dieses Mal griff Raban nach ihrem Arm. Aber seine Berührung war grob und besaß nichts Tröstliches für Lukardis, die sich willenlos von ihm mitziehen ließ.

Zum zweiten Mal an diesem furchtbaren Tag landete sie im Wirtshaus von Adalbertas Schwester. Raban ging jedoch an der Treppe vorbei, die nach oben zu ihrem Zimmer führte, und steuerte zielstrebig einen der Tische im Schankraum an.

»Hilda hat sich heute am frühen Morgen auf den Weg nach Fulda gemacht. Ich habe davon nichts gewusst. Eine Frau aus dem Dorf, Adalberta, hat mich aufgesucht, nachdem Ihr aufgebrochen seid«, begann Lukardis zu erzählen, kaum dass sie Platz genommen hatten.

»Meine Schwester ist hier in Fulda?«, fragte Raban überrascht. »Was ist mit dem Jungen? Hat sie ihn bei sich?«

»Nein, Hilda hat Arndt bei Freda gelassen«, erwiderte Lukardis verwirrt, da sie angenommen hatte, dass Raban seine flüchtende Schwester noch gesehen hatte. Fast gleichzeitig wurde ihr bewusst, dass er sich in dem Fall natürlich nicht um sie gekümmert hätte, sondern Hilda nachgeeilt wäre. Seltsamerweise versetzte ihr diese Einsicht einen Stich, und sie schalt sich innerlich für ihre Naivität.

»Aber dort war niemand, die Hütte war leer! Alles war verwüstet, so als hätte jemand in blinder Wut alles zerstört«, sagte Raban und winkte die Bedienung heran.

»Albrecht hat irgendwie herausgefunden, dass ich eine Frau in Fredas Hütte verstecke. Ich weiß wirklich nicht, wer es ihm verraten hat, aber als er dort ankam, war Hilda bereits weg und der Junge hatte sich versteckt«, erklärte Lukardis ihm und dachte spontan, dass der arme kleine Kerl schon ziemlich viel Übung im Verstecken hatte.

»Wo sind die beiden jetzt? Was hat Euer Schwager mit ihnen angestellt?«, fragte Raban bedrohlich leise.

»Sie sind in Sicherheit. Zumindest vorläufig. Adalberta hat sie bei sich aufgenommen. Eurem Neffen fehlt nichts. Albrecht hat ihn nicht gefunden. Ich bin mir noch nicht einmal sicher, ob er überhaupt etwas von der Existenz des Jungen weiß. Freda geht es allerdings nicht gut«, antwortete Lukardis niedergeschlagen.

Bei dem Gedanken, dass die alte Frau vielleicht sterben würde, weil sie ihr geholfen hatte, war Lukardis auf einmal ganz elend zumute.

»Trinkt das. Es wird Euch guttun«, befahl Raban und schob ihr einen gutgefüllten Becher Bier hin. »Und dann erzählt Ihr mir den Rest. Wieso hat der Bruder Eures Gemahls Euch bedroht?«

Sein Tonfall war nicht mehr ganz so scharf, woraufhin Lukardis ermutigt den Holzbecher an die zitternden Lippen setzte. Der Gerstensaft war kalt und schmeckte überraschend gut. Nachdem sie ein paar Schlucke getrunken hatte, wischte sie sich mit dem Handrücken den Schaum vom Mund. Raban hörte aufmerksam zu, als sie von ihrer Suche auf dem Platz und dem unvermittelten Auftauchen von Albrecht erzählte. Bestärkt durch seinen fast freundlichen Gesichtsausdruck, fügte sie hinzu, dass sie erneut den Stand aufsuchen könnten, an dem Hilda sich versteckt hatte.

Raban schüttelte den Kopf. »Es ist schon fast dunkel. Dort ist jetzt bestimmt niemand mehr.«

Mutlos umfasste Lukardis ihren Becher und trank erneut ein paar Schlucke. Als wie aus heiterem Himmel eine alte Frau an ihren Tisch trat, hätte sie sich um ein Haar verschluckt.

»Ihr sucht jemanden?«

»Warum willst du das wissen?«, fragte Raban gelassen. Offensichtlich fand er es überhaupt nicht merkwürdig, dass sich eine völlig Fremde nach seiner Schwester erkundigte.

»Weil ich möglicherweise weiß, wo Ihr sie finden könnt«, antwortete die Frau, in der Lukardis die Alte vom Platz wiedererkannte.

Sofort fühlte sie sich an Freda erinnert, was teilweise der schiefen, leicht buckligen Haltung der Alten zuzuschreiben war. Das Beunruhigendste an ihr waren die Augen. Lukardis hatte noch nie zuvor solch ein helles Grau gesehen. Sie schienen alles in ihrer Umgebung wahrzunehmen, selbst die Dinge, die hinter ihrem Rücken geschahen. Offenbar spürte die Alte das Interesse der Burgherrin, denn ihr Kopf schnellte herum und ihr Blick schien sich direkt in Lukardis' Kopf zu bohren.

»Sie wollte nicht, dass Ihr sie findet, edle Frau. Ich weiß nicht, warum, aber Angst war es nicht. Im Gegenteil. Sie wirkte auf mich wie jemand, der sehr traurig ist, weil er etwas, das er sich wünscht, nicht haben kann.«

Beschämt senkte Lukardis den Kopf. Hilda hatte sie gesehen und sich vor ihr versteckt. Aber konnte sie etwas anderes erwarten? Wahrscheinlich ging ihre einstige Freundin davon aus, dass sie ihr den Besuch beim Abt ausreden wollte.

»Außerdem habt Ihr der armen Kleinen geholfen, als sie vor dem Widerling geflüchtet ist. Er hat Euch nicht mehr erwischt, oder? Sonst würdet Ihr sicher nicht so unversehrt hier sitzen«, sagte die Alte mit unverhohlener Neugier.

»Ich hatte Glück«, antwortete Lukardis knapp und hielt dem Blick ihres Gegenübers nun stand. Sie spürte instinktiv, dass die Frau es ehrlich meinte.

»Wo hält sie sich versteckt?«, lenkte Raban das Gespräch wieder auf Hilda.

Die alte Frau wandte sich ihm langsam zu und leckte sich die Lippen, während ihr Blick an dem halbvollen Becher Bier hängen blieb. Wortlos hielt Raban ihr den Gerstensaft hin und beobachtete, wie sie mit gierigen Schlucken den Inhalt in sich hineinschüttete. Doch Lukardis ließ sich von seiner äußeren Gelassenheit nicht täuschen. Mittlerweile kannte sie ihn gut genug, um seine Anspannung zu bemerken.

»Das weiß ich nicht«, gab die Frau ungerührt zu, nachdem sie mit einem zufriedenen Gesichtsausdruck den leeren Becher auf den Tisch gestellt hatte. »Aber ich weiß, wo sie am Abend auftauchen wird. Wenn Ihr mir sagt, warum Ihr nach ihr sucht, und ich Euch glaube, dann bringe ich Euch dorthin.«

»Sie ist meine Schwester, und ich habe sie für tot gehalten.«

Die Alte nickte wissend. Sie schien zufrieden mit der Antwort zu sein, denn ohne zu zögern, flüsterte sie ihnen zu, wo Hilda auf sie warten würde.

Raban verzog das Gesicht. »Einen besseren Treffpunkt hast du wohl nicht wählen können?«

Die Alte grinste und entblößte ein fast zahnloses Gebiss, in dem lediglich ein paar schwarze Stummel zu sehen waren.

»Dort wird sie bestimmt nicht auffallen, jedenfalls nicht so sehr, dass sie in Gefahr kommt.«

Raban erhob sich abrupt. Seine Miene verhieß nichts Gutes. »Ich bringe Euch rasch hoch«, sagte er an Lukardis gewandt.

»Von wegen!«, entrüstete sich diese und schüttelte heftig den Kopf. »Ich komme auf jeden Fall mit.«

»Damit sie wieder fortrennt, wenn sie Euch sieht?«, gab Raban zu bedenken, doch Lukardis spürte, dass sein Einwand nur halbherzig war.

»Das wird sie bestimmt nicht! Schließlich befinde ich mich in bester Gesellschaft«, widersprach sie und erwiderte seinen Blick herausfordernd.

»Also gut«, gab Raban nach kurzem Zögern nach und runzelte die Stirn, als er das breite Grinsen der Alten bemerkte.

»Warum habt Ihr mir eigentlich nicht gesagt, dass die Zusage des Abtes meinem Gemahl gegenüber auf freies Geleit eine Lüge war?«, fragte Lukardis leise, nachdem sie das Wirtshaus verlassen hatten.

»Wovon sprecht Ihr?«, fragte Raban und blieb abrupt stehen.

»Mein Schwager hat mir vorhin gesagt, dass mein Gemahl in zwei Tagen auf dem Marktplatz öffentlich hingerichtet wird. Ihr hättet es mir gegenüber erwähnen sollen«, gab die Burgherrin stockend zurück.

»Er soll hingerichtet werden?«, wiederholte Raban überrascht.

Lukardis zweifelte nicht einen Moment an der Echtheit seiner Reaktion. Er schien wirklich nichts davon gewusst zu haben. Verärgert über ihr unbedachtes Verhalten, presste sie die Lippen zusammen und schalt sich innerlich, dass sie ihn grundlos der Falschheit bezichtigte.

»Nun, Frau Lukardis, das tut mir sehr leid für Euch. Ich bitte Euch, mir zu glauben, dass ich darüber nicht unterrichtet war. Verständlicherweise nimmt es Euch sehr mit, schließlich ist er Euer Ehemann. Wenn Ihr doch lieber auf Eurem Zimmer warten möchtet, habe ich dafür vollstes Verständnis«, sagte Raban tonlos. Die Wärme, mit der er Lukardis zuletzt gemustert hatte, war vollständig erloschen. Warum verhält er sich jetzt bloß wieder so abweisend?, fragte sie sich, während sie wortlos den Kopf schüttelte und den beiden folgte.

Zitternd drückte sich Hilda in den Eingang des Hauses an der Ecke zu der Gasse, die ihr die alte Frau auf dem Platz genannt hatte. Sie zog die Kapuze des Umhangs tiefer und wischte sich wohl zum hundertsten Mal entnervt die Regentropfen aus dem Gesicht. Ruhelos suchten ihre Augen die Umgebung ab, was nicht gerade einfach war, da sie den Kopf weiterhin gesenkt hielt. Nachdem Hilda bereits mehrere Männer hatte abwehren müssen, war sie es leid, weiterhin unverschämte Hände und anzügliche Bemerkungen zu erdulden.

Sie nahm sich vor, nicht mehr lange an diesem ungastlichen Ort auszuharren. Schweren Herzens hatte sie sich dazu durchgerungen, sich anderweitig zu einer Übernachtungsmöglichkeit zu verhelfen. Ihre Hand glitt zu der kleinen Ampulle, die Lukardis aus dem Kellerversteck ihres Mannes entwendet hatte. Nach den langen Stunden, die sie nun schon Kälte und Nässe ausgeliefert war, spürte sie kaum noch etwas in den Fingern. Es war gleichzeitig ein tröstliches wie auch trauriges Gefühl, dass sie dieses Fläschchen bald aus der Hand geben würde. Wigbert hätte es so gewollt, dachte Hilda und wischte sich erneut über die Augen. Dieses Mal waren es aber keine Regentropfen, die ihren Weg über die Wangen der jungen Frau suchten.

»Was machst du denn hier so ganz allein?«

»Lass mich in Ruhe und geh weiter!«, fuhr Hilda den kräftig gebauten Mann an, der schon nicht mehr ganz sicher auf beiden Füßen stand.

»Oh, oh, ziemlich freches Mundwerk für so eine kleine Person«, gab der Mann zurück.

Hildas Antwort schien ihn eher zu belustigen, als abzuschrecken. Sie drehte sich ein wenig nach links, damit er keine Möglichkeit hatte, ihr Gesicht zu sehen.

Ist das dort drüben nicht die Alte?, fragte sich Hilda und vergaß darüber fast den unangenehmen Mann, der sich auch von ihrer abweisenden Körperhaltung nicht beirren ließ. Sie blinzelte ein paarmal und spähte durch den Regen, der immer heftiger wurde. Starke Windböen trieben die dicken Tropfen durch die Gasse und behinderten die Sicht. Dann stockte sie. Lukardis!, durchzuckte es sie. Hildas erster Impuls war zu fliehen, doch dann rief sie sich das Geschehen vor einigen Stunden auf dem Platz in Erinnerung. Während ihrer kopflosen Flucht vor dem Mann, der an dem Überfall auf sie und ihre Familie beteiligt gewesen war, hatte sie einen hektischen Blick über die Schulter geworfen. Der Korb, den Lukardis geworfen hatte, war ihrem Verfolger direkt vor die Füße gefallen und hatte so seine weitere Hetzjagd verhindert. Sollte die Burgherrin etwa ihre Meinung geändert haben?

Hilda war derart von ihren Überlegungen gefangen genommen, dass sie erst auf die Bewegung des stämmigen Kerls reagierte, als es bereits zu spät war.

»Lass meinen Arm los!«, fauchte sie.

»Ich mag es, wenn Frauen sich sträuben«, lallte der Mann und zog sie näher an sich heran.

Die Witwe wehrte sich mit Händen und Füßen, aber der Betrunkene schien ihre Tritte überhaupt nicht zu spüren. Schlechter Atem streifte ihre Wange, als sie den Mund öffnete, um zu schreien. Doch im selben Augenblick erstarb der Schrei in ihrer Kehle.

»Ich stech dich ab, wenn du sie nicht sofort loslässt!«

Raban hatte kaum zu Ende gesprochen, da war Hilda bereits frei. Aufschluchzend ließ sich die erschöpfte Frau in die weit geöffneten Arme ihres Bruders fallen. Erst als er sie so fest an sich drückte, dass sie kaum Luft bekam, glaubte sie daran, dass sie nicht träumte. Er war tatsächlich hier!

»Raban«, wimmerte sie leise und krallte die Finger in den Stoff seines Umhangs.

»Ist ja gut, Liebes«, murmelte Raban leise.

Sachte strich er ihr über den Rücken, und sein fortwährendes Gemurmel hatte eine beruhigende Wirkung auf Hilda, obwohl sie kaum die Hälfte davon verstand. Doch sie hörte am Klang seiner Stimme, dass auch er tief bewegt war. Langsam verebbte ihr Schluchzen. Sie hatte ihren Bruder so viele Jahre nicht gesehen, und dennoch fühlte es sich gleich wieder so vertraut an, als wären sie nie getrennt gewesen. Ein lang vergessenes Gefühl kroch in ihrem Innern hoch, bis es sie schließlich zur Gänze erfüllte: Freude! Wie durch einen Schleier nahm sie Schritte wahr, die sich langsam entfernten und dabei immer schneller wurden. Doch nichts konnte das Gefühl der tiefen Zufriedenheit stören, das sie in den Armen ihres Bruders empfand.

»Nachdem der Widerling die Beine in die Hand genommen hat, kann ich ja wieder gehen«, krächzte eine Stimme neben Hilda, die diese zunächst nicht richtig zuordnen konnte.

Widerstrebend löste sie sich aus der Umarmung und wandte sich der alten Frau zu, die ihr am Anfang nicht gerade sympathisch erschienen war. So kann man sich täuschen, dachte Hilda und nahm die ihr völlig Fremde kurz in die Arme.

»Danke! Ohne dich würde ich den morgigen Tag wahrscheinlich nicht erleben«, sagte Hilda ernst.

»Oh, das ist lieb von dir, Mädel. Aber ich glaube eher, dass du dein Leben der edlen Dame und ihrem geschickten Wurf mit dem Weidenkorb verdankst. Sie ist übrigens ein feiner Mensch. Das sagen mir meine Innereien.«

Mit einem listigen Zwinkern und einem Grinsen verabschiedete sich die Alte. Niemand in der kleinen Runde sagte etwas. Erst als die noch immer heftigen Regenschauer die kleine, gebeugt gehende Person bereits verschluckt hatten, fiel Hilda ein, dass sie nicht einmal ihren Namen wusste. Für einen Moment schloss sie die Augen und lehnte sich schwer gegen ihren Bruder. Merkwürdigerweise wunderte sie sich keinen Augenblick darüber, dass Raban in Fulda war. Sie glaubte fest an eine innere Verbundenheit mit ihm. Sicher hatte er gespürt, dass sie ihn brauchte. Dann atmete sie tief durch, denn jetzt galt es, wichtigere Dinge anzugehen.

»Danke«, sagte Hilda leise, nachdem sie sich der Person zugewandt hatte, die während der ganzen Zeit ein wenig hinter Raban gestanden hatte.

Lukardis lächelte zögernd, was Hilda in der Dunkelheit des verregneten Abends mehr erahnen musste, als dass sie es wirklich sah. Irgendwie überraschte es sie, dass die Frau, der sie offensichtlich zum zweiten Mal ihr Leben verdankte, eine Ruhe ausstrahlte, die sie bisher nicht an ihr bemerkt hatte. Hilda erwiderte das Lächeln und ergriff spontan beide Hände ihrer ehemaligen Freundin. Sie verspürte leichte Wehmut, als die klammen, schlanken Finger in ihren Händen lagen. Auf einmal wurde ihr bewusst, dass sie sich von ganzem Herzen wünschte, die Freundschaft mit Lukardis zurückzugewinnen. Doch dazu ist mehr nötig als ein Weidenkorb, rief sich Hilda in Erinnerung, während sie kurz die Hände von Lukardis drückte, bevor sie sich wieder von ihr löste.

Hilda war ein Mensch, der sich nicht lange mit unnötigen Vorreden aufhielt und dem das Warten verhasst war. Daher fragte sie ohne Umschweife: »Hast du deine Meinung geändert?«

»Darauf kommt es nicht mehr an«, antwortete Lukardis leise. »Mein Mann wird in zwei Tagen auf Befehl des Abtes hingerichtet. Damit hast du deine Rache.«

»Es geht mir nicht um Rache, sondern um Gerechtigkeit!«, brauste Hilda auf und wehrte die Hand ihres Bruders ab. Sie wusste um seine Fähigkeiten, doch eine Vermittlung lehnte sie in diesem Fall strikt ab.

Allerdings hatte sie nicht mit Rabans Hartnäckigkeit gerechnet.

»Wir werden jetzt sicher nicht an Ort und Stelle darüber diskutieren. Euer Gespräch wird warten müssen, bis wir diesem elenden Regen entkommen sind und ein Dach über dem Kopf haben«, beschied er mit einer Entschlossenheit, die keinerlei Widerspruch duldete.

Allerdings entsprach es nicht Hildas Naturell, sich wortlos zu fügen. Sie wollte Raban gerade klarmachen, dass sie keinen Aufschub zu akzeptieren gedachte, als Lukardis ihr zuvorkam.

»Ich möchte auch gerne zurück in meine Unterkunft, Hilda. Und du willst bestimmt jetzt erst einmal mit deinem Bruder alleine sein. Von mir bekommst du heute ohnehin keine Antworten mehr. In drei Tagen, nachdem das Urteil vollstreckt ist, können wir uns treffen und über alles reden. Wenn es dir dann noch wichtig ist.«

Hilda war sprachlos. Diese Lukardis war anders als jene, die sie in den wenigen gemeinsamen Tagen kennengelernt hatte. Weder die anfängliche Unsicherheit noch die spätere natürliche Fröhlichkeit war vorhanden. Hilda hatte das Gefühl, als würde sie diese in sich ruhende, selbstbewusste Frau gar nicht kennen.

Nur leider gefiel ihr diese Erkenntnis ganz und gar nicht, denn mit einem Mal wurde Hilda bewusst, wie schmerzlich sie Lukardis vermisste. Aber der Stachel der Enttäuschung hatte sich tief in ihr Fleisch gebohrt und würde sich nicht so leicht entfernen lassen.

»Eine gute Idee«, sagte Raban und bot Hilda seinen Arm.

Unwillkürlich hakte sie sich ein. Als sie aus dem Augenwinkel heraus sah, wie Lukardis einen Schritt zurücktrat und so den Abstand zwischen sich und Raban vergrößerte, fragte sie sich zum ersten Mal, ob das veränderte Verhalten von Lukardis möglicherweise mit ihrem Bruder zusammenhing. Ein ungutes Gefühl breitete sich in ihr aus, das auch am späteren Abend nicht weichen wollte.

Lukardis war elend zumute. Obwohl Heinrich neben ihr stand und sie sich auf seinen Arm stützte, musste sie schwer an sich halten, um nicht die Flucht zu ergreifen. Dabei wusste sie ganz genau, dass es nicht etwa an der Hinrichtung ihres Gemahls lag, die in Kürze hier vor der geifernden Menge stattfinden sollte. Die Burgherrin hatte in der letzten Nacht kaum ein Auge zugetan, so sehr beschäftigte sie die Tatsache, dass sie beim Gedanken an Hermanns Tod keinerlei Trauer empfand. Mittlerweile war sie zu der Erkenntnis gelangt, dass ihre schlechte Verfassung von den Gewissensbissen herrührte, die sie seitdem immer heftiger quälten.

»Dort kommen sie«, sagte Heinrich tonlos.

Wie von selbst folgte der Blick von Lukardis seiner Kopfbewegung. Gleichzeitig hörte auch die Menschenmenge den herannahenden Karren, auf dem sich Hermann von Ebersberg befand. Das Johlen und die Pfiffe steigerten sich zu einer ohrenbetäubenden Lautstärke. Lukardis hielt sich die Ohren zu, während Heinrich dem Gefährt äußerlich unbeteiligt mit den Augen folgte. Doch die junge Frau kannte ihren Schwager gut genug, um zu wissen, dass es in seinem Innersten brodelte. Seine goldbraunen Augen schienen sich an dem gefesselten Hermann festzusaugen, und die Kiefermuskeln in seinem gutgeschnittenen Gesicht mahlten ohne Unterlass.

Mit zunehmender Besorgnis betrachtete Lukardis ihren Schwager, der sich ihr gegenüber jederzeit anständig und ausgesucht höflich verhalten hatte. Er wirkte erschreckend blass und hohlwangig. Die tiefen Schatten unter seinen Augen zeugten von den vielen Nächten, in denen er vergeblich auf Schlaf gewartet hatte. Sie konnte sich nur zu gut vorstellen, welche Gefühle Heinrich quälten. Er war seinem älteren Bruder gegenüber stets loyal gewesen, auch wenn er dessen Taten sicher nicht immer gutgeheißen hatte. Die junge Frau ahnte, dass auch Heinrich an den Überfällen auf die Reisenden beteiligt gewesen war. Trotzdem gelang es ihr nicht, ihn deswegen zu hassen. Sie hätte gerne einmal mit ihm darüber gesprochen, ahnte aber, dass der richtige Zeitpunkt dafür vielleicht niemals kommen würde.

»O Gott, warum tobt die Menge nur so schrecklich? Ich bin mir sicher, dass sich kaum jemand unter den Leuten findet, der persönlich unter Hermann zu leiden hatte«, murmelte Lukardis fassungslos.

Auch wenn der nahende Tod ihres Mannes sie fast unbeteiligt ließ, schreckte die Mordlust der Wartenden sie geradezu ab. Sie konnte nicht verstehen, warum der Tod eine solche Faszination auf die Menschen ausübte.

»Sie ergötzen sich daran, dass es einen aus dem Adelsstand trifft«, sagte Heinrich, ohne seinen Bruder aus den Augen zu lassen. »Die Leute sehnen sich nach Abwechslung in ihrem trostlosen Alltag. Ein solches Schauspiel wird ihnen schließlich nicht allzu oft geboten.«

Nur widerstrebend wandte Lukardis den Blick auf den Wagen, der in einigem Abstand an ihnen vorbeirumpelte. Wie aus heiterem Himmel traf sie der demütigende Anblick, den ihr einst so stolzer Gemahl bot, nun doch bis ins Mark. Seine Gliedmaßen waren an den Planken des Karrens festgebunden, so dass er sich nicht rühren konnte. Obwohl Hermann von Ebersberg den Gegenständen, die ihm entgegenflogen, schutzlos ausgeliefert war, hielt er den Kopf hocherhoben. Lukardis schauderte, als sie den durchdringenden Blick bemerkte, mit dem er die blutdürstige Menge fixierte. Mehrere Eier hatten ihn bereits getroffen, und an der glibberigen Masse klebten vereinzelt vertrocknete Rübenblätter. Zum allerersten Mal in ihrem Leben empfand Lukardis Bewunderung für ihren Mann. Tröstend drückte sie den Arm ihres Schwagers und war wohl zum hundertsten Mal dafür dankbar, dass Albrecht auf ihre Nähe verzichtet hatte. Heinrich hatte ihr kurz angebunden erklärt, dass der jüngste der Brüder in Begleitung von Hermanns Gefolgsmännern der Hinrichtung beiwohnen wollte.

Das Johlen der Anwesenden schwoll unvermittelt an, und die Aufmerksamkeit der Burgherrin richtete sich auf die hastig errichtete Holzbühne, auf der sich nun der von der Menge herbeigesehnte Henker zeigte. Obwohl Gerlach, der Scharfrichter von Fulda, allseits bekannt war, trug er eine schwarze Kapuze mit Augenschlitzen.

»Dafür wird er büßen müssen«, stieß Heinrich hervor, den Blick fest auf einen Punkt neben der Bühne gerichtet.

Lukardis erkannte den Abt, der es sich anscheinend nicht nehmen lassen wollte, der Hinrichtung beizuwohnen. Eingerahmt von mehreren grimmig dreinschauenden Männern, die wahrscheinlich seinem Schutz dienten, verfolgte er mit ausdrucksloser Miene das Schauspiel.

»Aber bitte nicht jetzt«, mahnte Lukardis und verstärkte den Druck auf seinen Arm.

Sie glaubte zwar nicht, dass Heinrich sich an Ort und Stelle zu einer Dummheit hinreißen ließe, konnte sein Verhalten aber nicht genau einschätzen. Die lässige Haltung und das spitzbübische Grinsen waren mit der Verhaftung seines Bruders verschwunden.

»Nein, nicht jetzt und ganz bestimmt nicht hier«, erwiderte Heinrich grimmig. »Ich sorge mich vielmehr um Albrecht. Hoffentlich kann er seine Wut im Zaum halten.«

Lukardis folgte Heinrichs Kopfbewegung und entdeckte nach kurzem Suchen ihren jüngeren Schwager inmitten der Gefolgsleute ihres Mannes. Selbst Lothar, Hermanns halbwüchsiger Knappe, befand sich unter ihnen. Ihr fiel auf, dass sich der Junge dicht an der Seite Otwins hielt, dessen Arm in einer dunklen Schlinge steckte.

Anscheinend wurde er ebenfalls bei der Erstürmung der Burg verletzt, dachte Lukardis und schüttelte traurig den Kopf. Sie hatte sich noch nicht einmal nach den Männern erkundigt, die ihr Leben bei der Verteidigung der Burg gelassen hatten. Schuldbewusst nahm sie sich vor, ihre Nachlässigkeit in den nächsten Tagen wiedergutzumachen.

Dann ebbte das Geschrei mit einem Mal ab, und verwundert suchte Lukardis nach dem Grund.

»Muss er ihm das auch noch antun?«, murmelte Heinrich mit Bitterkeit in der Stimme.

Der Fürstabt hatte sich von seinem Platz seitlich der Bühne erhoben. Die Arme in die Höhe gestreckt und den Blick zum Himmel gerichtet, bot er ein beeindruckendes Bild. Seine geringe Körpergröße, geriet darüber völlig in Vergessenheit. Plötzlich lag eine Spannung in der Luft, die fast greifbar war, und schließlich verstummten die Menschen auf dem Marktplatz ganz.

»Bewohner von Fulda, im vergangenen Jahr ist es rund um unsere Stadt zu schrecklichen Raubüberfällen und Plünderungen gekommen. Unschuldige Menschen mussten ihr Leben lassen, Kaufleute gaben ein Vermögen aus, um die Handelswege mit Begleitschutz sicher bereisen zu können. Trotzdem hat ihnen das im Einzelfall nichts genützt, denn die Verbrecher, die ihre Waren raubten und die armen Menschen ohne Gnade abschlachteten, waren Ritter! Ritter, die bereits im jungen Alter das Töten gelernt hatten. Ritter, die einst geschworen haben, die Schwachen zu verteidigen.«

Vereinzelt erklangen empörte Rufe, und der Abt legte eine kurze Pause ein, bevor er weitersprach.

»Vor Gott sind alle Menschen gleich. Deshalb steht heute hier ein Mann vor dem Henker, der dem höheren Adelsstand angehört. Hermann von Ebersberg hat seinen Eid gebrochen. Er hat geraubt, geplündert und gemordet. Und warum das alles? Um sich zu bereichern! Die niedrigsten Instinkte haben ihn vom rechten Weg abgebracht. Möge Gott der Herr seiner schwarzen Seele gnädig sein.«

Dann setzte der Fürstabt sich wieder, und aller Augen richteten sich nun auf den Henker. Auch Lukardis wandte sich wie von selbst zur Bühne, ihrem Mann zu.

Zwei kräftige Männer zwangen Hermann von Ebersberg in die Knie. Mit hocherhobenem Kopf, den Blick geradeaus gerichtet erwartete Hermann den tödlichen Schlag. Lukardis wollte nicht hinsehen, wollte nicht Zeugin sein, wenn der Henker ausholte und mit der scharfen Klinge seines Schwerts das Haupt ihres Mannes abschlug. Aber ihr Körper reagierte nicht auf die lautlosen Befehle, die ihr Geist formulierte. Wie gebannt starrte sie weiter auf den Mann, der sie im nächsten Augenblick zur Witwe machen würde. Dabei empfand sie nichts.

Als der Henker sein Schwert hob und ein Raunen durch die Menge ging, verstärkte Lukardis unbewusst ihren Griff um den Arm ihres Schwagers. Der Mann, von dem nur die Augen erkennbar waren, holte weit aus, hielt das Schwert für einen Wimpernschlag in der Luft und führte dann den Schlag kraftvoll aus. Die glänzende, lange Klinge sauste auf Hermann von Ebersberg zu und erfüllte fast lautlos ihren Auftrag. Erst jetzt gelang es Lukardis, sich von dem schrecklichen Anblick zu lösen, und sie barg den Kopf an Heinrichs Schulter. Das Bild vom Kopf ihres

Mannes, der auf dem Boden der Holzbühne lag, hatte sich dennoch für immer in ihr Gedächtnis eingebrannt.

»Verzeiht mir bitte, hochwürdigster Vater, aber ich verstehe Euch nicht«, sagte Raban sichtlich erregt.

Nachdem er seine Schwester gleich nach der Hinrichtung an jenen Ort gebracht hatte, wo man auch ihm in seinen ersten Nächten Obdach geboten hatte, war er zurück zum Kloster geritten. Er hätte Hilda gerne bei sich gehabt, aber das verbot sich von selbst, da er in einer Zelle in der Nähe des Dormitoriums weilte. Sorgen musste er sich nicht, denn die resolute Liebtrud hatte seine Schwester, ohne zu zögern, aufgenommen. Nur mit Mühe hatte er Hilda von der Notwendigkeit überzeugt, ihren Sohn nicht zu sich zu holen. Noch nicht. Raban fürchtete, dass die Ebersberger Brüder das Haus des Ortsvorstehers beobachten ließen. Auch wenn es ihn danach drängte, seinen Neffen endlich kennenzulernen, behielt die Vernunft letztendlich doch die Oberhand. Er hatte Hilda jedoch sein Wort geben müssen, dass sie Arndt in spätestens zwei Tagen zu sich holen dürfe.

Am meisten quälte ihn jedoch eine ganz andere Frage seiner Schwester.

»Wann sprechen wir mit Lukardis?«

Raban hatte längst den Entschluss gefasst, dass er zunächst allein mit Lukardis reden wollte. Hilda war nach wie vor sehr erregt und würde ihre Freundin womöglich in die Enge treiben. Doch das war nicht der Hauptgrund für seinen Wunsch, die Burgherrin allein zu sehen. Er suchte Gewissheit. Gewissheit darüber, ob sein Eindruck an jenem Abend, an dem sie ihm von dem Todesurteil ihres Mannes erzählt hatte, richtig gewesen war. Trauerte sie wirklich um ihren Gemahl? Oder waren es vielmehr der Schock über die unerwartet schnelle Wendung und das Entsetzen darüber, dass die Zusicherung des Abtes über freies Geleit eine Lüge gewesen war? Mittlerweile war es ihm völlig egal, ob Lukardis ihre Aussage beim Abt revidierte. Eine Tatsache, die er vor Hilda sicherheitshalber geheim hielt. Außerdem plagte ihn ein weiterer unangenehmer Gedanke. Er hatte Lukardis bei der Hinrichtung am Arm ihres Schwagers beobachtet. Die offenkundige Vertrautheit der beiden hatte ihm stark zugesetzt.

Nach den vielen Jahren als Klosterschüler und Priester war Raban zu der Überzeugung gelangt, dass er gegen solche Gefühle immun war. Jetzt musste er sich eingestehen, dass er bisher nur keine Frau getroffen hatte, die ihn vom Gegenteil zu überzeugen vermochte. An jenem Abend im Wirtshaus hatte er den Kampf gegen diese neuen, ihm bisher völlig unbekannten Gefühle aufgegeben.

Doch wie sollte er sich Lukardis gegenüber verhalten? Was sollte er tun, wenn sie den gewaltsamen Tod ihres Mannes entgegen seiner bisherigen Annahme betrauerte? Ein Tod, an dem er nicht ganz unschuldig war und den er keine Minute bedauerte. Oder, was noch schlimmer war, wenn sie tiefere Gefühle für ihren Schwager Heinrich hegte?

Raban rief sich selbst zur Ordnung und versuchte, sich wieder auf das Gespräch mit dem Abt zu konzentrieren.

»Ich kann auch kaum erwarten, dass Ihr meine Beweggründe versteht«, sagte der Abt und erhob sich von seinem Platz hinter dem alten Schreibtisch. »Diese Kerle haben Eurer Schwester ein solches Leid zugefügt, dass Ihr gar nicht anders könnt, als den Tod der beiden anderen Brüder zu fordern. Ihr könnt gewiss sein, dass ich mir die Entscheidung nicht leichtgemacht habe. Vor allem, weil ich damit zum ersten Mal gegen meine eigene Regel verstoßen habe. Hermann von Ebersberg hatte mein Wort auf freies Geleit. Er hat sich darauf verlassen, was ich ihm nicht verdenken kann, was letztendlich aber zu meinem Urteil geführt hat. Der Ebersberger war zutiefst von sich und seinem Handeln überzeugt. Seine uneinsichtige Haltung und das mangelnde Mitgefühl gegenüber den Menschen, die er ins Unglück gestürzt hat, waren der Grund für sein Todesurteil. Der Grund dafür, dass ich mein Wort gebrochen habe.«

Raban schüttelte den Kopf. »Ich kann Eure Entrüstung nicht ganz nachvollziehen, Fürstabt. Was habt Ihr erwartet? Ein von Reue gebeugter Mann, der vor Euch auf die Knie geht und um Gnade bettelt? Aus welchem Grund wollt Ihr nicht denjenigen zur Rechenschaft ziehen, der meine Schwester geschändet hat? Sie hat ihn zweifelsfrei an seiner Stimme erkannt und ist auch bereit, das vor Gericht zu bezeugen. Wieso hört Gottes Gerechtigkeit, von der Ihr vorhin auf dem Platz noch gesprochen habt, hier auf?«, entrüstete er sich mit zunehmender Lautstärke.

»Mäßigt Euch!«, wies ihn der Abt scharf zurecht.

Nachdem Raban seinen Blick stumm erwidert hatte, durchmaß der Klostervorsteher mit langen Schritten den Raum. Sein Gegenüber konnte die Unruhe förmlich spüren, mit der Bertho zu kämpfen hatte.

»Ich kann nicht auch noch die beiden anderen Ebersberger aufs Schafott zerren. Die Adligen haben bisher stillgehalten. Das wäre dann ohne Zweifel anders. Mit Hermann von Ebersberg habe ich den Anführer hingerichtet. Seine Besitztümer fallen zum größten Teil dem Kloster zu. Ich bin mir ziemlich sicher, dass es ohne ihn keine Überfälle mehr geben wird. Andernfalls kann ich mir immer noch weitere Schritte überlegen. Außerdem ist das Leben Eurer Schwester keinen Pfennig mehr wert, wenn bekannt wird, dass Albrecht von Ebersberg aufgrund ihrer Zeugenaussage hingerichtet wird.«

Raban stieß einen verächtlichen Ton aus. »Wie Ihr meint, hochwürdigster Vater«, sagte er und verneigte sich knapp. Er hatte inzwischen genug Erfahrungen gesammelt, um zu wissen, wann jedes weitere Wort vergebliche Liebesmüh war.

»Wann werdet Ihr nach Würzburg aufbrechen?«, fragte der Abt, als Raban bereits an der Tür war.

»In Kürze. Ihr müsst Euch keine Sorgen machen, dass Euer Brief nicht an sein Ziel gelangt. Ich bringe alle meine Aufträge zu Ende.«

»Das habt Ihr falsch verstanden, Raban. Ich sorgte mich nicht um die Erfüllung Eurer Pflicht. Ich gedenke Euch vielmehr ein Angebot zu unterbreiten und wollte lediglich wissen, wann ich Euch zurückerwarten darf, da ich Euch gerne in meine Dienste aufnehmen möchte.«

Raban hielt inne, die Hand auf dem Türgriff erstarrte. Ohne sich umzudrehen, antwortete er: »Ich werde nicht zurück nach Fulda kommen, hochwürdigster Vater.«

Damit verließ er den Raum. Die nun vor ihm liegende Aufgabe lastete schwerer auf ihm als das unangenehme Gespräch mit dem Abt, das in ihm eine schwelende Unzufriedenheit zurückließ.

16. KAPITEL

Lukardis zuckte zusammen, als es fordernd an der Tür klopfte. Sie straffte sich und genoss für einen Moment den kühlen Wind, der durch die Fensteröffnung ungehindert in den kargen Raum drang. Obwohl Raban ihr hatte ausrichten lassen, dass er sie am späten Nachmittag aufsuchen wolle, und sie sich darauf gedanklich vorbereitet hatte, versursachte ihr allein sein Anblick Herzklopfen.

»Mein Beileid, Frau Lukardis«, sagte er anstelle einer Begrüßung.

Die angedeutete Verbeugung wirkte steif und gezwungen auf Lukardis, die die Beileidsbekundung mit einem Nicken annahm. Innerlich trauerte sie mehr über die Aussichtslosigkeit ihrer eigenen Lage. Nachdem sich ihre Hoffnung, zusammen mit Hilda nach Köln zu gehen, zerschlagen hatte, blieben nicht mehr viele Möglichkeiten für eine Frau in ihrer Situation offen. Aufgrund der Gefühle, die sie für Raban empfand, schied eine der drei Alternativen aus. Niemals würde sie einen anderen Mann heiraten! Sie hatte geglaubt, dass es leichter für sie werden würde, nachdem sie erst einmal den Entschluss gefasst hatte, wie es weitergehen sollte. Aber der Gedanke, im Kloster um Aufnahme zu bitten, brachte ihr nicht die erhoffte Befreiung. Im Gegenteil. Als Letztes blieb für sie natürlich noch der Weg zu ihren Eltern. Aber die Aussicht, ihr Leben zusammen mit ihrer verbitterten Mutter zu verbringen, erschien Lukardis fast noch unerträglicher, als den Schleier zu nehmen.

»Man mag kaum glauben, welch eine Freude es den Menschen bereitet, dem Tod bei seiner Arbeit zuzusehen«, sagte sie leise, während ihr Blick nach draußen wanderte.

»So sind wir nun einmal«, entgegnete Raban. »Oder sagen wir, die meisten von uns. Das Leben der Leute ist hart, viel Freude dürften sie im Alltag kaum verspüren. Oft ist es dann erleichternd, wenn sie sich davon überzeugen können, dass es anderen noch schlechter ergeht.«

»Was habt Ihr bei der Hinrichtung empfunden?«, fragte Lukardis herausfordernd und wandte sich ihm endlich zu. »Genugtuung? Oder gar Freude?«

»Ich streite nicht ab, dass durchaus ein wenig Genugtuung dabei war. Aber Freude? Nein. Selbst dann nicht, wenn es sich um meinen ärgsten Feind handeln würde! Und Ihr?«

Seine Gegenfrage brachte die junge Frau für einen Moment durcheinander. Sollte sie lügen? Oder zugeben, was tatsächlich in ihr vorgegangen war?

»Nichts«, bekannte sie schließlich, deutlich leiser als zuvor. »Ich habe überhaupt nichts gespürt. Nur Ekel, beim Anblick der johlenden Menschenmenge.«

»Keine Trauer?«, fragte Raban ungläubig. »Ich meine, man hat Euren Gemahl vor Euren Augen hingerichtet, und da war keine Trauer über den Verlust? Oder vielleicht Wut?«

Ihre Hand fühlte sich mittlerweile so kalt an wie das Mauerwerk, auf dem sie lag. Genau wie ihr Herz, das ihr wie ein lebloser Klumpen vorkam, der nicht zu ihrem restlichen Körper passen wollte. Fast hätte Lukardis aufgelacht. Sie sollte Trauer oder gar Wut empfinden? Nahm er tatsächlich an, dass sie ihren Mann geliebt hatte? Die junge Frau empfand es fast als Ironie des Schicksals, dass ausgerechnet sie, die sich immer nach wahrer Liebe gesehnt hatte, nun deswegen ins Kloster zu gehen beabsichtigte. Weil der Mann, den sie liebte, ihre Gefühle nicht erwiderte.

Allein aufgrund ihres langen Schweigens, seine Schwester betreffend, war es aussichtslos. Der Mann, der jene heftigen Gefühle in ihr auslöste, die sie damals vor vielen Jahren in der Scheune gespürt hatte, als sie heimlich ein Paar beim Liebesspiel beobachtet hatte, würde ihr gewiss keine tieferen Empfindungen entgegenbringen. Die große Leere, die sie seit Tagen erfüllte, breitete sich weiter aus und verhalf ihr zu einer Gleichgültigkeit, wie sie sie aus ihrer Ehe kannte. Was hatte sie schon groß zu verlieren? Sie würde das Versprechen einlösen, das sie sich selbst an jenem Tag bei ihrer verzweifelten Suche nach Hilda gegeben hatte. Danach würde sie in das selbstgewählte Leben in Abgeschiedenheit eintreten. Trotzdem konnte sich Lukardis nicht dazu überwinden, Raban die Wahrheit zu sagen. Ihr war es lieber, wenn er nichts von den Empfindungen wusste, die er in ihr auslöste. Worte des Bedauerns wären ebenso wie Erklärungen, die auf Ausflüchten oder gar Mitleid begründet waren, viel schmerzhafter für sie.

»Ich glaube nicht, dass Euch meine Gefühle etwas angehen«, wich Lukardis daher aus. »Schließlich seid Ihr aus einem ganz anderen Grund hier, nicht wahr?«

Für einen Moment hatte es den Anschein, als wollte Raban sich mit ihrer Antwort nicht zufriedengeben. Doch dann zuckte er mit den Schultern und sagte: »Ich komme gerade vom Abt. Natürlich benötigt er Eure Aussage nun nicht mehr und entschuldigt sich für die Unannehmlichkeiten. Damit steht es Euch frei, Fulda jederzeit zu verlassen. Allerdings könnt Ihr nicht auf die Ebersburg zurückkehren. Selbstverständlich dürft Ihr aber Eure persönlichen Sachen abholen. Ich biete mich Euch gerne als Begleitschutz an, wenn Ihr möchtet.«

»Das ist alles?«, fragte Lukardis verblüfft.

»Nein«, gab Raban zögernd zurück. »Ihr habt völlig recht. Meine Schwester und ich möchten wissen, ob Ihr auf freiwilliger Basis zu einer Aussage beim Abt bereit wärt.«

»Wozu benötigt Ihr meine Unterstützung noch? Hilda ist eine viel wichtigere Zeugin. Sie ist eines der Opfer, die überlebt haben. Ich dagegen kann lediglich bezeugen, dass ich mehrere maskierte Reiter gesehen habe, und von den Waren im Keller erzählen, die der Abt längst konfisziert hat«, sagte Lukardis wenig überzeugt.

»Das ist richtig. Nur leider lehnt der Abt es ab, meine Schwester zu empfangen. Euch dagegen kann er allein Eures Standes wegen nicht abweisen. Damit könnten wir auch die anderen Beteiligten zur Rechenschaft ziehen«, versuchte Raban sie zu überzeugen.

»Das sehe ich nicht so. Wir würden nur erreichen, dass Albrecht und Heinrich möglicherweise verurteilt werden. Bitte vergesst dabei nicht, dass an den Überfällen noch weitere Männer beteiligt waren. Sie würden ungeschoren davonkommen«, gab Lukardis zu bedenken.

»Nicht unbedingt. Es gibt gute Verhörmethoden, durch die wir die Verdächtigen dazu bringen könnten, die Namen der anderen preiszugeben«, bekannte Raban zögernd.

»Ihr sprecht von Folter?«, fragte Lukardis ungläubig. »Ihr könnt nicht im Ernst davon ausgehen, dass ich die Brüder meines Mannes verrate, damit sie gefoltert werden. Dabei ist es völlig belanglos, wie ich zu den beiden stehe.«

Lukardis schüttelte empört den Kopf und wartete darauf, dass Raban sie umzustimmen versuchte. Doch er blieb stumm und betrachtete sie nur abwartend.

Es ist so weit, dachte sie und gab sich einen Ruck. »Ich mache Euch und Eurer Schwester einen anderen Vorschlag, der dem Abt möglicherweise alle Beteiligten ausliefern wird.«

»Ich bin ganz Ohr«, sagte Raban mit neu erwachtem Interesse und zog sich einen Stuhl heran.

Während er verkehrt herum darauf Platz nahm, versuchte Lukardis, seine Nähe zu ignorieren und zugleich die in ihr aufsteigende Nervosität zu bekämpfen. In den letzten beiden Tagen hatte sie genügend Zeit gehabt, um sich ihre Worte genau zu überlegen. Allerdings musste sie feststellen, dass es etwas ganz anderes war, in einem leeren Raum zu sprechen. Aber dann siegte ihre Verärgerung darüber, dass Raban solche Macht über sie besaß, und mit bemerkenswert fester Stimme begann sie, von ihrem Plan zu erzählen.

»Vielleicht schätze ich die Lage falsch ein, aber ich bin mir ziemlich sicher, dass mein Schwager Albrecht auf Rache aus ist. Was Heinrich angeht, war ich bisher eigentlich davon überzeugt, dass er ein Mann der Vernunft ist. Seit der Hinrichtung erscheint er mir aber wie verwandelt. Allerdings gebe ich offen zu, dass ich ihn am liebsten aus der Sache heraushalten würde. Er war mir stets zugetan und hat mich mehr als einmal gegen Hermann verteidigt. Ich kann mir nicht vorstellen, dass er bei der Ermordung von unschuldigen Reisenden mitgemischt hat.«

»Möglicherweise täuscht Ihr Euch, Frau Lukardis«, warnte Raban sie. »Euch gegenüber war sein Auftreten sicher tadellos, aber das heißt noch lange nicht, dass er Fremden gegenüber nicht kaltblütig agieren kann. Ich habe ihn kämpfen sehen, als wir die Burg gestürmt haben. Er geht äußerst versiert mit dem Schwert um und verfügt über eine ausgefeilte Technik.«

Sofort fiel Lukardis der Satz ihres Schwagers wieder ein. Er hatte ihr davon berichtet, dass Raban einen hinterrücks ausgeführten Schlag gegen ihn verhindert hatte. Konnte sie sich wirklich derart in Heinrich täuschen? Sie presste die Lippen aufeinander und schloss für einen Moment die Augen.

»Wenn Euch Heinrich von Ebersberg so viel bedeutet, gebe ich Euch mein Wort, dass ich mich in dem Fall einer Verurteilung für ihn einsetzen werde«, sagte Raban in die Stille.

Überrascht öffnete Lukardis die Augen. Vermutete er etwa, dass sie für ihren Schwager mehr als freundschaftliche Gefühle empfand? Seine verschlossene Miene gab nichts von seinen Gedanken preis.

»Heinrich bedeutet mir genauso viel wie Adalberta oder Bardo, der Schmied«, antwortete sie nüchtern. »Ich fühle mich ihm gegenüber verpflichtet, da er mir in den Jahren meiner Ehe oft zur Seite gestanden hat. Sollte er wirklich etwas mit den Grausamkeiten zu tun haben, wäre eine Verurteilung wahrscheinlich nur gerecht.«

»Wie Ihr meint«, gab Raban sichtlich erleichtert zurück. »Wo Ihr gerade den Schmied erwähnt. Ist Euch eigentlich bewusst, wie ergeben er Euch ist? Ich habe versucht, ihn als Unterstützer zu gewinnen, doch er hat mir ziemlich klar zu verstehen gegeben, dass er seine Anklage sogar zurückziehen wird, sollte Euch der Abt weiterhin festsetzen.«

Lukardis konnte das feine, leicht ironische Lächeln, das

Rabans Lippen umspielte, nicht einschätzen. Bardos Aussage konnte sie dagegen nur zu gut beurteilen. Schon einmal hatte er bewiesen, was er für sie zu erleiden bereit war.

»Ich weiß, dass Ihr mit dieser Einschätzung falschliegt«, sagte Lukardis daher. »Bardo ist ein feiner Mensch, der mir seine Ehrerbietung bereits mehr als genug erwiesen hat. Er war mir eine Zeitlang mehr als ein Bruder.«

»Wie Ihr meint«, sagte Raban zum zweiten Mal und zuckte mit den Schultern.

Lukardis beließ es dabei und besann sich auf ihr eigentliches Anliegen. »Zurück zu meinem Vorschlag. Ich werde Kontakt zu Albrecht aufnehmen und ihn davon überzeugen, dass ich mein Verhalten zutiefst bereue. Als Beweis werde ich vorgeben, ihm bei der Suche nach Hilda zu helfen.«

»Wozu soll das gut sein?«, unterbrach Raban sie stirnrunzelnd.

»Ich bin mir sicher, dass Albrecht den Tod seines Bruders nicht ungesühnt lassen wird. Er war schon immer äußerst jähzornig und Hermann zutiefst ergeben. Mein Gemahl war in allen Belangen sein Vorbild. Wenn ich sein Vertrauen gewinnen kann, erfahre ich bestimmt auch von möglichen Racheplänen, die er zusammen mit den anderen Männern schmiedet. Dadurch kann ich Euch rechtzeitig davon unterrichten, und Ihr könnt die Beteiligten auf frischer Tat ertappen.«

»Was, wenn Ihr Euch irrt?«, fragte Raban zweifelnd. »Wenn der Schock über die Hinrichtung die Ebersberger so sehr getroffen hat, dass sie weitere Aktionen unterlassen? Dann stehen wir mit leeren Händen da.«

»Nach der Hinrichtung meines Mannes könnt Ihr wohl kaum von leeren Händen sprechen«, konterte Lukardis verärgert.

»Wisst Ihr eigentlich, dass Euer feiner Schwager meine Schwester geschändet hat? Dass er für den Verlust ihres ungeborenen Kindes die Verantwortung trägt?«, fragte Raban sie scharf. »Könnt Ihr überhaupt nachvollziehen, was Hilda durchgemacht hat? Von ihrem kleinen Sohn ganz zu schweigen. Ihr Mann könnte noch unter den Lebenden weilen!«

»Ich weiß durchaus, was sie durchgemacht hat«, erwiderte Lukardis kühl und verbot sich jeden weiteren Gedanken an ihre eigenen Verluste. »Aus diesem Grund bin ich auch bereit, ihr zu helfen. Ich kenne Albrecht und seinen grenzenlosen Hass nur zu gut. Glaubt mir, er wird Rache nehmen, dazu fühlt er sich seinem verstorbenen Bruder geradezu verpflichtet.«

»Wenn Heinrich nicht dabei wäre, dann wäre es Euch sicher nicht unrecht, oder?«, meinte Raban nachdenklich und ohne jede Ironie.

»Nein«, bekannte Lukardis freimütig. »Es gibt noch ein oder zwei andere Ritter, bei denen ich ebenfalls froh wäre, wenn sie sich nicht von Albrechts verblendeten Gefühlen anstecken lassen würden.«

»Ihr habt bestimmt eine Vermutung, wer außerdem an den Überfällen beteiligt war, oder täusche ich mich?«, hakte Raban interessiert nach.

»Sicher. Aber ich stelle keine Vermutungen an. Schon gar nicht, wenn Ihr in der Nähe seid«, gab Lukardis unumwunden zurück, was ihr Gegenüber mit einem erheiternden Lächeln quittierte.

»Gut. Versuchen wir es. Obwohl ich zugeben muss, dass die Gefahr, in die Ihr Euch damit begebt, mir nicht ganz behagt.«

Überrascht sah Lukardis auf. Seine offenkundige Sorge um ihr Wohlergehen gefiel ihr ausgesprochen gut.

»Sollte Albrecht auch nur den leisesten Zweifel an Eurer Integrität hegen, ist Euer Leben keinen Pfennig mehr wert. Wollt Ihr dieses Risiko wirklich eingehen?«, fuhr Raban fort. »Bedenkt, dass Ihr im Falle einer Verurteilung Albrechts und möglicher anderer Verschwörer den Racheakten von ihnen freundlich gesinnten Männern ausgesetzt wäret.«

»Das sollte wohl kaum Eure Sorge sein, Herr Raban. Außerdem werde ich für keinen der Männer mehr erreichbar sein, da ich vorhabe, den Schleier zu nehmen«, sagte Lukardis entschiedener, als ihr zumute war.

»Ihr wollt ins Kloster?«, fragte Raban völlig verblüfft. »Warum nur?«

»Weil es der einzige Weg ist, der mir offensteht«, antwortete Lukardis leise.

Damit erhob sie sich und blinzelte ein paar Tränen weg. Sie wollte jetzt allein sein. Auf gar keinen Fall durfte Raban ihre wahre Gemütslage erkennen. Mitleid wäre das Letzte, was sie sich von ihm wünschte.

»Wenn Ihr nun bitte die Freundlichkeit besitzen würdet, mich allein zu lassen? Ach so, danke für Euer freundliches Angebot, aber Bertine hat sich bereits um eine Fahrtmöglichkeit für mich gekümmert. Ein hilfsbereiter Bauer nimmt mich mit. Ich werde meine Sachen zu einem späteren Zeitpunkt in der Burg abholen. Sobald ich etwas in Erfahrung bringe, das für Euch wichtig sein könnte, lasse ich von mir hören.«

Auch Raban erhob sich und verbeugte sich auf eine respektvolle Art und Weise, die ihr bisher von ihm unbekannt war.

»Wie Ihr wünscht. Aber bitte versprecht mir, dass Ihr Euch nicht unnötig in Gefahr begebt, Lukardis.«

Sie konnte nicht genau sagen, ob es an der vertraulichen Anrede lag oder einfach daran, dass sie das Gespräch hinter sich gebracht hatte, aber die erhoffte Erleichterung trat nicht ein. Einzig die Leere, die ihr zwar mittlerweile fast vertraut war, sie aber dennoch nach und nach mit Verzweiflung erfüllte, blieb zurück.

»Was denkst du darüber?«

Rabans ernste Miene verunsicherte Hilda. Sie hatte seine Rückkehr fieberhaft abgewartet und war davon ausgegangen, dass er ihr das Einverständnis von Lukardis überbringen würde. Die neuesten Wendungen verwirrten sie, mit solchen Dingen konnte sie noch nie gut umgehen.

»Ich weiß es nicht genau. Was soll das bringen? Niemand garantiert uns, dass die Mörder wirklich Rachepläne schmieden und den Abt noch stärker bekämpfen, als sie es ohnehin schon getan haben. Nachher stehen wir mit leeren Händen da.«

»In dem Fall könnte Lukardis zu einem späteren Zeitpunkt immer noch ihre Aussage beim Fürstabt tätigen. Es wäre für sie in ihrer prekären Situation ein Leichtes, ihr langes Schweigen mit der Verhaftung und der Hinrichtung ihres Gemahls zu erklären. Niemand würde daran zweifeln, dass solche Geschehnisse eine junge Frau aus der Fassung bringen«, erklärte Raban überzeugt.

Er scheint seine Entscheidung bereits getroffen zu haben, dachte Hilda verstimmt. Obwohl sie mit dem Tod des Anführers der Mörder ihres Mannes ihre Rache erhalten hatte, blieb die erhoffte Erlösung aus. Im Gegenteil. Die junge Witwe haderte damit, wie sie sich Lukardis gegenüber verhalten hatte. Sie fühlte sich entsetzlich elend und verabscheute sich für diese Schwäche. Zudem sehnte sich Hilda nach ihrem Sohn. Leider bestand Raban weiterhin darauf, dass sie sich hier auf dem einsam gelegenen Bauernhof in dem kleinen Dorf versteckt hielt, bis er sichergehen konnte, dass niemand das Haus beobachtete, in dem Arndt sich aufhielt.

»Wieso nennst du sie so? Seid ihr euch zwischenzeitlich so nahegekommen?«, provozierte Hilda ihren Bruder.

Wieso kann ich nicht einfach meine Gedanken für mich behalten?, dachte Raban.

»Wir sind uns keineswegs nähergekommen«, entgegnete er ungewohnt kühl. »Ich neige eben dazu, Menschen eine zweite Chance zu geben. Frau Lukardis versucht ihren Fehler dir gegenüber wiedergutzumachen, obwohl sie sich dabei in Gefahr begibt. Es ist meiner Meinung nach an der Zeit, dass du dein Verhalten ihr gegenüber überdenkst.«

So plötzlich wie der Ärger Hilda gepackt hatte, verschwand er auch wieder. An seine Stelle trat nun etwas völlig anderes: Scham! Das Gefühl war zunächst bloß ein kleiner Klumpen in ihrem Bauch, der sich jedoch rasend schnell ausdehnte, bis er ihre Kehle erreicht hatte und sie ihr fast zuschnürte. Hilda schluckte ein paarmal hart und versuchte die Hitze zu ignorieren, die sich auf ihren Wangen ausbreitete.

»Das habe ich längst«, flüsterte sie.

»Vielleicht möchtest du ihr diese Erkenntnis persönlich mitteilen«, schlug Raban vor. »Der verächtliche Blick, den du ihr neulich zum Abschied zugeworfen hast, hat eine andere Sprache gesprochen.«

»Das war doch nur, weil sie auf meine Frage so ablehnend reagiert hat. Dabei habe ich mich so sehr gefreut, als sie mir auf dem Platz geholfen hat«, rechtfertigte Hilda sich.

Wie früher als kleines Mädchen erhoffte sich Hilda von ihrem Bruder Absolution. Er sollte ihr sagen, dass er sie verstehe und alles gar nicht so schlimm sei. Früher funktionierte diese Strategie in der Regel, jetzt dagegen verwehrte Raban ihr diesen Ausweg. Er sah sie abwartend an und schwieg dabei beharrlich. Jäh wurde ihr bewusst, wie wichtig ihr die Meinung ihres Bruders war. Sie hatte ihn in den letzten fünfzehn Jahren ihres Lebens so selten in der Nähe gehabt, und trotzdem war er stets die wichtigste Bezugsperson für sie gewesen. Erst Wigbert war es gelungen, ihm diesen Platz streitig zu machen. Doch ihr Ehemann, Freund und Geliebter war tot.

»Ist ja gut. Du hast gewonnen. Mein Verhalten war schäbig, und ich werde mich bei ihr entschuldigen«, gab Hilda seufzend zu, was Raban mit der Andeutung eines Lächelns quittierte.

»Wenn du der Ansicht bist, dass Lukardis sich in Gefahr begibt, dann sollte sie diesen Weg nicht gehen. Von mir aus braucht sie auch nicht beim Abt auszusagen. Wigbert hat noch nie viel von Rache gehalten. Er hätte es bestimmt nicht gutgeheißen, wenn ich mich davon leiten ließe«, sagte Hilda nachdenklich.

»Auf gar keinen Fall«, widersprach Raban. »Es ist zwar gefährlich, aber dieser Mistkerl muss dafür büßen, was er dir angetan hat. Ich werde Frau Lukardis nicht aus den Augen lassen, wenn sie sich mit diesem Albrecht trifft. Sie darf ihren Schwager unter keinen Umständen in einem Gebäude treffen. Sie muss darauf bestehen, ihm an einem Ort zu begegnen, an dem sie sich ihm nicht ausliefert.«

»Meinst du hier in Fulda?«, fragte Hilda.

»Möglicherweise. Obwohl ich, ehrlich gesagt, nicht daran glaube, dass er darauf eingehen wird. Ich kenne einen Ort ganz in der Nähe der Ebersburg, an dem er sich unbeobachtet fühlen wird«, sagte Raban.

»Schön und gut. Aber was machst du, wenn er nicht

allein kommt? Gut möglich, dass du mit deinem Schwert besser umgehen kannst als er, aber gegen mehrere Männer hast auch du keine Chance«, warnte Hilda.

»Ich bin besser«, gab Raban gelassen zurück. »Außerdem bin ich mir sicher, dass er allein kommen wird.«

»Ich wusste gar nicht, dass du mittlerweile allwissend bist, mein lieber Bruder«, spöttelte Hilda.

»Bin ich auch nicht. Aber ich habe sein Gesicht gesehen, als er Lukardis in der Gasse bedroht hat. Er will sie allein. Andere würden da nur stören. Ich bin mir sogar ziemlich sicher, dass er selbst seinem Bruder nichts von dem möglichen Treffen erzählen wird.«

Hilda suchte vergeblich nach Zweifeln im Gesicht ihres Bruders. »Wie du meinst«, gab sie schließlich nach. »Ich hoffe sehr, dass ich Lukardis danach von diesem unseligen Vorhaben abbringen kann, ins Kloster zu gehen. Ich weiß wirklich nicht, wie sie darauf kommt. Vor unserem Zerwürfnis haben wir noch gemeinsam Pläne geschmiedet. Lukardis wollte ihrer schrecklichen Ehe entfliehen. Sie war voller Energie und hatte neuen Lebensmut gefasst. Bedenke nur mal, wie viel Mut sie allein der Gedanke damals gekostet haben muss, heimlich ihren Mann zu verlassen.«

Hilda schüttelte den Kopf. Ihre Gedanken wanderten zu den Gesprächen, die sie mit Lukardis in Fredas armseliger Hütte geführt hatte. Dabei entging ihr völlig, dass die Miene ihres Bruders plötzlich wie versteinert wirkte.

»Wie schrecklich müssen all die Jahre an der Seite dieses Widerlings für sie gewesen sein, dass sie ein solches Risiko auf sich zu nehmen bereit war. Lukardis hat mir kaum etwas davon erzählt, aber bei einem ihrer Besuche war ihr Gesicht ganz geschwollen, und als ihr ein Ärmel hochrutschte, konnte ich etliche blaue Flecke erkennen. Sie hat mir auch von den vielen Fehlgeburten erzählt, die sie erlitten hat. Seltsamerweise hat es mich ein wenig über den Verlust meines Kindes hinweggetröstet, immerhin habe ich wenigstens einen gesunden Sohn. Ach, Raban, ich vermisse den Kleinen so schrecklich! Wann bringst du mich endlich zu Arndt?«

Erst jetzt bemerkte Hilda die Veränderung in der Haltung ihres Bruders.

»Raban? Hast du mir überhaupt zugehört? Was ist mit dir?«

»Hermann von Ebersberg hat sie misshandelt? Sie hat ihre Kinder verloren?«, brachte er mühsam hervor.

»Ja. Das meiste weiß ich von Freda. Die Leute erzählen sich ja so allerhand. Obwohl die Kräuterfrau gesagt hat, dass sich der feine Burgherr nicht gerade große Mühe gegeben hat, seine Taten zu verbergen. Warum? Was hast du?«, fragte Hilda zunehmend verwirrt.

»Ich bin solch ein Trottel«, murmelte Raban. »Ich habe ihr vorgeworfen, dass sie nicht einmal im Traum nachfühlen kann, was du erlitten hast. Warum habe ich nicht auf mein Gefühl gehört? Bei unserem letzten Gespräch hat sie genügend Andeutungen gemacht, die ich einfach nicht richtig verstehen wollte! Als ich sie das erste Mal im Innenhof der Burg gesehen habe, kam sie mir gleich ziemlich verängstigt vor.«

»Na«, sagte Hilda mit einem Lächeln, »dann haben wir wohl beide einen guten Grund, uns bei ihr zu entschuldigen.«

Raban wirkte derart geknickt, dass Hilda ihm tröstend eine Hand auf den Arm legte und leicht zudrückte. Wie aus heiterem Himmel wurde ihr bewusst, dass ihr der Gedanke, ihr Bruder könnte sich in Lukardis verliebt haben, auf einmal gar nicht mehr so unangenehm war.

Im Gegenteil.

Der angespannte Gesichtsausdruck Adalbertas verhieß nichts Gutes. Mit bangem Gefühl stieg Lukardis vom Pferd und gab ihrem Begleiter ein Zeichen, dass er hier auf sie warten sollte. Während sie auf die Frau des Dorfvorstehers zuging, versuchte sie herauszufinden, ob Raban bereits eingetroffen war. Enttäuschung machte sich breit, als sie sein Pferd nirgendwo entdeckte. Ihr letztes Gespräch lag erst zwei Tage zurück, doch ihr kam es vor, als wären es Monate.

»Wie geht es Freda?«, fragte Lukardis und umarmte die Frau, die der Verletzten und Hildas Sohn Unterschlupf gewährte.

»Nicht sehr gut, edle Frau«, gab Adalberta bekümmert zurück. »Wir rechnen mit dem Schlimmsten. Das Fieber ist bisher nicht gesunken. Ich habe vielmehr das Gefühl, als wäre ihr Kopf noch heißer als gestern. Der kleine Kerl weicht ihr nicht von der Seite. Er spricht zwar kein Wort, scheint aber zu spüren, dass es Freda schlechter geht.«

»Wir bringen ihn heute zu seiner Mutter. Es wäre nicht gut für ihn, wenn er erneut den Tod eines Menschen miterleben muss«, sagte Lukardis leise.

Adalbertas Mann hatte gerade Holz nachgelegt, weshalb im Innern der Hütte eine wohlige Wärme herrschte. Ungeduldig entledigte sich Lukardis ihres wollenen Umhangs und warf ihn achtlos über einen Stuhl.

»Guten Morgen, Herrin.«

Erst jetzt bemerkte sie ihre ehemalige Magd, die mit einem Tuch eine Schüssel abtrocknete und dabei einen Knicks andeutete.

»Merlinde«, sagte Lukardis erfreut und ging auf sie zu. »Wie geht es dir? Haben dich die Männer des Abtes noch lange mit ihren Fragen gequält?«

Die junge Frau schüttelte den Kopf und stellte die Schale auf das große Wandbrett links von der Eingangstür.

»Nein. Der Fremde hat mich noch einmal befragt, aber er war sehr freundlich dabei und hat mich nicht bedrängt, als ich keine Antworten für ihn hatte.«

»Du meinst sicher Raban von Elfershausen?«, fragte Lukardis und drehte sich kurz zu der Ecke im hinteren Teil des Raumes um, in der Freda lag. Vor dem Strohlager hockte eine kleine Gestalt.

»Ja, genau der«, sagte Merlinde, nickte eifrig und fuhr im Flüsterton fort: »Stimmt es eigentlich, was meine Mutter behauptet, dass er der Onkel von dem Jungen ist?«

Lukardis seufzte innerlich. Es versetzte sie immer wieder in Erstaunen, wie schnell sich solche Neuigkeiten verbreiteten. Wahrscheinlich hatte Adalbertas Schwester an der Tür gelauscht und ihrer Schwester alles brühwarm weitererzählt. Lukardis wollte gar nicht wissen, wie viel von den Dingen, die sie während der Tage im Wirtshaus von sich gegeben hatte, den Weg bis zu Bertines Ohren gefunden hatten.

»Ja. Er ist sein Onkel, hat ihn aber noch nie zuvor gesehen. Für Arndt ist er ein Fremder. Er wird übrigens in Kürze eintreffen.«

»Oh! Dann will er den Kleinen mitnehmen?«, fragte Merlinde und schwieg betreten, als die Gefragte wortlos nickte.

Lukardis war der jungen Frau dankbar, dass sie nicht weiter nachhakte, und wandte sich endlich der Aufgabe zu, die schwer auf ihr lastete. Freda hatte die Augen geschlossen. Schweißperlen standen auf ihrer Stirn, und sie stöhnte leise im Schlaf, als Lukardis ihr sanft mit einem Tuch über das Gesicht wischte. Sachte, um die Kranke nicht zu wecken, ging sie in die Hocke und sprach Hildas Sohn an, der sie die ganze Zeit beobachtet hatte.

»Grüß dich, Arndt. Du erinnerst dich doch noch an mich, oder?«, fragte sie und ließ sich neben dem Jungen auf dem Boden nieder.

Der kleine Kerl erwiderte ihren Blick, ohne dass Lukardis irgendein Zeichen des Erkennens bemerkte. Allerdings blieb er ruhig sitzen und wich ihrer Berührung nicht aus.

»Ich soll dich ganz lieb von deiner Mama grüßen. Sie vermisst dich schrecklich und ich soll dich zu ihr bringen«, erklärte Lukardis leise, während sich ihre klammen Finger um seine kleine Hand schlossen.

Bei der Erwähnung seiner Mutter trat ein verräterischer Glanz in Arndts Augen. Seine Lippen fingen an zu zittern, und im nächsten Moment kullerte ihm die erste Träne über die Wangen, die erschreckend schmal wirkten. Spontan zog Lukardis ihn an sich und hielt ihn fest. Der kleine Kerl verhielt sich völlig ruhig, was sie in Erstaunen versetzte, da sie erwartet hatte, dass die Tränen nun ungehindert laufen würden. Wie von selbst kamen ihr beruhigende Worte über die Lippen, die so leise waren, dass nur Arndt sie hören konnte. Als sie den Namen seines Onkels erwähnte, zuckte er kurz zusammen, verhielt sich aber weiterhin ruhig. Lukardis war so gerührt über das unerwartete Zutrauen des Jungen, dass sie gar nicht bemerkte, wie sich die Haustür öffnete. Erst Merlindes Aufschrei ließ sie aufmerken.

»Bardo!«

Darauf bedacht, ihre Lage nicht zu verändern, warf Lukardis einen Blick über die Schulter. Der Anblick, der sich ihr bot, verschlug ihr fast die Sprache.

»Merlinde!«, mahnte Adalberta streng. »Du vergisst dich!«

Die Augen von Lukardis weiteten sich noch ein wenig mehr, als sie hinter dem engumschlungenen Paar den schmunzelnden Raban entdeckte.

»Lass sie doch, Weib! Oder hast du vergessen, wie es uns in dem Alter ergangen ist?«, wies der Dorfvorsteher seine Frau ohne großen Nachdruck zurecht.

In dem Moment löste sich Arndt aus ihrer Umarmung und kauerte sich eng an die schlafende Freda. Rabans Blick folgte jeder Bewegung des Jungen, und Lukardis wandte sich ab, als sie den liebevollen Ausdruck in den Augen des Besuchers bemerkte. Sie atmete tief durch, um Kraft zu sammeln, und erhob sich langsam.

»Frau Lukardis, wie schön, dass Ihr wohlbehalten aus Fulda zurück seid«, begrüßte Bardo sie mit einer Verbeugung. Der Schmied hatte sich ebenfalls von Adalbertas Tochter gelöst und wirkte ein wenig verlegen.

»Sie hat die Folter mit Würde ertragen«, sagte Raban mit einem ironischen Lächeln.

Lukardis ignorierte seinen Einwurf, ging auf den Schmied zu und ergriff seine schwielige Hand. »Ich danke dir für deinen Mut, Bardo, und freue mich sehr, dass ihr beide zueinandergefunden habt.«

Jeder im Raum spürte die Ehrlichkeit, die in ihren Worten lag. Die Anspannung, die ganz offenkundig auf Merlindes Eltern lastete, verflog so schnell, wie sie gekommen war.

»Wir waren selbst ganz überrascht, als Bardo uns um die Hand unserer Tochter gebeten hat«, erzählte Adalberta, begleitet vom Nicken ihres Mannes.

»Ich habe es schon immer gewusst«, widersprach Merlinde mit einem strahlenden Lächeln. »Bardo hat nur ein wenig länger gebraucht als ich, um das zu erkennen.«

»Kann ich mir vorstellen«, murmelte Raban leise, und

Lukardis warf ihm einen scharfen Blick zu, den er mit betont argloser Miene erwiderte.

»Jetzt, da unser Lehnsherr tot ist, brauchen wir zum Glück nicht mehr zu befürchten, dass uns die Heirat verboten wird«, sagte Merlinde, die Rabans Äußerung anscheinend nicht gehört hatte.

»Merlinde! Pass auf, was du sagst, du dummes Ding«, wies ihr Vater sie scharf zurecht.

»Verzeiht mir, edle Frau. Das war sehr rücksichtslos von mir«, bat die Magd, auf deren Wangen sich eine flammende Röte zeigte.

Lukardis winkte müde ab. Auch wenn Merlinde über den Zustand ihrer Ehe mit Hermann Bescheid wusste, war es dennoch alles andere als angebracht, sich in ihrem Beisein über dessen Tod zu freuen.

»Wie geht es der alten Frau?«, fragte Raban und half so Lukardis dabei, ihre Verlegenheit zu überspielen.

»Nicht gut. Sie hat hohes Fieber, und ich fürchte, dass sie bald keine Kraft mehr hat«, sagte sie mit einem flüchtigen Schulterblick.

»Aber deshalb seid Ihr nicht hergekommen«, erinnerte sie sich und ihn an den eigentlichen Grund ihres Treffens, drehte sich um und ging zum Krankenlager.

Lukardis reichte Arndt die Hand und sagte: »Hier ist jemand, der dich gerne kennenlernen möchte. Kannst du dich noch an das erinnern, was deine Mutter dir von deinem Onkel erzählt hat?«

Arndt erwiderte ihren Blick mit zusammengepressten Lippen und verbarg eine Hand hinter seinem Rücken. Dabei schüttelte er heftig den Kopf. Lukardis stöhnte innerlich auf, als sie in seinen Augen das Misstrauen erkannte, das er auch ihr in Fredas Hütte anfangs entgegengebracht hatte.

»Ich war bei deiner Mama. Sie freut sich so darauf, dich wiederzusehen, Arndt. Dein Onkel steht dahinten und wartet nur darauf, dich zu ihr zu bringen. Sie hat mir in Fredas Hütte davon erzählt, dass sie dir immer seine Briefe vorgelesen hat. Du hast ganz viel von ihm wissen wollen. Erinnerst du dich noch?«, versuchte Lukardis erneut, zu dem Jungen vorzudringen.

Kurz blitzte es in seinen Augen auf, doch der Moment war gleich wieder vorbei.

Wieder schüttelte Arndt den Kopf und rückte noch ein wenig näher an die schlafende Freda heran, die weder von den Bemühungen ihrer Herrin noch von der Furcht des Jungen etwas mitbekam.

Ach, Freda!, dachte Lukardis und strich sachte über die schmale, faltige Hand der Kranken. Die Stirn der alten Frau glänzte bereits wieder feucht, weshalb Lukardis gedankenverloren den Lappen nahm und Freda damit den Schweiß aus dem Gesicht tupfte. Da spürte sie eine flüchtige Berührung an ihrer linken Hand und konnte aus dem Augenwinkel gerade noch sehen, wie sich Arndts kleine Hand wieder zurückzog und unter Fredas Decke verschwand.

»Lasst es mich bitte einmal versuchen«, bat Raban, der unbemerkt hinter den beiden in die Hocke gegangen war.

Zögernd kam Lukardis seiner Bitte nach. Sie rechnete eigentlich jeden Augenblick damit, dass sich Arndt noch ein Stückchen weiter nach hinten schieben würde. Umso überraschter war sie, als der Junge in seiner Stellung verharrte.

Sie trat einen Schritt zurück, immer noch nahe genug, um zu sehen, dass Raban etwas in der rechten Hand hielt.

»Schau mal, was ich bei den Dingen aus eurem Wagen gefunden habe«, sagte dieser nun und öffnete die Hand.

Interessiert beugte sich Lukardis nach vorn. Das kleine geschnitzte Gebäude mit den drei Türmchen kam ihr nicht bekannt vor, trotzdem war sie seltsam gerührt von der Holzschnitzerei, vor allem als sie bemerkte, wie sich der Gesichtsausdruck des Jungen veränderte.

»Ich habe es dir vor Jahren geschenkt. Deine Mama hat dir bestimmt erzählt, was es darstellt, oder?«, fragte Raban mit gleichbleibend ruhiger Stimme. Dabei veränderte er weder seiner Position, noch streckte er die Hand mit der Schnitzerei seinem Neffen weiter entgegen.

»Weißt du es nicht mehr? Soll ich dir erzählen, was für ein Gebäude das ist und wo es sich befindet? Du magst doch Geschichten aus fremden Ländern, nicht wahr?«, redete Raban unbeirrt weiter.

Lukardis kam nicht umhin, ihn für seine Geduld und Beharrlichkeit zu bewundern. Auf einmal konnte sie die Entscheidung des Abtes gut verstehen, Raban als Berater hinzuzuziehen.

Niemand sagte ein Wort. Selbst Fredas leises Stöhnen blieb aus. Lukardis hielt den Atem an, als Arndt langsam aus seiner kauernden Stellung hochkam.

»Bologna«, flüsterte er so leise, dass Lukardis es sicher nicht verstanden hätte, wäre es nicht so still in dem Raum gewesen.

Falls die Antwort des Jungen Erleichterung bei Raban ausgelöst hatte, so ließ er es sich nicht anmerken. Lukardis musste dagegen an sich halten, denn es war das erste Wort überhaupt, das der kleine Mann in ihrer Gegenwart gesprochen hatte. Am liebsten hätte sie ihn ganz fest in die Arme geschlossen.

Oder Raban.

Möglicherweise auch beide.

So aber blieb sie nur wie erstarrt stehen und versuchte

den angehaltenen Atem ganz leise wieder fließen zu lassen. Der Bann war gebrochen. Raban hatte das geschafft, was ihr in all der Zeit nicht gelungen war. Was noch nicht einmal Hilda geschafft hatte. Arndt, der so viel Leid in seinem jungen Leben erfahren hatte, hatte in die Welt der Sprache zurückgefunden.

»Ganz richtig. Du bist genauso ein kluger Junge, wie deine Mama mir immer voller Stolz geschrieben hat«, lobte Raban ihn. »Da diese Schnitzerei dir gehört, habe ich sie für dich mitgebracht. Möchtest du sie haben?«

Begleitet von einem zögerlichen Nicken, streckte Arndt seinem Onkel die Hand entgegen, der sich jedoch weiterhin nicht rührte. Erst als Arndt mit einer flinken Bewegung nach dem Geschenk griff und die Hand hastig wieder zurückzog, fiel Lukardis auf, dass Rabans Haltung sich kaum merklich entspannte.

»Was für Geschichten?«, fragte Arndt noch immer leise, aber seine Neugier war deutlich herauszuhören.

»Aus dem Land, in dem ich gelebt habe und in dem das Gebäude steht, das du in der Hand hältst«, antwortete Raban. »Aber ich habe deiner Mutter versprochen, dass ich dich noch heute zu ihr bringe. Ich weiß, dass du ein tapferer Junge bist. Allerdings bin ich mir nicht sicher, ob du mutig genug bist, mit mir auf einem großen Pferd zu reiten.«

»Natürlich bin ich das«, sagte Arndt und setzte sich auf.

Das blasse, schmale Gesicht des Jungen zeigte eine Entrüstung, die Lukardis fast die Tränen in die Augen trieb. Sie wandte sich schnell ab und sah, dass Adalberta sich vor Rührung schnäuzte.

»Da bin ich aber erleichtert, kleiner Mann«, erwiderte Raban und kam aus der Hocke hoch. »Ich hatte schon große Angst vor dem Ärger mit deiner Mutter, wenn ich ohne dich zurückkomme. Sie kann nämlich ziemlich schrecklich sein, wenn sie wütend ist, wusstest du das?«

»Ja«, kicherte Arndt. »Aber sie ist mir nie lange böse.«

Lukardis wollte ihren Augen nicht trauen. Nicht nur, dass Hildas Sohn endlich wieder redete, jetzt lachte er sogar schon und schäkerte mit seinem Onkel, den er gerade erst kennengelernt hatte. Vielleicht erklärt mir das Verhalten des Jungen sogar meine eigenen, sehr verwirrenden Gefühle für Raban?, überlegte Lukardis. Seltsamerweise fand sie den Gedanken, dass Hildas Bruder nicht nur auf sie solch eine Wirkung hatte, sehr tröstlich.

»Dann musst du mir unbedingt dein Geheimnis verraten. Bei mir geht das nämlich nicht so schnell«, bat Raban mit solcher Inbrunst, dass Lukardis selbst fast daran geglaubt hätte. Dabei wusste sie aus erster Hand, dass Hilda ihrem Bruder niemals wirklich böse sein konnte. Das Einzige, was sie ihm gerne vorgehalten hatte, war die Tatsache, dass er noch immer keine Frau zum Heiraten gefunden hatte. Etwas, das Lukardis allerdings sehr gut verkraften konnte.

Leider währte die Freude über Arndts unverhoffte Verwandlung nicht lange.

»Aber ich kann Freda nicht allein lassen«, murmelte der Junge plötzlich bekümmert. »Sie ist krank, und wenn ich nicht bei ihr bin, dann ist sie traurig. Sie hat mir auch geholfen, als der böse Mann da war und wissen wollte, wo Mama ist. Freda hat es ihm nicht gesagt, obwohl er ihr ganz schlimm wehgetan hat.«

Selbst Raban verschlug es für den Augenblick die Sprache. Lukardis konnte es ihm förmlich ansehen, wie er nach den richtigen Worten suchte.

»Mama versteht das bestimmt, sie wird dir nicht böse sein«, flüsterte Arndt und kniete sich erneut neben Freda.

Bevor Raban reagieren konnte, drängte sich Lukardis an ihm vorbei. Weiterhin darauf bedacht, genügend Abstand zwischen sich und dem Jungen zu lassen, kniete sie sich ebenfalls neben das Strohlager. Dabei schickte sie innerlich ein Stoßgebet zum Himmel, Arndt möge sich nicht sofort wieder in sein Schneckenhaus zurückziehen.

»Weißt du eigentlich, was Freda immer zu mir gesagt hat?«

Ein wenig misstrauisch erwiderte Arndt ihren Blick, heftete ihn dann unschlüssig auf seinen Onkel und wechselte erneut zu Lukardis, bis er schließlich widerstrebend den Kopf schüttelte.

»Sie hat eine Tochter, Gerda. Hat sie dir von ihr erzählt?«, erkundigte sich Lukardis betont beiläufig.

Dieses Mal erhielt sie spontan ein Nicken als Antwort.

»Freda war sehr traurig darüber, dass sie nicht mehr mit Gerda zusammen auf der Burg leben konnte, auf der ich auch ein paar Jahre gewohnt habe. Sie hat mir einmal gesagt, dass sie am glücklichsten ist, wenn ihre Tochter bei ihr ist.« Nachdem Arndt diesmal keine Reaktion zeigte, fuhr sie fort: »Sie hat mir auch gesagt, wie froh sie darüber ist, dass ich dich in dem Wagen gefunden habe, damit du bei deiner Mama sein kannst.«

Zögernd wanderte der Blick des Jungen von Lukardis zur kranken Freda und wieder zurück. »Das hat sie mir auch gesagt«, murmelte er. »Glaubst du wirklich, dass sie nicht traurig ist, wenn ich nicht bei ihr bleibe?«

Erneut kämpfte Lukardis gegen den Wunsch an, den kleinen Kerl in die Arme zu schließen. »Da bin ich mir sogar ganz sicher«, bestätigte sie ihm mit fester Stimme.

Arndt dachte einen Moment darüber nach. Dann strich

er ganz sachte mit einer Hand über Fredas Wange und stand auf.

»Aber ich darf sie besuchen, wenn ich mag?«, fragte er Raban, der sofort nickte.

»Natürlich! Sobald es möglich ist, bringe ich dich wieder her«, versprach er mit feierlicher Miene.

Nachdem sie sich von Adalberta und ihrer Familie sowie dem Schmied verabschiedet hatten, verließen sie zu dritt das Haus des Dorfvorstehers. Draußen blickte Raban sich misstrauisch um, bevor er den Jungen hochhob.

»Woher nehmt Ihr die Gewissheit, dass uns der Bruder Eures Mannes nicht beobachtet?«, fragte er Lukardis leise, während er seinen Neffen auf den Rücken seines Pferdes setzte.

»Weil der Graf von Ziegenhain für heute ein Treffen einberufen hat. Meinen Vater hat er ebenfalls herbefohlen. Wahrscheinlich, um meine Rolle bei der ganzen Geschichte zu überprüfen. Ich habe meinen Vater gebeten, meine beiden Schwäger anschließend zum Abendmahl einzuladen. Ihr erhaltet Nachricht von mir, sobald ich etwas weiß, das für Euch wertvoll sein könnte«, teilte Lukardis ihm mit und legte ihre Hand auf die Kruppe seines braunen Pferdes.

»Versprecht mir, dass Ihr vorsichtig sein und kein Risiko eingehen werdet«, bat Raban sie eindringlich und berührte kurz ihre Hand.

Dann führte er das große Tier ein Stück von ihr fort und saß auf. Arndt ließ es ohne Widerspruch zu, dass Raban einen Arm um ihn legte.

»Habt Dank für Eure Hilfe. Wenn Ihr nicht gewesen wärt, müsste ich jetzt sicher alleine zurückreiten«, sagte Raban und betrachtete sie nochmals mit nachdenklicher Miene, bevor er sich auf den Weg machte.

Die beiden Reiter waren längst nicht mehr zu sehen, als Lukardis tief in Gedanken versunken endlich zu ihrem Pferd ging.

17. KAPITEL

Lukardis hörte die Männer schon von weitem, da sie ihre Pferde mit lauten Rufen antrieben und erst kurz vor dem Ziel langsamer wurden. An dem schleppenden Tonfall ihres verhassten Schwagers erkannte sie mit Schaudern, dass er bereits vor dem Treffen dem Wein kräftig zugesprochen hatte. Als sie kurz darauf auch die ruhige Stimme seines Bruders hörte, atmete die junge Frau auf. Es war ihr wohler zumute, wenn Heinrich in der Nähe war.

»Kind? Kommst du bitte herunter?«

Ihre Mutter klang verärgert, und Lukardis konnte es ihr nicht einmal verübeln. Hätte sie ihren Vater nicht darum gebeten, würden die Männer jetzt nicht hier auftauchen. Dementsprechend eisig war auch der Blick, den Elisabeth von Wartenberg ihrer Tochter zuwarf.

»Du weißt, dass ich es nicht gutheiße, wie du dich der Familie deines verstorbenen Gemahls gegenüber verhalten hast. Nicht nur, dass du dich damit selbst in Gefahr bringst. Du hast auch vergessen, dass dein Vater und ich dadurch wieder den Anfeindungen der anderen Adligen ausgesetzt sind. Du musst die Angelegenheit schleunigst in Ordnung bringen, Lukardis! Wir hatten in den letzten Jahren genug Kummer, außerdem geht es deinem Vater seit einigen Wochen nicht sehr gut. Das Letzte, was er braucht, ist Streit mit Hermanns Brüdern und, Gott bewahre, womöglich gar die vollständige Ächtung durch den Grafen von Ziegenhain.«

Ihre Mutter hatte sich in Rage geredet und holte tief Luft, während die Männer draußen im Hof abstiegen.

»Ich hoffe sehr, dass du verstanden hast, was ich dir damit sagen will. Schaff dieses unsägliche Missverständnis, das dein jüngerer Schwager überall verbreitet, schleunigst aus der Welt. Du musst Albrecht klarmachen, dass du deinem Mann nicht in den Rücken gefallen bist, sondern alles getan hast, um seine Hinrichtung zu verhindern«, ermahnte Elisabeth leise ihre Tochter, die wortlos nickte. »Ich werde mich jetzt zurückziehen. Es ist spät, und die vielen lauten Stimmen bereiten mir Kopfschmerzen.«

Nach einem weiteren gequälten Blick ihrer Mutter ging Lukardis zur Tür und zog sie auf. Das Haus, in dem ihre Eltern seit dem Verlust der Burg lebten, war ihr nach wie vor seltsam fremd. Allerdings hatten sich ihre Aufenthalte seitdem auf ein paar wenige Ausnahmen beschränkt. Vielleicht lag es aber auch einfach daran, dass Lukardis dadurch jedes Mal an den Verlust ihres ersten Kindes erinnert wurde.

»Heinrich!«, rief sie erfreut, als ihr Schwager als einer der Ersten auf sie zukam.

Doch dann erschrak Lukardis. Heinrich von Ebersberg bot noch immer einen grauenhaften Anblick. Seine Wangen waren eingefallen und sein Gesicht wirkte grau. Er erwiderte ihren Blick ohne das frühere Funkeln in den Augen.

»Schön, Euch hier zu sehen«, sagte er und begrüßte sie mit einer förmlichen Verbeugung. »Geht es Euch gut? Konntet Ihr Euch ein wenig erholen?«

»Danke. Ja, einigermaßen«, brachte Lukardis stockend hervor.

Mittlerweile waren auch die anderen Männer auf dem Weg zum Haus. Der Innenhof war längst nicht so groß wie jener von Burg Ebersburg. Das Gutshaus ihres Vaters hatte zwar durchaus stattliche Maße, wirkte aber im Vergleich zu einer Burg eher klein und nur wenig imposant. Doch das störte Lukardis nicht, da sie von ihrem Vater wusste, dass er sich hier mittlerweile wohler fühlte als auf Burg Wartenberg. Vor seinem Aufbruch zu der Unterredung hatte Heinrich von Wartenberg seiner Tochter anvertraut, dass er ihr Verhalten respektiere und zu ihr stehe. Egal welche Pläne sie für ihr zukünftiges Leben schmiede. Von ihrem Entschluss, den Schleier zu nehmen, war er mehr als angetan. Seiner Meinung nach war diese Entscheidung viel besser, als zum zweiten Mal den Bund einer Ehe zu schließen, die sie möglicherweise erneut in Hoffnungslosigkeit stürzte.

»Ah, werte Schwägerin, wie schön, dass Ihr uns an der Tür empfangt«, begrüßte Albrecht übertrieben freundlich.

Lukardis staunte über seine Wandlungsfähigkeit. Wäre ihre Erinnerung an den Vorfall in der Fuldaer Gasse nicht noch so frisch gewesen, hätte sie sich fast fragen müssen, ob sie das alles nur geträumt hatte.

»Im Gegenteil, lieber Albrecht«, erwiderte sie daher mit der gleichen falschen Freundlichkeit und einem Lächeln, das einer trauernden Witwe gerade noch angemessen war. »Es ist vielmehr eine Freude, dass Ihr edlen Herren der Einladung meines Vaters nachgekommen seid.«

»Folgt mir bitte in mein bescheidenes Heim, Freunde. Wir werden den Abend mit einem guten Essen beschließen«, sagte Heinrich von Wartenberg, der sich an Albrecht vorbeigedrängt hatte.

»Mutter lässt sich entschuldigen«, flüsterte Lukardis ihrem Vater zu, der bloß resigniert nickte.

Flüchtig streifte sein besorgter Blick das leicht gerötete Gesicht seiner Tochter, bevor er die Männer mit einer einladenden Geste hereinbat. Da seine Frau es vorgezogen hatte, den Besuchern nicht gegenüberzutreten, oblag es ihm, die Männer willkommen zu heißen.

Nacheinander gingen die Ritter an Lukardis und ihrem Vater vorbei. Ein paar von ihnen murmelten eine Beileidsbekundung, die meisten wandten jedoch verlegen den Blick ab. Heinrich von Frankenstein war nicht unter den Gästen. Lukardis war darüber erleichtert, zeigte es ihr doch, dass er sich aus diesen konspirativen Zusammenkünften soweit es ging heraushielt. Giso von Steinau bedachte Lukardis als Einziger mit einem verächtlichen Blick, dem sie mit einem besonders warmen Lächeln begegnete. Seine blonden Locken wirkten ungepflegt, was verwunderlich war, da der Ritter sonst sehr auf sein Äußeres bedacht war. Gegenüber ihm empfand die jung Frau das gleiche Misstrauen wie bei ihrem jüngeren Schwager.

Das Essen schmeckte hervorragend, und die Stimmung unter den acht Männern wurde immer ausgelassener, je mehr sie dem Wein zusprachen. Lukardis, die zwischen ihrem Vater und Heinrich von Ebersberg saß, beobachtete mit Sorge das gerötete Gesicht Albrechts und lauschte seiner schleppend klingenden Stimme. Die Tischgespräche waren jedoch bisher unverfänglich. Gewiss, die üblichen Flüche gegenüber dem Abt ertönten in regelmäßigen Abständen mal aus der einen Ecke und mal aus der anderen. Aber Lukardis hörte nichts heraus, das auch nur im Entferntesten nach einem Racheplan klang.

Heinrich verhielt sich während des Essens ungewöhnlich still. Mit Lukardis wechselte er außer ein paar Belanglosigkeiten kein weiteres Wort. Fast schien es ihr, als wäre der alte Heinrich verschwunden und ein neuer, vor sich hin brütender, äußerst schweigsamer Mann hätte seinen Platz eingenommen. Von ihrem fröhlichen, stets gutgelaunten Schwager war am heutigen Abend nicht der leiseste Hauch zu spüren.

»Warum wollt Ihr unbedingt meinen Bruder sprechen?«

Heinrichs Frage traf die gedankenverlorene Lukardis völlig unvorbereitet. Reflexartig ergriff sie ihren Becher und trank ein paar Schlucke des köstlichen Weins, den ihr Vater extra für dieses Essen aus dem Keller hatte holen lassen. Sorgt sich Heinrich nach dem Verlust seines älteren Bruders etwa um den jüngeren?, fragte sie sich. Ahnte er womöglich, dass Lukardis ihm nicht so wohlgesonnen war, wie sie vorgab? Aus den vertraulichen Gesprächen der letzten Jahre wusste er von ihrer Abneigung gegenüber Albrecht. Kein Wunder, dass er sie nach ihren Beweggründen fragte. Immerhin hatte sie die Nähe Albrechts meist gemieden wie der Teufel das Weihwasser.

»Weil ich glaube, dass ich ihn mit meinem Verhalten ziemlich verletzt habe«, antwortete Lukardis daher vorsichtig. »Ich will Euch nichts vormachen. Albrecht ist mir seit meiner Eheschließung mit Hermann nicht gerade zum Freund geworden. Aber er hat seinen Bruder geliebt, und es steht mir nicht zu, ihn weiter zu quälen.«

»Er hat mir erzählt, Ihr hättet verhindert, dass er die flüchtende Frau stellt. Sicher ist Euch bekannt, dass sie beim Abt gegen Hermann aussagen wollte?«, erkundigte sich Heinrich nachdenklich und fügte nach einer kurzen Pause hinzu: »Vielleicht hat sie es ja inzwischen getan.«

»Mir war nicht klar, was Albrecht von ihr wollte. Er war wie von Sinnen, als er sie verfolgte, und ich hatte Angst um ihr Leben. Immerhin ist mir die Frau in den wenigen Tagen, in denen ich sie kennengelernt habe, ans

Herz gewachsen. Sie hat Schlimmes durchgestanden und verdient es, dass ihr Gerechtigkeit widerfährt«, antwortete Lukardis leise, damit niemand sonst ihre Unterhaltung mit anhören konnte.

»Gerechtigkeit«, wiederholte Heinrich bitter. »Was ist das schon? Jeder legt dieses Wort anders aus.«

»Meint Ihr im Ernst, dass es gerecht ist, unschuldige Reisende zu überfallen und hinterrücks zu ermorden? Nennt Ihr das Gerechtigkeit? Dann habe ich mich wohl in all den Jahren in Euch getäuscht«, fuhr Lukardis ihn mit unterdrücktem Zorn an. Dabei vergaß sie sogar, dass sie das Misstrauen ihres Schwagers eigentlich hatte zerstreuen wollen und es nun stattdessen womöglich anfachte.

»Nein«, antworte Heinrich nach kurzem Zögern. »Das hat nichts mit Gerechtigkeit zu tun. Ich nenne es vielmehr Schicksal. Oder, wenn Ihr wollt, den Lauf der Dinge. Fortunas Rad dreht sich ohne Unterlass, und über wen sie ihr Füllhorn ausschüttet, liegt nicht in unserer Macht.«

»Es tut mir leid, Heinrich, leider kann ich Euren Ausführungen nicht zustimmen. Es hat nichts mit Schicksal zu tun, was dem armen Kaufmann widerfahren ist. Die Frau, hinter der Albrecht her war, hat ihn sehr geliebt, wisst Ihr? So, wie Ihr einst Eure Frau geliebt habt«, sagte Lukardis mit unüberhörbarer Bitterkeit in der Stimme.

Heinrich wandte den Blick ab. Er war jedoch nicht schnell genug, denn Lukardis hatte das verräterische Flackern bemerkt, das sich für den Bruchteil eines Augenblicks in seinen Augen gespiegelt hatte. Für ihren Schwager hatte das Wort Liebe noch eine Bedeutung. Vor einiger Zeit hatte er ihr selbst erzählt, dass ihn nach dem Tod seiner Frau die Lust am Leben verlassen hatte und er jeden Menschen verfluchte, der Freude empfand.

Da erhoben sich wie auf Kommando sämtliche Gäste

von ihren Plätzen. Giso von Steinau verbeugte sich vor dem Gastgeber und bedankte sich im Namen aller für die gute Bewirtung. In dem allgemeinen Durcheinander hielt Lukardis nach Albrecht Ausschau und erschrak, als sie völlig unvorbereitet seine Stimme dicht hinter sich hörte.

»Liebste Schwägerin, hättet Ihr nun noch die Güte, mir Euer Anliegen vorzutragen? Euer Vater hat mir ausgerichtet, dass es Euch ganz dringend nach einer Unterredung mit mir verlangt«, sagte Albrecht, der sich ihr und seinem Bruder unbemerkt genähert hatte. In einer vertraulichen Geste legte er den beiden die Arme um die Schultern.

»Wenn Ihr Euch noch dazu in der Lage seht, Albrecht«, erwiderte Lukardis mit unschuldiger Miene.

Albrecht reagierte darauf mit einem breiten Grinsen. Anschließend verbeugte er sich und lud sie mit einer schwungvollen Handbewegung ein, ihm zu folgen. Als Heinrich sich ihnen anschließen wollte, schüttelte sein Bruder den Kopf.

»Das ist eine Sache, die nur Lukardis und mich betrifft«, sagte er und führte die junge Frau aus der Halle.

»Es hätte mich keineswegs gestört, wenn Heinrich uns begleitet hätte«, erklärte Lukardis ihrem Schwager, der zu ihrem Erstaunen den anderen Männern nach draußen folgte. Im Hof schlug er dann aber die entgegengesetzte Richtung ein.

»Mich schon«, entgegnete Albrecht knapp. »Schließlich war er auch nicht bei unserer unschönen Begegnung auf dem Marktplatz in Fulda dabei.«

»Ich würde unsere zweite Begegnung in der Gasse als deutlich unschöner bezeichnen«, wandte Lukardis ein und ärgerte sich im selben Moment darüber, dass sie den Mund nicht halten konnte.

So werde ich ihn sicher nicht davon überzeugen können, dass ich auf seiner Seite stehe!, dachte sie, und zwang sich zu einem bedauernden Lächeln.

Albrecht wirkte jedoch von ihrer Äußerung amüsiert, denn er lachte laut auf. Aus dem Augenwinkel erblickte Lukardis ihren Vater, der neben Heinrich vor dem Stall stand, während seine Gäste nacheinander an ihm vorbeiritten. Selbst auf die Entfernung konnte Lukardis im halbdunklen Hof, über den in unregelmäßigen Abständen die Lichter der Fackeln zuckten, seinen besorgten Gesichtsausdruck erkennen.

»Da stimme ich dir ausnahmsweise zu, liebste Lukardis«, raunte Albrecht und trat dichter an sie heran.

In seinem Atem hing der Wein, den er in den letzten Stunden im Übermaß genossen hatte. Die junge Frau hatte große Mühe, nicht instinktiv vor ihm zurückzuweichen, so unangenehm war ihr die Nähe zu Albrecht. Allein der Gedanke an ihr Ziel und die Neuigkeit, die Heinrich ihr vor längerer Zeit über Albrecht verraten hatte, ließ sie den Ekel verdrängen. Sollte er wirklich jemals tiefere Gefühle für sie empfunden haben, dann musste sie diese Schwäche jetzt ausnutzen.

»Freut mich, das zu hören, Albrecht«, erwiderte sie daher so sanft sie nur konnte. »Ich habe es von Anfang an sehr schade gefunden, dass wir beide uns nicht so gut verstehen.«

»Dann hast du das aber immer sehr gut verdeckt«, sagte Albrecht ehrlich verblüfft, während er mit der Hand wie aus Versehen über ihren Arm strich.

Ein leichtes Frösteln überkam Lukardis, das keineswegs von der Kälte des herbstlichen Abends herrührte.

»Ihr überrascht mich«, sagte sie kopfschüttelnd und ein verstohlener Seitenblick verriet ihr, dass Albrecht noch nicht gänzlich überzeugt war. Das Misstrauen stand ihm buchstäblich ins Gesicht geschrieben.

Verhalte ich mich zu distanziert?, überlegte sie. »Euer Bruder war ein imposanter Mann«, flüsterte Lukardis und kämpfte gegen die Übelkeit an, die bei diesen Worten in ihr aufstieg wie bittere Galle. »Ich hätte es niemals gewagt, absichtlich seinen Zorn zu erregen.«

Nachdenklich betrachtete Albrecht seine Schwägerin. Lukardis musste sich dazu zwingen, ihre Erleichterung nicht zu zeigen, als er schließlich nickte.

»Dann erkläre mir, warum du dieser Hure zur Flucht verholfen hast«, forderte er sie jäh auf.

Mit ausdrucksloser Miene lauschte er ihren Erläuterungen, die sie nahezu wortgleich bereits seinem Bruder in Kurzform geliefert hatte.

»Ach, und auf einmal glaubst du ihr nicht mehr, dass wir die Schuld am Tod ihres Mannes tragen? Woher dieser Sinneswandel?«, fragte Albrecht sie mit wiedererwachtem Misstrauen.

»Das habe ich nicht gesagt«, widersprach Lukardis. »Gut möglich, dass Ihr den Überfall begangen habt. Ich weiß es nicht. Aber mir ist klargeworden, dass Hermann keine andere Wahl hatte. Der Abt hat sich in den letzten Jahren einige seiner Ländereien und auch seiner Freunde angeeignet. Er konnte nicht länger tatenlos zusehen, wie seine Besitztümer zu einem kleinen, unscheinbaren Häufchen zusammenschrumpften, während das Eigentum des Klosters immer größer wurde. Mir war das anfänglich nicht klar. Aber mein Vater hat mir einiges erklärt, weshalb ich mich inzwischen für meine mangelnde Unterstützung schäme. Mein Gemahl ist tot, aber seine beiden Brüder leben! Ich werde Euch beweisen, dass ich es ernst meine. Dieser Raban von Elfershausen hält mich für eine verunsicherte, trauernde Witwe. Ich könnte versuchen, über ihn die weiteren Schritte des Klostervorstehers in Erfahrung zu bringen.«

Lukardis hielt unwillkürlich den Atem an.

Wird Albrecht mir diesen Seitenwechsel abkaufen?

Als sie sein Zögern bemerkte, verlagerte Lukardis ihr Gewicht auf das andere Bein und streifte dabei mit der Hüfte wie unabsichtlich seinen Oberschenkel.

»Lukardis? Du solltest dir einen Umhang bringen lassen. Es ist viel zu kalt, um längere Zeit ohne wärmenden Schutz hier draußen herumzustehen.«

Die Worte ihres Vaters hallten über den Hof zu ihnen herüber und durchbrachen Albrechts Gedankengänge. Er warf einen hastigen Blick über die Schulter und stieß einen leisen Fluch aus. Als Lukardis an ihm vorbeispähte, kam der Grund für seine Missstimmung mit langen Schritten auf sie zu. Zum ersten Mal in ihrem Leben wünschte sich Lukardis, Heinrich wäre nicht ganz so besorgt um sie.

»Also gut. Wir treffen uns in einer Woche am späten Vormittag an der großen Steinwand«, entschied Albrecht hastig. »Versuche herauszubekommen, wo sich unser wohlgeschätzter Abt Fingerhut an dem Tag danach aufhält. Hat er offizielle Termine? Geht er auf Reisen? So etwas in der Art.«

»Wieso das?«, fragte Lukardis verwirrt. »Ist es nicht viel wichtiger, gegen welchen Eurer Freunde er den nächsten Schachzug plant?«

»Das ist derzeit völlig unerheblich. Es geht um ganz andere Dinge. Das Gute daran ist: Wir sind uns alle zum ersten Mal einig.«

Er umschlang die Taille seiner Schwägerin und zog sie eng an sich heran. Dabei streiften seine Lippen ihre Wange. Abrupt ließ er sie los und wandte sich zu seinem

Bruder um, der nur noch wenige Schritte von ihnen entfernt war.

»Heinrich, wie gut, dass du auf mich gewartet hast. Wir sind dann auch fertig, nicht wahr, liebe Schwägerin? Lass uns aufbrechen, ich bin so müde, als hätte ich eine ganze Woche nicht geschlafen«, sagte Albrecht und verabschiedete sich mit einer angedeuteten Verbeugung von Lukardis, die nur ein Nicken zustande brachte.

»Alles in Ordnung mit Euch?«, erkundigte sich Heinrich zweifelnd.

»Ja, sicher«, brachte Lukardis mühsam hervor und räusperte sich hastig. »Ich bin froh, dass die Unstimmigkeiten zwischen Albrecht und mir dank seiner Großzügigkeit nun ausgeräumt sind. Kommt gut nach Hause und besucht uns recht bald wieder.«

»Komm schon, Heinrich. Der Wind ist viel zu eisig, als dass wir uns ihm noch länger aussetzen sollten«, forderte der Jüngere seinen Bruder ungeduldig auf.

Heinrich zögerte noch einen Moment, in dem Lukardis deutlich sein Misstrauen spürte. Intuitiv schenkte sie ihm ein zustimmendes Lächeln, das er schließlich mit einer Verbeugung beantwortete, bevor er dem Davoneilenden folgte.

Der kalte Wind zerrte an ihrem Umhang und riss ihr zu wiederholten Mal die Kapuze vom Kopf. Resigniert widerstand Lukardis dem Drang, das schützende Stück Tuch erneut über ihre Haare zu ziehen. Es wäre ein sinnloses Unterfangen. Die Ortschaft Großenlüder hatte sie nur aus der Ferne gesehen, da sie es unbedingt vermeiden wollte, dass die dort ansässige adlige Familie sie bemerkte. Ein Besuch in der kleinen Kapelle des Ortes, die der Fuldaer Abt Eigil vor mehr als vierhundert Jahren erbaut hatte, musste dieses Mal unterbleiben. Seit sie bei ihren Eltern eine vorübergehende Bleibe gefunden hatte, suchte sie diesen Ort der Stille gelegentlich auf. Die Hinrichtung ihres Mannes lag nun schon fast zwei Wochen zurück. Hilda hatte mit Arndt vor einigen Tagen die Rückreise nach Köln angetreten. Mit leichtem Wehmut dachte Lukardis an ihre wiedergewonnene Freundin. Ihre Aussprache hatte kurz vor deren Abreise stattgefunden, und die beiden Frauen hatten sich nach vielen Entschuldigungen und Umarmungen tränenreich gegenseitig versichert, dass sie in Kontakt bleiben wollten.

Sollte der Wind nicht weiter zunehmen und die schweren, dunklen Wolken ihre nasse Fracht noch ein wenig bei sich behalten, hätte Lukardis die alte Eiche in der Nähe von Bimbach bald erreicht.

Das Glück war ihr hold, denn kurz darauf tauchten die Gehöfte vor ihr auf, an denen sie jedoch ebenfalls vorbeiritt. Entgegen ihrem festen Vorsatz, die Begegnungen mit Raban unter dem Aspekt ihres gemeinsamen Ziels zu betrachten, machte ihr Herz davon unbeeindruckt einen Freudensprung. Unweit von seinem grasenden Pferd lehnte Hildas Bruder neben der mächtigen Eiche, die angeblich schon zu Zeiten des Bonifatius dort gestanden hatte.

»Hattet Ihr Schwierigkeiten herzukommen?«, fragte er und half ihr vom Pferd.

»Nein. Der Graf hat meinen Vater zu sich bestellt, und meine Mutter ist im Gebet versunken«, antwortete Lukardis und versuchte die plötzliche Kälte an jenen Stellen ihres Körpers zu ignorieren, an denen sich eben noch seine Hände befunden hatten.

»Wie steht es um die Brüder Eures Mannes? Meint Ihr, sie haben Verdacht geschöpft? Oder konntet Ihr sie von Eurem Sinneswandel überzeugen?«

Lukardis war in der Tat nicht völlig von ihrem Erfolg überzeugt. Doch was hatte sie für eine Wahl?

»Ich weiß es ehrlich gesagt nicht«, sagte sie daher mit einem Schulterzucken. »Heinrich kommt mir verändert vor. Er wirkt so hoffnungslos, als wäre mit dem Tod seines Bruders auch in ihm jegliche Lebensfreude erloschen. Und Albrecht? Tja, ihn konnte ich wohl noch nie richtig einschätzen.«

»Wieso? Wie gelangt Ihr zu der Annahme?«, erkundigte sich Raban interessiert.

Lukardis wurde rot und schalt sich selbst ein einfältiges Schaf. Leider wollte ihr keine plausible Ausrede einfallen, daher entschloss sie sich in einem Anflug von Trotz, die Wahrheit zu sagen.

»Ich bin lange Zeit davon ausgegangen, dass er mich nicht ausstehen kann. Ja, dass er regelrecht Abscheu vor mir empfindet. Erst vor kurzem habe ich erfahren, dass dem nicht so ist. Daher hoffe ich, dass er meinen Beteuerungen Glauben geschenkt hat.«

»Ihr seid wahrlich ungewöhnlich«, sagte Raban mit einem unergründlichen Lächeln. »Bisher bin ich davon ausgegangen, dass alle Frauen wissen, welche Wirkung sie auf Männer haben. Euch dagegen scheint es nicht im Geringsten aufzufallen.«

»Was bitte schön meint Ihr damit, Herr Raban?«, fragte Lukardis verwirrt.

»Nichts weiter«, antwortete dieser leichthin. »Nur dass selbst mir bei den wenigen Gelegenheiten aufgefallen ist, mit welchen Blicken Euer Schwager Euch bedenkt. Wenn es denn bloß der eine wäre! Auch der gute Bardo war Eurem Liebreiz verfallen, ohne dass Ihr auch nur die Spur einer Ahnung hattet. Womit habt Ihr ihn noch mal verglichen? Mit einem Bruder, den Ihr nie hattet? Ich würde mein Schwert dafür verwetten, dass dem Schmied diese Metapher ganz und gar nicht gefallen hätte.«

»So eine dumme Behauptung habe ich ja noch nie gehört«, empörte sich Lukardis und versuchte angestrengt, ihre klammheimliche Freude über seine Bemerkung zu ihrem Liebreiz zu verbergen. »Das ist einfach nur lächerlich! Deshalb vermählt sich der Schmied auch in naher Zukunft mit Merlinde. Wie passt das in Eure Überzeugung?«

»Merlinde ist ein reizendes junges Ding«, antwortete Raban achselzuckend. »Und Bardo ist vernünftig genug, um zu wissen, wann Träumereien chancenlos sind. Ihr könnt mir viel erzählen und Euch weiter entrüsten. Ich bleibe bei meiner Meinung. Außerdem verstehe ich Eure Empörung nicht ganz. Es ehrt Euch in meinen Augen, wenn Ihr den Männern ohne jede Berechnung entgegentretet. Davon abgesehen wollte ich damit gewiss nicht ausdrücken, dass jeder Mann in Eurer Nähe so empfindet. Euer anderer Schwager zum Beispiel ist Euch zwar ebenfalls mehr als wohlgesonnen, aber ohne jegliche Hintergedanken.«

»Eure Einschätzung der menschlichen Empfindungen ist äußerst beeindruckend, Raban von Elfershausen«, schnaubte Lukardis verächtlich und fragte sich insgeheim, ob er sich selbst einschloss. »Vielleicht können wir jetzt endlich zu dem eigentlichen Grund unseres Treffens kommen?«

»Ganz wie Ihr wünscht, Edelste«, sagte Raban mit einer galanten Verbeugung.

Die förmliche Anrede zusammen mit seiner Geste empfand Lukardis als puren Spott. Sie presste die Lippen zusammen, zwang sich zur Ruhe und erzählte Raban in knappen Sätzen, was Albrecht zu ihr gesagt hatte.

»Das entspricht tatsächlich nicht dem, was wir uns erhofft haben«, erwiderte Raban nachdenklich.

»Jedenfalls hat es für mich nicht so geklungen, als würden sie sich in ihr Schicksal fügen«, unterstrich Lukardis ihren Eindruck, der mehr als nur ein mulmiges Gefühl bei ihr hinterlassen hatte.

»Davon gehe ich leider auch nicht aus«, bestätigte Raban ihre Vermutung. »Ich halte es zwar kaum für möglich, aber Albrecht und den anderen scheint es tatsächlich nicht darum zu gehen, ihre Besitztümer zu erhalten, sondern um ein ganz und gar primitives Motiv.«

»Rache!«, fügte er hinzu, als er den fragenden Blick der jungen Frau bemerkte.

»Ihr glaubt, sie wollen dem Klostervorsteher etwas antun?«, erkundigte sich Lukardis ungläubig.

»Eine bessere Erklärung habe ich momentan nicht«, bestätigte Raban düster.

Daraufhin hingen beide eine Weile ihren Gedanken nach. Schuldbewusst rief Lukardis sich in Erinnerung, wie oft sie sich nach der Demütigung ihres Vaters schon gewünscht hatte, der Abt möge dafür in der Hölle schmoren. Jetzt, da es den Anschein hatte, als würden andere den Tod des Kirchenfürsten planen, wünschte sie sich sehnlichst eine Eingebung herbei, um es verhindern zu können. Verstohlen sah sie zu Raban hinüber, dessen verschlossene Miene nichts von seinen Gedanken preisgab. Sein Blick war in die Ferne gerichtet, doch Lukardis war sich sicher, dass er die graue Landschaft gar nicht wahrnahm.

Zwischenzeitlich hatte es leicht zu schneien begonnen. Der erste Schnee nach dem langen Sommer, kam es Lukardis unwillkürlich in den Sinn, während sie fröstelnd die Enden ihres wollenen Umhangs zusammenzog. Ihre klammen Finger waren mittlerweile fast taub. Unvermittelt erhob sich ein Schwarm Raben lärmend vom angrenzenden Feld. Das laute Kra-kra-kra der schwarzgefiederten Tiere erinnerte Lukardis jäh an ihre Kindheit. Ohne das Wissen ihrer Eltern hatte sie vor vielen Jahren einen aus dem Nest gefallenen Jungvogel aufgepäppelt, bis er alt genug war, um sich selbst auf Futtersuche zu begeben. Von den meisten Menschen als Galgenvögel beschimpft, da sie häufig an Richtplätzen anzutreffen waren, faszinierten die großen schwarzen Vögel Lukardis seitdem. Ihr Krächzen rief lange vergessene Bilder in ihr wach, als sie sich mit wehmütigem Lächeln daran erinnerte, wie sie den Argwohn ihrer Mutter seinerzeit mit Hilfe einer List zerstreut hatte. Plötzlich durchfuhr es Lukardis wie ein Blitz und sie packte Raban am Arm.

»Was habt Ihr?«, fragte der junge Mann beunruhigt, als er ihre Aufregung bemerkte.

»Wir können Albrecht eine Falle stellen, indem ich ihm falsche Hinweise gebe«, sagte Lukardis aufgeregt. »Sollten wir mit unserer Vermutung richtigliegen, könnt Ihr die Beteiligten verhaften lassen.«

»Nicht schlecht«, murmelte Raban anerkennend. »Allerdings fürchte ich, dass sich Abt Bertho damit nicht einverstanden erklären wird. Sein Entschluss in dieser Sache steht fest, und er ist kein Mann, der eine einmal getroffene Entscheidung zurücknimmt.«

»Dann müsst Ihr ihm unseren Plan eben verschweigen«, erwiderte Lukardis, die es sowieso viel besser fand, wenn so wenig Menschen wie möglich von ihrem eigenen Anteil an dem Vorhaben wussten. »Ihr genießt doch sein Vertrauen und könnt zudem äußerst geschickt mit Worten umgehen. Entlockt ihm seine Pläne für die nächsten Tage, damit wir uns überlegen können, was ich davon an Albrecht weitergebe.«

»Ich bin nicht sicher, ob das so klug wäre«, sagte Raban mit einem Mal wieder zweifelnd. »Damit wäre nicht nur für ihn, sondern auch für alle anderen aus dem engen Kreis seiner Verbündeten klar, wer hinter dem Verrat steht. Euer Leben wäre verwirkt!«

»Keiner der Männer kann mich bedrohen, wenn sie eingesperrt sind«, widersprach Lukardis mit gerunzelter Stirn.

»Ihr müsst davon ausgehen, dass nicht alle Gefolgsleute Eures verstorbenen Gemahls bei der Ausführung des Plans dabei sind. Vielleicht warten einige von ihnen in sicherer Entfernung auf die Rückkehr der anderen. Möglich ist alles. So gut sich Euer Vorschlag anfangs angehört hat, je länger ich darüber nachdenke, desto größer werden meine Bedenken. Wir müssen uns etwas anderes überlegen«, sagte Raban und zog Lukardis mit einer vorsichtigen Handbewegung die Kapuze tiefer ins Gesicht. Dabei streiften seine Finger kaum spürbar ihre Wange. »Es schneit immer stärker. Euer Umhang ist bereits ganz feucht. Wir sollten genauer über die Sache nachdenken und die Möglichkeiten abwägen. Könnt Ihr Euch morgen noch einmal für kurze Zeit von zu Hause entfernen, ohne dass Eure Eltern Verdacht schöpfen?«

Lukardis schüttelte entschieden den Kopf. Die flüchtige Berührung hatte sie völlig durcheinandergebracht. Zusätzlich verwirrte sie die Wärme, die in Rabans Augen lag und ihr Innerstes in helle Aufregung versetzte. Ihr Herz schlug mittlerweile so laut, dass sie sicher war, er könne es ebenfalls hören. So kann es nicht weitergehen, dachte sie und fasste einen Entschluss. Ihre sinnlosen Träumereien dauerten nun schon viel zu lange an und würden sie letzten Endes nur in tiefe Hoffnungslosigkeit stürzen.

»Wir bleiben dabei«, widersprach sie daher entschlossener, als ihr eigentlich zumute war. »In dem Augenblick, in dem sich der Zorn der Männer auf mich richten wird, bin ich für mögliche Übergriffe bereits unerreichbar.«

»Was meint Ihr damit?«, fragte Raban sichtlich irritiert.

»Sobald die Mörder Eures Schwagers ihrer gerechten Strafe zugeführt sind, werde ich den Schleier nehmen«, erklärte Lukardis ihm mit einer Ruhe, die sie selbst in Erstaunen versetzte.

»Das kann nicht Euer Ernst sein«, erwiderte Raban fassungslos. »Warum? Ihr seid jetzt frei und könnt auf ein anderes Leben hoffen.«

»Das Leben, auf das ich hoffe, wird es für mich nicht geben. Und etwas anderes könnte ich nicht ertragen. Daher habe ich mich zu diesem Weg entschlossen. Es gibt deutlich schlimmere Alternativen für eine junge Witwe«, erinnerte Lukardis ihn.

»Das ist nicht wahr!«, widersprach Raban mit einer Leidenschaft, die Lukardis in Erstaunen versetzte. »Es gibt eine weitaus bessere Alternative. Meine Schwester hat mir von den Plänen erzählt, die sie zusammen mit Euch geschmiedet hat. Ihr wolltet sie nach Köln begleiten und ihr dort bei den Geschäften helfen. Sie hegt keinen Groll mehr gegen Euch. Ihr habt Euch doch mit meiner Schwester ausgesprochen und versöhnt. Ihr ist mittlerweile sehr wohl bewusst, wie schwer Euch die Entscheidung gefallen sein musste. Aber Ihr hattet an das Wohl Eurer Eltern zu denken. Außerdem möchte ich noch …« Raban stockte und machte eine kurze Pause, in der er offensichtlich nach den richtigen Worten rang.

Lukardis, die von seiner Erklärung ohnehin ganz benommen war, fragte sich erstaunt, wann sie ihn jemals sprachlos erlebt hatte.

»Außerdem möchte ich mich in aller Form bei Euch für meine unbedachten Äußerungen entschuldigen. Ich hatte nicht die geringste Ahnung von dem Leben, das Euch auf Burg Ebersburg zuteil wurde, und habe Euch vorschnell und gedankenlos Dinge unterstellt, die nicht richtig waren. Wenn jemand nachvollziehen kann, welches Leid meine Schwester erfahren hat, dann Ihr. Ich hoffe, Ihr könnt mir vergeben und versteht, was ich damit sagen möchte: Niemand ist vor Fehlentscheidungen gefeit. Viel wichtiger ist es jedoch, sich diese auch einzugestehen und daraus zu lernen«, führte Raban seine Ausführungen leise zu Ende.

Seine grünblauen Augen hielten Lukardis wie magisch fest, ließen nicht zu, dass sie ihre Aufmerksamkeit von ihm abwandte. Das Krächzen eines letzten Raben entriss sie schließlich dem Zauber. Sie wich dem Blick ihres Gegenübers aus und räusperte sich, bevor sie sich erneut an ihn wandte.

»Es bedarf keiner Entschuldigung, denn Eure Worte sind damals Eurer großen Sorge um Eure Schwester entsprungen. Natürlich freut es mich, dass Hilda nicht mehr mit Verachtung an mich und meine Kleinmütigkeit zurückdenkt. Und ja, es ist wahr, dass ich zeitweilig solche Pläne verfolgt habe. Aber es war unvernünftig, da deren Verwirklichung nichts mit meinem Leben zu tun hat. Ich könnte nicht einfach von hier weggehen, ohne meinen Eltern eine Nachricht zu hinterlassen. Und ihre Zustimmung würden sie mir niemals erteilen. Nein, ich habe mir viele Gedanken über meine Situation gemacht und bin davon überzeugt, dass dies der richtige Weg für mich ist.«

»Das heißt also, nichts und niemand auf der Welt könnte Euch davon abbringen?«, fragte Raban leise.

Lukardis wich seinem eindringlichen Blick aus. Sie ertrug es nicht länger, dass sie sich ständig einbildete, er empfände genauso wie sie. Seine Freundlichkeit hatte ganz sicher nur einen Grund: Er tat es seiner Schwester zuliebe, jetzt, da die alten Freundschaftsbande wiederhergestellt waren. Ich muss so schnell wie möglich von hier verschwinden, bevor ihm bewusst wird, wie viel mir an ihm liegt, dachte sie.

»Nichts und niemand«, sagte die junge Frau daher und hoffte inständig, dass ihm das Zittern in ihrer Stimme verborgen bleiben möge.

»Wie Ihr meint«, erwiderte Raban und trat einen Schritt zurück. »Ich werde Euch in den nächsten Tagen eine Nachricht zukommen lassen, in der ich ein paar Orte und Zeiten nennen werde. Die könnt Ihr dann Albrecht überbringen.«

Mit einer knappen Verbeugung wandte Raban sich zu seinem Pferd um, das vergeblich hinter einem kahlen Gebüsch Schutz vor dem eisigen Wind gesucht hatte, und entfernte sich gleich darauf in die entgegengesetzte Richtung.

Die Enttäuschung, die sich in seiner Stimme und seiner Miene deutlich abgezeichnet hatte, ließ Lukardis bis zu ihrem nächsten Zusammentreffen nicht mehr los.

Heinrich war sich nicht sicher, wie er mit der neugewonnenen Erkenntnis umgehen sollte. Ihm war bewusst, dass er sich seit Hermanns Hinrichtung verändert hatte. Bis zu einem gewissen Punkt war so etwas durchaus verständlich. Aber eben nur bis zu einem gewissen Punkt. Für ihn fühlte es sich aber an, als hätte seit der Verhaftung seines älteren Bruders ein anderer Mensch von ihm Besitz ergriffen.

Als wäre Hermann in ihn gefahren.

Allein bei dem Gedanken lief dem Ebersberger ein Schauer über den Rücken. Er musste blinzeln, weil ihm eine dicke Schneeflocke ins Auge geflogen war, und wischte sich verärgert über das feuchte Gesicht. Was denke ich nur für einen Mist?, schalt er sich. Ich bin völlig anders als Hermann!

Schließlich mag ich Lukardis und verachte Albrecht.

Sofort meldete sich die andere, gemeine Stimme wieder zu Wort. Wusste er nicht von Hermann, dass er seine Frau auf seine eigene, womöglich kranke Art geliebt hatte? Für Albrecht hatte der Ältere dagegen nie wirklichen Respekt empfunden.

Trotzdem gibt es nach wie vor große Unterschiede zwischen uns. Ich habe immer mit meiner Teilnahme an den Überfällen gehadert.

Tief in seinem Herzen wusste er, dass er dafür in der Hölle schmoren würde, auch wenn er meistens ein wenig abseits mit dem Lastpferd gewartet hatte, bis die anderen ihr blutiges Werk beendet hatten. Die Kraft, seinen Bruder zu enttäuschen, hatte ihm trotzdem gefehlt. Mit einem Mal erschien ihm diese Einstellung nicht mehr gerecht. Verursachte ihm Kopfschmerzen, die teilweise so stark waren, dass er glaubte, sein Schädel würde zerspringen. Der ziellose Ritt hatte ihm genauso wenig Erleichterung verschafft wie das inbrünstige Gebet, das er voller Verzweiflung in der kleinen Kapelle gemurmelt hatte. Die Erlösung, nach der er gesucht hatte, war ausgeblieben. Sein Flehen war nicht erhört worden.

Ein lautes Krächzen, das sich langsam von ihm entfernte, zog Heinrichs Aufmerksamkeit auf sich. Er hob den Kopf und schützte die Augen mit der linken Hand gegen das Schneegestöber. Es fröstelte ihn, was zweifellos nicht nur an der Kälte lag. Der Schwarm Raben erinnerte ihn an die Hinrichtung seines Bruders. Wäre der Abt nicht so barmherzig gewesen und hätte ihnen als Angehörige des Toten die Erlaubnis erteilt, die Leiche abzutransportieren und beizusetzen, hätten die Aasraben sicher nicht lange auf sich warten lassen.

Heinrich wollte gerade weiterreiten, als er in der Ferne etwas entdeckte. Er kniff die Augen zusammen, um den sich schnell entfernenden Reiter besser zu erkennen, und zuckte zusammen, als er Gewissheit hatte.

Was zum Teufel hatte der Helfer des rachgierigen Abtes immer noch hier zu suchen? Heinrich war davon ausgegangen, dass dieser längst auf dem Weg nach Würzburg war, um Bericht zu erstatten. Schließlich war für den Kirchenfürsten mit der Hinrichtung Hermanns die Wurzel des Übels beseitigt.

Als rechter Hand ein weiteres Pferd zu hören war, brauchte Heinrich sich noch nicht einmal anzustrengen, um Lukardis darauf zu erkennen. Die Entfernung zwischen den beiden betrug kaum mehr als dreihundert Schritte. Seine Schwägerin schien völlig in Gedanken versunken, denn sie hielt den Kopf leicht gesenkt.

Nachdenklich blickte Heinrich ihr nach, bis auch sie hinter einer Kuppe verschwand. Er würde sehr genau darüber nachdenken, ob er seinem Bruder von seiner Entdeckung erzählen sollte. Denn die Folgen für Lukardis lagen auf der Hand, und Heinrich war sich nicht sicher, ob er mit dieser Schuld würde leben können. Während er sich damit herumplagte, formierten sich dunkle und schwere Wolken zu drohenden Türmen. Heinrich bemerkte die Gefahr der sich nähernden mächtigen Naturgewalt erst, als ein Blitz über ihm am mittlerweile fast schwarzen Himmel zuckte. Der Donner, der nur einen Lidschlag später folgte, war so grauenhaft laut, dass sein

Pferd in Panik durchging und er sich nur mit Mühe und Not im Sattel halten konnte.

Unweit von ihm hatte ein anderer Mann auf seinem Ross nicht so viel Glück wie er. Heinrich sollte sich später noch oft fragen, ob es eine Warnung des Schicksals gewesen war, die er hätte beherzigen sollen. Stattdessen wischte er den möglichen Fingerzeig Gottes in seinem grenzenlosen Hass achtlos beiseite.

18. KAPITEL

Fulda im März 1271

Unwirsch blickte der hagere Mann von seiner Schale auf, in der sich noch gut die Hälfte der dampfenden Suppe befand. Nachdenklich kaute er auf einem zähen Brocken Fleisch herum, während ihm der Mönch die unerwartete Nachricht ins Ohr flüsterte. Bertho zögerte für einen Moment, bevor er den Löffel aus der Hand legte und von seinem Platz am Kopfende der Tafel aufstand. Eigentlich war der Besucher nicht mehr wichtig genug, um sich von ihm beim Essen stören zu lassen. Zumal es jetzt in der Fastenzeit nur noch eine Mahlzeit am Tag gab, direkt nach der Vesper. Dagegen sprach, dass sich der Mann bei seinem letzten Aufenthalt in Fulda den Respekt Berthos erworben hatte, weshalb der Abt das Refektorium nun auch schnelleren Schrittes verließ.

Den Klosterschüler, der hastig von seinem Platz auf der langen, harten Bank aufgesprungen war, um ihm die hohe Flügeltür zu öffnen, bemerkte er kaum, so sehr beschäftigten ihn die Gedanken um jene Ereignisse, die bereits vier Monate zurücklagen. Eigentlich wollte er gar keine Zeit mehr daran verschwenden, doch der Name des Mannes, der ihn so dringend um eine Unterredung bat, brachte alles wieder an die Oberfläche.

Die Kälte, die ihn für den flüchtigen Moment im Kreuzgang erfasste, führte dem Abt noch etwas ganz anderes vor Augen. Der eisige Klammergriff des Winters hatte sich zwar noch nicht völlig gelöst, aber die Tage, die der härtesten aller Jahreszeiten noch blieben, waren gezählt. Mit den ersten warmen Sonnenstrahlen würde er sich wieder jener Streitfrage zuwenden, die ihn seit Amtsantritt beschäftigte. Noch immer existierten einige Ländereien, die zu Unrecht im Besitz von Adligen waren. Bertho hatte zwar inzwischen vieles wieder ins Eigentum des Klosters überführt, doch noch längst nicht alles. Als nächster Name stand Giso von Steinau auf seiner Liste. Vor sechs Jahren war der Ritter zwar indirekt von den Rückführungen des Abtes betroffen gewesen, als dessen Männer die Burgscheitelmotte seines Schwagers erobert und dem Erdboden gleichgemacht hatten, doch persönlich hatte er bisher keine nennenswerten Abgaben leisten müssen.

»Raban, wie schön, dass Ihr Euch an meine Einladung erinnert habt«, begrüßte Bertho seinen Besucher, dessen dunkelblauer Umhang von einer leichten Schneeschicht bedeckt war.

»Im Gegenteil, es war äußerst freundlich und zuvorkommend von Euch, sie auszusprechen«, entgegnete der Edelmann und verbeugte sich.

Kritisch begutachtete der Abt seinen Gast, nachdem dieser ihm seine Ehrerbietung mit einem Kuss seines Ringes erwiesen hatte. Raban kam ihm schmaler vor, als er ihn in Erinnerung hatte. Durch den dunklen Bartschatten wirkte sein Gesicht blass, und unter den Augen, die der Kirchenmann immer als höchst lebendig empfunden hatte, lagen dunkle Schatten.

»Geht es Euch gut? Ihr wirkt sehr müde auf mich.

Oder liegt es an der langen Reise? Hattet Ihr Schwierigkeiten?«, fragte Bertho besorgt.

»Nein, hochwürdigster Vater. Sie war zwar nicht angenehm, doch das war dem Wetter geschuldet. Teilweise waren die Schneefälle so stark, dass ich nicht weiterreiten konnte«, erwiderte Raban.

»Und da lasse ich Euch hier weiterhin in der Eiseskälte herumstehen«, entfuhr es dem Abt. »Folgt mir, wir gehen ins Warme. Ihr seid selbstverständlich mein Gast, solange es Euch beliebt.«

Als sie kurze Zeit später die Wärme des Raumes genossen, in dem Bertho sich um die Belange des Klosters kümmerte, registrierte er zufrieden, dass die ungesunde Blässe aus Rabans Gesicht verschwunden war. Gegen die dunklen Ringe konnte die angenehme Glut des Feuers, das einer der Mönche am frühen Nachmittag entzündet hatte, jedoch nichts ausrichten.

»Was führt Euch zu mir?«, fragte Bertho, nachdem sie eine Weile Belanglosigkeiten ausgetauscht hatten. Zu seiner Freude hatte Raban ihm versichert, dass es seiner Schwester und dem kleinen Arndt erheblich besser gehe und er sie bei ihren Geschäften unterstütze. »Ihr macht Euch doch sicher nicht zu so einer unfreundlichen Jahreszeit aus dem fernen Köln auf den Weg zu mir, weil Ihr mit mir plaudern möchtet?«

»Nein«, gab Raban zu. »Obwohl ich unsere Gespräche selbstverständlich sehr schätze. Es gibt tatsächlich einen anderen, leider sehr unschönen Grund für mein Kommen. Ich habe vor kurzem erfahren, dass eine Verschwörung gegen Euch im Gange ist. Eine Gruppe Adliger, deren Namen ich leider nicht kenne, plant ein Attentat auf Euch. Ich bin hier, um Euch zu warnen, aber vielleicht seid Ihr ja auch bereits darüber in Kenntnis gesetzt worden?«

»Nein, bedaure«, sagte der Abt, ohne sonderlich bestürzt zu wirken.

Er war nicht erst seit seiner Amtseinführung mit dem Gedanken konfrontiert, dass er sich mit seinem Handeln nicht nur Freunde machte. Im Gegenteil. Dass die Anzahl seiner Feinde mit jeder neuen Burg stieg, die er erstürmen und schleifen ließ, war das eine. Das andere war, dass sie auch mächtiger wurden, je mehr von ihnen sich in ihrem Hass zusammentaten. Bertho machte sich keine Illusionen darüber, daher erschreckte ihn Rabans Warnung auch nicht weiter. Vielmehr freute es ihn, dass dieser Edelmann eine beschwerliche Reise auf sich nahm, nur um ihn zu warnen.

»Ehrlich gesagt, erstaunt es mich nicht, dass sich die Verärgerung unter den Adligen seit der Hinrichtung des Ebersbergers nicht gelegt hat. Ich habe allerdings gehört, sein jüngerer Bruder sei erkrankt, und nehme nun an, dass es ihm jetzt besser geht?«

»Davon weiß ich nichts. Ich bin seinerzeit relativ kurz nach seinem Unfall nach Würzburg aufgebrochen. Sicher erinnert Ihr Euch noch«, antwortete Raban achselzuckend.

Obwohl Bertho sehr wohl wusste, dass sein Besucher ein Meister darin war, seine wahren Gefühle zu verbergen, entging ihm nicht, dass Raban ihm ausgewichen war. Nun galt es nur noch herauszufinden, warum er nicht zugeben wollte, was er wusste.

»Selbstverständlich«, bestätigte Bertho lächelnd. »Wie könnte ich je das Antwortschreiben des Bischofs vergessen, in dem er mir damals seinen Kummer über die Hinrichtung eines geschätzten Edelmannes deutlich gemacht hat. Trotzdem war ich der festen Überzeugung, dass Ihr über die Vorkommnisse hier bei uns im schönen Fulda weiterhin informiert seid. Aber da bin ich wohl einem Trugschluss aufgesessen.«

Leider machte ihm Raban nicht die Freude zu antworten, sondern lächelte ebenfalls völlig unverbindlich.

»Darf ich dann wenigstens fragen, von wem Ihr das Wissen über das geplante Attentat auf mich habt?«, fragte der Abt seinen Besucher notgedrungen ohne Umschweife.

»Sicher dürft Ihr das. Nur leider kann ich Euch meine Quelle nicht nennen. Ich möchte kein Risiko eingehen und bitte um Euer Verständnis. Ihr könnt gewiss sein, dass es sich um eine äußerst zuverlässige Angabe handelt und die Gefahr, in der Ihr schwebt, völlig real ist«, sagte Raban plötzlich sehr ernst.

Bertho schürzte die Lippen und bedachte seinen Gast mit einem nachdenklichen Blick. Er hatte eine leise Ahnung, woher Raban sein Wissen hatte und warum er die Quelle nicht nennen wollte. Auch er selbst versuchte immer auf dem aktuellen Stand zu sein. Bei der Gelegenheit fiel ihm ein, dass er Heinrich von Wartenberg seit einiger Zeit einen Besuch abstatten wollte. Die Tochter des ehemaligen Burgherrn wohnte entgegen ihrer ursprünglichen Absicht noch immer bei ihren Eltern. Gerüchten zufolge lag es an der schweren Verletzung ihres jüngeren Schwagers, der bei einem schweren Gewitter im November letzten Jahres von einem herabfallenden Ast getroffen worden und vom Pferd gestürzt war. Der Herrgott persönlich musste seine schützende Hand über ihn gehalten haben, denn trotz der vielen Brüche und der starken Kopfverletzung hatte der Ritter überlebt.

»Albrecht von Ebersberg soll wieder völlig gesundet sein. Die Leute erzählen sich so allerhand. Ich gebe ja nichts auf das Geschwätz der einfachen Menschen, trotzdem ist es wichtig, jederzeit genau Bescheid zu wissen, was die Gemüter beschäftigt. Denn es sind eben diese einfachen Menschen, die eine Stadt wie unsere mit Leben füllen. Auf jeden Fall sind mir Gerüchte zu Ohren gekommen, dass die Witwe seines Bruders jeden Tag an Albrechts Krankenlager gesessen hat und abends in der kleinen Kapelle in Großenlüder für seine Genesung gebetet habe«, sagte Bertho und ließ Raban währenddessen keinen Moment aus den Augen.

Einem ungeübten Beobachter wäre das verräterische Zucken sicher entgangen. Bertho hingegen spürte eine innerliche Zufriedenheit, die ihn immer dann erfasste, wenn sein Gefühl ihn nicht im Stich gelassen hatte.

So wie dieses Mal.

»Auch davon weiß ich nichts«, sagte Raban, erhob sich und ging zum Feuer. »Ich habe Frau Lukardis das letzte Mal einen Tag nach der Hinrichtung ihres Gemahls gesprochen. Sie hat mich jedoch nicht über ihre Pläne in Kenntnis gesetzt.«

»Warum sollte sie auch, nicht wahr?«, antwortete Bertho leise, doch eine gewisse Ironie war trotzdem herauszuhören. Ein wenig bedauerte er es, das Gesicht seines Besuchers nicht sehen zu können, da er mit dem Rücken zu ihm stand und die Hände über den Flammen aneinanderrieb.

»Genau, warum sollte sie auch«, wiederholte Raban wie zur Bestätigung und drehte sich dabei um. Seine Miene war ausdruckslos, und Bertho verspürte leisen Ärger darüber, da er nur zu gerne die Wirkung seiner Worte gesehen hätte. Andererseits, dachte er sich, brauche ich diese Bestätigung gar nicht mehr.

»Ich muss natürlich gestehen, dass ich es sehr schade finde, wenn sich diese Frau, die ich sehr schätze, möglicherweise an den Bruder ihres verstorbenen Mannes binden würde. Sie hat einen edlen Charakter. Die Menschen aus dem Ort unterhalb der Ebersburg haben allesamt mit Hochachtung von ihr gesprochen. Meiner Meinung nach verdient sie etwas Besseres. Jemand Besseren«, sagte Bertho und sah Raban dabei unverwandt an.

»Was für seltsame Gedanken Ihr Euch macht«, gab dieser amüsiert zurück. »Ich war bisher der Meinung, dass sich ein Klostervorsteher um viele Dinge kümmern muss, aber ganz bestimmt nicht darum, welchen Mann eine verwitwete Edelfrau ehelichen wird.«

Bertho verzog keine Miene und erwiderte Rabans Blick mit stoischer Gelassenheit.

»Gut möglich, dass ich auf meine alten Tage ein wenig wunderlich werde«, gestand er freimütig ein und wechselte das Thema. »Ihr habt doch sicher Hunger. Begleitet mich ins Refektorium. Es gibt eine einfache, aber sehr schmackhafte Suppe.«

Raban lehnte ab. »Verzeiht mir bitte, hochwürdigster Abt, aber ich bin nach dem langen Ritt todmüde. Morgen früh habe ich gleich etwas zu erledigen. Meine Schwester hat mir für die Menschen, die ihr damals geholfen haben, eine Kleinigkeit mitgegeben.«

»Schade. Ich hätte mich gefreut, wenn Ihr an der Komplet teilgenommen hättet. Vielleicht morgen? Kann ich denn mit Eurer Rückkehr zur Vesper rechnen?«, fragte Bertho.

»Gewiss. Ich werde pünktlich da sein«, antwortete Raban.

»Dann macht mir die Freude und seid morgen Abend mein Gast«, bat der Abt den Edelmann, der zustimmend nickte.

Wie schön, dachte Bertho, nachdem Raban gegangen war, dann wird er also morgen der einsamen Witwe seine Aufwartung machen. Schließlich hatte Lukardis von Ebersberg damals maßgeblich zur Rettung seiner Schwester beigetragen.

Zufrieden setzte der Abt sich an den Schreibtisch. Er mochte oft hart und unnachgiebig erscheinen, doch gelegentlich gestattete er sich ein paar Beobachtungen, die nichts mit seiner alltäglichen Arbeit zu tun hatten. Die einzig und allein dazu da waren, sein Herz zu erfreuen. Mit einem tiefen Seufzer griff Bertho zur Feder. Bis zum Abendgebet gab es noch viel zu tun, und wenn er eines hasste, dann war es Müßiggang.

Seit über einer halben Stunde wartete Lukardis nun schon mit zunehmender Ungeduld an dem vereinbarten Ort. Ihre Füße fühlten sich mittlerweile an, als wären sie nicht mehr vorhanden. Fredas halb verfallene Hütte bot kaum Schutz vor dem beißend kalten Wind, der seit letzter Nacht jeden verscheuchte, der sich nicht unbedingt draußen aufhalten musste.

Lukardis hatte den Treffpunkt selbst gewählt. Seit sie Rabans Nachricht erhalten hatte, fieberte sie dem Wiedersehen entgegen. Obwohl sie sich selbst dafür verachtete, konnte sie noch immer nichts gegen ihre Gefühle tun.

Das Heulen des Windes zerrte ebenso an ihren Nerven wie das ständige Klappern loser Bretter der maroden Hütte. Fast hatte es den Anschein, als wollte der Wind nicht eher aufgeben, bis auch der letzte Schutz um die junge Frau in sich zusammengefallen war. Langsam begann sie sich zu fragen, ob Raban wirklich auftauchen würde. Vielleicht war ihm etwas dazwischengekommen? Oder ihm war auf der langen Reise etwas zugestoßen? Gerade als Lukardis beschloss, nicht länger zu warten, erkannte sie zwischen den kahlen Bäumen die Silhouette eines Reiters. Keinen Atemzug später wusste sie, dass sich das Warten gelohnt hatte. Sie hatte Raban an seiner Haltung erkannt.

»Was ist mit Freda geschehen? Lebt sie noch immer bei Adalberta?«, fragte Raban, nach einer kurzen, ziemlich förmlich ausgefallenen Begrüßung.

»Nein«, antwortete Lukardis traurig. »Sie ist kurz nach Eurer Abreise gestorben. Ich hätte es Hilda geschrieben, weil Arndt doch so an Freda gehangen hat, aber die Kräuterfrau hat mir vor ihrem Tod das Versprechen abgenommen, dass der Junge davon nichts erfahren soll. Sie glaubte, es wäre besser so.«

Die Erinnerung an das letzte Zusammentreffen mit der alten Frau dämpfte augenblicklich das Glücksgefühl, das sie erfasst hatte, kaum dass sie Raban erblickt hatte.

»Möglicherweise hat sie damit sogar recht«, sagte Raban nachdenklich. »Arndt erzählt sehr oft von ihr. Dabei klingt er jedes Mal so, als wollte er sie bald wieder besuchen.«

Lukardis nickte stumm. Es ist schon seltsam, dachte sie mit einem Mal beklommen, welche Wendung mein Leben von dem Tag an genommen hat, als der Fluss mir die halb tote Hilda praktisch vor die Füße gespült hat.

Plötzlich war sich Lukardis der Stille bewusst, die sie umgab, und unter Rabans forschendem Blick spürte sie, wie eine heiße Röte ihre Wangen überzog. Sie räusperte sich in dem vergeblichen Versuch, die Trockenheit aus ihrer Kehle zu vertreiben.

»Ich danke Euch dafür, dass Ihr so schnell kommen konntet. Habt Ihr bereits mit dem Abt gesprochen?«

»Ja, gleich gestern Abend nach meiner Ankunft. Allerdings habe ich nicht den Eindruck gewonnen, dass meine Warnung bei ihm Eindruck hinterlassen hat. Er scheint ohnehin täglich damit zu rechnen, dass sein Leben plötzlich zu Ende gehen könnte. Wisst Ihr mittlerweile Genaueres?«, erkundigte sich Raban.

»Meiner Meinung nach stehen Ort und Zeitpunkt des Anschlags noch nicht fest. Albrecht hat sich inzwischen aber so weit erholt, dass er an seinem Führungsanspruch keinen Zweifel lässt. Da er die treibende Kraft in dieser Angelegenheit ist, wird es nicht mehr lange dauern, bis sie zuschlagen werden«, sagte Lukardis und blies in ihre Hände, nachdem sie die dünnen Lederhandschuhe ausgezogen hatte. »Ich schicke Euch sofort eine Nachricht, sobald ich mehr weiß. Wir sollten uns aber dann nicht hier treffen, für den Fall, dass Albrechts Männer sich in der Nähe der Burg herumtreiben.«

Wortlos entledigte sich Raban ebenfalls seiner Handschuhe und nahm ihre Hände in seine, während sie ihm den nächsten Treffpunkt beschrieb. Die Wärme, die seine Hände ausstrahlten, durchfuhr Lukardis wie ein Blitz. Als sie das dicke Lammfell in der Innenseite seiner Handschuhe entdeckte, wunderte sie sich allerdings nicht mehr darüber. Seine ausdruckslose Miene gab nicht preis, ob ihn der körperliche Kontakt auf irgendeine Weise bewegte. Angesichts ihrer eigenen aufgewühlten Gemütslage fühlte die junge Frau Enttäuschung in sich aufsteigen.

»Überlassen ihm die Männer die Führungsposition denn so bereitwillig? Wenn ich mich richtig erinnere, war sein Bruder um einiges besser dafür geeignet«, brachte Raban seine Zweifel zum Ausdruck. Anschließend blies er zwischen seine Handflächen, so dass sein warmer Atem die kalten Finger von Lukardis umhüllte.

»Heinrich hält sich weiterhin auffallend zurück«, entgegnete sie mit einem leichten Zittern in der Stimme. »Ich habe sogar den Eindruck, dass es seit Albrechts Unfall noch schlimmer geworden ist. Tagelang hat er am Lager seiner Bruders gesessen und sich selbst erst wieder richtig Schlaf gegönnt, als Albrecht außer Lebensgefahr war. Sollte er anfangs Bedenken gegen dessen Pläne gehabt haben, sind diese sicher längst verschwunden.«

»Seht Ihr die beiden noch oft?«, fragte Raban fast beiläufig und zog seine Handschuhe über ihre Hände.

Fast enttäuscht darüber, seine Körperwärme gegen die des Fells eingetauscht zu haben, zuckte Lukardis mit den Schultern. »Es geht. Unmittelbar nach dem Unfall habe ich ihn fast täglich besucht, um die Ernsthaftigkeit meines Anliegens zu unterstreichen. Seit es ihm besser geht, reite ich einmal in der Woche zum Stammsitz Gisos von Steinau. Allerdings hat Albrecht ...«, Lukardis zögerte und suchte nach den richtigen Worten. Zudem war sie sich auf einmal nicht mehr sicher, ob sie überhaupt wollte, dass Raban darüber Bescheid wusste.

»Ja? Was hat er?«, ermunterte der Edelmann sie.

»Er hat in den letzten Wochen darauf gedrängt, dass er mich öfter sehen möchte. Ich habe gehofft, dabei etwas über seine Pläne in Erfahrung zu bringen, aber er verlangt von mir noch nicht einmal mehr, dass ich um ein Gespräch beim Abt ersuche.«

»Offensichtlich hat er eine andere Quelle«, murmelte Raban. »Bitte tut mir den Gefallen und unterlasst Eure Besuche künftig. Da die Ebersberger Euch nicht mehr benötigen, um zu erfahren, wo sich der Abt in den nächsten Tagen aufhält, braucht Ihr Euch nicht länger unnötig in Gefahr zu begeben.«

»Das wäre äußerst unklug«, widersprach Lukardis heftig. »Gerade jetzt, da sie mich endlich nicht mehr fortschicken, wenn sie sich unterhalten. Ich bin mir ziemlich sicher, dass der Anschlag unmittelbar bevorsteht. Albrecht ist voller Ungeduld, und die meisten der Männer, die meinem Gemahl nahegestanden haben, sind in den letzten Tagen auf Burg Steinau eingetroffen. Morgen gibt es ein großes Festmahl, das Giso zu Ehren Albrechts geben wird. Die Freude darüber, dass er vollständig genesen ist, vereint alle Beteiligten.«

»Ihr wollt ebenfalls daran teilnehmen?«, fragte Raban mit düsterer Miene.

»Ich muss. Alles andere würde den Argwohn der Männer wecken. Mein Vater wird mich begleiten. Bertine weiß Bescheid. Fragt jeweils morgens und abends bei ihr nach einer Nachricht von mir«, bat Lukardis ihn und zog seine Handschuhe aus.

Gedankenverloren nahm er sie entgegen. »Wie Ihr meint. Ich hoffe nur, dass Ihr nicht vorhabt, ein zweites Mal in den Bund der Ehe zu treten. Sonst könnte es durchaus passieren, dass Ihr erneut zur Witwe gemacht werdet.«

Sprachlos starrte Lukardis ihn an, ohne auf seine Verbeugung und den knappen Abschiedsgruß zu reagieren. Es dauerte eine Weile, bis sie sich so weit gefasst hatte, dass sie ebenfalls den Heimweg antreten konnte.

In düsterer Stimmung verfolgte Raban das Ende der Vesper. Auf Wunsch des Abtes hatte er den ganzen Tag im Kloster zugebracht. Da es in der Quadragesima nur eine Mahlzeit am Tag gab, knurrte sein Magen mittlerweile laut genug, um die Aufmerksamkeit des Mönches neben ihm zu wecken, der ihn daraufhin mit einem missbilligenden Blick bedachte. Überhaupt stieß seine Anwesenheit hier bei vielen auf Ablehnung, schließlich zählte er nicht zur Gemeinschaft des Klosters.

Wie Raban von dem redseligen Skriptor Ekkehard erfahren hatte, durften zwar hin und wieder Männer von hohem Adelsrang an den Messen teilnehmen, doch schätzte der Abt diese Besuche nicht, was seine Einladung an Raban noch bedeutsamer erscheinen ließ.

Mit halbem Ohr lauschte er dem Hymnus und versuchte dabei, sein Hungergefühl zu verdrängen. Eigentlich war es Raban nicht fremd, nur einmal am Tag zu essen, doch in den letzten Wochen in Köln hatte er sich an zwei Mahlzeiten täglich gewöhnt. Außerdem erinnerte ihn sein knurrender Magen daran, dass Lukardis in diesem Moment sicher an einer festlich gedeckten Tafel saß, um die Genesung ihres Schwagers zu feiern. Bei dem Gedanken war Rabans Kehle plötzlich wie zugeschnürt und das Hungergefühl verschwunden. Er wusste, dass Albrecht sich zu der ansehnlichen Edelfrau hingezogen fühlte. Möglicherweise war der Wunsch, seine Schwägerin zu heiraten, daraus entstanden, dass er seinen Bruder Hermann über alle Maßen verehrt hatte. Und was war mit Lukardis? Lag der Abt womöglich mit seinen Äußerungen richtig? War er selbst mit Blindheit geschlagen, weil er sich nun einmal etwas anderes für Lukardis wünschte? Jemand anders, verbesserte sich Raban im Stillen und entschuldigte sich innerlich für seine abschweifenden Gedanken, als sich die Versammlung der Schwarzgewandeten auflöste. Gleichzeitig nahm er sich vor, Lukardis bei ihrem nächsten Treffen seine Gefühle für sie offenzulegen. Was konnte ihm schon passieren? Mehr als eine ablehnende Antwort würde er sich nicht einfangen. Er hatte schon Schlimmeres überlebt, zweifelte aber im selben Moment an seiner Feststellung.

»Ich würde Euch nach dem Abendmahl gerne noch das Grab des heiligen Bonifatius zeigen«, sagte Bertho zu ihm, während sie dem Refektorium entgegenstrebten. »Euer Interesse vorausgesetzt.«

»Sehr gerne«, antwortete Raban ehrlich erfreut, denn eine solche Ehre hatte er nicht erwartet.

»Dann ist es abgemacht. Morgen warten auf mich einige dringende Angelegenheiten, die keinen Aufschub dulden, aber ich würde mich freuen, wenn Ihr in zwei Tagen an der heiligen Messe in unserer kleinen Jakobskapelle teilnehmen würdet. Oder plant Ihr bereits Eure Abreise?«, erkundigte sich der Abt.

Bevor der Edelmann antworten konnte, erhielt er einen leichten Stoß in die Seite und fuhr herum.

»Entschuldigung«, murmelte eine dünne Stimme, die zu einem der Klosterschüler gehörte. »Ich bin gestolpert.«

Raban nickte zerstreut, während sich der blasse Junge bückte, um ein zerknülltes Leinentuch aufzuheben, das ihm aus der Hand gefallen war.

»Nein, ich habe noch keinen genauen Tag ins Auge gefasst. Wenn Ihr die Zelle benötigt, beziehe ich gerne ein Quartier in der Stadt.«

»Aber nein!«, wehrte der Klostervorsteher ab und warf dem ungeschickten Jungen einen strafenden Blick zu, weil dieser sich noch immer neben Raban herumdrückte. »Bleibt, so lange Ihr möchtet, und seid am Freitag beim Gottesdienst unser Gast. Doch jetzt wollen wir uns sputen, damit wir unsere Mahlzeit noch im letzten Licht des Tages zu uns nehmen können.«

»Mein Magen stimmt Euch zu«, sagte Raban und sah dem Jungen nach, der sich hastig entfernte.

Irgendetwas an dem blassen Gesicht kam ihm bekannt vor, obwohl er sich sicher war, dass er den Klosterschüler noch nie zuvor gesehen hatte.

In dem warmen Licht der Kerze wirkte das schmale Gesicht ihres Schwagers ausgezehrter, als es in Wirklichkeit war. Lukardis fragte sich, ob das womöglich an den Schatten lag, die sich durch die flackernden Flammen in unregelmäßigen Abständen unter seinen Augen zeigten. Deren fiebriger Glanz rührte nicht von den langen Wochen der Krankheit, die er schließlich erfolgreich besiegt hatte, sondern von der glühenden Rede, die er gerade bei Tisch gehalten hatte. Ihr Vater hatte am Morgen leichtes Fieber bekommen, weshalb Lukardis in Begleitung eines Ritters, der zu Heinrichs Männern gehörte, zur Wasserburg aufgebrochen war. Ihr Schwager saß neben ihr und damit gegenüber von seinem jüngeren Bruder, der erfreut den Applaus der anderen Gäste entgegennahm.

Giso von Steinau, Freund und Gastgeber Albrechts, hatte ihm das Privileg der Rede abgetreten. Der zufriedene Zug um die schmalen Lippen des Hausherrn erzeugte bei Lukardis eine Gänsehaut. Dabei überlegte sie fieberhaft, wie sie es anstellen sollte, Raban morgen über die neuen Entwicklungen in Kenntnis zu setzen.

»Welche unschönen Gedanken plagen Euch denn, liebe Lukardis?«

Lukardis zwang sich zu einem freundlichen Gesicht, als Heinrich sich zu ihr setzte. Sie hatte sich längst damit abgefunden, dass der Freund, der er einmal für sie gewesen war, unwiderruflich verschwunden war.

»Was veranlasst Euch zu der Annahme, meine Gedanken könnten nicht angenehmer Natur sein?«, fragte sie.

»Ihr presst die Lippen zusammen, und die Falte zwischen Euren Augen verheißt ebenfalls nichts Gutes«, erwiderte Heinrich mit einem Augenzwinkern.

Lukardis musste spontan lachen. Für den Moment war tatsächlich der alte, freundliche Heinrich zurückgekehrt. Jener Mann, der sie mit seinem trockenen Humor und seiner ansteckenden Lebensfreude so beeindruckt hatte. Lukardis merkte schmerzlich, wie sehr sie ihn vermisste.

»Ihr müsst Euch nicht sorgen. Unser Plan ist gut. Abt Fingerhut wird seine gerechte Strafe erhalten.«

Wie ein Wassertropfen, der auf den Boden trifft, zerplatzte das angenehme Bild von Heinrich, das Lukardis eben noch von ihm gewonnen hatte.

»Glaubt Ihr das wirklich?«

»Wie meint Ihr das?«, fragte Heinrich verwirrt. »Seid Ihr der Ansicht, dass unser Plan Lücken aufweist, oder teilt Ihr doch nicht unsere Überzeugung, dass der Abt für die feige Hinrichtung Eures Gemahls büßen muss?«

»Weder noch«, gab Lukardis zurück. »Erstens kenne ich Euren Plan nicht gut genug, um mir darüber ein Urteil erlauben zu können, und zweitens bin ich keine Verfechterin von Racheurteilen. Meiner festen Überzeugung nach steht es nur einem zu, Urteile über Leben und Tod zu fällen.«

»Euer Vater hat mir von Eurer Entscheidung berichtet«, sagte Heinrich nachdenklich. »Seid Ihr wirklich noch immer davon überzeugt, den Schleier zu nehmen? Und warum habt Ihr mit der Umsetzung Eures Entschlusses gewartet, bis Albrecht vollständig genesen war? Er macht sich Hoffnungen. Das dürfte Euch nicht entgangen sein.«

»Das ist es auch nicht«, gab Lukardis zögernd zu. Sie wusste, dass sie jetzt vorsichtig sein musste mit dem, was sie sagte. Es war wichtig, dass Heinrich ihr glaubte, denn er war nach Hermanns Tod der wichtigste Berater Albrechts.

»Und? Habt Ihr Euch anders entschieden? Wollt Ihr Albrecht Eure Einwilligung geben?«, hakte ihr Schwager erneut nach.

»Er hat mich bisher nicht gefragt und falls doch, würde ich mir Bedenkzeit erbitten«, wehrte Lukardis ab. Sie musste lauter sprechen, da die Musiker nach der Aufforderung des Burgherrn begonnen hatten zu spielen. »Ich habe den Gang ins Kloster bisher nicht unternommen, da es mir von da ab unmöglich gewesen wäre, Albrecht regelmäßig Krankenbesuche abzustatten.«

Heinrich nickte und sprach erst nach einer kleinen Pause weiter. »Ist Euch eigentlich schon zu Ohren gekommen, dass sich Raban von Elfershausen wieder in Fulda aufhält?«

Der jähe Wechsel und die Erwähnung des Namens von Hildas Bruder brachten Lukardis kurz aus der Fassung. Sie hatte sich zwar schnell wieder im Griff, bemerkte aber sofort, dass Heinrich ihr Mienenspiel nicht entgangen war. Daher entschied sie sich spontan für die Flucht nach vorne.

»Ach, ja? Nein, da muss ich passen. Ich habe nur wenige Kontakte nach Fulda.«

»Dann habe ich mich wohl geirrt«, erwiderte Heinrich beiläufig. »Ich hatte angenommen, dass Ihr ein, sagen wir mal, durchaus freundschaftliches Verhältnis pflegt. Schließlich habt Ihr seiner Schwester das Leben gerettet.«

Nachdem sie Euren Überfall überlebt hatte, dachte Lukardis insgeheim und sagte betont kühl: »Ganz richtig, lieber Heinrich, da habt Ihr Euch getäuscht.«

»Worin hat sich mein Bruder getäuscht?«, fragte mit einem Mal Albrecht hinter ihnen.

»Darin, dass unsere verehrte Schwägerin noch ein Weilchen bei uns bleibt. Sie ist leider sehr müde und hat mir gerade mitgeteilt, dass sie in Kürze aufbrechen möchte«, antwortete Heinrich, bevor sich Lukardis eine passende Antwort überlegen konnte.

»Wie schade! Ich hatte eigentlich gehofft, mit Euch noch ein wenig zu plaudern«, sagte Albrecht enttäuscht. »Ich hoffe doch, dass der Grund für Euren frühzeitigen Aufbruch nicht meine flammende Rede ist.«

»Aber nein! Ich unterstütze zwar nicht alle Eure Ansichten, kann Euch aber durchaus verstehen. Dennoch möchte ich Euch dringend bitten, Eure Pläne nochmals zu überdenken. Ihr wollt in zwei Tagen zuschlagen und vergesst dabei völlig die Männer, die den Abt immer begleiten. Sie sind schwer bewaffnet und werden es Euch sicher nicht leichtmachen«, sagte Lukardis.

»Eure Sorge freut mich, ist allerdings unbegründet«, winkte Albrecht ab. »Wir haben alles gut durchdacht. Aber nun genug davon. Bevor Ihr aufbrecht, bitte ich noch um Eure Erlaubnis, Eurem Vater später einen Besuch abzustatten.«

Aus dem Augenwinkel bemerkte Lukardis, die sich Albrecht zugewandt hatte, wie Heinrichs Miene sich verfinsterte. Sie machte sich zunehmend Sorgen, was sein seltsames Verhalten betraf. Dazu zählte auch, dass er sie praktisch ohne ihre Zustimmung hinauskomplimentiert hatte. Sie würde Raban danach fragen, sobald er ihre Nachricht erhalten hatte. Oder wollte Heinrich sie nur vor einer möglichen Verbindung mit seinem Bruder bewahren, weil er ahnte, dass sie unglücklich werden würde? Glaubte er wirklich, dass sie einen solchen Entschluss in Erwägung zog? Falls dem so war, hatte sie ihre Verwandlung glaubhaft vorgelebt. Immerhin hatte sie damit nicht nur Albrecht überzeugt, dessen Verhalten ihr gegenüber vor seinem Unfall voller Argwohn gewesen war.

»Gewiss«, antwortete Lukardis ernst und erhob sich. Auf einmal wurde ihr die Luft in der großen Halle zu stickig, und sie war froh über Heinrichs kleine Lüge. »Gebt auf Euch acht.«

Die beiden Brüder verbeugten sich als Antwort auf ihre Mahnung und Albrecht ergriff ihre Hand.

»In drei Tagen bin ich frei«, sagte er und küsste die Hand seiner Schwägerin.

Nach einer unruhigen Nacht mit nur wenig Schlaf schlüpfte Lukardis schon früh aus dem Bett. Albrechts letzter Satz hatte sie nicht mehr losgelassen. Bald frei? Was meinte er damit? Weil er den Tod seines Bruders dann endlich gerächt hatte? Müde schüttelte die junge Frau den Kopf, während sie nach draußen schlich. Mehr als sonst achtete sie darauf, keinen Laut von sich zu geben, und versuchte, so gut es ging, den knarrenden Dielen auszuweichen. Der Grund für ihr vorsichtiges Agieren lag in dem kleinen Raum rechts vom Eingang.

Heinrich hatte es sich am gestrigen Abend nicht nehmen lassen, sie persönlich zum Gutshof ihrer Eltern zu geleiten. Albrecht war zwar nicht sonderlich erbaut über das zuvorkommende Verhalten seines Bruders, konnte die Aufgabe aber schlecht selbst übernehmen, da das Fest ihm zu Ehren stattfand. Der Ritt hatte zwar nicht lange gedauert, aber in den eisigen Wind hatten sich Schneeflocken gemischt, und beides zusammen erschwerte das Fortkommen der beiden dick vermummten Reiter. Als sie ihr Ziel endlich erreicht hatten, bat Heinrich um einen Platz für die Nacht. Elisabeth von Wartenberg ignorierte den inständigen Blick ihrer Tochter und ließ sofort das kleine Zimmer herrichten, in dem sich außer einem schmalen Bettgestell und einem wackligen Tisch mit einer Waschschüssel nichts befand. Notgedrungen hatte Lukardis gute Miene zu einem Spiel gemacht, das sie nicht ganz verstand. Nun musste sie doppelte Vorsicht walten lassen, wenn sie Raban am nächsten Morgen eine Nachricht zukommen lassen wollte.

Bevor sie die Eingangstür leise hinter sich schloss, lauschte sie nochmals angestrengt nach verdächtigen Geräuschen aus Heinrichs Kammer. Doch außer regelmäßigem Schnarchen drang nichts nach draußen.

Der Gutshof, auf dem ihre Eltern nach der Zerstörung von Burg Wartenberg lebten, war nicht sehr groß. Trotzdem hatte ihr Vater Wert darauf gelegt, dass das Herrenhaus und das danebenstehende Wirtschaftsgebäude von einer Mauer geschützt waren. Der Innenhof wirkte dadurch noch kleiner, als er ohnehin schon war. Mit wenigen Schritten hatte Lukardis den viereckigen Turm erreicht, der mit dem Tor verbunden war. Wobei sie schon immer der Meinung war, dass der Ausdruck »Turm« leicht hochtrabend klang, verglichen mit den beiden Türmen, die zur Burg Ebersburg gehörten. In dem schlichten, grob gemauerten Steinbau gab es unten eine Art Wachkammer und darüber eine Aussichtsplattform. Ohne Ankündigung stemmte sich Lukardis gegen die Tür, die mit einem empörten Quietschen nachgab. Die Kälte, die in der fast leeren Kammer herrschte, war ähnlich eisig wie draußen. Trotzdem saßen, oder besser lagen, die beiden Posten mit den Oberkörpern auf der Tischplatte. Ein leerer Krug, der umgekippt zwischen den beiden Köpfen lag, erklärte deren tiefen Schlaf.

»Aufwachen!«

Lukardis rüttelte kräftig an der Schulter des Mannes, den alle nur Wido nannten und der für sie schon beim letzten Mal nach Fulda geritten war. Als er unerwartet von seinem Stuhl aufsprang, schrak die junge Frau zurück.

»Du musst sofort mit einer Botschaft für mich nach Fulda reiten«, befahl sie ihm leise, um den anderen nicht zu wecken. »Dort suchst du wieder die Wirtin Bertine auf und sagst ihr das Gleiche wie beim letzten Mal.«

»Hä?«, fragte der Mann verwirrt und kratzte sich am unrasierten Kinn. »Was war das noch mal? Ich hab's vergessen.«

Lukardis zwang sich zur Ruhe. Wido war ein gutmütiger, wenngleich ein wenig tumber Kerl, dessen Wangen von roten Äderchen überzogen waren. Lukardis kannte ihn noch aus jenen Tagen, als sie auf der Burg Wartenberg gelebt hatten. Dort war er ihr als wenig verlässlich in Erinnerung geblieben, da er seine Pflichten nie allzu ernst genommen hatte. Allerdings konnte sie sich nicht erinnern, dass sein Blick zu der Zeit ständig blutunterlaufen gewesen war. Innerlich seufzte sie tief. Ihr Vater war ein viel zu sanftmütiger Mensch. Die Sicherheit seines Anwesens sollte ihm wichtiger sein als die nachgiebige Haltung seinen Untergebenen gegenüber.

»Bertine ist die Wirtin der ›Buche‹ und du sollst ihr sagen, dass es heute zur gleichen Zeit am bekannten Ort sein muss«, erklärte sie ihm daher ungeduldig.

»Die Bertine kenne ich doch«, sagte Wido fast ein wenig beleidigt. »Und die Nachricht fand ich beim letzten Mal schon so seltsam. Die kann man sich nicht merken.«

»Hauptsache du behältst sie, bis du sie ausgerichtet hast. Das Pferd führst du aus dem Tor, damit du niemanden aufweckst. Aber deinen Kameraden machst du gefälligst wach, bevor du aufbrichst. Er soll auf Posten sein und nicht schlafen.«

»Weiß Euer Vater, dass ich für Euch nach Fulda reiten soll?«, fragte Wido, während er seinem Nachbarn einen kräftigen Tritt gegen den Schemel verpasste.

Völlig begriffsstutzig ist er doch nicht, dachte Lukardis und erklärte ihm mit knappen Worten, dass er sich darum keine Gedanken machen müsse. Der andere starrte verunsichert zwischen ihr und Wido hin und her. Es war offensichtlich, dass ihn die Situation überforderte. Wido hatte inzwischen die größte Müdigkeit überwunden und schnauzte den armen Kerl an, er habe gefälligst auf Posten zu sein, da er einen dringenden Auftrag für die edle Frau zu erledigen habe.

Als Lukardis durch das graue Licht der Morgendämmerung zurück ins Haus schlüpfte, herrschte hinter der Tür zu Heinrichs Kammer Stille. Obwohl bisher alles gutgegangen war, konnte sie nichts gegen das ungute Gefühl unternehmen, das sich in ihrem Magen ausbreitete.

Gerade noch rechtzeitig gelang es Heinrich, sich hinter dem Mauervorsprung zu verstecken, bevor sich die Tür zur Wachkammer öffnete und Lukardis nach draußen trat. In ihrer Eile hatte sie sogar auf einen wärmenden Umhang verzichtet. Der frostige Wind spielte mit den langen schwarzen Strähnen, die sich vereinzelt aus ihrem Zopf gelöst hatten.

Ich kann Albrecht durchaus verstehen, dachte der Ebersberger und drückte sich noch ein wenig tiefer in die Ecke.

Wie befürchtet blieb Lukardis an der Eingangstür zum Haus kurz stehen und warf einen Blick zurück in den Hof. Glücklicherweise lag sein Versteck im Dunkeln. Das schwache Morgenlicht hatte zu dieser frühen Stunde noch nicht die Kraft, um alle Winkel zu erreichen. Seine Schwägerin war kaum im Haus verschwunden, als sich die Tür zum Turm erneut öffnete. Ein Wachposten stolperte heraus, streckte seine Glieder und hielt dann auf den Stall zu. Der Mann war ganz offensichtlich noch nicht richtig wach und rechnete bestimmt nicht damit, dass ihm jemand folgte.

Heinrich nutzte seinen Vorteil.

»Was wollte die edle Frau so früh von dir?«, zischte er, kaum dass er hinter dem Mann durch die halb offene Stalltür geschlüpft war.

Der Wachposten stieß einen unterdrückten Schrei aus, als er die Spitze eines Messers an seinem Hals spürte. Zwar sah er nicht, wer ihm von hinten äußerst schmerzhaft den Arm auf den Rücken drehte, doch Heinrich konnte nicht ganz ausschließen, dass ihn sein Gegenüber an der Stimme erkannte.

»Ich soll für sie nach Fulda reiten. Eine Nachricht überbringen«, stieß der Wachposten hervor.

»An wen? Und was für eine Nachricht? Lass dir nicht alles aus der Nase ziehen«, forderte Heinrich ihn scharf auf und drückte ihm die Messerspitze zur Bekräftigung leicht ins Fleisch.

»An Bertine«, keuchte der Mann. »Ich soll ihr sagen, dass es heute zur gleichen Zeit am bekannten Ort sein muss. Mehr weiß ich auch nicht.«

Ohne seinen Griff zu lockern, überlegte Heinrich angestrengt. Dass es sich bei der Wirtin um die Schwester dieser Adalberta handelte, war ihm hinlänglich bekannt. Er wusste auch, dass Lukardis in den letzten Jahren ein fast freundschaftliches Verhältnis zur Frau des Dorfvorstehers gepflegt hatte. Jedenfalls in den engen Grenzen, die sein verstorbener Bruder ihr gesetzt hatte. Es konnte gar nicht anders sein, als dass die Wirtin als Mittlerin fungierte. Mit einem zynischen Grinsen dachte Heinrich an jenen Mann, für den diese Nachricht aller Wahrscheinlichkeit nach bestimmt war.

»Ich weiß wirklich nicht mehr. Lasst mich jetzt bitte los«, unterbrach die jammernde Stimme des Wachpostens seine Gedanken.

»Gleich. Erst wenn du mir geschworen hast, dass du der Wirtin eine andere Nachricht übermitteln wirst«, befahl Heinrich.

»Ja, ja, ich tu, was Ihr wollt«, krächzte der Mann.

»Das will ich dir auch raten. Ich werde dich nämlich ab sofort nicht mehr aus den Augen lassen, und wenn ich herausbekomme, dass du dich nicht an meine Anweisung gehalten hast, dann wird dieses Messer deine Haut nicht nur anritzen«, drohte Heinrich leise, bevor er dem Wachposten sagte, was er der Wirtin stattdessen ausrichten sollte.

19. KAPITEL

16. März 1271

Raban hielt die Unruhe nicht länger aus. Obwohl die Mittagszeit noch nicht verstrichen war, gelang es ihm nicht, weiter auf eine Nachricht von Lukardis zu warten. Bertine sah auf, als der Edelmann sich ruckartig von seinem Stuhl erhob. Das Bier vor ihm war längst abgestanden, er hatte sowieso kaum davon getrunken.

»Soll ich meinen Sohn zur Klosterpforte schicken, sobald eine weitere Nachricht eintrifft?«, fragte Bertine, als Raban ihr eine Münze gab.

»Nein, das brauchst du nicht. Ich werde nachher nochmals vorbeischauen«, sagte Raban und verließ mit einem knappen Gruß die Wirtschaft.

Er brauchte Bewegung. Die Untätigkeit machte ihn schier wahnsinnig. Außerdem ging ihm die seltsame Nachricht von Lukardis nicht aus dem Kopf. Wieso, um alles in der Welt, ließ sie ihm mitteilen, dass es keine weiteren Neuigkeiten gab? Bei ihrem letzten Treffen hatte sie ganz anders geklungen. Da war sie praktisch davon überzeugt gewesen, dass sie am Abend bei dem Fest wichtige Neuigkeiten erfahren würde. Außerdem hatte sie sich in der Vergangenheit nur bei ihm gemeldet, *wenn* es etwas zu berichten gab.

Das ergab alles keinen Sinn.

Mittlerweile hatte er das Tor zum Klostergelände erreicht. Die Wache ließ ihn ungehindert passieren, da er den Weg in den letzten Tagen mehrere Male genommen hatte. Unweit des Tores befand sich die Abtsburg, in der Bertho seinen weltlichen Geschäften nachging. Diesen Bereich durften auch Besucher betreten, die keine Angehörigen des Konvents waren. Heute herrschte hier geschäftiges Treiben, da der Klostervorsteher einige Zusammenkünfte anberaumt hatte und daher Rabans Anwesenheit bis zum Abend nicht nötig war. Zur Vesper erwartete der Abt seinen Gast jedoch wieder. Einerseits fühlte sich Raban von Berthos Aufmerksamkeit geschmeichelt, schließlich hielt er den Klostervorsteher für einen klugen Mann. Andererseits engten diese Verabredungen ihn merklich ein, und das war er nicht mehr gewohnt. Für den morgigen Tag hatte ihn Bertho eingeladen, an der heiligen Messe teilzunehmen. Sie sollte ebenfalls hier in diesem Teil des Klostergeländes stattfinden.

Raban verspürte das dringende Bedürfnis nach einem Ausritt und ging in Richtung der Ställe, die sich ebenfalls auf dem Gelände befanden. Er musste sich selbst davon überzeugen, dass Lukardis an dem Ort, den sie bei ihrem letzten Treffen vorgeschlagen hatte, tatsächlich nicht auf ihn wartete.

Kurze Zeit darauf hatte Raban die Stelle gefunden, die Lukardis ihm beim letzten Mal beschrieben hatte. Trotz seiner Unruhe kam er nicht umhin, die mächtige Steinwand zu bestaunen, deren helle, zackige Spitzen aus dem Wald herausragten.

Sogleich machte er sich auf die Suche. Da Lukardis ihm keine genaue Angabe gemacht hatte und er wirklich sichergehen wollte, dauerte es eine Weile, bis er alles abgeritten war. Doch bis auf einen Fuchs, den er im Schnee aufschreckte, begegnete ihm kein weiteres Lebewesen. Kurz überlegte er, ob er Lukardis auf dem Gut ihrer Eltern aufsuchen sollte, ließ den Gedanken dann aber recht schnell wieder fallen. Sein Erscheinen warf sicher Fragen bei ihrem Vater auf, und Lukardis käme dadurch nur unnötig in eine unangenehme Situation. Vielleicht machte er sich einfach auch zu viele Sorgen. Lukardis hatte ihn womöglich nur beruhigen wollen. Ganz überzeugt war Raban nicht von seiner eigenen Schlussfolgerung, andererseits hatte es wenig Zweck, bei diesem grauenhaften Wetter weiter durch die Gegend zu reiten.

Ein Graupelschauer hatte den Schneefall abgelöst, und es kam ihm vor, als wäre der Wind nicht mehr ganz so eisig. Während er sich auf den Rückweg begab, fasste er einen Entschluss. Bis morgen früh würde er noch abwarten. Danach würde er Lukardis bei ihren Eltern aufsuchen. Mit der Peinlichkeit musste sie dann eben leben.

Frierend schlang Lukardis die Arme unter dem Umhang um sich und versuchte so, das Zittern ein wenig unter Kontrolle zu bekommen. Natürlich hatte ihre Mutter mit ihrer Mahnung recht gehabt, dass das Wetter für einen Ausritt viel zu schlecht war. Ihrem Vater ging es noch immer nicht sehr gut, weshalb sie kein Verbot von seiner Seite fürchten musste. Wahrscheinlich hätte er sonst versucht, sie davon abzuhalten. Lukardis wartete jetzt bereits eine geraume Zeit auf Raban und wurde mit jeder Minute, die verstrich, mutloser. Was war nur geschehen? Konnte er das Treffen zu der von ihr vorgeschlagenen Zeit nicht einhalten? Oder hatte ihn die Nachricht gar nicht erreicht? Ein Schauer lief durch ihren durchgefrorenen Körper, als eine Windböe ihre Kapuze erfasste und vom Kopf riss.

In der letzten Zeit friere ich ständig, dachte Lukardis, während sie resigniert den mittlerweile feuchten Schutz über ihre Haare zog. Als sie vom Gut ihrer Eltern losgeritten war, hatte es noch leicht gegraupelt. Nun fiel zwar endlich einmal weder Schnee noch sonstige unangenehme Dinge vom grauen Himmel, dafür hatte der Wind an Stärke zugenommen. Angestrengt spähte sie in die Richtung, aus der sie Raban erwartete, doch die weiße Landschaft lag still vor ihr und strahlte dabei eine fast unwirkliche Ruhe aus. Niemand hielt sich in dieser Jahreszeit und bei diesem unfreundlichen Wetter freiwillig draußen auf. Viel zu spät hörte Lukardis die Pferde, deren Hufschlag der schneebedeckte Boden dämpfte. Als sie sich umdrehte, war es für eine Flucht zu spät. Außerdem musste sie auch in Erwägung ziehen, dass es sich hierbei um puren Zufall handelte. Beim Blick in Heinrichs Augen wusste sie jedoch instinktiv, dass die beiden Brüder ihren Weg mit Bedacht gewählt hatten. Für einen flüchtigen Moment überlegte Lukardis dennoch, sich aufs Pferd zu schwingen und die Flucht zu wagen. Letztendlich ließ sie es aber bleiben, denn bevor sie sich in den Sattel gezogen hatte, hätten die beiden Brüder sie mühelos erreicht.

»Er wird nicht kommen, Verehrteste«, begrüßte Albrecht sie hämisch und sprang aus dem Sattel.

Die Kälte in seiner Stimme stand dem eisigen Wind in nichts nach, und mit einem Mal empfand Lukardis das Wetter als gar nicht mehr so schlimm. Unbewusst wickelte sie die Zügel fester um ihre Hand und zog den Kopf ihres Pferdes näher an sich heran. Ein lautes Wiehern durchbrach die Stille.

»Was habt Ihr mit Wido gemacht?«, fragte die junge

Frau, die sich gar nicht erst die Mühe machte, die Unwissende zu spielen. Sie hätte auf ihren Instinkt hören und die Nachricht selbst nach Fulda bringen sollen. Zumindest wusste sie jetzt, warum Heinrich so großen Wert darauf gelegt hatte, sie nach dem Fest zu begleiten, um anschließend die Nacht im Wartenberger Gutshaus zu verbringen. Lukardis empfand eine tiefe Traurigkeit über die Veränderung, die sich bei ihrem Schwager vollzogen hatte.

Hermann zieht sogar noch nach seinem Tod die Fäden, dachte sie bitter.

»Gar nichts, meine Liebe, wofür hältst du uns? Wir sind doch keine Mörder«, antwortete Albrecht sarkastisch. »Der gute Mann hat ein schlechtes Gedächtnis, deshalb hat er einen Teil von deiner Nachricht vergessen. Wir dachten daran, deinem Freund morgen nochmals eine Botschaft zu schicken. Dann ist er uns nicht im Weg oder taucht womöglich noch zu einem ungünstigen Moment auf.«

Angewidert schüttelte Lukardis den Kopf, als ihr Albrecht sachte eine Strähne aus dem Gesicht strich. Sein rauer Lederhandschuh schabte dabei über ihre eiskalte Wange.

»Obwohl, wenn ich es mir richtig überlege, wäre es gar nicht mal so schlecht, ihn dabeizuhaben. Eigentlich gefällt mir diese Idee viel besser, denn so kann ich ihm mein Schwert in den Körper rammen und zusehen, wie das letzte bisschen Leben aus seinem Blick weicht. Was meinst du, Heinrich?«, fragte Albrecht seinen Bruder, ohne sich zu ihm umzudrehen.

»Wir haben darüber bereits ausführlich diskutiert, und ich werde ganz bestimmt nicht erneut darauf eingehen«, gab Heinrich unerwartet brüsk zurück. »Und jetzt lass uns zusehen, dass wir von hier verschwinden. Wir haben noch einiges vor.«

»Zu schade, dass ich meinen Bruder nicht davon überzeugen konnte, nicht wahr, liebste Lukardis? Andererseits ist es vielleicht viel schöner, wenn wir den edlen Herrn Raban bei seiner Suche nach dir beobachten und uns dabei an seiner immer stärker werdenden Verzweiflung erfreuen können. Was denkst du? Wenn ich es mir recht überlege, sollte an einem heiligen Ort wie diesem nicht zu viel Blut vergossen werden. Das wäre nicht gottgefällig«, sagte Albrecht mit einem liebenswürdigen Lächeln, das im krassen Gegensatz zum spöttischen Tonfall seiner Worte stand.

»Ich denke, dass der Ast, der dich am Kopf getroffen hat, seinen eigentlichen Zweck verfehlt hat«, erwiderte Lukardis scharf. »Solltest du je auch nur einen Funken Mitgefühl für andere besessen haben, so wurde es bei dem Sturz aus dem Herzen getrieben.«

»Wie nett!«, spottete Albrecht und holte unvermittelt aus.

Bei dem harten Schlag flog Lukardis der Kopf nach hinten. Hätte sie sich nicht an den Zügeln festgehalten, wäre sie zweifellos im Schnee gelandet.

»Lass das!«, fuhr Heinrich seinen Bruder kalt an und sprang ebenfalls vom Pferd. »Wenn du noch einmal die Hand gegen sie erhebst, wirst du gegen mich kämpfen müssen.«

»Als ob mir das Angst machen würde«, erwiderte Albrecht, doch die Unsicherheit, die sich nun in seiner Miene zeigte, sprach eine andere Sprache. »Ich lass mir doch von der Hure hier keine Beleidigungen an den Kopf werfen.«

»Sie ist keine Hure, sondern die Frau unseres ermordeten Bruders. Und du wolltest sie bis heute früh selbst noch vor den Traualtar führen. Also reiß dich gefälligst zusammen!«, zischte Heinrich. Dann wandte er sich an Lukardis. »Ich habe lange gezögert, ob ich deine Pläne verraten soll. Aber die feige Hinrichtung meines Bruders hat alles geändert. Es tut mir leid, verehrte Schwägerin, aber ich kann nicht zulassen, dass du unseren Racheplan durchkreuzt«, sagte Heinrich und hielt Lukardis die Hand entgegen, ohne auf den wütenden Gesichtsausdruck seines Bruders zu achten.

Ihre Wange brannte, als Lukardis ihm die Zügel reichte. Auf einmal war sie unglaublich froh, dass Heinrich seinen Bruder begleitete. Sie verstand sogar bis zu einem gewissen Grad sein Handeln und empfand, so unglaublich ihr das auch vorkam, Mitleid für ihn.

»Was habt ihr mit mir vor?«, fragte sie leise.

»Du hast nichts zu befürchten. Wir bringen dich an einen Ort, an dem du keinen Schaden anrichten kannst. Sobald alles vorbei ist, wirst du dich innerhalb einer Woche wie geplant ins Kloster zurückziehen«, beruhigte Heinrich sie und half ihr aufs Pferd.

Dann reichte er Albrecht, der sich mittlerweile ebenfalls in den Sattel geschwungen hatte, die Zügel.

Als sie einige Zeit später ihr Ziel erreicht hatten, überkam Lukardis das nackte Grauen. Sie fragte sich, ob sie überhaupt lange genug leben würde, um den Schleier zu nehmen.

»Fredas Hütte schützt mich ganz sicher nicht vor der Kälte. Hier ist es tagsüber schon eisig und nachts wird es kaum wärmer werden«, empörte sie sich, als Albrecht ihr vom Pferd half und dabei seine Hände etwas länger als nötig auf ihrer Hüfte verweilten.

»Du findest im Innern dieser gemütlichen vier Wände

ein schönes Strohlager. Wasser steht ebenfalls dort, aber du solltest hoffen, dass es nicht zu kalt wird, sonst gefriert es womöglich«, teilte ihr Albrecht mit, der seine Wut offensichtlich wieder unter Kontrolle hatte.

»Außerdem liegen mehrere Decken für dich bereit. Und zur Not kannst du dich an deinem Pferd wärmen. Es wird zweifellos kalt werden, aber erfrieren wirst du sicher nicht«, sagte Heinrich vom Pferderücken herab. »Ich verabschiede mich an dieser Stelle von dir. Wir werden uns wahrscheinlich nicht wiedersehen. Leb wohl, Lukardis.«

Bevor sie irgendetwas darauf antworten konnte, packte Albrecht sie am Arm und schob sie in die Hütte. Mit der anderen Hand zog er das Pferd hinter sich her. Die letzte Hoffnung der jungen Frau löste sich in der kalten Luft auf, als sie sah, dass die beschädigten Wände notdürftig repariert waren.

»Du hättest es anders haben können«, sagte ihr Schwager leise, ohne sie loszulassen. »Ich habe dich von dem Moment an geliebt, an dem ich dich zum ersten Mal gesehen habe. Leider ist es meinem Bruder zugefallen, dich zur Frau zu nehmen. Daher habe ich dich gehasst. Dazwischen gab es nichts für mich. Hätte ich mich weiter nach dir verzehrt, wäre es Hermann irgendwann aufgefallen. Doch dann war er tot, und damit gab es wieder eine Chance für mich.« Albrecht zog Lukardis dichter an sich heran und flüsterte an ihrem Ohr: »Aber du hast mich benutzt. Ein falsches Spiel mit mir getrieben und diesem Hundsfott schöne Augen gemacht. Das hier hast du dir ganz allein zuzuschreiben.«

Im nächsten Moment presste er seine Lippen grob auf ihren Mund. Lukardis konnte sich in dem schraubstockartigen Griff kaum rühren und ertrug den Kuss teilnahmslos.

»Mein Bruder hatte recht, als er behauptet hat, du hättest kein Feuer in dir«, schnaubte Albrecht und stieß sie von sich. »Jede Magd ist besser als du!«

»Dein Bruder war ein grober, gefühlskalter Schläger, und du bist nicht besser als er. Lieber behalte ich all meine Wärme für mich, als dass ich sie einem von euch schenke«, sagte Lukardis kalt und erwiderte seinen Blick mit funkelnden Augen.

Obwohl sie wusste, was als Nächstes geschehen würde, zuckte sie zusammen, als ihr Gegenüber mit wutverzerrtem Gesicht die Hand hob. Aber der erwartete Schlag blieb aus.

»Ich habe dich gewarnt!«

Für einen Wimpernschlag befürchtete Lukardis, dass Albrecht das Schwert gegen seinen Bruder erheben würde. Doch der Moment verging. Ihr Schwager schlug Heinrich den Arm zur Seite und verließ wutschnaubend die Hütte. Nach einem knappen Nicken folgte dieser dem Davonstürmenden nach draußen, und gleich darauf wurde die Tür von außen zugedrückt.

17. März 1271

Am nächsten Morgen war Raban, entgegen seinem Vorsatz, bereits gleich nach der Terz erneut zum Wirtshaus gegangen, doch auch dieses Mal empfing ihn Bertine mit einem bekümmerten Kopfschütteln.

»Es ist noch sehr früh, Herr, der Bote wird bestimmt bald eintreffen. Wenn Ihr mögt, könnt Ihr Euch dort an den Tisch setzen. Ich bringe Euch eine Schale kräftigen Gerstenbrei mit einem Kanten Brot.«

Da es im Kloster zur Fastenzeit erst am Abend etwas zu essen gab, stimmte Raban unwillig zu. Es konnte nicht schaden, etwas in den Magen zu bekommen, zumal er nicht wusste, was der Tag noch bringen würde. In seine Sorge um die ausbleibende Nachricht von Lukardis mischte sich immer wieder das Bild des schmalen Klosterschülers. Raban wurde das Gefühl nicht los, dass sich der Junge gezielt länger in seiner Nähe aufgehalten hatte, als er sich mit dem Abt unterhalten hatte. Als die Wirtin ihm das Essen vorsetzte, vergaß Raban für einen Moment all seine Sorgen und ließ sich das frische Brot mit der knusprigen Rinde schmecken. Er hatte erst die Hälfte der Schüssel gelehrt, als ihn die Unruhe erneut packte. Im Aufstehen tunkte er den letzten Happen Brot in den Brei und schob sich das Stück in den Mund.

»Ich werde nicht länger warten, Bertine. Sollte der Mann noch eintreffen, kannst du mir die Nachricht auch später übermitteln. Ich komme bestimmt nochmals vorbei«, sagte Raban und reichte ihr eine Münze.

An diesem Morgen war die Luft nach den langen, kalten Wochen endlich nicht mehr so beißend kalt. Der Wind hatte sich gelegt und die Sonnenstrahlen gewannen langsam an Kraft. Würde die Sorge ihn nicht mit jedem Atemzug plagen, hätte Raban den Ritt durchaus genossen. Nach einem kurzen Abstecher zur Steinwand, deren helle Felsen ihn im Sonnenlicht blendeten, schlug Raban den Weg zum Gutshof des Wartenbergers ein. Insgeheim hoffte er, dass Lukardis eine plausible Erklärung parat hatte, doch sein Instinkt sagte ihm etwas anderes. Womöglich hatten die Brüder sie unter Druck gesetzt, wie sie es schon einmal getan hatten? Oder, an diese Möglichkeit wollte Raban jedoch gar nicht erst denken, Albrecht hatte ihr auf dem Fest einen Antrag gemacht? Raban musste sich zwingen, den Gedanken weiterzuspinnen, um jede Alternative genau abzuwägen und auf alles vorbereitet zu sein.

Konnte es sein, dass Lukardis in Erwägung zog, erneut den Bund der Ehe mit einem Ebersberger einzugehen? Er selbst hatte sich ihr bisher nicht erklärt. Und was war aus ihrem ursprünglichen Plan geworden? Wollte sie noch immer ins Kloster gehen? Die grundsätzliche Frage ist doch, rief sich Raban zur Ordnung, auf welche Art und Weise Lukardis ihren Eltern am besten helfen kann. Aus dieser, durchaus verständlichen Sichtweise kam ihm ein Einverständnis der jungen Frau zu einem möglichen Antrag Albrechts gar nicht mehr so abwegig vor.

Als die Mauer des Hofes in Sicht kam, wäre Raban am liebsten umgekehrt. Der Stachel der Furcht, dass die seltsame Nachricht des vergangenen Tages in einem Eheversprechen mit Albrecht begründet sein könnte, hatte sich in ihm bereits festgesetzt. Trotzdem ritt er weiter. Vielleicht stehe ich kurz davor, mich der Lächerlichkeit preiszugeben, dachte Raban bitter, als er kurz darauf mit einem festen Klopfen um Einlass bat.

Das bleiche Gesicht Heinrichs von Wartenberg erschreckte Raban nicht minder als der rasselnde Husten zwischen den leisen Antworten. Dem Vater von Lukardis war nicht anzumerken, ob er sich über den Besuch des Mannes wunderte, den er bisher nur vom Hörensagen kannte.

»Ich bin erkrankt und konnte meine Tochter deshalb nicht begleiten. Einer der Brüder ihres verstorbenen Mannes hat sie nach Hause gebracht, wie mir meine Frau berichtete. Leider kann ich Euch nicht weiterhelfen, aber ich werde meine Tochter rufen lassen, wenn Ihr mir den Grund für Eurer Kommen nennt.«

Raban empfand sofort Hochachtung für den Mann, der trotz Schmerzen noch genug Willen besaß, um seinen Besucher daran zu erinnern, dass er als Vater gebührenden Respekt erwartete. Der Edelmann versuchte sich auf die Schnelle an die wenigen Dinge zu erinnern, die Lukardis ihm über ihren Vater erzählt hatte. Ehrlichkeit und Anstand kamen ihm spontan in den Sinn. Nach kurzem Zögern berichtete Raban seinem Gegenüber in knappen Sätzen von dem gemeinsamen Ziel, das ihn mit Lukardis verband.

»Ursprünglich wollte Eure Tochter mir helfen, die Männer, die meinen Schwager ermordet und meine Schwester geschändet haben, dem Abt auszuliefern. Doch dann ist Albrechts Unfall dazwischengekommen, und obendrein lehnt der Klostervorsteher jede weitere Verfolgung der Männer ab, die an dem Überfall beteiligt gewesen sein mochten. Er befürchtet zu Recht, dass sich die feindselige Einstellung der Adligen zuspitzt.«

Raban senkte an dieser Stelle leicht den Kopf, um Heinrich von Wartenberg klarzumachen, dass ihm die Doppeldeutigkeit seiner Worte im Hinblick auf dessen Stellung bewusst war.

»Sprecht weiter«, forderte Lukardis' Vater ihn mit einer leichten Handbewegung auf. »Ich habe mich nach dem Verlust meiner Besitztümer und der Stellung beim Grafen aus diesem Kreis zurückgezogen. Außerdem habe ich dem Abt durch eine vertragliche Verpflichtung beim Bau der Lauterbacher Burg helfen müssen, was bei meinem Lehnsherrn und den anderen Adligen nicht gerade Freude hervorgerufen hat.«

»Das war sicher nicht leicht für Euch«, sagte Raban. »Eure Tochter hat mir vor ungefähr drei Wochen eine Nachricht nach Köln geschickt. Sie schrieb davon, dass sie seit der Genesung ihres Schwagers immer wieder Andeutungen gehört habe, in denen es um Rache für ihren hingerichteten Ehemann ging. Die edle Frau Lukardis hat es nicht gewagt, sich direkt an den Abt zu wenden. Daher der Umweg über mich. Sie möchte unter allen Umständen ein erneutes Blutvergießen vermeiden, das nur weitere Gewalttaten nach sich ziehen wird.«

»Und Ihr? Wie seht Ihr die Angelegenheit?«, fragte Heinrich von Wartenberg zunehmend geschwächt. »Und Eure Schwester? Was ist mit ihrem Bedürfnis nach Rache?«

Raban schüttelte den Kopf. »Meine Schwester weiß, wie der Abt dazu steht. Sie versucht, so gut es geht, mit ihrem Sohn zu leben und das Geschäft ihres Mannes weiterzuführen. Ich helfe ihr dabei. Ihr Wunsch nach Vergeltung ist nicht mehr übermächtig, auch wenn sie den Männern bestimmt niemals vergeben kann.«

»Wie sollte sie auch«, flüsterte der Vater von Lukardis und schloss für einen Moment die Augen. »Lasst nach meiner Frau rufen. Sie kann Euch weiterhelfen.«

Vor der Tür wartete ein junges Mädchen, kaum älter als elf, das sofort loslief, als Raban den Wunsch des Hausherrn aussprach.

Als Elisabeth von Wartenberg kurz darauf erschien, wunderte sich Raban, dass sie kaum Ähnlichkeit mit ihrer Tochter hatte. Die Bitterkeit, die sich in ihrem Gesicht eingegraben hatte, ließ keine Herzlichkeit erkennen. Als er darum bat, Lukardis sprechen zu dürfen, schüttelte sie den Kopf.

»Es tut mir leid, aber meine Tochter ist nicht zu Hause. Sie hat gestern eine Einladung zur Burg Steinau erhalten und wird nicht vor morgen zurück sein. Ein Bote Heinrichs von Ebersberg hat mir die Nachricht überbracht, nachdem sie eine Stunde zuvor fortgeritten war und vergessen hatte, mir Bescheid zu geben.«

Mit einem Ruck öffnete Heinrich von Wartenberg die Augen.

»Wieso hast du mir das nicht schon gestern gesagt? Mir gefällt es ganz und gar nicht, wenn sie zu oft mit diesem Giso zusammentrifft«, krächzte er verärgert und versuchte dabei, mit dem Oberkörper hochzukommen. »Außerdem würde Lukardis niemals einfach so verschwinden.«

»Helft mir«, bat er und streckte Raban eine Hand entgegen.

»Ihr solltet Euch nicht unnötig anstrengen«, sagte der Edelmann, als er dem Wunsch des Kranken entsprach und einen Hustenanfall als Antwort bekam.

Heinrich von Wartenberg rang nach Luft. »Sucht nach meiner Tochter«, flüsterte er, nachdem er sich ein wenig beruhigt hatte. »Giso von Steinau hält nicht viel von Werten wie Ehrbarkeit und Mitgefühl. Er ist wie Albrecht von Ebersberg. Ich will nicht, dass Lukardis in Dinge hineingezogen wird, die sie in Gefahr bringen.«

»Ich geben Euch mein Wort«, antwortete Raban, ohne zu zögern, und ließ den Kranken vorsichtig zurück auf sein Lager sinken.

Heinrich von Wartenberg gab keine Antwort. Seine Augen waren geschlossen, der Atem ging flach. Raban hoffte inständig, dass er bald genesen würde.

Mit starrer Miene musterte Elisabeth von Wartenberg ihren Mann. Als Raban ihre feuchtschimmernden Augen sah, fragte er sich, ob er sein Urteil über die Frau vorschnell gefällt hatte. Langsam erhob er sich und verbeugte sich vor der Mutter von Lukardis.

»Ich finde allein hinaus«, sagte Raban leise, als er

merkte, dass Elisabeth bei seiner Bewegung zusammenzuckte, und ließ die beiden in ihrem Kummer allein.

Er hatte nicht die leiseste Ahnung, wo er nach Lukardis suchen sollte, denn dass sie nicht auf der Wasserburg weilte, stand für ihn außer Frage. Einer Eingebung folgend, schlug er den Weg zur Burg Ebersburg ein. Vielleicht konnte ihm Adalberta oder Bardo bei seiner Suche weiterhelfen? Der Einladung des Abtes zur heiligen Messe konnte er unter diesen Umständen ganz sicher nicht nachkommen.

Lukardis hatte das Gefühl, als hätte sie noch niemals zuvor in ihrem Leben so erbärmlich gefroren. Obwohl nicht nur drei Decken, sondern zusätzlich zwei Schaffelle für sie bereitlagen, hatte sie vor lauter Zittern in der Nacht kein Auge zugetan. Hinzu kamen ein paar Wölfe, die sich in den langen Stunden bis zum Morgengrauen der Hütte genähert hatten. Das Heulen und Knurren der Tiere verursachte Lukardis noch immer eine Gänsehaut. Vor allem aber war sie unendlich dankbar, dass ihre Versuche, die Bretter der Hüttenwände mit gezielten Stiefeltritten zum Bersten zu bringen, allesamt kläglich gescheitert waren. Letzteres waren auch ihre sinnlosen Rufe nach Hilfe. Trotzdem hatte sie so lange weitergeschrien, bis ihre Stimme nur noch einem Krächzen glich. Den Funken Hoffnung, dass jemand im Dorf unterhalb der Burg sie bemerkt hatte, als sie daran vorbeigeritten waren, musste sie ebenfalls begraben. Die Entfernung war wohl doch zu groß.

Natürlich hatte niemand sie gehört, dazu lag die Hütte einfach zu weit abseits des Dorfes. Zu dieser Jahreszeit verirrten sich nun mal kaum Menschen hierher.

Glücklicherweise war der Frost in der letzten Nacht

nicht ganz so streng wie in den Wochen zuvor, dachte Lukardis und schöpfte mit der hohlen Hand ein wenig Wasser aus dem Eimer. Sie teilte sich das kostbare Nass mit ihrem Pferd und empfand darüber seltsamerweise keinen Ekel.

Vielleicht ist der Abt längst tot? Heinrich hat mir Lebewohl gesagt, demnach wird er mich hier nicht rauslassen. Was mache ich bloß, wenn niemand kommt? Ihre Gedanken wiederholten sich. Seit die beiden Brüder fortgeritten waren, kreisten sie immerzu um den gleichen Inhalt.

Mutlos lehnte sie sich an das Pferd, das ihr Strohlager allmählich auffraß. Fast gleichzeitig hörte sie das langersehnte Geräusch eines sich nähernden Tieres. Das Pferd wandte den Kopf ruckartig nach rechts, und Lukardis hastete zur Wand, um durch eine der beiden Spalten zwischen den erneuerten Brettern zu blinzeln. Als sie den sich nähernden Reiter erkannte, schlug ihr das Herz bereits bis zum Hals.

»Lukardis?«

Ihr Name reichte aus, um die Sorge in seiner Stimme zu bemerken. Plötzlich brachen all die aufgestauten Gefühle bei ihr durch, und sie antwortete ihm schluchzend. Im nächsten Moment rüttelte es an der Tür, und Raban stieß einen lauten Fluch aus. Während seine Schritte sich wieder ein Stück entfernten, versuchte Lukardis vergeblich, ihre Gefühle unter Kontrolle zu bekommen. Kurz darauf war Raban zurück. Die junge Frau hörte, wie er etwas zwischen Tür und Wand schob, dann krachte es einmal laut und die Tür flog auf.

Ohne zu überlegen, warf sie sich ihm schluchzend in seine Arme. Während er sie eng umschlungen hielt, beruhigte sich Lukardis langsam wieder. Seltsamerweise schämte sie sich kein bisschen für ihre ungehörigen Gefühlsbekundungen. Im Gegenteil. Es erschien ihr völlig natürlich, sich von Raban halten zu lassen.

»Geht es dir gut?«, fragte Raban leise, ohne seine Umarmung zu lockern.

»Jetzt ja«, murmelte Lukardis und drängte sich noch dichter an ihn heran. Ihre Finger krallten sich im Wollstoff seines Oberteils fest, fast so, als hätte sie Angst, dass er sich von ihr lösen würde.

Aber diese Sorge war völlig unbegründet.

Raban streichelte ihr immer wieder über den Rücken, während er ihr all die Worte sagte, nach denen sie sich in den letzten Monaten so sehr gesehnt hatte.

»Die Warterei in Köln auf eine Botschaft von dir hat mich fast verrückt gemacht. Mindestens ein Dutzend Mal war ich kurz davor, ohne diese verdammte Nachricht nach Fulda zurückzureiten, um dir zu sagen, dass du nicht ins Kloster gehen sollst, weil ich dich liebe! Doch dann hat mich wieder der Gedanke gequält, dass du einen der beiden Ebersberger Brüder heiraten könntest, um deinen Eltern die Sicherheit und den Schutz zu gewährleisten, nach denen sich deine Mutter so sehnt.«

Lukardis hatte das Gefühl, vor Glück zerspringen zu müssen. Ihr fehlten die Worte, um zu erklären, was sie für ihn empfand. Daher wählte sie einen anderen Weg. Als sich ihre Lippen zum Kuss fanden, spürte die junge Frau tief in ihrem Innern, dass sie endlich angekommen war.

Daher löste sie sich kurze Zeit später nur äußerst widerstrebend von Raban, doch die Sorge um das Leben des Abtes drängte sich langsam und unnachgiebig in ihr Glücksgefühl.

Gleich darauf verfinsterte sich seine Miene, als er die Schwellung auf ihrer linken Gesichtshälfte entdeckte. »Wer hat dir das angetan?«

»Das ist nicht wichtig«, wich Lukardis aus. »Es soll heute passieren, Raban! Vielleicht haben sie den Abt sogar schon ermordet. Du musst sofort zurückreiten!«

»Weißt du, wo das Attentat stattfinden soll?«, fragte Raban.

Für einen kurzen Moment vergaß die junge Frau die Sorge um das Leben des Abtes, als sie bemerkte, wie schwer es Raban fiel, sie gleich wieder zu verlassen. Doch dann besann sie sich wieder auf seine Frage.

»Nein«, sagte sie bekümmert. »Aber es muss irgendetwas im Zusammenhang mit einer heiligen Handlung sein. Albrecht hat davon gesprochen, dass ein weiterer Mord nicht gottgefällig sein würde.«

Raban wurde blass. »Die Jakobskapelle«, flüsterte er und wandte sich zum Gehen. An der Tür drehte er sich ein letztes Mal zu Lukardis um, die bereits die Zügel ihres Pferdes ergriffen hatte.

»Reite auf direktem Weg zu deinen Eltern und warte dort auf mich«, forderte er sie auf, bevor er davoneilte.

Bertho war ein wenig verstimmt, weil Raban seiner Einladung zur heiligen Messe nicht gefolgt war. In den vergangenen Tagen hatte der Abt es mehr als einmal bedauert, dass der Edelmann sein Priesteramt niedergelegt hatte. Andererseits war Bertho ein Mann der klaren Entscheidungen. Viel zu viele unter seinen Brüdern waren Mönche geworden, weil sie oder ihre Familien keine andere Zukunft sahen. Ein Leben im Kloster war für einen Zweit- oder Drittgeborenen allemal besser, als sich als Vasall für irgendeinen armen Adligen zu verdingen. Trotzdem, oder vielleicht gerade deshalb, überlegte der Abt, Raban eine Stellung als sein persönlicher Berater anzubieten. Das diplomatische Geschick des Mannes war eine Gabe, die ihm persönlich leider gänzlich fehlte. Eigentlich hatte er vorgehabt, Raban dieses Angebot nach der heiligen Messe zu unterbreiten. Da dieser aber nun durch Abwesenheit glänzte, konnte Bertho seinen Plan nicht ausführen. Und das war äußerst ärgerlich.

Die Missstimmung des Abtes verflog, je weiter er sich in die Gebete vertiefte. Er liebte diesen Ort über alles, was bestimmt nicht nur daran lag, dass die Jakobskapelle nach seinen Anweisungen gebaut worden war. Da sie sich neben der Abtsburg befand, war sie auch Besuchern zugänglich, die nicht dem Kloster angehörten. Möglicherweise mochte Bertho auch die Mischung: die Frömmigkeit seiner Brüder und die Gottesfürchtigkeit der Menschen, die auf seine Einladung hin an den Messen teilnahmen.

Der Kirchenfürst hatte für diesen Tag eine seiner bevorzugten Marienantiphonen ausgesucht. Während der Gesang der Mönche die kleine Kapelle erfüllte, wanderte sein Blick über die Anwesenden. Das Gotteshaus war nur halb besetzt. In den Reihen der Mönche machte er Bruder Ekkehard aus. Selbst das runde, immer leicht rötliche Gesicht des Skriptors zeigte Spuren des Fastens. Bertho wusste, wie schwer es dem beleibten Bruder fiel, mit nur einer Mahlzeit am Tag auszukommen.

Als sich die schwere Eingangstür zur Kapelle überraschend öffnete und eine große Anzahl Mönche ins Innere strebte, wusste Bertho mit einem Mal, dass dieser Tag noch ein viel größeres Ärgernis für ihn bereithielt. Die Eintretenden hatten die Kapuzen tief ins Gesicht gezogen und hielten die Häupter gesenkt, während sie auf den Altar zuliefen. Der Letzte von ihnen drückte die Tür hinter sich mit Nachdruck zu. Der schöne Gesang der Mönche war beim Eintreten der Schwarzgekleideten abrupt verstummt. Jetzt herrschte eine gespannte Stille, nur unterbrochen von den Schritten der Männer. Schritte, die nicht von den leisen Ledersohlen der Mönche herrührten, sondern von schweren Stiefeln, wie nur Ritter sie trugen.

Der Fürstabt streckte beide Arme aus und reckte sie in die Höhe, wobei die Ärmel seiner schlichten schwarzen Soutane herunterrutschten. Aufgrund seiner geringen Größe hatte Bertho es sich bereits früh angewöhnt, den Kopf immer ein wenig anzuheben. Die Mitra, das einzige Kleidungsstück, das durch edle Stickereien mit Gold- und Silberfäden seiner hohen Stellung Ausdruck verlieh, verstärkte den Eindruck seiner Würde.

Bertho war längst klar, dass es sich bei den Eindringlingen nicht um Mönche handelte, als sie kurz vor ihm haltmachten. Die Gruppe war knapp zwanzig Mann stark, jedenfalls hatte der Abt auf die Schnelle so viele Köpfe gezählt. Als sie die Kapuzen abnahmen, war der Fürstabt plötzlich froh darüber, dass Raban nicht anwesend war. Als einziger Mann unter den Teilnehmern des Gottesdienstes, der ein Schwert führen konnte, hätte er gegen die Ritter nicht den Hauch einer Chance gehabt.

Unter den hasserfüllten Blicken Albrechts von Ebersberg und seiner Begleiter, die ihm allesamt mit Namen bekannt waren, empfand der Klostervorsteher plötzlich eine Ruhe, die er eigentlich nur aus der Versunkenheit des Gebets kannte. Bertho musste innerlich schmunzeln, als er merkte, dass einige der Männer angesichts seiner würdevollen Ausstrahlung die Blicke wieder senkten. Albrecht und Giso zählten allerdings nicht dazu, und in der Miene Heinrichs von Ebersberg zeigte sich vor allem Trauer.

»Jetzt ist die Stunde gekommen, in der Ihr Euch für Eure Taten verantworten müsst«, zischte Albrecht und schlug seinen dunklen Umhang zur Seite.

»Ich muss mich einzig und allein vor Gott unserem

Herrn verantworten«, erwiderte Bertho ruhig, während er zusah, wie nicht nur Albrecht, sondern auch alle anderen Männer nach und nach zu ihren Schwertern griffen. Seine äußere Gelassenheit spiegelte nicht ganz sein Innerstes wider. Beim Anblick der blankpolierten Waffen erfasste Bertho nun doch eine Furcht, die er unter keinen Umständen seinen Mördern zu zeigen gedachte.

Aus dem Augenwinkel verfolgte er, wie seinem Skriptor die Tränen über die Wangen liefen, während die meisten der Brüder wie erstarrt das Geschehen beobachteten. Als einige der Mönche Anstalten machten, sich zu erheben, richteten die Ritter sofort ihre Schwertspitzen auf sie.

»Ruhig, meine Brüder«, ermahnte der Fürstabt die Mönche, für deren Wohl er in den letzten Jahren Sorge getragen hatte. Dann wandte er sich wieder den bewaffneten Männern zu. »Er wird mich richten, so wie er Euch richten wird«, sagte er kalt und schloss die Augen, als Albrecht mit einem wütenden Schrei sein Schwert hob.

Der Tumult, der Raban empfing, als er durch das Tor zur Abtsburg ritt, war ohrenbetäubend. Schnell sprang er vom Pferd und reichte die Zügel einem der Laienbrüder, die zu mehreren zusammenstanden. Alle Anwesenden wirkten verstört, manche Mönche weinten lautlos, andere suchten Halt in einer tröstenden Umarmung. In einer Gruppe von Klosterschülern entdeckte er das blasse Gesicht des Jungen, der ihn vor wenigen Tagen angerempelt hatte. Auf einmal wusste Raban, wieso ihm der schmale Schüler so bekannt vorkam. Er war die jüngere Ausgabe eines der Ritter aus dem engen Kreis des hingerichteten Ebersbergers. Müde schüttelte Raban den Gedanken ab. Was spielte es jetzt noch für eine Rolle, dass er sich erinnerte?

Einige der Soldaten des Abtes, die er schon von seinem letzten Besuch kannte, winkten ihn zur Kapelle durch. Den meisten Männern stand das Entsetzen buchstäblich ins Gesicht geschrieben. Angesichts der Fassungslosigkeit, die Raban umfing, verlangsamten sich seine Schritte. Als er den Eingang zur Kapelle erreichte, musste er sich fast dazu zwingen, die Schwelle zu überschreiten. Im Innern des kleinen Gotteshauses waren nur noch wenige Menschen anwesend. Raban sah Bruder Ekkehard, der wie ein Häufchen Elend zusammengesunken in einer der Bankreihen hockte. Nur an den Zuckungen, die den rundlichen Körper schüttelten, war zu erkennen, dass der Skriptor weinte. Einer der Ritter, die den Soldaten des Abtes vorstanden, stand mit gebeugtem Kopf einsam in der Nähe des Altars. Als er die sich nähernden Schritte hörte, wandte er Raban seine Aufmerksamkeit zu.

»Er wollte nie, dass wir ihn begleiten, wenn er in der Jakobskapelle die heilige Messe gelesen hat. Seine ausdrückliche Anweisung lautete sogar, dass wir uns zu der Zeit noch nicht mal in der Nähe aufhalten sollten«, sagte er mit gebrochener Stimme.

Raban nickte stumm. Er verstand die Rechtfertigung des Mannes, der das Leben des Fürstabtes hätte schützen sollen. Da allgemein bekannt war, dass Bertho seine Messen ohne weltlichen Schutz durchführte, hatten die feigen Mörder ein leichtes Spiel gehabt. Langsam richtete sich Rabans Blick auf die am Boden liegende Gestalt, und er ging zögernd in die Knie. Neben ihm lag verloren die Mitra, deren Goldfäden ihren Glanz durch die vielen Blutspritzer verloren hatten.

Seine Mörder hatten den Fürstabt schrecklich zugerichtet. Welche zerstörerischen Kräfte waren hier nur am Werk?, fragte sich Raban, als er die vielen klaffenden

Wunden sah, die den Körper des Klostervorstehers verunstalteten. Doch das Grauenhafteste an der Hinrichtung lag ungefähr zwei Schritte entfernt vom Altar. Schnell wandte Raban den Blick ab, aber das Bild vom abgeschlagenen Kopf des Mannes, der es gewagt hatte, die Adligen herauszufordern, hatte sich bereits unauslöschlich in ihm festgesetzt.

EPILOG

Mit einem glücklichen Lächeln trat Lukardis nach draußen. Wärmendes Sonnenlicht umfing sie und den Mann neben ihr, den sie seit einigen Minuten ihren Gemahl nennen durfte. Nur wenige Menschen hatten sich zu der stillen Zeremonie eingefunden, die gerade in der kleinen Kapelle von Großenlüder stattgefunden hatte. Die Frischvermählten hatten sich in Anbetracht der kurzen Zeit, die das schreckliche Ereignis zurücklag, dazu entschlossen, keine Feier zu veranstalten. Unsicher erwiderte der Junge, der die Zügel der drei Pferde für das Paar hielt, das ermutigende Lächeln der Braut. Den ehemaligen Knappen Hermanns hatten die Attentäter aus ihrem mörderischen Plan herausgehalten, und nun diente Lothar seit einer Woche dem Herrn von Lüder, zu dessen Besitztümern auch der kleine Ort mit der Kapelle gehörte. Der Ritter zählte zu den wenigen Männern der näheren Umgebung, die nicht an der Verschwörung gegen den Abt beteiligt gewesen waren.

Die Mörder hatten sich auf die Besitztümer Gisos von Steinau zurückgezogen. Bis ein Nachfolger für das Amt des Abtes gefunden war, brauchten sie keinerlei Strafverfolgung zu fürchten. Trotzdem hatte der Prior des Klosters, der in dieser Zeit die Geschäfte führte, angeordnet, dass mehrere Soldaten des Abtes ständig Wache vor der Burg zu halten hatten. Eine Flucht der Mörder des

Fürstabtes sollte so unter allen Umständen vermieden werden.

Ihr Ehemann beanspruchte die Aufmerksamkeit von Lukardis, indem er ihre Hand nahm und sie an seine Lippen führte.

»Glücklich?«, fragte er leise und zog sie in seine Arme, als er in ihr strahlendes Gesicht blickte.

Ohne sich um die anderen Gäste zu kümmern, küssten sich die beiden lange und innig, bis Heinrich von Wartenberg ein vernehmliches Räuspern von sich gab.

»Wenn ihr beide den Gasthof noch erreichen wollt, solltet ihr endlich aufbrechen«, mahnte er schmunzelnd. »Oder wollt ihr auf dem Weg nach Köln draußen in der Kälte übernachten?«

Lukardis löste sich aus der Umarmung, um gleich darauf ihren Vater in die Arme zu schließen. Sie war ihm unendlich dankbar dafür, dass er keine Einwände gegen die Eheschließung erhoben hatte, obwohl das Trauerjahr noch nicht vorbei war. Angesichts der Umstände hatte sich auch der ortsansässige Priester dazu durchgerungen, diese Tatsache zu ignorieren.

»Danke für alles«, sagte Lukardis leise und strich ihrem Vater zärtlich über die Wange.

In den knapp zwei Wochen, die seit der Ermordung des Abtes vergangen waren, hatte sich sein Gesundheitszustand stabilisiert. Dennoch war ihm anzusehen, dass ihn die letzten Stunden viel Kraft gekostet hatten.

Der Abschied von ihrer Mutter fiel unerwartet herzlich aus. Lukardis drückte ein letztes Mal die schmalen Hände Elisabeths, in deren Augen ein feuchter Schimmer glänzte.

»Ich wäre dann so weit«, sagte sie zu ihrem Mann, der geduldig bei den Pferden auf sie wartete.

»Ich aber noch nicht«, antwortete er und zog zu ihrer Überraschung einer Kette hervor, an der ein zartes, filigran wirkendes Amulett hing.

Fasziniert betrachtete Lukardis die silberne Feder, die so leicht und luftig wirkte, als würde sie schweben. Doch ihre eigentliche Aufmerksamkeit zog ein kleiner grüner Stein auf sich. Plötzlich kamen ihr Rabans Worte wieder in den Sinn: ein Smaragd, so grün wie Eure Augen.

»Das Wappen meiner Familie. Irgendwann werde ich dir hoffentlich einmal meinen Familienbesitz zeigen können«, sagte Raban mit belegter Stimme.

Lukardis ließ sich von ihm die feingliedrige Kette umhängen, die sich an ihr Schlüsselbein schmiegte, wo bis vor wenigen Wochen noch die silberne Lilie gehangen hatte. Lukardis hatte das Schmuckstück nach dem Mord an Abt Bertho mit einem Boten an Heinrich geschickt.

Ihr fehlten die Worte, um Raban dafür zu danken, und sie küsste ihn innig. An seiner Reaktion konnte sie erkennen, dass ihm ihre Wahl des Dankes ungemein gut gefiel. Als Lukardis sich von ihrem Gemahl in den Sattel helfen ließ und ihm anschließend dabei zusah, wie er sich vor ihren Eltern verbeugte, wusste sie, dass ihre Zeit des Glücks endlich gekommen war.

DANKSAGUNG

Viele unterschiedliche Personen waren am Entstehen dieses Buches beteiligt.

Für die Hilfe bei meinen Recherchen danke ich:

Herrn Prof. Dieter Wagner, ehemaliger Oberschulrat i. K. im Bistum Fulda.

Ich bin in den Genuss einer ausgiebigen, hochinteressanten Führung mit ihm gekommen, bei der er mir nicht nur die Geschichte des Klosters, sondern auch die herrliche Michaelskirche nähergebracht hat. Zudem stand er mir als fachkundiger »Fragenbeantworter« während des gesamten Schreibprozesses zur Seite. Seine Geduld und seine angenehme Art haben mir sehr geholfen!

Herrn Dr. Berthold Jäger, ehemaliger Direktor der Bibliothek des Bischöflichen Priesterseminars Fulda.

Aufgrund seiner fulminanten Kenntnisse der Fuldaer Klostergeschichte habe ich auf meine vielen Fragen äußerst ausführliche Antworten erhalten, die mir die Einblicke in das damalige Klosterleben veranschaulicht haben.

Herrn Dr. Thomas Heiler, Leiter des Fuldaer Stadtarchivs.

Die Unterlagen, die er für mich gleich zu Anfang freundlicherweise zusammengestellt hatte, haben mir bei der Einarbeitung in das neue Thema sehr geholfen.

Außerdem habe ich durch ihn den Kontakt zu Herrn Prof. Wagner erhalten.

Frau Dr. Andrea Roderfeld aus Marbach.

Seit meinem ersten Roman steht sie mir bei allen Verletzungen, die meine Protagonisten erleiden müssen, mit ausführlichen Erklärungen zur Seite.

Selbstverständlich trägt keine der genannten Personen die Verantwortung dafür, wie ich ihre Auskünfte weiterverarbeitet habe. Etwaige Fehler liegen allein bei mir. Die Reihenfolge der genannten Personen hat ebenfalls keine Bedeutung.

Die beiden Personen, die auf keinen Fall fehlen dürfen, sind mein Lektor vom Ullstein Verlag, Ronny Müller, dem ich für die gute und sehr konstruktive Zusammenarbeit danke, sowie meine Lektorin Angela Troni, deren Fachwissen ich seit meinem ersten Roman genießen darf. Die Arbeit mit ihr ist immer wieder sehr motivierend und macht einfach Spaß!

Mein Agent, Herr Joachim Jessen von der Agentur Schlück, der mir schon seit einigen Jahren zur Seite steht, gehört selbstverständlich ebenfalls hierher.

Großer Dank gebührt am Ende ohne Frage vor allem meiner Familie, für ihr zeitliches Verständnis und ihre Unterstützung, ebenso meinem Freundeskreis und den Menschen, die regelmäßig Anteil und Interesse an meiner Arbeit zeigen! Es ist schön, dass es euch alle gibt!

ANMERKUNGEN DER AUTORIN ZU DEN HISTORISCHEN EREIGNISSEN

Das Kloster wurde im Jahr 744 im Auftrag von dessen erstem Abt Bonifatius von Sturmius gegründet und trug von Anfang an den Namen Fulda. Die Zielsetzungen des Klosters waren von den Interessen dieses Mannes bestimmt. Er wollte seine Vorstellungen vom idealen Mönchtum nach der Regel des heiligen Benedikt so weit wie möglich verwirklichen und suchte einen Platz zur Erholung und zum Gebet. Außerdem sollte ihm das Kloster als zentraler Stützpunkt auf seinen Reisen dienen und letztendlich auch sein Begräbnisplatz werden.[1]

Bonifatius erreichte bereits im Jahr 751, dass Papst Zacharias II. dem Kloster das Privileg der päpstlichen Exemtion verlieh, wodurch dem Bischof jegliches Recht zur Einwirkung entzogen wurde. Nach dem Tod Bonifatius' stellte König Pippin das Kloster 765 aufgrund der unklaren Rechtslage unter seinen besonderen Schutz. Dadurch erlangte es den Status der Reichsunmittelbarkeit. Hinzu kamen zwei weitere Privilegien aus dem Jahr 774 (das Recht der Immunität – Freistellung der Grundherr-

---

1 Thomas Martin, Am Anfang stand ein Kloster. In: Otto Berge/Berthold Jäger/Thomas Martin, Zwischen Kreuz und Lilie, Beiträge zur Geschichte Fuldas, Verlag Parzeller, Fulda 1994.

schaft – und das Recht des Konvents auf freie Abtwahl) durch Karl den Großen. 1220 wurden die Äbte in den Reichsfürstenstand erhoben.[2]

Im Jahr 791 erteilte Abt Baugulf dem Mönch Ratger den Auftrag, eine nach Osten gerichtete Kirche zu bauen. Nachdem Ratger im Jahr 802 selbst Abt geworden war, fügte er der Kirche ein nach Westen gerichtetes Bauwerk hinzu und verband beide Bauteile zu einer gewaltigen Gesamtanlage: der Ratgerbasilika. Später erfolgten der Einbau einer Krypta und die Weihe im Jahr 819, bei der die Gebeine des heiligen Bonifatius in den Altar der Westapsis umgebettet wurden. Die karolingische, dreischiffige Ratgerbasilika war mit ihrer Länge von ca. achtundneunzig Metern zweifellos sehr beeindruckend. Durch den Einsturz eines Turms, mehrere Brände und verschiedene Umbauten ist von der ursprünglichen Anlage heute nicht mehr viel erhalten.[3]

Bertho II. von Leibolz war Propst des Klosters Petersberg bei Fulda. Seine Wahl zum Abt fiel in die Zeit des Interregnums, der kaiserlosen Zeit (1245–1273). Die Könige, die in jenen Tagen gewählt wurden, waren schwach und konnten ihre Ansprüche nicht durchsetzen. Dadurch versuchten weltliche ebenso wie geistige Fürsten, widerrechtlich ihre Machtansprüche zu verwirklichen und ihre Besitzansprüche zu vergrößern. Die Angehörigen des Niederadels standen ihren Fürsten in nichts nach. Sie plünder-

---

2 Werner Kirchhoff, Zur Geschichte der Stadt. In: Kulturdenkmäler in Hessen, Stadt Fulda, Landesamt für Denkmalpflege Hessen XXXX.

3 Daniel Hanke, Der Dom zu Fulda, Der Bau und seine Ausstattung, Schriftenreihe: Schriften zur Kunst, Band 18, Hamburg 2008.

ten Dörfer, überfielen Handelswagen, verschleppten Reisende oder forderten Lösegeld. Mit der Wahl Rudolfs IV. von Habsburg endete die Zeit des Interregnums.[4]

Berthos Wahl zum Abt dürfte im Spätsommer 1261 stattgefunden haben. Die Weihe erfolgte fast zwei Jahre später, am 29. Juli 1263 in Fulda. Gleich zu Beginn seiner Regierung gelang es ihm, eine siebenjährige Fehde beizulegen, die die Grafen von Ziegenhain und von Rieneck zum großen Schaden des Stifts angezettelt hatten. Dabei ließ er die untere Burg in Schlitz zerstören. Anschließend folgte ein relativ wertloser Frieden, der nur kurze Zeit hielt, denn schon im Jahr 1264 vergriff sich Graf Gottfried von Ziegenhain (auch Godefrid) abermals an Fuldaer Gebieten, wobei er den Hersfelder Abt an seiner Seite hatte. Abt Bertho gelang es, die Verbündeten zurückzuschlagen und Hersfeld bis zur Kapitulation zu belagern. Im selben Jahr zerstörte er die Burg Blankenwald, an deren Stelle wenige Jahre später unter Beteiligung Berthos das Zisterzienserinnenkloster Blankenau entstand. Die Burg Frankenstein erlitt dasselbe Schicksal, nachdem Heinrich von Frankenstein vom Abt in mehreren Gefechten besiegt worden war. 1269 ging der Fürstabt gegen Ritter vor, die sich auf Burg Kappel verschanzt und sich vorher sogar an einer Gruppe Pilger vergriffen hatten.

Plünderungen und Zerstörungen erfolgten sogar von Rittern, die sich in Bischofsheim an der Rhön festgesetzt hatten. Nachdem der Würzburger Bischof trotz Berthos

---

4 Dieter Hägermann, Interregnum. In: Lexikon des Mittelalters, Band 5, sowie Martin Kaufhold, Interregnum, Wissenschaftliche Buchgesellschaft, Darmstadt 2003, sowie J. Kempf, Geschichte des deutschen Reiches während des großen Interregnums, Würzburg 1893.

Aufforderung nicht eingriff, löste der Abt das Problem kurzerhand selbst.[5]

Die Anzahl der eroberten und in der Regel geschleiften Burgen, zu denen auch die Wartenburg (1265) und die Ebersburg (1270) zählten, soll sich auf knapp fünfzehn belaufen.

Obwohl ihn die Verteidigung des Hochstifts gegen aufrührerische Ministeriale stark beanspruchte, kümmerte sich der Abt auch um die internen Angelegenheiten seiner Abtei. Zum Leidwesen der Klosterschüler schaffte er das Bischofsspiel beim »Fest der Unschuldigen Kinder«[6] ab.

Abt Bertho war ein großer Marienverehrer. Auf seine Anweisung hin hat man in allen fuldischen Klosterkirchen nach der Komplet jeden Abend eine Marienantiphon gesungen.[7]

Natürlich blieb sein hartes Vorgehen nach außen nicht ohne Konsequenzen, sondern stachelte den Widerstand der ihm feindselig gegenüberstehenden Ritterschaft weiter an, was 1271 in einer Verschwörung gipfelte. Grund dafür war die Hinrichtung des Ministerialen Hermann von Ebersberg. Nach der Eroberung der Ebersburg und der Festnahme Hermanns, hatte Abt Bertho ihm die Sicherheit seines Lebens versprochen. Sein Wortbruch führte dazu, dass die Brüder des Hingerichteten und andere

---

5 Josef Leinweber, Die Fuldaer Äbte und Bischöfe, Verlag Josef Knecht, Frankfurt am Main 1989.

6 Anmerkung der Autorin: Bei diesem Fest wählten die Klosterschüler einen Abt, und es fanden liturgische Feiern unter dem Kinderabt statt (Prof. Dr. theol. Manfred Becker-Huberti, Köln – Religiöses Brauchtum).

7 Josef Leinweber, Die Fuldaer Äbte und Bischöfe, Verlag Josef Knecht, Frankfurt am Main 1989.

Adlige aus der Umgebung, darunter Giso von Steinau, Blutrache beschlossen. Am frühen Morgen des 18. März 1271 schlichen sich die Verschwörer als fromme Beter verkleidet in die Jakobuskapelle (auch Jakobskapelle), in der Bertho die heilige Messe las. Abt Bertho wurde mit sechsundzwanzig Stichen getötet. Anschließend hat man ihm das Haupt vom Rumpf getrennt. Nach der Tat entkamen die Mörder auf die Burg Steinau. Abt Bertho wurde in der Jakobuskapelle beigesetzt, die er selbst neben der Abtsburg hatte erbauen lassen.[8]

Berthos Nachfolger im Amt des Abtes war Bertho III. von Mackenzell. Er führte das militärische Aufgebot, das die Mörder Berthos II. von Leibolz während der Plünderung der Kirche von Kichhasel überraschte und überwältigte, höchstselbst an und ließ einen der drei Ebersberger zusammen mit dreißig weiteren Rittern sofort köpfen (und obendrein zweiundzwanzig Pferde verbrennen). Die beiden anderen Ebersberger wurden auf königlichen Befehl nach Frankfurt ausgeliefert und dort gerädert.[9]

Die zerstörte Ebersburg durfte erst im Jahr 1396 wieder aufgebaut werden. Die Burgruine kann heute übrigens besichtigt werden.

---

8 Konrad Lübeck, Die Fuldaer Äbte und Fürstäbte des Mittelalters. Ein geschichtlicher Überblick, einunddreißigste Veröffentlichung des Fuldaer Geschichtsvereins, Verlag Parzeller & Co., Fulda 1952.

9 Christoph Brower, Fuldensium antiquitatum libri IIII, Antwerpen 1612, sowie: Johann Friedrich Schannat, Historia Fuldensis. In: Tres Partes Divisa, Francofurti Ad Moenum 1729.

GESCHICHTLICHE ABÄNDERUNGEN IM ROMAN

Von den insgesamt vier Ebersberger Brüdern habe ich einen weggelassen. Außerdem ist der Würzburger Bischof Iring von Reinstein-Homburg bereits am 02. November 1265 gestorben. In meiner Geschichte durfte er fast drei Jahre länger leben. Die Darstellung der Charaktere der historischen Persönlichen entspringt meiner Phantasie. Der Spitzname Berthos (Abt Fingerhut) ist jedoch überliefert.

QUELLENANGABEN

Die verwendeten Bücher sind bereits im vorangegangenen Kapitel in den Fußnoten aufgeführt, darüber hinaus habe ich die folgenden Quellen verwendet:

Wikipedia,
Hessischer Ritterbund,
Rhönlexikon, Rhöntourist, Kreinberg.9er-online,
HADIS-Datenbank Hessen,
Förderverein Burgreste Steinau e. V.

Deutschlands größte Testleser Community
Jede Woche präsentieren wir Bestseller, noch bevor Du sie in der Buchhandlung kaufen kannst.
Finde Dein nächstes Lieblingsbuch
vorablesen.de
Neue Bücher online vorab lesen & rezensieren
Freu Dich auf viele Leseratten in der Community, bewerte und kommentiere die vorgestellten Bücher und gewinne wöchentlich eins von 100 exklusiven Vorab-Exemplaren.
© PIKSEL · istockphoto